中国当代文学经典必读

2004短篇小说卷

ZHONGGUO DANGDAI WENXUE JINGDIAN BIDU

吴义勤◎主编 方奕 刘冬青◎点评

百花洲文艺出版社

图书在版编目（CIP）数据

中国当代文学经典必读. 2004短篇小说卷 / 吴义勤主编. -- 南昌：百花洲文艺出版社, 2021.11

ISBN 978-7-5500-3879-0

Ⅰ. ①中… Ⅱ. ①吴… Ⅲ. ①中国文学 – 当代文学 – 作品综合集 ②短篇小说 – 小说集 – 中国 – 当代 Ⅳ. ①I217.1

中国版本图书馆CIP数据核字(2020)第210124号

中国当代文学经典必读·2004短篇小说卷

吴义勤　主编

出 版 人　章华荣
责任编辑　童子乐
书籍设计　方　方
制　　作　周璐敏
出版发行　百花洲文艺出版社
社　　址　南昌市红谷滩区世贸路898号博能中心一期A座20楼
邮　　编　330038
经　　销　全国新华书店
印　　刷　江西千叶彩印有限公司
开　　本　850mm×1168mm　1/16　印张 22.5
版　　次　2021年11月第1版
印　　次　2021年11月第1次印刷
字　　数　380千字
书　　号　ISBN 978-7-5500-3879-0
定　　价　41.00元

赣版权登字　05-2020-207

邮购联系　0791-86895108
网　址　http://www.bhzwy.com
图书若有印装错误，影响阅读，可向承印厂联系调换。

我们该为“经典”做点什么？

吴义勤

当今时代，对经典的追怀和崇拜正在演变为一种象征性的精神行为，人们幻想着通过对经典的回忆与抚摸来抵抗日益世俗和商业化的物质潮流。在这一过程中，一方面，经典作为人类文学史和文明史的基石与本源，其价值得到了充分的认同与阐扬；另一方面，经典的神圣化与神秘化又构成了对于当下文学不自觉的遮蔽和否定。可以说，如何面对和正确理解“经典”，正是当代中国文学必须正视的一个问题。

什么是经典呢？就人类的文学史而言，“经典”似乎是一个约定俗成的概念，它是人类历史上那些杰出、伟大、震撼人心的文学作品的指称。但是，经典又是无法科学检验的主观性、相对性概念。经典并不是十全十美、所有人都认同的作品的代名词。人类文学史上其实根本就不存在十全十美、所有人都喜欢、没有缺点的所谓“经典”。那些把“经典”神圣化、神秘化、绝对化、乌托邦化的做法，其实只是拒绝当下文学的一种借口。通常意义上，经典常常是后代“追认”的，它意味着后人对前代文学作品的一种评价。经典的标准也不是僵化、固定的，政治、思想、文化、历史、艺术、美学等因素都可能在某种特殊的历史条件下成为命名“经典”的原因或标准。但是，“经典”的这种产生方式又极容易让人形成一种错觉，即“经典”仿佛总是过去时、历时态的，它好像与当代没有什么关系，当代人不能代替后人命名当代“经典”，当代人所能做的就是对过去“经典”的缅怀和回忆。这种错觉的一个直接后果就是在“经典”问题上的厚古薄今，似乎没有人敢于理直气壮地对当代文学作品进行“经典”的命名，甚至还有人认为当代人连写当代史的权利都没有。

然而，后人的命名就比同代人更可信吗？我当然相信时间的力量，相信时间会把许多污垢和灰尘荡涤干净，相信时间会让我们更清楚地看清模糊的、被掩盖的真相，但我怀疑，时间同时也会使文学的现场感和鲜活性受到磨损与侵蚀，甚至时间本身也难逃意识形态的污染。我不相信后人对我们身处时代“考古”式的阐释会比我们亲历的“经验”更可靠，也不相信，后人对我们身处时代文学的理解会比我们亲历者更准确。我觉得，一部被后代命名为“经典”的作品，在它所处的时代也一定会是被认可为“经典”的作品，我不相信，在当代默默无闻的作品在后代会被“考古”挖掘为“经典”。也许有人会举张爱玲、钱锺书、沈从文的例子，但我要说的是，他们的文学价值在他们生活的时代就早已被认可了，只不过新中国成立后很长时间由于意识形态的原因我们的文学史不允许谈及他们罢了。

这里其实就涉及了我们编选这套书的目的。我认为，文学的经典化过程，既是一个历史化的过程，又更是一个当代化的过程。文学的经典化时时刻刻都在进行着，它需要当代人的积极参与和实践。文学的经典不是由某一个“权威”命名的，而是由一个时代所有的阅读者共同命名的，可以说，每一个阅读者都是一个命名者，他都有命名的“权力”。而作为一个文学研究者或一个文学出版者，参与当代文学的进程，参与当代文学经典的筛选、淘洗和确立过程，正是一种义不容辞的责任和使命。事实上，正是出于这种对“经典”的认识，我才决定策划和出版这套书的，我希望通过我们的努力，真实同步地再现21世纪中国文学“经典化”的进程，充分展现21世纪中国文学的业绩，并真正把“经典”由“过去时”还原为“现在进行时”，切实地为21世纪中国文学的“经典化”作出自己的贡献。与时下各种版本的“小说选”或“小说排行榜”不同，我们不羞羞答答地使用“最佳小说”之类的字眼，而是直截了当、理直气壮地使用了“经典”这个范畴。我觉得，我们每一个作家都首先应该有追求“经典”、成为“经典”的勇气。我承认，我们的选择标准难免个人化、主观化的局限，也不认为我们所选择的“经典”就是十全十美的，更不幻想我们的审美判断和“经典”命名会得到所有人的认同，而由于阅读视野和版面等方面的原因，“遗珠之憾”更是不可避免，但我们至少可以无愧地说，我们对美和艺术是虔诚的，我们是忠实于我们对艺术和美的感觉与判断的，我们对“经典”的择取是把审美和艺术放在第一位的。说到底，“经典”是主观的，“经典”的确立是一个持续不断的“过程”，“经典”的价值是逐步呈现的，对于一部经典作品来说，它的当代认可、当代评价是不可或缺的。尽管这种认可和评价也许有偏颇，但是没有这种认可和评价，它就无法从浩如烟海的文本世界中突围而出，它就会永久地被埋没。从这个意义上说，在当代任何一部能够被阅读、谈论的文本都是幸运的，这是它变成“经典”的必要洗礼和必然路径，本套书所提供的同样是这种路径，我们所选的作品就是我们所认可的“经典”，它们完全可以毫无愧色地进入“经典”的殿堂，接受当代人或者后来者的批评或朝拜。

感谢百花洲文艺出版社对我的经典观的认同以及对于这套书的大力支持，感谢让这个文学工程可以在百花洲文艺出版社这个平台美丽绽放。我们的编选仍将坚持个人的纯文学标准，而为了更好地阐析我们的“经典观”，我们每本书将由青年学者对每一篇入选小说进行精短点评，希望此举能有助于读者朋友对本丛书的阅读。

目 录

堂兄弟

苏童

从枫杨树乡通往马桥镇的公路下来，穿过一片棉花地，可以看见池塘那边的乔村。绕过池塘向村里走，看得见白墙黑瓦的乔家祠堂。祠堂一度改为乔村小学的校舍，更早的时候是卫生所，现在小学迁了，卫生所关闭了，除了墙上留下一些孩子们的涂鸦，还有当年用红漆写在横梁上的计划生育的标语。祠堂总体上恢复了祠堂的尊严，阴森也恢复了，这些年乌鸦又飞了回来。

德臣和道林两家近距离地接受着祖先的庇荫，他们的房子就坐落在祠堂西侧的小土坡上。两户人家的房子靠在一起已经很多年了，从他们的祖上开始，就那么头傍头背贴背地靠着了。按照家谱记载的乔姓各家造房的年份推算，他们两家的房子这么靠着也有两百年了。当然这是粗略的算法，其间德臣家房子失火一次，殃及道林家，还有一年秋天接连下了十一天大雨，把道林家的房顶下塌了，德臣家的堂屋也就看得见天，祖宗的画像也让雨淋烂了，自然少不了要修顶筑漏，两家修房盖房是多长时间，又是什么样的情景，在此就忽略不计了。我老家枫杨树乡间历史上也出过些状元秀才什么的人，革命时期也出过人，到外面做了三品官做了大干部，住花园别墅的都有。不过德臣和道林家都是普通的农户，住的自然是农家的房子，之所以谈论他们的房子也是事出有因。早年间枫杨树乡下的房子都是泥墙草顶，再怎么盖也盖不出花样来，只图避个风雨，偏偏房子不通人性，不肯体贴主人的家境，风雨一多，稍微受了点苦，就扛不住了，撂挑子不干。花那么多钱那么多力气，辛辛苦苦盖起来的房子，却不如一把锄头一把镰刀那么耐用，住个几年就要修，等到修也修不起来了，主人就咬牙跺脚的，决心盖新瓦房了。德臣家原先的瓦房是这么咬牙盖起来的，道林家的不一样，但也轻松不到哪儿去。村里的老人都知道德臣的祖父当年在外面游乡弹棉花，把两根手指都弹坏了，才盖起了瓦房。德臣家的瓦房一好，旁边道林家的草房子就显出可怜劲来了，远远看着那草房，好像死死地抱着瓦房的腰，不放手，也好比一个穿戴体面的人被一个泼皮拦腰抱住，甩也甩不掉，总要给个什么说法。果然，隔了三五年，就有了说法，道林家的瓦房也在旁边站起来了。这事说起来好懂，德臣和道林两个的祖父是亲兄弟俩，哥哥后来在马桥镇上开了棉花铺子弹棉花，雇了弟弟做伙计，肥水不流外人田，弟弟就在哥哥的帮衬下把新房子盖起来了。据乡间老人的闲话，说弟弟盖房的时候缺几根椽子，就偷了祠堂里顶门的一根大门栓，拖回家做了椽子，这话不知道可信不可信。祠堂后面的一片竹林，当年让小学生们糟蹋了，不见了。坡上德臣和道林家的两座瓦房，现在你从祠堂的窗户里一眼就看得到，一座大一些，一座稍微小一些（也不过少了北面那两间耳房），靠在一起，大小正好合适，正像是兄弟俩靠在一起仰望着日落日出，在贫穷的枫杨树乡间做着丰衣足食的梦。

说这话的时候已经是好多年以后了，弹棉花的亲兄弟都早已经在柏树林下的祖坟里彻底歇下，他们留下的房子里住着自己的子孙，却不是亲兄弟了，是堂兄弟。德臣和道林，他们是堂兄弟，这堂兄弟的关系在枫杨树乡间是最常见的，可近可远，清明上一个祖坟烧纸，然后都去乔家祠堂祭祀祖宗，祠堂里聚集的男人中有多少堂兄弟呀，一出祠堂他们就各奔东西了，可是德臣和道林回家，走的永远是一条道。

那个走路挺着胸的穿西装的矮个子，是德臣。另一个弯着腰的嘴里永远叼着香烟的瘦高个子，是道林。他们的外貌特征很明显，何况他们两家住在坡上，进进出出，村里人远远地就喊起他们的名字来了。

德臣！

道林！

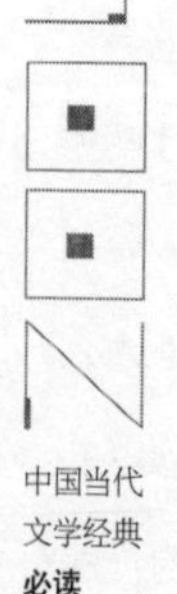

德臣家的新楼房春天开的工，到了夏天就威风凛凛地站了起来，还在坡上，离两家的老屋也只有十几步路远。村里给道林盖新房的地皮也在那里，画了红线的。德臣先下手也没什么，他占不了道林的地皮，也不敢有这种心思。道林的心胸比不上海洋，但比水沟宽得多，他本来是准备忍受一些来自德臣的压力的。春天德臣家开工的时候还去帮了两天忙，第三天帮不下去了，就借口去走亲戚，离开了村子，眼不见为净。他在城里一个建筑工地上干了几天，干几天人家工程就完工了，没有新的地盘可去，又回来了。他从公路上看见了德臣家的新房子，三层楼已经盖好了第一层，红砖墙面，大窗洞，和德臣嘴里描述的一样，没有什么意外，也没有什么惊喜。怎么会惊喜？那是德臣家的房子，不是他的。道林记得他一路穿过棉花地的时候还没什么特别的想法，但棉花地里打农药的几个妇女偏偏拦着他说话。狗子他妈说，道林，德臣家开工你怎么躲出了？你们还是兄弟呢，也不去帮帮人家忙。道林说，你知道个屁，我怎么没帮忙，是帮不上，你以为现在盖房子还是以前，要图纸的，按照图纸来，不会帮帮的是倒忙。狗子他妈说，那你家房子到底什么时候开工呀？他不愿意和妇女多费口舌，回了一句，该开工就开工，我家房子你操什么心，你又不肯嫁过来做小的。狗子他妈追着他要打他，道林往地里一跳，跳到乔来秀旁边，那乔来秀正眯着眼睛向坡上看，瞥一眼道林，忽然无端地笑起来，笑得道林心慌，说，你个疯婆子吃了笑药了，好好的浪笑什么？乔来秀还是笑，指着坡上的房子说，你自己来看嘛，看你们两家的房子，很有意思的。道林说，房子有什么意思？乔来秀说，原先看你们两家房子，还没看出名堂，现在德臣家的房子好了，怎么觉得他家是站着，你家那房子是跪着的——别跟我瞪眼睛呀，你自己来看，像不像三个人？一个跪，一个蹲，一个站，你家那房子最可怜，是跪在那儿的！

道林盖房的计划是被种种的意外打乱了。不可否认，女人的闲言碎语也会惹是非，比如乔来秀的话，怎么听着就像针一样刺人呢，刺痛的是道林的自尊心。但更大的意外来自道林媳妇那里，道林怎么也想不到媳妇那样敦厚那么死心眼的一个女人，会让德臣家的房子弄得乱了方寸。他回到家里，看见门关着，正纳闷大白天为什么关门，儿子在里面叫起来，快开门，爹回家啦。女儿跑过来下了门闩，给他开了门。道林说，村里闹贼了，好好的怎么拴着门？女儿指着儿子说，他不听话，不让他跑去看盖房，他偏要去。道林说，盖房怎么不能看？让他看去。儿子这时候大声叫起来，是妈不让我去看，她自己也不看，她把眼睛都蒙起来了！道林进了里屋，果然看见他媳妇脸上蒙着块布坐在床上，手里还在纳鞋底。道林说，你这是闹的什么鬼？眼红别人盖新房，也不能装瞎子。媳妇说，我就得把眼睛蒙上，不蒙上眼睛忍不住地要到窗口去看，一看心里就堵得慌，什么事也干不了。道林上去揭下她脸上的布，说，你的心眼怎么比针尖尖还小呢？传出去不让人笑掉大牙。媳妇说，还怕人笑话呢，腰杆子都挺不直了，还要那个面子有什么屁用。

赶路赶回家，道林不觉得累，只觉得心烦。他把媳妇往床上按，按了几次媳妇都坚强地挺了起来，道林就放弃了。夫妻俩都呆坐在床上，仰头看着自己的房子，房梁和椽子都已经发黑了，挂在梁上的一只箩筐里结了一张蜘蛛网，一只老鼠哧溜一声从梁上跑过去，不见了踪影。媳妇说，他们家一开工，老鼠都往我家跑，欺负人呢。道林说，这几天我一直在琢磨呢，德臣上哪儿弄来这么多钱，他种那么多地，我也种那么多地，他种果树，我也种果树，他养猪我也养了，闲着时他去地盘上干活，我也没歇着，我比他干得还苦，怎么就攒不下盖房子的钱呢？媳妇莫名地气起来，说，偷的！道林说，不兴这么说人家，我估计他是借的钱。我听天武说他去他家借过钱的。媳妇说，当然是借的，不借去偷呀？媳妇说着在门缝里找了个竹竿去挑房梁上的蜘蛛网，被道林拦住了，别挑，让它在那儿，道林说，我一路上一直在想呢，盖房子的苦早吃晚吃都得吃，咬咬牙了，我明天开始出去借，够了钱我们家也开工！

媳妇却一下瘫坐在床上了，她的眼睛眨巴着看着丈夫，要说什么，却一句也说不出口，只是把一只手塞给道林，说，你摸摸我手上的脉，还在不在跳？我怎么透不出气来了呢？道林说，你是让吓的，你要是怕，我们就再攒两年再说。媳妇瞪大眼睛望着房梁，突然哭起来，说，我听你的，你要是能忍，我们就再攒两年钱再说。道林突然火了，摔掉媳妇的手，说，听我的你还哭什么，反正一辈子就盖一回楼房，上刀山得上，下火海也得下，我们不忍这口气，我们也开工。

出去借了钱，道林才知道德臣什么都抢先走了一步。他的估计不错，德臣盖房子的钱也是借的。枫杨树的富裕人家不算少，凡是乔姓，都沾亲带故，但借钱的事比血缘复杂。人人皆知借钱容易讨债难的道理。是有几家亲戚，房子早盖了，儿女大事也办了，手里有余钱，等到道林上门的时候，亲戚都面有难色，说道林你从小就不如德臣机灵，这回又让德臣抢了先，家里富余的钱都让德臣借走啦。还拿德臣的借条给他看。道林这才想起来他和德臣的亲缘关系，他的亲戚好多也是德臣的亲戚。道林心里埋怨为什么偏偏和德臣做了堂兄弟，沾光的事情记不起来，吃亏却吃了不少，这怨恨绵绵密密，却说不出口。道林说，我道林是什么人你们都知道的，嘴皮子不灵，做人是堂堂正正的，人家会赖债我不会赖债的，就是不吃不喝也要把债还清了。亲戚说，德臣也是这么说的，其实你们兄弟做人什么样我们都清楚，不是不借，是没的可借了。也有亲戚说，你们两家为什么非要挤在一起盖房呢？房基地反正归你了，也不会长翅膀飞了，你怎么偏要跟他挤在一起盖房呢？道林一时也想不出什么冠冕堂皇的理由，就把责任都推到媳妇头上，说，我是不急，祖宗留下的房子，好好的，不过就漏雨，漏雨就用盆接嘛，我不急着盖房，是小勇他妈天天跟我闹呢，她怕让德臣家抢了风水。

道林是个爱面子的人，借不到钱从不对人说半句难听话，回家就不一样了，拿媳妇撒气。他说，不盖了不盖了，不去丢那个脸了，就住这老房子，我不信能把人住死，你不是不敢看人家盖房子吗？明天把窗户堵上，把门也掉个方向，你不扭头，什么也看不见！媳妇给他弄哭了，说，你就会说这种屁话，没出息的东西。道林说，我没出息，你怎么不出去借？你不是说你三舅家买了两台拖拉机了吗？他家那么富，你怎么不找他借去？媳妇呜呜地哭了一会儿，说，不盖就不盖，你是男人，丢脸丢你的脸，不丢我的脸。道林跳起来，我丢什么脸了，我乔道林不偷不抢不嫖不赌的，借不到钱就丢脸了？道林要去打媳妇，媳妇向外面逃了几步，突然站住了，咬着牙说，我就不信活人能让尿憋死，我回娘家，找我三舅借，我三舅不给我面子，我就让我妈出面，不信就借不到钱！

乔村人都知道道林家盖房的钱是他媳妇从娘家借来的，也许就因为这事，后来道林家盖房的时候都是女的做主，道林好像矮了一截。工匠也都是女的从娘家那儿请来的，说是江西来的工匠，人多，工钱还便宜。村里人都说道林媳妇平时显不出有多能干，关键时候就显山露水了。

道林家的房子后来一直在追德臣家的房子，村里人在棉花地里干活或者从公路上路过时，都能看见坡上的两座新房子比赛一样地蹿高。道林家的工匠搭了棚子在公路边住，开工早收工晚，隔了不多久，后动工的追上了先开工的，两座房子一般高了，看上去又像兄弟了。村里人路过工匠住的棚子，看见道林媳妇穿着道林的肥大的旧军装，正在灶边忙着为工匠做饭，他们带着惊讶之色恭喜她说，哎呀，快追上了嘛。道林媳妇还装糊涂，说，什么快追上了？人家说，房子呀！道林媳妇便从工棚里探出头，看看坡上的两座房子，说，我们家道林办不成事呀，要不是等砖头，我们家的房子就封顶了。

房子封顶的时候两家差点闹出了纠纷，说白了是枫杨树乡下常见的房顶谁高谁低的纠纷。是德臣的媳妇容不下道林媳妇的能干，又迷信，就让工匠等着道林家封顶，说，让他们像狗撵骨头一样撵着我们，我们家开工在先，风水倒让他们抢了？我们家房顶偏要高过他们家。工匠们听主人的，便歇下来了。道林媳妇是明白人，却比德臣媳妇有手腕，她说，好呀，他不停我们不停，他停我们也不停，你们照着料往上盖，盖到哪儿是哪儿，我看她有多少能耐压我一头。这一闹工匠不会干活了，两家男人出面了，德臣和道林从小到大光屁股一起长大，什么话都可以摊开来说，堂兄弟俩蹲在工地上商量了半天，决定谁也不占那个风水，两家房子用尺子量，一定要一般高，还要请村长来做证人。

毕竟是堂兄弟，堂兄弟头挨头地商量事情，祠堂里祖宗的在天之灵严厉地挡住女眷的脚步，不让她们多嘴多舌，她们不参与，德臣和道林很容易地解决了一个棘手的问题。

他们挑了一个好日子一齐搬的新房子。按照枫杨树乡间多少年来的习俗，盖新房的再怎么穷，乔迁之宴一定要摆。全村人都可以带着一张嘴来吃。也是为了省下点钱来，德臣和道林商量一起把宴席办了，也顾不上别人的风凉话，两家摊分这场宴席，谁也不吃亏，这是好事，女人当然也不会反对。两个女人去马桥镇上割猪肉的时候还各走各的，回来时候虽然不说话，但她们是抬着一麻袋猪肉一起走回来的。到了起灶办宴席的那天早晨，一种共同的负担和另一种相通的利益使德臣媳妇和道林媳妇不计前嫌，彻底走到了一起。她们从早上就开始商量猪肉里应该混土豆还是萝卜，米饭该煮成几分烂，酒瓶让谁来掌管，一切就是为了让贪嘴的村里人少吃一点。

两家的旧屋谁也没拆，正好用来摆宴席。中午十一点钟，所有的乔村人都在往坡上赶。乔村不是大村，但由于地形的关系，那支弯腰爬坡去赴宴的队伍看上去是浩浩荡荡的。房子里里外外都坐满了人，远远听着是一种节日式的热闹和嘈杂。德臣媳妇道林媳妇带着几个女的在树下临时搭砌的灶前忙。德臣家的儿子嘴馋，在母亲身边钻来钻去抓东西吃，德臣媳妇打了他一下，抢下孩子嘴里的一块肉，正要往碗里扔，突然像遭了谁的鞭子抽，人突然打了个冷战，回过身拉过孩子，把肉又塞到儿子嘴里了。道林媳妇有点不满地看着她，没想到德臣媳妇一句话，把道林媳妇也说得心如乱麻，到处找自己的一双儿女去了。

德臣媳妇对儿子说，今天就敞肚子吃吧，欠下这一屁股债，怎么还？只能从牙缝里省钱，从今往后，你别想有这么大块的肉吃了。

枫杨树乡下的人习惯了从牙缝里省钱的生活，这对于德臣和道林两家的大人来说早有思想准备，孩子们却不接受餐桌上从天而降的灾难。孩子不接受了就闹，闹了就挨大人打，打得狠了孩子长了记性，知道不该为吃跟大人闹，就想别的歪点子了。德臣的儿子在学校里抢同学的饼干吃，被人家家长闹上门，德臣便大发雷霆，拿着根扁担追着儿子打，从新房子追到旧房子里，儿子一转眼不知道躲哪儿去了。德臣看见道林家的两个孩子钻在猪圈旁边，升了一堆火，用一只搪瓷杯子煮鸡蛋吃。看见德臣，女孩子惊恐地叫起来，说，叔，求你别告诉我爸。小勇则说，也别告诉我妈，我妈打起来更疼。德臣看得心酸，过去帮他们拨了拨火，德臣说，这是什么鸡巴日子，勒着裤腰带过日子，从孩子嘴里省钱，能省下多少钱来?

德臣后来就不准媳妇天天煮稀饭，他规定每隔一天要煮一顿干饭。德臣在家是说一不二的，媳妇不敢违抗。德臣媳妇没想到自己煮点干饭，又把隔壁道林家得罪了。这要怪两家新房子的厨房都顶在房前，这家厨房里的味道，隔壁那家是闻得到的。孩子的鼻子比小狗还灵，德臣媳妇一煮干饭，道林家的孩子马上就知道了，知道了就有了抗争的理由，尤其是男孩，他居然自作主张舀了米要往锅里添，说，他家也要还债，他家煮干饭，我也要煮干饭。煮粥的姐姐就大叫父母来。道林媳妇下了楼，打了孩子几巴掌，手不疼，孩子也不见得疼，倒把自己的心打疼了，就坐在楼梯上哭了起来。道林也下楼，看见媳妇哭得那么伤心，知道她是心疼孩子，就说，粥也是细粮呢，现在的小孩子有细粮吃，不错了，我们小时候吃红薯南瓜饭的！媳妇哭过了，冷静下来，说，人家德臣家做得也对，孩子长身体，不能天天喝粥，也得吃点干的。道林说，我早这么说了，是你要从饭碗里省钱的。媳妇走到外面去，向隔壁张望了一下，回来说，他们家也是，煮干饭也不关着点门，看把孩子馋的。道林说，总不能让人家煮干饭就把门窗都关了，是我们家孩子不好，他就不能不过去闻吗？他是人呀，又不是狗。道林媳妇站在门口思忖了一会儿，瞬间作出了一个重要的非同寻常的决定，她对丈夫说，你等会儿过去跟德臣说一下，以后煮干饭打个招呼，我们两家反正是一辈子拴在一起了，煮干饭也得一起煮，别让孩子们嘴犯贱！

后来德臣家和道林家就有了这个约定，煮干饭两家一起煮，事先要互相通报。由于德臣媳妇和道林媳妇的关系时好时坏，所以他们互相通知的方式也是多种多样的，两个女人关系好的时候是亲自过来通报，关系不睦了，就差孩子来，也有冷眼相向连孩子也不准串门的时刻，这边的女人就在厨房里对着窗户，扯着嗓子叫，煮干饭了煮干饭了！叫得不情愿，又补上一句，小心吃噎着了！

大概是顺带着指桑骂槐吧。

他们两家就在新房子里过着统一的节衣缩食的日子。乡下地方，鱼米之乡，不用花钱也总能填饱肚子，乔村人也看不出那两家人有什么营养不良的迹象。德臣后来一直在马桥镇的榨油厂干活，他做过拖拉机手的，在外面结交的人多，多了就有用，多了条赚钱的门道。道林老实，不如德臣会交际，就一直在村里忙田里的事，果树的事，还有十几头猪的事。傍晚时分村里人经常看见道林拿着渔具在池塘旁边转悠，转了一会儿提着几条小鱼回家了。村里人说，这池塘里的小鱼也能吃呀？道林说，怎么不能吃，用油炸了，又香又鲜，我们家小勇最爱吃！

其实道林的孩子不爱吃鱼，嫌小鱼刺多。道林说，把你们娇惯坏了，鱼的营养比猪肉好，鱼的价钱卖得也比猪肉高，你们还不吃，不吃就别吃，城里的孩子还没有这么活蹦乱跳的鱼吃呢。道林怎么说孩子们也不动心，关于桌上的饭菜，无论大人怎么说，在孩子们看来不是谎言就是圈套。他们要吃肉，说不出口，男孩问他的姐姐，我们家的猪要是从它身上割一块肉下来，还会不会长好？姐姐就把这话密报了母亲，道林媳妇一听就紧张起来，打了他一巴掌，她知道儿子心里在想什么，命令他以后不准进猪圈。

这之后就发生了德臣家吃肉的事。说起来又是个意外，那天德臣回

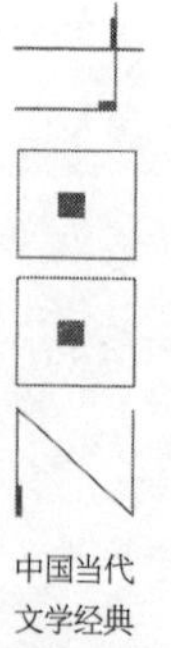

家带来了两个客人，看样子是马桥镇上的什么干部，德臣对他们的态度有点类似太监对皇帝的态度。黄昏时从德臣家厨房里飘出了浓郁的炖猪肉的香气，德臣媳妇在厨房的窗子上拉了一块布挡着，但布幔挡得住她忙碌的身影，却挡不住猪肉特有的香气。德臣家的男孩在门里门外跳出来蹦进去的，看见小勇坐在他家门口台阶上发呆，就露出傲慢的神色来，对小勇说，我爹说了，我们家今天有客人，特殊情况特殊处理，吃什么用不着向你们家报告！他看见小勇跳起来跑进了家门，后来就没再出来，后来就只听见小勇的哭闹声了。

道林从地里回来，远远就听见家里闹得厉害，他还以为出了什么事，冲进门却看见儿子躺在灶前的草堆上撒泼打滚，满身满脸都是碎草。他媳妇和女儿都围着小勇，哄他上桌子吃饭。道林不知究竟，说，爱吃不吃，怎么还低三下四请他？他到底为什么闹？女孩子跺着脚埋怨隔壁，都是他家不好，烧猪肉烧那么香，不事先打个招呼！媳妇这次却很理智，说，也怪不了人家，约定说煮干饭打招呼的，谁想到他们家还有钱请客吃饭呢，人家请客当然是要猪肉上桌的，打不打招呼都一样，我们家没钱割猪肉。

男孩还在哭闹，一边闹一边嘟囔，杀猪杀猪，我要杀猪。道林威胁儿子道，杀猪？你知道一头猪卖多少钱？我把你杀了也不杀猪。说着上去把儿子强行抱起来，扔在饭桌前的凳子上。然后一家人坐在桌前吃饭。儿子不吃，道林踹他一下，说，不吃你滚下去，饿死你。儿子也不下去，只是张着嘴哭。道林媳妇看着丈夫的脸色，突然说，要不然拿两个鸡蛋炒了，压压他的馋劲？道林的脸色不对，他端着碗，看着碗里的粥汤，只看不喝，对媳妇的探询没有反应。道林媳妇对儿子说，孩子你懂点事吧，两个鸡蛋拿到镇上能卖一块多钱，你吃了就没了。道林不说话，他的脸色不对，眼睛有点发红，端碗的手颤抖着。道林媳妇发现丈夫脸色不对，人就站起来了，她对孩子说，我给你在酱豆里淋一点香油，保证好吃。孩子仍然哭，他好像是决心把抗争进行到底了。然后道林媳妇就听见丈夫怒吼了一声，他手一挥，把桌上的锅碗都扫到地上去了。道林媳妇看见丈夫从凳子上跳到饭桌上，躺下来，用双手捶着自己的肚子，她是突然间听懂丈夫震耳的吼声的：来，吃，吃，把我吃了吧！道林躺在饭桌上吼叫着，来，你们都来，把我吃了吧！

道林躺在饭桌上捶自己的胸，说，来，割这里的肉，把我吃了吧！

道林躺在饭桌上捶自己的腿，说，来，割这里的肉，把我全吃了吧！

德臣媳妇过来送那碗肉的时候，敲门敲了很长时间。道林媳妇来开的门，她只把门打开了半扇，就站在门缝里和邻居说话。道林媳妇似乎是刚刚哭过洗了脸的，脸上的水和泪痕混在一起，散发出一种灰白色的冷光，她低眼看了看德臣媳妇手里的碗，说了一句话，让德臣媳妇后来又记了她半年仇。

道林媳妇说，你来迟了，我们已经吃过了。

原载《上海文学》2004年第4期

点评

“堂兄弟”，本属同祖宗亲范畴，似乎理应指向和睦、友爱、共济等多重关系。然而，苏童的这篇小说却以尖锐犀利而又不动声色的笔触，将这层关系遮蔽下的人性内质毫不留情地撕裂开，并赤裸裸地展露出来。德臣和道林这对堂兄弟两家的房子，如同他俩从小“靠在一起仰望着日落日出”一样，自祖辈起就“亲密无间”地并排紧靠着，虽已破旧得不经风雨，却看似宁静而祥和。可德臣家四处借钱盖起的新楼房，率先打破了这份平静。相形之下，道林家的瓦房忽然显得尤为不堪，随即引发了乡亲的冷嘲热讽与媳妇的攀比艳羡。于是，原本相安无事的两家人，由此开始了一场惊心动魄的心理拉锯战。就在德臣家新房日渐筑高时，道林心中的压力与日俱增，迫使他也宁可承受经济的重担盖起了自家的新房。可新房的落成并未给两家人带去多少幸福感，反而让他们迅速跌落到贫困的深渊而难以自拔。此时，最令道林无奈的不是每天碗里的稀粥，而是在面对儿子因极度眼红嘴馋德臣家改善的伙食并上演闹剧时，他内心无法掩藏的愤怒与不甘。小说的末尾，道林躺在饭桌上命令家人割自己的肉吃时的歇斯底里，与德臣媳妇送肉来时道林媳妇那近乎可怕的冷静回应形成了鲜明对比，从此，堂兄弟的关系或许会变得更加破碎。苏童对隐秘人性的挖掘与幽暗心理的剖析总是如此入木三分，而传统道德的沦丧也在他冷静而深刻的叙述中表现得淋漓尽致。

（方奕）

月光两题

韩少功

空院残月

有一个邻家的汉子很会种瓜，扛着锄头这里看一看，那里挖一挖，似乎没有做什么，但他所到之处不久就会冒出肥大的瓜叶，逢沟过沟，逢坡上坡，甚至翻越墙垣，尽情地蔓延和覆盖。不知什么时候，瓜藤已潜游到我家门前的路上，过不了多久，两三个南瓜居然憨憨呆呆地拦路把守，要收缴买路钱的样子，使我出入的时候得东躲西闪三步两跳。

“把瓜摘去吃吧。”他撑着锄头，乐呵呵地冲着我笑。

“我家也有瓜。你种的，你留着。”

“我一个人吃饱，全家就不饿，哪吃得完？”

既然他是一个人居家，那他到处种瓜做什么？是有种瓜癖？是生性闲不住？还是对世界上一切荒土闲地有开发兴趣？

他家离我家不远。我走出院门，同张家的人点点头，同李家的人搭搭腔，然后就能看见他家斜斜的院门了。我去过他家，看见他家里的算盘和几个账本，知道他是村里的会计，有时还到小学代点课，无论数学还是音乐，都能教。我正巧看见五六个女孩子在他家排演歌舞，大概是准备学校里节日会演的节目。他一双赤脚，腿上带着泥点，头发眉毛皮肤都被阳光烧灼成了浑然统一的土色，却是一个努力投入艺术想象的导演。“我们的祖国是花园，花园里花朵真鲜艳……”他边唱边舞，两手像扭着一条无形的毛巾，左耳边扭一下，右耳边扭一下，是一种挖土和挑粪般的舞蹈手势。“下腰，下腰，你们看看我……”他还来了个上身后仰的示范，直到自己仰得两眼翻白，耳根都涨红了。

这位赤脚导演没顾得上陪客人。我与妻子在一旁观摩和喝茶，其实是喝着热水瓶里的凉水，已经化不开茶叶。两只杯子也破旧零乱，一只搪瓷大杯，一只粗瓷酒盅，是他刚才找了半天才凑齐的。这确实是一个主妇缺席的家。

听邻居说，刘长子的老婆到南边打工去了。听邻居喝了酒以后说，他老婆实际上也是人家的老婆，帮一个老板管家，还生了个娃，只是把赚来的钱一个不少地寄回来，供这边的儿子读书。我不太理解这种事，尤其不太理解人们说起这事时的随意和淡漠，忍不住想多问几句。“有什么奇怪？闲着也是闲着，就等于出去寻副业么。”一个妇人这样回答我。另一个老人笑了笑：“刘长子能怎么样？丈夫丈夫，只管得一丈远的。”他们转而说起了眼下学校收费的昂贵。照他们的计算，供一个孩子读高中，非得有两个人打工进钱不可。因此刘长子福气好，不仅自己可以代课，还有一个既挣钱又顾家的老婆，要不他儿子恐怕早就搓泥巴坨了——这是务农的意思。

我见过一次他那个似有似无的妻子。大概是知道村里有些说法，她从来没让我看到过正面，即便是在水边的菜园里相遇，她也是去看天上的鸟，或者弯腰去扯除什么杂草，是一个躲避目光的影子。从背影和侧面来看，她身姿绰约，而且有了都市生活的风韵，比方衣摆剪裁得很合身，比方衣履有细心的颜色搭配，比方腰身和脚步有一种用心的收敛，没有乡间重担压出的那种粗放散乱，不会脚步乱刮或者胯骨乱甩什么的。但她没有市井虚荣，回家来探亲，不打牌，不入酒席，日子都浸泡在汗水中，挑着粪桶一闪就隐没入瓜棚豆架。那一片繁茂绿叶的深处偶尔飘出嘤嘤低语，大概是她与什么邻居说话，但听不清楚。

她们隔着绿叶的帷帐说说家常，互相也不见人影。

她丈夫没有来帮忙。其实，她丈夫无法上地了，因为一场大病，撑着拐杖也偏偏倒倒，她才赶回乡下来料理。我不知道刘长子患了什么病，问起来，他只是笑笑，说得含糊。直到我看到他转眼间面容枯槁，头发眉毛渐次脱落，有明显的放疗和化疗迹象，才猜出他的病凶多吉少。

他扶着拐杖，再一次冲着我笑笑：“把瓜摘去吃吧。”

“你自己留着吃。”

“我怕是吃不上了。”

“你不要灰心。听我说，得这种病的成千上万，其中不少活过了十年，甚至二十年，天天扭秧歌或者踢足球的，也大有人在。你一定要心情开朗，积极地与医院配合。”

“什么医院？明明是拦路抢劫的土匪。”他目光发直，两个眼珠挤成了一个斗斗眼，“一个疗程就要我八千，要在我身上开金矿么？”

“有什么办法呢？病在你身上，还是要治的。”

“我决不给他们吃冤枉！”

他看了看天边的风景，回家做饭去了，转过身，喘了几下，拾起了身边的几根豆角，又喘了几下，缓缓挪动了步子。我忙上前去扶住他，问他妻子为何这么快就走了，为何不留下来照料他。

“家里也没有多少事，不用她天天守着。”

“多个人手总是好一些。”

“守着我，能守得出钱来？”

他说明它就要考大学了，然后缓缓地朝夕阳走去。鸟雀正在归巢，水边的老牛正在回家，家家户户的炊烟都升起来的时候，他孤独的剪影定格在一片火烧云中。

明它是他的儿子，一直在县城寄宿读书。我只见过他的考号和上了线的考分，受他父亲之托，与某大学的一位朋友通过电话，确保这所大学录下了他。直到我就要离开这个村子了，有一天从外面回来，才发现他们父子俩坐在我家。他儿子长得像个女孩，眉清目秀，有些腼腆，埋头翻着一本杂志。父亲满心欢喜地看着这个有出息的儿子，有一种怎么也看不够的劲头，目光软软地和糍糍地抚摸着儿子侧面的每一个部位，摸得大学生更腼腆了，扭过头去看着墙角，躲开父亲的目光——他是知道这种目光为时不多从而不忍相接？还是年幼无知从而不觉得这种目光点滴都不可遗漏？

邻家汉子戴着帽子，盖住了头发脱落的头，是带着儿子来面谢的，顺便也讨教些大学读书的方法，问一点都市生活须知。墙边的几只大南瓜，当然是他的谢礼。在整个说话的过程中，他的兴致一直很高，听到儿子说起大学里一些趣事，甚至满面红光地哈哈大笑，只是通常比别人笑得慢半拍，目光有些发直，似乎卡在略有所思的那一刻。我突然想到，我将离开这里，春暖花开时节才会再来。这就是说，如果事情不出现奇迹，他此次戴着帽子的来访，对于我来说也许是最后一次。我知道拒绝就医意味着什么。我看见他最后一次摸着我家的桌沿，最后一次放下我家的茶杯，最后一次艰难地站起来，最后一次扶着拐杖走向大门，最后一次给我视野里留下笑脸和弯曲的背影……事实上，我没有看到这个背影，而是让妻子去送客。我没有勇气在一片谈笑声中，在一个秋高气爽风和日曛蝉鸣雀噪的好日子，与一个活生生的人永别。这分明是一个欢欣的场景，容不下永别的情节。

我乘车离开此地的时候，甚至不敢朝他家的院门望一眼。此时，他也许站在那里，也许没有。这种种也许一晃就甩到了车后，离我越来越远。

现在，我又来到了这里。没有人向我提起他，我也没有问起他，一个人的名字就这样在大家心照不宣的约定之下被删除了。院墙外的瓜藤又开始蔓延，向路上延伸着妖娆的触须，大概是想拦住路人的脚步，想说点什么。花朵也开始绽放了，像举起一支支金色的喇叭，正在向这个世界大声地传诵和宣告什么。我不知道是谁又在这里种下了瓜，或者它们不过是野物，来自去年无人采摘的瓜，来自瓜腐成泥后重新入土的种子。如果没有人来采摘，它们也许会年复一年地这样繁殖下去。

清明节，远近的鞭炮声不时传来，当然是各家各户在上坟。我不知道是否有人给刘长子上坟，也不知道他的坟在哪里。我只接到了他儿子的一个电话。他吞吞吐吐，想向我借一点钱。他说网上有人推销一种彩票透视眼镜，据说是发财致富的高新技术产品，他很想得到一副。

我不记得是如何回答他的，也不愿意把这个电话告诉村里的人，当然更不会告诉他父亲。晚上路过他家院门口时，我让村长等我一下，然后推开半掩的竹门，习惯性地跨过院门的石槛。已近深夜了，西沉的残月隐在林子里，给曾经排演过歌舞的清冷地坪，筛下一片模模糊糊的光斑。正房门挂着一把锁。墙根已布满青苔。靠近厨房的一根竹管还流着水，但支架已经垮塌，泉水流到了地上。接水用的瓦缸还有半缸积水，大概是房主去年所留，有孑孓蚊蝇浮在水面。这个院子里也有很多瓜藤，从院墙那边蔓延过来，已经把一条通向屋后的小路封掩，然后爬上了石阶，攀上了檐柱，甚至缠住了檐下一张废弃的犁，在木柄上开出了小小花朵。我知道，待到秋天来临，这里将会有遍地金灿灿的南瓜，在绿叶下得意扬扬地纷纷探出头来，一心要给主人冷不防的惊喜。

我踏着月光，完成了一次为时已晚的告别。

月下桨声

雨后初晴，水面长出了长毛，有千丝万缕的白雾牵绕飞扬。我一头扎入浩荡碧水，感觉到肚皮和大腿内侧突然碾压着冰凉。我远远看见几只野鸭，在雾气中不时出没，还有水面上浮来的一些草渣，是山上雨水成流以后带来的，一般需要三四天才能融化和消失。哗的一声，身旁冒出几圈水纹，肯定是刚才有一条鱼跃出了水面。

一条小船近了，船上一点红也近了，原来是一件红色上衣，穿在一个女孩身上。女孩在船边小心翼翼地放网，对面的船头上，一个更小的男孩撅着屁股在划桨。他们各忙各的，一言不发。

我已经多次在黄昏时分看见这条小船，和还小小年纪的两个渔夫。他们在远处忙碌，总是不说话，也不看我一眼。我想起静夜里经常听到的一线桨声，带着萤虫的闪烁光点飘入睡梦，莫非就是这一条船？

我在这里已经居住两年多，已经熟悉了张家和李家的孩子，熟悉了他们的笑脸、袋装零食以及沉重的书包，还有放学以后在公路上满身灰尘地追逐打闹。但我不认识船上的两张面孔。他们的家也许不在这附近。

妻子说过，有城里的客人要来了，得买点鱼才好。于是我朝着小船吆喝了一声："有鱼吗？"

他们望了我一眼。

"我是说，你们有鱼卖吗？大鱼小鱼都行。"

他们仍未回话，隔了好半天，女孩朝这边摇了摇手。

我指了一下自己院子的方向："我就住在那里，有鱼就卖给我好吗？"

他们没有反应，不知是没有听清楚，还是有什么为难之处。

也许他们年纪太小，还不会打鱼，没有什么可卖。要不，就是前一段人们已经把鱼打光了——他们是政府水管所雇来的民工，人多势众，拉开了大网，七八条船上都有木棒敲击着船舷，梆梆梆，嘣嘣嘣，把鱼往设下拦网的水域赶，在水面上接连闹腾了好几个日夜。这叫作“赶湖”。有时半夜里我还能听到他们击鼓般的赶湖，敲出了三拍的欢乐，两拍的焦急，慢板的忧伤以及若有思索，还有切分音符的挑逗甚至浪荡……偶尔我还能听到水面上模模糊糊的吆喝和山歌。“第一先把父母孝，有老有少第二条，第三为人要周到……”如果我没有听错的话，这些久违的山歌，只有在夜里才偶尔鬼鬼祟祟地冒出来。

我后来去水管所买鱼。他们打来的鱼已用大卡车送到城里去了。但他们还有一点没收来的鱼，连同没收来的渔网。据说附近有的农民偷偷违禁打鱼，有时还用密网，把小鱼也打了，严重破坏资源。

我的城里的客人来了，是大学里的一位系主任，带着妻小，驾着刚买的日本轿车，对这里的青山绿水大加赞美，一来就要划船和下水游泳，甚至还兴冲冲想光屁股裸泳。他说这里的水比黑龙江的镜泊湖要好，比广西北海的银滩要好，比泰国的帕堤亚也要好，说出了一串旅游地的名字，显得见多识广。我知道，这些年很多学校属紧俏资源，高价招生，收入颇丰，连他这样的小头头也富得买车买房，还公费旅游了好多地方。

我们吃着鱼，说到有些农民用蓄电池打鱼，用密网打鱼。他痛心地说，农民就是觉悟低，一点环境保护意识也没有。

他还说来时汽车陷在一个坑里，请路边的农民帮着推一把，但农民抄着手，不给一百块钱就不动，如今的民风实在刁悍。

这种情况我以前也碰到过。

客人们走后的第二天，院子里一早就有持久的狗吠，大概是来了什么人。我来到院门口，发现正是那个红衣女孩站在门外，提着一只泥水糊糊的塑料袋，被狗吓得进退两难，赤裸着双脚在石板上留下水淋淋的脚印，脚踝还沾着一片草叶。

她是走错了地方还是有事相求？我愣了一下，好容易才记起了几天前我在水上的问购——我早把这件事忘记了。我接过她的塑料袋，发现里面有一二十条鱼，大的约莫半斤，小的只有指头那么粗，鲫鱼草鱼游鱼杂得有点不成样子。从她疲惫的神色来看，大概这就是他们忙了半个夜晚的收获。

我想起水管所干部说过的话，估计这女孩用的也是密网，没有放过小鱼，下手是有些嫌狠。但我没有说什么。我已经从邻居那里知道了他们的来历。他们是姐弟俩，住在十几里路以外的大山里面，只因为弟弟还欠了学校的学费，两人最近便借了条小船，每天晚上在这里打鱼。他们的父亲帮不上忙，因为穷得没有医药费，一年前已经中年病逝。母亲也帮不上忙，据说不久前已经走失了——人们只知道她有点神志不清，曾经到过镇上一个亲戚家，然后就不知去了哪里，再也没有回家。

我收下了鱼。在完成这一交易的过程中，她始终拒绝坐下，也没有喝我妻子端来的茶。她似乎还怕狗咬，说话时总是看着狗，听我说狗并不咬人，还是怯怯地不时朝桌下看一眼，一见狗有动静，赤裸的两脚就尽可能往椅子后面挪。

“你很怕狗么？”我妻子问。

她不好意思地笑笑。

“你家没有养狗么？”

她摇摇头。

“你喝茶。”

她点点头，仍然没有喝。

她提着塑料袋走了以后不久，不知什么时候，狗又叫了，窗外橘红色一晃，是她急急地返回来，跑得有点气喘吁吁。

“对不起，刚才错了……”她大声说。

“错了什么？”

“你们把钱算错了。”

“不会错吧？不是两斤四两么？”

“真是算错了的。”

“刚才是你看的秤，是你报的价，你说多少就是多少，我并没有……”我觉得自己没有什么责任。

“不是，是你们多给了。”

我有点不明白。

她红着脸，说刚才回到船上，弟弟一听钱的数字，就一口咬定她算错了，肯定没有这么多钱。他们又算了一次，发现果然是多收了我们一块钱。为此弟弟很生气，要她赶快来退还。

我看着她沾着泥点的手，撩起橘红色衣襟，取出紧紧埋在腰间的一个布包，十分复杂地打开它，十分复杂地分拣布包中的大小纸票，心里有些过意不去。一块钱怎值得她这样急匆匆地赶来并且做出这么多复杂的动作？“也就是一块钱，你送鱼来，就算是你的脚力钱吧。”我说。

“不行不行……”她把头摇成了拨浪鼓。

“再说，我们以后还要找你买鱼的，一块钱就先存在你那里。”

“不行不行……”拨浪鼓还在摇。

“你们还会打鱼吧？”

“不一定。水管所不准我们下网了……”

“你弟弟的学费赚够了吗？”

“他不打算读了。”

“为什么？”

她没有回答，只是固执地要寻找一块钱。她的运气不好，小钞票凑不起一块钱。递来一张大钞票，我们又没有合适的散钱找补。就这样你三我四你七我八地凑了好一阵，还是无法做到两清。我们最后满足她的要求，好歹收下了七角，但压着她不要再说了，就这样算了，你再说我们就不高兴了。

她做了什么亏心事似的，浑身不自在，犹犹豫豫地低头而去。

傍晚，我们从外面回家，发现院门前有一把葱。一位正在路边锄草的妇人说，一个穿红衣的姑娘来过了，见我们不在，就把葱留在门前。

不用说，这一大把葱就是她对鱼款的补偿。

妻子叹了口气，说如今什么世道，难得还有这样的诚实。她清出一个旧挎包，一支水笔，说可以拿去给红衣女孩的弟弟上学，说不定能替他们省下两个钱。但我再没有遇上红衣女孩，还有那个站在船头为她摇桨的弟弟。有一条小船近了，上面是一个家住附近的汉子，看上去比较眼熟。从他的口里，我得知最近水管所加强禁渔，姐弟俩的网已经被巡逻队收缴，他们就回到山里种田去了。他们是否凑足了弟弟的学费，弟弟是否还能继续读书，汉子对这一切并不知道。

人世间有很多事情我们并不知道，何况萍水相逢之际，我们有时候连对方的名字也不知道。

我说不出话来。每天早上，我推开窗子，发现远处的水面上总有一叶或者两叶小船，像什么人无意中遗落了一两个发夹，轻轻地别在青山绿水之中。但那些船上没有一点红。每天晚上，我走在月光下的时候，偶尔听到竹林那边还有桨声，是一条小船均匀的足迹，在水面上播出了月光的碎片，还有一个个梦境。但我依稀听得出桨声过于粗重，不是来自一个孩子的腕力。

我走出院门，来到水边，发现近处根本没有船。原来是月夜太静了，就删除了声音传递的距离，远和近的动静根本无法区别，比如刚才不过是晚风一吹，远在天边的桨声就翻过院墙，滚落在我家的檐下阶前，七零八落的，引来小狗一次次寻找。它当然不会找到什么，鼻子抽缩着，叫了两声，回头看着我，眼里全是困惑。

我也不明白，是何处的桨声悠悠飘落到我家墙根？

原载《天涯》2004年第5期

点评

小说由两个相互独立的篇章结构而成，但都与“月光”这一清辉悠远的意向相联，颇具深蕴。前篇讲述了勤劳朴实的邻家汉子刘长子在其生命的最后时光中与叙述者“我”的一段短暂交往。刘长子原本拥有稳定的工作、勤快的妻子、懂事的儿子，闲时还爱种瓜或兼职代课。然而，突如其来的绝症迫使他一步步陷入了黑暗的泥沼。临终前，他因高昂的医疗费主动放弃治疗，心心念念的却只有儿子的学业，病入膏肓还不忘亲自登门对“我”给予他儿子考学的帮助诚心致谢。对于他妻子到底是不是为给他治病才外出打工并与老板有染，他儿子问“我”借钱买能“发财致富”的产品时是否还不知其父已病逝，作者都留下了耐人寻味的悬念。而“我”在“残月”下踏访“空院”对刘长子完成那“为时已晚的告别”时沉郁哀婉的心绪，强烈地激发了读者的共鸣。

后篇讲述的是一对父亲病逝、母亲走失的姐弟俩为筹学费深夜打鱼并卖鱼给“我”的故事。虽然通宵网鱼所得对于支撑一个破碎的家庭不过杯水车薪，可姐弟俩仍然坚持要把多收的一元钱鱼款退还给“我”。水管所以保护生态之名收缴了他俩的密网后，似乎除了“我”，再也无人关心从此销声匿迹的他们今后的生存状态。而“我”也只能在寂静的夜晚努力分辨那依稀的“月下桨声”。

小说的基调是平静克制又略带淡淡的忧伤，摒弃了跌宕起伏的情节设置，代之以散文式的叙述风格。而那平凡小人物在困苦境遇中依然执守内心的道德和信念，以及现代文明冲突下他们无可避免的“消逝”，无不引起我们深沉的思索与无尽的同情。

（刘冬青）

月光斩

莫言

在县文化局工作的表弟给我发来邮件说，表哥，最近县里发生了一件大事，请看附件。

八月七日上午八点。县委办公大楼五层保密室。机要员小冯，是你的老同学冯国庆的二女儿。小冯刚上班，提着热水瓶想去打开水，听到窗户外乌鸦噪叫，探头外望，发现那棵最高的雪松顶梢悬挂着一个黑乎乎的东西。起初以为是乌鸦们在此筑了巢，心中有几分丧气，继而又见那些乌鸦竟像不畏生死的斗士轮番向那黑物攻击，心中诧异，定睛细看，是一颗人头，随即发出一声尖叫，热水瓶掉在地上，竟然没碎，也是奇迹。正在整理文件的小许——她是你老战友的三女儿——跑到窗前往外看，发出更为夸张的尖叫。几分钟后，县委大楼朝南的窗户全部打开，县委大院乱成一个如被火燎的马蜂窝。

虽然人头已被乌鸦啄得千疮百孔，但人们还是辨认出那是县委刘副书记的面孔。他面色惨白，愈显得精心染过的头发漆黑如墨。他的眼睛已被乌鸦啄瘪，看不到他的眼神了，因此也就无法想象他临终时刻是惊惧还是愤怒，是浑然无觉还是早有准备。有人道：不一定是乌鸦所毁，很可能是罪犯所为，因为据说西方已经可以用一种特殊技术，从死者的视网膜提取信息，然后输入电脑，显示出罪犯的形象。由此判断，罪犯是一个对犯罪学相当了解的高智商者，绝不是一般的坏人。 又有人说，罪犯将人头悬挂在县委大院，显然有杀鸡儆猴之意，带有明显的政治意图，因此可以排除一般的情杀或图财害命。刘副书记是组织部长提起来的，主管干部提拔任用多年，少言寡语，为人谨慎，有良好的口碑，究竟是什么人，将这样一个好干部残忍杀害？闻风而至的县公安局几乎所有的警车发出的刺耳尖啸把所有人的声音都淹没了。县消防中队的一辆救火车开进大院，竖起云梯，一个身穿杏黄色防护服的消防员爬上去，展开一块红绸，将人头小心翼翼地包起来。乌鸦愤怒地对他发起冲击，他举起一条胳膊护住面颊，用另一条胳膊夹着人头，迅速地爬下来。

人头被一个着白大褂的法医接过去，小心地托着，钻进警车，鸣着笛，转着灯，开走。市里的警车与市委领导的车也赶到了，大院里无处停车，就停在了大楼前的永安大街上。县里的防暴警察和武警中队的官兵已经在大道上排开人墙，封锁了道路，成群结队的行人和自行车被封堵，形成了两个乌压压的人团，万头攒动、人声如潮。警察用电动喇叭喊话，命令人们绕道而行，但人们却一个劲地往前挤，直至公安局的马副政委对天鸣枪示警，人们才恋恋不舍地散去。

警笛声停止，但车顶上的警灯还在把一束束令人心寒的光芒扫来扫去。县委大楼上所有的窗户都遵命关闭，但许多人的目光还是不由自主地往外斜，即使他们目不斜视地盯着书本、文件或是压在玻璃板下的照片，但他们的脑海里，还是……好了，表哥，我不想对你描绘刘副书记遇难后发生在县委大楼的事了，从表面上看，已经没有什么异常，常委们躲在五楼小会议室里开紧急会议，各办公室里的人们以比平日里严肃得多的态度工作，小头头们抓住一点鸡毛蒜皮的小事严厉地训斥部下，而部下也带着痛不欲生的表情承认错误。当然，每个人心中的想法，就只可意会不可言传了。

很快就传来了消息，说在县城唯一的那家三星级饭店的一个豪华套间里，发现了刘副书记的尸体。尸体穿着深蓝色的西服，脖子上扎着紫红色的领带，端坐在沙发上，只要安上一个头就可以做报告。清扫房间的服务员怔了半天，才发现客人是无头的。奇怪的是，竟然没有一点血迹，米黄色的化纤地毯像是刚刚用强力吸尘器吸过一样，连一点灰尘都没有。断头处，仿佛用烙铁烙过一样平整——也有人说仿佛用速冻技术处理过一样平整。房间里没有任何的搏斗痕迹和罪犯留下的蛛丝马迹。这样的现场，令县里和市里那些刑警挠头不止。下午，省公安厅的破案专家飞车赶来。他们看了现场，研究了被分成两截的遗体，也感到大惑不解。问题的焦点集中在：刘副书记的血流到哪里去了？罪犯使用什么样的凶器才能干出这样干净利索的活儿？

当省、市、县的破案专家绞尽脑汁思索的时候，一个传说，像风一样吹遍了县城的每一个角落，连永安大街上那两处爱民工程、外面用绿色马赛克里面用白色马赛克贴了墙面的公共厕所也没漏过——厕所尿池子上方白色的马赛克墙壁上，有人——也许是鬼——用彩笔写上了三个大字：月光斩——当然这传说也从县城波及到了乡村，甚至传到了外县、外省、外国。那三个字，每个都有足球般大，字迹稚拙，乍一看颇似顽皮儿童的涂鸦，但仔细研究，又像一个很有书法根基的人在扮嫩。

何为月光斩？人们马上就想到了一部香港拍摄的电视连续剧的名字，剧中有个人物，手持一把寒光闪闪的宝刀，专拣明月皎皎之夜杀人。但传说中的月光斩与这部香港电视剧毫无关系。传说里说——

1958年，大炼钢铁的时候，城关公社的一群机关干部，突发奇想，冲到新建的县火葬场，要用那台新安装的化尸炉炼钢。火葬场技术员向这些人解释，说化尸炉跟炼钢炉根本不是一种构造，但那批执拗的干部，任火葬场技术员磨得嘴唇起疱也不动摇。说他们去国营天河洼农场请来两位“右派”，帮助改造化尸炉。

这两个“右派”，一位名叫任你行，一位名叫令狐退。任你行原是钢铁厂的副总工程师，在苏联留过学，获得过副博士学位；令狐退原是省冶金学校副校长，留德归来的材料学专家。这是两个真正的专家，与当时那拨子建土炉子炼钢的人有天壤之别。如果不划成“右派”，我们这个小县城用八抬大轿也请不来他们，但成了“右派”后，一请就把他们请来了。这样两个人，别说是把化尸炉改成炼钢炉，给他们个尿罐，也能改造成可以熔化黄金的坩埚。这个由化尸炉改造成的炼钢炉，炼出了一块纯蓝的钢，就像国王的妃子抱了铜柱而受孕产下来的那块铁一样玄妙。

他们往炼钢炉里投进去一百多个破旧的日本钢盔、五十多口铁锅、一万多个从棺材上起出来的铁钉，还有一千多枚罗汉钱，但出钢时只流出一勺不满的钢水。这是真正的金属的精华，七道凌厉的蓝光直冲云霄，有七颗流星沿着蓝光落到钢水勺里。它们在降落时，金光与蓝光剧烈摩擦，放射出刺目的强光，并散发出浓烈得让人昏迷的烧冰的香气——把冰凌放在火上烧，这是我们那里的坏小孩常玩的游戏——我知道这样写有悖物理学原理，但这是传说，姑妄言之姑妄听之。

七星落入钢水勺后，正好齐平勺沿，那两个“右派”中的一个，可能是令狐退，也可能是任你行，亲手端着钢水勺子，浇灌到早就准备好的长条形钢锭模子里，他们准备了一百多个模子，但只灌了半个模子。这块钢——姑且称为钢吧——在模子里冷却了，炼钢炉里的火也熄灭了，只有邻近火葬场的人民医院里那个土高炉还冒着火苗子。不久，人民医院的土高炉也灭了。此时，天上一轮明月，放射着浅蓝的光辉，那块钢，在模子里放出幽蓝的光芒，令在场的人心中都滋生出了庄严、神圣的感情。

至于这块奇异的蓝钢的下落，有许多种说法，但每一种说法，都无从调查，因为那些炼钢的人大半作古，活着的人，只能提供一些含糊的证词。如果沿着这些证词调查，那就如同太阳的光线一样，射向四面八方，有的变成植物，有的变成气体，有的变成人类无法认识的物质。

但很快又有一个令人振奋的传说出现。

县城东门外，原有个东关村，村里有户铁匠，姓李，李铁匠六十丧妻，三个儿子，陆续成人，都无妻室，跟着父亲打铁为生。父子都是文盲，春节时，请村里一位曾经当过私塾先生的人写对联，那人好谑，提笔写道：一门四光棍，父子八大锤。横批不合规矩，只有三个字：硬碰硬。此联大为有名，县城的人都知道。新的传说与这户铁匠有关。

说“文化大革命”期间的一个傍晚，铁匠炉封了火，苞米粥的香气弥漫全室。铁匠们的饭量极大，一个比笆斗还大的双耳锅吊在铁匠炉上方，锅里的金黄的粥倒出来足有一桶。兄弟三个围着锅站立，每人捧着一个粗大的碗，喝得十分香甜。满室粥响，夹杂着老铁匠的哼哼。老铁匠病了，缩在墙角的地铺上，盖着一张烂羊皮。炉里飘游不定的蓝色火苗不时照亮老铁匠铜色的干巴脸，然后便敛了，房子又沉入黑暗。

心比较细的老三嘴里有粥，含含糊糊地问：爹，你还是喝一碗吧，人是铁，饭是钢，一顿不吃饿得慌！老铁匠咳嗽一阵，喘息着问：粮食市上的苞米，涨到多少钱一斤啦？

老大瓮声瓮气地说：管他多少钱一斤，水涨船高，粮食价涨，咱的工钱也跟着涨。

老二道：这年头，还不知怎么闹腾呢，吃了今日就别去管明日啦！

老铁匠喘息着说：今晚上加班，把“井冈山”红卫兵那批扎枪头子打出来，收一笔钱准备着，世道乱了，好往关外逃。

三儿子道：你以为关外就不乱了吗？你没听到大喇叭里吆喝？五湖四海一片红啦！爷们儿正说着、喝着，听着县城里传出来的阵阵呐喊和火车的凄厉笛声，感受着火车进站时引起的地皮震颤，就有一个人影轻悄悄地，犹如一头金钱豹子闪了进来。正好又有一个罂粟花般大小的蓝色火苗从封住的火炉上飘起来，悬浮着，久久不逝，照亮了来者。

那是一个年约十五六岁的姑娘，身穿一套草绿色的仿制军装，腰里扎着一条奇宽的牛皮腰带，使她的身材显得有几分英武。她头上扎着两根小辫，浓眉大眼，蒜头鼻子，长嘴厚唇，有点儿傻气。当然，她的胳膊上还套着一个红色的袖标。最重要的是，她怀里抱着一个黑色的包裹，看上去十分沉重，不知道里边是什么东西。

铁匠兄弟都是正当盛年的光棍，来者虽是一个小丫头，但毕竟是女性，所以他们都用热情的眼光上下打量着她，姑娘把怀中的包裹扔在地上，发出沉闷的响声，使地皮都颤抖。

你是“井冈山”的吗？老三说，你们那批扎枪明天才能打出来。老二道：回去告诉你们的头头，一手交钱，一手交货！老大道：苞米涨价了，煤也涨价了，我们的扎枪头也涨了，每个两块！

姑娘直起腰，把双手的拇指与食指插进腰带，捋捋衣服，又往下抻抻衣角，挺起胸膛，冷冷地说：我既不是“井冈山”的，也不是“东方红”的，我是“独立大队”。老三笑道：蒙谁呀？县城里根本就没有这么个红卫兵组织。姑娘道：我不跟你们废话，我有一块好钢，请你们帮我打一把刀。老三道：什么好钢？拿出来瞧瞧。于是，姑娘蹲在地上，解开地上的包裹。先是一层黑布，继是一层蓝布，然后是一层红布，最后是一层白布。当那层白布解开时，炉子上方那个飘游的火苗像胆怯的小鼠一般，倏地钻进了煤堆。被烟熏火燎得黝黑的铁匠铺子，顿时被一种幽蓝的光芒照亮，四面的墙壁和房顶，仿佛都刷了一层明亮的釉彩，焕发出动人的光芒。铁匠兄弟们都忘记了喝粥，捧着碗，张大嘴，眼睛直愣愣地瞪着那块钢。那块钢，安静地躺在白布上，仿佛一条远古时代的鱼，女孩伸出一个手指，轻轻地触摸了一下那块钢，然后疾速缩回，仿佛那块钢奇冷又仿佛那块钢奇热。她用挑战的口吻说：看到了吧？就是这样一块钢，我想请你们打一把刀，样子我也带来了，但不知你们有没有这个本事。她说着，从衣兜里摸出一张折叠成儿童玩的纸炮形状的纸片，展开，举给就近的老三：就照着这样子打。老三接过纸片，借着那钢的光，看着纸上的图。

那是一把古老样式的刀，刀把是个圆环，刀背弧线流畅，宛如妙龄女子的腰背，刀尖与刀背吻合部形成一个钝角，刀刃线条凸起，犹如鱼的肚腹。

这样的刀，倒也不难锻打，老三说着，将纸片递给老二，老二看罢，又递给老大。老大道：不知这位姑娘能出多少加工费。姑娘冷笑一声，道：只要你们能将这块钢，锻打成这样一把刀，加工费嘛，要多少就是多少。老大说道：小姑娘，别说大话，你爹不是银行行长，即便你爹是银行行长，那些钱也不是你们家的对不对？告诉你，我打铁三十年了，我爹打铁六十年了，什么样的钢没见过？什么样铁没砸过？你想用这块抹了一层荧光粉的铁来糊弄我们吗？

姑娘冷笑着，一探身夺回纸片，装进衣兜，然后便蹲下，包裹那块蓝钢。这时，一直缩在墙角的老铁匠气喘吁吁地说：姑娘，慢着点包裹。老三，扶我起来，让我见识见识。老三上前，扶起老铁匠，颤颤巍巍地过来，一低头，眼睛里立即生出光彩，脸上的肌肉也猛然紧张起来，仿佛片刻之间变成了另外一个人。他蹲下，抬头看看姑娘，低头看看蓝钢；抬头，低头；抬，低。然后伸手触了一下蓝钢。然后又触了一下。又触。每一下都像蜻蜓点水。然后，站起来，双手抱拳，作一个长揖，小心翼翼地说：姑娘，儿子们出语无状，多有得罪。我们是些土铁匠，锻打个锨、镢、镰、锄，混碗苞谷粥糊口罢了。这样的宝物，您还是另请高明吧。

姑娘叹一口气，说：都说李铁匠家祖上是为康熙大帝打过屠龙宝刀的御用铁匠，原来不过尔尔。说罢，用无比失望的眼光扫视了一遍铁匠父子，蹲下身，包裹起那钢，艰难地抱起，趔趔趄趄向外走去。房子里顿时又沉入黑暗，那蓝色火苗浮起，照耀着铁匠父子的脸，犹如四尊尴尬的泥神。姑娘的身影，犹如金钱豹子，即将在门口消失那一刹那，老铁匠用悲凉的声音问：姑娘，你到哪里去？

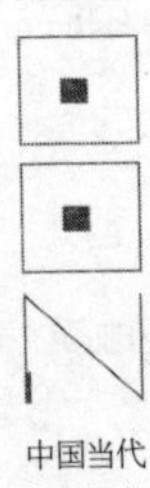

——我把这块钢，扔到南湾里去，让它沉没到淤泥中，永远不见

天日。

——回来，姑娘，老铁匠说，这是我的命，逃是逃不过的。

——你决定要征服它了吗？姑娘的身影又如金钱豹子，一闪便回到了铁匠炉旁。她的目光里闪烁着惊喜，道，我知道你不会放过它的，一个好铁匠，总是盼望着这样的钢出世，然后，用奇特的方式，使它服从自己的意志，变成一把宝刀。老铁匠脱下身上的破褂子，露出瘦骨嶙峋的胸膛，从水桶里舀起一瓢冷水，咕咕地灌下去，然后一抹嘴，腰板挺直，仿佛年轻了二十岁，或者三十岁，雄赳赳地说：儿子们，生起火来！！！生起火来啊升起火来！！生起火来！

老铁匠的二儿子用铁钩子捅开煤壳，拉动风箱，呱嗒呱嗒，白烟上冲，直冲房顶，火星四窜，火苗紧接着出现。老铁匠从姑娘怀中接过那包裹，放在屋子正北方向的祖先牌位前，跪地，行三跪九叩之大礼。礼毕，将包裹解开，悲切切地说：列祖列宗，保佑吧！祝毕，将右手中指塞进嘴巴，咬破，在那蓝光的映照下他的血也成了蓝色，滴滴下落到那钢上，先发出叮叮咚咚的声响，仿佛珍珠落到冰上，然后又咬破左手中指，将血滴上去，又发出吱吱啦啦的声响，仿佛那钢是灼热的。铁匠的儿子们嗅到了古怪的香气，与那用荷叶包裹着的人血馒头放至灶火烧烤时的香气颇为接近。血祭完毕，那钢的蓝色浅了，淡了，不似初时那坚硬与凌厉，增添了些许温柔，与深秋时节的满月光辉有几分相似。然后，老铁匠也不包扎手指，搬起那钢，如抱着一个五世单传的婴孩，塞进了熊熊的炉火之中。

用了比烧透一般钢铁十倍的时间，才将那块蓝钢烧透。当爷儿们把那蓝钢用头号大钳抬到铁砧子上时，铁匠铺里变成了一个冰一样透明的世界，屋子里的人和物，都仿佛远古时的物体，被凝固在一块浅蓝的琥珀里。此时，只有凝神观察，才能看到那鱼一样形状的钢，活泼泼地躺在砧子上，浑身抖动不止，不知是痛苦还是兴奋。老铁匠操着小锤，与其说是打，毋宁说是抚摸了一下那蓝钢，三个如狼似虎的儿子，各操着十八磅的大锤，各打了一锤。

接下来，老铁匠的小锤便如鸡啄米一样迅疾地敲打下去，三个儿子手中的大锤，挟带着狂热与激昂，如同奔驰中的烈马之蹄，迅速无比但又节点分明地砸下去。奇怪的是竟然没有声音。往常这父子四人打铁发出的声响半条街上都能听到，连火车的汽笛声都被盖住，但现在，这锻打，这劳动，剧烈之极，但墙角上蟋蟀的鸣叫都声声入耳，让人感觉到深秋之悲凉，生命之短暂。

那个小姑娘呢？那个姑娘缩在墙角里，双手捧着腮，眯缝着眼睛，犹如食后蹲在大树上休息的金钱豹子。奇怪的是如此猛烈的锻打，竟然没有半点的火星溅出，往常这父子四人打铁时，火星四溅，碰到墙壁反弹回来，发出扑簌簌的声响，远远看过来，宛如礼花绽放。

这样的锻打持续了足有半个时辰。三个儿子身上热气腾腾，犹如三根刚从油锅里夹出来的油条，但那老铁匠，却连一滴汗珠都没流。老铁匠手中的小锤慢了下来，儿子们手中的大锤跟着慢下来。小锤更慢了，东一下，西一下，宛如一只吃饱了的鸡，在米堆里拣虫吃。

老铁匠歪着头，眯着眼，神情和姿态都与一只黑色的老公鸡相似。更慢了。当当，小锤声；哐哐，大锤声。当，哐，当，哐。小锤扔在地上，站立着，柄儿摇晃，终于静止。三个儿子如同三株朽木，瘫倒在地上，只有老铁匠还站着。炉子里的火半明半暗，蓝色的火苗柔软无力，犹如微风中的丝绸。老铁匠头顶光秃，嘴角下垂，脖子上老皮垂挂，仿佛老了二十岁，或者三十岁。他勉强站着，用目光招呼着那个小姑娘。小姑娘畏畏缩缩地走到铁砧子前，先看了一眼铁匠，然后低头看砧子。

她又抬起头看老铁匠，满脸疑惑。无怪她疑惑，因为那砧子上似乎什么都没有，好像那块奇异的蓝钢，被铁匠父子们打成了空气，或者打成了光，涂抹到这房间里的所有物体上，连人的皮肤上、头发上、眼睫毛上，都涂抹的有。老铁匠眼睛半睁着，可见疲劳已使他的眼皮没了力气，声音细弱，如同蚊虫哼哼，非侧耳屏气难以听到。但姑娘分明是听到了。她把右手中指塞进嘴巴，一口咬破，血珠滴落，举到砧子上。一股碧绿的烟雾腾起，房子里溢散开用灶火烧烤用荷叶包裹着的用人血蘸过的馒头的气味。与此同时，那把刀的形状便在砧子上渐渐地显现出来。大约有一米长、最宽处约有二十厘米，完全符合那张纸片上的形状。

她又把左手的中指咬破，血珠滴落，举到刀上，叮叮咚咚，如同珍珠落在冰上。与此同时，那刀的形状又渐渐朦胧了，犹如雾里看花，水中望月，隔着玻璃看沐浴的美人。

你把它拿走吧。说完这句话，老铁匠往后便倒，随即停止了呼吸。

你把它拿走吧。说完这句话，老铁匠的大儿子随即停止了呼吸。

你把它拿走吧。说完这句话，老铁匠的二儿子随即停止了呼吸。

你把它拿走吧。老铁匠的小儿子说。

姑娘抓起那把刀，犹如捏着一段月光，对铁匠的小儿子说：你跟我一起走。

这两个年轻人，女的提着刀，男的空着手，走出铁匠铺子，走上街道，走出东关村，进入原野，消逝在蓝色的月光之中。

这把刀的名字叫“月光斩”。

只有用“月光斩”砍人首级，才能滴血不出，才能茬口如熨过的“的确良”布料一样平滑。

但不久又有一个传说出来，传说说：身首分离的刘副书记，其实是一个塑料模特，不知道是哪个恶作剧的家伙，或者是哪个被刘副书记扇过耳光的坏蛋，制造了这样一出闹剧。尽管是闹剧，但造成了极为恶劣的政治影响，对刘副书记的名誉也有毁灭性的伤害，而且还造成了难以估量的经济损失，那么多的警车，那么多的警察、武警，那么多的官员，都投入到破案中去，车辆磨损、汽油耗费、工资、差旅费……嚯!

为了挽回影响，县委、县政府在人民广场举行篝火晚会，庆祝中秋佳节，电视台直播。人们从电视里看到，刘副书记先讲话，后唱京戏，又与女青年跳舞。无论是讲话、唱戏，还是跳舞，他的脸上都带着微笑，非常有亲和力，非常平静，仿佛什么事情都没有发生过。

看完了附件，我给表弟回复邮件：表弟如晤，久未通信，十分想念。姑姑好吗？姑夫好吗？建国表哥好吗？青青表妹好吗？你在县城工作，要经常回老家看看，姑姑姑夫年纪大了，多多保重。你若回去，一定代我去眉间尺的坟前烧两百纸钱。遇见韦小宝的后人，一定要礼貌周全——宁得罪君子，不得罪小人，这是古训，不可违背。一转眼间你也快三十岁了，婚姻问题要赶快解决，天涯何处无芳草？不必死缠着小龙女不放，我看那个还珠格格就不错，野是野了点，但毕竟是金枝玉叶，跟她成了亲，对你的仕途大为有利，赶快定下来，万勿二心不定，是为至嘱。

原载于《人民文学》2004年第10期

点评

整篇小说以邮件套传说的形式展开。表弟在给“我”发来的邮件中，跌宕起伏地讲述了县委刘副书记身首分离却滴血不出的离奇案件。其中，又由很可能的作案凶器“月光斩”，引申出两个光怪陆离的传说。一个是大炼钢铁时期，任你行和令狐退两人用化尸炉炼出蓝钢的传说。一个是“文化大革命”期间，李铁匠父子四人为号称“独立大队”的姑娘用生命之力锻造“月光斩”的传说。最后，表弟告知“我”，所谓的凶杀案不过是某个仇恨刘副书记的人导演的一场恶作剧，被斩的不是真人，只是塑料模特罢了。故事一波三折，扣人心弦，调侃式戏谑化的口吻，闹剧般夸张的表现手法，带有莫言一贯的魔幻现实主义特色，也给读者以非凡的阅读快感。小说本身构成了一个巧妙的隐喻，每个看似荒谬的人物背后，都表征着一个符号，他们共同指向了极欲复仇而终究无果、空怀满腹悲愤却无处发泄的情感共鸣。文末“我”给表弟的回信中，亦颇多暗语，不仅让表弟代“我”去眉间尺坟前烧纸，而且叮嘱他速与那个身为金枝玉叶的还珠格格成亲，对其仕途大为有利。一方面，是对与楚王头颅大战七天七夜不罢休的眉间尺深表崇敬；另一方面，又劝说表弟为自身利益向权贵低头。自相矛盾的“我”，到底是如“月光斩”般犀利锋锐、疾恶如仇，还是肯为五斗米折腰、极尽谄媚之能事？小说在强烈的反讽中戛然而止，令人费解的同时，给予读者的反思也意味深长。

（方奕）

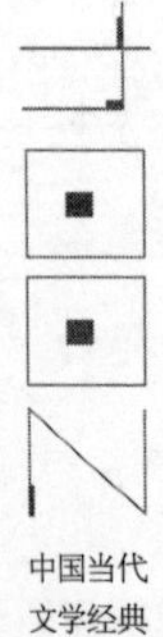

异乡

魏微

1

四月的一个晚上，许子慧从办公室里走出来。

每到月末，她总是略微忙些，她是华美贸易行的会计师。华美贸易行是一家刚开张不久的公司，坐落在城区的一幢高级公寓里。这一带鳞次栉比的多是些商住两用楼，有戒备森严的门卫，绿草坪，林荫道，星巴克咖啡馆的坡形红屋顶上伸出一个烟囱似的窗户，在雨中，不大看见行人，一切变得很像外国。

许子慧来应聘的那一天，天正下着雨，她把自行车放在隔壁一家商场门口，一路遥遥地走进来。她不能让自己显得慌张。雨并不大，然而一星半点到底打湿了她的衣衫和头发，使她恍惚中觉得自己或许是出汗了。有好几次，她顿了顿脚步，想掉头走开。她没想到她应聘的公司在这么一个地方，它的堂皇打击了她。招聘广告写得极为低调，人才市场报上寥寥的几行字，子慧误以为它是一家小公司。

来这大城市三年，子慧换了十多家单位：图片复印社，广告公司，私人书店，GRE速成报名点……都是小街上的小店铺，三两间门面，里面可以搭伙做饭，也有折叠床。子慧有时候就住在公司里。前不久，她和女伴相中了东单附近的一栋旧公寓，两室一厅的小户，和房东老太太合住。

房东老太太姓李，七十来岁的样子，子慧叫她李奶奶。这李奶奶孀居多年，身上自有一种威严。来看房子的时候，子慧两人站在客厅里，李奶奶一双眼睛冷冷地扫过来，直把她们从头看到脚。她在看什么呢？她怀疑什么呢？

子慧突然觉得自己很不堪，一颗心惴惴的，身体无缘故地要发毛发虚。她低下头，照自己的身子看了看，那天她穿一件高领线衣，她的胸脯很小，她的脸没化妆。毫无疑问，这是一张标准的良家妇女的脸。

李奶奶说："哪儿人？"

子慧旁边的小黄说："青岛。"

"你呢？"李奶奶把眼睛转向子慧。

子慧说："吉安。"

"吉安是哪儿的？"

子慧说："江西。"

小黄从包里取出一摞材料，林林总总也有六七页纸，她说重不重、说轻不轻地朝沙发上一扔说："你看看吧，这里头有身份证，单位开的介绍信，学历证明……要是不行就说一声，我们好换一家。"

李奶奶戴上老花镜，把材料大体翻了翻，脸上突然冒出一点笑意来。她领她们去看房间，嘴里兀自唠叨着："不是信不过你们这些外地人，外面世道这么乱，我年岁又大，怎能不多长个心眼儿？"

子慧两人互相看了一眼。

房间很小，只有六七平方米，除了一张双人床，一个带穿衣镜的立式橱柜，再也摆不下别的物件了。窗户是北向的，房间里光线幽暗，从那蒙着污垢的窗玻璃上，能看见几户人家的后阳台。楼下的空地上，五六个小孩在踢足球。一个卖馒头的中年男人推着自行车一路叫卖。这一带是老居民区，拥挤，嘈杂，欢乐。房租虽贵了些，可是两人分摊，还是能接受的。李奶奶简略地说了些情况，搭讪着出去了。

小黄关上门，朝外呸一口说："老太婆以为我们是干那个的。"

子慧忍不住要笑，她反手靠在柜门上，瞟了一眼小黄挑染的几缕金发说："本来嘛，你也像的。"

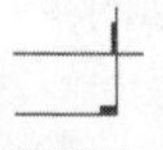

小黄扑上去厮打，两人笑作一团。

她们是隔两天才搬过来的，那天是周末，太阳好得出奇，恍恍的全是春天了。三月里，暖气还没停，屋子里有烘烘的气味。她们的身体也是烘烘的，燥热，喜悦，骨骼偶尔会发出新鲜粗俗的尖叫声。整一个下午，两个姑娘叽喳啁啾，她们擦窗子，扫地，挂窗帘，往墙上钉各式各样的小玩意：相框，风铃，布狗熊……自然是睡一张床上，再铺上各自的床单和被

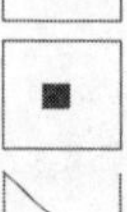

褥，听风铃在窗前发出清寒的声响，无论如何，这里就是“家”了。

子慧的眼睛突然一阵发干发涩，谁能承望她这么快就有了“家”！一间租来的房子，带厨卫，每天可以洗热水澡！

黄昏的后阳台上，太阳是落下去了，不远处能看见故宫和景山。故宫景山的外围，却是摩肩擦踵的旧楼房、小胡同和低矮破旧的平房。小街上车来人往，一片市声。挨家挨户的小饭店门口挂着红灯笼，几个民工模样的人一路走来，左张右瞧有点拿不定主意。卖羊肉串的摊位前烟浪滚滚。一个男人从公厕里走出来，边走边系裤扣……子慧伏在阳台上呆呆地想，原来皇城脚下，也有穷人。

子慧自己是穷惯了。三年了，她居无定所，从东城搬到西城，她有一个大皮箱子，里面塞着床单和四季的衣衫，这是她全部的家什。她漂在这城市，必须节衣缩食。冬天住平房里，得自己生炉子取暖，隔三五天到公共浴室洗澡。有一年冬天，气温降到零下二十来度，小火炉烧到半夜突然灭了，几个姑娘抖抖索索地挤到一张床上，外面是浩浩的风，天色有点惨白，在下雪么？是天亮了么？

子慧不知道自己为什么不回家。她的南方小城，或许现在也下着雪，她的父母都睡了吧？她二十六岁了，她要在这城市待多久呢？子慧想着这些的时候，眼睛也是发干发涩，她的神情呆呆的，麻木，冷酷，坚硬。

子慧在城市过这样的生活，她的父母绝对不会想到。她每隔三五天就要和家里通一次电话，问问父母的身体，她的小城可有哪些变化。刚来的那会儿，她是嘁嘁喳喳什么都说的，她的学习和生活，她又换了哪家单位，老板姓什么，有几个同事……有一天晚上，她和母亲通电话，屋外突然传来摔酒瓶的声音，继而是一个男人哩哩啦啦的哭泣声。母亲警惕地问：“谁在哭？”

子慧不介意地说：“隔壁的民工喝多了。”

母亲一声尖叫：“你和农民工住在一起？”

子慧拿手拨弄着电话线，一时沉默了。

母亲唤了一声子慧，突然哭了：“你在那儿干什么？你回来，咱们明天就回家！不待了……外面有什么好？啊？……子慧你别忘了，你好歹也是教师，读书识字的人，你爸爸是校长，咱们是体面人家。吉安什么没有？你回来安心教你的书，妈求你了！”

子慧抬头看天花板，电话线攥在手里松一阵紧一阵的。她不能哭，一哭就塌了。家是回不去了。从今天起，这个城市她是待定了，她吃了那么多的苦，她生气了。

她跟母亲笑道："你又来了，烦不烦啊？才待了半年不到，你就这样！我话还没说完呢，喏，我附近有一工地，所以会有农民工，我住这儿，是因为它离北大近。听明白了吧？"

天知道子慧并没撒谎，那会儿，她确实在北大读夜校来着。她一连报了好几个班，英语班，会计班，法律自考班……都是得用的专业。子慧对她的前途有隐隐的期待，她虽是中师毕业，可是并不自卑，她计划用两三年时间修个大专，再修本科，她一定会找到一份体面的工作。两三年时间，谁说得准呢？或许她就碰上了一个青年，恋爱了，结婚了，有了房子和车。或许就出国了，升天了。谁说得准呢？

子慧断不肯使自己相信，她去北大学习，其实是为遇上一个青年。这世上有那么多的青年，可是她太有自尊了，她羞于下手。有一阵子，每次从补习班回来，小黄都会问："骗上谁没有？"子慧就笑。

小黄歪歪嘴说："你怎么这么没用啊，那些学生仔很好骗的。"

子慧说："再等等吧，我喜欢别人来骗我。"

可是现在的男人似乎是太金贵了，稍有一个像样的，就五马分尸般地被抢走了。子慧到底没等来那个愿意骗她的人。

子慧在异乡的生活似乎是太洁净了，有时连她自己都不敢相信。没有可能的结婚对象，虽然整天忙碌着，上班，补习，可是未来就如夜的漆黑漆黑，她什么也看不见。她不过是一天天地待着，茫然，贫贱，服从。大城市的穷困其实比小城更加不堪，单看这四壁透风的房舍：子慧不知道她为什么会选择这样的生活。她是个安静的姑娘，没什么野心，也少幻想。在家乡教了三年小学，有一天突然心血来潮，辞了职，就这样离开了。这二十年来，正是大量中国人热衷离开的年代。他们拖家带口，吆三喝四，从故土奔赴异乡，从异乡奔赴另一个异乡。他们怀着理想、热情，无数张脸被烧得通红扭曲，变了人形。他们是农民，工人，国家公务员，小知识分子，大学教授，老人，孩子……中国整个疯了，每个人都在做着白日梦。

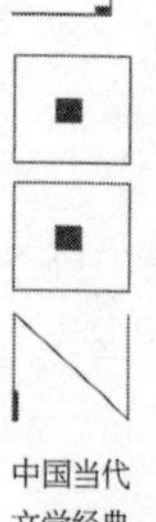

可是子慧不。这天晚上，她没有课，一个人在办公室坐了会儿。后来走到里间，准备搭铺休息。她隐隐地想到，这些年来，她离开故土，流落异乡，其实并没有什么实在的理由，或许仅仅是为了离开。多无聊的一件事，她是为了离开，为了过一种她完全不能掌控的、漂泊不定的生活，为了让自己像浮萍一样随波逐流，为了贫困，为了在贫困中偶尔回忆一下她熟悉的小城，想到她温暖的小城，她会泪流满面。

可是子慧究竟没有哭，她侧了个身，睡着了。

母亲隔三岔五就会打来电话。有一天晚上，子慧的一个旧同事过来看她，两人吃完了饭，回办公室聊天。母亲来电话的时候，子慧正在说笑。

母亲说："你笑什么？"

子慧说："我笑了吗？"

母亲说了些家里的情况。办公室有人，子慧不便多说什么，只好哼哼哈哈地应答着。母亲狐疑地问："你身边有人？"

子慧说："没有啊。"

子慧不知道自己为什么要撒谎。那是个男同事，姓马，还没有结婚，可是子慧并不打算考虑他。她朝小马做了个眼色，示意他不要出声。

小马看了看表，或许觉得时间太晚了，他指了指门口，意思是走了。子慧点点头。小马开门的时候弄出点声响，门外不知谁在咳嗽。

母亲突然厉声地说："许子慧，你在骗我。那个人走了，他是个男人。"

子慧浑身一凛，把眼睛直看到空气里去。一桩冤案发生了，现在就连母亲也怀疑她了。这世上每个人都有理由怀疑她，质问她。因为她身在异乡，她穷，她还有身体。

母亲柔声哄道："告诉我，那人是谁？"

子慧嘟着嘴："小马。"她的声音软而嗲，像在撒娇。

母亲释然道："是不是从前药店的那个？长得怎么样？挣到钱了吗？"

子慧嚷道："你烦死了，早跟你说过不可能的，我看不上他。"

母亲咯咯笑道："傻丫头，就为这个骗我？我可告诉你，你得当真找个男朋友了，妈一辈子清清白白，可不希望你出什么差错。"

母亲的话已经很明显了，那意思简直呼之欲出了。子慧一阵羞愧。

这天夜里，子慧睡得懵懵懂懂的，突然一阵电话铃响。她跑出去接了，电话那边沉默了一会儿，挂了。子慧在黑暗里站了会儿，完全没有理由的，她怀疑这人是她的母亲，她在查房。第二天中午，母亲又打来电话，母亲很少在白天打来电话，她想干什么？子慧一边听电话，一边做出忙乱的样子，跟小黄说："哎哎，文件夹在那边。"

小黄从办公桌旁抬起头来说："什么文件夹？在哪边？"

子慧吐了吐舌头，神秘地笑了。她终于向母亲证实了一件事情：她有一份正当的工作，她的生活很清白。

子慧就是从这天起，决定向母亲撒谎，她要把自己塑造成一个良家妇女。她已经是良家妇女了，可是她得撒谎。谁说不是呢，一切太荒谬！在这个人人自危的时代，每个人都形迹可疑，不做贼也心虚。

子慧的撒谎是很讲究策略的，她并不时时撒谎，偶尔她也讲一些真话的。就比如说，她很穷，穷自然是危险的，俗话说：男穷盗，女穷娼。所以子慧不夸大她的穷，正如她不夸大自己的富一样。富也是危险的，谁都知道，色情业是世界上最暴利的行当，无本万利。母亲不是傻子。所以每当母女俩通电话时，子慧总是出言谨慎。总而言之，三年了，她吃过苦，可是一切正待过去，就比如说，最近她租了一间公寓，她考上了注册会计师，她的新公司叫华美。

子慧说的是真话，可是天可怜见，她说真话也像在撒谎，一颗心有点不落实地。

2

来华美上班以后，子慧的境况大大地好转了。华美是一家颇像样的公司，挂靠某大财团，老板叫仲永，三十出头的样子，听说还没有结婚。他长着一张娃娃脸，架着眼镜，相貌上也说不出个所以然来。

有一件事子慧总心存疑虑，那就是她从近百位应聘者中脱颖而出，谋得一席职位，实在连她自己也找不出有什么确切的理由。应聘那天，济济一堂的人，大学生，博士，职业经理人……只有她，是个外乡人。子慧为自己感到寒窘。一屋子的潮气，手心里汗津津的，她静静地立在墙角，没

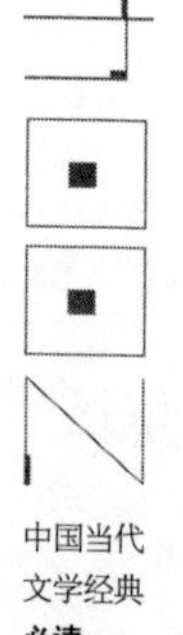

有人知道，这个姑娘的情绪低落得近乎发抖。

落地玻璃窗外，一片雨蒙蒙的，能看见花圃，游廊，外国人和狗。子慧第一次置身于这等富丽的环境，及至应聘完毕，走到户外，脑子里还有点迷迷瞪瞪的。雨还在下，她慢吞吞地走着，她知道自己在哭，她受到了伤害，她突然为自己感到了委屈。三年了，她这才知道什么叫委屈！也就是从这一刻起，子慧第一次萌生了退意。不知为什么，她突然想回家，回她的吉安小城去，那儿青山绿水，民风淳朴。那儿，才是她应该待的地方。

隔一天，华美公司正式通知她去人事部报到。子慧放下电话后呆了呆，突然想起了仲永。应聘那天的场景历历在目，经理室里只有他们两个人，不过是他问一句，她答一句。仲永神情疲惫，脸色苍黄，他一个下午见了几十个求职者，问同样的问题，听大同小异的回答，早已对什么都失去了感觉。在她说话的时候，他强忍住困意，看了她一眼，心里想，这女的倒还老实。

子慧舔了舔舌头，一下子忘了下面该说些什么。

她知道他在看她，睡眼迷离的一双眼睛，就像临睡前在看一根树桩。子慧什么都知道，她告诫自己要警惕，不要做这种无谓的念想，可是她就如一个在黑暗中待了太久的人，突然石破天惊，看见了拂晓。

子慧从不以为她会等来奇迹，可是男女之间的事情谁也说不好。每天朝夕相处，老板和下属之间，同事和同事之间，若是发生点什么，也没什么大不了的。然而仲永毕竟是个正派人，男女情事上仿佛还有待开窍，直到有一天，他带了个女孩走进来，两人都笑眯眯的，一路上也不太说什么。经理室的门关上了，外间的办公室一阵喧闹，子慧也加入了议论的行列，说着，笑着，三年来，为自己所有的逆境支撑着，她的声音笑得最响。

闲来无事，几个同事偶尔会一起聊天，就有一天，子慧顺便提了一下她的小城。在她的描述中，吉安是这么一个地方：青石板小路，蜿蜒的石阶，老房子是青砖灰瓦的样式，尖尖的屋顶，白粉墙……一切都是静静的，有水墨画一般的意境。庭院里有樟树，槐树，榕树，推开后窗，就是清澈见底的小河，河水可以饮用，漂洗，夜里能听到流水的声音。

子慧并没有分明这样说，可是她淡淡的话里行间，委婉地表达了这层意思，吉安是一座老城，迄今还保持着古朴的风貌，人们安静地生活着，家家户户，年年如此。

同事中谁也没去过吉安，可是他们中有人去过周庄，丽江，婺源，绩溪，想来吉安和这些地方也差不太多。其中有人感慨道："中国现在那么浮躁，难得还有这么一些清静地儿，容我们偶尔去做做田园梦，要不，你说人活着还有什么意思！成天快马加鞭，也不知道为什么忙，也不知道忙些什么。"

就有人问子慧："既然吉安那么好，你干吗还跑出来受洋罪？要知道，我们每年可是花了钱往这些地方跑的。"

子慧抿嘴一笑。在那静静的一瞬间，她明确地知道一件事情，她并没有说谎，可是她描述的吉安是二十年前的吉安，那时她还是个小孩子，梳着小小的抓髻，一有空就往街上跑。她确乎记得，她家临街的老宅里有一棵树，她乡下的外婆家傍着一条小河……她记得吉安每一条街巷的名字，姑娘们穿着素朴，百货公司的玻璃柜台前能闻见"雅霜牌"雪花膏的冷香。傍晚时分，街巷里有炊烟升起，人们端着饭碗站在老树底下纳凉，把嘴咂得啪啪作响。

对于她来说，吉安就应该是这个样子，小小的，淳朴的，悠缓的。她再没想到，有一天吉安也会变，变得急促，庞大，慌张，在她离家出走的三年前，吉安已不复是旧时模样了。整个城市就如一个大工场，推土机昼夜轰鸣，新楼房拔地而起，许多街道改向了，光天化日之下，人们变得迷茫紧张。

子慧不喜欢她的家乡，她对于吉安的描述向来有多种版本，跟同事用一个版本，跟小黄和李奶奶用另一个版本……版本多了，难免就会有自相矛盾的地方，可是天地良心，子慧的每个版本都是正确的，可以字字落到实处。这么说吧，吉安是个小城，它时而穷，时而富；它躁动不安，充满时代的活力，同时又宁静致远，带有世外桃源的风雅。它山清水秀，偶尔也穷山恶水，它民风淳朴，可是也有乡野刁民。她喜欢她的家乡，同时又讨厌她的家乡。有一件事子慧不得不正视了，那就是这些年来，故乡一直在她心里，虽然远隔千里，可是某种程度上，她从未离开它半步。

她生于斯长于斯的那片土地，一个谜一样矛盾的地方，一个难以概述的地方，谁能相信，她竟然没回去过一次！

多少次了，她听到一个声音在召唤，温柔的，缠绵的，伤感的，那时她不知道这声音叫回家。她不知道，回家的冲动隔一阵子就会袭击她，那间歇性的反应，兴奋，疲倦，烦恼，轻度的神经质，莫名其妙……就像月经。

有一年春节，禁不住母亲苦劝，她差不多就要回去了。她提着大皮箱子，径直到火车站买了高价票。候车大厅里人头攒动，子慧看见了一张张黄色的脸，迫切的，紧张的，焦躁的……她不由得热泪盈眶，她知道这些人都是回家。——是啊，还有什么比回家更让她激动和害怕的呢?

子慧绞尽脑汁，也想不出她为什么会害怕回家。那一瞬间，她周围的声浪和热气好像被什么东西全吸走似的，候车大厅变得寂静，冷，空旷。许多人往前挤着，扬着手，回过头来，有一个小孩子，伏在父亲的背上哇哇大哭，可是子慧听不见他们的声音。

那是子慧在异乡的第一个春节，她简单地备了些年货。有一天晚上，她煮了一包方便面，吃了以后，身上仍觉得寒缩缩的，便早早地躺到被子里取暖。屋外狂风大作，门板被风吹得吱吱作响，子慧把身体蜷缩着，开始恸哭。她在心里喊了一声妈妈，一连串地问：为什么会这样？为什么会这样?

第二天，她似乎决定要把一个人的春节过得像样些，便强打起精神去天坛逛庙会，那天太阳黄黄的，天照样冷，她走在人群里，到处都是陌生人：一家老小，年轻的恋人，鼻子冻得红红的，呵呵地笑着……她怏怏地走了一会儿，就出来了。

不知怎么就走进了一条胡同口，胡同上空，是一片灰蓝的天，映着淡淡几笔枯枝的剪影。一户人家门口，红铁门半开着，风吹得扣环哐哐地响。子慧恍恍惚惚地从门前走过了，走了很远，又踅回来，倚着对门的砖墙，呆呆地朝屋里看。这是一户中上等人家，大概是四世同堂，院子里一派嘈杂忙乱，老人，孩子，年夜饭，压岁钱，新衣裳……子慧的眼前不由得一阵温润。

一个年轻媳妇从院子里走出来，警惕地看了她一眼。

还不待人转身关门，子慧突然拔腿就跑，她知道她在干什么了！天哪，她简直疯了，她羞愤之极。跑到一处僻静地带，这才停下来喘口气，左弯右拐也不知到了什么地方，天色暗下来了，四周漆黑一片，伸手摸摸，三面都是墙。子慧索性坐下来，曲膝抱腿，她知道自己迷路了。

事已至此，子慧完全安静了，可是一颗心仍尖叫不止——她意识到了一件事情：她被自己抛弃了，她陷入了一场窘境。她无处为家，她完全可以回家，她真的疯了。

若说子慧在异乡，全是这些寒苦的回忆，也不尽然。她也有过一些温暖的日子，比如和小黄李奶奶的友情，春寒料峭的晚上，喝着李奶奶煨的汤，热气呼地罩住了脸，眼里要朦朦胧胧的一片，不明就里的人还以为她哭了，其实也没有。她原来的住处小西天附近，有一排红砖小楼房，阳光底下，安静中也有一种风尘。她还记得一条小小的林荫道，秋天的时候，满地灿黄的银杏叶，风一吹，幽魂一样乱跑。记得它，是因为她和一个人在这条路上走过，被他拉着手，一起朝天上看过……可是子慧不留恋这些日子，仿佛它对她孤寒的经历是一种背叛和亵渎，仿佛它是她身上的一颗虱子，一爬出来，她就会不动声色地把它捏死。

小黄不久前回去了。

像小黄和子慧这样的外地姑娘，能留在这城市的唯一途径恐怕还是嫁人。换句话说，她们和城市的关系，其实也就是她们和男人的关系。小黄或许是意识到了这一点，从来到这个城市的第一天起，她就和男人摽上了。小黄对待男人的态度简洁明快：第一，她不和他们谈情说爱，因为恋爱的结果就是分手；第二，不到万不得已，她不和他们发生肉体纠葛。

子慧笑道："你总得给他们一点想头，要不，人家还以为你是性冷淡。"

小黄"嗯"了一声说："这个分寸还真难把握，从了吧，他说你荡，不从吧，他说你木。结婚果真有这么难么？"

子慧笑了笑，侧了个身，伸手把小黄的被子往上提了提。

月光下小黄的眼睛炯炯的，闪着寒光，她看着子慧，一字一顿地说："我们可得互相鼓劲，哪个都不准泄气！我就不相信，这么大一城市，就没我容身之地。我赖也要赖在这里。"

可是小黄的运气实在是太差了，走马灯一样去相亲，既有人看不上她的，也有她看不上人的。有一天晚上她回来，关上门，抱着子慧就哭了，原来男方嫌她太瘦，又是外地人。小黄哭道："我有这么糟糕么？外地人

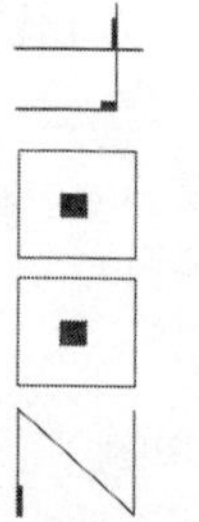

怎么啦？外地人就不是人？”

子慧生气地说：“他是扯淡！”

小黄坐在床边，一双眼睛呆呆地盯着墙壁，半晌，幽幽说道：“我想回去了。”

子慧一时不知该说些什么好。

小黄抹泪道：“再待下去，我怕我会出事的……自尊心受不了！已经忍耐……到极限了。别看我平时嘻嘻哈哈的，我是不想说这些，有什么意思？每次出去相亲，我都恨自己，我怎么就混到这地步了？就那些人，要是在青岛，我连正眼都不瞧。”

子慧自己也有过一次恋爱，已经是很久以前的事了。地道一本地人，叫郭小海，二十八九岁的人了，成天优哉游哉的，也没个正形。他和父母分开住，一个人租了套公寓，只在周末的时候回家看看，吃顿便饭。他的口头禅是烦，一双小小的眼睛，笑起来不知有多坏！他的公寓怕也是藏污纳垢之地，走马灯似的不知换了多少个女朋友。

可是他也有很乖顺的时候。有一天饭桌上，子慧无意间讲起了她的家乡，他认真地听了一会儿，突然握住她的手说：“我跟你一块回去吧，做倒插门女婿。”

子慧似笑非笑地看着他，一时搞不懂他说的是真的还是假的。

他嬉笑着抽了抽鼻子，眼睛越过子慧和她身后的窗户，直看到远方去，他说：“我从小就想离家出走，到一个谁也不认识的地方，客死他乡。”他呵呵地笑起来，又恢复了他那玩世的态度。

子慧侧着头认真地想了一会儿，也不知自己在想些什么，也没想出个什么来。

她从此断定，这人身上有一种莫名其妙的东西，想起来既叫她发寒，也使她温暖，因为这东西她也有。他情绪化，没什么志向，愿意随波逐流，脑子常处于白痴状态，偶尔会闪出一些乱糟糟的小气泡。

他从来不给她承诺，然而很想和她上床，每次见面他都磨，磨了一会儿，他自己觉得没劲了，就笑嘻嘻地说：“算了，我还是等你来找我吧。”子慧突然爱上了这个可爱的男子，他对什么都心不在焉，他就是他自己。然而她要的又不是这个男子，而是一桩婚姻，怎样才能使他明白，她需要一桩婚姻，就像需要空气和水！子慧到底没守住她的防线，床还是上了。如今这世道，上床本不是什么大事，这个子慧也知道，然而上完床以后的事，子慧就不得不看重了。那天晚上，郭小海把她搂在怀里，腾出手来点了一支烟，他有点累了，又不便马上睡去，只好迷迷糊糊地说了一些话，大意是：他不想结婚，也不想恋爱。她是个好姑娘，他不想伤害她，所以更要把话说清楚，他们的关系是哥们的关系，他们上床，是为了各自取暖。

子慧听了半天，心都碎了。她侧过身去，任眼泪恣意流淌。她是个理性的人，等他把话讲完了，她犹豫了一下，到底还是发作了。她从床上蹦起来，哇的一声哭了，穿起衣服就要走人。小海一下子醒了，坐起身来看着她。

子慧说："为什么要跟我说这些？我不想听，你可以骗我，是不是？你完全可以骗我！你怕什么，怕我会闹着嫁你？不是这样子的，我不想嫁人，我告诉你，我根本不想嫁你。"

小海犹犹豫豫地碰了一下她的胳膊，子慧看了他一眼，倒一下子镇静了。她反过来安慰他："没事的，我走了。"

小海说："我送送你。"

子慧的声音平静之极，像是什么也没发生过一样，她说："不用，我出门打车，一会儿就到的。"

她摸着黑，一个人走下十几层的楼梯，几次停下脚步，心里却空荡荡的，就又慢慢地往下走了。来到大街上，看见路灯，树枝，不多的几个夜行人，知道这是冬天的午夜，心里能听见风声。她找了一个街角蹲了下来，捂着胸口，她几乎半跪在地上，心里又一次喊着"妈妈，妈妈"。可是她不知道要对妈妈说些什么。

子慧明知道，她和人睡觉，与她母亲并没多大关系，可她还是觉得羞愧。母亲成了她的一个准则，她站在故乡的天空，她的眼睛越过千里之外的云层，像上帝一样看着她。子慧为此感到莫大的压力。

也许每个身在异乡的姑娘都有过类似的压力，小黄走了以后，子慧更加孤单了，一个人常坐着发呆。李奶奶忙着为她张罗对象，因为小黄的教训，子慧对相亲抱有本能的抵触，不过还是见了几个。其中一个是李奶奶从前同事的儿子，在某研究所工作，离婚两年了，小孩归女方。不知为什

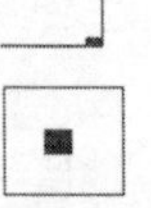

么，他年纪不大，却早早谢了顶。子慧犹豫不决，便打电话跟母亲商量。

母亲说："有房子吗？"

子慧说："房子嘛，总归有的。"

母亲狡黠地笑道："什么叫房子总归有的？"

子慧最烦她这一点，不禁又好气又好笑："我没去过他家里，这你总放心了吧？"

她随他看过两场电影，一起吃过麦当劳。有一天晚上，两人走在路灯下，子慧一侧头，无意间看见他的顶上闪着佛的金光，心里兀自一凛。她这才知道，她的心死了，她整个人有如枯木一样坏掉了。

现在，子慧越来越迫切地面临着去留的选择，以至于茶饭不思，坐卧不宁。这哪是什么选择，她把它视作人生的最大一次赌博，一步走错，全盘皆输。照理说，回家是件便当的事，坐火车沿京广线，不过二十来个小时，坐飞机打个迷糊眼的工夫就到了，可是三年，心里的层峦叠嶂，回家已成了不可想象的事了。

留下来呢，当然也很便当。经过三年的准备，心理上的，物质上的——她现在经济完全自足，购物多到世都，银座，或许再等个两三年，她能攒下一点钱，买个小房子，结不结婚就再说啦！她对这城市也渐渐熟了起来，谁怕谁？爱谁谁！

后来，子慧反复思忖她的这次选择——她选择了回家——她得出一个结论：她的三年出行完全是一场梦游，她长途跋涉、衣不遮体走过了她一生中的寒冬，待到春暖花开时，她闪来了，回来以后，发现屋子里仍是寒冬。

十月的一个午后，许子慧从火车站走出来，打车来到家门口。

一路上，她把头贴着车窗玻璃，看街巷的风景。吉安变化太大了，就好像……它已经很陌生了。当然这年头，中国没有哪个城市不是陌生的，天上一日，人间十年，变是硬道理。变，就如孙悟空手里的一根毫毛，吹一口气，它可以是树，妖怪，或者仍是一根毫毛。可是现在的中国已失去了想象力，吹一口气，变来变去都是楼房。

偌大的古国从来没有如此骚动过，二十年春秋，在它犹如一季盛夏，每个人都汗渍淋漓，脸上闪着油光，脸上的痘痘有如沸水里的小气泡，咕咕跳着，能把人烫死。乡村变成城市，城市仍是城市，成百上千个地方，若是换个地名，那就都叫它们吉安吧。

子慧笑吟吟的，心里充满愉悦，故乡好像在哪儿见过。是啊，回家也不过如此，吉安既不很熟悉，也不太陌生，反正地球都成了一个村，中国变成一个城市也没什么了不起。

她胡乱和司机搭讪，问这问那，新鲜得像个外地人。

司机说："小姐是来旅游的？"

子慧笑而不答。

司机侧头打量她一眼，说："不太像，我估量小姐还是本地人。"

子慧一惊，心里老大不高兴，她板着脸问："我怎么就像本地人了？"

司机摇摇头，不说话了，伸手把收音机打开。电台里一个女歌手正在上气不接下气地唱歌，子慧听了半晌，才听出这是一首伤心的歌。她把头转向窗外，阳光下她静静眯着眼睛，城市如浮光掠影，从她眼里迅速淌过。这世上什么都在变，子慧早就做好了防备：一觉醒来，文明可能是一场幻影，人类将用四肢爬回荒野；战争，霍乱，人心的撕扯……活在这世上，没有哪样东西是安全的，只有她自己。

可是子慧再没想到，她自己也会变，就比方说，现在她不太情愿人家拿她当作吉安人，她在外浪迹三年，吃了那么多的苦，为的是什么？为的是洗心革面不做吉安人，她要把她身上的吉安气全扫光，从口音，饮食习惯，到走路的姿势，穿着打扮……一切的一切，她要让人搞不懂她是哪里人。子慧满心以为，她差不多成功了，当然，今天她穿件普通的秋衫，头发剪得短短的，一副学生样，看上去是寒素了些。

子慧很有几件像样的衣服，但是她不想穿，因为不合适。她以为，吉安不过是个小地方，她大可不必如此。

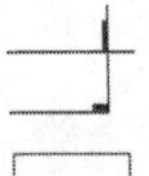

子慧瞧不起吉安，她没看到自己的那副嘴脸，高高在上的，充满了优越感，她把眼睛稍稍斜向窗外，嘴角泛出一抹淡定的微笑来，像一个偶尔路过此地的大城市的女子。

现在，子慧就站在家门口，她放下皮箱，四下里看看，没什么人，因此决定在正式敲开家门之前，有必要先打探一下周围的环境。这一带多是些五六层的青砖小楼，楼前堆放着杂物，楼与楼之间的间距太小，横七竖八的，就像迷宫一样。子慧不由得想，这一次，她恐怕是插翅难逃了。

二楼最左的那个阳台突然传来开门声，接着是一个妇人的声音："几点了？怎么还没到？"

子慧缩了缩脖子，那是她的母亲，她提着箱子就往楼道里跑，她不能让母亲看见……是的，相见不是件容易的事，她有点难为情，她还没有思想准备。

她在楼道里站下来，轻轻吐了口气。楼道和家之间隔着十几级台阶，子慧的眼睛一级一级地爬上去，从来没见过那样漫长的台阶，总也爬不完，她把眼睛闭了闭，知道自己已气喘吁吁。

亲人间若是数年不见，冷不防照面，那感觉就像见了鬼，着实有点吓人的。子慧和父母都当对方死过了，现在站着的是各自的幽魂，睁着恍恍惚惚的眼睛，脸上放出几许扭捏的微笑来。父亲搭讪着走过来，帮子慧提着箱子，一边侧头跟母亲说："咦，你还愣着干吗？这人！"

母亲笃定地坐在沙发上，一双眼睛冷冷地看着子慧道："你还回来干吗？你心里还有这个家啊？"

子慧绞着手站在门口，她的眼泪淌下来了，那一瞬间，她突然想放声大哭，她要给他们跪下来，她闻见了家的气味：温暖的旧棉絮，清凉的樟脑丸……她要给家谢罪！

母亲走过来，搡了一下子慧，突然抱住她哭了："死样子，你看看你的死样子，你心狠着呢，我养你这东西干什么！"

子慧把头搁在母亲的肩膀上，那一瞬间，她的心异常地沉静，她再也不走了，她这一生所珍视的东西全在这里：父母，小城，朴素的生活……有一个字子慧不好意思说出来，那就是爱，毋庸置疑，她和父母都是爱着的，爱得无微不至，像一粒粒灰尘能渗入对方细小的毛孔里——深究起来，这玩意儿是能活活把人累死的。

子慧两天没出门，在家认真备课，她准备下周一就去上班。这一天下午，她头有点晕，就一个人出来走走。隔壁的楼前，有两个妇人坐在树底下拆毛衣，子慧平时最怕这些妇人，她是在她们的眼皮底下长大的，什么也别想瞒过她们。

她拐了个弯，改走一条甬道，走了一会儿，突然感到背后有眼睛，就在不远的地方，无数双的眼睛，一支支的像箭一样落在她的要害部位，屁股，腰肢……到处都是箭，可是子慧不觉得疼，只感到羞耻。她不动声色地又走了几步，突然猛地一回身，四周明晃晃的一片，夕阳掉到楼身后去了。她并没看到什么眼睛。

子慧慌了，像走路时突然被绊了一跤，低头一看，脚下并没有石子。她转过身来，脸涨得通红，她看见了，这眼睛在她心里，是她在看她自己。她又悠悠地走上一会儿，自己都没意识到，她把手心攥得很紧，她扶着一棵树站下来，腿有点软，身上直冒冷汗，黑暗像头发一样罩住了脸。天哪，这是什么世道，现在她连自己都不信任，她离家三年，本本分分，她却总疑神疑鬼，担心别人以为她是在卖淫。

天色渐渐暗了，黄昏从天色的背后浮上来，眼前灯红酒绿的一片，子慧估量着，她这是走进步行街了，早在两年前，子慧就听母亲说过，吉安城里新出现了一个声色场所，学名叫商业街。街两旁全是摩肩接踵的店铺：洗头房，洗足房，桑拿房，练歌厅，也有星级酒店，百货公司。总之，走进这条街，人体的各个部位都可得到抚摸满足。一到晚上，街两旁就站满了形态各异的小姐，母亲恶狠狠地说："全说普通话，都是外地人。"

子慧当时也是外地人，她记得她把电话从左耳换到右耳，有点不方便接这个话茬。

子慧摇摇晃晃地走着，吉安街头一片繁华，操各种口音的人走来走去，广东人，上海人，北京人，山东人……全都器宇轩昂，一派匆匆过客的样子。在这些声音当中，她反而很少听到吉安话。吉安人哪儿去了？

答：吉安人都到外地去了。

子慧模模糊糊地想到，她脚下的这片土地，或许是个更陌生的地方，走在这里，较身处他乡更觉得冷清，她对一切都不熟悉，点点滴滴不能引起她从前的回忆。她千里迢迢地跑回来，为的是什么？她在外面遭了罪，她回来是为了得到抚慰，她能得到吗？她现在没一点底。

晚上八九点钟光景，子慧才慢慢地走回家，她着实有点累了，开门就往卧室走。卧室里亮着灯，门半开着，只听见里面一阵翻箱倒柜，还有父母的窃窃私语声。子慧三步两步赶到房门口，只见母亲在翻她的皮箱，衣物扔了一地。

子慧拿手扶着门框，一下子岔了声气，她惊叫道："你们在干什么？"

父母的检阅正在兴头上，他们或许忘了子慧还会回家，所以正长吁短叹，忙得满头大汗。还不待他们转身，子慧已经奔到皮箱旁，抓起她的胸罩，内裤，睡裙，统统塞进箱子里。母亲掸掸手站起来，父亲跌坐在床边。

子慧在灯光下站了一会儿，突然踹了箱子几脚，哇的一声坐到地板上，开始撒泼了。她勾着身子把皮箱拖到身边，拎起箱柄就往下倒，一边说："看看看，喏，这是胸罩，这是内裤，仔细看清楚了，看上面有没有什么污点。"

子慧哭闹的工夫，父母已有足够的时间用来镇定了。父亲咳嗽一声说："你知不知道，外面都在说你什么？"

子慧胆怯地抬起头来，突然噤了声。母亲拍拍手说："你去大街上问问，你许子慧回来的消息，吉安城哪个不知道？"

子慧心虚地说："知道什么了？我在外面干了什么了？"

母亲从鼻孔里喷出一串冷气道："干了什么！你自己最清楚。"

子慧从地板上纵身起来，跟母亲叫嚷道："我刚从大街上回来，怎么就没人跟我说这些？"

母亲突然掩面而泣："谁会跟你说这些？人看见你，只会躲得远远的。你知不知道，这两天有多少人对着你父母指指戳戳，你知不知道？"

子慧一下子呆了。

母亲双臂抱胸，努努嘴，指示父亲把箱子盖起来，放到橱柜上。父亲拖来一张桌子，一张椅子，夫妻俩合力把箱子举了上去。

现在，母亲就坐在桌子旁，架着腿，完全是一副审讯的架势。

母亲说："说说看，你这三年的经历。"

子慧坐在床边，把双手放在膝盖上，她已经完全服气了。她轻声地问："是和男人吗？"

母亲严肃地点点头。

子慧把眼睛认真地眯了一会儿，首先想起了郭小海，然而她和他之间实在乏善可陈，第一次睡觉就掰了，以后再没见过面。别的就更不用说了，止于拉手拥抱，扯不上男女关系的。子慧摇摇头，朝母亲谄媚地一笑，说："没有。"

母亲一拍惊堂木，手掌击在桌子上有点疼，母亲说："许子慧，你最好老实一点。"

子慧苦着脸说："真的没有啊，你们应该相信我。"

母亲说："你相信自己吗？"

子慧惭愧地低下了头。

母亲正了正身子："那好吧，我问你，知不知道今天为什么要检查你的箱子？"

子慧摇摇头。

母亲说："想为你洗清污点，我不相信我的女儿能干出这等丑事……我女儿曾经那么纯洁——"母亲拿手掌擦了擦眼泪，她的声音呜咽悲伤。

子慧咽了口唾沫，她已经感受到了母亲的爱意，啊，这比什么都重要。那一刻，她突然想爬到母亲面前，告诉她，她爱她，她受到了冤屈……然而这是不合适的，她不能破坏审讯的庄严。

"可是我看到了什么呢？"母亲的声音突然严厉了许多，"我看到了这三年来你的生活，就在这箱子里，一天又一天，你的心理变化，我找到了许多疑点，这些全是证据！"母亲站起来，背着手在屋子里走上几步。

"你生活得很不错，"母亲走到子慧面前，探头在她的脸上照了照，声音几同耳语，"你并不像你说的那么惨，你有很多妖艳的衣服，可是一回到家里，你却扮作良家妇女——"。母亲伸手在子慧的布衫上捏了捏。

"我三番五次要去看你，"母亲坐回桌子旁，重新恢复了一个法官的派头，"都被你全力阻挠，这意味着什么？意味着你知道我是去偷袭你。三年来我花了几万块钱的电话费，心里也疑惑着你是个妓女。"

子慧舔了舔干燥的舌头，宣判的时刻终于来临了，她非常地安静。三年来，她焦躁不安，诚惶诚恐，心理几度崩溃，原来是，她知道会有这么一天，她在等着黑暗的降临。

这天夜里，她一个人躺在床上，隔壁能听到父母沉着的鼾声；她几次爬起来，推开窗户，天际有一轮小月亮，她把半截身子探到窗外，试了试，然而这是二楼。她嗅了嗅鼻子，百无聊赖地在屋子里走上一圈，后来上了床，睡着了。

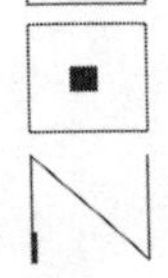

原载《人民文学》2004年第10期

点评

“独在异乡为异客，每逢佳节倍思亲。”异乡，那个古诗中纯粹温暖的记忆，在现代化的折射下，已然失去了原本的韵味，成了许多漂泊者回不去的往昔。许子慧就是这些漂泊者中的一位。三年前，心血来潮的她，突然辞去家乡吉安教书的工作，成了一名北漂。是什么驱使她舍弃爱她的父母，只身前往北京闯荡？是一心要离开远非儿时那般宁静致远、民风淳朴的故乡的冲动，还是对外面精彩世界所怀的满腔热情和憧憬？或许两者皆有。然而，怀揣理想的子慧，是否在异乡如愿以偿呢？她努力充电，拼命向上地过着每一天，时而坚强，时而挣扎，时而信心满满，时而彷徨失措，生生活成了一个不断自我纠缠和扭曲的矛盾体。因为理想的翅膀被坚硬的现实折断，只剩下支离破碎的欲望和遍体鳞伤的尊严。就在这时，心中的故乡虽相隔千里，却似乎从未远离。陷入窘境的子慧在城市无法安放躁动的青春，她以为回家会是唯一的慰藉、救命的稻草。可当她收拾行囊，终于鼓起勇气回到吉安时，家乡人异样多疑的眼光和母亲毫无根据的猜忌，让她所有的念想瞬间碎满一地，故乡倒成了另一个异乡。许子慧就是无数从故土奔赴异乡，又从异乡奔赴另一个异乡的中国人的缩影，他们无比执着，忍辱负重，又无比纠结，辗转反侧，他们想要在现代化城市的图纸上艰辛地刻画出自己清晰的肖像，却在沉沦与反沉沦中逐渐迷失了自我。这不是谁的错，这只是现代化进程中我们必经的心路。

（方奕）

小嘴不停

铁凝

临近春节的酒店，到底比往常显得亢奋。散客已经不多了，年终的各类会议开始在这里爆满。大堂内设着一些蒙有红台布的会议签到桌，从四面八方赶来省城开会的人进得酒店，忙着寻找属于自己的那个会的那张桌子。那些桌子上都摆着写有会议名称的标牌：表彰会，总结会，新年度战略研讨会，同乡亲友恳谈会什么的。每张签到桌后面都堆着山一样的会议礼品盒：某某岛的“无污染海鲜”，某某城的红酒新宠“玉树临风”，某某开发区的“多功能杀菌活氧机”，乃至某某乡的“祖传手工龙须面”……猛看上去，走进大堂的客人好似立刻置身于一个年货批发市场。

包老太太也是这酒店的来客之一，她来参加一个表彰会。本来，春节近了，能不出门的人就不愿意出门了。况且包老太太年逾七十，丈夫户老先生还躺在医院里。可是，包老太太来了。

乘坐了三个小时火车的包老太太进得酒店并不急于签到，她急着寻找洗手间。包老太太与同龄的其他老太太相比，身体状况良好，唯一的难言之隐是憋不住尿。为此，凡遇长途旅行她便提前在内裤里放置“尿不湿”。回想第一次去超市为自己购买“尿不湿”，包老太太臂弯里扤着塑料购物筐，做贼似的在货架前逡巡了几个来回，竟是不敢下手。仿佛她要攫取的是样见不得人的东西；又仿佛，只要这东西一进了她的购物筐，她可就真的老了。一个年轻的女导购员过来想帮助犹犹豫豫的包老太太，说孩子多大，我帮您选个合适的型号。包老太太吭吭哧哧又说不出来，只是想原来这玩意儿也分大小号啊。“尿不湿”之于包老太太，始终是只闻其名，未见其物。包老太太养育孩子的时代中国还没有这东西，后来她的第三代被养育时她又没管过他们。那么，她至少该买大号，她是个大人。但包老太太不敢说要大号，似乎一说大号导购员能立刻识破她买这东西是为了自己。最后她胡乱拿起一包中号的，红头涨脸地离开了超市。回家一试，包老太太明白了，敢情这“尿不湿”的所谓大、中、小号，是幼儿范畴的大、中、小。即使大号，配的也是幼儿中的大幼儿；包老太太的屁股再瘦小（包老太太的臀部属于瘪瘦型）也当属成人之规格。因此不仅中号她无法穿用，大号也照样不行。包老太太急中生智，索性将那东西稍作改良，摈弃了四周起固定作用之“裤腰”和“臀围”部分，单取中间那一条厚实而又柔软的吸水力极强的无纺布棉垫。试用了一阵子之后，包老太太基本满意。再逢出门，因为腿间有了“尿不湿”，人就从容了许多，也不至于打头天晚上就滴水不进了。包老太太从不跟人探讨婴儿的“尿不湿”之于老人的方便，这属于她个人生活的小秘密。最初垫上它，包老太太有过一阵隐隐的堕落感，再严重一点她就要说自己这是“沦落风尘”了，虽然，世上所有的婴幼用品本是最为洁净、天真再加上一点无助感的。那么，应该是无助感比较贴切。包老太太也曾想到过这个词，但是包老太太自尊一生，乐于助人，绝不情愿“无助感”这样的词往自己身上靠，宁肯“堕落”或者“风尘”，至少那还有点幽默的成分。用到后来，包老太太甚至还找到了一点点更年期之前使用卫生巾的感觉。用了一辈子卫生纸的包老太太，在停经前不久才赶上用舒适方便的卫生巾，只可惜一切都在瞬间结束了，她的例假，她作为确凿女人的生理特征……如今，自从她的腿间有了“尿不湿”，很快她就从“堕落”啊，“无助”啊等等词中走了出来，因为“尿不湿”竟能使她回忆起那么一点确凿女人的青春感，或者说女人青春的确凿感。包老太太对待生活的态度基本是乐观的，她总是能在看似倒霉的情境中寻摸到那么一点让自己主动起来的蛛丝马迹。

这样，乘坐了三个小时火车的包老太太走进酒店，顺利找到隐在大堂一侧的洗手间。事毕之后换上一片干爽、崭新的“尿不湿”，包老太太神闲气定地来到洗手间的大镜子跟前，洗手，外加稍事整理自己。这时的包老太太，怎么看也不像年逾七十，也就是五十岁出头吧。她那一头灰黑色的弯曲自然的假发没把她衬出老来，反而为她平添了几分真实、活泼的俏。这就是包老太太的聪明，不愧是化妆师出身——包老太太是她们那个城市影视中心的资深化妆师。包老太太历来反对白发老人染黑发，黑压压的好似头上缠着块黑布，怎么看也是假。哪儿如她头上这顶假发套，和年龄和面庞总是有个自然的过渡与呼应。这就说到了包老太太的面庞，毕竟已经七十多岁，脸上没有深刻的皱纹，但两腮的肉已经下垂，下巴至脖颈的衔接处也显出松垮。但包老太太有两条好眉毛，和一副轮廓清晰、常显滋润的嘴唇。这副嘴唇若放在旧社会，那是典型的樱桃小口，包老太太便也可称得上是位旧时的美人了。可包老太太偏偏看不上自己的嘴，为当代不少男女演员化妆的包老太太，欣赏的是时下流行的大嘴美人，也许正所谓缺什么想什么。包老太太也不倚仗着化妆师的方便就在自己脸上大动干戈，她不文眉也不文眼线——那是低级整容，把人脸弄得木呆呆的，且呈现一种凶相儿。她只把本来不错的眉型再择素净一点，轻扫些许眉粉即可。她的脸就看着那么亲切柔和，一整个儿是位神采奕奕的老年职业女性。

神采奕奕的包老太太回到大堂，在属于她的表彰会的桌前签过到，领取了出席证、餐券、会议文件、房间钥匙以及礼品盒——她们这个会的礼品是红酒新宠“玉树临风”。包老太太提着两瓶“玉树临风”找到自己的房间，打开，进门，怎么回事？大白天的屋里黑咕隆咚黑咕隆咚，气味也不好。包老太太正摸索着去开门廊灯，就听“嚓”的一声台灯亮了，原来桌前坐着一个人，这人压着嗓子叫了一声“包老师”。

包老太太走到桌前，借着台灯一看，原来是小刘啊，从前跟她学过化妆的，后来到省里发展，现在自己开了服装公司，在当地个体私营企业主里，也算得上一号人物呢。

小刘说，她从与会者名单上看见包老师的名字，又知道和自己同住一个房间，挺高兴的。这个表彰会表彰的是各界精英啊，包老师是老有所为的代表人物，她早就知道由包老师任化妆师的两部电视剧都得了国家级大奖。其中一部剧获的是单项奖，奖的就是化妆啊。小刘说话，用的是气声：不敢使大劲儿、不使劲儿又说不成句的那么股劲儿；怕谁听见、又怕该听的人听不见的那么股劲儿。受了这气声和气氛的传染，包老太太便也压着嗓子与小刘寒暄，但这种竭力控制音量的语言方式让包老太太很别扭，跟跟特务接头对暗号似的。况且，窗帘密闭，空气不畅。

桌前的小刘看出包老太太的疑惑，这才起身走到窗前把加厚的双层落地窗帘拉开一半，正午刺目的阳光立刻射进房间。包老太太借着炫目的阳光，方看清屋内的两张床，一张干净整齐，另一张被子鼓鼓囊囊乱作一团。再细打量，被子底下睡着一个人。小刘虽然拉开了窗帘，但说话仍旧用着气声。她说这张床上睡着她女儿，女儿学校已经放假，不愿一个人在家，就跟了她到会上来住。这孩子晚上不睡觉，疯了似的玩电脑，后半夜才上了床，这一睡恐怕要到下午了。小刘说，刚才她怕吵醒孩子，所以大白天拉上窗帘并且小声说话，还请包老师多担待。小刘边说边把包老太太让至那张显然无人动过的干净整齐的床。

包老太太坐上自己的床，想起美国影星斯特里普为了竭尽母亲的责任，把婴儿带到摄影棚喂奶，那真是传为美谈的明星母亲的一段佳话。包老太太一边想斯特里普一边就忍不住目测对面床上被子底下那个人形的长度，怎么看她也绝非婴儿，亦非少年，至少这女儿的身高不低于眼前的小刘。刚才小刘不是说她半夜玩电脑吗，包老太太瞥见桌上有个笔记本电脑，婴幼儿会玩电脑吗？正在思想间，被子底下一阵蠕动，小刘的女儿醒了，掀开被子站起来就往卫生间走。小刘让她管包老太太叫姥姥，她倒是乖乖叫了声姥姥，之后就把自己锁进了卫生间。包老太太对小刘说，女儿的个子可不矮，有一米七吧？小刘说是啊，才上高一。包老太太试探性地说那开会这几天你睡哪儿啊。小刘说我们娘儿俩就凑合挤这一张床呗。包老太太心里就泛上一丝不痛快，觉得这小刘分明是有点不懂事了：这么大的女儿还带到会上吃住，弄得会议房间成了她们家的卧室，堂堂正正的会议代表包老太太反而像个碍眼的多余人了。大白天的拉着窗帘，说话还得用着气声。这和斯特里普把孩子抱到摄影棚喂奶根本就是挨不着的两种境界。再往细处想——包老太太的思维变得越发具体：两个人共用的卫生间得三个人用，就算"尿不湿"她可以隐蔽地更换，她的假发套怎么办呢，晚上睡觉她是要摘下来的。小刘看到无所谓，毕竟小刘是从前的熟人。可是包老太太不愿意让一个如此年轻的女孩子看见她的假发套和她那颗有着稀疏头发的脑袋。包老太太不愿意。

这时小刘又说话了，小刘说多年养成的习惯，也是没办法的事。女儿3岁那年丈夫就和她离了婚，从那时到现在，她们娘儿俩一天都没有分开过。那时候穷啊，雇不起保姆，每次去南方倒腾服装她都是怀抱着女儿。那时候火车上人也多，经常没座位。她就坐在车厢地上，把女儿塞进座位底下铺张报纸躺着。有时候座位上的人脚不小心踢着了女儿，女儿不哭也不闹……

小刘这番话缓解了包老太太心里的不痛快，她最听不得别人的苦事，特别是离婚一类的事。她就没有离过婚，在经营家庭的技术上，她可算个成功者。成功的包老太太现在与有着不成功婚姻经历的小刘母女住在了一起，最初的不痛快感终于因小刘婚姻的失败而调转了方向，她变得放松了踏实了。不能说居高临下，却是有点悲天悯人；不能说想施舍些许同情给小刘母女，却是真心要对小刘敞开心扉——小刘在诉说了自己不成功的婚姻之后不是一个劲儿地羡慕包老太太的美满家庭吗？

晚上，睡足了白日觉的小刘的女儿坐在桌前打开笔记本电脑，精神头儿十足地上网。这事儿要是放在包老太太刚进门的时候那简直就是不可容忍。但是，经过小刘对她们母女生活的叙述，情况就不同了，包老太太觉得自己能够理解小刘女儿在会议房间里旁若无人的劲儿——怎么说也是苦孩子出身呢。再说，小刘女儿个子虽高，却没什么心眼儿，跟包老太太也不生分。包老太太洗完澡托着假发套从卫生间出来，试探性地往小刘女儿那里瞟了一眼，内心是有点怕她嫌弃的，很多老人在蔑视一些青年的同时，其实也在怕着被那青年嫌弃。小刘女儿不嫌弃包老太太的假发套，还凑上来要求试戴。在征得了包老太太的同意后，她便戴着包老太太的假发套继续她虚拟空间的畅游。而这时，包老太太和小刘都已靠上各自的床头，开始睡觉前的说话。说话前包老太太不忘用手机先同家中哪个子女通了话，并得知住院的户老先生病情已稳定。

床头灯下的包老太太，摘去了假发套的包老太太，在小刘眼里并不显得太过光秃，因为她本是有头发的，只是头发稀少，已盖不住头顶。她稀疏的头发加上她那唇形清晰的嘴唇，使她看上去像个年老的孩子。而桌前戴着假发套上网的小刘的女儿，则恍若一个年幼的老人。其时这一老一小彼此并不关注，小刘女儿忙着上网，包老太太忙着对小刘述说家事。

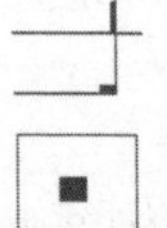

包老太太向小刘透露说，别看她和户老先生生育了五个儿女，儿女们也都挺孝顺，其实户老先生从三十岁起就向她提出过离婚。包老太太敢把这种消息透露给小刘，并非她的一不小心，相反，这是她经历了半生风雨之后的心中有数，捍卫婚姻大功告成之后的胸有成竹。她敢说起户老先生曾经提出过离婚，就说明她已确定眼下的户老先生再也不会向她提出离

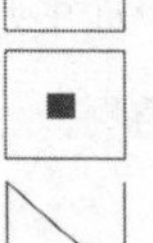

婚。那时候，户老先生三十岁的时候，他们已经有了两个孩子。户老先生的职业不比她低，也绝不比她高，他供职于当地一所大学的总务处。有一天，平白无故地他就对她说，我想跟你谈谈，我想和你离婚。

时年三十岁的包老太太，虽已生育了两个孩子，可依旧娇小玲珑，眉黑唇红，她有哪点配不上一个大学总务处的一般职员呢。若论社会表现和治家能力，包老太太还略胜一筹。户老先生从年轻起就体弱多病，肝炎，肺炎，胸膜炎，气管炎……一年有三个月住在医院里，以至于五十岁就提前病退了。用包老太太的话说，病弱的户老先生一生就没吃过几粒粮食，他是啤酒、香烟不离口。劝他吃饭，他就对你说：我在吃。啊，这酒啊是我的液体面包，这烟啊是我的气体面包。这样的一位先生，有什么资格向包老太太提出离婚呢。可是户老先生提出了，包老太太听见了。包老太太想，他这是不爱她了。那么，她爱他吗？或者她也说不上爱他，她爱的是自己的婚姻本身。谁想动摇她的婚姻，她便决不示弱。于是，在沉默了一个小时之后，包老太太对户老先生说，她不能同意户老先生的想法，因为，因为户老先生对她太好了，那千百样的好啊，足够她两辈子受用。假如现在他们离婚，可叫她到哪儿去寻找这么好的好人呢！

这样的开场白，倒是让户老先生没有料到。他以为，照常规，至少包老太太会吃惊，会悲切，继而愤怒，继而声讨他的薄情，他的寡义，他的不负责任，他的不知深浅，他的太拿自己当块香饽饽……包老太太却不按常规，她从另一条道上来了，她就是把他说成了一块香饽饽。她说到他对她的关心，他对她的体贴，他对她的体贴加关心或者关心加体贴。某次她去副食店排队买春节凭票供应的排骨，排到天黑还不见回家，他就站在家门口的雪地里等她一个小时，等得棉鞋都湿透了脚上尽是冻疮啊。还有一个某次，她正给孩子洗尿裤子呢，同事串门来了，他二话不说端过她手中的盆子就洗呀，让那个同事羡慕得不得了。夏天的时候哪次不是他熬好了绿豆汤，在凉水里冰了又冰，放上甜度适口的白糖才端到她眼前啊——还有，他这人虽然话不多，从来他就话不多，可那绝不是对她的冷淡对她的漠不关心，那纯属性格所致，因为她从他看她的眼神儿里能悟出他对她的惦记他对她的心疼，一个眼神儿足足赛过一万句甜言蜜语，一万句！这样打着灯笼难找的男人怎么可能向她提出离婚呢，那是不可能的，该不是他觉得自己做得还不够吧，那样可就太让她无地自容了，做得不够的是她本人。就算结婚以后她从来没和他吵过一次架拌过一次嘴甩过一次脸子，那也是她做得不够温柔不够贤惠不够和顺不够——总之是不够，这使她经常寻思着她该用怎样的努力才能够配得上他这个千百样俱佳的男人……

包老太太小嘴不停地历数着属于户老先生的那些“莫须有的美名”，也不知是在夸他还是在臊他。但她眼里有隐隐的泪光闪动，音调语气是如此地恳切，眼前就是个泼皮无赖也得三思而行吧，更何况户老先生不是泼皮无赖，他是大学总务处一名本分的职员，对，那时候叫一般干部。虽然包老太太给他编织的那些美名有点叫他受用不起，可是，这“美名”的力量是既突然又密不透风，噎得人喘不过气，他一时就不知道该从哪儿下嘴了。包老太太初战告捷，第二年他们又生了一个孩子。

床头灯下的小刘，被包老太太的讲述弄得越发没了睡意，只觉得对面床上的这位老太太实在不简单，就这么一下子，一辈子都牢靠了。她把心中的感想说给包老太太听，包老太太立刻反驳说，完全不是那么回事，对男人你得警惕一辈子。她说别忘了从三十岁户老先生第一次提出离婚之后，他们又共同生活了四十多年啊，四十年时间什么样的事发生不了呢。四十年间，包老太太最怕听见的一句话就是户老先生对她说“我想跟你谈谈”。

小刘忙问，难道后来他又跟您提过“我想跟你谈谈”？

包老太太拖着长声说，提——差不多每隔一年他就跟我提一回。但是我也积累了一点经验，每回听他说到“我想跟你谈谈”，我就立刻拿话把下半句挡回去。小刘说您这叫将“离婚”二字扼杀在摇篮里。

包老太太想了想说，摇篮这个词太温馨了，把“离婚”放在“摇篮”里好像“离婚”本是个招人怜惜的小婴儿。咱们不说把“离婚”扼杀在摇篮里，咱们说把“离婚”扼杀在喉咙里。

小刘又作感叹了：把一个人喉咙里的一句话扼杀四十多年，那该需要多么顽强的意志和多么坚韧的神经。可见包老太太这两样全不缺少。三十岁那次的谈判若说是即兴的救急，三十岁之后的所有抵挡便可称作是持久的战略了。包老太太用多于常人几千倍的话语灭了户老先生一条小小的喉咙。她的那些话，像机关枪，像迫击炮，像年节的响鞭，像春日的花骨朵，像漫天的鹅毛雪片，像感伤的沥沥秋雨，像老娘们儿的饶舌，像小姑娘的俏皮……都是些好言好语，美哉善哉！她不仅把它们滔滔滚滚奉献给户老先生本人，她还把它们传递给所有与他有关的人，再由那些有关的人传递给他本人。

户老先生学校的领导看望病中的户老先生来了，包老太太望着眼睛微闭的户老先生，跟领导讲述户老先生的美德，说户老先生为什么身体这么虚弱，都是为这个家所累。

他的胃不好，是因为孩子小的时候把细粮留给孩子了，自己净吃些高粱米山药面。儿女们回来了，包老太太跟他们说，你们五个人对我好是好，可你们对我的好，加在一块儿也抵不上你爸一个小手指头。

孙子外孙子一见面，包老太太又说了，爷爷可比奶奶疼你们，知道什么叫疼吗？就是打心窝儿里惦着呀！

……

谁也不知道户老先生怎么琢磨包老太太这些好话，也许他想，你说的那个人他不是我呀。也许他想，这是哪儿跟哪儿啊。也许他想……他想什么有那么重要么，再不是那个人，说了四十多年也被说成是那个人了，那个没有丁点儿瑕疵、根本不知离婚为何物的好人。

包老太太不仅说得好，并且身体力行。三十年前家庭经济状况一般，但户老先生的牛奶、啤酒和“前门”“恒大”香烟就没有断过。这些年经济状况好了，每次出去拍电视剧，她也能从剧组分上万儿八千的。她给他买加厚羊绒衫，买时髦而又舒适的“爱步”休闲鞋，买“昂立一号”和“脑白金”。又比方这次表彰会，为什么包老太太不顾春节在即非来不可呢？她对小刘说，那也是为了户老先生啊。会上有奖金呀有礼品呀。她要怀揣奖金手提礼品回家，这不叫俗，纯属爱的奉献。她要回到户老先生的病床跟前让他看一看，这就是他的老伴，四十年前想要与之离婚的那个老伴。小刘啊，他不曾有过的风光如今都集于你包老师一身了。

表彰会的日程是三天，第一天和第二天，白天照例是包老太太和小刘去开会听报告，小刘女儿拉上窗帘蒙头睡觉。到了晚上，小刘女儿戴着包老太太的假发套上网，小刘就和摘去假发套、撤掉“尿不湿”的包老太太聊天。这时候，如果包老太太的手机不响，这间酒店客房的景致倒颇有几分平安与浪漫。不幸的是包老太太的手机响了，那边传来哪个子女的声音，告诉她说户老先生又一次大面积心梗，很危险，很危险。

这边包老太太赶紧跟小刘说了情况，小刘跑去会务组要车，小刘女儿帮着包老太太收拾东西。车子很快就停在酒店大门口，包老太太被小刘搀扶着，连小刘女儿的那声“姥姥再见”都没有听见，就直奔了火车站。

深夜把包老太太送上火车的小刘回到酒店房间，一看见坐在电脑前仍不罢手的女儿，方才发现包老太太的假发套还在女儿头上扣着。

有一天，户老先生离世后的一天——户老先生就在那天深夜包老太太回家途中悄然离世，包老太太清洗他的衣物和他在医院用过的器皿。在用洗洁精刷洗他临终前一直使用的一只搪瓷口杯时，她觉出杯底有点硌手。包老太太将杯子翻个底朝上，只见杯底上贴着一小块橡皮膏——护士输液时固定针头的橡皮膏吧，橡皮膏上有一行圆珠笔小字：我想和你离婚。

惊愕之中的包老太太再也想不出有什么词汇能够形容她此刻的心情，这骇人听闻的六个字仿佛死者从另一个世界给她的来函，又像是那人对她一生“护婚”的最后报答。想必，书写这“来函”，实施这“报答”，同样需要顽强的意志和坚韧的神经。

又过几日，包老太太收到一个寄自省会的快递小包，是小刘寄还给她的假发套。这物归原主的假发套让包老太太的头顶掠过一阵嗖嗖的寒意，也才意识到，她已多日不用头套了。她忽然想起一出老歌剧里的一句唱段：“砍头好比风吹帽……”那是革命者的潇洒，用在包老太太身上应该换成“砍头好比风吹假发套”啊。

现在，曾经“吹”走的假发套已然回来，而包老太太的头还在肩膀上安稳着。生活却是费解的。包老太太永不再看那只贴有橡皮膏的搪瓷口杯，但橡皮膏上那六个字，那六个因杯底和桌面的摩挲而显脏污的六个字，却化作了户老先生的声音。那声音是细小的，如包老太太和小刘在酒店客房昏暗的光线下对答时的那种气声：轻巧的，套近乎的。

不绝于耳，不绝于耳。

原载《长城》2004年第4期

点评

作者以细致入微的笔触，生动地刻画了一位极度自尊的小知识分子女性形象，而“小嘴不停”就是她最鲜明最传神的特征。小说从包老太太暂别仍在住院的户老先生，乘坐三个小时的火车，去参加一场春节前的表彰会起笔，进而转述她为克服憋尿窘境，是如何战战兢兢买了尿不湿，从自卑羞愧中一步步重拾小骄傲和舒适感的。细节描摹和心理雕琢使小知识分子的个性特质跃然纸上。紧接着，小说花开两朵，各表一枝：一边是包老太太在酒店房间里观察小刘母女一举一动，从颇为嫌弃到有些居高临下地施以同情；一边是她向离婚的小刘自豪地讲述自己经历半生风雨，怎样把离婚一次次扼杀在“喉咙里”的。包老太太小嘴不停地历数着属于户老先生的那些“莫须有的美名”，那种对于捍卫婚姻成功的得意溢于言表。之所以如此，是因为她笃定离婚就是对她尊严的极端挑战，她认为身为城市影视中心资深化妆师的她，配大学总务处一般职员的户老先生绰绰有余，所以她不惜凭借“小嘴不停”几十年如一日地杜撰着户老先生作为“好丈夫”的一切例证。可是，户老先生临终前在杯底写的“我想和你离婚”，则是对包老太太一生“护婚”的莫大讽刺。这般发自肺腑的抵抗，与包老太太执着捍卫婚姻一样，需要“顽强的意志和坚韧的神经”。或许意愿早被扼杀在“喉咙里”了，可是心中的反抗却永远无法消弭。人生真正的悲哀，莫过于这个人虽然伴你终生，却早已心如死灰。

（刘冬青）

李书常先生雅正

范小青

老画家陈白渔有个癖好：爱到超市去买东西。其实家里也不缺什么，但是他走到超市门口就忍不住要进去，走进去，就忍不住要买，看着货架上花花绿绿的商品，陈白渔像个没有见过世面的乡下人，眼花缭乱，购买的欲望总是控制不住。其实陈白渔在购物的时候，心里也是明白的，什么东西，家里还有多少，什么东西，就是半个月不买一个月不买也不会断档，但是他仍然要伸手到货架上去拿。他想，就再买一点吧，万一过一阵有事情来不了超市，也是放着备用。

陈白渔的家本来是在老城区的，后来老城区那一片拆迁了，他们就搬到新区来了。从前陈白渔住在老城区的时候，是个喜静不喜动的人，除了作画，其他的时间，多半就坐在藤椅上发呆，也不听音乐，也不看电视，也不看书，也不说话，知道的人知道他的脾气，不知道的人，还以为他干什么呢。他的太太祁连贵跟他说，你要出去走一走，年纪大了，坐着不动对身体不好。但陈白渔不听祁连贵的话，他说，我的养身之道，跟别人不一样的。其实在老城区那里，街巷里，倒是有许多可以走走看看的地方。这是一个遍地遗珠的地方，连美国人都知道，在这地方，随便一踩，就踩到了明砖清瓦，随手一抓，抓到的空气都有千百年的历史。但陈白渔是不要看的，因为他坐在家里，就能听到它们的呼吸。

反而是搬到了新区以后，陈白渔要出来走走了。祁连贵说，外面什么也没有，你倒要去走了。陈白渔说，什么也没有才要去看看有什么呢。

这里确实没有什么东西，除了他们居住的这个新建的小区，还有一座新建的公园，公园里种了一些年轻的树，开了一些幼稚的花，有一些郊区口音的妇女在公园里说话。街道是宽阔的，车子不多，街道两边零零落落开着一些小店，比如有一个供纯净水的水站，一个干洗店，一个快餐店等等，是给小区居民生活配套的，这些店简单和马虎得有点说不过去。

陈白渔起先是在公园里散步，散着散着，门口的超市就开出来了，他就走进了超市，就开始买东西了。

但是他家里只有他和太太祁连贵两个人，还有个下岗女工康一米在他家做钟点工，干半天活，吃一顿中饭，不住他家，算半个人，加起来也不过两个半人。他们的孩子不和他们住在一起，逢年过节才来看看他们。所以他们需要的日用品不是太多，何况他们又都是老人了，能怎么消费呢。比如卫生纸吧，现在的卫生纸，很便宜，一大捆，有十几卷，只要几块钱，陈白渔拣好一点的买，也不过稍贵一点点，但这一大捆，用了很长时间也用不了。他就跟祁连贵说，你不要节省啊，多用点纸好了。祁连贵说，够用了就可以了，这又不是什么好吃的，要多吃点，用多了，屁股都要擦碎的。又比如餐巾纸，一盒里有好多张，陈白渔抽来抽去，也抽不完一盒纸，他说，怎么这么经用，怎么这么经用。那盒子上还写着，100张加20张。还加20张干什么呢，陈白渔说。他吃过饭，抽了一张用了，又抽一张用。康一米说，爷爷你用过了。陈白渔说，我用过了吗？嘴上怎么还有油啊。他又用了一张，但盒子里还有厚厚的一沓。

如果是吃的东西呢，陈白渔也一样希望大家多消费，吃呀，你们吃得下就多吃，吃得下身体才会好。康一米刚来的时候，面黄肌瘦的，做了几个月，就胖起来，脸红嘟嘟的，总是拍着肚子，说，我要减肥了，我要减肥了。有一些食品，还不到保质期，陈白渔就不让她们吃了，他说，反正也快过期了，就不要吃了吧，万一吃了拉肚子什么的，反而不合算。

他们的孩子有空，打电话说要回来看看老人，陈白渔就到超市去，给他们买了一大堆的东西，叫他们带走，弄得孩子们以后都不敢事先说要回来了。

超市里的营业员都认得陈白渔，看到陈白渔就跟他打招呼，陈老，来啦。陈白渔说，来了。他就到一排一排的货架间去了。别的顾客来买东西，营业员会留神看着点，也有的营业员刚来上班，不懂人情世故，甚至会紧紧跟在人家顾客身边，弄得人家很不自在，心里很不舒服。但是她们不会这样对陈白渔。

时间长了，去超市买东西几乎成了陈白渔的精神寄托了，他期盼着每天下午的散步，就像从前小孩子盼过年一样，但现在他可以天天过年。祁连贵对他有意见，后来连康一米也觉得陈白渔太过分了，她忍不住说，爷爷，你的钱也不是偷来抢来的，也是辛苦挣来的，干什么要这样乱花乱用呢？陈白渔说，阿姨你别看这一大包，才十几块钱。

哪天如果有什么会议，或者什么应酬，要出门，要在外面吃饭，没有时间散步了，陈白渔心情就不太好，他说，没有意思的，没有意思的。第二天他又去超市的时候，走在路上，他的心情就特别地好，看到一只在小区里散步的狗，他都会去跟它打招呼，哈啰。祁连贵在家里跟康一米议论他。他有毛病，祁连贵说。

但是说到底，陈白渔喜欢逛逛超市，买点东西，也不算什么大不了的事情。首先，陈白渔是个老人了，人一老了，就会变得奇怪，甚至变得不可思议。从前人家说老小老小，意思就是，老人老了，会变得像小孩子一样。其次，也是更重要的一点，陈白渔是个艺术家，艺术家有一点怪毛病算不了什么，甚至是正常的。要是一个艺术家，一切都很正常，一点问题也没有，人家反而会觉得他有点毛病。就说画家吧，画家里奇奇怪怪的人也多得是。比如一个画家头发剪得和平常人一样，别人就会想，咦，他是画家吗，不像个画家呀。比如古时候有个画家，很小气，有个人求他的画，却只给了一半的银两，他就画了一块石头，半只螃蟹，那个求画的人说，你怎么只画半只螃蟹，画家说，那半只在石头底下还没有爬出来呢。另一个画家，年轻的时候就到美国去，到老了回来，却连一句英语都不会说。

但康一米是不了解他们的，在到陈白渔家做钟点工之前，她从来没有接触过画家。她觉得祁连贵是对的，但是陈白渔不听太太的话，她看不惯，她觉得祁连贵太好说话，就跟祁连贵说，奶奶，你要跟爷爷讲，你要跟爷爷讲，你不跟他讲，他会越来越厉害，你看看他，昨天买了多少盐，要腌什么呢，腌一头猪都够了。

她这样说的时候，毕竟有点心虚，好像她是在挑拨爷爷奶奶了，但是她又是个直脾气的人，也是个好心肠的人，到了他们家，她几乎是拿自己当自家人的，有什么话，都要说出来。倒是祁连贵不在意，她虽然嘴上要说说陈白渔，但她说的时候，根本也没有往心上去，现在她看到康一米倒往心上去了，就反过来劝她了。

祁连贵告诉康一米，在平常的时候陈白渔看起来是平平常常的，但是他会犯神经。他们这样的人，有时候就是这样，也许一辈子大风大浪都过来了，从来都不犯错，但却不知会在什么时候在什么地方冲一桩小事发了神经。为了说得更清楚一点，她还举了例，说了陈白渔的一件事情。

康一米听完了，点了点头，说，噢，是这样的。其实她并没有完全听懂是怎样的，尤其是祁连贵说的，有些人表面看起来正常但骨子里不正常这句话，她不能完全领会。

陈白渔名气大了以后，向他求画的人越来越多。陈白渔是个好说话的人，几乎有求必应，价钱也是好商量的，甚至高兴的时候，不谈价钱也可以，尤其是托了人情关系来的、要求有上款的，也就是要他写下某某同志、某某先生雅正的画，他都可以不收钱，人家一定要给，他就说，你买条烟来吧。不像有一个画家，在家门口贴一张纸，叫“无价免谈”。还有一个，他的太太把他的章系在裤腰带上，有人说是他太太厉害，也有人认为是画家的伎俩，恶人让太太做了，是他比太太厉害。但陈白渔没有这样的事情，也有人觉得他太随便，太滥，反而会降低身价，但陈白渔不会听别人的劝。

有许多求陈白渔画的人，虽然陈白渔给了上款，写过他们的名字，称过他们先生，但陈白渔并不认得他们。在写名字的时候，也许别人会告诉他，这是谁谁谁，那是谁谁谁，他们多半是有些名头的人，普通的老百姓，也不会有人来替他们求画的，但陈白渔记不得那么多的人。

但有一次陈白渔在写别人名字的时候，这个人的名字陈白渔却是知道的，因为是知道的，陈白渔就将笔放了一放。虽然画已作成，只是题一个名字而已，但是知道一个人和不知道一个人，感觉是不一样的。不知道的时候，他是不知道的写法；知道的时候，则是知道的写法。在先前不知道的情况下，现在突然地知道了，陈白渔要让自己调整一下心情再写。

这个人的名字叫李书常，他是改革开放以后发展起来的企业家，他经常上电视，上报纸，所以这个城市里很多人都知道他，陈白渔也是这样知道他的。有一次陈白渔还看到过有关他的介绍，说李书常喜欢收藏，但他不收藏现当代书画家作品。现在陈白渔想起了这件事情，就问那个替李书常来求画的人。那个人说，李先生收藏，不是附庸风雅，他是真正的内行，他说当代画家中，唯陈先生的画是有风骨的，所以破例地要求陈先生的画。

这话，也不知是不是李书常说的，或者是替李书常求画的人自己说的，反正陈白渔听了后，就点了点头，重新拿起笔来，他说，既然如此，我就题了，李书常，这个名字，也还有点书卷气的。但是后来事情又发生了一点变化，那时候祁连贵正在旁边看电视，恰好电视上有李书常，祁连贵说，咦，就是这个人吧。

陈白渔和求画的那个人，就一起转过头去看电视。李书常正好在电视上说，有人说，富人富得只剩下钱了，有人说，钱多了不是好事情，但我不这样看，我觉得还是钱多好，只要有了钱，没有办不成的事情。

就是这句话，却使一桩已经办成的事情办不成了。陈白渔的脸色马上就变得很不好看，他对替李书常求画的人说，那就让他试试吧。

其实李书常也是有点冤枉的，因为他后面的话还没有说出来呢，后来他接着说，问题的关键是，我们有了钱办什么事。只是陈白渔没有听见后半段，他只听到了他的前半段发言，就生气了，李书常后面说的什么，他也不要听了。

这件事情，一时被大家传来传去，说什么的都有。虽然陈白渔有点生气，但李书常并没有生气，在以后很长的一段时间里，他一直想方设法，想得到陈白渔的画。有一次他托人给陈白渔送来了羊腿，陈白渔把羊腿煨烂了吃了，说，送是白送，吃也是白吃。又有一次，李书常帮助陈白渔的孙子进了重点小学，他们家的人开始都不知道是谁帮的忙，后来才打听到是李书常，但陈白渔说，你让他叫陈小奇不要念那个小学好了。陈小奇的妈妈听老公公说这样的话，哭起来了。但是李书常并没有这样做。

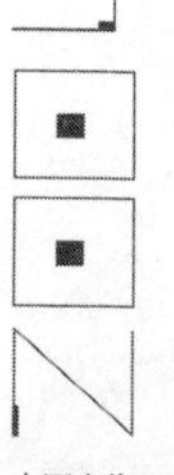

直接的路走不通，李书常又从外围做工作，比如他资助书画家协会活动经费，又赞助年轻的画家举办个人画展等等，他就这样做了许多事情，简直是不择手段了。但陈白渔以不变应万变，陈白渔说，没有用的。

后来陈白渔也听说，李书常本来只是求他一幅画，但因为没有求到，结果反而收藏了他许多画，甚至还有他早年没成名时候的画。陈白渔说，他要收就收好了，反正他收不到我落的“李书常先生雅正”这款。后来时间长了，提这件事情的人也不多了，偶尔提起，也不那么认真了，有个人还说，老陈，其实现在现代化的手段很多，要你亲笔的那几个字，也不难的，电脑合成就可以做。陈白渔说，让他去做好了，但那不是他要做的事情。那个人说，李书常要做什么呢？陈白渔说，李书常那样做了，他就不是李书常了。

这还是陈白渔住在老城区时候的事情，现在也过去很长时间了。李书常也不再像从前那样隔三岔五地会在陈白渔的生活中出现一下，生活又恢复了往日的平静。

但是后来生活又出现一些变化，是关于超市的。开始也只是康一米从外面听来一些消息，说超市经营得不好，可能要关门了。但陈白渔是不相信的，他觉得超市经营得很好，附近的居民都到超市去买东西，怎么会不好呢，哪里不好呢？康一米说，我也不知道哪里不好，我是听他们说的。陈白渔说，小道消息我向来不听的。

但是说着说着，超市真的关门了，那天早晨康一米来上班，进来就说，超市关门了。陈白渔嗓子口“咯噔”了一下，好像有什么东西掉了下去，堵在心口，心口就闷闷的。他到超市去看了，果然是在搬东西了，把超市里的货物都在往卡车上装。陈白渔说，你们要到哪里去？你们要到哪里去？超市里已经是杂乱一团了，废纸盒子、塑料袋扔得到处都是，有两个夹着包的男人踩着这些东西在超市里看来看去，有人问他们，你们要来开什么店呢？他们说，看看，看看。

超市就这样在陈白渔的生活中消失了。开始的时候，祁连贵和康一米还议论说，关就关了，关了也好，也清爽，爷爷的毛病也没处去发作了。但是渐渐地就觉得不方便了，本来哪怕已经在起油锅了，发现没了酱油，到超市跑一趟，回来油锅还没烧烫呢，现在就要跑远一点，即便买个榨菜什么的，康一米也要事先就盘算好，到菜场买菜的时候，一并带回来。虽然小区外的街上也有卖杂货的小店，但那个小店里的东西，好像都积着一层灰，包装袋上的颜色也是褪了色的，让人怀疑它们的来路，不像超市里的货物，永远都是那么地光鲜。有一次康一米去买了一袋米，打开来一看，米里爬满了虫子，有的虫子比米还大。

超市的店面，最后被一家外地的电器公司租去了。这个电器的品牌，大家都没听说过，但是他们的宣传力度很大，小区里家家户户的门上，都有他们贴的粉红色的广告纸，后来好歹卖出几台热水器，结果就出事故了，租赁合同没到期，就退房走了。后来又来了一家做铝合金门窗和防盗门窗的，后来又走了，接着就再也没有人租用了，空置了很长时间。来看房子的人倒是不少，但都嫌房子太大，他们说，这样的面积，做超市倒是合适的，做我们这个，要不了这样大的面积，我们要小一点。过了些时，房主就把房子隔成两半，租出去，但仍然不行，仍然嫌大，人家付不起房租，又再隔。到后来，房子被隔得七零八落了，大约有一半的面积，改改弄弄，添了一些卫生设备，就租出去给人家做宿舍了，剩下的部分，又分成四半，开了一个洗头房，一个房屋中介，还有一个室内装潢公司和一个花店，都是狭长的一条。

他们开张的时候，都放鞭炮，门口也摆着花篮，小区的老太太和妇女们都去看热闹，觉得现在兴旺一点了，洗头房那一天是免费的，里边坐满了排队等候的人。但是没几天，它们又都门庭冷落了，洗头房里的外来妹，成天趴在那里打瞌睡。尤其是那个花店的鲜花，萎死了，就整桶整桶地倒到垃圾桶里，康一米有一次看到了，回来心疼地说，哎呀呀，这可怎么办，这可怎么办。

没有超市的不方便，居民们开始还忍耐着，各自想办法自己克服，但克服着克服着，渐渐地觉得这种困难不是一天两天能够克服掉，就没有了耐心。现在这个时代，是好的时代，应该是样样方便的时代，怎么到了他们这个小区，连个超市都没有，他们没有耐心等下去了。有一天陈白渔在小区的路上被一个人挡住了，那个人说，陈老，你要替我们大家说说话了。陈白渔说，我倒是想说话的，但是我找谁说话呢？那个人说，张局长，就是他分管的。陈白渔说，哪个张局长，我不认得他。那个人说，你不认得他，但是他认得你的，陈老你是名人欸。

这话倒是不错的，名人就是这样，他不认得人家，但人家认得他。连康一米都知道，康一米说，我现在知道了，爷爷你是名人欸，人家都认得你。陈白渔说，我什么名人啊。康一米说，怎么不是，我家那边的街坊，都认得你，我跟他们说，我在陈白渔家做，他们都知道你什么什么事情呢。

尽管如此，陈白渔还是觉得直接去找张局长有点冒昧，他就给张局长写了封信。张局长很快就回信了，信很长，他客气地称陈白渔为尊敬的陈老先生，说陈白渔的大名他早就如雷贯耳，想不到能够收到他亲笔写的信等等；又说，看到陈老龙飞凤舞的字，他简直就是一种享受等等。对于陈白渔代表小区居民提出的重新开设超市的希望，张局长负责地说，一定作为今年的工作重点，立刻放到议事日程上，一旦有了结果，他会立刻向陈老汇报的。

但是陈白渔一直没有等到张局长的汇报。他在路上碰到了小区里的人，都要避着点走了，因为他们总是拿探询的眼光看他，拿期待的眼光看他，有时候甚至还有一点怪他的意思。陈白渔一直想着再给张局长写封信，后来又想，干脆就直接去看看张局长，因为先前有了张局长那么热情的回信，陈白渔的一些顾虑也打消了。

陈白渔没有想到，张局长已经调动工作了，他升了职，到上一级的部门去了。陈白渔去见张局长的时候，他的办公室，已经是另一个局长坐着了。那个新来的局长，也很客气地请陈白渔坐，他不认得陈白渔，但是见他一大把年纪，不由得生出几分敬意。陈白渔如果说，我是陈白渔，他一定会像张局长那样尊敬他的，但是陈白渔没有说我是陈白渔，他听说张局长调动了，就说，哦，那我就走了。

陈白渔的身体不如以前好了，老是胸口闷，他又像从前在老城区时那样，会呆呆地在藤椅上一坐就坐几个小时，但从前坐着，心里是通畅的，现在心里是堵着的。堵着堵着，陈白渔就生病了，还病得不轻，住进了医院。祁连贵和康一米轮换着两头跑，祁连贵说，幸亏有康一米，幸亏有康一米。

康一米回家时，跟家里人说起陈白渔生病，家里人也说，老了老了，就不牢靠了，巷子顶头的那个何老太，头天还在打麻将，还杠头开花呢，第二天就去了。有一次祁连贵在陈白渔的病房外掉眼泪，康一米看到了，就跟祁连贵说，爷爷不会的，爷爷又没有什么绝症，医生也说，爷爷没有什么的。

在陈白渔住了大约半个月医院后，康一米告诉陈白渔，原先超市的房东，又在拆墙了，他又要把原先的格局恢复过来了。康一米说，这个人，烦也烦死了，折腾来折腾去，到底要干什么，本来就是因为大的不行，才隔小了，隔小了又不行，再弄大有什么意思，不还是不行么。

下次康一米来的时候，就带来一个好消息：又要开超市了。但是她自己显然也不怎么相信这个消息，她说，怎么会呢，怎么可能呢。陈白渔也觉得康一米的怀疑有道理，既然前边的超市开不下去，后面的超市又怎么开得出来呢，就算开出来了，也还是惨淡经营，说不定过几天又不行了。康一米说，我也不知道，我也是听他们说的，也许他们有别的办法呢。

令陈白渔没有想到的是，等他出院回家的时候，超市已经开出来了，虽然换了个名字，但和从前那个超市，格局几乎是一模一样的，连货架的排列、货物的堆放也都相差无几，而且大部分的货物，跟从前的也都是同一个牌子。陈白渔走在一排排的货架中，就像回到了故乡，回到了童年，那种温馨的感觉，就在他的心底里升起来了。

陈白渔好久没有作画了，今天他的情绪特别好，手痒痒的，心里也痒痒的，不画不行了。陈白渔也从来没有像今天这样一气呵成就画出一幅自己很满意的作品，而且，他不光是画了，还特别想给人题款，想把这幅作品赠送给一个人。但是，这一阵，因为他病了，别人也不敢麻烦他打扰他，已经有一段时间没有人向他求画了，那么他写给谁呢？陈白渔的思维走到这里的时候，停顿了一下，但紧接着，他忽然就想到了一个名字：李书常。

李书常就是那个一心想得到他的画的人，但是他始终没有得到。陈白渔曾经发过狠，无论李书常玩什么花招，他都不会题给他“李书常先生雅正”这几个字，没有这几个字，李书常就算有再多的钱，他就算能弄到他陈白渔所有的画，李书常也仍然是什么也没有得到。但是今天奇怪了，陈白渔一想到李书常这个名字，他就觉得这个名字特别地好，甚至有一种奇怪的亲切的感觉，陈白渔不假思索地就写下了那几个字：李书常先生雅正。

写好以后，陈白渔就给羽飞打了电话，因为从前来替李书常求画的那个人，就是羽飞介绍过来的。但羽飞好像已经记不清了，陈白渔却还记得，说，那个人年纪不大，戴一副眼镜，文质彬彬的。羽飞仍然想不起来，他说，是吗，我怎么就记不起来了呢。陈白渔说，他是替李书常来求画的，我没有给。羽飞说，你为什么不给呢？陈白渔见羽飞真的都不记得了，就将事情的经过说了一下。羽飞听了，笑了起来，说，你真是个倔老头，也太不给人面子，不说别人了，把我的面子都丢尽了。陈白渔说，你就别说别人了，你又好到哪里去。羽飞说，那今天你怎么了，干什么又给人家题了？陈白渔说，人老了真是没弄头，羽飞你现在很莫名其妙的。羽飞说，你现在不莫名其妙吗？

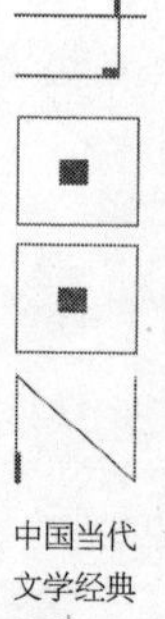

羽飞说，你说的那个人，我真的记不起来了，但李书常的事情，我倒是知道一点。他破产了，听说在破产前，他的最后一笔投资，投到一个小超市去了，是在一个离市中心很远的新建的小区。谁也不知道他干什么要投资办小超市，因为这和他从前做的事业，是完全不相干的。听说他自己，就在超市上班了，坐在那里收银呢。

陈白渔说，你说的那个小区，是哪个小区？羽飞说，那我就不知道了。

但是陈白渔从来没有见过有男的收银员，他问祁连贵，祁连贵说，没有的。他又问康一米，康一米也没有见过，但康一米倒是知道超市内部的一些情况，她说，一直坐在柜台里的那个男的，是老板。

柜台设在超市进门的左边，柜台是一狭长条，放着香烟、电池、剃须刀等东西，这些东西不开架，陈白渔也没有想过，为什么这些东西不开架，要放在柜台里，还得有个人坐在那里守着。陈白渔朝坐在柜台后面的那个人看看，他不知道他是不是李书常。陈白渔想，就算他是李书常，我也认不出来，因为我从来没有见过他。其实陈白渔忘记了，他曾经在电视上见过李书常，但不知为什么，陈白渔心里，却始终认为自己没有见过李书常。

陈白渔仍然每天去散步，去超市走走，但他不再买那么多东西，需要的时候才买，家里还没有用完的，他不买。起先几次，祁连贵和康一米都拿奇怪的眼光看着他，后来她们也渐渐地习惯了。

可是陈白渔也仍然会有一些奇怪的行为。比如，他把题了“李书常先生雅正”的画挂在了自己家里。画挂起来的那天，祁连贵跟康一米说，他又来了。康一米说，这总比乱买东西好一点。

李书常的名字就这样在社会上消失了。但是许多年以后，李书常的名字又出现了，他已经是一个超市王，他的连锁超市，几乎开遍了这座城市。有人到陈白渔家坐坐，看到墙上那幅画，再看画上题的字，就问陈白渔，陈老，这个李书常，就是那个李书常吗？陈白渔说，我写这个李书常的时候，也不知道他是哪个李书常呢。

人家听不大懂他的意思，但也不觉得很奇怪，因为陈白渔老了。老人的思维，你不能要求它跟年轻人一样地清晰正常和有逻辑性。

原载《钟山》2004年第4期

点评

这篇小说故事情节很简单，就是把一位名叫陈白渔的知名老画家庸常琐碎又有些奇怪的日常生活，作了具体且翔实的叙述。叙述的内容有两条主线：其一是陈白渔对超市购物的情有独钟，其二则是他拒绝为企业家李书常作画的固执己见。这两条脉络起初似乎毫无关联，却在文本末尾有了奇妙的“结合”。陈白渔因超市重新开张而突然决定为一心想得到他画的李书常题了“李书常先生雅正”，他还猜想新超市的老板很可能就是李书常。小说处处可见陈白渔非同一般的“老人思维”：在老城区住时只爱坐在藤椅上发呆，迁居新区后却爱上了超市购物，而且还有点疯狂购物之嫌。原本要给素未谋面的李书常作画，却因李书常一句“只要有了钱，没有办不成的事情”而坚决拒绝，后来又突发奇想为之作画。而在这种种莫名其妙行为的背后，我们也发现了这位老人一些独特的可爱之处：比如有人作画“无价免谈”，他却有求必应价钱好商量；又如邻居希望他利用名人效应求局长解决超市问题时他那恳切又矜持的反应；等等。某种程度上，小说既是对陈白渔老人日常生活和非年轻化思维的生动记录，又是对一个老知识分子淡泊清高、纯朴赤诚的精神世界的隐匿诠释。

（刘冬青）

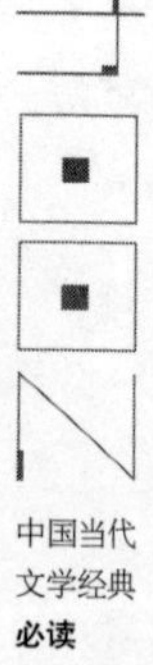

海瓜子，薄壳儿的海瓜子

须一瓜

1

没有那天就好了。

鸭子都放出鸭棚了，嘎嘎嘎嘎，嘎嘎嘎嘎，一片老竹筒压裂的嘎嘎声中，晚娥看着老公阿青，把一袋海瓜子边走边倒地倒在有点湿的地上。五百多只鸭子追逐着阿青，有的还急惶惶地拍起不能飞的翅膀。鸭子爱吃这种薄壳子的草绿色小贝壳，连壳吃下，因此下的蛋也格外大，蛋黄色泽也好，城里人说它含钙，卖相卖价都比普通鸭蛋好。其实，海瓜子人也爱吃的，阿青说，城里的市场里，要五块钱左右一斤，可是，阿青通过一些饲料贩子，每天固定得到一大饲料袋的海瓜子，约五十斤，十五块钱。但是，阿青说人不能吃，肮脏。因为都是工地民工半夜偷偷到龙心湖捞的。那个湖和海水有点相通，但水早就死了，工业污染，有的地段臭死人了。阿青说。

晚娥的眼睛，像鸭群一样跟着阿青移动。晨风从海面上贴着滩涂的泥泞吹了过来，带着不新鲜干货的腥味，也有海沙的味道。成年的鸭子在这样的风中没有什么感觉，但是，那批小鸭子的绒毛就逆风软软地竖了起来。

阿青没有看晚娥一眼。

没有那天就好了。

但是，晚娥在这样闪念之后，总会连着想，没有那一天也一样吧，老公阿青还是会把一簸箕新捡的鸭蛋，使劲砸在公公的脑袋上。二十天前的那一天，晚娥在洗澡间听到了外面的异常的声响，听到阿青像野兽一样非常低沉的怒吼。只有一声，外面就安静极了，好像什么事情都没有发生过。晚娥没擦身子就套上衣服，拉开木门。公公就蹲在门外，抱着头。头顶上的血，正顺着稀疏的花白头发，项链一样，一颗颗从头发上跳滴下来；公公的汗衫，在颈窝那里，已经积了一巴掌大的血迹，还有血珠子跳滴下来。地上全部是打烂的鸭蛋，黄黄滑滑的一大片，还有一些蛋黄是圆的，整簸箕的鸭蛋几乎都破了。阿青用的劲很大。

阿青不在。晚娥一看就知道是怎么回事，可是，公公不断冒出的血刺激了她，她尖叫起来。阿青！阿青啊！叫的时候，她的眼睛已经找到阿青就站在院子里，他背对屋子。晚娥不想动公公的头，她觉得恶心。可是，阿青并没有理睬她的意思，他纹丝不动地站在院子里。晚娥快步走了出去。流血了，晚娥说，你用摩托送你爸去卫生站吧。

阿青突然扭头看了她一眼。晚娥第一次看到阿青横咬的腮帮子，恶狠狠的就像咬了一根烤干的鸭腿。晚娥不由就嗫嚅起来：要包一包的……

阿青转身进屋。晚娥跟了进去。公公依然蹲在那个位置，看不出死活地闭着眼睛。新买不久的那只半大的黑狗站在旁边。黑狗用鼻子嗅了嗅公公的头，又不以为意地嗅了嗅满地破烂鸭蛋。阿青却倒了茶，咕嘟咕嘟地猛喝几口，重重扔下杯子，摔门进了睡觉房间。

血珠还在一颗颗跳到公公汗衫上，手上也有一条发暗的血迹，在慢慢爬动。晚娥有点生气，她不高兴公公头发花白的头上，有这么多血。

她到房间五斗橱抽屉里，找到了一小瓶紫药水，然后，又翻出一块碎花布代替棉纱。阿青跟了出来，冷冷地看着晚娥轻轻挥开黑狗，开始为公公涂药。黑狗好奇地又靠了过去。阿青突然过去，冲着黑狗就是一脚，那样子简直就是要把黑狗踢成两段，嗷——，黑狗发出极其刺耳的惨叫，站不直似的，颠着身子退到门口，一边泪汪汪地看着主人。黑狗一边看着阿青，一边扭头用舌头舔自己的腰侧，忽然就趴了下去，哼嗯哼嗯的。

晚娥因为这一声极其突然的惨叫，惊得把紫药水瓶掉在了公公头上，药水瓶跌落时，药水全部倒在了公公的汗衫上；公公睁开了眼睛，马上又怕光似的紧紧闭上。

反正没有药水了，晚娥站了起来，取了扫把。她说，你起来吧。我要扫了。

公公慢慢站了起来。有一道干结的细血痕在他额角，没有再流下来。公公很慢地走向自己房间。晚娥不知道他是不是很疼，还是脑袋被他儿子砸晕了。她不愿也不敢去搀扶公公。阿青没有表情，他看了自己的父亲、看了晚娥，又看了趴在门边的黑狗，最后他点了烟，然后他走到院子里去了。

晚娥把满地黏糊的鸭蛋处理干净，就到了黑狗身边。她去摸黑狗被阿青踢到的腰部，黑狗抖动起来。晚娥在心里说，你很疼吗？黑狗像躲开她的手似的努力站了起来，可是，黑狗站起来，晚娥发现它嘴里流出了黏黏的血水。

黑狗是第二天早上被起来做饭的晚娥发现死去的。这一天早饭已经是迟了，因为晚娥一夜被阿青折腾得死去活来。阿青几乎要把她的腿折断。有两个问题晚娥被反复质问。一个是，阿青车祸住院的那些天，他的父亲究竟对她干了什么？第二个问题是，为什么今天她一出洗澡间，不问一句发生了什么事？

你知道他在外面偷看！你愿意！最后，阿青说。

黑狗是倒在灶间门口死去的。晚娥去摸它的时候，它已经硬了。晚娥感到了恐惧。其实阿青昨夜陌生的野蛮，已经让她感到不安，但是因为所有的行为是和酒气混在一起，使她有些难以分辨，所以她是一直坚持到实在忍不住才哭出声来的。但这条还没来得及取名字的黑狗的尸体，终于让她确认了丈夫身上一种非常可怕的东西。

2

晚娥结婚一年多了。和阿青也算是自由恋爱。两年前晚娥从老家湖南来这打工，就在老乡和人合开的湘土人餐馆见到了阿青。当时是周末，生意很火，晚娥被老乡临时指使，帮忙上了道菜，因为不老练，汤汁倾了一些在阿青身上。阿青没吭气，低头自己擦。晚娥有一点不好意思，因为她想在这里打工赚钱。老乡基本同意，但老乡是小股东，说是还要尊重本地人老林的意见。老林那时，就在这一桌上，和阿青他们一起喝酒呢。晚娥出了服务差错，怯怯地拿眼睛看老林。老林有点生气，但后来再眨眼看看晚娥，就挥挥手说，下次小心点！敬酒道歉吧。

晚娥很识相，一听有下次，立马高兴起来，对不起啊，哥哥。

阿青反而不好意思地摇摇头，笑笑。阿青喝了酒，马上又找别人喝了。像是不想和她多说什么。晚娥由于过度欢快，脸上很有几分迷人。晚娥一转身，老林就说，胸和屁股肥得很有样子呢！

晚娥才干了五个月就结婚了。因为阿青几乎天天来餐馆。

阿青不爱说话，没想到公公更不爱说话。公公快七十岁了，平时都是他煮饭给阿青吃，家里就是父子两人，阿青的母亲多年前就去世了，生活起居大部分都是父亲照顾儿子，一方面做父亲的身体健康，一方面阿青忙。阿青心很活，一会儿和村里人搞石材，一会儿和人家搭手搞水电装修，一会儿搞荔枝收购，一直没闲着。虽然最终是亏了钱，但毕竟没停，直到认识晚娥的时候，已经开始搞养鸭场，所以，都是公公料理这个家。

晚娥嫁进门的前一周，还都是公公起来煮稀饭。后来晚娥说我来吧，公公还有些不好意思，那个表情很像阿青。他说，习惯了，想多睡就睡吧。话是这么说，但那之后，都是晚娥做早饭了。一家人生活挺好，阿青很快就腰粗了起来，公公看上去气色也不错。在晚娥的央求下，阿青买了自动洗衣机，有时衣服洗好了，公公会主动帮助晚娥拿到丝瓜架那边晾。公公的心和女人一样细，衣服被单都晾得很平整，收下的衣物也折得非常整齐。阿青就不行，晚娥请他帮助，他宁愿抽烟和黑狗玩，或者看着黑狗追鸭子，反正是使唤不动的。

闽南人有一道家常菜是鸡蛋炒腌萝卜干末。这也是阿青非常爱吃的。但是，晚娥刚来时，切了一次，就几乎手指发痛，又费时间。之后，公公总是趁小两口还在午睡，就默默地把一条条腌萝卜干剁切成绿豆大小，再切一小碟绿豆大小的大蒜头末。这样晚娥只要打两个鸡蛋一炒就成了，非常省事。阿青还直夸呢。

只有一个问题，就是他们父子俩都太不爱讲话了。看电视的时候，遇到好笑的，阿青会哈哈大笑，笑出泪花；公公也会笑，但是从来没有大声过。遇到阿青在外面不回家吃饭，晚娥和公公一起看电视就有一点点不自在，他不说他爱看什么，晚娥换什么台他就看什么台，晚娥有时换得太痛快了，想起来才回头看公公，公公就把眼睛转掉，好像他根本无所谓的。当然他也比较早睡觉，但是，碰到确实非常非常好笑的节目，晚娥笑得前仰后合，公公依然笑得很节制，这样，晚娥就觉得自己笑声特别突然，而阿青在，他们两个人一起哈哈大笑，就不会有异样感了。

阿青是个行动多过语言的人，有时高兴了就突然打晚娥头一下，或者猛烈地推扯她，嘴里嘿嘿笑着，有一次还突然把晚娥抱起来。公公就在旁边选青秆油菜籽，好像就是几只狗在身边窸窸窣窣地打闹。

晚娥在老家也不算是话很多的人，但是，她还是很不习惯他们父子。晚娥跟阿青说，你们家的人也太不爱说话了。你爸爸有时一整天一句话都没有，真难受啊。阿青说，我不难受。那么多话吵不吵人啊？

公公是个非常勤劳的老人，家务事交给晚娥了，鸭场的事阿青又不要他多操心，除了偶尔上船帮阿青放放鸭子，因此，他就把精力用在菜地上。那是在山丘边他自己开的地，晚娥来了以后，菜地就日益扩大了，种的菜根本吃不完。阿青说不如卖了。公公还真是去卖了，反正郊区离城里不太远。后来一家人商量好了，三分之二的菜是种着卖给城里人吃的，统统用化肥，下氧化乐果、甲胺磷什么的农药；还有三分之一呢，就是自家人用，那全部用的是农家肥了，很好吃的。

公公还教晚娥怎么腌制豆子，怎么煮酱油水鱼，怎么做春卷和五香条。公公说，高丽菜一定要用手撕成块，加小海蛎干爆炒了才好吃。公公示范给她看，公公说，如果用刀切，那只能喂猪了，很不好吃的。晚娥对公公也很孝顺，那次公公中暑得很厉害，要不是晚娥连夜冒雨到村里请来会刮痧的老村医，公公说不定就没了老命了。这是老村医说的。老村医先是用一枚黄黄的古铜币，后来是用碗边用力地刮了很久，公公整个后背和脖子，密密麻麻都显出了黑紫色的刮痕。老村医累得连连叹息，说是暑气太深了！再晚一步要死人啦。

第二天阿青回来，他父亲已经好多了。中午还下了床，喝了一碗石斑鱼粥。晚娥在上面撒了很多油炸葱花和细姜丝。父子俩喝着粥，公公也没对儿子多说什么。农村人不擅说感谢的话。尽管昨天老村医不住地夸晚娥，好像她是公公的救命恩人，尽管公公也知道，晚娥昨晚求医赶路时被一块旧瓷片划伤了脚，还出了些血，但是，公公并没有对儿子、对媳妇说点什么。好像都是正常的。晚娥想了想，觉得晚辈尽点孝道也是正常的。再说，她心里也知道，公公倒是从来没有偏心儿子，天地良心，从嫁进这个家门起，公公一直是对她不错的，尽管什么也不爱说。好吃的东西都是留两份，儿子媳妇都有的。人家都说，如果是婆婆就未必了，人家都说婆婆会跟媳妇抢儿子的。

晚上和阿青一起睡的时候，晚娥忽然觉得自己还是很有功劳的，于是跷着伤脚对阿青撒娇。阿青突然说，喔！大前年，我们这有一个小孩，还真是中暑中死的！

晚娥不应声。阿青又说，明天你再给他熬鱼粥，小海蛎子干多放一点。他爱吃。

晚娥就娇嗔地说，哼，你心里只有你老爸！

3

一条小公路把村子划成两半，大部分的村民都住在靠山的那一边。靠海的这一边，原来有些瓜地，后来被政府规划了，听说要挖大公路，开发旅游，可是直到现在什么也没有做。阿青的家靠村尾，靠三棵大榕树这边，这里几乎算偏僻了，再后面一点就是麻黄木林老坟场了。老公路又不从这走，这里山形不太好，老辈人还有人说这几棵三百年的老树会闹鬼，所以搬出去的人比较多。阿青家是个大石条砌的两层小房子，在村里算是一般般了。虽然前海后山，周围还是有点荒凉，公公和阿青倒好像从来不怎么怕鬼，尤其是盖了大小两个菜鸭棚，父子俩更喜欢人少，而对面就是大片的滩涂，有人在这架了很多小石条，养殖海蛎什么的。因为这一带的海岸不是海沙，滩涂里海瓜子、小虾小虫的，原来挺多，现在是少了，但鸭子放在那里吃吃玩玩，还是十分得意，容易长出野气和野肉，有些狂妄的鸭子，海风大了还想飞呢。

阿青说，如果和出口鸭的工厂谈好了联营项目，那么，他就要扩大投入，他就要雇几个工人自己当老板了，那么他很快就可以给她盖个全村最好的房子，那么，他们郑家就真正威风了。

早上，晚娥看着太阳从海面上糊里糊涂地爬出水面，看着鸭子们在海风里高高兴兴地你嘎我叫，你追我挤；看到阿青坐着小船，挥动的那根极长的放牧竿子；晨风还会吹过公公刚刚浇过井水的菜地，或者带来几丝丝谁家早饭干煎咸带鱼的味道，或者会听到公公在后院水井上，一下一下汲水的声音，所有一切都给晚娥心里带来高兴的感觉，这种感觉很凉爽。有时晚娥哼着自己编的歌曲，到空出来的鸭棚拣鸭蛋。一般每天都会有三百来个蛋，即使沾着鸭屎和滩泥，拣起来重重的也很舒服；有时，不拣蛋，晚娥就会构思给家里的好姐妹们写封信，信里面会吹一点牛，说哎呀，嫁了一个好人家，好是好呀，可是忙啊，我们要搞一个出口企业，赚外汇呢，不是人民币呀！当老板太辛苦了，可是，我老公阿青还说要为我盖一个全村最威风的五层楼房！油红砖的呢。到时候，你们来了，每个人统统有房间，楼上就有卫生间，从早到晚，海风很好很好地吹过来吹过来，猪肉呀，海鲜啊，让你们吃怕！

……

要是没有那一天就好了。

没有那一天……多好呵……

不过，这么想也是不对的。其实不是这么回事，阿青不知道，她晚娥是知道的，自己总不能骗自己的。那么，好日子的感觉，是哪一天变味的？当然是在那一天之前，在更早，当然远在阿青把整簸箕的鸭蛋砸在公公脑袋上之前，远在公公头破血流毫不吭声之前。之前多久呢，两个月吧，要怪还是怪你阿青自己。

阿青为什么发生车祸呢？阿青你为什么开车那么急呢？

4

阿青的摩托总是开得飞快。靠食杂店祠堂外面有一段土路特别松，晚娥有一次到那个路段边去买洗衣粉时，和她同时从食杂小店出来的乌皮老婆，一看到路上正起着像爆炸刚过的烟雾，就扇着手说，哇，这么大的灰尘，肯定是你家阿青刚刚冲过去！

阿青开快车是有名的了。阿青是在城里大桥那个大坡上，和城里的一个出租车撞在一起的。腿上的骨头都出来了，肋骨断了三根。晚娥听到消息，一屁股坐下来光是哭。是公公马上收拾了钱和进城住院所要的东西。这一个月，晚娥和公公都非常辛苦，每天来收购鸭蛋的马老大让他的侄儿过来帮着照顾鸭子，但晚娥和公公还是忙。公公得空要为儿子煮些好料，还到前村去买猪龙骨、猪筒骨，加上两种草药给儿子熬汤；晚娥更多的时间是负责送吃的，去医院照顾阿青。

有一天，晚娥接过送饭的塑料罐子时，感到公公手指在她手上拖了一把。晚娥想了半天，想不清楚公公是有意还是无意的，也就不乐意再想这事了。可是，第二天收菜的时候，公公比较明显地把手停留在晚娥手上。晚娥感到吃惊，但是，她假装没有感觉地走开了。吃饭的时候，她不想和公公一起吃。公公说，来吃了。她还是过去了。饭桌上，她偷偷看公公的手，靠近她的那只手背长满老年斑，有些都鼓起来了，豆瓣酱块一样，她感到十分恶心。这种感觉是以前所没有的。本来单独和公公一桌吃饭，她就摆脱不了拘谨，这之后，和公公一起吃饭就非常不自在了。

那天下午四点多吧，晚娥因为擦了全部门窗浑身是汗，冲澡的时间比平时早。洗澡间的门把子脱落了很久，交代阿青去换的，阿青答应了，却拖拖拉拉的，结果出了车祸。晚娥也习惯了有这么个鸡蛋大的洞，因为除非弯腰让眼睛贴上来看，肯定看不到什么。家里人谁会这样看人呢？反正又没有外人进出。

可能是天要下雨，马家侄儿提前把鸭子赶回来了，收进鸭棚后，听到他到院子里喊话。晚娥惊奇的是，公公仓促的应声，几乎就在她身边响起，声音还特别怪，像水里飘动的线。那声音就在洗澡间前面，简直就像在洗澡间里。浑身是肥皂泡的晚娥呆了呆，一直看门上的洞，最后胡乱洗了出来，跑进自己睡房。

和平时一样，屋子里十分安静，只有几只苍蝇在紫菜饼上飞舞。过了一会儿，晚娥听到厨房响起砍砸骨头的声音，是公公在为儿子熬面线骨头汤。晚娥又走回饭厅，她也不知道为什么，脚步就变成轻轻的，就是不想被公公看见。她像小偷一样，轻轻走到洗澡间门口，盯着那个门把子洞看。洞里面比外面暗，看不出什么。她把腰弯下来，眼睛和洞一样高的时候，能看到里面的灰白色的旧水管。晚娥又往门挨近了一步，像她以前猜想的那样，她要把眼睛贴到门上去，看看到底能看清多少。可是，厨房里面突然响了一声，晚娥吓了一大跳，连忙直起身，公公已经拿着一包干墨鱼干出来了。

晚娥非常难堪，贼一样涨着脸，马上折进了自己房间。两种感觉交织在一起，心里又乱又恨：又怀疑公公恶心，又有点觉得自己不孝，总是理不出头绪。她很生自己的气。最后她想要不要拿个布团把那个洞塞起来。布团都准备好了，一条阿青的旧短裤，可是，她又没有把握了。这样突然去堵洞，公公是不是觉得她在怀疑他什么，即使在村里，大家也都说公公人很不错的，何况公公已经是七十多岁的人了；阿青呢，也许也会骂她，三八婆。

洞是没堵，但这之后，晚娥都是看准了公公不在家的时候，赶紧洗澡。那天，她看到公公拿了圆竹筐子，去菜地的。一般用那种筐子就是要收不少菜，要卖的，一时半会儿回不来。晚娥松弛地进了洗澡间，冲湿了全身才想起新买的舒蕾沐浴露，忘了拿。她想也没想就拉开门。

公公就在洗澡间门外！他在偷看她！

晚娥僵着，忽然长长地骇叫一声。

公公似乎也怔住了，他马上转身走了。

布团就是那个时候用上的。晚娥狠狠地、赌气地将洞塞得死死紧紧的，还对阿青生气。她不喜欢这样，很不喜欢。现在，不要说看到公公，只要一想到他，她心里都非常非常厌恶。她甚至觉得他死了算了，但马上又觉得，死了也不行，因为死了也不能把她心中恶心的感觉排除，真是肮脏的感觉啊。如果阿青不出车祸，不是什么都好好的吗？

公公当然看见那个布团了，他是个细心的人，细到可以辨认出那是他儿子阿青的短裤头。可是，公公好像没有看见。晚娥在用洗澡间的时候，依然会时不时看那个变成布团的洞，忽然想到，公公也天天在这个小房间里洗澡，这里流过他身上流下来的水和肮脏东西，他用过的肥皂，他摸过的水龙头，还有毛巾。还有这个红塑料盆子……天大的恶心在这个小小的洗澡间，紧密地包围着她，晚娥极度委屈，忽然就哭了起来。站着洗澡间中间，她抱着自己。觉得这里什么都太脏了。我要有一个自己的卫生间，像城里人那样。

阿青是两天后出院的。是晚娥和阿青的朋友一起到医院接他回来的。阿青一进门就到了他们睡觉的房间，他还需要躺着养一养。村里的伙伴在睡房间里大声说笑。晚娥在饭厅走来走去，最终还是悄悄地把布团用力抽出来，扔掉了。

晚上阿青迫不及待地要晚娥上床。

晚娥说，把洗澡间的门把子装上吧。

阿青说好啊。阿青说，用手拨拉开关其实也方便。

晚娥说，不好看嘛。

阿青说，以后新房子我们买进口的那种锁。镀金的，非常高级。

晚娥说，明天就装上，好不好嘛。

阿青说，小事啦。

晚娥说，你装不装？不答应我就不理你了。

阿青说，唔，困了。天转冷了，老爸那边有没有换掉竹席啊，秋天他一凉就咳不停。

晚娥说，咳死拉倒！

阿青迷迷糊糊地笑一笑，好啦好啦，明天叫况仔帮你进城带一个把手好啦。

5

况仔第三天，真的买了一个粉黄色像玉石一样的圆把手回来。难看不说，还配不上套，挤不进那个洞。两个男人在屋里先是说把手，后来不知为什么说起黄色笑话，笑得声音很响。晚娥不高兴，觉得况仔很笨，做事很粗。她想马上叫他换一个，可是，阿青说，小事。我把那个洞再弄大一点就是了。

这事又拖了下来。那个洞还是一天天空在那里。因为阿青老是不去弄，那一天，被晚娥催得不耐烦了，阿青就大吼一声：用手啊？要用专门的工具！

专门的工具在哪里呢？晚娥气得不理阿青。吃饭的时候，阿青在桌子底下，不住地用脚踢晚娥的脚，晚娥把脚收起来，阿青就扩大了攻击范围。终于又踢到晚娥的时候，阿青自己扒着碗边咕咕咕地笑起来，像是被汤呛着了。

公公和平时一样，就像什么也没听到、什么也没看到。

晚娥重重地扔下碗站了起来。她离开了饭桌。晚娥走到院子里的丝瓜架下，海面已经黑暗下来，瓜架下已经有几个萤火虫在飞舞了。正想打一个，忽然一条蛇飞到眼前，几乎就擦到她的鼻子，晚娥疯了一样地连声尖叫。阿青哈哈大笑。是橡皮的玩具仿真蛇。晚娥是看到阿青在路边的小摊上买的，没有想到这个时候，他会拿出来吓她。

晚娥忽然就号啕大哭起来。阿青傻掉了。傻了半天，阿青说，我又不是故意的……

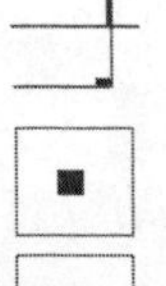

晚娥还是哭得很大声，阿青歪头使劲掏着耳朵，看她哭。阿青说，你还吃不吃饭了？

晚娥跑回了自己房间。阿青跟了进去。他没想到晚娥这么能哭。他想搂过晚娥，被晚娥非常用力地挣开了。晚娥通常是非常温柔的，阿青终于开始后悔不应该把她吓成这样。阿青说，哎，哎，

晚娥还是趴着枕头上哭。

阿青说，哎，哎。

阿青摸了一下晚娥的头发，看她没有扭开头，就大胆再摸了一下，然后就一直摸她的头发。晚娥在枕头上呜咽着说，我要一个自己的卫生间！

阿青说好。

晚娥说，我不想和别人一起住！

阿青愣了一下，又说好。

晚娥说，我再也不和你老爸一起吃饭！讨厌的老东西……

晚娥没有说完，就停了下来，因为阿青的手停了下来，他不摸她的头发了。晚娥把脸从枕头上转过来看阿青，她看到他眼睛里闪烁着困惑和隐约可见的愤怒。阿青把手收了回去，甚至站了起来。晚娥连忙也坐直了，她本来后面一句就是命令阿青立刻、马上把门把子安好，可是，阿青忽然的变脸，尽管他很克制，晚娥也感到了非常大的压力。阿青的眼光冷飕飕地斜看着她，想说什么又不愿说了。阿青走向门口。晚娥跳起来，拉住他胳膊。

阿青想挣开，看晚娥泪光闪动，就停了下来，可是他不想让步，不跨出屋也不肯被晚娥拉回去。两人就这样站着。

6

晚娥最终还是没有告公公的状。她能感到公公有时还在偷看她，这使她一再不快。但是，好像除此之外，公公也没有什么更糟糕的举动，老人一样的不吭不声，一样的勤快安静，非常体贴年轻人。因为父子两个本来就都不爱说话，因此，在晚娥看来，也看不出公公有什么不好意思或者有对不住自己儿子的任何流露。反过来，晚娥渐渐感觉到，这父子两个虽然像个陌生人，几乎从来不说什么，但是，彼此感情很深的。

村里人都是说这个老人的好，比如那个老村医，当时被晚娥请动的时候，就在路上唠唠叨叨地说，不是阿扁，这个时候这种天气，你不要想我会出门！不要想！

村里人说，凡是村里有需要做事的，阿扁，也就是晚娥公公都是最积极地去做的人，而且从来不吭声；还说阿扁六十岁以前，村里死了的人，几乎都是阿扁主动去抬棺材的。

公公是个好人，晚娥非常不高兴地承认这一点。因为心里还是恶心，现在吃饭，凡是靠公公那边的菜，晚娥几乎就不碰；如果只有她和公公两人吃饭，她就借故不上桌，公公也不上桌先吃，等她去吃了，老人也往往借故不马上来；凡是公公收下并折好的衣物，晚娥都嫌脏，尤其是她的里面衣服。她不敢跟公公直说，我的衣服不要你收，公公收了又折好了，她就暗暗生气，又拿到窗上晒或者吹风，甚至重洗。

有一天，公公从菜地回来，阿青叫他吃饭。晚娥看到公公靠她这边的肩上吊着一个空蜘蛛壳，要是平时，她顺口就说顺手就替公公摘了，但是，现在，她就是不想说。

如果不是那一天，阿青自己看到公公蹲在洗澡间门口，晚娥想自己可能永远都不敢和阿青说他父亲的事。她想过了，一是父子两人相依为命地过了这么多年，说这些事阿青肯定不痛快，还不是要住在一起吗？二就是阿青回来后，公公好像也没再借机会摸她的手，当然她自己很十分小心，不走近他。

可是，那一天突然来了。晚娥自己也非常吃惊，她没想到儿子就在身边，公公还敢偷看，她还以为他再也不敢了；阿青的暴怒她可以想象，尽管阿青一脚踢死了黑狗，但是，晚上阿青对她的暴虐和怀疑，是她无法理解的。她怎么会愿意被公公偷看呢？！阿青疯了。

那条黑狗是阿青自己拿到院子里挖坑埋掉的。公公那天早上没有起床。晚娥也没有动那只死狗。她后来在厨房的窗子里看到阿青在院子里挖坑，看到阿青把黑狗放进去。阿青看了黑狗很久，晚娥猜不出他在想什么。看了很久，阿青才开始用手把土捧进坑里。一捧一捧的，这样，埋葬的活动进行了比较长时间。

早饭本来就是各人吃各人的，但是直到九点，公公也没出来。晚娥有点担心，怕他会不会死掉了，可是，她又不想进他屋里看。所以，等阿青十一点多从船上回来，她自己也急了。要不要……去看看他会不会……生病了？

阿青就像没听到。

本来都是六点吃的……现在都……

阿青头也不回地又出去了。

中午的大太阳就这么过去了，等晚饭也做得差不多了，公公还是没有露面。指望阿青恐怕不行，晚娥想了半天，决定还是去看看老人是死是活。她心里忽然想到要是他真的死了就好了，不过会不会很吓人呢？

想着已经推开了门。公公躺着，有人推门他也没动。晚娥不知怎么办才好。死了没有呢？不死还是要吃饭吧？她迟疑地站在门口，公公还是一点都不动。晚娥慢慢地移步靠近他的床头，他的头上的血痂黑黑的，粘着一些花白的头发，看上去很脏。脸好像也肿了，显得特别大。她轻轻喂了一声，非常轻，可是，好像公公眼皮动了一下，她稍微大声地叫了一句阿拔（爸），公公还是没动静，她又怀疑刚才是不是眼睛看花了。真是死了吗？阿拔呀，她有点害怕地叫喊了起来，吃饭了！老人一下就动了，睁开了眼睛。脸是肿了，一只眼睛里面红通通的，像是出了血，晚娥猜他很痛，一下子又感到老人很可怜。

饭好了。晚娥说。

公公没有吭气，但是，晚娥听到阿青在门外狠声说，吃屎去！

7

一家人和原来一样，没有声音地出入着，无声地一桌子吃饭着。看起来和过去也没多大差别，可是，晚娥知道，现在和以前一点都不一样了。阿青还是不爱说话，可是一说经常就是很粗野的话，听不出是咒骂谁。以前饭好了，他会示意晚娥叫父亲上桌来，或者自己大喊一声：加奔（闽南话吃饭）；现在他哗哗哗地自己吃，谁也不管。有时公公卖菜晚归，晚娥按习惯给他留菜，阿青就咒骂什么。有一次下雨，公公的蚊帐还在晒，公公还没回来，晚娥冲进雨中，将公公一早晒在井边的蚊帐抢收回来。

阿青说，贱货！

公公晚上是很少外出的，现在稍微多了起来，但也不会太迟。那天，父子都不在，晚娥一个人看了电视，看到很迟，父子俩都没有回来一个，她就直接回屋睡了。被阿青摇醒的时候，是半夜2点多。阿青喝了酒，全身通红像火一样烤人。他猛烈地摇晃晚娥，老的呢？！为什么床上没人！

晚娥也不知道。公公出门的时候，什么都没有说；阿青是从下午出门就没回来吃晚饭，当然更不知道老爸的去向。阿青扔下晚娥，怒气冲冲地屋里屋外又找了一遍，就冲到外面发动摩托车。

晚娥追了出去。她担心阿青喝成这样骑摩托危险，可是，觉得要发生大事了，是不是公公死在外面了？要不然他是绝不会半夜不回家的。公公从来就不是这样贪玩的老人。一定是发生什么意外了，晚娥想着，看阿青像疯狗一样飞车而去，喊了一声，要慢点噢——

阿青找遍了村头村尾。况仔他们几个也被阿青急吼吼地吵了起来，披着衣服分头寻找，老人活动社、海边、高临那边的水库、龙眼林、西瓜地，还有其他周边所有偏僻地方。况仔他们已经感觉到，阿青火燎火急的，就是担心老爸出事了。

有人说阿扁最近喜欢玩麻将，会不会在邻村老豆缸家；阿青一听马上跨上摩托就跑。况仔追了上来说，先去肥仔寡妇家看看，最近有人爱在那里玩搓麻，有人说她家灯还亮着呢。阿青最早有路过肥仔寡妇家，也听到麻将声，但他根本想不到老的已经玩上这个了，还居然不回家。阿青还是不太相信，况仔已经往寡妇家开了。

有个兄弟推了阿青一把，干你姥，喝糊涂了，走哇！

肥仔寡妇家的院门开着，况仔已经从里屋高兴地出来了，说在在在，放心吧。

里面，三个老汉加肥仔寡妇，正把牌洗得稀里哗啦。

阿青疯狗似的扑了上去。他一把将父亲从位置上提了起来。父亲想挣脱维持尊严，但儿子太强壮了，几乎把他提离地面。所有的老人都站了起来，有张椅子被碰倒了。老人纷纷说，跟阿青回去，回去啦！他喝酒啦！我们也回了！

况仔说，阿伯，你吓着儿子了。我们都没睡啊！

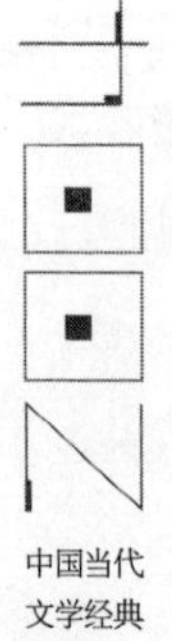

晚娥听到摩托车越来越近的声音。她紧张地到了门口。阿青和公公下来了。阿青好像连车都没锁，一把揪着公公狠狠往房间里拖。公公挣扎着，两人喘着粗气。晚娥看得傻了，不知要不要上前。阿青把公公拖进了饭厅，他的头皮都红得透出光来，脖子上的血管涨得像要爆开。公公一看到晚娥拼命要推开阿青，阿青突然就抡了一巴掌上去，非常响的一巴掌，就打在公公的耳朵上。公公猛然勾下头，对准阿青的胸口撞来，阿青闪了一下，拧住父亲的肩膀，又是一巴掌摔了上去。晚娥叫了起来，不能啊，阿青！

阿青将父亲使劲往墙上推。公公踢起脚，反而招致阿青更猛烈撞墙。晚娥奔过去，使劲用手把阿青和他父亲分开。阿青怒吼着一抬手肘，把晚娥顶得痛得喘不过气来，晚娥蹲了下去，能说话的时候，她哀声喊着，你会打死他的呀！

阿青一口痰啐在父亲脸上，去死！为什么不去死！死了我也不用找你啦！

阿青疯狂地摇晃父亲，石条墙好像被震得要散开，日光灯条的一边，忽然掉了一头下来。光源改变了，屋子里的一切忽然变得陌生而奇怪。

去死！

阿青终于吼了最后一声，丢下父亲。公公脸色苍白地软在地上。整个过程，他始终一句话都没有说。晚娥听到他粗重的不断的喘息，但是听不到任何一个字。

在床上，晚娥轻声说，你这样会打死他的。

阿青突然就暴怒了，他一把拧起晚娥的长发：骚！就是你骚！

晚娥又疼又恼，反手也打阿青：你要他死，那你为什么到处找他！看找不到是谁先急死！我告诉你，这个老不死的和我无关！我巴不得他死！死！

阿青一掌把晚娥打下床去：贱货！都是你！

8

成年菜鸭送走了一批，小鸭子又长大了。晨风不再能吹卷它们的细软绒毛，半年多时间，它们就长成羽毛整齐、嘴巴黄亮的成年鸭子。阿青把长竹竿放在船上翻身上船，大小鸭子们也争先恐后地下水去。

晚娥伏在厨房的窗户上看着太阳刚刚出来的海面，看着阿青挥动的长竹竿，指挥着没头没脑的鸭群；阿青的草帽有一下被风吹走了，阿青正要去打捞，似乎有几只鸭子捣蛋，把帽子给推远了。晚娥从阿青的身形动作看出，阿青在痛骂鸭子。她有点想笑，但马上又觉得没什么好笑。那天之后，晨风里面的一切都改变了味道。原来不是的。

晚娥恹恹地洗锅擦灶。公公不知什么时候，把旧的洗碗用的老丝瓜筋给换成新的了，有点扎手，但是，很好用。公公种了很多八角丝瓜，当然吃不了。他就让它们变老变干，然后去皮把筋收集起来。他曾经说，要积起来剪开，缝制一个床垫，送给阿青他们，肯定隔潮。当时阿青大笑，说听都没听说过呢，还席梦思哪。公公很自信地不予反驳。

现在呢，现在公公还在积累干丝瓜筋吗？

实际上，那次阿青酒后寻找父亲并殴打父亲之后，他就经常公开咒骂公公了，这是那天之前，不可想象的。应了晚娥老家老话，有一次就有第二次，凡事开了头就一直要走到尾了。有一次，怀疑公公偷听他们睡觉，竟然用木拖鞋打肿了公公的脸；还有一天酒后在床上，他执意要堵住晚娥呻吟的嘴，他咒骂晚娥的声音太骚。如果不是他们家在村尾特别偏僻的地方，恐怕全村人都知道他们家是怎么回事了。其实现在，村里面就有人说，阿青变了，娶了媳妇就忘了老人的好处了，不孝啊。

那天之后，公公举止迟缓起来，而且经常咳嗽。有时半夜咳得叫，像是喘不过气来。阿青被咳醒后，一般是大骂，再咳不止，就会火冒三丈地披衣冲过去。晚娥能听到他非常恶劣的口气。阿青用本地话，晚娥听不太明白，他在训斥父亲什么，后来半听半猜，知道他是要他吃药。有时，阿青自己从城里带止咳类药回来，凶声恶气地命令晚娥：放他房间去！

公公还有一个变化，就是几乎不和他们一起吃饭了。汤冷了，他就喝冷的，有时候鱼汤冷了非常腥。晚娥心情复杂。公公不上桌一起吃饭，她打心眼里高兴，可是，看老的一个人默默地吃些冷菜剩饭，又觉得老人有点可怜。晚娥说，我帮你热一下再吃吧。公公总是轻轻摇头，而这时候，如果被阿青看到了，阿青的神情又总是很怪异。晚娥就有点怯，怕晚上阿青又揍她，说她骚。

海水潮起潮落,屋前屋后日落日升；小鸭子一批批地长大了；快五百只的菜鸭母每天能拣三百多个蛋呢；收购鸭蛋的老马每天像钟一样到院子外面吆喝一声：蛋来！海上的晨风每天都从滩涂吹过晚娥伏在窗上的头发，再穿过公公的菜地，一直跑到麻黄林地那边去；公公汲水浇菜的声音也和每天海上来的晨风一样，凉凉爽爽的，孤孤单单的；日子就这样一天一天地过去了。

晚娥怀孕八个月的一天，在院子里晒太阳。忽然看见，公公在一张旧篾席上，铺晒着起码两百个又大又白净的丝瓜筋。

公公还真是要做“席梦思”呢。

原载《上海文学》2004年第3期

点评

生活本身如同戏剧，充满了种种可能性，而生活有时甚至比戏剧更加具有戏剧性。须一瓜的这篇小说讲述的就是足以令原本平静和谐的生活产生深刻裂变和剧烈扭曲的那种极端事件。小说一开篇便以“没有那天就好了”构设悬念，然后倒叙老公阿青暴打公公、踢死家犬的血腥一幕，接着插叙公公偷窥晚娥洗澡的关键情节，整个文本在倒叙插叙交错、悬念逐一破解的过程中变得一波三折，扣人心弦。晚娥总在想“没有那一天就好了”，因为在阿青发生车祸之前，他们一家人的小日子是自足而且惬意的；但那天以后，整个家好比地震般被震荡摧毁了，并逐渐变得面目全非。阿青车祸期间，让表面老实勤劳又细心的公公有了可乘之机；被晚娥发现后，儿媳妇各种厌恶的表现非但没有使公公有所收敛，反倒堂而皇之地在阿青在家时继续偷窥，这不仅是引发阿青暴怒的导火索，更是阿青此后变本加厉地虐待老父亲的起点，一个完整的家从此变得支离破碎了。小说人物在这一戏剧性裂变下的心态变化与行为转变，在作者笔下表现得尤为生动细腻，而深层隐秘的人性真相的暴露以及由此所引发的亲情与仇怨、良知与丑恶、伦理道德与变态心理的紧张对峙和矛盾张力，也构成了本篇小说的最大亮点。

（方奕）

碎玻璃

李浩

因为事隔多年，当时徐明做错了什么，胡老师为什么发火我已经记不清了，反正，不会是一件大不了的事。胡老师总爱发火。她一发火我们教室里的光线就会暗下去，我们所有的学生都在暗下去的光线里坐得直直的，低着头，一丝不苟。可是那天徐明是个例外，他如果像我们一样，估计胡老师发一顿火也就过去了，我感觉胡老师隔段时间就要发一次火，如果有段时间没有发火，胡老师就会寻找要发火的目标，那样我们可得小心了——屁虫说胡老师之所以爱发火是因为那时她正在闹离婚，她有一肚子的气没有地方撒。可豆子则坚决地给予了否认，豆子说胡老师从年轻的时候就爱发火，她从当上老师之后就一直爱发火，他叔叔跟胡老师上过学，他叔叔可以证明——可是徐明偏偏没有像我们那样“低头认罪”。这也难怪，他是刚刚转学来的学生，不了解我们胡老师的脾气。他低着头站了一会儿，然后用响亮的普通话对着胡老师说：“老师，你错了，不是你认为的那样。”

事隔多年，徐明究竟做错了什么，或者是胡老师误认为徐明做错了什么，究竟是一件什么事让胡老师开始发火，我真的已经记不清了。可以肯定那不会是一件大不了的事，无非是没有好好听课，和同桌说话或者玩小刀铅笔盒之类的事，反正它不大，胡老师发一通火就应当过去的。可是，徐明竟然说胡老师错了，还说得那么响亮。

整个教室突然地静下来。那么静。事后我的同桌徐奇和我谈到那一段教室里突然的安静，他用了一个词——摇摇欲坠。这肯定是一个太不恰当的词但它同样是我那时的感觉——从来没有人敢对胡老师这样说话，并且当着全班同学，并且说得那么响亮，并且，用普通话。要知道胡老师的严厉是出了名的，我的爸爸妈妈，连我没有上学的弟弟都知道。我的心被提了起来。我真的感到有些摇摇欲坠。

“你的嘴还真硬。”胡老师说得缓慢，平和，但有一些咬牙切齿的成分包含在里面。“反了你了，敢和老师顶嘴。”胡老师说这句的时候语速依然相当缓慢，突然——

“你给我出去！”胡老师几乎是吼叫，同时，她手上的白柳教鞭也响亮地砸在课桌上，“我就不信，我治不了你的臭毛病！”

“老师，的确是你错了，不是你想的那样。”徐明昂了昂他的头，“我真的没有……”

尽管我早就忘记了事件的起因，但徐明顶撞了胡老师还说胡老师错了，这件事我可记得一清二楚。我还记得那天胡老师离开教室之后有两个女生偷偷地哭了，据屁虫说其中一个叫什么翠的还尿湿了裤子。我还记得那天阳光很好，但在这个事件发生之后天就阴了下来，放学前还时停时下地下了几滴雨。那天，徐明从教室里走出来，一副无精打采的样子，用他那双已经旧了的运动鞋踢着一块石子。他低着头，踢了一路。

一个转学来的学生，说“鸟语”的学生竟然敢顶撞全校最严厉的胡老师，这在我们学校造成了不大不小的震动，这绝对是一个事件。第二天上午还有别的班的学生问我们：“是有人顶撞了胡老师了么？是谁啊？你指给我看看……”

“等着吧，这件事不算完。”徐奇在我的耳边说，他显得有些兴高采烈。“等着吧，这件事肯定不会算完。”我也这样说，我也端出了一副兴高采烈的样子——这不仅仅是幸灾乐祸。

那就等着吧。

我们都知道这不会算完。肯定还会有什么事情发生，胡老师绝不会容忍有人顶撞她的，胡老师是不会放过徐明的。

可是，事情好像真的过去了，事情好像根本没有发生，胡老师若无其事地讲着勾股定理，看不出她受了那个事件的任何影响，看不出她有要报复徐明的意思。

那堂课胡老师没有对徐明发火，没对任何人发火，她只是朝着一个好动的同学丢去了一块粉笔头，粉笔头丢过去之后她就继续讲她的勾股定理。

第二天上午还有胡老师的课。"我可以和你们打赌，胡老师今天肯定要批徐明，不信你们看着！"我、徐奇、屁虫和豆子坐在各自的凳子上，怀着紧张与兴奋等待着，可是胡老师依然没有对徐明发火。倒是屁虫，他看上两眼胡老师就悄悄地回一下头，他朝着徐明的方向——为此他受到了胡老师的警告。"我对你们严厉，是为了你们好。跟我上学，你们的父母将你们交给我来管理，我就得让他们放心，我就要把你们身上的坏毛病都改过来，这对你们的将来是有好处的。"胡老师一副语重心长的样子，她几乎是要告诉我们，那个事件已经过去了，胡老师没有将它放在心上。

"就这样过去了？"屁虫有些百思不得其解。他和豆子打赌输了，心里还有些不服。

"怎么会呢？你看着吧，徐明让胡老师那么没面子，哼，胡老师肯定不会算完的，那样，胡老师以后还怎么管别人啊？"

"是不是，是不是徐明……他不是从市里转学来的么？"我们明白豆子的意思，他是说，也许徐明有什么背景，就连胡老师也不敢惹他。

"市里来的又有什么了不起？要是行，要有人，干吗非到我们这里来上呢？"

"是应当有个人治治她。"徐奇用力地咽了口唾沫，胡老师一上课我就紧张，累死了。

徐奇的感受就是我们的感受，我们也是一样，胡老师往讲台上一站我们就紧张，空气马上就变少了，阳光马上就变暗了。我们都怕被胡老师抓住点什么。

"反正，不能就这样算了。"屁虫将一块石子朝着一群肥大的鸡扔去。一片混乱。

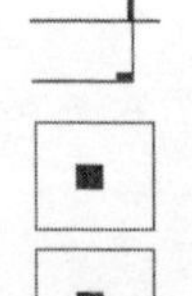

还真让我们猜着了，胡老师终于抓住了徐明的把柄，将他从座位上抓了下来："徐明，你说，这一次老师又错了么？"

"你说说。你可以说你的理由。要是我错了我就向你道歉。"胡老师俯下身子，她的手放在徐明的头上，轻轻地抚摸着。

我们，许多人都看见了徐明的那个动作。他把自己的头晃了一下，躲开了胡老师的手——胡老师的手僵僵地抬着，她似乎一时不知道应当再去寻找徐明的头还是将手缩回。

“你说！胡老师恢复了她以往的严厉，你说啊，这回你还有什么理由！我就不信治不了你！”

“是我错了。”徐明说得响亮，“老师，这次是我错了。但上一次我没有错。”

“你不服是不是？你还不服是不是？”胡老师终于缩回了手，她指着徐明的鼻子，“我不允许你带坏班上的纪律，我不会的！我知道你是从市里的学校转来的，哼，要是在市里上得好好的，干吗非要往我们学校里转？既然来到这了，就得把你在市里养成的不良习惯都给我丢掉！”

“胡老师，”徐明抬起了头，他盯着胡老师的眼睛，“我转学这里不是因为我犯了什么错误，我什么错误也没犯。”徐明咬了一下自己的嘴唇：“你当老师的，可不能瞎说。”

“你说什么？你说什么！你再说一次！”胡老师的脸色苍白，“我教了这么多年的学生，还真没遇到像你这样的，反了你了。哼，别以为我收拾不了你，你打听一下，再混的再坏的再不是东西的到我的手底下哪一个不服服帖帖！想在我的班上挑头闹事，哼，你打错算盘了！”

“胡老师，我是来学习的，我不想闹事，我没想闹事。”

“你还敢顶嘴！”胡老师扬起了她的手。我仿佛已经听见了响亮的耳光，我的脖子不自觉地缩了一下，可是，胡老师的手并没有真的落下来。要在平时，要是别的同学顶嘴，胡老师的手早就落下来了，可那天，胡老师略略地犹豫了一下，她只做了一个要打耳光的动作，然后把手收了回来：“我看你嘴硬到什么时候。”胡老师离开了徐明的身边，她慢慢朝着讲台的方向走去：“毛主席说，与天斗其乐无穷，与地斗其乐无穷，与人斗其乐无穷。我们就斗斗试试，看你的魔高还是我的道高。”

徐明完了。他是没有好果子吃了。我想。他怎么敢和胡老师这么说呢。胡老师走到了讲台，她的教鞭和牙齿都闪出一种寒光：“我们继续上课。我们不能让一粒臭狗屎坏了一锅粥。谁还记得勾股定理，会的请举手。”

三三两两的同学举起了手。徐明犹豫着，还是把手举了起来。

胡老师叫了徐明左边的同学，叫了他右边同学，然后叫到了徐奇。徐奇抓耳挠腮，结结巴巴：“老老老师，我我我……没没没有记熟。”要在平常，徐奇肯定会被胡老师批得焦头烂额，体无完肤，可那天胡老师只说了句：“你坐下吧。”

“你们可得好好听着，要好好地学习，这话我说了不止一遍两遍了。千万别对自己放松。学好不容易学坏可快着呢。我接着往下讲。”胡老师没有叫同学们把手放下，我和几个同学只好依然举着自己的右手。胡老师竟然没有看见我们的右手，没有看见徐明举着的右手，她继续着勾股定理：

“根据勾股定理，在直角三角形中，已知任意两条边长，就可以求出第三条边的长。”

“勾股定理是可逆的，因此它也有一条逆定理：如果三角形的三边长$a^2+b^2=c^2$，那么……”

那节课上得相当漫长，我们好不容易才挨到下课的铃声响起来。可是，胡老师没有要下课的意思，她重新又把勾股定理的逆定理讲了一遍。别的班已经下课了。许多其他班级的同学堆在教室的外面，他们伸着黑压压的头向教室里张望，然后一哄而散。

胡老师拿起了书本和教鞭。我悄悄地舒了口气，我听见教室里许多出口长气的声音，胡老师肯定也听见了。她把拿起的书和教鞭重新放回到课桌上：“我不想耽误大家的时间，可我不能不多说两句。我们班是一个统一的集体，我们不能容忍谁破坏这个班集体的荣誉，我们不能容忍，哪一个人把他的坏毛病带进来。这是学校，是学习的地方，是规矩的地方，是培养人才的地方，不是收容所！现在我宣布一条纪律：我们要把那些不听话的同学孤立起来，直到他改掉了坏毛病，永不再犯为止。同学们，老师这样做是为了谁呀？还不是为了你们的将来！孙娟，你这个班长要负责监督！各个委员和组长，都要负起责任来！你们看着，哪一个同学还和不听话的、不学好的同学接近，你们就报告给我！哪一个再不听话，再和老师顶嘴，我们就不要理他，不和他说话！……”

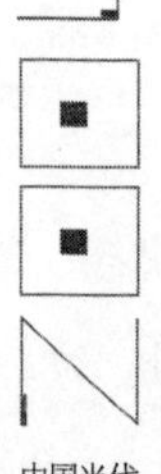

放学了。我们从徐明的身边经过绕过了徐明，特别是一些女同学，她们经过徐明身边时加快了脚步，并且夸张地侧过了身子——仿佛徐明的身上有一股难闻的臭味，仿佛徐明的身上带有瘟疫，靠近他就会有危险似的。徐明一个人在他的座位上坐着。他面无表情，一动不动地等我们全班的人都离开了教室。他一个人，在飘着夕阳的光和灰尘的教室里坐着，空出来的教室那么空荡，面无表情的徐明那么孤单。

“徐明真可怜。”屁虫感慨了一下，“他顶撞谁不行啊干吗非要顶撞胡老师呢？”

“我们胡老师是爱熊人，”豆子为徐明有些抱不平，“胡老师动不动就把人批一通，我不愿上她的课。”

“我也不愿意上。”

“我也不愿上。”屁虫说，“她一上课就让人提心吊胆。”

“她讲得……也不好，那么干巴巴的。”徐奇小声说。他向四周看了看，这时已开始后悔了，“你们可别和胡老师说，要不，非让她治死不可。你们可别和别人说这是我说的。”他低声低气地看着我们。

“徐明为什么转到我们学校来呢？”屁虫问我们，“他是不是被开除了，别的学校不要才转到我们这里来的？胡老师说的是不是真的？”

这也是我们都关心的一个问题，但我们不知道是还是不是。“我们问问他。”屁虫说。他刚说完就被豆子否定了：“这可不行，让胡老师知道我们和他说话，哼，那可就惨了。”

“他来我们这里上学，肯定是有原因的，要不然，一个市里的孩子怎么会到我们这里来？”屁虫说，“我一定把原因找出来。”他挺了挺胸，做了个悲壮的样子，好像他是要打入敌人内部的侦察员。

我们看见，徐明远远地走来了，与我们近了，略略的八字脚使他走得摇摇晃晃。他经过我们的身边。我们几个人都不再说话，我们闪到了一边，看着徐明面无表情地从我们身边走过去，一步，两步，三步，四步。他没有回头看我们，他把我们完全当成了陌生人。

“徐明也太犟了。”屁虫在他的背后小声说。

徐明被孤立起来了，在他身边仿佛有一道墙，有一个看不见的笼子，使他和我们隔绝，我们的奔跑、欢笑甚至打闹都与他无关，他只得一个人待着，他有一个孤独的小世界。其实即使胡老师不下禁令我们也很少和徐明说话，他刚转学过来和我们不太熟悉，并且他说普通话，这和我们造成了区别。你想想，假如我们是一群鱼，一条鲫鱼会不会和一群鲢鱼融合在一起呢？我们和徐明之间就是鲫鱼和鲢鱼的关系，那时候我和豆子都这样认为。

徐明带了一只电动的青蛙。它在课桌上跳跃，并且发出很响的叫声，每次跳到课桌的边缘，徐明就用一只手挡住它，把它控制在一个范围之内。尽管徐明相当小心，还是有一次青蛙跃过了他的手掉到了地上。它没有被摔坏。它又开始了在课桌上的跳跃，这一次，它甭想再跳出课桌去了。

我们看着课桌上的青蛙。几个女生还发出了惊讶的赞叹，当那只青蛙跳过徐明的手向下跌落的时候，她们把赞叹改成了尖叫——胡老师规定我们不许和不听话的同学说话，可没有规定不许看他手里的东西。

这时上课铃响了，徐明收起了青蛙，而我们恋恋不舍地收回了目光。“它的肚子下面有个开关。”屁虫悄悄地对我说。在老师即将走进教室来的瞬间，屁虫又忍不住了，“它叫得多响，像真的一样。”

后来徐明又带来了一辆电动小汽车，后来徐明又带来了两本画册和一些奇怪的东西。我们知道徐明是在干什么，他要干什么，可是，我们不能，我们不敢。——胡老师也真是。豆子只说了这么半句，但这半句说的也是我们第一个的想法。——其实，徐明并不坏。

在带来画册的那些日子里，徐明利用课间的时间临摹上面的画，有时在自习的时候他也画上几笔。他故意不把这些画收起来，故意让有的画掉在地上——我认定他是故意的，他是想让更多的人看见他的画画得真不错，真的不错。今年在一个酒桌上我和徐奇偶然地坐在了一起，他偶然地提到了徐明：“要不是胡老师，徐明也许能当一个画家。”他只说了这么一句就被其他人的其他话题给岔开了，我们就再没提到徐明。

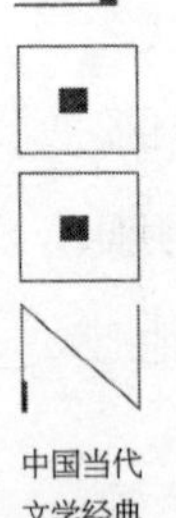

不知是有人告密——我们班上有许多人都是胡老师的秘密侦察员——还是胡老师已经侦察多时了，在自习课上，胡老师突然地出现在我们教室里，并且径自朝着徐明的方向走去——她拉出了徐明的书包，把他的两本画册拿到手上。“你们学习！”她冲着我们喊了一句，然后高跟鞋嗒嗒地走出了门去。我们望着门的方向，我们不知道接下来会有什么发生。时间就那么一秒一秒地过去了，窗外的知了叫得很响。阳光从外面一波一波地涌进来，它们并不退出，而是很快地就消散了，消失得像水一样，像空气一样。

屁虫回了一下头。他似乎想和我说句什么，但没来得及说就转回了头去。我们都害怕胡老师会突然地出现。

时间就那么一秒一秒地过去。我们等待着，几乎是一种煎熬，就连咳嗽的声音，翻书的声音都那么不自然。他们和我一样支起了耳朵，他们和我一样，不时地偷偷看上徐明一眼，想从他的脸上读到什么表情。可徐明还是什么表情也没有。他只是盯着一本《语文》不停地看，目不转睛地看，眨都不眨一下。

下课的铃声终于响了。它像费力地撕开了什么一样，沙哑并且艰难地朝着我们的耳朵传来。徐明用力地把手扣在课桌上，他的响动吸引了我们。可胡老师没有像我们认为的那样出现。那节自习课她没有再来。

屁虫当上了胡老师的秘密侦察员，这是他向我们透露的，他向我们透露这些的时候翘起了尾巴。“你们别告诉别人。我和你们说也没什么关系，反正，我猜胡老师的意思主要是让我盯徐明，那我专盯徐明就行了，别的事可以睁一眼闭一眼。”

豆子说当胡老师的侦察员又有什么了不起，他还是呢，只是他一直没说罢了。“我知道……胡老师说过，”屁虫有些尴尬地收了收他的尾巴，“胡老师跟我说了很多班上的情况。”

我们都没有再说什么。屁虫的尾巴又翘了翘，他向我们详细地描述了胡老师叫他到办公室的一些细节，我知道他肯定向里面加了盐加了醋加了油，他在向我们表明，胡老师对他相当信任，对他相当器重。

豆子朝着河面丢着石块，他几乎可以丢到河的对面去了。他在屁虫说到兴奋处时突然笑了，他笑得有些冷。

“你笑什么？”屁虫问。

“我笑我自己不行吗？”豆子向河面丢下了一个很大的石块，石块溅起了层层的水花。

屁虫当上了胡老师的秘密侦察员，这对屁虫来说是一个机会，是一件大事。他相当卖力地履行着自己的职责，可是，他没有找到徐明的把柄，在一段时间里徐明什么错都没有犯过，包括上课时做小动作，上自习时打瞌睡或者乱丢纸条这类的小毛病。他的书包里也早已不再有电动青蛙、电动汽车这类的东西出现，在他的书包里只有课本、作业本和铅笔盒。

屁虫为此很不甘心，我们看得出来。他在放学时不再和我们一起走了，而是故意落在徐明的后面——他开始对徐明进行秘密跟踪。尽管他非常投入，可在很长的时间屁虫还是一无所获，于是，在一个中午，当徐明去厕所的时候屁虫悄悄地溜到徐明的座位那里，他小心翼翼地伸向了徐明的书包。

“你想干什么？”徐明的普通话说得并不严厉，就像平时里的一句问话，像询问屁虫需要什么帮助似的，但他的突然出现还是吓了屁虫一跳。“没没没什么，”屁虫用他的手和袖子擦脸上的汗，“我我我……我想想找个东西，看看你有没没没有。”

“那你看吧。你好好看看吧。”徐明仍然并不严厉，但他拉出书包、把书包打开的动作很不友好，“可能让你失望了，我这里没有你要找的东西。”

“是的，没有。”屁虫感到尴尬，感到失望。此后有几天他无精打采的，干什么都没有力气，如果不是他还从来没有给胡老师提供过什么有价值的情报，他早就放弃那个拙劣的跟踪计划了。那天，他只是跟着，并没有期待有什么发现，可那天，还真让他有所发现：“刘佩振和徐明在路上说话了！他们说了很长一段时间！”

屁虫为他的发现兴奋不已，他脸上的层出不穷的痘痘因为兴奋而跳动着，闪着红红的光。

下午的最后一节自习课，刘佩振被胡老师叫到了她的办公室。那一堂自习课刘佩振的座位一直空着，直到我们放学，离开学校，刘佩振还没有从胡老师的办公室里出来。

“看谁还敢和徐明说话！”屁虫翘着他的尾巴，不停地摇着。

“我最瞧不起你这种人了。”徐奇说。

“我不是……胡老师是为了咱们好，要不然，徐明会把班上的纪律带坏的，要是谁都不听老师的话了那不就乱了？……”屁虫追着我们的屁股解释，反复地解释，他追着我们的屁股。

“不管我们做什么，你都不许告老师！”

“那当然。我怎么会出卖你们呢？胡老师信任我了，要是别人说咱们的坏话我就会知道，我知道了你们也就知道了……”

“你说话得算话！”

“我什么时候不算了？肯定的。”

真是一波未平，一波又起：胡老师办公室的玻璃被人打碎了。不知道为什么那天胡老师来得比平时要晚些，她赶到学校时在她办公室的外面已站了许多的人，包括袁校长和其他的老师。透过老师和同学们的头，胡老师看到窗子上的碎玻璃，它像张着一张大嘴的怪兽一样狰狞。“怎么了？这是谁干的？”胡老师急急地打开她的门，办公室里更是一片狼藉，一瓶被砖头砸倒的红墨水洒满了桌子和椅子，有很多的作业本也被染成了红色——更不用说纷乱的碎玻璃了。

“我每天辛辛苦苦地教你们，总怕你们不学好不成材，总怕你们学不到知识将来后悔，你们知道我付出多少？你们竟然这样对我！”胡老师哭了。班上的女生也跟着抽泣起来，后来有几个男生也加入到哭泣的行列中。“我还不是为了你们……”

胡老师用板擦敲了一下桌子：“其实不用说我也知道是谁干的，我猜也猜得到。你别以为自己做得多神秘，其实你的一举一动我都清清楚楚，许多同学都向我反映了，就是你打玻璃的时候也有同学看见，他已经向我报告了。他就是不向我报告我也猜得到。”胡老师说到这里停了一下，她从讲台上走下来在教室里转了一圈，她转了一圈就把教室里的空气转少了。

现在，胡老师在我们背后：“现在，我给这个同学一个认错的机会，给他一个自首的机会，坦白从宽，抗拒从严。现在你站出来，当着同学们的面承认了，我会从轻发落的，要是你的态度好永不再犯的话还可以既往不咎。你要是存在侥幸心理，以为会躲过去的话，哼，我谅你也不敢。现在我开始数数。在数到三之前你最好给我站出来！”

"一。"

"二。"

胡老师放慢了速度："你还有最后的机会。三……"

我们坐得直直的，坐得僵硬，坐得颤抖，但是，没有一个人站出来。

"我已经给你机会了。要是再不站出来的话，我可就不客气了。"

还是没有谁站起来。我感到了压抑，空气本来就少得可怜，而我还不敢大口地喘气。我低着头，我感觉胡老师的眼睛里有刺，有刀子和剑。

"徐奇，是不是你！"

徐奇竟然又结巴了起来，说到最后他竟然咧开嘴哭了："不不不不不是，我我……我没没没有……没有啊……"

"坐下吧。我知道不是你。"胡老师挥了挥手，"赵长河。"

这样一个人一个人地问下去。全班只剩下刘佩振和徐明了。只剩下徐明一个人了。——"你就是不承认是不是？"说这话的时候胡老师并没有朝着徐明的方向，而是面对着别处，"你以为你做的坏事我不知道是不是？你想错了，我告诉你，你想错了！"

胡老师显出一副悲伤难抑的样子："对不起同学们，对不起大家，因为一两人耽误大家的宝贵时间，实在对不起大家。绝大多数的同学都是好的，都是听话的，上进的，懂得尊敬师长的，哪个班上没有一两个调皮的捣蛋的，一两个捣蛋的调皮的也乘不起风作不了浪！我也告诫那些调皮捣蛋的不学好的，你是在自取灭亡！"

"好，我们继续上课。把你们的课本打开。"

胡老师只给我们讲了不到十分钟的课。她再次向听话的好学生们道歉，她说她不舒服，今天的课改成自习吧。

她走出了教室。门没有关好，被风一吹，发出刺耳的吱吱的响声。胡老师走了，剩下了一群张望的学生，我们安静一阵儿，然后叽叽喳喳一阵儿，又突然地安静下来。

直到下午放学胡老师再也没有回我们教室。说实话平日里我们最怕胡老师在面前出现了，可那天胡老师不出现我们又觉得缺少了些什么。——"是谁打的玻璃？你马上去向胡老师认错去！胡老师为了我们……她容易

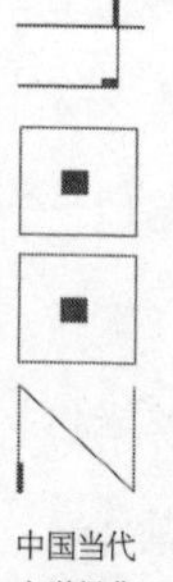

吗？你还有没有良心！”班长孙娟站了起来，她的眼睛红红的，她的目光掠过我们所有的人，“你去不去？我问你去不去！”

没有应声。我们的眼睛都偷偷地盯着徐明。他正拿着一本《语文》用力看着。他依然是那副面无表情的样子。

“徐明，你说是不是你？”孙娟走到徐明的面前，“你看把胡老师都气成什么样了！”

“孙班长，这事和我无关，我没有打谁的玻璃，这事不是我干的。”

“不是你干的还会是谁干的？大家都知道是你干的！”

“你凭什么说是我干的？你看见了？你抓住我了？我告诉你，我从来都不说谎，我说不是我干的就不是！”

“你别死不承认！哼，别以为你是市里来的，就觉得自己很了不起……屁，臭美什么啊。”

他那么快。徐明飞快地抓住了孙娟的衣领：“你他妈的再瞎说！我说不是我就不是！”

在本质上孙娟是一个懦弱的人，她被徐明吓坏了，她被徐明吓得脸色苍白。“不是你，不是你你早说啊，我又没有说一定是你。你们管管他。”

我们谁也没动，我们才懒得管这事呢，这事让我们怎么管啊？我们早就看不惯孙娟平日里的那副神态了。像一只骄傲的母鸡似的，要不是胡老师把她当成宝贝处处护着她，要不是她动不动就打我们的小报告，我们早就想收拾她了，现在，终于有了收拾她的人，终于有了收拾她的机会，我们干吗还不让人家收拾？

“你们、你们管管他。”孙娟哭了起来，她的眼睛和鼻子都挤到了一处，“我又不是说你，我又不是……唔唔唔，说你……”

现在轮到徐明尴尬了，现在轮到徐明手足无措了，他松开了手：“对、对、对不起……可我真的，没有砸玻璃。”徐明看了看自己抓过孙娟的那只手，仿佛上面长出了刺：“我没有想，我……”

“徐明！你等着瞧！”摆脱了徐明手掌的孙娟跳回了自己的位置上，她那么外强中干。我和刘世涛、徐奇、屁虫，我们几个人响亮地笑了起来，刘世涛的笑声明显有些夸张。

第二天上午有胡老师的课，可是胡老师没来，徐明的位置也是空着的。胡老师和徐明的共同缺席让我们产生了诸多的猜测。

“这次，徐明也太过分了。他肯定没有好果子吃。”

“可徐明说不是他。也许他真是冤的。”

我和同桌徐奇说着悄悄话，回过头来的屁虫也加了进来：“肯定是他，没错。胡老师不会有错的，何况，有人看见了。”

“要是胡老师知道是徐明干的，她早就给徐明颜色看了，她才……她肯定不知道是谁。她只是猜的。”

我们交头接耳，我们的声音渐渐大了起来，这时，袁校长推开了门：“安静！你们给我安静！你们还像个上课的样子么！”

袁校长的脸上像一盆冷水：“有些人，现在是越来越不像话了，上课不好好听讲，总做小动作，下课了就胡打胡闹，一点规矩都没有，一点学生的样子都没有，不光和老师顶嘴，竟然还发展到打老师的玻璃！你当学校是什么地方？你当老师是什么啊？老师恨铁不成钢，管得严了些，话说得重了些，你就把老师当仇人了……”

袁校长说：“学校要想教书育人，培养四有新人，就必须严格管理，规范管理，我们的制度不是太紧了而是太松了！以后我们的管理只能越来越严格，越来越规范。”最后，袁校长环视了我们一圈：“哪一个同学要是觉得我们太紧了，让你受不了，你可以提出来，我特批，你可以不听课可以不考试，但有一条，不能影响班上的纪律。要不然，你就给我转学。”袁校长将“转学”两个字咬得很重。在袁校长咬着“转学”两个字的时候，我和许多同学的余光悄悄地向徐明的座位上瞄去。那里空空荡荡。

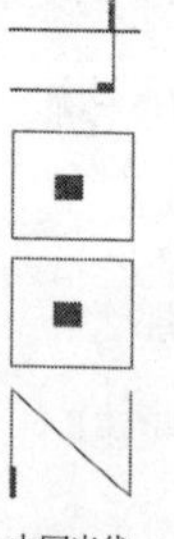

袁校长离开我们教室之后不久胡老师就来了，她说本来她身体不好已向校长请过假了，但想到同学们的学习她还是打起精神来了。这时我们的班长孙娟站了起来，她说胡老师您回去休息吧，我们可以自学。在孙娟之后我们的椅子凳子乒乒乓乓，我们三三两两地站起来：“胡老师您休息吧，胡老师您休息吧。”

“坐，同学们坐下。”我没事，看到你们我就没事了。胡老师很有些激动，她的嘴唇颤了几下，“我……我……我们把书打开。”

那是我听胡老师的课听得最认真的一次，也是胡老师讲得最生动的一次。下课时她一边收拾教案一边冲着我们：“谁知道徐明怎么没来？”我们说不知道。胡老师用鼻子哼了一声，然后将教案夹在腋下，离开了教室。

一架纸做的飞机跟在胡老师的背后飞了起来。它摇晃着撞到了教室的门上，然后坠落下去。胡老师对此毫无察觉，她走远了。

尽管事隔多年，我还清楚地记得那天下午的班会，我还清楚地记得，我们这些初二（3）班的男女同学，排着队到黑板前面看画册时的情景。那就是徐明拿到学校被胡老师没收的画册，那天下午的班会徐明就在他的座位上坐着，他是唯一没有排队去看画册的一个人。

胡老师给我们看其中的一幅画。它是一幅略略有些变形的素描，画得相当简单，上面画着一个裸体的男人和一个裸体的女人，他们的某些部位被夸张了，他们扭曲着，因此显得丑陋。后来我才知道那幅素描是一个叫毕加索的画家画的，那个毕加索是一个相当有名的画家，是一个大师级的人物。可是我不喜欢毕加索的画，甚至对这个名字都有种莫名的厌恶，我想是因为那天下午班会的缘故，那个下午埋下了厌恶的种子。即使别人再怎么说他的画如何如何，即使我强迫自己先认定他的画是优秀的，即使我强迫自己认真地看他的画，可是那种丑陋和堕落、淫荡的印象强烈地阻挡了我和毕加索的接近。

我不可能喜欢毕加索的画，永远不会。

当然这是后话，还是返回那天下午的班会吧，胡老师将几本书放在课桌上，然后以那几本书为依托，向我们翻开了有毕加索素描的那本画册。

胡老师说：“这些年的改革开放是让人们富裕了起来，人民的生活是有了极大的提高，但是，一些西方资本主义的腐朽思想也随着改革开放涌了进来，这群嗡嗡叫的苍蝇飞进了窗子，就想办法到处产卵、下蛆。他们以丑为美，以恶为善，只讲个性不讲共性，腐化堕落，就是这些东西竟然也找到了市场，竟然有人喜欢！这些脏东西坏东西对青少年的毒害尤其严重。为什么呢？因为青少年涉世未深，正确的人生观世界观还没有形成，并且他们判断是非的能力还很差，所以必须加强引导，提高他们分辨是非的能力。

“老师为什么对你们严格？是不愿意你们长歪了，是怕你们走斜了，那时候再回头也就晚了。有的同学，偏偏不能理解老师的苦心，偏偏要和老师对着干，偏偏要去接受西方的腐朽思想的侵蚀，我不知道你要长成什么样！我告诉你，现在悬崖勒马还来得及。胡老师指着画册上的毕加索的素描：同学们你们看看，这美吗？这高尚吗？这对我们青少年的身心有益吗？不！它既不美，也不高尚，更对青少年的身心没有好处！大家看看，这就是西方资产阶级堕落的生活方式，它是在引诱青少年犯罪！”

“你们”，胡老师指了指我们，“你们一排一排地上来，好好看看这幅画，每人不少于一分钟！大家不接触，不比较，只听一些道听途说的宣传，还会以为西方多么文明多么高尚呢，还会以为他们的生活方式多么值得我们去学习呢……哼哼。别挤，大家一个一个地来。”

看得出，徐明在“画册事件”中遭受了巨大的打击。他摇摇欲坠。眼泪在他的眼睛里打着转儿。那一堂漫长的班会对徐明绝对是一种煎熬，他都出汗了。刚下过雨的秋天已经凉了。

每一秒钟，都有无数的针插到徐明的身上。每一秒钟，都有无数的老鼠在徐明的心脏里奔跑。每一秒钟，每一秒钟都那么屈辱，那么难熬……徐明一寸寸地矮下去，那幅毕加索的画压倒了他。

“徐明，明天下午让你母亲来学校，我要和她沟通一下。”

徐明不知说了一句什么，胡老师没有听清楚，我们也没有听清楚，他好像是说给自己听的。

“你说什么？徐明，你大点声。”

徐明又说了一遍，这次，我们仍然没有听清。

“不想让你母亲来是不是？不想让你母亲知道你在学校里的所作所为是不是？你也知道害臊？要是早知道害臊，你为什么不好好学习，为什么不求上进呢？我知道你母亲不容易，”胡老师顿了一下，提高了一下音量，“她和你父亲离婚了，就带着你回乡下老家来了。你要是早点体会她的苦处，就别这样给她丢脸。”

徐明一边擦着眼泪，一边说着些什么，可是他说什么我们还是听不清。

“徐明，你别以为老师总对你意见，处处想治你，你这样想是错的。我是想让你改掉坏毛病，当老师的不能看着你一步一步地往下走而不去拉你一把。你对我理解也好不理解也好，我都不能对你的毛病坐视不管，这是我的责任。”胡老师说这些的时候神采飞扬，语重心长。她还灿烂地笑了一下，只一下。

放学的铃声响了。

“徐明他妈是破鞋。”屁虫用低低的声音对我们说，他笑得有些暧昧，“所以徐明他爹才不要她的，她就只好带着徐明来我们这儿了。”屁虫关于徐明的母亲是破鞋的理由还一条，就是，只有破鞋才会有那种黄色的画册，只有破鞋才会把那些乱七八糟的东西给自己的儿子看。

“你们知道徐明他妈和老师都说了些什么吗？她们说了一个下午。”屁虫一边用力地翘起他的尾巴一边卖着关子。我们瞧不上他这样的做派，我们都不理他。前几天徐奇说胡老师课讲得不好肯定也是屁虫告的密，这事他知道。我们都不理他，徐奇跑着去追一只飞走的蚂蚱，而豆子和我则专心地对付着榆树上的虫子，我们用小木棍子一一插入那些虫子的身体，它们发出难闻的臭味。

“徐明可惨了。”屁虫又说，我们还不理他。

“他母亲打了他，他一晚上都没睡觉。”屁虫自言自语地把话说完，他跑去和徐奇追蚂蚱去了。我和豆子偷偷地笑了，这是我们早就商量好的，屁虫越来越让我们看不惯了。我们得治治他。

考过期末考试之后很长时间徐明也没有回学校，他的位置空了出来，如果不是有把凳子还放在那里，我们都可以忘掉徐明的存在了。后来椅子也没了。屁虫说，徐明转学了，跟着他的破鞋母亲走了。很快全班同学都知道了徐明已经转学的消息。

在期末考试之前徐明还被胡老师狠狠地批了一次，事情起因是因为刘佩华在徐明的凳子上放了一枚小钉子，徐明坐下去被扎着了屁股，于是，两个人打了起来。和乡下的孩子打架，徐明肯定占不了上风。两个正打得难解难分，胡老师出现了。

他们两个人被罚在教室的后墙那里站着，由同学们每人打他们一下脸。——“你们不是愿意打么，现在就让大家都来打，这样是不是更舒服些哟？看你们下次谁还敢再打架！”徐明依然那么犟，依然那么不识时务，他向前走了一步：“老师，是他先惹的我，他往我的凳子上放钉子！”

“是吗？是真的吗？”

刘佩华点了点头。

“放钉子是他不对，我不是罚他了么，哼，他怎么不往别的同学的凳子上放钉子而偏偏往你凳子上放钉子？你们俩都是一样的东西，好的学不来，坏的不用学就会。你给我站好！我就不信我治不了你们的臭毛病！……”

宣布考试成绩的那天是一个阴天，外面刮着很大的风，校园里许多的碎纸片和尘土在操场上纷纷扬扬。那天徐明仍然没来。他的座位已经没有了。

徐明考了个全班第二名。胡老师念过徐明的成绩之后又对我们宣布，徐明已经转学了，所以他的成绩也就不算了，下面同学的名次提一下，第三名现在是第二名，也就是说在这次考试中第十一名也有前十名的奖状。随后胡老师停了一下，她说：“同学们，我们学校要培养的是四有新人，祖国的建设需要的是四有新人，有道德守纪律比只是学习好更重要。我们不仅要把学习搞好，同时还得不断加强自己的修养，这样的孩子成大了才是对祖国有用的孩子。”

门突然开了，一阵很凉的风先吹了进来，徐明出现在门外。他背着一个灰色的书包。

“你”，胡老师对徐明的出现感到惊讶，“你怎么来了？”

“我想知道我的成绩。”

“你，你考得还不错。”胡老师的表情有些不自然，“徐明，到了新学校，可要好好学习，要听老师的话。坏毛病一定要改。”

“胡老师，刚才你的话我都听到了。这一次，徐明的普通话说得依然响亮、清脆。”

“嗯……”胡老师一时没有反应过来，“是，是啊？”

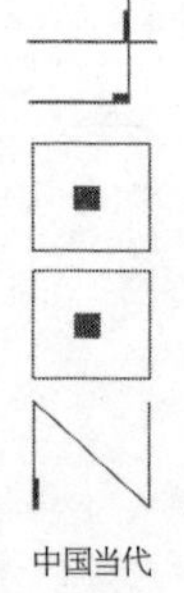

徐明盯着胡老师的眼睛：“我还想和你说一件事。你办公室里的玻璃不是我打碎的。”徐明始终没看我们一眼，“那事不是我干的。”

“不是……不是就好”，胡老师的嗓子有些沙哑，仿佛塞进了一些棉花，“我……我也没有认定是你干的。”

徐明冲着胡老师笑了。他的笑容慢慢僵硬起来，慢慢变得有些狰狞。我们看见，徐明的手飞快地伸向他的书包，他掏出了里面的砖头，飞快地朝着教室的玻璃砸去。

随着一声脆响。

破碎的玻璃掉了下来，像一场白花花的雨，它们纷纷坠落，闪着银白色的光。有几片玻璃的碎片在那白色的光里晃了几下，像余震一样再次落了下来。寒冷的风和阴沉的天色透过没有玻璃的窗子涌进来，它让我们打着寒战。

等我们反应过来，等胡老师反应过来，徐明已经跑远了。他挥动着已经空空荡荡的书包，他的书包在空中划出一道道灰色的圆弧，显得无比轻松。他转过了大门，在我们的视线里消失不见了。

原载《人民文学》2004年第2期

点评

这是一篇关于成长与孤独、心灵创伤与人性扼杀的小说。一次据理力争的正当辩解，使徐明迅速成了胡老师的眼中钉，随之而来的是一次又一次的被批评、被诬陷、被中伤、被孤立、被监视、被批判，直到他成为众矢之的，并不得不以转学避之。灵魂的陨落，不仅只是生命体征的消逝，还有对自由心灵的扼杀。而这个扼杀心灵的刽子手，无疑就是那个动辄冲学生发火、令所有人都望而生畏的胡老师。她满口“仁义道德”，看似“苦口婆心”，实则丑恶虚伪、强势霸道，利用各种陷阱和诡计，将徐明一步步地推向了彻底孤独的深渊。而她的“帮凶”，有马屁精屁虫，有唯其马首是瞻的孙班长，还有一群被她错误引导的学生。徐明的自我反抗以及无奈的漠视，似乎在这种强权势力网的逼迫下显得特别可怜无力。他的一再辩明和隐忍，并未使之脱离苦海，反而成了众口铄金的对象和孤立无援的孤岛。小说最末徐明拿出砖头在众目睽睽之下愤然扔向教室玻璃的“惊世”之举，与其一直对胡老师办公室的玻璃非他所砸的极力辩解，形成了鲜明的反差，这既是他对一切莫须有“罪名”的强烈控诉，又是他对人性扼杀之残暴的无声反抗。落下的碎玻璃，其实更像徐明内心深处的真实状态。一定意义上，这篇小说可谓一则寓言，有关正常人性在极端条件下的被戕害，有关异化的社会环境和世俗的人际网络所构成的强大杀伤力，有关微小的生命个体在强权范畴下无可依靠的脆弱。

（方奕）

白水青菜

潘向黎

他进门的时候，客厅里没有她的身影。他微微一笑，向厨房走去。她果然在，正在用饭勺搅电饭锅里的饭。她总是这样做，盛饭之前要把电饭锅里的饭彻底搅翻一下。他曾经问为什么，她说："好把多余的水分去掉，口感才好啊。"显然她是听见了开门的声音。

饭冒着蒸汽，她的脸有一瞬隐在水汽里。他闻到了饭香。

饭很香。奇怪的是，他在别的地方几乎闻不到这种香。这是好米才有的香味。他知道她只用一个牌子的米，东北产的，很贵，因为是有机栽培。

好米只是密闭着的香味，要加适量的水，浸适度的时间，然后用好的电饭煲煮，跳到保温之后，焖合适的时间，香味才会爆发出来，毫无保留，就像一个个储满香膏的小瓶子打破了一样。

她是他遇到的最会煮饭的女人。他这样说过，她回答："我尊重米。"

在他笑起来之前，她又加了一句："不过只尊重好的米。"

他洗了手，坐在餐桌边时，两碗饭已经在桌上了，他的这边多一个空碗，筷子照例搁在搁筷架上，是一条鱼的形状。她端上来两个青花小碟。一个碟里是十几粒黄泥螺，并不大，但很干净，一粒粒像半透明的岫玉，里面有淡淡的墨色。一个碟里是香菜心，嫩嫩的酱色，也是半透明。家里的菜一向这么简单，因为他都是在外面吃过了，回来再吃一遍。

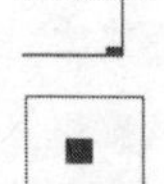

最后她端来一个小瓦罐。这才是他盼望的重点。马上打开盖子看了一眼，里面有绿有白有红，悦目得很。她说："你先喝汤。"自己坐下来，开始吃饭，拨几口饭，就一点菜心，看她吃饭的样子，好像不吃一口菜也可以似的。

他就自己从瓦罐里舀了小半碗汤。清清的汤色，不见油花，绿的是青菜，白的是豆腐，还有三五粒红的枸杞，除了这些再也不见其他东西。但是味道真好。说素净，又很醇厚；说厚，又完全清淡；说淡，又透着清甜；而且完全没有一点味精、鸡精的修饰，清水芙蓉般的天然。

就那么一口，整个胃都舒服了，麻木了一整天的感官复苏，脸上的表情都变了，好像一个薄薄的壳被敲碎了，所有的肌肉、每一条纹理都活了起来。真是好汤！

他一连喝了两碗，然后吃饭，就着黄泥螺和菜心，一个滑，一个脆，都是压饭榔头。不知不觉就把一碗饭都吃完了。他也不添，而是又酽酽地喝了一碗汤。然后把碗放下，对她笑。

她也笑。“好像在外面没饭吃似的。”

“是没饭吃。现在谁吃饭？”

他说的是真话。他的工作宴会应酬多，那种宴会不会有饭，总是太多的油腻、浓烈的味道轰炸口腔，味蕾都半昏迷了，直到喝了她的汤，才缓缓醒过来。

“你的汤怎么做的？”

她莞尔一笑，笑容里有阳光的味道。“好吗？”

“好。”

“那就多喝一点。”

“喝了。到底怎么做的？人家都说老王家汤馆好，我看就是那里都喝不到这么好的。说给我听听。”

“说起来——其实也简单，就是要有耐心。”她说。

后来，他不止一次怀念那时的生活，那种安宁，那种坐在餐桌前等着妻子把瓦罐端上来的感觉，掀开瓦罐的盖子时看到的好看的颜色。第一口汤进口，微烫之后，清、香、甘、滑……依次在舌上绽放，青菜残存的筋脉对牙齿一点温柔的、让人愉快的抵抗，豆腐的细嫩滑爽对口腔的爱抚，以及汤顺着食道下去，一路潺潺，一直熨帖到胃里的舒坦。

他们的家是让人羡慕的白金家庭。白金的意思是，既有钱又白领，这个白领的意思是泛指，指的是读过书，有修养讲规则，凭知识和智力挣钱，不是手上戴好几个宝石戒指的暴发户。

他先是吃皇粮的机关干部，后来不愿意看人脸色慢慢从孙子熬成爷爷，早早下了海，折腾了许多行当，最后在房地产上发了，然后是网站，然后是贵族学校，他的事业像匹受惊的野马一样势不可挡。

他成了本市的风云人物，电视台人物访谈的明星，各种捐款、善事的大户。毕竟是受过高等教育的，他的风度、谈吐，赢得了瞩目和好评。有一次电视台让女白领评选全国范围的十佳丈夫人选，他就上了榜，而且击败了几个电影明星、歌星。现在的女白领真是不傻。那些又蹦又跳的男人，只能远处看看，怎么能近距离相处？要是她们知道他还每星期两次开着宝马到那所著名的大学读哲学硕士，她们可能会发出尖叫——要多少实力才能有时间和闲心做这样的事情啊。但是他从来没有对外面透露过，这种事，要等人家自己无意中发现才好。越不经意越有风度，像他这样的年纪和身份，这种选择已经不需要经过考虑了。

他当然结了婚，都十七八年了。妻子是他的大学同学，是初恋，而且是那种把情窦初开和爱和性和婚姻一锅煮的关系。他们从来没有想过两个人还会有其他选择，那时候也不知道要给自己多留一点时间，毕业后第二年就结了婚，然后很快就有了孩子，就是现在进了寄宿制双语教育的培鹰学园的儿子。儿子是他们的骄傲，他不但聪明、学业优异，而且长得非常漂亮。这不能完全归功于他，因为儿子明显地集中了他们两人的优点，而妻子当年也是学校里的美女，不化妆也青翠嫩叶一样清新可人。

因为有这样的妻子，他对女人是不容易惊艳的。而且他知道现在的女人的漂亮已经充满了化学的味道。

嘟嘟的出现完全是一个意外。起初他觉得这是个稚气未脱的女孩子，像个水晶花瓶一样好看又透明，而且不实用。等到看出她的企图还觉得有些好笑——这不是胡闹吗？要不是她是他的下属，本来可以叫他叔叔的。当然心里还是有点高兴的，很隐蔽但是很真切，这可是一个比自己小二十岁的女孩子啊，又漂亮，而且出身很好，父亲是大律师，母亲是名医，家里本来要送她去剑桥留学的。这样的女孩，没有任何为了钱而接近男人的嫌疑。

起初他真的没有什么。因为觉得嘟嘟是一时冲动，再说他不可能破坏自己的家庭，这么些年，妻子辞掉干得好好的中学教师工作，专心在家相夫教子，他没想过要辜负她。他若是辜负她，她真是什么都没有了，一个四十出头的女人，没有工作没有事业没有朋友，她怎么活？况且，许多男人成功了就另觅新欢抛弃发妻，他不想也掉进这种俗套，犯这种通俗的常见病——他不是一般的男人，这是他对自己的要求。

起初真的没有动心，他只是考虑怎么让嘟嘟少受一点伤害就退出去。但是现在的女孩子真是任性，她们想要什么就敢大喊大叫、又哭又闹、要死要活，他又下不了狠心把她开除掉。嘟嘟真是一个水晶花瓶，而且因为对他无望的爱，这个水晶花瓶就站到了悬崖边上，随时可能掉下来粉身碎骨。最后，他只好伸手把她接住。

他不回家吃晚饭了。后来，他连晚上都不回来了。他说，实在太忙，不赶回来了。后来又说，想一个人静静。

她沉默，就像他每次说不回家吃饭时一样，绵长而细密的沉默，那重量使他感到压迫，但是不敢挂电话。最后，她说："这样吧，你要回来吃饭就打电话。"

他想，这等于说，如果不打电话，她就不会做好他的饭，还有那罐汤，等他回去了。那是他的家，但是从现在起，没有他的饭了，没有人等他了。他有点失落，但是马上感到了巨大的轻松。这——太好了。她当然会有看法，也会生气，会伤心，但是以她的性格，不可能会主动挑破、发作出来。这些年来，他一直觉得自己选对了人结婚，现在又一次这样觉得。在爱上别人之后这样想，也许有点荒谬，但是他就是这样觉得。

他不喜欢租房子，他说哪怕只住三个月，我也要住在自己的房子里，我不住别人的地方。嘟嘟欣赏地看他，说："我也是，我也是。"他就说要买一套房子，全装修的，带全套家具和电器的。"只要带上牙刷就可以住进去。"他愉快地说。嘟嘟却不要，她说那种房子没有风格，她不喜欢。最后她让他住到她那里去。

嘟嘟一个人住着两房一厅，是父母给她买的，装修是她自己来的，是很现代的简约风格，但是却比华丽更费钱的那种。全套北欧风情家具加全进口洁具，一色的白，卧室里连地毯都是白的，这不是这个年龄应该有的气派。看来她父母确实把她宠坏了。

嘟嘟为了欢迎他，给他买了名牌的浴袍和拖鞋，他没有听说过，只记得她说那是某个国家皇室用的牌子，她喜欢这个牌子，她说皮肤感觉到的奢华比眼睛看到的更真实。但是没有睡衣，她说他不需要。真的，一旦上床，他们都不再需要衣服。

新鲜的爱情，新鲜的疯狂，新鲜的住处，新鲜的气氛，好像连他自己都成了新的。几个月的时间过得像飞一样。

也有问题。问题是出乎意料的小问题：他们还是会肚子饿。

他是半个公众人物，不能到外面吃饭。嘟嘟一个人出去买肯德基，他倒是可以接受，只是觉得好笑，说："我儿子最喜欢吃。"嘟嘟就变了脸，拒绝再买了。

只好叫外卖，从茶餐厅的简餐到永和豆浆，从日式套餐到避风塘，从比萨到意大利通心粉，他们都叫了个遍，外卖没有汤，他们有时喝罐装的乌龙茶，更多的时候喝可乐。

慢慢地，吃饭成了个苦差事。因为难吃，而且他必须掩饰他对这些食物的难以下咽。真潦草啊，有的硬邦邦的，有的干巴巴的，有的木渣渣的。他思念一碗香香柔柔有弹性的米饭，更思念一碗热热润润让味觉苏醒的汤，冰凉的饮料怎么能代替汤？和他以前吃的晚餐相比，这些简直是垃圾。

但是他不敢说。只要他一流露出不满，嘟嘟就会生气——那我们出去吃啊，什么好吃的都有！我也不喜欢吃这些！还不是因为你！或者说——我知道，你又在怀念你过去的生活了！你是不是后悔了？后悔了就明说嘛！

每次他都要冒险出去请她吃一顿饭才能平息。

吃饭成了他们的一个心病。甚至下了班在往那个甜蜜的小巢走的时候，他就在犯愁，要不要自己先到哪里吃一点东西？不然等一下进了门就是一通昏天黑地的亲热，然后吃点吃不饱的东西，半夜又要饿醒。

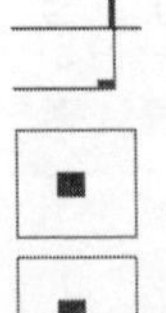

按照现在流行的划分，嘟嘟在这个城市里应该算个真正的"小资"了。说她真正，是因为她小资得天经地义，而且不是为了在人前装样，她不欺暗室，别人看不见的地方更下功夫。他从来不知道一个女人可以为了享受，这样认真把钱不当钱，这样一丝不苟。她的内衣比外衣更贵，她基本上不化妆，但是她的保养品一套都是她一个月的工资，而且用了觉得不好就被丢在一边。

她说：“用名牌有什么？把过期的名牌化妆品丢掉，那种感觉才算奢侈，我喜欢！”

她也解释为什么这样：“我要让自己眼睛看的、耳朵听的、皮肤接触的都是好东西，这样气质才会好。”

嘟嘟有两个爱好，一是健身，一是读村上春树。她不但有村上春树的所有作品，而且每种都不止一本，有各种版本，他怀疑只要国内有的她都买齐了。甚至还有日文原版的，虽然她不懂日语。“我可以学啊！”她唱歌般地说。只要有空，她就会随手拿起一本村上春树，随便翻到哪一页，开始看。看着看着，她的眉头就会微微蹙起来，光洁的脸似乎突然长了几岁。书架上、沙发上、床头，甚至洗手间的梳妆台上，都放着村上春树，有的合着，有的打开封面封底朝下趴着。

他看过几次，但是都看不下去，好像是一些莫名其妙的生活片段、稀奇古怪的梦和幻境，不知道在说什么，也不知道想说什么。这么乱哄哄的，真奇怪，嘟嘟在里面看到了什么呢？是什么吸引了她？他没有问，怕她根本不解释，反而笑他落伍。嘟嘟太年轻了，她的年轻使她的一切都有一种理直气壮，这一点让他感到可爱，也有点怯意。

没想到有一天，他一走进门，就看到嘟嘟因为兴奋而泛着粉红的脸。“今天有好东西吃！我给你做！”他望着她，好像她突然在说英语，虽然他能听懂，但是一时反应不过来。她又说了一遍，他才相信自己的耳朵。这真是好消息，他能听到的最好的消息。

他跟着嘟嘟走进厨房。眼前的厨房一扫往日的清寂，热闹得像个小型超市。工作台上放着两块硕大的案板，崭新的，上面搁着两把刀，一把黑黝黝的切菜刀和一把雪亮而窄长的、带着锯齿的刀，旁边还有红的火腿、绿的黄瓜、嫩黄的奶酪，一大袋蔬菜，还有一个长面包，还有五颜六色的罐头，瓶里袋里的各种调料。这是个地震后的小型超市，一切都显得有点凌乱，嘟嘟的头发上也沾了一抹可疑的黄色膏体物质，但是也显出了热诚，心无城府、掏心掏肺的那一种。

他感动地表示要帮忙，嘟嘟坚决拒绝了，要他到厅里休息，看看报纸。她把他推到沙发上，把报纸递到他手里，甚至给他沏了一杯茶。他看了一下，居然是龙井，她笑着说："刚买的。茶庄的人说是新茶。"然后她就像一个贤惠的妻子那样进了厨房。

嘟嘟终于忙完了，让他坐到餐桌边。他急切地过去，看到了餐桌上的东西。每人一碟三明治，切成小块的，一摞一摞的几摞，旁边点缀了嫩玉米芯和炸薯条。中间是一大盘红红的、一片混沌的东西，仔细看可以辨认出里面有腊肠一类的东西。唯一熟悉的东西是啤酒，麒麟一番榨。

嘟嘟说："怎么样？"他说："看上去很漂亮。"他决定先从容易接受的开始，就自己倒上啤酒，开始喝。嘟嘟一边解着身上的围裙，一边兴致勃勃地说："这不是一般的东西，这可是村上春树餐啊。"

"什么？"他赶快把一口啤酒咽下去，问。

"村上春树的小说里写到的美食很多，日本就成立了一个村上春树美食书友会，根据他书里的描写，编了一本村上春树食谱，让大家分享。我今天就是按照这本食谱做的。好玩吧？没想到吧？"

原来是这样。他拿起一摞三明治。"这是什么三明治？"

"黄瓜火腿奶酪三明治。《世界末日与冷酷异境》里生物学家的孙女做的。这个做起来很麻烦，生菜叶子要用凉水泡，吃起来才脆。面包片上要先涂上厚厚的黄油，不然蔬菜里的水分容易把面包泡软。最后也是我自己切的，特地买了一把刀，切得很整齐吧？"

他吃了一口，为了躲避作出评价，就指着那盘红红糊糊的东西说："这是什么？"

"番茄泥炖斯特拉斯堡香肠。我买不到斯特拉斯堡香肠，还好书里注明原味维也纳香肠也可以，就用了维也纳香肠。主料是西红柿丁和维也纳香肠，调料是大蒜、洋葱、胡萝卜、芹菜、橄榄油、月桂油、百里香、花薄荷、罗勒、番茄酱、盐、胡椒、糖，我数过了，一共十三种。本来想做蘑菇煎蛋卷，但是那是《挪威的森林》里的，早期作品，风格不一样，所以做了这个，这也是《世界末日与冷酷异境》里的，就是世界末日当天，他和图书馆女孩过了一夜，在她家做的早餐。"

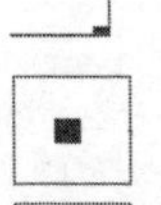

他心里涌起了爱怜，但是仍然没有动，倒是嘟嘟，把一条香肠用餐刀切成几段，用叉子叉起一段，送进嘴里。"哎呀，太棒了！另类！浓烈！

丰富！绝对村上春树！”她吃着，又喝啤酒，渐渐地眼里泛起了迷蒙，又说了一些“真是忧郁世界的美味情怀”“对于挥别人生而言似乎是个不错的一天”之类的话，他知道，她已经进入了村上春树的世界，正在里面扮演一个角色，这些都是台词了。

他也做出毫不迟疑的样子吃了起来。这么难看的东西，居然不是非常难吃。但是想到居然要花上那么长的时间，动用那么夸张的阵势，那么多的调料，他还是觉得有点可笑。这就叫用最村上的方式享受生活？那么这个人的品位真成问题。不过这么出名的作家，应该不会这么粗糙。慢着，这个叫村上春树的人，会不会故意戏弄这些崇拜他的人呢？这样想，又马上觉得有点对不起嘟嘟，于是努力往嘴里塞进一摞三明治，马马虎虎地嚼几下，急忙用啤酒把它冲下去，感觉好像自己正坐在某架国内航班的经济舱里。

什么玩意儿呀，就是夹馅面包片，怎么看都是简单对付肚子的东西，好吃？见鬼吧。搬出川端康成来也没用。看看中国的小说家，看看《红楼梦》，里面写的好吃好喝的，那才叫美食，那才叫见识！可是这些他都没有说，因为嘟嘟忙了半天，他不能让她伤心。何况说了她多半也不懂。

吃完这顿难忘的村上春树餐，他最后说了一句：“以后不要这么麻烦了。在家里吃越简单越舒服。”

“今天这样不是很舒服吗？”嘟嘟奇怪地反问。

他把嘟嘟的手抓起来，轻轻爱抚着说：“不是这样的。真的会做的人，就是一碗白水青菜汤，吃起来就够好了。”他说完这句话，看到嘟嘟脸上的月亮被云遮住了，他立即知道，自己说了一句不该说的话。

他们都不愿意想起一个人，一个女人。但她总是在最不经意的时候出现。就像一个狡猾的债主，从来不会拦在大路中间，让你可以放心地开车回家，回到家门口，也不会看到有人气势汹汹地站在那里。于是你松了一口气，走进房间，打开灯，却猛然一惊，角落里赫然站着一个人，正是躲也躲不掉的那一个。

她听见门铃响的时候，有一秒钟以为是他回来了。但是她马上知道不是。先从猫眼上往外看了看，果然不是。是一个女人。

她打开了门，一个年轻女孩出现在她面前，有着紧绷的脸颊和鲜嫩的皮肤的女孩。她用微笑的眼神发问，这个女孩子说：“叫我嘟嘟吧，我是你丈夫的朋友。”

她立即明白了，明白了这个女孩是谁。她打开门，请她进来。像一个有礼貌的女人对待丈夫的朋友那样。嘟嘟想从她脸上寻找一点情绪的流露，没有找到。

她让嘟嘟参观了他们的家，但是没有让她看卧室。然后她们坐了下来，喝着茶，一时都找不到话题。嘟嘟说："谢谢你接待我。其实我今天来，一是想看看你是什么样子的，另外就是想吃你做的饭。"看到她脸上的惊讶，嘟嘟急忙解释："我总听他夸你是个高手，最简单的菜都能做得最好吃，真的很好奇。"

她似乎有点为难，想了一下，说："那，你就在这里吃一点便饭好了。"

嘟嘟像一个真正的客人那样，坐在餐桌边等。看着女主人端上来一碗饭，两个小碟，然后是一个瓦罐。她惊讶地睁大眼睛——就这些？女主人给她盛了一碗汤，一边说："平时我们吃饭，也就是这样。他总是自己盛汤，脾气急。"

嘟嘟一边听，一边看她的手势表情，又注意汤的内容，简直忙不过来。但是她还是发现女主人没有碗筷，就问："你不吃吗？"她的语气，好像她是主人。

女主人摇了摇头。嘟嘟不知道是她不想吃，还是不愿意和她一起吃，就不敢再说什么了。

她喝了一口汤。她不假思索地"哇——"了一声。然后她难以置信地看看女主人。"这就是白水青菜汤？"

女主人说："他这么叫。"

"你能告诉我怎么做的吗？"嘟嘟一脸恳切，好像她正在上烹调课，面对着给她上课的老师那样。

女主人停了一下，好像微微地叹了一口气。然后说："要准备很多东西。上好的排骨，金华火腿，苏北草鸡，太湖活虾，莫干山的笋，蛤蜊，蘑菇，有螃蟹的时候加上一只阳澄湖的螃蟹，一切二，这些东西统统放进瓦罐，用慢火炖三四个钟头，水一次加足，不要放盐，不要放任何调料。"

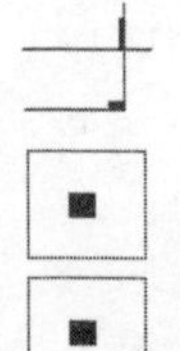

嘟嘟难以置信地看看面前的瓦罐，排骨？火腿？虾？还有那么多东西，哪里有它们的影子啊。

女主人自顾自慢慢地说：“好了以后，把那些东西都捞出去，一点碎屑都不要留。等到要吃了，再把豆腐和青菜放下去。这些东西顺便能把油吸掉。”

嘟嘟倒吸了一口冷气。这就是所谓的白水青菜汤？白水？这个女人的心有多深啊。那个男人说的是什么胡话？他每天享用着这样的东西，却认为是非常容易非常简单就可以做出来的，他真是完全不懂自己的妻子。就在这一瞬间，嘟嘟深深地明白了眼前的这个女人，也明白了世界上，爱情和爱情之间有多大的不同。

“你每天都要弄这样一罐汤吗？”

“是啊。早上起来就去买菜，然后上午慢慢准备，下午慢慢炖，反正他总是回来得晚，来得及的。”

“那今天你怎么也准备了呢？他不是……”

“你是说他没有回来吃晚饭吧？是啊，都半年了，不过我还是每天这样准备，说不定哪天他突然回来吃呢？再说我都习惯了，守着一罐汤，也有点事情做。”

嘟嘟整个人待在那里。半天，才说：“你真了不起。”

女主人愣了一下，然后失神地、轻轻地说：“他整天那么辛苦，能让他多喝一口汤也好啊。”她好像在自言自语，完全忘记了眼前还有一个人。

嘟嘟突然说：“你今天都告诉了我，你不怕我学会了，他永远不回来吗？”

女主人回过神来，看了嘟嘟一眼，笑了。那笑容，好像在说，他不是已经不回来了吗？又好像在说，他怎么会不回来呢？好像在责备：你这样说是不是有点过分啊？又好像在宽容，因为这问题本身很可笑。

这样笑完了以后，女主人轻轻地问：“你能这样为他做吗？”

嘟嘟偏着头，认真地想了想，说：“我也可以的，但是不必了。”她说完，就站起来走了，走到门口，她站住，回头一笑，说：“我不是你。”

她走得就像她来时那样突然，毫无征兆。

又过去了一个月。傍晚，女人照例在厨房里，汤罐在煤气灶上微微冒着热气。女人的目光穿过后阳台，往外看，好像看着楼下的草坪，又好像看着一个不确定的地方。

门铃响。她应着“来了”，过去开门。她刚刚发现家里的米快没有了，就到那家固定的米行买了一袋米，还是那个牌子的东北大米，完全绿色无公害的，价钱比普通的新米贵了五六倍。这是米行的伙计给她送米来了。

她打开门，却发现是他。她愣了一下，一句话脱口而出："怎么？忘了带钥匙？"

他回答："是啊。"

她马上回到了厨房，丢下他一个人。他不知道她这样算是什么意思，有点想跟进去，又觉得不妥，一时有些浑身长刺的感觉。过了一会儿，她在厨房里说："等一下米行的人会送米来，你接一下。"

他说："哦。"

"还是那种米。"

"我知道。"他说。

米行的人来了，他接下来人手里的米袋，随口问道："钱付了吗？"伙计说："付了付了，太太每次都先付的！"

他用双手握住米袋的两角，把它提进厨房。她说："放这里。"他就放下了，同时感到如释重负。

这时他确定自己可以坐到餐桌边等了。他就坐到了餐桌边。

她好像看见他坐下来了，就说："洗手去。"

他洗了手，坐在餐桌边时，她端着一个大托盘过来了。他想，家里还是有改进，她不再分几次跑了。托盘放到桌上，里面有两碗饭，两碟菜：一个是虾仁豆腐，一个是番茄炒蛋。一个小瓦罐。这是他思念的，忍不住马上打开盖子看了一眼，说："我先喝汤。"

他从瓦罐里把汤舀了小半碗。还是有绿有白有红，还是清清的汤色，不见油花。他急忙喝了一口，就那么一口，他脸色就变了。像被人从温暖的被窝里一下子揪出来，又惊又气，又希望一下子挣醒，发现是梦，好瘫回到温暖的被子里。

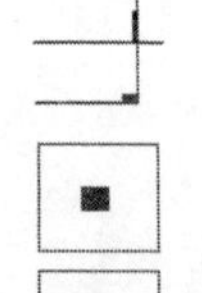

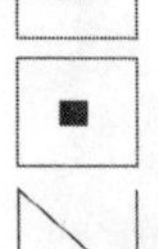

"这是什么汤？"他不敢吐出来，挣扎着把嘴里的一口汤咽下去，急急地问。

"白水青菜汤啊。"

"怎么这么难喝？以前的汤不是这样的！"他委屈地抗议。

她尝了一口，然后说：“白水青菜，就是这样的。你要它什么味道？”

他放下调羹，审视她。她不看他，脸上没有任何波动。她还是那么喜欢吃饭，但是现在不像过去，好像没有菜也吃得下去的样子，她把虾仁豆腐和番茄炒蛋都舀了一下，和饭拌在一起，自顾自吃起来，吃得很香。他干脆不吃了，点起了一支烟。过去在她面前他是不抽烟的。但是现在，这些好像无所谓了。她连看都没有看一眼。

吃完最后一口，她把所有的碗碟都收回托盘里，然后正视着他，说：“我们家以后可能要雇一个钟点工，我找到工作了，家里这么多事。”

他吃了一惊。“工作？什么工作？”

“到烹饪学校上课。”

“你？当烹饪老师？”

“你忘了，我本来就是老师。烹饪考级我也通过了。”她说。

刚才那口难喝的汤好像又翻腾起来，他脱口而出：“这么大的事，也不跟我商量。你现在怎么这样了？”话一出口，他就后悔了。他不该这样说。理亏的人是他自己，是他对不起她，不管她做什么他都失去了质问的权利。而且这些日子，他几乎不回家，让她到哪里找他商量呢？他现在这样说，只会给她一个狠狠反击的机会，反击得他体无完肤。

但是，她没有反击，她甚至没有说什么。她只是看了他一眼。这一眼，让他真正开始感到自己的愚蠢。那目光很清澈，但又幽深迷离，好像漆黑的夜里，四下无人的废园子中井口蹿出来的白气，让人感到寒意。

原载《作家》2004年第2期

点评

小说的主题是婚外情，却毫无吵闹分手、仇恨决裂的火药味，整个基调就如同小说的题目一样，“白水青菜”，干净透彻，波澜不惊。他对幸福家庭生活的回味，似乎全都沉浸于妻子每晚为他熬制的那一碗白水青菜汤中。作者花了相当的笔墨，细致描绘了他对那碗汤的喜爱与钟情，而对于他与嘟嘟的婚外情生活，也几乎是围绕着他的味蕾而展开。于是，才会有嘟嘟对他妻子的那次出其不意又好像合乎逻辑的造访，目的只在于亲口品尝一下她曾经每晚为他烹饪的那碗始终令他念念不忘的白水青菜汤。只可惜，他以为简单质朴的一碗汤，实则凝聚了妻子那么多精力和心血，耗费了那么多表面看来不着痕迹的精品原材料。也正是这一碗纯净鲜美的汤，将妻子浓厚深沉的爱与第三者的情感区分开来。与此同时，这样的汤也是除尽了激情和浮躁后沉淀下来的平淡而温情的夫妻日常生活状态的浓缩写照。妻子对他，甚至对突如其来的第三者，一直保持着鲜有的克制和冷静。虽然她对一切都心知肚明，也以变味了的汤和重新找工作等一反常态的改变，对丈夫做出了无言的反抗，但她最后看向丈夫那“幽深迷离”的目光中依然难掩一个家庭破碎的女人内心的寒彻与绝望。小说一改此类题材的惯有模式和成熟套路，从一个生活的细节入手设置故事情节，避开了紧张的矛盾冲突，文本肌理间让人触手可及的人心冷暖变化，也将小说的意蕴推向了深层。

（方奕）

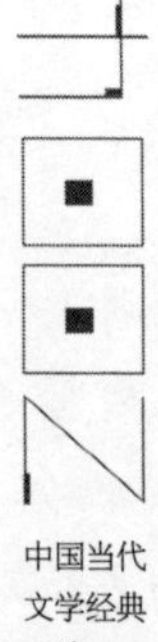

爱情诗

金仁顺

1

安次和赵莲第一次见面的晚上喝了太多的酒，很多细节在事后变得无法确认了。他怀疑那一夜的诸多美妙情感是被酒精渲染出来的。所以，他宁可把第二次见赵莲，当成他们之间真正的开始。

那天他接到一个陌生女人打来的电话，她说我是赵莲，遇到一点儿麻烦，请你帮帮我。

“哪个赵莲？”他眼睛盯着电视，心里这么嘀咕着，一不留神，话就脱口而出了。

“我是……洞天府的赵莲。”电话里的声音变得低沉了。

安次一下子想起来了。

“对不起啊，对不起，光记着你是洞天府的‘第一美女’，忘了你的名字了。”

赵莲短短地笑了一声。

2

两个星期前，安次的哥哥安首在洞天府请客。洞天府的老板是安首的哥们儿，安首订包房时，嘱咐了老板一句：“给我挑个漂亮机灵的服务员，上次那个说一句她动一动，油瓶子倒了都不知道扶。”

洞天府老板是个笑面虎：“我把我们酒店的第一美女给你派过去。到时候你别忘了给小费。”

赵莲就是那个“第一美女”。她平时不端盘子，站在酒店门口迎宾，这天晚上临时被老板抽调过来，身上还穿着宝蓝色丝绸旗袍，头发拢在脑后盘成发髻。打眼一看，“第一美女”虽然言过其实，但她肤色白净，唇红齿白，加上身段婀娜，拧着腰肢那么一走，当真是步姿撩人。

赵莲知道这桌客人跟老板的关系非同寻常，也知道自己赏心悦目，笑容格外甜美，动作很有表演性，十分殷勤地给客人们添酒倒茶。酒桌上气氛融洽，六个人先喝了三瓶五粮液，又喝了十瓶啤酒。

正经事儿谈得差不多了，安首讲了几个段子活跃气氛。一桌子男人笑得东倒西歪的，有人斜睨着赵莲说：“安老板得注意影响啊，这里还有女生呢。”

“这才哪儿到哪儿啊，比这邪乎的她们听得多了。”安首回头看了一眼赵莲，问，“是不是啊？”

赵莲笑而不答。

“现在的女人喝酒比男人厉害，讲段子也比男人厉害。”

安首怂恿赵莲讲段子：“我给你小费，一个段子一百。怎么样？”

“我不会讲。”赵莲借口取果盘，红着脸出去了。

“装什么纯情玉女。”有人盯着赵莲的背影说。

“喝酒喝酒喝酒，”安首把杯子举起来，“喝完酒我带你们去看纯情玉女秀。”

大家笑起来。

吃完水果，安首带着客人先走了。安次留下来买单。包房里一下子冷清下来，有了股空旷的意味儿。满桌子残酒剩菜，散发出让人颓丧的气息。赵莲拿着账单去前台结账，出门前打开了几扇窗子，安次的头晕乎乎的，坐在窗边的椅子上透气，冷风一吹，胃里的酒翻转、扭曲起来，顺着食道直往上蹿。

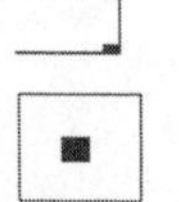

安次捂着嘴出门时，赵莲拿着单子刚回来，他顾不上跟她说话，径直冲到洗手间去吐。吐完了，胸口爽快了不少，又用冷水漱了口，洗了脸，这才回到包房。

包房里已经收拾过了，连桌布也换了新的，赵莲给安次沏了一壶新茶，让他醒醒酒。

“外面下雨了。”

他们就着这壶新茶，聊了一个多小时。多半是安次问，赵莲答。赵莲今年二十，是家里的独生女儿，考大学那几天生了病，没考上，也不想再给家里增加负担了，正好看见“洞天府”招工，就到这里来了。

“家里没什么靠山，就算考上大学了，找工作也很费劲儿。”赵莲微微地笑着，仿佛在说一件很简单的事情。

安次想起自己二十岁的时候，正在大学读书，狂热地迷恋着朦胧诗。那时候朦胧诗在年轻人心目中的地位相当于现在的摇滚乐。安次的情绪不知不觉地有些激动，望着外面，雨还在下，凉湿的空气扑面而来，他给赵莲背了一段北岛的诗：

即使明天早上，
枪口和血淋淋的太阳，
让我交出自由、青春和笔。
我也决不会交出这个夜晚，
我决不会交出你。

赵莲的眼睛闪着光。安次在她的眼睛里面看见自己挥舞着手臂的形象。“那个时候女生也和我们一样，把诗歌当成生命中最神圣的东西，比化妆品，比衣服鞋子之类的重要得多，甚至比谈恋爱都重要，她们和我们一样整天骑着破自行车——不能骑好车，好车老是丢，大学校园里净是小偷——参加演讲比赛，诗歌讨论会，偶尔看一场舞台剧。”

安次离开洞天府时，往赵莲手里塞了两百块钱小费，还给她留了一张名片：“有什么需要帮忙的，给我打电话。”

赵莲拿着安次的名片，“咦”了一声。

“怎么了？”安次问。

赵莲笑了：“你手机后面的四位刚好是我的生日。”

“是吗？”安次也笑了，“看来，我们是有缘人啊。”

3

安次临出门时看了一眼表，十一点多一点儿，路倒不远，开车十多分钟就到了。

赵莲站在路边等着，仍然穿着旗袍，不过这一件是月白色的，被车灯一闪，波光粼粼的，好像把一层水穿在了身上。

安次心里暗暗惊奇，同样的衣服，在酒楼里穿，是地地道道的服务员，到了外面，摇身一变成了电视剧里面的姨太太。

车停下来以后，赵莲先跟他要了一块钱，跑到附近的杂货店里给人送去，然后才上车。她显然哭过了，眼皮有些红肿，怕冷似的交叉胳膊抱紧自己。

“怎么了？”

赵莲不说话。

安次把车灯关掉，两个人在黑暗里坐了一会儿。

“出什么事儿了？”

赵莲不说话，嘤嘤哭了起来。

安次在家看了一天影碟，几乎没吃什么东西，这会儿赵莲压低的抽泣声进入他的胃里，变成了猫爪子，一下一下地抓挠着他的胃壁。他回想她在电话里的声音，已经很不对劲儿了，难怪他没听出她是谁来。

赵莲哭了一会儿就不哭了，但还是不说话。对面开过来的车灯一晃，她被泪水打湿的脸颊上反着光。

安次想了想，开车把赵莲带到常去的一家咖啡馆，给她要了一杯“卡布奇诺”，还要了点儿吃的东西。

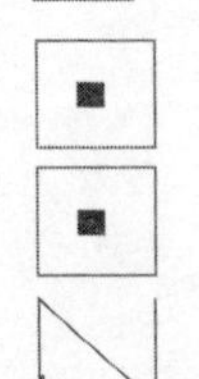

赵莲两手捧着杯子，把咖啡和奶油一小口一小口喝完，才开口说话。

晚上老板带朋友来吃饭，吃完饭约她和另外一个迎宾的女服务员出去喝咖啡。那时候几乎没有客人登门了，她们也闲了下来。赵莲出门后发现老板带着另外那个服务员开车先走了，他的朋友在等着她。他喝了酒，车开得飞快，一口气开到了城郊的树林里。他劝她别干服务员了，让她以后跟着他，他给她买房买车，买钻石买手机。除了婚姻，他什么都能满足她，就是婚姻，也不是绝对不行，只不过是眼下不行。他一边说一边动手动脚，把她吓得半死，好容易挣开他跑出车去，但旗袍绊腿，没跑多远又让他抓回了车里，幸亏她死命地抗拒，最坏的事情总算没有发生。两个人折腾了好几个小时，他的酒慢慢地醒了，态度温和了不少，但意思还是原来的意思，劝她跟了他，她要是跟了他，想什么有什么。赵莲担心无法脱身，也假装对他的提议有兴趣，但强调说她不是随便的女孩子，轻易就和男人如何如何，她让他给她点儿时间考虑。老板的朋友同意了，他们开车回城，中间他停车去买烟，她趁机下车躲了起来，他买完烟回来，见她不在车里，在四周找了找，就开车走了。她这才跑出来，找到那家可以打电话的杂货店，她身上没带钱，没法儿打车，而且时间也太晚了，洞天府这会儿可能已经关门了。她这才给安次打电话。

“你说过你会帮我忙的。”

“我会帮你的。”安次松了一口气。赵莲讲完了，他也像喝多了酒刚刚吐完，虽然有些别扭，但轻松了不少，“吃完饭，你想去哪儿？”

赵莲看了他一眼，没说话。

“先吃点儿东西吧。”安次把盘子往她面前推推，自己点上了一支烟，“实在没地方去就跟我走。”

赵莲吃了几口东西就不吃了，安次把烟揿在烟缸里，招手叫服务员过来买单。

“我们去哪儿？”赵莲问。

“郊区树林。”安次笑着说。

赵莲嗔怒地瞪了他一眼，笑了。

4

安次带着赵莲到了圣湖酒店，酒店的装修工程是安首承包的，还有一部分余款没结，他们兄弟在这里开房打对折不说，还可以签单。服务员早都跟他们熟悉了，安先生长安先生短的，一边拿眼睛瞟站在他身后的赵莲。

“你经常带女孩子来这里吧？”进了电梯赵莲问。

“你呢？”安次反问她，“你是第几次跟男人到酒店来？”

赵莲的脸色一下子变了，别转过身子，垂下眼睛盯着自己的脚。

电梯到了楼层，安次先走出去，回头一看，赵莲留在电梯里不动。

“生气了？”安次又走回去，电梯门在他身后关上了。他按了一下按钮，笑着跟赵莲说，“我跟你开玩笑的。”

赵莲幽幽地瞪了他一眼，电梯门又打开，她这才跟着他走出来。

酒店是四星级，房间很舒服。浴室是特别设计的，有平常酒店浴室的两个大。里面既有淋浴间，也有浴缸。

“洗个澡吧，要不然浪费了。”安次推开浴室门，指给赵莲看了看。又指了指她身后的衣橱，“里面有浴衣，都是消过毒的。”

赵莲没说话。

“你放心。我既然没把你带到郊区树林里，就不会干那些在树林里干的事儿。”安次在窗前的沙发上坐下，“当然，你想洗就洗，不想洗也别勉强。”

赵莲犹豫了一下，在写字台前面的椅子上坐下了。

“我不想洗。”

“那我洗一洗，你不介意吧？”安次问。

赵莲又犹豫了一下，摇摇头。

“这儿有零食，冰箱里有饮料。你自己随便。”安次拿了一件浴衣进了浴室。水很热，他的思想和身体却都是冷静的。在洞天府的那个夜晚，安次对赵莲产生的亲近感越来越遥远，几乎变成了某种想象。而眼下这个坐在房间里的赵莲才是真实的，她的身材好像比那个夜晚丰满一些，尖下巴也不知怎的变圆了，还有她说话的声音，她的眼神儿，全都变得不是那么回事儿了。最最重要的是，安次觉得她变脏了——在他的感觉里，那个男人的抚摸还停留在她身上，宛若皮肤病让人心生憎恶——她不是那个雨夜里双手放在腿上、目光熠熠地听他读诗的赵莲了。

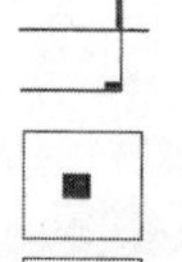

安次洗完澡套上内裤，然后才把浴衣穿上。

赵莲坐在沙发上，望着他。

“你想喝东西吗？”

赵莲摇摇头。

他从冰箱里取出一听啤酒打开，挑了个离她最远的位置在床边坐下了。

“你困不困？想睡觉吗？”

赵莲摇摇头。

“要不……”安次喝了口酒，看着赵莲，“你一个人在这儿睡吧，我下楼跟服务员说一声，直接把账结了。”

“不用，”赵莲赶忙说，“我并不害怕你。你要是走了，没准儿我倒会害怕的。”

好像为了证明自己的话似的，她也洗了个澡。但她没穿浴衣，又把旗袍穿回身上从浴室里出来，两手用毛巾吸着头发里的水。

安次跟她随便聊了几句，他半睡半醒的，只知道自己在说话，却不知道究竟说了些什么。房间里所有的灯都开着，明晃晃的，让人睡不踏实。安次在迷迷糊糊中，知道赵莲也在另一张床上躺下了，她好像睡不着，翻过来翻过去的。

早晨起床洗漱后，安次带着赵莲下楼吃早餐。赵莲没睡好，眼睛下面发黑，昨天哭肿的眼睛倒是恢复原状了。她长了一对桃花眼，天生就擅长左顾右盼，她和安次同时注意到两个外国男人的目光围着她和她身上的旗袍转。

“你这么秀色可餐，也难怪一大堆男人要围着你流口水了。”安次端着盘子坐到赵莲的对面。

“什么流口水，说得那么恶心……”赵莲笑容明媚。

5

“你在干吗？”

和赵莲在酒店分手后，她不停地给安次打电话，一共八个。安次在心里数着。没什么要紧事儿，她说她站在门口迎宾，偶尔到吧台里面坐坐，打电话很方便。

“你不专心接客，当心老板骂你。”

“你才接客呢，”赵莲啐了一声，“讨厌。”

安次笑起来。

“我还当你是正人君子呢，没想到你这么坏。”

“你千万别把我当正人君子，我既不是正人君子，也不想当正人君子。”

“你就是。”赵莲加重了语气强调，“你嘴硬也没用。”

“女人要是跟男人说，他是个正人君子，那意思就等于是让这个男人滚远点儿。”晚上安次开车把赵莲接出来，到前一天去过的咖啡馆喝咖啡。

赵莲显然没想到这个，愣住了。她甚至没顾上挑他的语病，她不是“女人”，是“女孩子”。

“所以我说我不是。”

安次笑，赵莲也跟着笑了。

“你确实不是。”

服务员送咖啡过来，托盘上面还有果盘、炸薯条，以及腰果杏仁儿之类的东西，把他们中间的小桌子摆得满满的。昨天安次给赵莲点了一杯“卡布奇诺”，她竟然记住了，今天小姐问他们喝点儿什么，“卡布奇诺”四个字从她嘴里脱口而出。

赵莲穿着一件宝蓝色旗袍，安次第一次见她时她穿的那件。她的旗袍在临近午夜的咖啡馆里也颇引人注目。坐在其他男人身边的那些女孩子大多属于染发，穿吊带衫，趿拉着拖鞋，手指间夹着细长的女士烟那一类。相形之下，拘谨的赵莲显出一股古典美女的味道。

但很快，她会变得和她们一样。安次看着赵莲想。傍在男人身边，染发，穿吊带衫，抽烟，眼神儿变得迷蒙。

“那个想包你的男人是谁啊？我认识吗？”

“你干吗问这个？”赵莲的神情一下子变得不自然了。

“反正闲着也是闲着。下次我去吃饭要是碰上了，你告诉我一声。”

“我可不想再见他。”赵莲断然拒绝。

“你不想见他，他可能想见你呢。”

“想见我也没用，我会当他是透明的人。”

“……你整天站在门口，很多男人追你吧？”

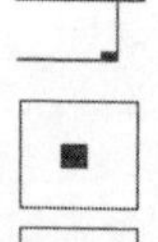

“多少算很多？”

“一百个？”

“哪有？”赵莲笑了，“我才来了一个多月。”

喝完咖啡安次把赵莲送回员工宿舍。以后的几天也是一样。他偶尔和她开开略嫌过火的玩笑，但连手指尖儿也没碰过她一下。他带她去过一次酒吧，刚走进去就后悔了。里面吵得要命，赵莲跟他说话时，嘴唇都快要贴到他的耳朵上面了，他很快招来侍应买单，带她离开了。在酒店中午和下午之间的休息时间，他带赵莲出去逛过几次街，给她买了一些衣服鞋子，还送了她一个手机。他们买完手机从商场的扶梯上下来时，赵莲挽住了他的手臂。商场里冷气开得很足，她的胳膊又滑又凉，他假装没注意到这个细节，用另一只手从兜里掏出电话来放到耳边："哪位？"

是安首的电话。安次通完话，看了赵莲一眼："今天晚上我哥在你们那儿请客。"

赵莲的胳膊紧了一下："你也来吗？"

"……我还有点儿别的事儿，看情况吧。"

"你把别的事情推掉嘛。"

安次没往赵莲脸上看，在心里玩味着她撒娇的语调，有点儿好笑地想：她现在是不是以为她是我的什么人呢？

安次在家煮面时，赵莲给他打电话问他在哪儿。他说在外面陪客户呢。赵莲的声音有些委屈："你哥带人来了，让我在包房里侍候。"

"可能是你上次表现得太好了，他才跟你们老板特别要求的。"

"……我可是看在你的面子上才去的哦。"赵莲把电话挂了。

6

安次吃完面，第二个影碟看到一半时，又接到赵莲的电话："你赶快过来，快点儿。"

电话挂断了，安次犹豫了一下，他不想让赵莲养成随便撒娇的习惯，把电话放到一边，接着看影碟。

差不多过了一刻钟，赵莲又打电话过来，声音里带着哭腔："你怎么还不过来啊？你快点儿过来啊。立刻就过来。"

安次关了影碟机，出门开车直奔洞天府。

"赵莲在哪儿？"他问门口的迎宾小姐。

"紫竹。二楼。"

安次上了二楼，一路看着包房门上的门牌，"红蔷""碧丝""墨菊"，一直走到最里面，才发现"紫竹"两个字。他敲了敲门，里面没人应。他侧耳听了听，里面明明有声音，他又敲了敲门。

有人朝门口走过来，一下子把门打开。

“……你怎么来了？”安首喝了不少酒，酒气扑面而来。

“客人……走了？”安次往包房里面看了一眼。

“啊……今天散得早。”安首笑笑，回头看看赵莲，“我正跟美女说别的事儿呢。”

“你怎么才来？”赵莲出现在安首身后，哭得脸像刚洗过似的。

安次觉得有个无形的拳头狠打了一下自己心口。

安首的脸色也变得难看了。

安次清了清嗓子：“哥……”

“她刚才的电话是打给你的？”安首冷冷地问。

“我不知道是你……”

安首从兜里摸出烟来，弹出一根，用嘴叼住。安次摸出打火机给他点着。

“现在你知道了。”安首吐了口烟，说道。

安次看了赵莲一眼，转身想走。

“我下午本来要告诉你的，但是……我以为你晚上能和他们一起来吃饭呢。”赵莲哭哭啼啼地拉住安次的手臂。

安次回过头，盯着从安首嘴里吐出来的烟雾，他觉得自己的话也像烟雾一样，轻飘飘地朝安首游荡过去：“哥，今天的事儿，就算了吧。”

安首没说话。

“哥……”

“什么算不算了的，压根儿就没什么事儿。”安首笑了，看着赵莲，“看不出你还挺有手段的，居然把我弟弟搬来了。”

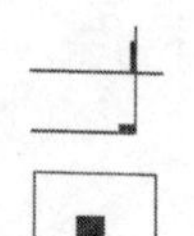

7

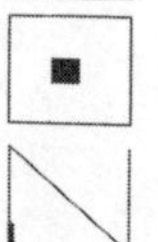

安次和赵莲谁也不说话，听着走廊里安首的脚步声由重到轻，直至消失。

“有好几次我都想跟你说的，可是……”赵莲看着安次的脸色，小心翼翼地开口，“我不知道应该怎么跟你说。”

安次拿出烟来，点上。

“看不出你还挺有本事的，”安次冲赵莲笑笑，“一般的女人很难让我哥看得上眼的，追他的女孩子可多了。”

赵莲没搭腔。

“他说话可是算数的，答应了人什么，一定能做得到。”

“我不稀罕。”赵莲轻声说。

“你稀罕什么？”安次吐了口烟，笑笑，“你稀罕天上的月亮，那也得摘得下来呀。”

“我没说我想要月亮。”

“那你想要什么？”

“……你带我出去转转吧。”赵莲说，“随便去哪儿都行。”

安次先下了楼，在车里抽了两根烟赵莲才出来。她换上了白天刚买的衣服，绾得紧紧的发髻也打开了，用皮筋在脑后扎了一个马尾，整个人活泼了很多。洞天府的老板开车从外面回来，下车时，吃惊地打量了他们一眼。

安次冲他摆摆手，开车离开。

赵莲拿出一张CD放进CD机里，一个男人唱歌时仿佛被人攥住了脖子，绝望地哼哼着：我闭上眼睛就是天黑……

“好听吧？”

“哪弄来的黄色歌曲？”

“什么黄色歌曲？这才不是黄色歌曲呢。”

“天黑了，眼睛也闭上了，还不黄色？”

“你真讨厌。”赵莲叫了一声，在安次脸上轻轻地打了一下。

“你打我？”安次横了赵莲一眼。

“……谁让你先骂人的。”赵莲意识到自己有点儿过分，收回手时解释了一句。

“打得好，”安次在前面的十字路口转了个弯，“打是亲，骂是爱。”

“我们去哪里？”赵莲看了看方向。

“你不是说随便去哪里吗？”

"随便去哪里也有个地方吧？"

"郊区的小树林。"

"我跟你说正经的呢。"

"我是正经回答你啊。"安次笑。

"懒得理你。"赵莲扭头看着窗外。

安次把车停在圣湖酒店的门口。

"这是树林？"赵莲笑着问。

"是啊。"

"这是你家的树林？"

"是啊，你觉得我家的树林好不好看？"

赵莲笑得连气都喘不过来了。安次熄了火，很耐心地等着她笑完。

8

安次去吧台拿房卡，回头打量着坐在沙发上等他的赵莲。她胸前交叉着双臂，眼睛盯着从酒店门口进进出出的客人，有些茫然若失。安次过去拍了她一下，她站起来时，他自然而然地牵住了她的手。她很顺从地跟着他，朝电梯走过去。

电梯里没有别的人，他们的手还那么牵着，但一句话也没有。赵莲盯着安次身后的镜子，安次抬头看着电梯门上面闪光的号码，1，2，3，4，5，6，7，8，9。电梯"叮"的一声，停了下来，电梯门像嘴那样张开，他们走出去，向右转弯，在"0919"门口停下，他把房卡插进电子锁，绿灯亮了，他扭动把手，把门打开。

安次拉着赵莲在黑暗的房间里站了一会儿，房间里的家具影影绰绰的，远不如他脑子里的思路清晰。

赵莲不出一声，乖乖地站在他身边。

他在她的嘴唇上亲了一下，手从她的头发后面伸过去，把房卡插上，接通了电源。他把浴室的灯最先打开。

"想不想洗澡？浴室这么漂亮，不洗浪费了。"

一直紧绷着脸的赵莲"扑哧"一声笑了，"你怎么老劝人家洗澡，浴

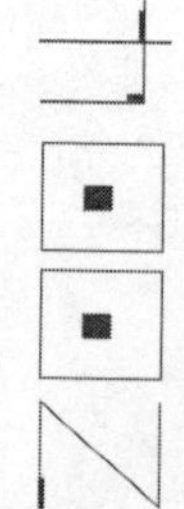

室是你家的？”

“是我设计的。”

9

赵莲是第一次。安次中间停了下来，在她额头上摸了一把，手心里全是冷汗。他有些犹豫不决，但赵莲把他又拉回到她身上。

完事后他们一起去浴室冲淋浴。

“你从什么时候起打我主意的？”赵莲问。

“……你猜猜。”

“从第一次见面就开始了。”

“为什么？”

“那天晚上背给你背诗，说，决不会交出这个夜晚，决不会交出你。”

安次笑了，他把花洒举起来，让水花直接朝他的脸孔上溅落。恍惚间，他觉得自己不是站在酒店的浴室里面，而是站在意大利的夏日阳光下。

那天夜里和赵莲在洞天府喝茶聊天，安次最想讲的，其实不是北岛的那首诗。而是读那首诗给他听的女同学。几年前，安次去欧洲旅行，在佛罗伦萨的市政府广场，她的面庞在成堆的游客中间一闪即逝。安次撒腿朝她追过去，也不理身后的导游有些惊慌失措地喊他的名字。他跑过热闹的卡鲁茨伊奥里大街，在大教堂前抓住了她的胳膊，几只鸽子从他身边扑棱棱地飞起，不知是不是被他叫她的名字的声音给吓着了。

她朝他转过脸来，不是他的女同学。是一个陌生人。他甚至弄不清她是来自内地、香港，还是韩国，日本？或者新加坡？

“你敢说你的诗不是故意读给我听的吗？”赵莲一直望着他，追问。

“……你不懂诗。”安次说。

赵莲不高兴地噘起了嘴：“就你懂？”

安次把花洒举起来对着她的脸，她躲进他的怀里，紧紧地抱住他。

臂弯里的身体实实在在，但安次的心却空落落的，就像那天在佛罗伦萨，他一边抱歉一边放开那个女孩子的胳膊，扭头沿着卡鲁茨伊奥里大街往回走，到处是艺术品，到处是游人，到处是鸽子。

安次轻轻把赵莲从怀里推开，转过身，把花洒插回到墙上那个酷似半个手铐的卡子里。

原载《收获》2004年第1期

点评

爱情，曾几何时，是一个严肃而崇高的词，它代表着纯洁、美好，甚至神圣。而性爱，则是爱情的自然延伸与温情表达。正如北岛写的爱情诗中所信誓旦旦的那样："即使明天早上，枪口和血淋淋的太阳，让我交出自由、青春和笔。我也决不会交出这个夜晚，我决不会交出你。"那种忠贞、赤诚和决心，在现代社会的浮华与喧嚣中，似乎不再一尘不染，反而变得虚伪、扭曲，或者随心所欲。这篇小说诠释的正是爱情从圣坛坠落后的一种存在样态。首先，安次对赵莲的感情从头到尾都游离于爱情之外，即使是后来两人发生性爱关系，也不过是安次内心"英雄主义"情怀的另类舒展，或者可能完全只是游戏情爱的方式之一，又或者仅仅是对心底那个曾经为他读诗的女同学的回忆。其次，赵莲对安次，从一开始的好感出发，随即转变成了寻求"英雄"保驾护航的目的式攻略，各种娇嗔和打情骂俏都带有某种不自然的味道。而且，赵莲误以为安次第一次见面对她背诗即是对她的含蓄表白，也使他们之间关系的发展具有了某种反讽的意味。安首对赵莲的图谋不轨，虽然是促成安次、赵莲二人关系迅速进展的催化剂，但他对爱情的玩弄心态与安次对爱情的漠然心理，其本质上如出一辙，都不啻为对爱情的亵渎和逆反。小说最末写道，"臂弯里的身体实实在在，但安次的心却空落落的"，在此，心灵与肉体像是分割开来的，爱情以及与之紧密相连的性爱也被消解了圣洁的光环，这样的两性关系就如同现代都市中的灯红酒绿一般迷离而苍白。

（方奕）

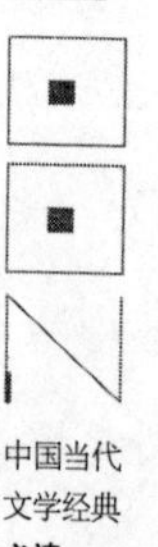

青桔子[1]

盛可以

当时几个男人在打扑克牌。似乎是职业习惯，所有的人脸色铁青，气氛显得过于凝重。桔子进来的时候，青烟缭绕的屋子里暗了一下，这种微小的光亮变化，并不影响打牌的。

牌局照常进行。桔子瞟了一眼余少龙，散光的眼神落在桌面上。余少龙留有很讲究的“一”字胡须，桔子总有用食指摸一摸的冲动。可惜余少龙是余少虎的哥哥，她是他未来的弟媳妇，抛开一点伦理道德，若余少龙对桔子有点那个意思，希望也许还有，遗憾的是，余少龙心里装着周莉，桔子这一辈子也没有摸的机会了。桔子剥开青桔子，手往余少虎衣服上擦干净了，嘴里开始咂巴有声，仿佛那牌局是她下酒的点心。

呀！桔子，你不是有了吧？牌桌上跳出一个声音。桔子感觉眼前一亮，似乎所有的眼神如探照灯般聚射过来。桔子没听清楚，有点发蒙，紧盯着长有一字胡须的嘴，她觉得声音来自那里，期待它重复一次。但那张嘴并没有说过话，或者想说话的意思。桔子缓慢地咀嚼，正想发问，就觉眼前一暗，探照灯已扫了回去，大伙注意力又全集中到牌局上去了，只剩余少龙的女朋友周莉，两眼光亮有增无减。

走，买瓜子吃去。周莉拉着桔子往外走，到一个偏僻的地方站住，问道，你什么时候来事儿？桔子盯着周莉细密的牙齿，干巴巴地说，我不知道。桔子的心思在牙齿上面。她一直埋怨自己的牙齿粗大，尤其是那两颗门牙，暴露出一种粗鲁气质。

你算一下？周莉逼近一步。

---

① 本文发表时原题为“青桔子”。此文中保持其原貌，不对“桔”作用字上的处理。

忘了。桔子漫不经心，周莉的皮肤白得令她生厌。

你得记下来。周莉叹气。

记那玩意干吗？月月来，月月记，多麻烦。桔子高了点嗓门，扬着眉，极慢地眨下眼，这样的话，她的内双眼皮，在片刻间如周莉的双眼皮一样明显。

十六岁了你，该掌握自己的身体规律了。周莉听出桔子有情绪。桔子感觉周莉不但故意摆弄她的时髦裙子，而且还处处显示她的见多识广，早就暗怀不满，便讽刺道，是没你有经验。周莉当然知道桔子暗指她有堕胎经历，说，真是好心没好报。

此事过了几天，桔子陪余少虎在农场干活。鱼塘边的蒿草哈下腰时，余少虎穿着裤靴也哈腰下了鱼塘，屁股立马沉进水里。装鱼草的手扶拖拉机没有熄火，嘭嘭嘭地响，桔子爬上驾驶座，胡乱鼓捣，余少虎在鱼塘里大喊，桔子，可别乱动啊！桔子原本只是无聊假玩，听余少虎一提醒，反倒来了兴致。只听哐当哐当几下，拖拉机嘭嘭嘭地往前滚动，桔子尖叫起来。好在路面挺宽，桔子拼命握着方向盘，但是一个拐转到了，桔子根本不知怎么处理，眼看车将直接开进鱼塘。这时，桔子觉得身后跳上来一个人，双臂把她圈在怀里，两只手将方向盘一直猛打，并且在她耳朵边大喊：踩刹车！那声音使桔子更是慌乱，车又开出几米，桔子才找到刹车，猛踩一脚，后面的肉体撞击前面的肉体，紧压一秒钟后弹跳回来，车停稳了。桔子的心扑通扑通，直往嗓子眼蹦。桔子不敢回头，直到余少龙跨上自行车，驮着周莉一路骑远，她还在回味那瞬间的激动，心想车开到池塘里就好了。

雨下过不久，堤坎有点潮湿，余少龙的自行车碾过，留下歪歪扭扭的印痕和周莉的咯咯笑声。桔子怅然，坐在草皮上，摸起一块卵石，朝池塘里扔了过去，余少虎受惊，水珠子溅了一脸，他小眼一翻，并不生气，只说桔子，你别闹，马上就弄完了。桔子说，完什么完，怎么办嘛？！余少虎不答话，倒腾几下然后湿漉漉地上了岸，一屁股坐在桔子边上，说，你，想生孩子？桔子摇摇头。余少虎说，那明天到镇里找我小姨去。桔子又摇头。余少虎急了，凑近脸说，那你的意思是？我也不知道！呜——桔子说完哭了起来。桔子已经哭了好几回了，余少虎不过十八岁，被哭得束手无策，心烦意乱。

桔子，这事不能让我妈知道，她准不会同意我们去找小姨。你知道，周莉上回怀孕，和余少龙两人擅自去医院做掉后，我妈哭了一场，她说了，谁要是再瞒着她，不让她抱孙子，谁就自个儿过。余少虎揪起一把草根。

那小姨知道了，能不告诉你妈吗？桔子说。

那是以后的事，关键是……余少虎还没说完，桔子喉咙发出怪声，张嘴想吐。

余少虎说，你想好了，要还是不要？我可是随你了。

桔子不吭声，眼光落在那条清晰的自行车轮印痕上，心想，两个人的体重，留下的那道槽，比一个人骑时要深许多。

那余少龙他们为什么不要孩子呢？桔子突然问道，眼睛里闪过一线亮光。

周莉的爸爸不同意这门亲事，你知道正副场长之间闹别扭也不是一天两天了，周场长当然不想冤家结亲家，他身体又有病，周莉是背着她爸爸和我哥来往的。看来，她这辈子和我哥是打也打不散的了。余少虎说到周莉，话忽然多了起来。

谁叫你爸才是副场长呢！桔子听烦了，软下腰，冷冷地打断了余少虎的故事，然后转身朝桔园走去，摘了三个青桔子回来，重新坐在草皮上，认真地剥开来，仔细地吃，似乎找到了一件很有意义的事情。

余少虎又下了池塘。桔子一边吃，一边想起周莉打完胎，余母笑眯眯的神情，仍有歌颂她凯旋的意思。她手忙脚乱地杀鸡煮蛋，翻箱倒柜找补品，对周莉半句重话都没讲过，更不会说“谁要是不让我抱孙子，谁自个儿过”这种狠心的话。余母这句话，是对余少虎说的，自然顺带也说给桔子听了。桔子很敏感，总觉得余母对余少龙与周莉有所偏爱，她从余母的眼神里也能捕捉一二。但桔子没和余少虎说，一个母亲，应是不会对自己的孩子两样对待的，余母看不起的，只怕还是桔子本人。总之，周莉享受了一场准产妇待遇，一个月后，白净俏脸红润非常，连细密的牙齿也精致得发亮，让桔子羡慕得要命，觉得打胎是件美妙的事情。

桔子留在农场两个月了。

桔子的家在沙河对岸。沙河很宽，桔子曾试图目测沙河的宽度，但每次一将目光甩出去，就觉得累，只能在那茫茫的水面打旋。沙河水一年四季都是混浊的黄色。从河这岸到那岸，只有一艘摇摇晃晃的乌篷船。三个月前，桔子在沙河边的小镇里当了裁缝学徒，当其他女孩子都能剪剪裁裁，桔子连剪刀都不会握。桔子也不着急，反倒说，家家户户都有裁缝师傅，衣服买的比做的洋气，开裁缝铺哪有人光顾呀。桔子不过是借学裁缝之名，在镇里玩耍而已。

某天下午，桔子打算往街心啐一口痰，探头就看见三个年轻的小伙子打窗前经过。桔子觉得其中一个瘦高小伙看她时，目光用了点力。打那后，桔子再也不往街心啐痰，改为倚窗托腮，还往眼睛里装了点儿惆怅。桔子连续托了七天的腮，被小兰子发现了秘密。

小兰子说，昨儿余少龙说那个梳两条辫子的女孩挺水灵儿的，一个劲儿追问你是哪儿人呢。

余少龙是谁？桔子拿起剪刀把碎布剪得咔嚓咔嚓响。

你装傻，七星农场副场长的大儿子，镇里女孩子谁不认识他呀！小兰子毫不掩饰自己的倾慕。

桔子两眼散光，习惯性地露出莫名其妙的神情。

被小兰子道破，桔子不好意思再倚窗托腮，却是仔细了穿着，并且也不再像以前那样坐没坐姿，站无站相，变得斯文得体，如一个模特儿，尽力让镜头捕捉的每一个表情都不留遗憾。桔子不想再有朝街心啐痰时的难堪。有两次，桔子见到瘦高小伙从窗前经过。外面亮，屋里暗，桔子不知瘦高小伙是否看清了她，她却是被风吹了一样，总会打一个激灵。瘦高小伙始终不进来，当然，敢进裁缝铺与这些女学徒搭讪，是需要点勇气的，要不是小兰子，这种局面不知会维持到什么时候。

那天桔子放学回家，小兰子在通往渡口的胡同里喊住了她。梧桐花落一地，桔子右脚尖碾着地上的落花，漫不经心地等小兰子走近来，但是，刹那间，桔子紧张了，她把右脚落平放直，心不听话地狂跳。果然，小兰子说，余少龙在农场搞生日Party，请你也参加呢。桔子跟小兰子去了，出乎意料的是，余少龙把桔子介绍给了余少虎。

余家富得流油，镇里有钱人家也比不过他们，方圆百里的姑娘都想嫁入余家呢。小兰子唾沫横飞。桔子动了心，便暗地里扎扎实实地偷窥了余少虎一把，但见他小眼圆脸，敦实憨厚，不惹人生厌，却也谈不上喜欢，便冷处理了。没几天，小兰子对桔子说起余少虎，说镇里一个小狐狸精追他正紧呢。那个小狐狸桔子见过，挺标致的。这时，桔子便对余少虎增添了好感，同时也有在小狐狸嘴里抢食的刺激，和余少虎好上了。

桔子一直试图从余少虎身上寻找余少龙的特点，遗憾的是，直到最后，桔子也没有找到。余少龙和余少虎，一高一矮，一白一黑，眉眼神情，气质模样，全然不似是一个娘胎里出来的。加上那余少龙配了周莉这个小妩媚，越发拉开了差距。最要命的是，桔子总是不自觉地把余少虎当成余少龙来喜欢，对于真余少虎，还暗地里藏有几分轻蔑。然而，每次出了农场大门，桔子总会得到一些艳羡的言语和眼神，桔子的内心多少得到了一点慰藉。

桔子第一次偷偷摸摸在农场留宿，距离认识余少虎不过半个月。

农场到处都是房子，且多数是空着的，为值夜班的人所用，里面茶具家私都很齐全。那晚余少虎值班，桔子作陪，东拉西扯了一阵，原本没打算留宿，不曾想人不留客天留客，大雨倾盆，歇斯底里，没有半点打住的意思。到得夜深，两个年轻人便乏困了，经历了一阵不安的心理躁动，到最后，两具躯体呈“八”字形，横摆在床上，只有手与手相缠，安静地睡了过去。“八”字是这样摆的：两人面对面侧卧，脑门儿似触非触，嘴与嘴之间的距离是半尺，肩部以下更是斜刺里往外蜿蜒——说是蜿蜒，纯是因为身体的曲线，桔子翘着屁股，曲着膝盖，身体一波三折，似一条山路九曲回肠，而那些凹凸不平，也是圆润有致。当然这是一种俯瞰效果。因为，余少虎早上醒来，一眼只能看到桔子的嘴唇。在余少虎看桔子嘴唇的时候，桔子也睁开了眼睛。

桔子醒来第一个反应便是：坏了，我和你睡了一夜？余少虎愣头愣脑地说，是啊，我们怎么睡了一夜？你，鞋还在脚上呢！桔子才发现这一觉，竟是纹丝未动，底下那条腿被自己压得肌肉发麻，颜色发红。桔子看着窗外笑，余少虎看着桔子的脚笑。两人用冷水洗了脸，手牵手出得门来，过两片鱼塘，便遇见了场里的人。

那人是个中年男人。中年男人先是一怔，继而呵呵一乐，道，啥时有喜糖吃呢！余少虎便朝中年男人屁股踹了一脚。桔子明白，中年男人要糖吃的意思，就是认为她和余少虎睡了；而余少虎踹那一脚的意思，也就是否认他和她睡过。但是，谁相信，桔子鞋子都没脱呢，想象力丰富些的，说不定还会说，不脱鞋，就睡不成么？总之，桔子和余少虎，在大家眼里，就是睡过了。所以，没过几天，余母就笑吟吟地对桔子说，那裁缝有啥好学的，到场里来算了，也不累，喂喂猪，打打鱼草，学养珍珠，多好啊，我这辈子就这么过来的，反正你是我们余家的人了。余父平时寡言少语，这会儿也脸带罕见的微笑。桔子没有特别留意余母最后那句话，心里正是十分厌恶做那些针线活，家里穷得叮当响，还得成天挨父亲的白眼，帮母亲烧火做饭，桔子也不愿回家，自然是乐意半途而废。余少虎也很赞同母亲的说法，余少龙周莉也没什么异议，就这样，桔子就在农场待下来，明里和余少虎各居一室，暗地里真的睡在一起了。

有一天，余少虎和桔子在农场转悠，桔子想上厕所，进了池塘边上的公厕（那里的粪便直接冲进鱼塘），男厕与女厕隔一层薄墙，桔子刚进去，便听见隔壁余少龙说话的声音，桔子支起了耳朵。

夜里睡得少吧，没精打采的？余少龙说。一阵哗啦哗啦撒尿的声音。余少虎没说话，桔子听得出，余少虎脸上挂着微笑。哇，鸡巴也越来越大，快超过我的了。余少龙哈哈大笑。本来就比你的大，从小就比你的大。余少虎似乎握住了有力的筹码，所以自豪地重复了一遍。余少龙并不服气，说，这样比不出高低，我的弹性十足，爆发力强。

头一回听两男的进行性器比较，桔子非常诧异，屁股悬在空中，听得傻了。心想两个女人永远不可能有这样的事，即便是胸的大小，也只会在心里偷偷比较一下，不会这么大声地讲出来的。当然，桔子也顺便估摸了一下余少龙的大小。

操，我没带纸。余少龙嚷了一句。自己回去拿。余少虎逗他。哗啦声停止了。哎，别走，透露一下，桔子是黄花闺女么？余少龙压了声音。那周莉是不是？余少虎反问。是。余少龙道。怎么知道的？余少虎问。我说你该学的太多了吧，当时，桔子没红？余少龙问。余少虎没声音。桔子揣测他在摇头，或者一脸郁闷。那，那就说不清喽。余少龙拖长音。

桔子出来时，塘里有条鱼跃出水面，大约是天闷，要下雨了。

后来，余少虎又问了几遍，到底要不要生下来，桔子都很干脆地说不。桔子压根儿没想过孩子是什么东西，她还沉醉在一种近乎童年的世界里，懵懂无知。于是某一天，两人鬼鬼祟祟地到了镇上，找到了医院的小姨，支支吾吾地说明了来意。小姨一副天生是妇产科医生的神情，她是头一回见桔子，斜眼一扫，劈头就问，你妈知道么？小姨心怀不满，余少

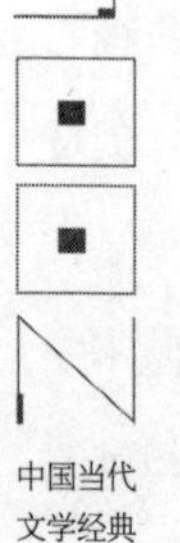

虎自知有错，忙道，本来早该带桔子来让小姨你瞧瞧的，碰巧这段儿场里活儿紧，抽不开身。小姨，这事我妈不知道，你千万别告诉她，我们就是怕她不高兴，才偷偷来的。桔子肌肉发紧，想赔笑脸，却笑不出来，她被医院的气氛镇住了，一点思想准备也没有。不过，周莉说过，“躺下去几分钟就完”，桔子觉得对于手术很了解，几分钟没什么可怕的。所以桔子没有丝毫的恐惧。

桔子反常的镇定使小姨又斜睨了她一眼，对余少虎说道，都想好了？余少虎说是啊，小姨，现在条件不成熟，以后结婚再生也不迟。小姨嗯了一声，又说，我成天忙活你两兄弟的事都够了。不过，小姨是笑着说的。

周莉这个骗子，说几分钟就完了？说得轻巧。这回好，跟她一样了，她该满意了吧！一个小时后，桔子被余少虎搀扶着从医院走出来，哭个不停，仿佛是周莉对打胎的轻描淡写害了她。见桔子骂未来的嫂子，余少虎不乐意，说，都是你自己拿的主意，怎么能怪别人？余少虎不说不打紧，这一说，却激起了桔子的愤怒，桔子将余少虎一推，道，你去试试，你试试疼不疼，我再也不做女的了，我，我，我再也不和你睡了！桔子呜呜直哭，余少虎才好言劝慰，直到农场门口，桔子才把眼泪擦干了，努力装出一副若无其事的样子来。

显然家人已吃过午饭了。

周莉在洗碗，余少龙跟在她屁股后瞎转。余少虎悄声问道，妈呢？余少龙嘴朝卧室一噘，挤眉弄眼。怎么了？余少虎担心母亲知道了。余少龙不答，却一溜烟进了客厅。这时余母进来了，道，回来了，还没吃饭吧？把余少虎吓了一跳，说，没呢。余母极为迅速地炒了两盘菜，将鸡蛋炒辣椒与一盘小白菜往桌上一摆，说，快吃吧，别饿着。余母从头至尾没看桔子一眼，打这个时刻开始，她不再和桔子有说有笑，并且不闻不问。

这餐饭，桔子吃得极为艰难。被掏空的身体余痛未消，回来的待遇如鲠在喉，于是，桔子的眼泪吧嗒吧嗒直往饭碗里掉。

很明显，余母完全知道了这件事情。那么，余母是如何得知的呢？小姨远在医院，场里的电话在传达室，如果余母跑去接电话，至少得走七八分钟，但不排除小姨打了两次，一是让传达室的人通知余母接电话；二是余母接到通知后，就在电话机旁守着，但这样来来回回一折腾，起码也得半个多小时。但是，手术后，小姨一直在手术休息室和余少虎聊天，然后又进了手术室做另一宗手术。小姨根本没时间打电话。

桔子吧嗒掉着眼泪，内心里渐渐明白，是周莉坏了事，想想周莉享受的杀鸡宰鱼的狂补，自己却受这粗茶淡饭的气，便放下碗筷，狠狠地咬住嘴唇。

余少虎一个劲往桔子碗里夹鸡蛋，低声催促桔子吃多点，桔子忽然对余少虎生出一股怨恨，说，吃个屁！你们，没有哪一个对我好。

一连几天都是平常饭菜。余母并不挑明这件事，对桔子一副可有可无的态度。桔子暗自忍耐，几乎是躺了两天，稍微恢复了体力，有了吵架的力气，开始埋怨余少虎没有弄点营养品给她偷偷滋补一下，又说余家偏袒余少龙，势利，所以，同是打胎，周莉和她的待遇竟是天壤之别。余少虎心里知道，父母爱余少龙甚于爱他，但他们总不至于亏待自己的儿子，哪里会有百分之百精确同等的爱，就像自己平时喜欢父亲多一些，并不因而疏远母亲。所以余少虎不喜欢桔子的这番言论，他认为周莉和桔子的事，发生的时间不同，且母亲已经发出过警告，她生气，也是自然的。你桔子反过来责怪，往严重里说，是挑拨离间，我余少虎可不想众叛亲离。余少虎的态度，让桔子感觉一下子孤立无援。于是，手术时的绞痛，狠狠地刺激了她，她立马觉得自己太亏、太无辜，嗓子里发出了惊声尖叫，和余少虎厮打了几个回合，绝望地逃回了家。

差货！桔子刚进家门，父亲怒喝一声，迎面一巴掌，打得桔子头晕目眩，跌倒在地，鲜血从桔子的鼻孔里流出来。母亲冷冷地看着，一边辱骂“不要脸”，一边说些煽风点火的话。桔子不知父母哪来这满腔愤怒，为了这一幕，他们似乎蓄谋已久。父母以一种划清阶级界限的悲壮，证明他们活着的清白，控诉桔子给他们清白人生造成的抹黑与丢脸，至于桔子心灵与身体的创伤，那是活该她自作自受。

桔子擦着鼻血站起来。父亲正要抄家伙，继续武斗，邻居大兰子就跨进了门槛。大兰子是小兰子的姐姐，全村就她娘家在农场边上，不用说，父母的消息来源，与大兰子有关。她也许没什么恶意，事情的演变情节也不在她的掌握之中，所以，大兰子进来便站在桔子和桔子父亲中间，把桔子护在身后，严肃地说，大伯，你可不能再打了，会闹出人命来的。大兰子发现桔子失魂落魄的神情，她知道这种时候桔子要是想不通，就麻烦了，她这辈子也不得安宁。桔子的父亲固执了一阵，终于跌坐在椅子上。桔子的母亲似乎看到战斗的旗帜降下来，也停止了说话。大兰子又劝说了一阵，确信怒火已熄，这才功德圆满般地回了自己的家。桔子两眼散光，回房待了半晌，扭身又回了农场。

某个休息日，小姨来了。这次小姨像个职业媒婆，与余母寒暄半天，话锋一转，说，姐呀，以后把周莉娶进门，抱孙子享清福，其他心就不用操啦。周莉，你说是吧？小姨是试探性的，周莉咯咯直笑，对小姨的话表示快慰。

桔子除了赔着笑脸附和，不知该说什么，待了一会，很是憋闷，索性出门瞎转，但一出门，桔子便放慢了脚步，只听得她走后，余下的三个女人，笑声更响。

房间内，小姨说，姐，跟你讲啊，桔子那次，真难做，我都怀疑是个双胞胎。余母马上变了脸，道，三胞胎我也不稀罕了。周莉紧接着说，桔子之前，有点不清不白的呢！余母鼻孔里哼了一声。小姨见三个人有了共同语言，兴致更高，便往深里继续说道，那天桔子的表现可真是让人吃惊，一点也不像初次做那种事。余母低嗯了一声，说，唉，不管了，这种货色，余少虎他喜欢，由他去。到正月里，两个鬼家伙的喜事一块办，办了省心。周莉说，是呀，小姨，到时你一定要来喝酒。

桔子听得一愣，再愣，暂不说这些关于身体的猜测，单说余家打算筹办婚事，周莉知道，她却毫不知情，看来余家真的没打算正眼瞅自己了。桔子心里一阵刺痛，仿佛又被父亲甩了一巴掌。“差货！”桔子隐约听到了同样的怒喝，从夜空里某个方向传过来，于耳边不断地炸裂。

的确，自被父亲扇过一耳光以后，桔子的右耳似乎出了些毛病。她时常会感觉有股风从耳边擦过，紧接着听觉中出现一片空白，有时这片空白中会掠过一线尖细噪音，而今天晚上，那堆尖细的噪音，竟变成一堆“差货，差货”的纷乱喊叫。

桔子再次被孤立击中，一种无家可归的凄凉侵占了她，渐渐地这股凄凉化作隐隐的怨恨，恨从余少虎身上开始，一路漫延开来，经过周莉、余母……然后越过沙河，落在自己的家里。父亲的耳光，母亲的辱骂，还有身后这三个女人的污蔑，陡然间使桔子情绪高涨。

桔子气势汹汹地返身回屋，两只眼睛闪着凝聚了某种力量的光，三个女人表情立刻僵滞了。然而，桔子什么也没做，她只是说道，外面好像要下雨。桔子没想到，这么简单的一个举措，就使三个女人脸色大变，并且闪现惭愧的神情。桔子的内心里获得极大的快慰，她觉得她赢了，某种机密被她掌握了，获得一种凌驾于人之上的神秘力量。

但是，余少虎对桔子的态度有了微妙的转变。余少虎对桔子态度的转变，使桔子的努力徒劳无益。某一次，余少虎随意地问桔子以前打过胎没有，桔子被咬痛了般，本能地反弹挣扎，余少虎，你也认为我是差货是不是？！桔子的神经紧绷，脾气一触即发，她不再像以前那样温和，什么也不懂，什么也不想管。余少虎说别急，声音大不能说明什么。余少虎阴阳怪气，桔子说不出话，神情涣散，眼泪被逼了出来，嗫嚅着说，你毁了我的清白，是你毁了我的清白。桔子边说边往厨房走，余少虎本能地察觉桔子神情异常，怕她做出极端的事来，一把拉住她，道，我只是随便问问。桔子歇斯底里地号啕大哭，余少虎慌了，抱着她，费了九牛二虎之力，才把她安抚正常。这方面的问题，余少虎再也不敢多说，但会常常把桔子一个人晾在家里，自己在外面消遣。

毕竟年轻，桔子的身体恢复很快。没有得到一次特别照顾，桔子耿耿于怀。

结婚的事情敲定后，桔子并没有特别的喜悦。婚事定在正月初八，两兄弟的婚礼同时操办，于是房子的问题摆上了桌面。新楼只一套两居室，两兄弟间，无疑有一对必须住旧平房。与桔子意料的一样，余家把新居室安排给余少龙。没有任何人为这个安排提供解释。桔子的心里很不是滋味，余家对余少龙的偏袒，太明显，太过分了，桔子心里简直充满新仇旧恨。这一天雨没断，家里没人，桔子左思右想，觉得应该趁早把意见提出来，免得到后面，他们把新房都布置好了，也就板上钉钉，没回旋的余地。

在寻找余少虎的过程中，怒火渐渐地弥漫桔子的胸腔。最后，桔子在第一次和余少虎睡觉的房子里，找到了余少虎。他们在打牌，有个女孩子还在余少虎臂上擂了一拳，开心得不行。桔子认出来，擂拳那个女孩子正是镇里的小狐狸。

余少虎！桔子吼一声。

干吗？余少虎强作镇定。

别打了，我有事。桔子眼里又凝聚了某种力量。

升完这一级。余少虎强撑着，装未看见。

桔子冲上前，夺下余少虎手里的牌，挥手一扬，纸牌纷飞。余少虎“啪”地甩了桔子一耳光，桔子似乎听见余少虎骂了一句“差货”，耳边便响起尖锐纷乱的喊声，“差货，差货”，子弹般嗖嗖嗖从脑海里穿过。桔子以极快的速度朝余少虎扑过去，张牙舞爪地厮打一阵，皮毛都没伤着余少虎，把自己累得精疲力竭，待神志清醒时，已被余少虎挟裹到了桔园里。

这时候问题的性质发生了转移，由结婚的房子问题，发展到了镇里小狐狸的身上。余少虎有点招架不住，再也隐藏不住逆反心理，说，我们是同学，同学聚一聚而已，你要是再三天两头这么闹，我可真烦你了。桔子心冷了一截，她不能失去余少虎这张牌，于是便温和起来，说，你和别的女孩子玩得那么高兴，我能不生气么？桔子说完检讨自己的小心眼。

见余少虎也消了气，桔子才说起房子的事儿，凭什么新房子给余少龙，不给你余少虎。对于家里的安排，余少虎虽有不悦，但是他不愿在桔子面前表露出来，那等于是给桔子煽风点火。因此余少虎说，他是哥哥，哥哥原本是先成家的，新房子也理所当然归他用，谁叫我们的婚事一块儿办呢！咱们的事，再缓一缓，你同意？余少虎将了桔子一军。

桔子干干脆脆地说，不！眼睛里又慢慢凝聚起一团有力量的东西。

现在来谈谈余父。余父对于琐事一概不问，但对于大事的决策，一律是他说了算。所以，很多时候，他似乎并不存在。婚事是他定的，但具体安排，他就不操心了。比如联系木匠打家具、发请柬等等，基本上是余母在张罗。

家具快打好的时候，桔子才知道余母自作主张选择了家具的颜色。一套米白，一套土黄，桔子一眼就看上了米白色的那套，高档、时髦、漂亮，黄的相对就土气很多。然而木匠说，米白色是周莉姑娘要的，她没事就跑来盯着。

桔子没吭声。

桔子暗地里将两套家具做了比较，两套家具款式完全不同，且米白色的还多打了一个电视柜，木匠说这是额外加上去的，添几百块钱就行了。

桔子又没吭声。

后来，桔子思前想后，觉得几乎什么东西都是别人挑剩下的，比如房子，家具，甚至余少虎，心里又升起一股怨气。到现在为止，桔子对余少虎也说不出是种什么感受，她肯定自己不爱他，但余少虎人不坏，家庭条件好，桔子没多少舍弃的理由。

桔子看余少龙的时候，心里舒坦，再看余少虎时，心里总是疙疙瘩瘩，并且要从心底里不断地说服自己，或者以自贬的方式，才能心平气和。眼下，桔子为那套米白色家具，芳心大动，她要睡那张米白色的床，她是真愿意和余少虎结婚了。

桔子对余少虎说，我们也做一套米白色的家具吧，漂亮。桔子的意思就是要那一套米白色的。余少虎也不傻，说，两套家具一个样，也不太好，要是现在改，浪费。余少虎就是这样，任何事情，只要过得去，就行了。桔子说，那黄的还少一个电视柜呢。余少虎就瞄了桔子一眼，对于桔子的斤斤计较表示不满。

桔子不再吭声。

秋天到来的时候，桔子与余母之间又发生了几次无声的冲突。一次是大家都干活去了，留桔子在家做饭。桔子哪里会搞这些，饭煮煳了，高压锅盖不上盖，切菜切了手指头，余母回来后，饿着肚子从头来了一遍，嘴里没唠叨啥，但锅碗瓢盆的声响桔子听着不舒服。那一餐桔子没吃，躲房间生闷气，从头至尾将余母的“劣迹”清算了一遍，还有周莉的那张笑脸，不知隐藏了多少狡猾的东西。这些倒无所谓，桔子最烦的是周莉那种“夫贵妻荣”的样子，仿佛她和余少龙是阳春白雪，桔子和余少虎是下里巴人，桔子尤其讨厌她在他们面前，炫耀一些令人陌生的事物，进一步证实他们之间的差异。桔子认为，要说有矛盾，那都是余母和周莉搞出来的，她们一个鼻孔出气，偏要在一家人中分出个等级贵贱来。桔子觉得全家就只有余父没有用两样眼光，对自己似乎还要温和一些。

桔子和余母之间的另一次冲突是九月二十八日那天，余家老奶奶八十大寿，家里来了不少客人，住宿安排上出现了麻烦。余母不知用哪根筋盘算的，竟给了余少虎一套旧棉被，让他和桔子到做家具的房里凑合几晚（婚期已定，他们已经算合法同居了）。那做家具的房子多年没有住人，墙壁剥落，蜘蛛结网，地上飘着木屑，木棍横七竖八，晚上黑灯瞎火，只能点蜡烛照明，睡下去满鼻子的霉味。这凑合本身倒不打紧，问题是，余少龙和周莉就不用凑合，他们还舒舒服服地躺在席梦思床上。想到这一层，桔子心里的火就窝不住了，当即和余少虎吵了起来，骂余少虎窝囊废，朝余少虎屁股踹了一脚，余少虎翻身落床，被角落的钉子刺破了脚。后来，两个人在这张未来的婚床上干了一架，桔子想了一夜，也没有想明白，这种局面是不是前世注定。天亮的时候，桔子又想到一个问题，即便是前世注定，难道不能改变？余母是嫁了余父这么一个男人，才有了现在的身份，抛却副场长夫人的光环，她也只是个普通女人；周莉也只是因为有当场长的父亲，有余少龙这么英俊的未来丈夫，她才得意得起来，剔除了这些，她也只是一个普通的女人，再剥除她身上的时髦装束，说不定还抵不上自己漂亮。

有好几次，桔子打算找余父谈一下房子的事情，但是，余父有时间的时候，桔子没有勇气，一旦桔子准备充分，余父却没有空闲，或者家里总是有人。这就使得桔子成天偷窥余父的行踪，一颗心七上八下的，总不得安宁。桔子好不容易捡到一个机会，余母到别的农场讲授养猪经验去了，余少龙和周莉去了县城，余少虎在场里值班，时间回旋的余地很大，所以桔子进行了长久的思想斗争后，仍是有充足的时间来和余父谈话。

桔子没有想到，谈话内容完全偏离了自己的原意。余父主动找桔子说，最近没见你回家看你爸妈，他们身体还好吧？余父有温和的微笑，这种温和与微笑桔子几乎在父亲的脸上看不到，因而心里温暖，有种委屈就流露出来。余父当然看见了，进一步关切地说，发生什么事了？桔子的心有点要融化，眼泪在眼眶眶里打转。你这孩子，怎么哭起来了？什么事，我给你做主。余父拍着桔子的肩，只当桔子与父母闹别扭，哪知桔子内心那么复杂，既有娘家的事，又有婆家的事。

桔子头一回受到这种深切关怀，有点控制不住，索性倒在余父怀里哭了起来。

要说明一点的是，在桔子倒在余父怀里之前，桔子心里没有一丝邪念，即便是余父温和哄她，她也没有想过要干别的出格的事情。桔子是真的需要肩膀靠着哭一哭，把郁闷和积怨都哭出来。

眼下，桔子就想喊一声“爸”，然后放声大哭。

但是，桔子在万分伤感之中，看见了墙上悬挂的余母的照片，余母的面容很苛刻，就是苛刻，桔子想不出别的感觉，心里的怨恨立即被余母的微笑击中了，迅速弹出另一个情绪框——“差货”。桔子轻蔑地一笑，变了脸，半秒钟前，在余父怀里还似个孩子般委屈的她，忽然间变成了一个妩媚的女人，身体柔软起来。她几分试探，几分攻击，佯装无知，于不知不觉中放倒了余父。

把余父征服的细节只有桔子知道，余父心里是否经历过什么挣扎，桔子也知道。

事后桔子才跟余父谈房子的事，桔子表示婚要结，房要新，手掌手背都是肉，不能弄出个两样来。

桔子在余父身上成就一回之后，憋闷的心底似乎开了窗，透进了新鲜空气，那些阴郁发霉的东西，迅速消散了许多，世界为之一变，桔子的脸上挂满了笑，开始在家里主动说话，声音也大了起来，并且有了自信与周莉辩论，极有分寸地反驳余母。桔子这些细微的变化，家里的女人都察觉到了，就是不知其中的奥秘，只道是桔子和余少虎感情添了几分，一家人的融洽气氛浓了，因而也无人去细想。桔子也不再提房子和家具，似乎压根儿就没这回事。余父仍是极少在家，考察、调研、做报告，越来越忙，来去悄无声息。

周莉沉浸在对新家的向往中，随时和余少龙搞一些过分亲热的举动。桔子和余少虎就不敢，这种表演，与余少虎做拍档，桔子觉得别扭，尤其是在余少龙面前别扭。所以每当周莉和余少龙有些拥抱等亲热的行为时，桔子和余少虎心里都很难堪，甚至有些阴影。

桔子的心底还有一扇窗需要打开。

她正想办法打开。

她耳边仍不时扫过一丝疾风，响起尖锐的喊叫，“差货，差货”，她头痛欲裂，拳头紧攥，这些纷乱的喊声子弹般嗖嗖地在身体里穿行。

雨没有断，黑云也没有散尽，整个农场几乎见不到一个人影。桔子推开门，浑身湿漉漉地进来时，正在无聊遐想的余少龙猛吃一惊，问桔子是不是找余少虎，桔子摇摇头，说，我知道是你在值班，他打牌去了。余少龙胡须稍微颤动了一下，桔子立即打断他，接着说，我找你。余少龙胡须又颤了一下，笑着说，什么事这么严肃？坐下来说。

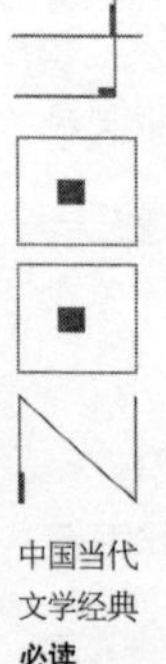

桔子把屁股放在床边，问道，你知道我为什么来农场么？不等余少龙回答，桔子接着说，为了天天能看见你，我以为离你近一些，我就会快乐，可是面对面的遥远，是真正的痛苦，我真的快承受不住了。

桔子把这点半真半假的事说得极具煽动性，配备以晶莹的即将掉落的眼泪，使余少龙一阵惶恐。桔子打了一个喷嚏，眼泪落下来，紧盯着余少龙的一字胡须，说，我是差货吗，你说，我是差货吗？

余少龙似乎才看见一个真实的桔子，比起周莉的妖艳与任性，桔子的纯真与温驯让余少龙心里有点发暖。

桔子，谁说你差货了，你不比谁差，真的不比谁差。余少龙有点乱。

连余少虎都怀疑我，桔子苦笑，他对我也不好了，我，我打算离开这里。

雨忽地猛烈了，冲掉了桔子原本很轻的声音。

一阵沉默后，桔子大声说，我要走了。余少龙拉住她，等雨停了再走，桔子说，雨停不停，我都得走，我要离开，离开农场……你，能不能，让我摸一摸你的胡子？

气氛被桔子搞得很煽情，余少龙中了招似的动弹不得，桔子一时不知自己的情感有几分真实，几分演戏，也陷入了当时的情景。她的手指头摸了过去。以为这辈子都摸不到的东西，没想到真的就在指下，她有点激动，一激动手指头就难以安分。

雨声大，雨越大，夜越静。这些个东西，仿佛都在推波助澜。

雨停的时候，桔子从余少龙的怀里爬起来穿衣服，想不清发生这些之前，到底是情感的驱使，还是心里那不可告人的心理使然。桔子没有追究这个问题，她很快想起周莉，想起周莉令人生厌的神气，那种高高在上的优越感，如今已被她踩到了脚底下。

恰恰相反，桔子从头至尾都没想过离开农场。

婚期在慢慢逼近，周莉和余少龙因为家具的事情产生了巨大的矛盾。余少龙列举了黄色家具耐旧耐碰耐磨等无数优点，极力说服周莉放弃米白色那套。余少龙的突然生变，使周莉莫名其妙，因为当时两人对米白色的选择高度一致，所以周莉仍然坚持不改。余少龙没辙，狠狠地说，你又耍小姐脾气了，哪一件事我没依你，你也依我一次，少任性一回行不行？周莉的火上来了，嚷道，婚我不结了！

吃饭的时候，余父发言了。余父说，我考虑了一下，手心手背都是肉，婚事不能做出两样来，让外人说三道四，新房明年年底能拿到钥匙，如果你们没意见，婚期推到明年。家具嘛，不喜欢可以卖了重打。总之，是喜事，要大家都开心才对。

在座的人都愣了，只听见桔子欢快地咀嚼。

原载《天涯》2004年第3期

点评

人固有七情六欲，此本无可厚非。但倘若一种心理走向极端，后果往往出乎人的料想。这篇小说的戏剧性所在，就在于极端化心理的推波助澜。桔子，原来是个青涩懵懂、单纯无邪的少女，却在生活的波折变化以及各种恶意和不公的裹挟下，被激怒，被伤害，并最终利用不正当的手段发起了她的疯狂报复。余少龙的漠视，周莉的挑衅，余母的偏袒，余少虎的怀疑，父母的辱骂，小姨的污蔑，一切人心的冷漠与人性的丑陋，仿佛一张硕大无比又密不透风的网，将她掩盖得透不过气且无处逃匿。继续忍气吞声，还是奋起反抗？小说就在此时急转直下，展开了令人惊诧的剧情反转。对余父和余少龙身体的征服，使虚荣心和妒忌心达到了极致的桔子，有了一种从未有过的快意甚至可谓是胜利的喜悦。这或许算作报复的方式之一，然而，却已然让读者对身处困境和弱势的桔子失去了同情与理解。最后“在座的人都愣了，只听见桔子欢快地咀嚼”，可是，桔子果真胜利了吗？虽然她自认为已经完成了报复，但这样道德卑下的行径背后的实质，已无异于人性的沦丧与坍塌。妒忌和虚荣，已使曾经那个桔子变得面目狰狞。小说故事的层层递进与人物心理的起承转合环环相扣，人性的软弱与精神的溃败也得以深入揭露。人摆脱困境、实施自救的方法有许多，唯独道德的滑坡与灵魂的扭曲最可耻，亦最可悲。

（方奕）

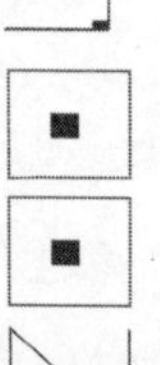

出墙的红杏

李铁

红杏不是枝头上的红杏，红杏是人，是一个年轻的女人。但红杏又很像枝头上的红杏，当她坐在天车上把一颗头歪出窗子向下看的时候，很容易使人想起一枝出墙的红杏。红杏其实只是一个开天车的女工，十年前刚入厂时，红杏夹在一群女孩子当中并不怎么显眼，她人很瘦，窄小的脸庞，一双很大的眼睛几乎占满了整张脸。但车间主任吴大手还是一眼就把她从人堆里挑了出来，吴大手对身边的人说，瞧这姑娘瘦得跟树枝似的，就叫她去开天车吧，省得担心她把天车压塌了。身边的人都笑了。

现在的红杏显然不是十年前的那个红杏了，现在的红杏丰满了，有骨头有肉的，一双大眼睛在脸上显得十分动人。虽然已年逾三十，但这个时候的红杏站在人堆里却很容易叫人看见她。用某些男人的话说，这个女人有味道。至于什么味道，当然会见仁见智的。

现在的红杏还是一个天车司机，没有进步也没有退步。作为一个普通的女工，能有这样一个岗位应该知足了。别人这样认为，红杏也这样认为。当她坐在八米高处操纵天车的时候，她有足够的理由令其他人对她仰视，这仰视有位置上的关系，也有心理上的关系。现在的工厂减人必先减女工，红杏入厂时车间里有六十多名女工，减到现在，车间里只剩下六名女工了。红杏还能坐在天车里，她没有不知足的理由。

红杏知道，在对她的仰视者中更多的还是男工。此时，红杏就隐约听到下面有两个男工在议论着她。

一个叫老粗的男工对一个叫大刚的男工说，你看红杏多像红杏呀！

废话。大刚眼一瞪说，红杏不像红杏像谁呀？

红杏知道大刚没有弄懂老粗话中的意思，大刚虽然生得高大英俊，却是个头脑简单的人。老粗则不同，老粗虽然生得粗矮难看，但却头脑灵活，善于想象。想当年这两个人都追过红杏，红杏嫌一个傻，嫌一个丑，如果这两个人的优点能结合到一个人身上，红杏一定会选定他的。可这又是不可能的事，红杏只好放弃这两个，选择了另外一个人。

你是贼心不死，还想打红杏的主意吧？大刚说。

废话！这回是老粗说这句话了，老粗说，人家是有家有口的人了，别瞎说。

红杏是坐在天车里探出脑袋听这些话的，他们俩的声音很高，红杏听得并不怎么费力。这个时候，老粗又扬起脑袋来仰视红杏，两个人的眼光不期而遇，老粗红了脸，赶紧把眼光躲开了。红杏知道在老粗的眼里，她歪出车窗的那颗头就像乡村院墙里探出的一枝红杏，人从下面走，难免伸出手去摸一摸。但红杏很清楚，无论是老粗还是大刚，与她之间毕竟存在着一段不小的距离，他们怎么努力也还是摸不到她的。那么谁又能摸到她呢？这样一想红杏就有些发怔，有些惆怅。

你知道不，从外单位调来一个叫小叶的女工，现在就分到钳工班里，人长得好瘦呀。老粗好像在和大刚没话找话说。

听吴主任讲，也要叫她当天车司机呢。大刚接茬儿说。

你说这个小叶长得像谁？老粗压低声音问道。

像刚入厂时的红杏。大刚说。

尽管两个人说这段话时声音放得很低，但红杏还是恍恍惚惚听到了一些。红杏当时愣了一会儿，然后就把脑袋缩回了天车，她觉得自己有必要把这件事弄清楚。

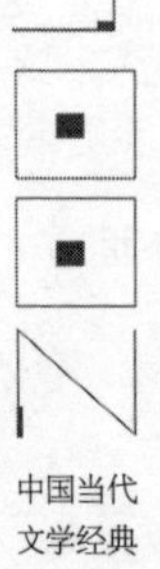

红杏很快从天车上下来了，她走到正在拆一台机器的老粗和大刚跟前，故作严肃地问道，你们俩是在议论我吧？

没有，没有。老粗笑了笑，有些尴尬地说。

我们真的没有说你，我们在说新调来的小叶。大刚说。

说小叶什么？红杏又问。

说小叶瘦瘦的，有点像刚入厂时的你。大刚说。

红杏想说你们说不讲我，可这里面还是有我呀。红杏嘴唇动了动，却什么也没说，转身就走开了。

但红杏并没有把老粗和大刚的话忘了。第二天上午一上班，红杏就以找另一名女工为借口，专门去了一趟钳工班。宽大的屋子里大家都在换衣服，无论男工女工，大家把脸一背，就脱就穿。钳工班原只有两名女工，但红杏看到的却是三个女性的脊背，想必多出的一个就是新调来的小叶了。红杏不用她们回头，还是立即就认出了哪个是新来的小叶。这个小叶太瘦了，肩头窄窄的，腰身愈发细下去。这不禁令红杏想起刚入厂时的自己，那时候自己就是这样一副一撞就要散架子的模样。

有个女工发现了红杏，回过头来和她打招呼，小叶也扭过头来，她的眼神正好和红杏的眼神撞上了。小叶的脸很窄，也有一双与脸庞不大相称的大眼睛，红杏的心忽悠了一下，心想这个小叶和十年前的自己真是长得太像了。红杏一时竟不知如何是好。

小叶冲红杏笑了一下，很大方地对红杏说，我是小叶，你是开天车的红杏师傅吧？

红杏点了点头，然后也笑了一下，笑容很僵硬。

小叶又说，我在原来的单位也开过天车，但时间不长，开了半年就调过来了。

红杏的心又忽悠了一下，看来大刚说得没错，主任吴大手一定说过让小叶也开天车这句话了，这使红杏很不自在。她本想多问问小叶的一些情况，但那股不自在就像浸了水的海绵在她的心里迅速膨胀起来，撑得她发慌。她忍耐不下去了，不知冲小叶咕哝了一句什么，就转身匆匆离开了。

现在的红杏又回到了自己的天车上，天车就是悬在天棚下的吊车，车体在厂房的顶部横着开过来驶过去，对下边的人几乎有一种轰炸机般的效果。看着下边的人仰着脸捂着耳朵往上看，红杏就有一种满足感。红杏很喜欢人们用这种角度看她，她更喜欢用这种角度看别人。与其说这种高高在上的感觉是位置造成的，倒不如说是一种日积月累的心理优势造成的。红杏对这种感觉很自豪，也很珍惜。

地面上有人开始修理机器了，起重工用哨子加手势向上面发出起吊指令，红杏对这种指令熟悉得就像自己的手。手是受大脑支配的，对红杏而言，起重工的指令就像受她支配一样，她不需要加任何考虑就能将这些指令实施得近乎完美。

这就是天车工红杏，一个技术娴熟得无可挑剔的女工。别人有理由羡慕她，她更有理由自豪地从天车窗里探出一张挂着笑容的脸。但这张脸上渗出的一股忧郁之气别人是很难察觉的。因为距离，下边的人看到的只是这张脸上的笑容，同样因为距离，下边的人看不见这张脸上的忧郁成分。这忧郁是隐秘的，是别人无法分担的私生活的核。

当下面没有指令传上来的时候，这种忧郁就会加重一些，现在的红杏就是这种情形。她吊完一件活之后，好半天没有响起哨子声，她抛向下面的眼神就有些发直。此时她虽然看着下面，但下面的景物却没有进入她的视线，她看见的是下面并不存在的一个人，这个人就是今天早晨才见过面的小叶。

对于小叶的出现红杏有一种措手不及的感觉。从外单位调来一名女工也许是一件很平常的事情，但不平常的是小叶居然长得和十年前的红杏十分相像，这令红杏非常不自在。想当年吴大手把她从人堆里挑出来做女工们都想做的天车司机时，她并没有意识到这有什么特别，现在当吴大手再次许诺让小叶也做天车司机时，红杏才意识到这中间的特别来。每个人都有一个审美标准，都有一个美人的标准，想张艺谋先选巩俐再选章子怡，你就该明白了，在老谋子心目中这种体型这种脸型的女人就是美人。同样道理，在吴大手的心目中，从十年前的红杏到现在的小叶，这种瘦得像树枝一样的大眼妹才是他喜欢的女人类型。这种推断一成立，一种忍无可忍的苦恼便开始袭上心头。

这个上午成了红杏最痛苦的上午，小叶的形象像影子一样跟随着她，折磨着她。她不断地问自己，小叶就是十年前的自己吗？她无法肯定也无法否定，她的头脑里乱极了。

现在的红杏与现在的小叶之间仿佛隔着漫长的十年，这十年对红杏来说过得极为不易。红杏初上天车的时候天车里已经有一个朱师傅了，她恭恭敬敬地对朱师傅，朱师傅却始终不用正眼看她。在这个只能容下两个人的天车驾驶室里，一冷一热一冰一水，无论红杏怎么努力，水始终没有将冰融化。朱师傅从来没有正经教过红杏一次手艺。红杏无奈，只好去找班长。班长老刘是个看上去很和蔼的汉子，他对红杏说，朱师傅不教你我来教你，等加夜班的时候我就教你去。这天晚上老刘就安排红杏加了夜班，

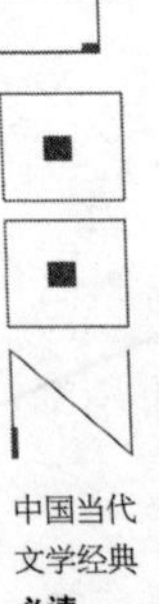

红杏上天车后，老刘也跟了上来。老刘手把手教她如何操作，教着教着，老刘的手就从操纵杆上移到了红杏的胸前，老刘喘着粗气，一双粗糙的大手伸进了红杏的上衣。红杏大惊失色，惊天动地地喊，喊来了下边干活的工友。老刘涨红了脸从天车里钻出来，讪讪对大家说，没事没事，操纵杆夹了红杏的手，都下去吧。

老刘这次没有占到红杏的便宜，这次以后依然没有占到红杏的便宜，老刘就开始给红杏小鞋穿。一次岗位调整，老刘借口说红杏手艺不行，把她调下了天车做了检修工。红杏是个要强的女子，她怎么甘心就这样下了天车？这以后的红杏一边做检修工一边偷偷学开天车，一段时间后终于又找到机会重返天车。当然，这漫长的十年间绝不单单只有这点故事，红杏一想起这十年眼睛里就会旋出泪光来，心里则有一种坚硬的伤痛。

现在是夏天，今年北方的夏天并不比南方的夏天凉快，在街上走一圈，人的衣服就能被汗水浸透。红杏每天下班回家第一件事就是洗澡，将身上的油腻消除干净后她才有心情做其他的事情。

当红杏在卫生间里将水声弄得哗哗作响的时候，丈夫正在厨房里张罗着晚餐。丈夫是另一家机械厂的工人，那家厂在四年前就破产了，失业的丈夫孬活不想干，好活又找不到，一直闲在家里。无事可做的丈夫没有理由不承担所有的家务。饭来张口衣来伸手的红杏并没有被丈夫的殷勤所感动，相反她的脾气在家里变得越来越坏，养家糊口的担子把她的心都压变形了。

递我浴巾。红杏把一颗湿漉漉的头伸出卫生间，冲着外面喊道。

丈夫从厨房赶过来进屋去取浴巾，当他经过卫生间时从敞开的门边看见了红杏的裸体，他停住脚步，眼神有些发直。红杏已经有一段时间没和他过性生活了，对于一个挣不来钱的男人，红杏有些提不起兴致，每每当他有所表示，红杏总会说，你一个大男人，闲在家里让女人养活舒服吗？这样的一句话，足可以熄灭任何一个男人的欲火的。

愣着干什么，快递我浴巾呀！红杏催道。

丈夫这才又迈动脚步，去取浴巾。

吃饭的时候，七岁的女儿对红杏说，妈，老师叫我们明天交280元钱。

红杏这才想起今天是女儿结束暑假的日子，明天正式开学，学杂费当然是要交的，红杏早已经预备出了这笔钱。红杏每个月的工资是600多元，280元对她来说绝对不是个小数目。女儿的提醒令红杏不佳的心情雪上加霜，饭吃得就很艰难。

令红杏恼火的是，上床后丈夫竟然不合时宜地把手伸向了她。这条手臂像一根导火索，一下子就点燃了红杏的满腔火气。红杏像母兽一样吼叫了一声，吓得丈夫赶紧把手缩了回去。红杏的吼叫在寂静的夜里显得十分突兀，把刚刚入睡的女儿都吵醒了。

接下来红杏虽然没有再吵闹，却一宿都没有睡着。想当年追她的人何止是老粗和大刚，可她偏偏选中了身边这个人。谁想到这是一个连一分钱都挣不来的汉子呢！也许这就是命，你无法预料，也无法抗拒。

无法抗拒的事情当然还有很多。第二天上班，吴大手把小叶领到了红杏跟前，吴大手说，车间决定叫小叶也做天车司机，给你当个帮手，你看不错吧？

红杏嘴唇动了动，什么话也没有说出来。吴大手走后，红杏用一种超常的目光看着小叶，把小叶看毛了。小叶冲着她笑了笑，刚想说什么，红杏却转过身去走了。小叶只好闭上嘴巴，跟在红杏的身后向前走。

红杏和小叶不可避免地吵了一架。事情的起因十分简单，小叶要起吊一个活儿，红杏不让，说你是新来的，你吊这个活我不放心。小叶说我在调来之前已经干了两年天车工了，这样的活儿对我来说小事一桩。红杏说你别臭美了，小叶说你怎么能这样说话，红杏说我怎么就不能这样说话。两个人争着争着，红杏就不可理喻地推了小叶一把，差点把小叶推出天车去。小叶抹着眼泪跑下天车。

红杏呆坐了一会儿，之后她像突然意识到什么，一下子就从座位上弹了起来，急急下了天车。红杏想小叶一定是去找吴大手了，她倒要看看吴大手怎么处理这件事。

红杏猜测得没错，小叶果然就在吴大手的办公室里继续抹着眼泪，吴大手就坐在她的身旁。红杏不由自主地在门口停住了脚步，她看见吴大手正在跟小叶说着什么，吴大手的表情很和蔼很投入也很痛苦，他根本没有注意到门口红杏的到来。小叶受了委屈，痛苦的却是吴大手。红杏一瞬间似乎什么都明白了。

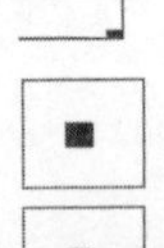

红杏转过身去，低着头开始往回走，吴大手的那种神态在她的眼前不住地晃动，心像被什么压住似的有一种喘不过气来的感觉。红杏想哭，但强忍着没有哭。

当红杏重新回到天车上的时候她已经不想哭了，此时悲伤已经变成了仇恨，枝繁叶茂地在她的身上生长起来。红杏恨的不是小叶，而是主任吴大手。红杏有理由恨他，也有必要恨他。仇恨真是一种怪东西，它使红杏倾斜的心理天平渐渐有了依托。

这天午后，小叶又回到了天车上。小叶脸上的泪痕已经不见了，取而代之的是一种满不在乎的神情。红杏想一定是吴大手给小叶打足了气，小叶才敢用这副表情来对她。小叶坐下后并不看她一眼，只是把目光抛向窗外的地面，瞧那神态明显有一种挑衅的味道。红杏想骂她一句，但还是忍住了，她觉得应该把这样的节目留在合适的时机再演。

合适的时机就是吴大手在场的时候。第二天上午一上班，这样的机会就出现了。大家都在休息室里换衣服，吴大手走进来，他嘴上叼着香烟，来找一个男工说些什么。红杏见机会来了，她故意脚下一滑，身体一下子跌向了小叶，小叶被撞了一个跟头，爬起来就骂了红杏一句。红杏二话没说，甩手就给小叶一个耳光。大家都过来劝架，只有吴大手愣在原地没动。

红杏长这么大还从来没有这样打过一个人，手甩出去后她没有看小叶的反应，而是用眼睛死死盯住吴大手。她看见吴大手惊讶而又痛苦的表情心里就产生一种快慰感。红杏在心里说，吴大手，你心疼了吧，我倒要看看你能把我怎么样。

过了好一会儿，吴大手才返过愣儿，他皱着眉头朝这边走来。红杏大吼了一声，不是对小叶，而是对吴大手。

红杏，你怎么能动手打人？吴大手嚷道。

是她先骂我的。红杏说。

你打人是要受处分的。吴大手又说。

红杏笑了，笑容很古怪。周围的人你看看我我看看你，都觉得此时的红杏有些反常。

这天晚上，红杏把自己动手打人的事告诉了丈夫。她跟丈夫说这件事没别的意思，发生了这么大的事情，她总要找个人倾诉一下，而丈夫无疑是最合适的人选。

你怎么能动手打人呢？丈夫竟然和吴大手一个腔调。

我就是想打她。红杏赌气说。

当心主任叫你下岗。丈夫说。

他不敢。红杏说。

他为什么不敢？丈夫问道。

红杏嘎巴嘎巴嘴，竟答不出来。

每个人都有不便被他人知道的秘密，有些秘密是连丈夫也不能告诉的。红杏就有这样的秘密。有一次丈夫似乎看出了什么，认真地问她，说你是不是有事瞒着我。红杏脸一拉，气呼呼说，你要能挣钱养活家，就不用我心里藏什么事了。红杏的话击中要害，吃人家的嘴短，丈夫气壮不起来，嘴上也就不再问了。

红杏的秘密其实是一段痛苦的经历，这经历从她当上天车司机时就开始了。班长老刘因占不到她的便宜，把她调下天车。她不服，暗自刻苦学习。学理论可以照着书本，学操作却难住了她，因为她不是天车工了，没了再上天车的理由。一次红杏独自一个人在车间的一个没人的角落里练习操作，这是她自己开动脑筋想出来的一个办法，她用一些废铁料自做了一套天车操纵的模拟系统，她就这样开始了她的操纵练习。练着练着，一个庞大的身影投到对面墙上，一下子覆盖了红杏那张单薄的身影。

干什么呢，小树枝？来人在身后对红杏说。

红杏不用回头就知道来人是谁，因为叫她小树枝的只有主任吴大手一个人。

你是个蛮有心计的小树枝呀！吴大手看明白红杏的练习后，感慨着说。

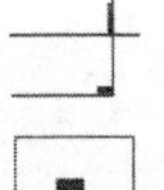

吴大手的声音很慈祥也很温暖，当时一副无助心态的红杏一下子就流出了眼泪。她低着头，用手背抹着越来越汹涌的泪水一声不吭。起初吴大手有些惊讶，有些困惑，但很快他就理解了。吴大手用怜香惜玉的口气对红杏说，你不用哭，你也不用怕，有我在，没人再敢欺负你。来，我来教你操作天车。

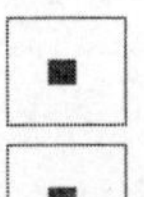

吴大手说罢，就开始用这套红杏自做的模拟系统教红杏操作起来。这

样这样，吴大手一边说一边示范，红杏有些手忙脚乱，又有些心慌意乱，当时吴大手教的东西红杏一样也没有记住。

从这以后，红杏又被调回到天车上工作了。这是吴大手的决定，老刘当然不敢违抗。在高高的天车上，红杏终于可以与朱师傅各占半边，分庭抗礼了。

天车上的红杏没有不感谢吴大手的理由，可怎么感谢呢？她买了一条香烟和一兜水果送到了吴大手的家里。当时吴大手的家只有吴大手一个人，吴大手对红杏说，我不要香烟和水果，我只要……

你要什么？红杏脱口问道。

我要、我要你这个小树枝。吴大手说罢一下子就把红杏揽到怀里，红杏大吃一惊，她不知哪来那么大的力气，一把就把吴大手推倒在墙上。吴大手靠在墙上接着说，红杏你若依了我，我保证没人再敢欺负你，这个车间除了我，就是你，你说一是一，说二是二……红杏捂着耳朵逃了出去。

令红杏稍感心安的是，这以后吴大手并没有继续骚扰她，她在天车上工作得还算顺利。这样一晃几年就过去了。这期间红杏嫁了人，有了女儿。厂里一轮一轮的减人活动也开始了，车间里的女工下岗回家的越来越多，但却没有减到红杏头上。后来厂子要天车只留一名司机，车间就让朱师傅下了岗。红杏心里很清楚，自己能留下来完全是吴大手的力量。吴大手虽然没有继续骚扰她，但心里依然还是有她。这是件令红杏既担心又无奈的事情。

再后来是丈夫所在的那家厂破产了，红杏的岗位在这个时候显得尤为重要，而厂里的减人活动却一波紧似一波地在继续进行着。这时红杏的心理已经有了微妙的变化，一个职业女性，一个要保住自己工作位置的职业女性，谁能侥幸逃过异性上司的骚扰呢？这个问题的出现令红杏好像明白了什么，心里的焦灼和担心也缓解了许多。

那个令红杏刻骨铭心的时刻终于无可奈何地到来了。在厂房的八米高处有一个库房，这个库房正好与天车处在平行的位置上。这是一个寂寞的库房，里面装的是平时用不上的一些工具和配件，很多天这里也不会有人光顾一次。那天晚上加夜班，活干完时已是后半夜了。红杏将天车门关上，靠着墙壁向前走。这是八米高空的一条甬道，道的一端是天车，另一端是梯子，库房则正好在中间的位置。红杏走到库房门口时发现库房的门开了，这使红杏十分意外，她吓得哎了一声，刚想快步走过去，里面却走出了吴大手。吴大手笑嘻嘻对着惊骇万状的红杏说，别怕，是我，我是来取一样工具的。

红杏停住脚步，害怕的感觉像流水一样从身上淌过去，很快就消失了。红杏冲吴大手笑了笑，脸上竟然露出一缕酡红色的光泽。

工作还满意吧？吴大手问道。

多亏有你关照。红杏说，只是这上面就我一个人，挺害怕的。

害怕你就喊我。吴大手说。

喊你你就到？红杏轻声说。

喊我我就到。吴大手说。

红杏这样说过之后感到很惊讶，她没想到自己竟然会这样说话。此时连她自己都察觉出自己的话中有一种挑逗意味，一向对她存有邪念的吴大手此时绝没有无所作为的理由了。

此时地面上干活的工人们已经渐渐散去了，厂房里显得十分空旷。库房里有一股潮湿的霉味扑面而来。红杏几乎记不清自己是被吴大手拖进库房的，还是自己走进去的，总之她是进去了，她跨过了这个门槛。红杏知道，如果她想永远在这天车上干下去，这个门槛迟早都是要跨的。早跨晚跨只是时间问题，早跨也许早了结一块心病，而跨得越晚心里越受折磨。这几年吴大手虽然没有直接骚扰她，但对她的攻击是无形的，有的时候她觉得吴大手就像一只极具耐性的掠食者，就虎视眈眈地潜伏在她的一旁，等着她自己走上前来。此时，她终于走上来了。对女工红杏而言，这也许是一种必然的结果。

库房的门被吴大手关上了，眼前的光线突然晦暗下来，一股类似樟脑丸的味道令红杏打了一个喷嚏。红杏闭上眼睛，她听见吴大手的呼吸急促起来，吴大手一边用他那条贪婪的舌头对付她，一边说，红杏你胖了，你不是小树枝了，你简直成一棵树了。

一种羞辱的感觉袭上心头，红杏闭着眼睛冲着上面的吴大手说，快点吧，快点吧！

但吴大手并不急于操作，他把准备工作做得无微不至。红杏本想敷衍了事，可这个家伙太恶毒了，他要把红杏的不情愿变成情愿。最后，红杏不得不情愿，不得不付出更多……

现在，丈夫又在问她，主任为什么不敢叫你下岗？

一股火气从心里涌了出来，红杏恶狠狠地冲着丈夫嚷道，你别问了好不好，他不敢叫我下岗就是不敢叫我下岗！

红杏很想知道吴大手和小叶的关系究竟发展到了什么程度，为此她很注意观察吴大手的一举一动。只要有机会，她就用话旁敲侧击地说给吴大手听，可吴大手对类似的话题从来不接茬儿。提起让小叶做天车司机，吴大手就说，我怕你一个人干活太累才安排小叶来帮你，不要狗咬吕洞宾，不识好人心。红杏对小叶也更加用心了，在天车里，她时常看小叶的脸，希望能从中捕捉一些什么。在下班的路上，红杏有事没事地在小叶必经的路上张望，渴望能看到一些蛛丝马迹。红杏的良苦用心终于在某一个晚上得到了回报。

那天下班之前红杏就发现小叶在换衣服的时候格外用心，小叶穿了一件平常不经常穿的吊带背心，一条露出膝盖的短裙。这种本来很性感的打扮使小叶更加显得瘦骨嶙峋，极不中看。可这种骨感美人不正是吴大手所偏爱的吗？红杏皱起眉头，一种预感油然而生。

下班路上，红杏就走在小叶的身后，街上川流不息的人流与车辆不断遮住红杏的视线，但她十分顽强，视线一直牢牢地抛在那个瘦小的身体上，一路跟踪下去。

小叶拐进了一条胡同，这条胡同不是小叶的家，却是红杏十分熟悉的一个所在。这使红杏的眼睛一亮。吴大手的一个朋友就住在这条胡同里，红杏曾跟着吴大手来过这里，吴大手的朋友让他们进屋后就躲了出去，接着，她和吴大手就在这间屋子里开始做爱，那是什么爱呀？那是一方欢乐一方痛苦的爱。红杏停住脚步，她觉得不需要再跟踪了，一切已经昭然若揭。红杏转过身去，开始向家里走。就在回家的路上，一个行动计划酝酿完成了。

红杏请老粗和大刚吃了一顿街头烧烤。就在夜幕降临的时候，三个人围坐在一张地桌边，昏黄的灯光和呛人的油烟渲染了一个不错的氛围，几瓶啤酒被消灭以后，三个人的口气都变得硬朗起来。

红杏知道火候到了，她故意叹了一口气，轻声说，我对不起你们俩。

你别这么说。老粗和大刚一起粗着嗓门说，是我们俩对不起你。

你们俩怎么对不起我了？红杏问道。

两个人你看看我我看看你，这才似有所悟，是呀，我们哪对不住红杏了？

红杏笑了，说，所以呢，还是我对不起你们俩。

这话从何说起呀？老粗明知故问。

你们俩对我曾有过意，我却辜负了你们俩，不是我对不起你们是什么？红杏见两个人有些发愣，马上话锋一转说，不过这样也好，如果当初我跟了你们俩中的一个，那另一个就会忌恨我们俩，我们三个就成不了朋友了。

两个人点点头，都觉得红杏说得有一定道理。

为了友谊，咱再干上一杯。大刚又要喝酒。

慢着。红杏说，我有个秘密要告诉你们，你们知道小叶是怎么调到咱车间的吗？

老粗和大刚一起摇头。

红杏说，有一次我在八米高处的那个库房门口，看见小叶和吴大手一起走了进去。

这是真的？两个人的眼睛一起瞪圆了，对他们来说，这的确是一件又新鲜又刺激的消息。

如果你们不信，我可以让你们见识见识。红杏说到这突然把嘴一撇，轻蔑地说，只是，我怕你们不敢见识。

谁说我们不敢？大刚嚷道，好事都让这个吴大手占尽了，我非让他出出丑不可。

老粗，你呢？红杏用犀利的目光将老粗罩住，厉声问道。

老粗狡黠地笑了笑，说，让人家出丑，又有咱们什么好处？

红杏用手轻轻捅了捅老粗的胸脯，换一副娇嗔之态说，小叶出丑，就没人和我竞争天车上的位置了。就算帮我的忙还不行吗？

有你这句话我就心亮了，这个忙我帮。老粗说，不过我们俩的力量还是单薄了一些，不如这样，到时候我把干活的工友们都骗上去，大家一起出他们的丑，吴大手就不会忌恨一个人两个人了。

这样当然好了。红杏说。

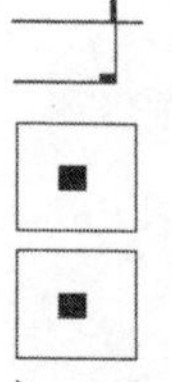

红杏觉得预期的效果已经达到，她拿起酒杯对两个人说，咱们再干一杯！三只酒杯碰到一起发出清脆的响声。在这个晚上，这样的响声响了多少次红杏已经记不清了，她甚至都想不起自己是怎么回家的，到家后就什么也不知道了。

机会在几天以后就出现了，这天下班时班长通知小叶加夜班。这时的班长已经不是老刘了，那个老刘早在许多年前就下岗回家了。这个班长很在乎红杏，他见红杏在一旁用不太高兴的眼光看他，就走过来对红杏解释道，这些天你干的活太多了，太辛苦了，叫小叶多加些夜班是吴主任特意叮嘱过的。

红杏的心跳一下子加快了，她知道这是吴大手有意的安排，他要今晚上和小叶成其美事，以前红杏加夜班的时候吴大手就经常这样做。红杏暗自把牙关咬得咯咯作响。

下班路上，红杏把这个消息告诉了老粗和大刚。

然而到了晚上事情却有了变化，班长亲自来到红杏家找她来了，他说小叶今晚有事不能上夜班了，这个班只能由红杏上。班长要和红杏一起走，免得她一个人走夜路害怕。

小叶会有什么事呢，莫非她和吴大手改了幽会地点？红杏马上想起了那条小胡同，一种失落感立即从心底里升腾起来。红杏只得和班长一路走，她连打电话告诉老粗和大刚的时间都没有了。

上了天车以后，魂不守舍的红杏将活儿干得一塌糊涂。有好几次她都没有听清下面传来的指令哨子声，惹得下面的检修工直骂粗话。红杏没有心思和他们计较，一想到老粗和大刚将在那个库房里扑空，红杏就有一种很无奈的感觉。

时间流逝得飞快，这个夜班在不知不觉中就结束了。红杏从天车里出来，沿着八米高处的那条甬道心不在焉地走。当路过那个库房时库房的门突然吱扭一声开了，里面露出吴大手的脸。这令红杏十分意外，她惊讶地轻呼了一声，与此同时，身子却被吴大手伸手拽了进去。房门被吴大手迅速关上，然后他就开始解红杏的衣服。红杏说不，一想到老粗和大刚带着工友们随时都会上来她就不寒而栗。她一边往外推吴大手，一边说不。

又不是一次两次了，你害羞什么呀？吴大手嘴里嘟囔着，依然不依不饶地扒红杏的衣服。

红杏说，我这次不想做。

吴大手问，你为什么不想做？

红杏当然答不出来。

红杏的反抗反而引起吴大手更大的兴趣，他以少有的粗暴飞快地扒光了红杏的衣服。今晚的吴大手显得很亢奋，当他进入红杏的身体后红杏才停止挣扎，此时的红杏有些麻木，头脑里呈现出片刻的空白。当房门被人撞开的时候，她才意识到什么。她跳将起来，就这样光着身子在众人面前逃出了库房。

原载《北京文学》2004年第7期

点评

初看标题，或许就会猜到小说的主题。“出墙的红杏”一语双关，所隐喻的内容却有天壤之差。一是指那个坐在天车上俯视地面、技能娴熟且内心自足的女工红杏；另一个则是在生活的重压和权力的诱逼下出卖自己肉体的偷情者。聪慧勤勉为红杏赢得了职场上的一席之地，女性的自尊也使她不止一次地拒绝了上司吴主任的威逼利诱。只可惜，生活的轨迹并不一定按照人们的美好希冀而顺利铺展，命运的浮沉总是像一把大手将无力自主的人推向了黑暗迷茫的深处。丈夫失业赋闲，工厂持续裁员，面对这不断袭来的重重压力，她最终还是无法抗拒地落入了吴主任的圈套，成了名副其实的“出墙的红杏”。

如果故事仅止于此，那么这篇小说并无独特出彩之处。所以说，小叶的出场，是作者匠心独运的设计。小叶，容貌上活脱脱是年轻时红杏的影子，其人生路径某种程度上也与红杏如出一辙。女性在权势与性侵双重压榨下的窘迫感，以及试图改变却愈陷愈深的无力感，在两人身上有了宿命般的呼应。最具戏剧性和讽刺性的转折点，是红杏自认为巧设陷阱以待吴主任和小叶自投罗网，却不料反而使自己掉入了万劫不复的深穴。最终她作茧自缚后的麻木、空白甚至迷蒙无助，是一种深陷悲剧时内心极度恐惧的表征，抑或作为弱势女性无力挣脱命运捉弄的自毁？

（方奕）

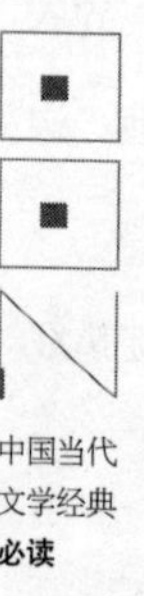

米香

董立勃

1

米香不是一种米，米香是个有点像大米的女人。像大米那么圆，像大米那么白，还有点像大米那样香。不过，这个故事不是发生在南方，而是发生在西边的新疆。

一片叫下野地的戈壁上，从各地来的人，在这里开荒种地。不种稻子，只种小麦和玉米。米香吃大米长大的，来到了这里还想吃大米。问为什么不种大米。干部们说，没有那么多水。

没有那么多水，不能一点水也没有。天不下雨，雪山上的雪，化成了水，会流到这里。这里的人，就挖水库，把水存起来。到了旱季，就把水放出来，送到地里去，让庄稼喝。

下野地有好几个水库，每个水库都像一座很大的湖。米香看到了这些湖，想起了南方老家的湖，心里很高兴。没有大米吃，当然不好。可有这些湖，让米香能到湖水里洗澡，游水，米香还是很喜欢。南方女人像水，骨子里和水亲。

那一年，北京的毛主席，老到江河里游泳。还说了一段话，让大家到大风浪中去锻炼。下野地的干部，为了落实最高指示，组织大家去水库里游泳。谁都没想到，搞这个活动，把米香搞出了名。

干活，米香不行。

开荒种地，要的是力气，要的是粗壮的胳膊和腿。米香很圆，可上上下下都那种细细的圆，没有一个地方粗。

不管在荒野上干什么活，那落在最后面的一个人不用看就知道是谁。

游泳和开荒种地不一样，光力气大没有用。鱼的力气没有牛的力气大，也没有马的力气大，可到了水里，牛和马都没有鱼跑得快。

米香在水里就是一条鱼。

从水库这边游到那边，叫横渡。没有一个游得比她快。她游到了水库那边，别的人还没有游到一半。 看到别人还在水里，米香一个人站到岸边觉得没有意思，就又跳到了水里游了回来。游到这边后，再开始回过头游，重新把那些还在水里爬的人追上。不但追上，还超了过去，又占到了头一个位置。也就是说，她都横渡了两回了，别人连一回也没有完成。

一点不会游水的大人小孩，站在岸边看。看着看着全把目光落到了米香身上。看着米香，像一条鱼一样在水里摆动着腰肢。

当米香再一次游到水库的那边，头一个从水里站起来，站在水边看的人，全鼓起了掌。认识的人，说米香真厉害。还不认识的，就问身边的人，这个女人是谁，怎么这么厉害？别人就说，她叫米香。

这一天的阳光好极了。这一天，全下野地的人都知道了，有个女人叫米香。

鼓掌的人群里，有一个少年，叫佟。

佟十四了。

佟每天中午都要跑到水库来玩，可他一点儿也不会游水。他像个石头，到了水里，不管手脚怎么扒拉，也不能让双脚离地，在水里浮起来。

可他很想让自己在水里浮起来。这个年岁的人都是这样，朝天上看，想让自己长出翅膀在空中飞；往水里看，就想让自己变成鱼在水里游玩。

这会儿，站在水边，看着水里的米香，他的眼睛不能不从眼眶子里掉出来，掉到水里，粘在米香身上。

其实这会儿，站在佟身边的好多男人，他们的眼睛珠子也掉进了水里，粘在米香身上。

同样把眼睛粘在米香身上，佟的眼珠子和他们的眼珠子却有很大不同。佟的眼珠子盯着的是米香游水的姿态。而他们的眼珠子却盯着的是摆出了各种姿态的身子。米香穿着的衣服叫泳衣，胳膊露到胳肢窝下面，大腿露到了大腿根子上，胸上的两个小山包，有多高鼓起就有多高。女人穿这样的衣服，下野地好多人还是头一回见。不知再有没有机会见了，当然就要往死里看了。

佟没有像别人那样看，不能说佟就比他们好。其实佟的眼珠子碰到米香在水里的身子时，心跳也有点乱。只是这点乱很小，小得连他自己也没有太在意。

如果这时佟的年龄能再大个十岁，佟的想法就肯定是完全不同了。比如说像站在岸边的张山，他就比佟大了十岁。他在盯着水里的米香看了一会儿后，就想到了把米香娶了当老婆。

2

佟很单纯。这个假期，佟没有别的想法，只想把游水学会。可这个想法不能说出来，说出来父母亲会骂。水火无情，每年都有人淹死在水库。孩子一出门，大人就会说，别去玩水。

想去水库学游水，佟说，我去背柴火。

一说背柴火，母亲不再多问。马上让佟拿了绳子走出门去。

水库边有许多洪水冲下来的枯干的树枝，不一会就能拾一大捆。拾好了柴火，佟不会马上背着柴火回家去。

走到水边，脱掉衣服，看到水库边还有别的孩子在拾柴火，其中还有几个女孩子，佟不好意思脱光了。

穿着小短裤，下了水。

和佟一样大的少年还有好几个，和佟有同样的想法也有好几个，一看到佟下了水，马上就有几个少年，跟着过来，下到水里。

水里比在太阳底下好玩。

在水中翻跟头，在水中捉迷藏，在水中打仗。一群孩子到了水中，就会像一群猴子爬到了树上。

佟却不想和这些孩子玩，他想早些把游水学会。那天看了米香游水后，他更是这么想。不想玩，就要离这些孩子远些。

大群的孩子在浅水里玩。佟就往深水处走了走。当然不会走到太深的地方，他不会游水，水淹到了脖子，他就不敢往前走了。

他不往前走了，可到了水里，人就不能完全听自己的了。水也会动，动起来的水，有时还挺有劲。

一阵从岸边涌过来的浪，只把他向前推了几步。他再落下来时，脚就挨不着地了。这一下，他是真浮起来了。只是，他一浮起来，还来不及吸一口气，又沉下去了。再浮起来，想再吸一口气，却有一大口水灌到了肚子里，好像还灌进了肺里，灌进了心脏，让他觉得自己马上就要被憋死了。

佟想，完了，我要被淹死了。

一群孩子喊起来。

一群在地里干活的人跑了过来。

别的人跑到了水边，站在了水边，不敢往前跑了。不是他们被吓住了，是他们知道，他们到了水中，不但不能把淹在水中的人拖出来，还会把自己也淹到水中。

只有一个人还继续往前跑。

她是米香。米香边跑把边把身上的外套脱了下来，只穿着件汗衫。汗衫很薄，胸前的奶子，很厉害地跳。

但没有人顾得上看米香。全往水的深处看，都看见那个小脑袋在又浮起来一下后，有好一阵子没有浮起来了。

水里的佟，还想再浮起来，可他的脑袋太沉了，好像灌进去了太多水，怎么也浮不起来了。

一直往下沉。沉入了没有边的黑暗……

佟当然没有死。米香来了，佟怎么可能会死。

带着佟，佟的父母亲去感谢米香。

佟的娘见了米香，眼泪一下子流了出来，还要在米香面前跪下来。米香硬拉着不让跪。米香说，这算个什么事呀，用不着这样。

给米香道完了谢。父母让佟也说谢谢。佟说，谢谢阿姨了。米香摸着佟的头说，这孩子长得机灵，学习肯定好。父母说，好是好，调皮得很。

说完了想说的话，父母拉着佟走，佟不走，看着米香，好像有什么话要说。米香看出了，问佟还有什么话。佟说，阿姨，你教我游水吧？

不等米香说行还是不行，佟的父亲扬起巴掌就要打佟，说佟要是再去

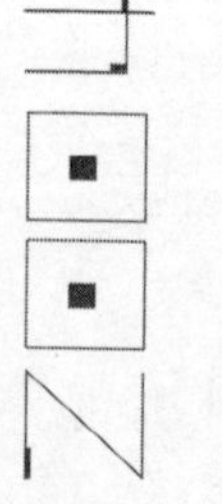

水库，就打断他的狗腿。

米香挡住了佟父亲要落下的巴掌。米香说，孩子喜欢水，你不让他去，他也会偷偷去。打也没用。可他要是会游水了，再去，就没有事了。

佟说，阿姨，你教我吧，我一定好好学。

米香说，行，我教你。

佟一听，高兴得差一点跳起来。

接下来的日子，每天都能看到米香和佟一起往水库边走。米香白天要干活，只能收了工后来教佟游水。

到了水边，佟站在水边，脱掉了长衣长裤。米香先让佟在浅水处，用水湿湿胳膊和腿。自己走到了旁边的一片芦苇里。过了一会，米香走了出来，身上的衣服没有了，只有一件泳衣贴在身上。

到了水里，不马上教佟，她要先在水里游一圈。晒了一天的水，一点儿也不冷。轻轻拍着身体，那舒服说不出来。

游到佟的身边，从水中站起来，带起一片水花，不少落在了佟的身上。

米香说，来，把胳膊伸出来，像我这样。

米香做了个动作，佟跟着做。米香说，对，就这样。

米香伸出一条腿，让佟也像她那样把腿伸出来。

米香说，像青蛙那样蹬。

佟见过青蛙，看着米香，学着青蛙的样子蹬着腿。

米香让佟趴在水里，为了不让佟沉下去，米香伸出了手臂，托在佟的肚子上。让佟浮起后，让佟的胳膊和腿按刚学的动作来回屈伸。

看着佟的胳膊伸来划去，嘴里不断地纠正着佟不对的地方。这时托着佟肚子的手就慢慢地离开了。

头几次，手一离开，佟就往下沉。再后来，米香的手离开好大一会，佟也不沉了。米香一看，高兴地笑了。

3

二百多米宽的水库，佟能游着过去，还能游回来。米香对佟说，你会游水了，再不会让水淹着了。米香的话里还有个意思，是说你以后也用不着我教你了。

是用不着教了。想教也教不成了。放假放完了，佟要去上学了。下野地还没有办中学，佟上学要到奎屯城去，离这有近百里地。要住在学校，平常都不回来。过去放假，老觉得过得慢，可这个假期，好像眨眼就过去了。

佟说，明天我就去上学了。

米香说，上学好，去吧。

佟走了。用不着教佟了。可收了工，米香还往水库方向走。

走到水边，会先四处看看，能看到人的影子，就钻进旁边的苇丛中。如果看不到人，就站到水边，把身上穿的衣服脱掉，换上泳装，走到水里。

不光是游水，还要在水里好好洗一洗。这水库里洗了，回到屋子里就不用洗了。再说了，同样是洗，在水库里洗，和在家里的盆子里洗，完全不一样。家里那点水，只能把身子的皮肤湿了，到了水库时，就能让水透到骨子里去。

每回差不多在水里待到太阳没有了，才从水里出来，换上衣服，往营地走去。

从水库通往营地的路上，有一座小桥，在桥上遇到了张山。知道张山，不很熟悉。打了个招呼走过去。她一点儿也没有在意这个事。

连着在这个小桥上五次遇到了张山。米香不能只打个招呼就过去了。她想天下有许多巧事，可不会有这么巧的事吧。她不能不在意了。

张山是个很年青的男子，长得眼睛很大，眉毛也黑。这样的男子开口说话，一般来说女人都会认真去听。

张山说，你天天都去游泳？

米香说，差不多吧。

两个人一块说着话，沿着一条土路走回营地。好多人都看见了。大家知道这两个青年谈对象了。

地里干活时，一些人问米香，是不是和张山在谈对象。米香只是笑，不说话。有些话也不要说出来，笑一笑就是回答了。

大家在一起闲着没事，说到米香和张山的事，觉得两个人挺般配。

米香和张山处了一段，也觉得对方就是自己喜欢的人，都觉得能和对方成为一家，日子肯定过得挺有意思。

张山说，我们谈对象吧。

米香说，好。

这以后，米香再来水边游泳洗澡，不再是一个人。张山也跟着来。可张山不下水。他不会水。他坐在水边看着米香在水里游来游去。米香让他下水来，说有她，不会有事。他还是不下。米香说，你下来，我教你，我肯定能教会你。米香说，我把一个孩子都教会了。张山还说不下，说会不会游泳不影响到过日子。

有张山在，米香就会多游一会。游到天黑了，才从水里出来。张山在，米香换衣服，一定要去芦苇丛里。张山说，你换吧，我把脸转过去，我不看。米香说，那也不行。张山就笑着说，你真是太可笑了。

走在路上，天黑透了。土路不平，不好走。米香扯着张山的胳膊。刚洗过的米香，身上有股味，好闻得很。都不说话，走了一阵子，张山一下子停下来。米香以为遇到了什么，问张山咋啦。张山还不说话，却一下子抱住了米香。

米香没想到张山会这么大胆子，有点发愣。这一愣，张山的嘴就把她的嘴咬住了。几乎就在同时，张山的手伸到了衣服里。只有一件衣服，里边什么也没有。刚洗的身子，很滑溜。张山的手一下子就滑到了米香的奶子上。

没有想到张山会这么野，看他的样子不像这样的人。米香知道这样不好，不想让张山这个样子。身子扭了扭，想把张山的手摆脱开。可身子软得厉害，用不上劲。

没想到张山这样野还不够，又把另一只手往米香的裤腰带伸去。米香是个女人，知道这个动作的意思是什么，米香还是个姑娘，更知道这个事的结果有多厉害。

米香坚决地抓住了那只手。米香说，不行。

张山说，我们结婚吧。

米香说，好吧。

张山说，我们下个月就结。

米香说，行。

结婚是个大事，可也是件容易的事，在下野地更容易。父母都不在，只要两个人自己愿意就行。写一个申请结婚报告，找单位领导签个字，就可以去场部的群工科领结婚证了。只要领了证，就算结婚了。

张山写的申请结婚报告。两个都在上面写上了自己的名字。先让米香拿到了她的单位，让开荒营马营长签了字。马营长没有多问什么，就在上面签了字。

张山在机务营开拖拉机，他拿出报告让机务营的朱营长签字。没想到在这里遇到了一点小麻烦。去签字时，营长正出门。张山说找营长有事。朱营长说，我要去场部开紧急会，等我回来再说吧。张山心想，去开会，顶多一两天就回来了，就等朱营长回来再说吧。

就是这点小麻烦，后来成了一个大麻烦。

4

没有过两天，只过了一天，朱营长就回来了。不等张山去找朱营长，朱营长就先找他了。不是找他要给他签字，而是要找他布置任务。不是给他一个人布置，是给好多人一起布置。当时和张山站在一起的有一百多个男人。他们和张山一样，听到了悬在营部门口的那口大钟响了后，就都来了。

朱营长说，我们的边界上现在出现了边民外逃事件，情况很严重，也很紧急。上级要求我们兵团的武装战士，马上开赴边境线，执行阻止边民外逃的任务。大家回去准备一下，明天早上就出发。

大家解散了，都回去准备了，只有张山还在站在那里不动。朱营长有点奇怪，问他还站在这里发什么愣。张山有点不好意思拿出了结婚报告给朱营长。朱营长只看了一眼，就扔给了他，说你这个人怎么一点思想觉悟也没有，在关系到国家民族利益的大事面前，你还想着你的这个事，等执行了任务回来再说。张山脸臊得红成了猪血的颜色，赶紧把报告塞进了衣袋里，心里后悔得直想打自己一耳光。

回来给米香一说，米香一点儿也不生气。说朱营长说得对，说张山是有点太着急。没想到米香也这么说他，再一想到这一去会有好长时间见不到米香，张山的心情就有点不太好。

看到张山的脸色不好看，也想到了张山要走很久，也有点难受。想让张山高兴起来，也想让自己高兴点，米香就主动地偎到了张山怀里。好几次了，张山有什么不高兴，米香就这样，米香一这样，张山就把不高兴的事忘了。

可这一回，好像光这样，张山还是不能很高兴。米香就有点急了，问张山，要我怎么样，你才高兴？张山说，要你成了我的妻子，我才高兴。米香说，你回来，我就是你妻子了。张山说，我想让你现在就做我的妻子。

米香想了想，说，好吧。

没有想到米香会说出好吧这两个字。张山看着米香，眼睛直直的。米香看出了张山眼睛里边的意思。米香说，这口饭早晚是你的，要是你真的想早点吃，你就吃吧。说完米香把张山手拉了过来，直接按到了自己的腰带上。

都是头一回做那个事，都没有经验。想做得很好，是不可能的。但这一点儿也不影响他们的兴奋和激动。

尽管张山浑身流着汗，大口喘着气好像快要累死了，可还是说，太好了，太好了，我太高兴了。

尽管米香疼得叫出了声，还流了泪，还流了血。也一样抱着张山说，真好。

张山走了，很高兴地走了。朱营长没有签字的事，他已经不在意了，也用不着在意了。米香用她的身子，在他的生命里，给他签了一个字。有了这个字，就意味着米香永远是他的了。

走在边界线的高山上，张山老去想米香，不让想都不行。想着想着，走了神，脚底下踩了个空，身子一歪，向一边倒地。这一边是个悬崖，一倒没能再起来。一下子跌到了百多米深的山谷里。

等到把人找到，人已经没有气了。整理身上东西时，在口袋里发现了那个结婚报告，交给了朱营长。朱营长拿起看了一会。上面沾了一点血。朱营长想了想，还是把它给扔了。落到地上后，一阵风吹过来，不知吹到什么地方了。

埋张山时，米香哭得死去活来。都知道米香和张山在谈对象，可也知道他们只是谈，还没有结婚办事。看到米香那个样子哭，都觉得有点怪。觉得米香犯不着这么样哭。有的还说，哭什么哭，又没有结婚。谈对象嘛，谈不成的多得很，就当没有谈成还不一样。还有的说，说米香命不好，也行，可说米香命好，也行。你说，要是等结了婚，张山再出这个事，那不就成了寡妇了。不管怎么说，现在米香还是个大姑娘。尽管还是一个人，还是女人，姑娘和寡妇的身份差别就大了去了。要是这么说，说米香命还好，也有道理。

大家这么想，也不是没有道理。可要是大家知道了另一些事，可能就会对米香这样的伤心地哭，有另外的看法了。

5

不管别人怎么想，米香当然会这么哭。因为，米香，已经把自己当张山老婆了。

这时的米香还不知道接下来会发生什么。要是她知道接下来要发生的事，她没准就会一头撞在张山的棺材上，随着张山走了。

米香在张山死了两个多月后，发现自己怀孕了。

是女人，就会怀孕。这是件平常事。可米香怀了孕，这不是件平常事。因为米香还没有结婚。没有结婚的女人怀了孕，就不是件平常的事。而在下野地就是件天大的事。

干部们组成了一个调查组，专门调查这件事。

女人自己不会怀上孩子，女人怀上孩子一定和一个男人有关系。把米香喊上来，问肚子里的孩子的是谁的。米香说，孩子是张山的。

干部说，这不可能，张山死了，怎么会是张山的孩子？米香说，张山上山前的晚上睡在了她那里。干部说，睡了几次？米香说，就一次。干部们全笑了。干部们都结了婚，他们有这方面的经验。他们说，不可能，一次怎么可能怀孕？米香说，就一次。干部们让米香说说那一次的详细情况。米香不说。干部们说做都做了，有什么不好意思讲的。米香还是不讲。不是米香不好意思讲，是米香不想讲。这是她的秘密，是她的幸福。一讲出来，就成了别人的了。她不想给别人，张山不在了，她不想给别人了。

米香不讲，干部们也没办法。但干部们很生气，开了大会，在大会上宣布了米香的错误，还给了米香一个处分。这一点没有谁觉得过分。因为，就算你米香肚子里的孩子是张山的，那也一样是不对的。没有领结婚证就睡在一起就生孩子，是违反党纪国法的。

可米香不觉得自己有错。晚一点做的事，早一点做了，有多大的错？开过大会，背了处分，米香的脸上看不到灰溜溜的东西，照样挺着胸走路，照样该说就说该笑就笑。

但是到了那一天，米香还是哭了。而且哭得比张山死了时还伤心。

别的女人怀了孩子，马上要求照顾。干部们也马上给安排轻工作。米香也要求给安排轻工作，马营长说不行。米香说，别的女人行，我为什么不行？

马营长说，别的女人怀孩子，那是国家同意的，当然要照顾，你是和男人胡搞，怀了孩子，怎么可能照顾你。我们不能连这点是非都不分。

于是挖大渠，还要米香挖。完不成任务，还要把米香放大会上，当落后典型批。

那天下大雨，还在工地上挖。别人觉得冷，跑掉躲雨去了。米香不觉得冷，倒觉得肚子里一股股热流在涌动。

雨水从头顶流下来，流到脚下面时，雨水的颜色变了，成了红色的。

米香低头一看，全身一下子冷透了。站在那里，成了个冻僵的冰人。身子成了冰的了，脸上的泪水却变得比天上的雨水还要大了。

好像天上落下的雨水，全变成了米香的泪水。

米香在屋子里躺了快一个月。好多人都以为米香过不了这个坎，以为她会追着张山和他们俩那个没有出世的小生命去了。可是一个月后的一个黄昏，大家看到米香从她住的屋子里走了出来，一直向水库走去。

马上就想到米香是不是要去投水。就有好几个人跟在了她的后面。想着她要是真的有什么想不开，也好救她出来。

米香走到了水边。站在水边，米香看了一会平静得像镜子一样的水面，伸出手解开了衣服的扣子，把衣服脱了后，又把裤子脱了。再接下来，又把贴身的汗衫脱了，再接下来，又把很小的短裤脱了。她自己真的变成了一粒没有了稻壳包裹着的白米。

跟在后面的一群男人全看傻了。他们知道一个要想把自己淹死在水里的人，不会脱衣服。他们知道一个脱了衣服的女人站在那里，男人不能随便看。可他们已经傻了，一傻就不知道自己能做什么不能做什么了。

米香脱光了衣服，并没有换上泳衣。她朝水里走去。太阳在西边，贴着地面。

米香朝西走，白白的身子，被平射过来的光，照得好像透了明，好像也变成了光，放出刺目的亮。

米香身子一跃，扑向了水中，像扑身久别亲人的怀中，一阵浪花飞起，像是天空中同时出现了无数个小太阳，把站在不远处一群男人的眼睛弄花了。

这一天以后，好多男人躺在自己家的床上，搂着那个名字写在结婚证上的女人，心里却想着米香。想到了米香，一个个好像愁得不行。女人问他们有什么心事，他们就说没什么没什么。

6

有一个男人藏在路边的玉米地里。米香在水库里游完水往回走。天差不多黑透了。米香走着走着，男人从路边的树林里走了出来，站到了米香面前。一看有人挡住了她，米香没有跑，也没有喊。那个男人想好了，只要米香一跑，一喊，他也跑，跑进玉米地，就当啥事也没发生过。可米香不动，不喊，米香刚洗过的身子，在衣服里散发着香味。男人把米香抱了起来，抱到了树林里。

还有一个男人，在一天夜里，去敲米香的门。他想，只敲五下，如果米香不开门，他转身就走。可只敲了三下，门就开了。男人抱了个西瓜。男人说，新下来的西瓜，送一个给你尝尝。米香笑了。一笑，男人胆子就大了。放下了抱在怀中的西瓜，把米香像西瓜一样抱了起来。米香说，我有点渴。我想吃西瓜。男人看着米香吃西瓜。男人说，你要是觉得好吃，过几天，我再给你送。米香说，好。

这两个男人都有老婆。从米香那里回来后，看自己的老婆，有点像看到猪一样。男人们在一起胡扯。这两个男人一得意，就说出了他们和米香的事。别的男人不相信，说这两个男人，全长得像个瘪瓜子，米香怎么可能看得上。说不相信，也不能不相信。耳听为虚，眼见为实，干脆自己一试。一试果然和他们说的一样。一下子舒服到骨子里，觉得有了这一回，这一辈子总算没有白活。

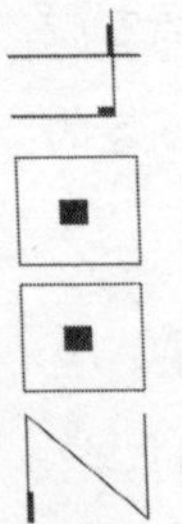

米香一个人住一间房子，米香一个人过。米香好像比那些结了婚的女

人都过得好。

从来看不到米香去戈壁滩上背柴火，可家门堆的一垛柴火比谁家的都大都高。那些柴火让米香烧十年也烧不完。

米香家的房子有点漏雨了，说要把屋顶翻修一下。一下子来了上百个男人，不但给屋顶换上新瓦，还给屋山墙加了新砖。

到了冬天农闲季节，好多人去野地里打野味。每天早上起来，米香都能看到在院子里扔着捕获的野兔子和野鸡。于是，到了吃饭时间，总是会从米香家里飘出很香的肉味。

米香还到地里干活，可分给她的活，她根本就不用干。她坐在树底下，嗑着炒好的葵花子，一点儿也不用着急。不大一会，就会有一些男人跑来给她把活干掉。

米香从不对男人说，你去干什么干什么。可你不干什么米香可记得清了。什么也不干的男人再走到米香跟前来，米香不理。米香说，我和你不好，你走。米香让男人走，男人不敢不走。男人怕这事让别人知道，可米香不怕让别人知道。

米香屋子里有两盏灯。有一盏灯平常不点，来了人才点。不过，来了女人不点，来了男人才点。点着了，端到窗子的台子上放着。窗子上有玻璃，灯光从屋子里照到外面去。走在外面的男人看到这盏亮着的灯，就改变了方向。

真的，米香过得挺好。

在外面读书的佟回来了。这时的佟已经读到了高中。他长高了，站在那里，比他爹还高。他的嘴唇和鼻子之间，也长出黑黑的绒毛须。

可父母亲没有觉得他长大，还把他当孩子。回到家后，还要让他去给家背柴火。长得多大，也得听父母的。

拿着绳子走出门时，隔壁家的小妹喊住了他，说要和他一块去背柴火。小妹十五了，两年前还又黑又瘦。这会儿，皮肤泛出了亮。

到什么地方背柴火。佟想了一会，说还是去水库边上。

水库边上的柴火还是那么多，不一会就拾了一大捆。佟让小妹先走，说他想洗个澡。小妹偏不走，要和他一起走。

佟不管她了，自己跳到了水里。现在，他的游泳技术更好了。在学校的班级里，没有一个人能游过他。他游到了水库的对面，又从对面游了回来。

小妹不会游水，也下到水里，浅水处玩。看到佟游过来，用手掌推出浪花，让浪花去打佟。没想到小妹敢和他打水仗，佟也同样用手掌推出浪花。只是佟推出的浪花更多更快，一下子就小妹打得坐到了水中。

再从水里站起来，小妹就不是原来的小妹了。衣服整个湿透了。的确良衬衣一湿，就全贴到了身上。小妹衬衫下面再没有穿什么。佟看到了梦里才能看到两朵花蕾。

佟站着不动了。

一个人心里动得厉害时，身子往往就不动了。不过，心再动，只要身子不动，也不会有太大麻烦。一个人要做到这一点不容易。一个十七岁的男人要做到这一点更不容易。

佟看到了梦里才能看到的两朵花蕾，佟就觉得自己回到了梦里，接下去，他就把自己变成了梦里的佟了。

佟扑向了小妹。

小妹开始还以为佟这个大哥哥是和她闹着玩。可她马上发现了佟不是在跟她闹着玩。他把她拖到了水边松软的沙土地上，并且开始去撕扯着她湿了的衣裳。

小妹哭起来，不让佟撕她的衣服，可佟变得很野，根本不管小妹哭了没哭。撕掉了小妹的衣裳，又去扯小妹的裤子。

小妹大声地喊叫起来。

他已经听不到小妹的喊叫了。他只想快一点把一个梦做完。每一次都是快要做完了，他就醒了，这一回，他不想醒，这一回，他一定要做完。

小妹还在喊，大哥，求求你，把我放了吧。

心里正有一头野兽在吼叫着，它的声音大极了，把小妹的喊声完全盖住了。

但是这一回，佟一样没有能把他的梦做完。因为不等他把小妹的衣服脱完了，他的梦就不得不醒了。

把他从梦中喊醒的人，正是米香。

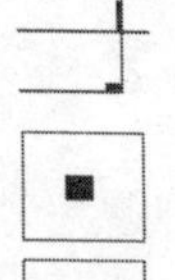

7

听到了一声喊叫后，佟抬起了头。一抬头看到了米香。他傻了。他想他完了，他要被送到劳改队去了。他马上就要高中毕业了，马上就要参加工作了，他知道他干了一件什么事。这件事有多么严重，他太清楚了。开宣判大会，也让学校的学生去参加。好多没有听到过的名词，就是在这样的大会上听到的。好些不知道的事，也是在这样的大会上知道的。这时，他真想站起来，像兔子一样跑掉，可他真的是一点力气也没有了。

米香没有理他，走过来，把小妹扶起来，给小妹把衣服穿好。给小妹擦去眼泪。米香说，小妹，这个哥哥是跟你开玩笑，你可不要当真。回去后，别跟大人说，说了大人要骂你的，知道吗？小妹说，我知道。米香说，跟阿姨保证，跟谁也别说。小妹说，我要说我就是小狗。米香说，真是个好小妹。阿姨喜欢你。

米香让小妹先走了。

看到佟脸色苍白，还瘫在地上。米香笑了，说，没想到这么快，就长成大人了。来，站起来，让我看看长了多高。佟想站还是站不起来，米香把手伸出去，把佟拉了起来。佟一站起来，站到了米香跟前，一比，快要比米香高出了一个头。

米香说，回来了，也不来看看阿姨，是不是把阿姨忘了？米香又说，把我忘了没事，我教给你的游泳技术可不能也忘了。米香说，去到水里游给阿姨看一看是不是真的忘了。米香还说，上次只给你教了蛙游，没有给你教自由泳，想学我再教给你。

看着米香，听着米香，佟的嘴唇在颤动。米香说，你想说什么，就说，没事。佟说，阿姨，你真的不会把我送到公安局去？米香笑了，说，你放心吧，阿姨不会。佟一听，哇的一声大哭起来，同时一下子跪到了米香跟前。

米香一下子把佟的头搂到怀里。

嘴几乎碰到了佟的耳朵。米香用很轻柔的声音说，你长大了，你是个男子汉了。记住，孩子，一个真正的男子汉，永远别去强迫女人。你要让女人喜欢你，女人只要喜欢你了，你要做什么，女人都会高兴。

头在米香的怀里乱拱。佟说，不，不，我是个坏人，没有人会喜欢我。没有。

米香说，谁说没有。阿姨就会很喜欢你。

佟的头一下子抬了起来，看着米香。米香说，真的，不但阿姨喜欢你，还有好多女人都会喜欢你。

佟说，我不信。

站在水边，米香脱光衣服。米香让佟看。佟梦到过好多女人，可没有一个比米香好看。米香伸出双臂，对佟说，来，阿姨教你游水。你会游水了，你就不怕水了，水就不会把你淹着了。

躺在沙土地上的米香脸朝上，她让佟趴在她的身上。对佟说，答应阿姨，别再那样对小妹，也不要对别的女人那样。那样很不好。真想得不行了，就来找阿姨。

佟什么也不会，像只小狗，在米香身上撒野。

野完了。佟又哭了。

一个男人长大时，一定会遇到一个女人，要是没有这个女人，他的命可能就没有了。米香肯定是佟命里的那个女人，佟早晚会明白这一点。

坐在门口看书，隔壁的小妹走过来，问佟在看什么书。佟让小妹看了一眼书名。小妹说，大哥，你那天咋啦？怪吓人的。佟说，那天，我做了个噩梦。小妹说，你大白天也做梦？佟说，真正的噩梦，全是白天做的。小妹说，那你以后，再不要做这样的梦了，好吗？佟说，我不会再做了。小妹还要跟着佟去背柴火，可佟不想让小妹跟着去。佟想到了米香。想到了米香，就再也不想别的女人了。

这个假期，也过得很快。在水库的水里，佟光着身子，米香也光着身子。佟对米香说，真不想离开这里。米香说，你真傻。天下的女人多得很。佟说，天下的女人再多，可没有一个能比得上你。米香说，你这么说，我真高兴。

8

还有一个学期，高中就要毕业了。“文化大革命”开始了。戴着红卫兵袖章的佟回到下野地。远远看到了前面一片尘土飞扬，不知道发生了什么事情，走过去看。一看，是一群女人在揪斗一个女人。这个女人的脖子挂着一大串破鞋。

一个女人冲到台上去，揪住了这个女人的头发，往上一提，让女人抬起了脸。一看脸，佟的心抽了一下。他没有想到被揪斗的女人会是米香。米香的脸，看上去，还是那么美丽。不但美丽，还很高傲。任何一个女人看到这样一张脸，也会愤怒。

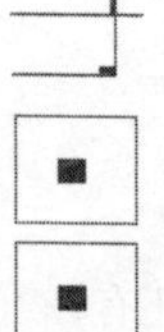

女人们全冲上去了，像群疯狗，扑到了一只白兔身上。等到疯狗散了去，再看那只白兔，已经看不到一点白了。米香的衣服没有了，全给扯碎了。她的肌肤被抓出无数道血印子，流出的血把她染成了红色的，就像佟胳膊上的红袖章那么红。

走到米香跟前，佟不知该怎么办。米香蜷着身子在抖动，她好像睁开了眼睛，好像看到了佟。她对佟说，孩子，给我一点水，我渴得很。佟四下看看，没有看到水。佟想到了马上把米香背到水库去，不但让她喝水，还要给米香把身上的尘土和血迹洗掉。

可佟想到了，并没有去做。他转身跑走了，跑进了正在大串联的队伍里。他将在一个多月后，出现在天安门广场上挥动红色宝书。

二十年后，佟成了一个有名的记者。他回到下野地，好多人已经老了，干不动活了，蹲在墙根处晒太阳。佟走到他们跟前，向他们问起米香。他们都说是有这么个人。可再问这个人在什么地方，他们就不知道了，说那天批斗了米香以后，米香就从下野地消失了。开始有人说，米香跳到了水库里自尽了。可很快这个说法就没人信了，因为人在水里藏不住，过几天就会浮上来。再说了，像米香那么好的水性。她想让水淹死她，水也淹不死她。于是，又有人说，米香那天晚上，走到公路上，搭了个车，又回到了南方。说她到海边，凭着会游水，一直游到了香港，先开始做小生意，后来又做大生意，成了个有名的老板……这也是听说，反正那天后，下野地的人就再也没有见过米香。

从下野地出差回来，一进门，妻子就问佟，这次去，见到了米香没有。佟说，没有。佟的妻子就是当年隔壁家的小妹。妻子和佟结婚后，不止一次地对佟说，那一次要不是米香让我不要说，我肯定要把你做的事告诉爸爸妈妈，说不定还要告诉别人。佟说，你真傻，我那样做，是因为太喜欢你了。妻子说，我知道，可我那时太小了，不懂事啊。佟有好几次想把她走后发生在他和米香之间的事说给她听，可想了想还是没有说。

米香一定还活着，佟一直有一种感觉，不知道会在哪一天，会在什么地方，米香会突然出现在眼前。而且她一点儿也没有变，还是像一粒大米一样，还是那么圆，还是那么白，还是那样散发一种香味……

原载《芙蓉》2004年第2期

点评

小说以冷静客观的叙述语言讲述了米香命运多舛又饱含人性之善的悲情故事。未婚先孕，对于那个年代的女性而言有如晴天霹雳，更何况结婚对象还突然撒手人寰。双重悲剧笼罩下的米香，以自己的肉身为代价，迅速陷入了自甘堕落的境地。这一堕落，既是米香对无力改变自身境遇的无奈妥协，又是她对抗不公待遇的一种精神胜利，但即使如此，她也难逃“文革”期间被当作破鞋、遭受残酷批斗的命运。不过作者并未将人物一味地限制在自我沉沦的泥淖中，相反，其笔墨的重点落在了米香与少年佟的关系上。不得不承认，米香在佟的成长过程中起到了关键性的作用。一则是生命的拯救，一则是失足的挽救；一方面是教游泳技巧的老师，一方面还是性成熟的引导者。米香帮助佟完成了从青春焦虑期的男孩到一个真正男人的转变。米香人性中的闪光点不仅表现在她及时救上落水的佟，主动教他游泳，而且体现在她对小妹施以援手，让其不再重蹈她的覆辙。人性的复杂在米香的身上不断缠绕，自我堕落与救赎他人的印记在她曲折的人生中，构成了两条交相呼应又并行不悖的鲜明轨迹。然而，佟在米香遭批斗时面对救命恩人的求助竟仓皇而逃，是对米香的无情打击。虽然作者隐去了此时米香的反应，也以后来佟对米香的寻找结笔，但是，人性的真善与虚伪、坚忍与怯懦、温情与残酷也在这一极大反差中得以尽情展露。

（方奕）

客人

王祥夫

刘桂珍七十岁了，她的生日是五月二十三。她对儿子和闺女都说了，要他们都来，一块儿吃吃饭。她买了肉，买了鱼，买了各样的蔬菜。肉是炖了一半儿，皮和肥肉放在锅里出尽了油，再用八角和料酒慢慢炖入味，肉皮是煎过的，炖得有一指厚，红汪汪的半透明。另一半肉是瘦肉，放冰箱里僵了僵，这样好切一些，准备炒着吃。鱼早上就开始放锅里炖了。刘桂珍说鱼要千炖万炖味道才会好。孩子们也总是喜欢她做的鱼。鱼临起锅还要放些香菜末子，这样一来，鱼的味道就更香了。

刘桂珍这天早早就起来收拾了。大儿子、二儿子、三儿子，还有闺女，一共要来六七口子。她对他们说了，要他们早些来，帮她做做，其实那一点点活儿她自己都能对付了，她要他们来是为了热闹。刘桂珍的两间屋子，是一楼，光线有些暗。刘桂珍住的是老房子。格局是一进走廊门就是一个细细长长的走廊。左手的地方是个厨房，挨着厨房是厕所。过了厕所朝北是一间屋，朝南又是一间屋。屋子都不大，却是当年分给市里干部住的最好的房子。刘桂珍的孩子都是在这屋里长大的。

刘桂珍合计好了，一共要做八冷八热。鱼是一个，炖肉又是一个，红烧牛肉是煮熟的牛肉一分为二，一半儿切了凉盘儿，一半儿切了骰子块儿来红烧。刘桂珍把要炒的蔬菜都切好了，青椒、蒜薹、菜花。茄子是那种极细的，只有手指粗细的南方茄子，用手撕了和雪菜一道炒。凉盘也都切好了，切好的菜都放在了那张大圆桌子上，用报纸蒙着。快十点钟的时候，刘桂珍到门口去听听，果然是大儿媳妇和女儿来了，来了就一头扎到厨房帮着刘桂珍做。二媳妇却没来。快中午的时候，大儿子和老三老三媳妇都来了，老二还没见人影儿。刘桂珍惦着老二两口子，朝外看了又看，门就是这时候被敲响的。

门外站了一堆人，看样子是从乡下来的，刘桂珍一下子不明白怎么会有这么多人出现在自己家门口。四个大人——一个男人，三个女人，还有三个小孩儿，都穿得很厚，他们的衣着让人明白他们不是这个城市里的人，他们一定是乡下的，而且不是这里的乡下人，他们的手里提着、抱着些行李和鼓鼓的蛇皮袋子。刘桂珍在门里愣着。站在外边的客人，那个男的，鼻子很直很挺，眼睛却小，不是小，而是细长。他一说话，就让人看到他嘴里的一颗突出的虎牙。他有点害羞地说，他们是从河南乡下来的，来找他的表姐，表姐家里又正好没人，就只好找到这里来了。他脸红红的还没把话说完，刘桂珍就明白了，站在门外的客人是老二媳妇的乡下亲戚。快进来，快进来。刘桂珍忽然有点儿慌，忙把四大三小让进了屋。

刘桂珍二儿媳河南乡下的亲戚一进屋，屋子里就热闹开了，也一下子小了许多，好像人都没地方可站了。他们带来的大包小包和捆得紧紧的行李一开始都放在窄窄的走廊里，堆着，摞着，恨不得把体积变得更小，但这样一来，走廊里还是不好过人了。刘桂珍要老三把那些大包小包和行李都往小屋里挪了挪，放到床上去。客人呢，都让到里屋去。这时候已经到了吃饭的时间了。这些河南乡下的客人都愣愣的，他们都好像是吃了一惊，看到了桌子上那么多的好菜，不知道表姐的婆婆家在做什么。好像是，他们站也不知道怎么站，坐也不知道怎么坐了。那三个女的，都像是看不出准确岁数，像是二十多，又像是三十多或者简直是四十多岁也说不定，她们的岁数之所以让人捉摸不定可能与她们身上的衣服有关。都快六月了，她们怎么能够穿得那样厚，好像是，里边都还是棉衣，朝外鼓着，外边颜色都让人分不清的罩子也都短了，是那种碎花的布料子，撅着。她们都不说话，好像是，一进到城里这种屋子里，她们就都慌了，都束手无措了，她们能选择什么呢？刘桂珍说了声：“都坐吧。”她们就都在朝南的那间屋子里的床上一个挨着一个坐下了。她们这么一坐下来，这张床就被她们一下子坐满了。那三个孩子，都挤过去，挤到她们的身上去。已经是中午了，厨房里的香气煽动了孩子们的食欲。他们不停地抬头看大人，好像是，他们的大人可以下一道命令让他们马上扑到厨房吃到什么。那男的，站在那里，脸是越来越红，出汗了，接了一支老三递给他的烟，抽着，也是没话的，因为这时间正是吃饭的时候，让他有些尴尬。刘桂珍让大儿子出去打了电话，给老二，老二家没人接，也就是说，老二家没有人。

刘桂珍的大儿子又回来，说再等等吧，也许马上就要进门了，在路上呢。出去了一下子又从外边回来的刘桂珍的大儿子耸耸鼻子，屋子里的味道呢，怎么就会忽然变了？掺和进了一种陌生的、让刘桂珍一家人都不习惯的气味，是臭，也不是，是腥，也不是，是一种让人从未领略过的陌生的味道，冲击着这个屋子。那味道是从外边进来的这大大小小七个人的身上散发出的，一开始是微弱的，但很快就气势汹汹起来，简直就要压倒厨房那边飘过来的香气。那男的，还很年轻，他一说话，就让人明白他顶多三十多岁。他是那种有力、能干、身体好、食量大、肌肉突出的男人。他抽完了烟，靠着墙蹲了下来，好像是，在那里想话说，但又想不出来。坐在床上的那三个女人，也都不说话。怎么办呢，都十二点半多了，老二和媳妇还不见来，刘桂珍的老大又出去看了一回。看看都快一点钟了。厨房里的菜该凉的都凉了，不该凉的也都凉了。既然是二媳妇的亲戚，刘桂珍在厨房里和老大老三小声商量，就让他们一块儿吃吧。那该怎么办？刘桂珍是商量的口气，眼睛看着儿子。

总不能撵他们走，让他们吃吧，是客人，又是二嫂的亲戚，老三说。

这个臭老二！到底搞什么？老大说。

刘桂珍兴奋起来，想一想自己要招待二儿媳乡下的亲戚，她忍不住就兴奋。

那张红漆大圆桌，给抬过来，摆在了大屋子里，靠着床，这样一来呢，床上就可以坐三个人，因为凳子不够。刘桂珍的意思是：小孩子们不妨就到另一间屋子里去，坐到那张小桌子上去吃。但桌子一摆好，刘桂珍对二儿媳的亲戚们说，都坐吧，别客气。那三个女的，因为别人摆桌子，都木木地站了起来，那三个孩子都好像要把头栽到她们的裆里去。刘桂珍这么一说，那三个女的就都坐下来，她们有些不习惯，有些发愣，不知道城里的这家人在做什么。怎么会弄了这么多好菜，难道就是为了招待她们？她们坐下来了，并且呢，她们的孩子也跟着她们坐了下来，那男的，站在那里，被刘桂珍吩咐了一下，也坐了下来。他们都穿得很厚，这时都捂出汗了。他们一出汗，屋子里的味道便更加浓郁了。像汤里放了白胡椒粉和格外多的味精。刘桂珍的闺女和儿媳，鼻子感觉到了，屏着呼吸，把菜一样一样往过来端了。菜肴的香气让这些客人的汗腺更加发达了。刘桂珍又对他们说，屋里热，把衣服都脱了吧。刘桂珍这么一说呢，那三个女的和那个男的就都把外衣脱了。不但大人脱，孩子们也开始脱。外衣脱下去，能放到什么地方呢？就都堆到床上去。这样一来呢，家里就更乱了，家也不像个家了，倒像是旧货商店。大人的衣服，小孩的衣服，堆在一起，颜色却是一致的，那就是不再新鲜，一律都旧旧的看不出原来的颜色，一律都散发着怪怪的气味。这就和这屋子里的主人有了某种冲突。先是，刘桂珍的闺女在厨房里小声说，什么味儿？真难闻。要不，我就不进去吃了。刘桂珍的闺女的意思是：她随便在厨房吃一口就算了，桌子上太挤。她还小声埋怨了一句，我二嫂也是，她不来，却派这么多代表来。她这么一说，自己先嘻嘻嘻嘻地笑起来。刘桂珍的大儿媳便也表示了不满，说，我也在厨房吃一口算了。这实际上就是一种划清界限，和那些河南来的乡下人。

屋里圆桌那边开始吃饭了。刘桂珍和她的大儿子三儿子刚好挤着坐下。因为有了这些客人，老大和老三倒不好对这些乡下客人说是给他们的母亲过生日了。刘桂珍一开始还给这些乡下人布菜，但很快她就明白很没那个必要的，客人们像是都给饿坏了，筷子伸得又准又狠，那三个孩子，头上冒着汗，人虽然小，却并不要人照顾，大人筷子能伸到的地方，他们也都能照样伸到，大人筷子伸不到的地方，他们会一下子在凳子上立起身，把身子探过去，瞅准了，猛夹一筷子。饭菜一旦占了嘴，这些乡下的客人就更没话说了。那男的，和刘桂珍的老大和老三却喝开了啤酒，酒好像是对他没什么作用，好像是，他还是想不出该说些什么，解释一下他们进到城里来做什么。他们，从河南的乡下，坐两天一夜的车，来做什么？就为这一顿饭？如果没有小孩，圆桌边的情况或许还是另一样，因为有了这三个孩子，冲锋陷阵样地吃，大人们的食欲便受到了空前的刺激。而对刘桂珍的家人来说，那桌上的菜本没多大吸引力，但他们是被激怒了，被那三个孩子冲锋陷阵样的态度，更被他们的大人的态度。好像是，他们应该喝住他们的孩子，但他们表现出来的态度是在用默默无语怂恿他们的孩子，好像是怕他们吃不到，这就让人们的情绪悄悄起了变化。而在这些乡下人眼里呢，却是实在，人家请你吃，你就吃，你不好好吃，倒像是人家的饭菜不好。那三个女人，吃着吃着就把神经渐渐放松，肚子一饱，人的神经就无法不放松。吃到后来，其中的一个，微胖的，笑着，站了起来，她要找水喝了，她可能是吃得太饱了，挺着肚子，站起来，去了厨房。女人永远会明白厨房在什么地方的，无论到什么地方，这便是天性。她一手拿着自己的碗，一手拿着筷子，两手张成八字，去了厨房，去了厨房她才看到在厨房里吃饭的人，她笑笑，算是打招呼。她在自己的碗里倒了水，又回来。她这样一松动，别的人也就松动开，也纷纷去厨房倒水。

这就到了吃饭的尾声阶段。那男的，既然吃饱了，便和刘桂珍的老大和老三又说起话来，说什么呢？是在那里说房子，说院子。刘桂珍的老三客气地笑了一下，这笑纯粹是礼节性的，其实他不想笑，但城里人的修养让他觉得自己应该露一些笑脸给这些乡下人看。老三说城里哪会有什么院子，地皮就是金条。那乡下的男的说，还是有院子好，可以放许多东西，来了客人可以在院子里多放一张桌子。好像是，这男的对他们的到来表示了歉意。要是有个院子就好了，可以多放一张桌子，屋里就不用挤了。那男的又说，笑着。刘桂珍的老三却不笑了，一时不知说什么了。

请人吃饭与和别人一起吃饭喝酒有两种结果，一种是亲近，一吃饭一喝酒就是哥们儿了；一种是无聊，吃过了，喝过了，却觉得更加无聊了。刘桂珍的老三在心里觉得无聊极了。他站起身，说再去打打电话，说我二哥也该来了，下边的话他没说，下边的话是你们也该走了。老三这么说着，却没有马上出去，他等着这些乡下人的行动，老三觉着自己已经把话说到了，也暗示到了，他们该行动了。那男的却又蹲了下来，摸出一支烟来抽。

这时，既然吃过了饭，那三个乡下来的女人都明白自己该做什么了，她们的脸红扑扑的，一拥而上都去了厨房，她们要去洗碗了。

她们一拥进厨房，刘桂珍的闺女和大儿媳三儿媳就马上从厨房里撤退了出来，任那三个乡下女人在厨房里做事。那三个河南的乡下女人，以她们乡下的经验对付着城里的厨房，那就是，该倒掉的都不倒掉，不该倒掉的都倒在一起。河南有一种菜是“渣菜”，就是把各种菜都一股脑收在一个盆子里，甚至要盖住让它们在一起发酵，让各种菜的味道都掺和在一起，这就好吃了。她们这样做了，把所有菜盘里的汤汤水水都归到了一处。她们从小都这样做着。很快，她们把厨房收拾出来了，收拾得干干净净。地呢，也扫了扫，但效果却是相反，显得更脏了。她们收拾完了厨房，又进里边来，她们其中的两个孩子已经趴在那里睡着了，孩子们经过了长途跋涉，又经过了激情飞越的大吃二喝，现在是瞌睡了。乡下人是率真的。那乡下女人，把孩子在床上顺了顺。那男的呢，先是坐在那里，忽然就被无法遏止的瞌睡击中了，在睡眠中，他把自己放倒了，顺着躺在了床上。

这一切，让刘桂珍和她的女儿儿子和儿媳都有些猝不及防，他们面面相觑，又都不好说什么。刘桂珍的老三马上出去了，去打电话，他简直是火透了，打给他二嫂，要她马上来，来安顿他们的亲戚，把他们马上带走，无论带到什么地方去都可以，就是不能再在母亲的家里待下去。这个家，到现在是乱得不能再乱了。是应该收场了，那种异己的味道和到处堆放的衣服和袋子该收场了。

但是，老三很快回来了，他失望而且有些恼火。老二家里没人接电话！他在厨房里小声对老大说。

很快就又到了接近吃晚饭的时间。刘桂珍的老三又出去打了一个电话，老二家里还是没人。这时候，刘桂珍的家里是乱得不能再乱。孩子们都睡好了，精神得以恢复了，都闹开了，大人们的精神也得到了休整，开始说话。这中间，刘桂珍的闺女走了，她忽然生了气，生她二嫂的气。母亲过生日她连个人影也不见，还来了她这么多的亲戚麻烦人。

晚上呢？吃什么？刘桂珍先是去厨房小声问闺女：他们要是还不走怎么办？给他们吃什么？刘桂珍的闺女说她要走了，这又不是她的人，谁知道该怎么办！刘桂珍又小声在厨房问她的大儿子和儿媳妇，好像是，在商量对策。要是到了晚上还不走，怎么办？刘桂珍的大儿子也小声说，哪还有个不走的？一会儿他们就走了。但是呢，从河南乡下来的二媳妇的亲戚根本就没有走的意思，都那么坐着，忽然又都不说话了。要是他们说话倒好了，空气会活动开，会有一种交流。但那几个女的和那个男的都不说话，都坐在那里发呆。因为这沉默，刘桂珍忽然觉得好像有什么地方对不起他们了，忙给他们打开了电视，又给那三个孩子找出了糖果。糖果是去年过年剩下的，放在那里没人吃。那花花绿绿的糖纸给那三个孩子带来了惊喜。看着电视，那男的，让人大吃一惊的是，怎么会，又忽然睡着了，像是在自己家里，在床上躺得顺顺的。这让刘桂珍的大儿子和三儿子更加生气，他们认为那男的不应该在母亲的床上这样子睡觉，但他们也没有办法。

再出去打个电话给老二。刘桂珍的大儿子在厨房里对三兄弟说。

乱七八糟！老三小声说，又出去了。老三媳妇也跟上走了，说要去加班，晚上不来了。

刘桂珍张张嘴，站在那里，不知该说什么好。

刘桂珍准备做晚饭了。她取出了盆子，心想是做面条儿还是做米饭，该做多少。现在她是一个人过日子，是小锅小碗，一下子来这么多人，她倒慌了，不知做多少了。她又和大儿子到厨房里去商量，商量该做多少米。她在心里想好了，晚上就吃米饭，中午还剩着一些菜，正好吃米饭。你说，放多少米？刘桂珍对大儿子说。大儿子却早不耐烦了，说了声，这个老二，他妈的！这就是一句粗话了。说完这句话，刘桂珍的大儿子心里已经有了主意，他在厨房里对他母亲说，让他们到门口的小饭店一人吃一碗面去，别给他们做。刘桂珍的大儿子想了想又说，让他们走，不让他们走看样子他们准会住在这里。刘桂珍的大儿子想好了，也决定要这么办，再说母亲也该歇一歇了，刘桂珍有高血压，每天吃过了饭都要歇一歇，因为这些突然出现的人，刘桂珍从早上到现在还没躺一下，高血压犯了怎么办？刘桂珍的大儿子有些担心，他也在心里想好了，就让他们到外边去吃饭。一碗面是两元钱，连大带小七个人，就给他们十四元钱，也算说得过了。

刘桂珍的大儿子进到屋里去了，他忽然脸红了，又不知该怎么说了。

这之间发生了一个插曲，那就是那些乡下人忽然都有了上厕所的欲望。先是孩子，其中的一个，憋不住了，脸憋得红红的。谁又能注意他呢。引起刘桂珍注意的是这小孩的妈忽然打了一下子这孩子。然后是给这小孩穿衣服，要带他出去。刘桂珍一问，才知道孩子要上厕所。乡下的客人呢，意思是要孩子到院子里去随便解决一下，像在乡下一样，找个地方方便方便。刘桂珍慌了，说那可不行，那可不行，在院子里怎么可以？咱家里有厕所啊。厨房边上那个门就是。然后是，刘桂珍二儿媳妇乡下的客人，忽然都有了这种蓄谋已久的需要了，那需要忽然都变得迫不及待。这也难怪他们，时间太长了。小孩子一完，乡下来的大人们也鱼贯而入了，争先恐后川流不息地进到厕所里边。刘桂珍的两个儿子在屋里都支棱着耳朵，简直是受了惊吓，听着厕所里边的动静。他们听什么？听放水的声音，厕所里呢，一会儿进一个人，一会儿进一个人，但就是没有放水的声音。最后是那个男的脸红红的从里边出来了，笑了笑，露出了他的虎牙，他满足了，有一种排泄后的那种说不出的舒服。尾随着他的是，那浓郁的味道从厕所里弥漫出来了。

没放水冲冲？刘桂珍的三儿子说，问那个男的，不等那男的回答，老三已经冲进厕所里了，捂着鼻子冲进去了。抽水马桶里简直是空前内容丰饶了。这就激怒了刘桂珍的三儿子，他把抽水马桶冲了又冲，水先是受了阻，然后才慢慢慢慢从堆积老高的屎尿里冲出一条生路，终于流下去了，移山倒海样把那些乡下人的排泄物送到了马桶里，弄出了很大的声音。刘桂珍的老三站在那里愣住了，怎么回事？他问自己，人的生活原是像歌曲一样，每一首都有自己的拍子，这拍子又往往是一辈子都不会变，一旦变了，生活就是另一个样子了。

刘桂珍的老大，站在那里，脸红红的，倒好像自己做了什么对不起别人的事。他已经把十四块钱放在了老二媳妇的亲戚的手里，他忽然结巴开了，说晚上，因为家里人都要出去，既然是母亲过生日，他们要陪母亲去外边吃饭。这钱你们就到院子对面的面馆吃碗面。刘桂珍的老大说着话，那个乡下男人，听着，笑着，他甚至还把手里的钱数了数，表示同意。但他还没有马上就行动的表示。刘桂珍的老大便只好说，时间到了，已经和饭店定好了，晚了，定好的桌子就怕没了，所以，他们马上就要出去了。他这么一说，老二乡下的亲戚才明白是该行动了。他们开始穿衣服，都一言不发，把堆在床上的衣服都重新穿到身上去，屋子里，那种异味又汹涌了。他们要出门了，但他们没有把他们带来的东西再带走的意思。刘桂珍的老大慌了一下，便冲进里屋，把他们带来的东西都提了出来。这么一来呢，老二媳妇家的乡下亲戚倒好像弄不明白了，弄不明白为什么让他们把东西都带走。刘桂珍的老大，脸红红的，又向他们解释了，说他们还不知道什么时候回来，也许会回来得很晚。你们吃完面条就去老二家找老二吧，晚上，老二他们说什么也不会不回家。老二媳妇的那些亲戚把东西提到了手里，但都不动，好像不知该走哪个门了。那几个孩子听说了要去饭店吃面，食欲便马上沸腾了，都恨不得马上去，抓了大人的手摇。

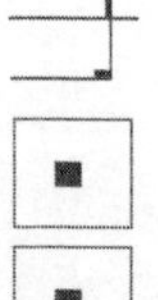

乡下的客人终于出去了，他们出去的时候，刘桂珍的大儿子甚至把他母亲的衣服也拿了出来，装出也要换了衣服马上出去的样子。这些乡下

人，终于出去了，屋子里一下子安静了许多。刘桂珍的老三把窗子都开了，要把异己的味道放一放。又去了厕所，把抽水马桶又放了放水。这时候，刘桂珍忽然在屋里发现了放在茶盘子里的那十四块钱。他们没拿钱？刘桂珍说，看着大儿子，他们怎么没拿钱？

十四块钱也不少了，谁会白白给他们十四块钱？老大说。他们要是找不到老二呢？刘桂珍说。

谁管他们那么多。老大说老二也太不像话了，不但自己不来，而且还来了这么多乡下亲戚，不像话！太不像话！乱七八糟！厕所都进不去人了！

老二做什么去了呢？刘桂珍好像是在对自己说，站在那里，头上出汗了。

刘桂珍晚上的饭吃得很安静，大儿子、三儿子、两个媳妇又都回来了，老二和老二媳妇还没出现。老大媳妇又去厨房重新炒了两个菜，好像是，一切又书归正传了。刘桂珍一般晚上吃不多，喝点白米粥，吃点小咸菜。中午也没剩下什么，只是一些菜底子，都让刘桂珍的大儿媳一囫囵倒了。吃过饭，两个媳妇又去洗碗，刘桂珍的大儿子却蹲在那里给母亲修电褥子，把细细亮亮的电线头子接好。这时候，他们听到了敲门声，“笃笃笃笃，笃笃笃笃”。刘桂珍忙去开了门，这几天该是收电费的时候了。刘桂珍开了门，却一下子怔在了那里，门外，大大小小，拥挤着，是老二媳妇乡下的亲戚，一个挨一个在那里站着。手里提着他们的行李和大大小小的袋子……

原载《延河》2004年第2期

点评

尴尬的窘境，是人生活中不可避免的插曲，每个人都曾经历过。这篇小说讲述的就是这样一种令人焦头烂额的窘境。小说开篇即详细铺陈了刘桂珍为其七十岁寿辰精心筹备了一大桌丰盛的饭菜，并嘱咐儿女们都早点来家里庆祝。原来一家人其乐融融的午宴，没想到却被一群“客人”——老二媳妇河南乡下的亲戚四大三小的突然驾到给搅得一团糟，从而上演了一场令人啼笑皆非的尴尬剧。无论言谈举止、生活习惯、交流方式，甚至身体、衣服上所散发出来的气味，无不昭示着刘桂珍一家人与老二媳妇亲戚这一家人的迥然差别。再则，作者显然将他们的不同身份和鲜明差异视为城乡差别的缩影，以他们在同一个空间下的不同感受、反应和行为衬托出城乡之间难以言状的距离。这种距离不单是外貌衣着等表面上的迥异，更是精神文化上的深层裂痕。乡下人所表现出的各种理所当然、不明就里、不解人意，与城里人的处处关照、讲究礼数，以及文明习惯，形成了强烈比照。但乡下人内在的淳朴与城里人表面的矜持，也一目了然。在城里人眼中，乡下人的“不解人意”成了他们尴尬的来源；但从根子上讲，则是城乡文化意识之不同使然。此外，小说从头至尾设置了一个悬念，那就是老二和老二媳妇到底去干什么了？为何在母亲的寿辰整天都不见人影？是不是他们也为躲避这一行乡下亲戚而故意失踪？他们是否知道亲戚的到来？亲戚又何以知道老二媳妇婆婆家所在？这一连串问题的答案我们都不得而知，却又在猜想中逐渐拨开了谜团。小说最后，乡下亲戚的去而折返，既让刘桂珍一家感到惊讶和难堪，但又好像都在情理之中。的确，城乡文化意识之不同天然存在，又难以调和。

（刘冬青）

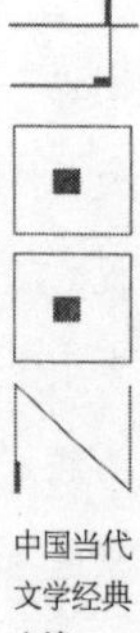

嫂子改嫁

晓苏

1

打从哥哥杨武被公安局抓走的那一天起，杨文对他嫂子林小玉的未来就有了一种预感，他预感到嫂子终有一天会跟哥哥离婚，然后改嫁他人的。作为杨武的弟弟，杨文当然不希望自己的嫂子离开自己的哥哥，再去做另外一个男人的老婆，如果那样的话，不仅他哥哥会深受打击，而且他妈，还有他侄儿都会陷入到痛苦里去。杨文多么希望他的那种预感只是一个偶然产生的幻觉，就像一个肥皂泡，很快消失得无影无踪。然而，这种预感在杨文脑海里却是那样地强烈，犹如春雨过后的笋尖，一旦破土而出，你用石块都压不住它，它一天比一天高，一天比一天粗，一天比一天显得茁壮。

事实上，早在林小玉嫁给杨武的时候，杨文就觉得他哥哥和他嫂子的婚姻是不会天长地久的。原因是，他们两个太不般配了。具体一点儿说，无论是外表，还是内心，杨武都配不上林小玉。杨武个头不高，皮肤黑黝黝的，最难看的是他的嘴，他的嘴特别大，一张开就像一个碗，差不多占去了脸的一半。也许嘴大的人爱吹牛，喜欢说假话，杨武就是这样的一个人，比如当年他在甘肃当兵，回家探亲时说他在部队给首长当通信员，实际上他是在炊事班里负责喂猪。而林小玉呢，她几乎可以说是油菜坡的少妇中最漂亮的一个，五官端庄，皮肤白净，最好看的是她的身材，高高的，该粗的地方粗，该细的地方细，该凸的地方凸，该凹的地方凹，就像一棵棕树。她的性格十分内向，很少说话，要表达什么的时候大都用眼神。当年媒婆把林小玉介绍给杨武的时候，杨文还在镇上读高中。林小玉来油菜坡相亲那一天，杨文正好放星期天回到了家里。杨文看见林小玉的第一眼就想，这个女人是不会嫁给哥哥的。杨文这么想的时候，还不禁为哥哥感到遗憾，并且还替哥哥自卑了好一会儿。然而出人意料的是，在林小玉和杨武见面以后，当媒婆征求林小玉的意见时，林小玉居然点头同意了。林小玉点头的时候，杨文也在场，林小玉一边点头一边朝杨文看了一眼。林小玉看杨文时，她的目光善良而温柔。杨文面对林小玉的目光想，看来林小玉是真心要嫁给杨武了。杨文接下来就感到非常高兴，既为哥哥高兴，也为自己高兴，为哥哥高兴是因为哥哥找到了这么好的一个老婆，为自己高兴是因为自己找到了这么好的一个嫂子。不过，杨文在高兴的同时又深感纳闷，他不明白林小玉为什么会答应做杨武的老婆。杨文把这个问题想了好半天，但最后也没能找到一个答案。由于这个问题没有想通，杨文就不由自主地想到了另外一个问题。他想，林小玉即使嫁给了杨武，他们恐怕也不会白头到老的。

油菜坡也有好多人对林小玉嫁给杨武做老婆感到不可思议。林小玉是那年秋天嫁给杨武的，那时候杨文已高中毕业回到了家里。林小玉刚嫁给杨武的那阵子，杨文几乎每天都可以听见有人议论他的哥哥和嫂子。有人说，杨武真是命好，癞蛤蟆居然吃到了天鹅肉。又有人说，林小玉算是瞎了眼，把一枝鲜花插到了牛粪上。大家说这些话时并不回避杨文，仿佛是故意要说给他听似的。甚至还有人对杨文说，杨文，你嫂子嫁给你哥哥真是太亏了，要是嫁给你，那还差不多！杨文刚听到这话时很有点儿恼火，觉得这话是在有意贬低他哥哥杨武，就恨不得跟说这话的那个人大吵一架，但仔细一想，这话在贬低哥哥的同时又抬高了自己，于是心头的火就渐渐小了。不过，实话实说，杨文确实比他哥哥杨武强，且不说他比杨武的文化高，也不说他比杨武为人诚实，单说他的外貌，那也比杨武强百倍，鼻子是鼻子，眼睛是眼睛，要身高有身高，要体重有体重，如果不是油菜坡人，谁也想不到杨文和杨武是一个妈生的。

杨武是犯下诈骗罪被公安局抓走的。他戴了一副墨镜，冒充宜昌一家土特产贸易公司的业务员，跑到房县去收购木耳，他身上没有带钱，只带了一份伪造的购销合同，要求房县木耳公司把木耳运到宜昌，然后一手交钱一手交货。负责运送木耳的那个房县司机没有经验，当他把车开到宜昌附近时，杨武说先找家餐馆吃了饭再去卸货，等吃了饭进入市内，时间已经是下午六点半了。杨武一看手表说，完了，公司已下班了，没有人卸货了！房县司机顿时急了，忙问怎么办。杨武这时说，先把车停到公司仓库里，明天早晨八点卸货付钱。房县司机说，也只好这样了。次日八点，当房县司机从宾馆来到他停车的仓库时，他发现仓库里只剩下了一辆空车，车上的木耳都不翼而飞了。原来，那个房县司机离开仓库不久，杨武便把那车木耳卸下来卖给了事先联系好的一个木耳贩子。房县司机知道自己受骗后马上报了案，并向警方描述了骗子的外部特征，强调这人长着一个大嘴。半个月后，警方终于找到了油菜坡，在杨武家里将杨武抓住了。

警方抓住杨武时，林小玉并没有感到吃惊。当时杨文也赶到了现场，他听见林小玉自言自语地说，我知道他早晚会有这一天的。杨文并没有对林小玉的话感到奇怪，因为在此以前，杨武曾经多次行骗，并且大家都略知一二。让杨文感到奇怪的是，警方将杨武抓走时，林小玉似乎没有表现出什么痛苦或者不安。杨文看见她稳稳地站在门槛里面，两眼平静地望着几个警察将杨武押着由近而远，仿佛被警察抓走的不是她的丈夫，而是一个与她毫不相关的人。就在那一刻，杨文强烈地预感到，嫂子肯定是要改嫁了。

2

杨武被抓去的第二个月就判了，法院给他判了五年徒刑，然后送到沙洋农场劳改去了。消息传到油菜坡的这天下午，林小玉的妈突然从二十里外的白果村来到了油菜坡。

杨文称嫂子的妈叫亲妈。亲妈是黄昏将近的时候来的，最先发现亲妈的是杨文。当时杨文正在门口借着天光读一张报纸，这是一张农村科技报，上面登了几篇关于烟叶种植的文章，杨文种了好几亩烟叶，所以他经常读这方面的报纸。亲妈来时走得很快，等杨文发现她时，她已经从他面前闪过去了，杨文是从亲妈的侧影认出她来的，在杨文的印象中，亲妈从前每隔一段时间都要来看看嫂子，但她以往来时，走路都非常从容，走一步停一会儿，像是散步，而这一回，她却风风火火，快步如飞，仿佛有什么急事一样。亲妈三步并作两步就进了大门，杨文看着亲妈的背影想，亲妈这次来，莫不是要劝嫂子改嫁吧？杨文这么一想，就再也没有心思看报纸了，马上起身进了堂屋。

杨文一进到堂屋，便感到气氛有点儿异常。他看见亲妈坐在堂屋的中间，双手撑在两条腿的膝盖头上，好像随时都要站起来走路的样子。母亲坐在亲妈的左边，两只手盘起来抱在怀里，一脸无可奈何的神情。嫂子抱着侄儿坐在亲妈的右边，她低着头，眼睛望着她儿子的脸。杨文没听见她们说话，但他可以猜到，在他进屋之前，她们是说过话的，并且说过很重要的话。

林小玉在杨文进屋不久，突然将她的头抬起来了。她先用两只忧郁的眼睛打量了杨文一会儿，然后轻轻地启开嘴唇问，杨文，我妈今天来，是专门劝我改嫁的，可我拿不定主意，不知道自己到底是改嫁好还是不改嫁好，现在，我想听你一句话，你说要我改嫁，我就马上改嫁；你说不要我改嫁，我就永远留在你们杨家！杨文听了嫂子的话，心情一下子变得复杂起来，他先是感到惊奇，没想到嫂子会把这么大的事情交给他来决定。接着他又感到激动，觉得嫂子太看重自己了，不然她怎么会让他来决定她的婚姻大事呢？后来杨文又感到了沉重，他想他哪里敢用一句话来定嫂子的命运？因为心情复杂，杨文脸上的表情就显得丰富多彩，一会儿白着，一会儿红着，一会儿又铁青着。杨文没有马上说话，他把嘴唇紧紧地抿着，像是害怕一不小心会漏出一点儿什么似的。

林小玉说完刚才那番话，眼睛睁得更圆更大了。她目不转睛地看着杨文，等待他的意见。这时，杨文发现母亲和亲妈的眼睛也都望在自己的脸上，母亲的眼神有点儿乞求的意味，毫无疑问，她是希望杨文反对嫂子改嫁的；亲妈的眼睛里散发出一种不友好的光，像是在逼着杨文同意嫂子改嫁。杨文看一会儿母亲的眼睛，再看一会儿亲妈的眼睛，不知如何是好。后来他干脆不看母亲和亲妈的眼睛了，他把他全部的目光都投向了嫂子林小玉的那一双眼睛。嫂子的眼睛里装满了莫可名状的东西，看上去像水又像火，让杨文实在难以看懂。就在这时候，嫂子突然从椅子上站了起来，抱着侄儿走到杨文身边来了，她先淡淡地笑了一下，然后说，杨文，我在等你表态呢，你赶快说话呀！杨文苦笑了一下，然后慢慢张开嘴唇，说，那我就说实话吧，我希望嫂子别改嫁！嫂子听了杨文的话，苍白的脸上一下子铺满了红晕。好，我不改嫁了！林小玉说。林小玉边说边把怀里的孩子递在了杨文手里，说，你抱他，我去煮晚饭吃。她说完就转身去了厨房。

林小玉的妈一听女儿说不改嫁了，又气又恨，当时就要回她的白果村。但杨文没让她走，天已经黑了，路上又这么远，一个老太婆独自走夜路难免有危险。杨文费了好半天口舌才把亲妈留下来。但是当林小玉把晚饭端到桌上的时候，老太婆却怎么也不动筷子。杨文说，吃晚饭吧，亲妈！老太婆说，我不饿！杨文的母亲劝她吃，她还是那句话，说她不饿。后来林小玉亲自把碗和筷子递到她手里，她才勉强吃了半碗饭。

亲妈吃了半碗饭就放下碗筷去了另一间屋。杨文发现亲妈一走，母亲也没心思吃饭了。母亲匆匆扒了两口也放下了碗和筷子，忙着去了亲妈去的那间屋。她对杨文说，她得去陪陪亲妈。母亲走时把孙子也从林小玉的怀里抱走了，林小玉刚给儿子喂过奶，儿子一吃饱奶水就睡着了。

饭桌上只剩下林小玉和杨文后，林小玉突然对杨文说，我们喝点儿酒吧。杨文听了一愣，因为他知道嫂子平时是从来不沾酒的。林小玉没等杨文说话，已经顺手从窗台上拿过酒瓶，并麻利地倒出了两大杯。杨文迷惑地问，嫂子今天是怎么啦？平时你是不喝酒的呀！林小玉红着脸说，我今天高兴！她说着就端了一杯放在杨文面前。杨文没有看面前的酒，而是呆呆地看着嫂子的脸，嫂子的脸上不仅红光焕发，而且笑容可掬。他发现嫂子今天实在有些异样。杨文于是就问，嫂子今天为什么这么高兴？林小玉没立刻回答，而是先举杯喝了一口酒，然后目光直直地看着杨文说，因为你没有让我改嫁呀！听了嫂子这话，杨文心里有点儿糊涂了。他原以为嫂子本人是希望改嫁的，只是因为他求嫂子留下来，嫂子才决定不改嫁了。他压根儿没想到嫂子也是不希望改嫁的。杨文弄不明白，嫂子为什么会不愿意改嫁？设身处地地想，如果换了杨文是嫂子目前的处境，他一定会选择改嫁的。杨文慢慢端起酒杯，对林小玉说，嫂子，我敬你一杯，谢谢你能留在我们杨家！说完将自己的酒杯与嫂子的酒杯响亮地碰了一下。林小玉爽快地喝了一口，然后说，你不用谢我，是我自己愿意留下来的。要谢我还要谢你呢，谢谢你不同意我改嫁。当时当着我妈的面，我还生怕你同意我改嫁呢！杨文喝下一口酒，低头沉默了一会儿，然后抬头问林小玉，嫂子，我哥哥不仅人长得丑，而且又四处行骗，我不明白你为什么还舍不得离开他？林小玉低声说，我，我并不是舍不得他！杨文说，那你是舍不得我妈吗？可她也不值得你这么陪着呀！林小玉说，我也不是舍不得你妈！杨文又问，那你就是舍不得侄儿了，不过侄儿你可以带着改嫁呀！林小玉说，我也不是舍不得儿子！杨文紧接着问，那你究竟是舍不得谁呢？林小玉没有马上回答，她先放下酒杯和筷子，用双手将自己的脸托着，两只明晃晃的眼睛一眨不眨地看着杨文，看了许久后，她轻轻地问杨文，你说呢？你说我是舍不得谁呢？杨文这时注意到了嫂子的眼睛，他觉得嫂子的那双眼睛像是长了翅膀，正在朝他飞翔，他又感到嫂子的那双眼睛仿佛会说话，正在对他倾诉着什么。直到这个时候，杨文才算明白了嫂子的心思，他的心顿时狂跳起来，跳得他浑身发颤。杨文接下来就不敢再看嫂子的那双眼睛了，他像做贼似的勾下了头。

林小玉差不多已经喝醉了，但她又给自己倒了一杯，并一口喝了下去。这一杯下去，林小玉就真的醉了。杨文抬头看时，发现嫂子已经将头歪在了桌子上。他听见嫂子歪在桌子上不停地自言自语。林小玉说，杨文，如果不是因为你，我当年根本就不会嫁给你哥哥！林小玉又说，杨文，如果不是你，我早就改嫁了！

3

杨文知道嫂子喜欢自己以后，心里既感到惊喜又感到害怕，仿佛他的心变成了一根绳子，一头被惊喜揪着，一头被害怕揪着，惊喜和害怕就像两个拔河运动员，将他的心扯来扯去。说句心里话，杨文是喜欢嫂子的，打从林小玉来杨家相亲那天起，他就朦朦胧胧地喜欢上了她。有一阵子，杨文还嫉妒过他哥哥杨武呢。后来，杨文就把嫂子当成了自己的偶像，他想他将来找老婆就要找嫂子这样的女人。但是，喜欢归喜欢，杨文从来没有对嫂子产生过什么非分之想，因为林小玉毕竟是他哥哥杨武的老婆呀！现在，嫂子突然把她的心掏出来给杨文看了，得知自己长期暗暗喜欢的人也这么喜欢自己，杨文当然感到惊喜。

然而，一想到这个人是哥哥的老婆，杨文又感到害怕了。一连好几天，杨文都不敢正面去接触嫂子，早晨起床后出门上厕所，本来要从大门出去的，但一发现嫂子正坐在大门口洗衣服，他便赶快折身从侧门出去了。中午坐在大方桌上吃饭，嫂子特意将他的碗筷摆在她对面的那一方，而他却偷偷地将碗筷移动了一个方位，移到与母亲对着。晚上睡觉前，嫂子给儿子洗澡时忘了拿毛巾，就喊杨文帮忙拿一下，杨文拿了毛巾后却不直接送到嫂子手上，而是递给母亲转交。然而，杨文又并不完全逃避嫂子。比如林小玉蹲在厨房门口面对墙壁剁猪草时，杨文便会站在大门口那里偷偷地注视她的背影，嫂子剁猪草时弓着腰，后腰那里便露出一块白肉，杨文愣愣地看着那块白肉，看得眼睛都不眨。又比如林小玉总喜欢坐在她卧室的门槛上给儿子喂奶，她轻轻掀起衣服，把那饱满的乳房露出一半在外面，每当这时候，杨文就会悄悄地走到自己卧室的窗口，将目光朝嫂子那个又鼓又白的东西投过去。还比如，林小玉每天晚上收拾好碗筷以后都要趁机把自己关在厨房里洗个澡，她习惯脱光了身子站在盆子里，然后举起半桶温水朝自己身上淋，杨文特别喜欢听嫂子淋水的声音，所以一当林小玉关上了厨房门，杨文就会马上坐到厨房门口去，将耳朵近近地贴在厨房的门上。

林小玉自从那天晚上借酒壮胆向杨文敞开心扉之后，她突然变了一个人。以前她是文静的，现在变得开朗了；以前她是含蓄的，现在变得直率了；以前她是谨慎的，现在变得大胆了。林小玉知道杨文有时候在回避她，于是就故意把他揭穿，非要杨文和她面对面不可，并且还用指责的口气说，杨文，你为什么躲我？我是一只母老虎不成？难道我会一口把你吃了？林小玉当然也知道杨文有时候在偷偷摸摸地注意自己，于是就把杨文喊到一个没人的地方，先用黑眼睛瞅他两下，接着又用嘴角讥笑他一会儿，然后认真地对杨文说，以后啊，你想干什么就大明大白好了，不要鬼鬼祟祟像强盗似的，自己的嫂子，又不是外人，想干什么就干呗，还有什么不好意思的？杨文听了林小玉这番话，顿时脸热心跳，羞愧难当，恨不得挖个洞钻进去。他红着脸对林小玉说，嫂子，我以后再不敢了。林小玉听杨文这么说，感到非常失望，她想杨文显然是把她的意思领会错了。林小玉跟杨文说这些话，目的是给他一些暗示，给他一些勇气，没想到杨文竟当成了一种批评，这让林小玉真有点儿哭笑不得。林小玉心想，这个杨文啊，虽然读过高中，懂得好多事情，但对男女之事却还是一窍不通啊，以后，只好更加直接地指点一下他了。

在接下来的一段时间里，杨文对嫂子林小玉仍然保持着一种若即若离的态度和方式。女人的耐心是有限的，林小玉当然也不例外。有一天，林小玉和杨文，还有母亲在他们家烟田里除草，打歇的时候，母亲抱着孩子回家里喝水去了，林小玉就瞅准了这个空子，想给杨文开导开导。林小玉在进入正题之前对杨文说，我问你几个问题，你必须如实回答我，行吗？杨文不知道嫂子要问他什么，便脱口说，行，我一定如实回答你。林小玉首先问道，你是不是在我剁猪草时偷看过我的腰？杨文没想到嫂子会提这么尖锐的问题，一时竟不知道是说真话还是说假话，但一想到刚才给嫂子许过诺的，于是只好红着脸说，是的！林小玉笑笑说，以后你要想看我的腰就走到我屁股后头来看，站那么远能看到什么呢？顶多能看见一块白肉。如果你走到我屁股后头来看，不仅能看到白肉，而且还可以看到下面的红裤头！杨文听嫂子这么说，猛然感到心跳加速了。林小玉接着问，你是不是还偷看过我给儿子喂奶？杨文说，是！他只回答了这么一个字，仿佛再多说一个字都很困难。林小玉说，往后我再给儿子喂奶时，你就走到我的面前来，不但可以看我的奶，而且还可以用手摸一摸，如果奶水太多，儿子吃不完，我还可以让你吮几口。杨文这时候觉得浑身上下的血液都奔腾起来了。林小玉紧接着又问，你是不是曾经偷听过我洗澡？杨文这会儿已无法开口说话了，只好对着嫂子点了点头。林小玉给杨文挤了一个眉眼说，听我洗澡有什么意思？以后我再洗澡时，你就从厨房的后门那里溜进去，一来可以看我洗澡，二来还可以帮我打打肥皂搓搓背，那叫两全其美呢！杨文这时感觉到他的全身都被火点着了，燃出了噼噼啪啪的声音。林小玉一边说着，一边观察着杨文的反应。杨文的反应非常强烈，这让她欣喜不已。末了，林小玉趁热打铁地问，杨文，你以后愿意像我刚才说的那样去做吗？杨文慢慢张开干渴的嘴唇说，愿意倒是愿意，但我不敢。林小玉赶忙问，为什么不敢？杨文低下头说，你是我嫂子呢，我那样做了就对不住我哥哥！林小玉的心一直是滚烫的，而杨文刚才说的那句话，仿佛一盆冰水，一下子把她的心凉透了。林小玉愣了许久，接着长长地叹了一口气，然后把头勾下去了。杨文及时注意到了嫂子的情绪变化，心里也感到闷闷不乐，觉得是他伤了嫂子的一颗心。杨文抬眼朝林小玉坐的地方看去，发现嫂子哭了，泪水已经把她坐着休息的那块石板打湿了一大片。杨文不禁心里一酸，忽然感到嫂子有点儿可怜。他真想好好地安慰嫂子一下，但却不知道怎么去安慰她。

4

一个女人如果产生了一个重大的念头，那是不太容易打消的，就好比一粒火星落在了一堆棉花上。杨文在烟田里让林小玉伤心之后，林小玉大约有半个月时间没有理睬杨文，甚至连儿子也不让杨文抱一下。杨文无疑有点儿失落感，觉得心里空荡荡的。不过杨文对此并没有感到太多的后悔和遗憾，相反他还产生了一种庆幸，他想这样也好，以后嫂子再不会诱导他去做对不起哥哥的事了。然而，林小玉并没有像杨文想象的那样就此罢手，半个月以后，她又朝杨文发起了更加猛烈的进攻。

那是秋后的一天。那天杨文和林小玉到镇上卖了他们这一年收获的第一批烟叶。烟叶的价钱很好，他们一次卖了八百多块。林小玉在镇上花十块钱买了两瓶酒，杨文问她买酒干什么，林小玉说母亲的哥哥这两天过生日，应该让母亲去一趟。买回酒的当天下午，林小玉就让母亲去了，她特别强调要母亲去那里住一夜。开始，杨文并没想到这是嫂子的有意安排，直到夜晚来临，杨文才知道一切都是林小玉精心设计的。

因为上镇卖烟叶十分疲劳，所以杨文天一黑就上床睡了。杨文的寝室在楼上，楼下便是林小玉的卧室。杨文上楼睡时，林小玉还没有进入卧室，她坐在卧室门口哄儿子睡觉。杨文一上床便闭上眼睛睡了，然而他刚刚睡着，林小玉在楼下喊起他来。杨文，杨文。林小玉一连喊了两声。杨文坐起来问，嫂子，你有什么事吗？你赶快到我卧室来一下，把你的风油精送下来，林小玉说。她的声音听上去很焦急。杨文以为是侄儿被什么虫子咬了，从床头柜上拿了风油精就朝楼下跑，身上除了背心和裤头，连外套也没顾上穿。林小玉的卧室门半开着，杨文一进门，林小玉便麻利地把门关上了。杨文顿时有些紧张，隐隐感到事情不妙。但杨文没有显出慌张来，他故作镇静地问，要风油精干什么？林小玉低声说，我身上被虫子咬了一口。她说着走到了床那里。杨文这时才认真打量了嫂子一眼，发现她穿得十分单薄，上身是一件无领衫，下身是一条花裤头。杨文没在嫂子身上多看，他赶快把眼睛移到了侄儿睡的那张小床上。侄儿这时已经睡着了。杨文望着熟睡的侄儿说，我还以为是侄儿被虫子咬了呢！林小玉听了这话很不高兴，斜了杨文一眼说，怎么，难道我被虫子咬了你就不送风油精？杨文忙说，对不起，我刚才把话说错了！林小玉赶紧抓住杨文的话头说，既然你把话说错了，那我今天就要惩罚你！杨文问，怎么惩罚？林小玉不想就说，罚你给我擦风油精。杨文说，这没问题，伤口在哪里？他边说边拿着风油精走向床边。林小玉这时身子朝后一仰躺在了床上，她狡黠地一笑说，伤口在我身上，你自己找吧。杨文已拧开了风油精，但不知从何处下手。他没有去林小玉身上寻找伤口。林小玉四肢张开仰卧在床上的样子非常可怕，杨文看在眼里，不禁腿子发软，心里发慌，他压根儿没有精力也没有心思去寻找什么伤口了。林小玉有些迫不及待了，催问道，杨文，你怎么还不给我擦风油精？简直要痒死我了！杨文说，我找不到伤口。林小玉说，那好，你找不到伤口，我就告诉你吧！她边说边把那条花裤头的一只裤腿往上一扯，一片黑黑的体毛便一下子出现在杨文的眼前。杨文看得两眼喷火，心跳如雷，舌头尖干得快要冒烟了。林小玉指着那片黑黑的体毛对杨文说，快来呀，伤口就在这儿，快来擦点儿风油精吧！

杨文没有朝那地方伸手。事情到了这个时候，傻瓜也知道擦风油精只不过是个借口。杨文使了好半天劲儿才张开嘴巴说，嫂子，这样不好！林小玉说，这有什么不好的？我又不是要嫁给你，只是偶尔和你好一下，我还是你哥哥的老婆，你还是喊我嫂子！这没有什么不好的！听了林小玉这番话，杨文的心忽然动了一下。他不由自主地朝嫂子身上扑了过去。开始的一阵子，一切都很顺利，林小玉手脚并用，三下两下就把自己和杨文剥成了两个白花花的身子，接下来他们就缠在一起，疯狂地拥抱和亲嘴。然而，当他们做完这些预备工作，正要进入那个极乐世界时，杨文却无意之中看见了一张照片。那张照片是杨武和林小玉的合影，放大后挂在他们卧室的墙上。杨文一看见那张照片，刚才还坚硬如铁的身体猛然间就变成了一根用水泡过的油条。接下来的情形就可想而知了，杨文慌慌张张地抓起他的裤头和背心，从床上跳下来，连鞋也没顾上穿便冲出了哥哥和嫂子的卧室。

林小玉没有挽留逃跑的杨文，甚至连他的背影也没有看一眼。杨文走后，林小玉像一个死人一样在那张宽大的床上睡了许久，然后她抓过一只枕头抱在怀里，呜咽着哭了起来。她哭了整整一夜。次日天亮时，她的眼泪哭干了，而那只枕头却可以挤出水来。

七天之后，林小玉改嫁了。

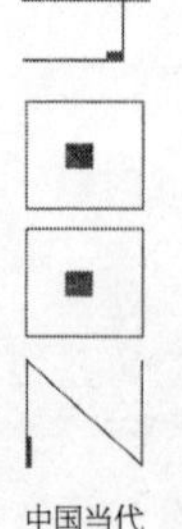

原载《芳草》2004年第8期

点评

这是一篇颇有意思的小说。从嫂子林小玉同意嫁给哥哥，到哥哥被判刑五年，从嫂子询问他同不同意她改嫁，到嫂子对他当面倾诉心声之前，杨文都一直觉得嫂子会改嫁。可他万万没想到的是，嫂子当初嫁给哥哥以及之后不肯改嫁的真实缘由。当得知嫂子心底的秘密后，杨文既欣喜又苦恼，虽然自己长期暗恋的人竟也喜欢自己，可惜这个人偏偏是自己亲兄弟的爱人。于是乎，理性与情感在杨文心中展开了激烈异常的争斗战。一开始，他刻意回避，只暗中偷窥嫂子却不逾越礼规，紧接着，面对嫂子的百般挑逗与轮番引诱，他也始终望而却步，不敢越雷池一步。小说的最后，眼看杨文坚守的防线就要“崩溃”之时，哥嫂的合影照片又让他突然间全身“溃败”，夺门而逃。在那一刻，理智终究占据了上风。对于林小玉而言，则是彻头彻尾的绝望。所以，七天之后，终于“嫂子改嫁”。在面临道德和伦理这一底线时，林小玉与杨文的反应却是截然相反的，一方以情欲取胜，情感的波涛汹涌漫过了理智和道德的堤岸，而另一方则以理性为要，拼命压抑自己的生理本能与欲望，克制自己的情感膨胀，以免破坏了伦理道德。孰是孰非？或许每一位读者心中自有定论。从作者略带诙谐的叙述语调中，我们或许看不出他对这一家庭的内在波澜持何种评判态度，但是毋庸置疑，理智与情感，道德与欲望，原本就是一个硬币的两面，当理智和道德占主导力量之时，人性自然欲求和情感需要的抒发自然会受到抑制。

（刘冬青）

说给寂寞听

张学东

那双眼睛一直在高处狡黠地注视着地面上的老人。树叶已经很繁茂了，每片叶子都绿得刺眼，深绿色脉络正清晰地匍匐在叶面上。几只麻雀在树头无限快活和自由着。正午的阳光拖着灿烂的尾巴从头顶直挺挺地钻进叶丛中，钻进去的光分了叉，斑驳的亮点洒在青黝黝的叶子上，自然也落在那双毛茸茸的眼睛周围。

老人独自站在屋门前，翻遍了身上所有的兜子，却始终找不到想要找的东西。他的目光已近乎呆滞。

调皮的麻雀从枣树枝上飞起来又落在葡萄架上，很快，又往更高的梨树枝头去了。鸟儿奔跑的弧线错落有致，一弯一弯地挂在蓝天上，它们在老人的眼前编织成一片细密的筛子。

老人眼要晕了。他手搭凉棚顺着鸟儿飞窜的方向瞭望，心里倏地掠过一些零散的记忆，对于那棵老梨树的成长过程他几乎有点吃惊。当年，在院里栽下的只不过是株孱弱的树苗苗，遍体光溜得很难找到一个节疤，谁能想到这一晃几十年，树竟把天也遮住了一大片。

院里多出一片暗灰色的树荫，老人懒散地坐在一只旧马扎子上乘凉。马扎子晒得滚烫。老人仍有些不死心，里里外外又摸索了一通，彻底灰了心。老人的头紧挨着墙，眼睛微闭着，嘴里嗫嚅着什么。眉须丛中有一些晶莹的水滴，又并不颗颗独立，而是连成了片儿。

屋檐下一群蜜蜂进进出出，蜂儿爱惜阳光呢，此刻显得纷扰而忙碌，每一只都在有条不紊地做着自己的分内事。嗡——哪，来了！嗡——哪，又去了。它们唱着自己的歌子。而这种歌声老人已经听了大半辈子，可老人听不厌。

一只亮黄色的小东西在老人的鼻子尖尖上扑闪着，老人并不去招惹它，老人知道蜜蜂有时也会贪玩。他就静静地注视着它的舞动。蜜蜂的小屁股鼓鼓的，晶莹的翅膀也能透过空气，翅膀在老人的脸部一闪一烁地振颤。老人轻声自语，小东西我的脸上可没有蜜，快忙你们的去吧！我老了，一点用处都没有了……

老人说出这些后，心里宽泛了，有了某种空前的解脱和慰藉。竟无端地想起了自己年轻的时候，他最喜欢掏了蜜蜂窝舔那窝里的蜜糖，可甜呢！有一回被蜂子使狠蜇了，眼睛肿成两个发面馍馍，吓得他好些年都没敢再往蜂窝边上靠近半步。想到这里，老人扑哧一下笑出声音，他觉得人真是个日怪东西，年轻时就没有你不想去做的事情。

孩子仍猴在树上，所有的兜子里都是满的。孩子很聪明，将最后一只梨蛋子在胸膛上蹭了蹭，算是干净的，放心地塞进嘴里，结结实实地嚼住。

这样，孩子整个人富态起来。

老人的瞌睡正香，蒙眬间听见有个响动从高处落下来。可睁开眼，地上什么也没有，只有白花花的一地光明。刚才自己明明是坐在阴凉底下的，眨眼的工夫，日头便斜出一大绺子。老人被烈烈的阳光晒出了一身热汗来。

老人想扶着墙站起来，却被一种可怕的东西给扎了一下，那东西正在往骨头缝里钻呢。也许是给太阳晒久的缘故，老人终于没遏止住，喷嚏声格外响亮。老人险些趔趄着栽倒。

未等老人缓过劲，一串笑声在老人的耳畔形成了一个响亮的旋涡。孩子一直在笑，笑声又清澈又单纯，还有点神秘。老人觉得好久都没有听到这种声音了。孩子的衣裤是一早新换上的，还弥散着一股很香甜的水果味道。

孩子做着怪脸，说没见过睡觉像你这么死的。

孩子说着将他手里的一片毛叶子在老人面前晃了晃。叶子的边沿全是细细的毛芽儿，数也数不清，看着浑身都起痒呢。

老人装恨地剜了孩子一眼，不再拿好脸色待他。随即，右手的食指圈成一个结实而粗糙的“O”形，朝着孩子的嫩嫩的脑门上弹过去，指头蛋刚要挨着却又松了气力，嘴里仍愤愤地，你个捣蛋鬼又捉弄人！

孩子有些得逞地嬉笑着。

哪想老人的手就势捏住了孩子软软的鼻子。孩子的讨饶声也被捏得变了调。老人脸上堆满了山梁和埂子，左一条右一道的，他就把脸上的沟沟坎坎猛地一下子全贴在孩子细皮嫩肉的小脸上。孩子连声嗲嗲地叫，扎死人了！

这回老人很执拗，反倒贴得更结实了，并来回摩挲着。他听见乱七八糟的胡楂在孩子脸蛋上沙沙地划拉着，那声音着实让他激动。孩子的皮肤使他产生了某种幻觉，简直就是熟透了的杏儿，能捏出汁呢。老人终究不忍心，悄悄地减缓了几分力。

孩子就瓷瓷地盯着老人的胡须，疑惑着。

看你的脸上尽是锥子尖尖，可你为啥要长那些讨厌的东西呢？

老人的手就在那些麦芒上反复摩挲着。老人眯缝着眼说，人老了就要长的，你还是个嫩娃娃，等你像我这样老的时候，自然也会长胡须的。

孩子一本正经，我才不稀罕要这些烂东西呢！老人就细心端详着孩子，他觉得那脸实在鲜嫩得厉害，就说你个厚脸皮当然不长胡子喽。

孩子立刻简单地快乐着，并在原地手舞足蹈。不长胡子喽！可兜里的梨蛋蛋却扑棱扑棱跳出来几颗，梨子滚落在地上的声音硬朗朗的。孩子大惊失色，惶遽地瞅瞅地上的东西，又望望老人已经黑下来的脸，那张脸上的胡须正锋利地刺着孩子毛毛的眼睛。

老人无限惋惜地将那些绿蛋蛋挨个捡起来，他不无遗憾地摇着头，又不能吃，你揪这些干啥呢？你这娃娃……就知道糟蹋东西！

孩子不知道老人会不会打他的屁股，他不敢再看那张脸，只是怯怯地注视着脚下的那片亮堂的阳光，一团很轻的影子鬼鬼地伏在上面，有几只蜜蜂飞得很低，很低，随时都能碰到脚背上。

老人说等你老子回来有你的好果子吃呢！哼！

孩子死乞白赖地沮丧着小脸。老人回头见他跟在自己的后面，刚才那张令人爱惜的嫩脸全变了色，他觉得真是又好笑又好气，谁让你爬到树上去呢？他轻提着孩子的一只耳朵，耳朵软面条子一样。你呀，就算割掉一只耳朵都不会长记性的！

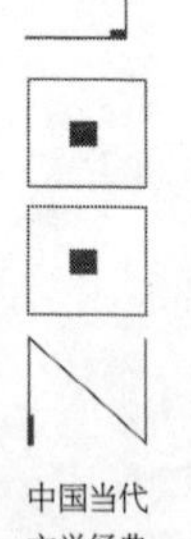

孩子的心情变得沉重，老人一定会把事情告诉大人们的，爬树摘梨大概不是一个小问题，到时候他们必定要狠狠拾掇自己。孩子联想起不久前发生的另一件事情，那天他被锁在屋子里，不意间从毡席下面翻出几只白色的东西，搭在嘴上吹着玩，他觉得那东西和他玩过的气球还是有些区别的，颜色白刺刺的很古怪，吹进气以后，那东西倒像一根又粗又长的老黄瓜，而且还有一股怪怪的味道。

孩子至今依旧很迷惑，自己不过是弄破一只那样的白色气球，而大人却显得极其恼火的样子，仿佛天被捅了个大窟窿。当然，他的屁股上还留下了几处青手印，所以，孩子对那种白色的气球就产生了一种恐惧，他觉得大人们把那东西看得比命还当紧呢。他怎么也弄不明白，难道大人也喜欢玩那种白色的气球吗？可他从来没有见过他们当面吹过那种东西，孩子想，也许大人们是要背着他才好意思玩呢！

孩子就猛地抱住老人的一条腿，连声央求着，再也不敢了，不信我发誓，谁骗你谁就是——孙子！

老人就被孩子的誓言逗笑了，不过他还是绷着脸，他说你骗不骗我都是我的孙子，把你个日赖狲，小嘴嘴倒是利索得很。

要不，骗人就是小狗！当狗还不行！

行不行呀，要不你让我干什么我就给你干什么？！

老人笑了。他觉得孩子的样儿有点要哭鼻子的架势，他最怕娃娃没完没了的哭号，便顺水推舟地说这可是你自己说的，干啥都行呵！

孩子立即兴奋地伸出右手的小拇指。

拉钩上吊一百年不能变！

老人的一根手指头早被孩子软软地钩住，他感到自己的身体正在跟随着孩子钩手指的动作来回晃悠着，这种轻飘飘的晃动很让老人感到放松，他脸上的笑容便越来越真实了。

一老一小在门前的街路上转悠了一大圈，又绕回院里。

老人明显比先前失落，他接连叹气，你看看我又把钥匙弄丢了！我的脑子真是比锅盖还要大呢！

老人着实感到疲倦。

等他重新在那只马扎上坐下来，灰色的树荫已经整个偏向院子的东头。老人的大多半身体都裸露在惨白的阳光里，太阳的味道又浓又烈，有点儿呛鼻子。老人看到孩子的腮帮子朝两边鼓出去，使得那嫩嫩的脸皮清亮得近乎透明。

孩子咀嚼的速度和干脆劲同样让老人有些羡慕和望尘莫及。他远远注视着孩子吞咽时的喉咙一撑一送的模样。孩子的牙口也令老人惊讶，他竟然无意间轻舔了一下自己干瘪的嘴唇，他听见很奇怪的两声吧唧，同时牙缝中窜出一股涩涩的凉风，这些迹象立刻让他警觉起来。或者，他突然为自己嗓子眼莫名其妙而来的一些酸溜溜的液体而恼火起来。

那时，老人急忙将目光从孩子的嘴边悄悄地挪开，挪得很狡猾，连自己也难以察觉。

眼光终究被摆放在院东头煤棚下的一只鲜红色的东西撞了个趔趄。起先，煤棚下一直是并排放着两个那样的东西，直到今年清明节前，其中一只才派上了用场，这之前它们都还没有刷上红漆，脆黄的寿材保留着朴素的松木质地，它们在煤棚下面安静地卧伏着。良好的松木气息在整个院子里消散漂移，松木的芳香总夹杂着太阳浓烈的味道。老人便时常感到温馨，可这种温馨的美好感觉很快就伴随着清明节的到来消失殆尽，就在清明节的前一天，老伴撒手走了，把他孤孤地撇在这个老院子里。

现在，老人的目光的确很木讷地停在了那只朱红漆面的寿材上。事实上，从这个角度看到的只是一片不完整的红色。这只红色的松木寿材自然是留给他将来寿终正寝时用的，老人心里自然清楚，但总有一种说不出的滋味，隐隐觉得心口上被什么东西七手八脚地挠腾着。

老人久久凝视着煤棚下面那团热烈得有些夸张的红色，那颜色竟然是院子里最凝重的色彩。

老伴走了以后，给空空的院子增添了许多并不常见的东西。比如：所有的门柜上都贴着那种白底黑字的挽联，每间房子的大梁上挂着净是龙飞凤舞的冥文裱符，这些他看也看不明白的文字正昭示着阴阳之间的玄秘。有一件事情老人是清楚的，等将来自己走了，他们同样也会为他撰写一些这样的文字，不管他喜欢不喜欢，然后冠冕堂皇贴满墙壁和房梁。这样，一个人的死亡才会被阴间认可，而且，阳世的人普遍把这个看得比死亡本

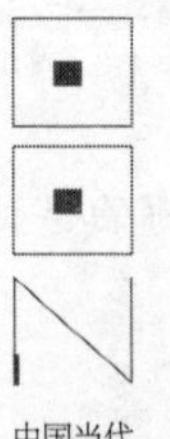

身更要紧。然而，老人真是不喜欢这种过于喧哗的公布死亡或告慰神灵的方式，那种吹吹打打的悼念只不过是给活人的脸上贴层金罢了，跟死去的人毫无干系。从清明节到现在，“死”已经成为老人时常思考的一个具体问题。这期间，儿女们又兴师动众地给老伴做过一次“五七”。这次法事上，儿女们的哭号已然不如先前那样悲痛了，这种微妙的变化老人是能觉察到的。可见，只要眼睛一闭，腿一蹬，什么都是假的。

此刻，老人发觉自己的身体渐渐变得很渺小起来，和屋檐下忙碌着的蜜蜂竟然有些相似，他竟暗自羡慕起那些小东西的无比轻松和快活。而这种错觉又跟那片醒目的红色产生了强烈的距离感和色彩差异，寿材正被偏斜过去的一缕强光照着，猩红色的漆面立刻反射出一片亮灿灿的光。老人一时有种说不出的难受，一下一下揪着他的心，他觉得眼前先是一片雪亮，接着又一片昏沉，和很多次梦境里的颜色如出一辙。

老人很迷茫地起身朝煤棚下走，走得很散漫，腿脚竟然莫名地有点不适，似疼不痒的。铅灰色的树影也跟着老人一步一步往院子东头伸展逼近。老人脚下的影子不甘示弱，很有内容地扑过去，静静地飘浮在那片红色上，或者融进了红色之中。同时，影子也绑架着老人来到了寿材跟前。于是，寿材上便很具体地凸现出一块不规则的黑影，看上去仿佛是刷油漆的时候少涂了那么大一块，碍眼得很。

老人的手落在寿材上。油漆刷得相当匀称，这是儿子对匠人严格要求的结果。红色在老人的眼中汪洋成一片炽烈。老人用手轻轻地抹去表面上的一层浮尘，竟然看到那红色当中的一双瞳孔，那瞳孔正蒙蒙眬眬地注视着自己，相望陌路的样子。

老人的一只手散散地搭扶在寿材上，脚步沿着它的边缘缓缓而行。这样，那手就将寿材盖上抹出一圈随意的椭圆形状来。当老人走完一周的时候，他猛然发现那个圈的颜色十分鲜亮，明晃晃地伏在上面。他觉得那棺盖已被人从中间挖去一块，他能很清楚地看见里面清洁的松木墙面上正发射出耀眼的木质光焰，甚至连他平躺在里面的样子也一览无余。老伴那天就是这样躺在里面的，她躺下来的样子很安详，跟睡熟了没什么两样。但现在平躺在里面的他却感到异常憋闷，闷得无法喘息。还有，浓烈的油漆味充斥眼鼻，这几乎使他无法忍受下去。老人突然用力拍击着寿材，没有任何节制，只是沉沉地一下接着一下。寿材发出空空的一阵闷响。

老人不知道老伴曾经是否也有同样的感觉，而一旦有了这种想法，老人就明显不安起来。他知道老伴虽然先走一步，可自己也不会再在这个院子里赖太久的，世事早晚得丢给小辈们。所以，很快他也会平平地躺在寿材里，然后被儿孙们抬进坟园，和老伴的那只寿材并排合葬在一起。唯一不同的是，他有幸目睹了老伴死亡的全部过程，包括为老伴换上那身崭新的寿衣、嘴里塞进一枚口含钱（多为银圆或铜板），而老伴却再也看不到他未来临近的那场死亡，在一生之中，唯独这件事情他和老伴分道扬镳了。老人苦思冥想，有一种说不出来的难过和忧虑，他默然地说看来还是你好呀，你拍拍屁股说走就走了连头也不回，剩下这么个空木头房子将来要我一个人躺进去呀！

那时，老人也许听到了什么动静，是那种没有节奏的调式，很响。他就扶着寿材偏过头，望见茸茸的一个小毛头。孩子就蹲在那棵老梨树下的阴凉地上，头勾得低低的都快要贴到肚脐眼上，他显然被什么可怕的事情困扰着，以至于接连发出哭哭啼啼的怪音。

老人无心地骂了句调皮鬼，便用力将寿材的盖子掀出一道宽缝，一股浓浓的松木气息果然扑鼻而来，那是优质松木特有的香味。老人隔三岔五会这样做，他知道等往后埋进土里就再也没有机会了。

孩子的哭声终于有了某种实质性的内容。脏兮兮的小手捂在自己的牛牛上，一副怕见人的害臊模样，半截裤子拖拉到脚踝处，脚下确有一摊潮湿的尿印斑驳地浮现在地面上，尿液使土地的色泽变得深暗。孩子圆溜溜的小肚子因为啼哭而激烈地上下起伏。

孩子断断续续地哭诉，我、的、牛、牛、给、坏、了……呜呜。

老人没好气地瞥了一眼，刚笑了一声，却咳嗽起来，脸和脖子憋得通红。他很艰难地在孩子跟前蹲下来，这种大幅度的下蹲使老人有些晕眩。他把孩子的手轻轻地拿开，那小东西居然跟褪了皮的一截水萝卜似的支棱着。他就佯装怒气地说尿尿就好好尿，你耍弄它做啥呢？话虽这样说，却将孩子的小东西宝贝似的擎在手里，竟然真的有些不很分明的硬朗隐隐地潜伏在里面呢！老人憨笑着用三根手指头将孩子的牛牛钳住，然后一遍一遍来回轻捋着。他不动声色地说，鸡脖子里面钻进蚯蚓了，看你还敢不敢调皮捣蛋！

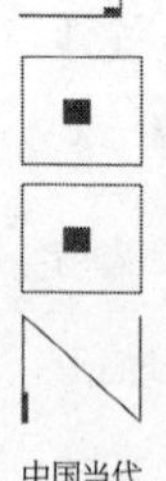

孩子哭得可怜兮兮的，他不知道自己的牛牛为何突然变得如此倔强，怎么也收不回来。两串青汪汪的鼻涕随着他剧烈的喘息时进时出，最终实在是挂不住便决了堤，从嘴唇滑落到胸膛前。

老人全神贯注地重复着那个微妙的动作，他的另一只手揽着孩子的肉墩墩的屁股，孩子细嫩的皮肤羊脂玉一般在他的手里颤抖，那种抖动使老人的内心沉迷其中。老人的思绪就在这无边无垠的细腻感觉中徜徉开来，绵延起伏全无止境，他似乎又从时光的悠长隧道里依稀看见自己孩童时的模样，也是这般无忧无虑懵懵懂懂傻里傻气，很快，这一切都在老人的眼瞳中化为掠影浮光稍纵即逝。

孩子严重地屏着气，他不知道老人用了什么办法将牛牛哄乖的，隐约感到它绵软了许多，但依旧有些不太适应，他想，也许那条该死的蚯蚓已经被老人给赶跑了。

下午，太阳的脸面就有些难看，快要融化了，没边没沿地往西边逃窜。树上的叶子蔫得不成样子，全没了筋骨。院子里一点儿风都没有，可也不算寂静。鸟的爪子神经质般地敲打着树杈，它们有时会为争夺一只肥胖的肉虫子而使浑身的羽翼无限制地膨胀，膨胀起来的鸟不像鸟了，树枝上挂着一枚枚色泽斑斓的卵。

老人还是在房檐下睡着了，却很稀松，眼皮一波一波地流动。在梦中，他又看见了老伴，老伴竟然年轻了许多，一路笑眯眯地迎着他走来，看着近了，却怎么也够不着她的手。

老人的脸庞泪汪汪的，太阳的光全部洒在水上面，明得耀眼。

老人倚着墙壁慢慢地张开眼，额头的水逶迤而下，眉眼之间的空隙上早已挂起一道水帘。老人觉得这实在是一次漫长而无奈的沉睡，仿佛浑浑噩噩地度过了无数个花开花落的时节，树上的叶子黄了绿了又黄。有个毛头孩子正光着屁股，在树下撒欢似的一路奔跑。

老人的眼睛下意识地裂开一道细缝。

现在，老人几乎立刻便诧异地倒吸了口气，一时竟不知该如何才好。孩子正想从他的眼皮下往过溜的。孩子的脚背弓得很高，落下来脚底下还能爬过一只青蛙。当然，令老人惊讶不已的并不是孩子鬼鬼祟祟的行动，而是他光裸的下身。两片小屁股一拧一拧地，原本毛茸茸的头发此刻也一撮一撮地板结在一起，看上去有点刺猬相。整个人土头土脑的，像刚从泥塘里捞上来。

老人一把从后面薅住了孩子贴身的小背心，薅得紧，孩子整个身体就箭一样地绷在背心上。孩子的脸和脖子上面有一圈圈地图样的泥水纹，被太阳裸晒过的皮肤猫抓过似的横一道竖一道。更令老人心痛的是孩子的一只膝盖上突兀地冒出几块青斑。老人就明白孩子乘他打盹的时间跳进门前的渠里耍水了，而且，准保又跟别的孩子打了仗，无名的怒火顿时一点一点往脑子里窜着，神情变得严重异常，脸上结了层霜。

孩子吐出一截粉红的舌头，他的小牛牛或许被渠水泡得太久了，紧紧蔫缩成一团皱巴巴的虫子。他只不时地抬起一只脚在另一条腿上谨慎地拉着锯。老人哭笑不得，他一时弄不明白今天到底是咋了，他竟连个黄嘴娃娃也看不牢靠！这实在让他感到颓废和不安，他想也许自己真的不顶事了，他不知道眼前的孩子还有什么花样没使出来。他的一根已经弯曲很久的暗红色食指没有内容地僵持在孩子的脑门上。老人的问话有种前所未有的慌乱，你一早新换的驴皮呢？啊？今天若不把裤子寻回来，仔细着你老子揭你的皮！……你就不能让我消闲一会会吗？要是真的给水里的老鳖拖下去该咋向他们交代呀！

说着，老人不由自主地惶恐起来，眼窝里有点潮，他觉得心中轰然塌陷出一个深不见底的黑洞。他的手指这时莫名地晃动起来，手指变成风中枯萎了的树枝。老人想阻止，可十根手指竟没有哪一根愿意听使唤。

那时，孩子的确看见老人的手一直在抖，抖得十分夸张。

孩子担心老人会出其不意地给他一记耳光什么的。于是，他乘机又泥鳅一样地从老人惊慌的手指下溜脱了。孩子的屁股蛋泛着一种很别致的青光，随即，连那青光也消散得无影踪了。

时间的概念已经完全被孩子搅乱。老人依稀听到自己异常无助的骂声，小狗日的也忒皮了！你跑了就再也别回来！虽是骂，却力不从心，甚至没有丝毫分量。

一双眼在黑色的空气中混浊地转动着。老人时刻保持着高度警觉。儿子儿媳妇絮絮叨叨的怪责一直在他耳边刺溜刺溜地响个不停，连羊羔子大的娃娃都看不住，老人又怎能睡踏实呢？

老人披着布衫子在院里徘徊。老梨树黑得有些张牙舞爪，无数只暗蓝

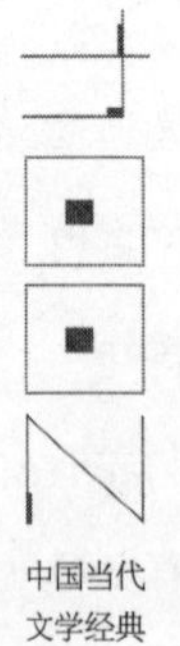

色的天眼在树叶丛中时隐时现。他竟不敢再往天上或树头多看一眼，很有些做贼心虚的怯懦。他知道是个人都可以嘲笑他、戏谑他、奚落他。

老人突然间萌生了一个可怕的念想，强烈得无法按捺，“活”在他的躯体里竟然成为一种难以言说的羞辱，他觉得那只松木寿材也许才是自己真正的归宿，他情愿静静地躺在里面，再也不要出来了。他甚至有点迷恋松木的淡淡香气，木头的根子原本就扎在土里，这和人一样，最终不是还得落叶归根吗？所以，当老人很茫然地矗立在寿材旁边时，没有一丝惊慌和胆怯，他只是亲人一般抚摩着寿材光洁的盖面，上面浮耀着一层柔和的光。老人伏下来，将身体紧紧地贴在上面。

忽然，老人打了个激灵。因为从寿材里面发出一阵极其轻微的声响，虽然轻盈，可还是听仔细了，那声音夹杂着芳醇的松木香味氤氲于夜色之中。

老人的脸色青冷莫测，他的心智在凄惶中变得脆弱而又极难捉摸。他壮着胆子怯怯地由白天掀开的那道宽缝中看见孩子正躺在里面。孩子熟睡的姿态安详而又妥帖。牛牛里大概憋了一泡急尿，竟也一柱擎天呢！老人的嘴角哆嗦许久。他想唤醒孩子，却又不忍心，终究又为自己感到一阵莫名的羞愧。孩子赤条条地躺在里面，丝毫没有半点恐惧与焦虑，仿佛酣睡在娘亲的怀里。

老人听见孩子发出的几句零碎的梦呓，孩子好像说牛牛里钻进了蚯蚓……所以，老人便很古怪地在夜色中放声笑着，眼缝里涌闪出一朵绚丽的水花。

这时，孩子哼唧着翻了个身，牛牛恰好压在下面了。

原载《天涯》2004年第5期

点评

“说给寂寞听”，是谁说给寂寞听？把什么说给寂寞听？为什么要说给寂寞听呢？带着这样的疑问，我们走进了这篇小说。不过，小说并未为我们提供曲折起伏的精彩故事，也没有刻画棱角分明的个性人物，它所展示的是一幅关于院落、老人和孩子的片段式的寂寞生活图景。这种寂寞来自时光的悄然流逝，其实更是老人心底深处无尽的回音。小说的脉络在对自然景物的细腻描绘以及老人意识流式的情感回忆和思绪延展中逐渐清晰起来，其间夹叙着老人与孩子之间生活感极强的互动与交流。老人为何会寂寞呢？老伴的先逝无疑是其内心空缺的最主要原因，其次呢，或许还有儿女们对他的挑剔与淡漠，还有一个很隐蔽不为外人所觉察却在他心中渐渐扎根了的缘由，那就是对死亡的恐惧和不安。作者以极为细致而深沉的笔触，将老人对过往青春的留恋，对当下光景的迷惘，对未来死亡的惆怅，一点一点地铺陈开来，如同平静湖面上渐趋荡开的涟漪，在读者心间也激起了层层波浪。一个老人，在面对自己的年老力衰、家人的渐行渐远、生活的百无聊赖时，或许最令他感到安慰的莫过于孙子的陪伴了。孩子的纯真无邪、精力充沛以及童真趣味，为这个寂静的院落和寂寞的老人带来了唯一的光亮，也与老人的生存状态形成了鲜明的对比。小说中多次围绕孩子的外生殖器撰写妙趣横生的小插曲，实则是为了隐喻旺盛生命力的存在与迸发。孩子躺在棺木中安详妥帖的睡姿与老人抚摸棺木时紧张忧愁的心绪构成的强烈反差，也使弥漫整个文本的怅然忧伤之情变得更加浓烈了。

（方奕）

尹树的寻找

陈武

张娥事先一点也没有想到，她一句近乎玩笑的话，惹恼了尹树。

张娥从幼儿园下班回家，看到尹树正在厨房择豆角，她就去帮他。他们在打架之前，一切都很好，还说了一句笑话。这个笑话有点暧昧，也有点那个。那个就是有点挑逗的意思。可以看出来，张娥的心情不错，说开心也不为过。可是，尹树没有搭理她。尹树只顾埋头择豆角了。当尹树打了一个嗝，嘴里散出一股臭味的时候，张娥就用手在下巴下扇扇风。张娥这个动作非常优美，也有点小资情调。张娥摇着白白嫩嫩的小手，说，好臭啊。张娥的话有点半真半假，也有点没话找话。总之，以后发生的一切，都怪张娥有着不错的心情。

尹树仍然没有答她的话。尹树今天在单位不痛快。他正想跟张娥说说自己的不痛快。张娥就说他臭嘴了。张娥说话一向是谨慎的。她是幼儿园老师，跟谁说话都像哄幼儿园的小朋友，软声细语，甜甜蜜蜜，因而张娥在亲朋好友和左邻右舍间，颇受好评。就连尹树，也从内心里觉得，张娥是个贤妻良母式的好老婆。可是今天，尹树心里有事，他到厨房择豆角，也是想掩饰什么的。对于张娥的话，他虽然不是特别反感，也并不感到受用。如果张娥说到这里就停止，也不会发生以后的事。可张娥并没有这样，在豆角快择完的时候，张娥说，尹树你去刷刷牙，你不知道你嘴有多臭！尹树看张娥一眼，还是没有吭声。尹树就到厨房外的沙发上坐下来，看了几分钟电视，然后把牙刷了。刷完牙的尹树，感到嘴里确实爽了一些，他就继续把电视看下去。尹树看电视，很有些功夫，不论是电视剧，还是广告片，他都能坐在那里纹丝不动，他都会专心致志地直看到再见。

尹树我让你刷牙你刷了没有？张娥的话从厨房里冲出来，还夹杂着油烟味。

尹树觉得张娥真烦，烦死人了，比单位里的许大马棒还讨厌。单位里的许大马棒是这台戏的舞台监督，连排的时候，老跟尹树过不去，不是说尹树上台慢了半拍，就是说尹树的台词没感情。尹树在戏里不过一个小龙套，六场戏一共出场三次，台词加在一起才八句。尹树知道自己的戏出不了彩，没用心去演，但也不至于像许大马棒那样说他应付差事啊。许大马棒眼睛老盯着他，无非还是当初那点事。当初，许大马棒要把女儿嫁给尹树，尹树当然不答应。倒不是她女儿有什么问题，是许大马棒的名声在团里太臭。还有就是许大马棒的女儿小娅也在团里。尹树觉得自己这辈子没出息，做了话剧演员，他可不想再找一个演员做老婆了（虽然小娅看起来还不讨厌）。许大马棒就是因为这个和尹树结了疙瘩。许大马棒在团里一直做副团长，分管服装和道具，平时没机会难为尹树，可当了舞台监督，就不一样了。尹树想找小娅谈谈。小娅在戏里是女二号，演一个活泼的第三者。但尹树又觉得，许大马棒对自己那样子，小娅应该是看到的，谈了又怎么样？谈了又有什么结果？弄不好适得其反。何况，小娅那没心没肺的样子，再扯起以前的话题，不是没事找事？尹树是个敏感的人，也很脆弱，他可不想再折腾了。说实话，他不是那种扛得住折腾的人。朋友们都知道，他很适合过一种安静的生活。

尹树，你干什么啊？张娥站在他身边了。张娥一只手搭在他肩上，另一只手在小围裙上蹭蹭。张娥的小肚子差不多要贴到尹树脸上了。要是在从前，尹树会用脸贴贴张娥的小肚子。张娥的小肚子圆润、结实，又有弹性，很适合性感这个词。此刻，张娥的小肚子就似是而非若有若无地碰着尹树的脸了。但是尹树一点感觉都没有。尹树只闻到她身上的油烟味。当然，尹树也隐约知道她那点意思。

尹树说我不干什么。尹树的话温温吞吞的，和张娥的话以及张娥的身体语言一点也不合拍。这么一来，张娥就有了一点情绪，张娥甚至还有点恼怒。但张娥还是忍了忍。张娥说你不干什么你怎么那样啊？尹树说我哪样啊？张娥声音明显就加重了一点，说，你自己心里有数！尹树说我有什么数啊？我哪样啊？你一到家就没完没了！张娥说这怪我呀？谁没完没了啊？尹树说还有谁？尹树又嘟哝一句，碎嘴婆！但张娥还是听到了。张娥说，你说什么啊？你说谁是碎嘴婆？我叫你刷牙还错啦？你嘴里臭烘烘的……尹树打断她，谁嘴里臭啦？我刷过牙了你还没完没了，你烦不烦？张娥说你怎么那样啊？你发什么火啊？叫你刷牙你不刷就算了，还说刷过了，你说谎一点都不打草稿，你怎么那样啊？张娥说着用手去推他。尹树也去推她，由于尹树是坐在沙发上的，尹树的手推在张娥的小肚子上，把张娥推疼了。张娥说你打我啊？尹树说谁打你啊？尹树站起来要走，张娥拦着他说你还说没打！尹树说我当然没打！尹树一把拉过张娥，往书房里去了。张娥没留神尹树能使那么大劲，一下跌坐在沙发上。张娥胳膊被拉疼了。张娥看着尹树走进书房，她听到砰的一声，书房门关上了。张娥眼泪就下来了。张娥不知道尹树凭什么要发那么大火。张娥委屈死了。张娥在下班之前，和几个年轻的同事聊天，她们什么都聊，聊着聊着就聊到各自的男人，她们说话毫无遮拦，最后连遗精、高潮、叫床的话都拿出来说了，还说到包皮、处女膜、避孕套之类的。总之，几个女人的话，让张娥心里热热切切的。张娥想着晚上要和尹树疯狂一把，没想到尹树那么没有人味不近人情不讲道理。张娥抹着泪，左一把，右一把，就像自来水，怎么也抹不完。张娥心里的委屈很快就变成了一腔怨恨。

张娥离开家，出门了。尹树在书房里听到张娥的关门声。这时候，他还不知道张娥要干什么去。他在书房里发一阵呆，张娥还没有回来。尹树心里开始有点慌。尹树到厨房去做饭了。尹树烧了半锅稀饭，炒了一个西红柿鸡蛋，又把择好的豆角炒了。这都是张娥爱吃的菜。

尹树坐在客厅里等张娥，快八点了。尹树想，张娥还饿着肚子，最多八点半，她就能回来。可是到了九点半，张娥还没有回来。到了十点半，尹树有点急了。尹树对自己说，如果到十一点，张娥还不回来，他就打电话到她妈家。如果她不在她妈家，他就打电话到她姐姐家。如果不在她姐姐家，他就打电话到她哥哥家。张娥肯定在这三家的其中一家。这是因为，在这座城市里，她只有这三个亲戚。时间很快就到十一点。尹树又对自己说，再等十分钟吧。十分钟里，尹树朝门上望了好几眼，朝窗户上望了好几眼。从窗户上他望见了外面黑乎乎的天，从门上，他望见的还是门。尹树在十一点半时，把电话打到了张娥姐姐家。张娥和她姐姐张平年龄相仿，感情最好，两家相距也最近。从理论上讲，张娥到她姐姐家的可能性最大。接电话的果然就是张平。尹树叫张平大姐，尹树婉转地问张娥在没在她家。张平口气是那种脆生生的硬。她说，张娥怎么啦？这么晚了她上我家来干什么？尹树你没有欺负我妹妹吧？尹树嗫嚅着，说，没……没，那她可能去大哥家了。对方说，那我怎么知道，这么晚了，你要抓紧找啊。尹树放下电话，他略微有点放心。听张平的口气，张娥就在张平家。但是为了保险起见，他又把电话打到张娥的大哥张放家。张放家电话忙音。他等一会再打，还是忙音。等他把电话打通的时候，接电话的是张娥的大嫂王婷婷。王婷婷劈口就怒斥他，你还知道找啊，张娥哪儿不好？打老婆算什么东西！跟你说噢，张娥不在我家！王婷婷说完就挂了电话。至此，事情已经明了，亲戚们都知道尹树打了张娥。同时也说明，张娥很安全地在某一个亲戚家，或者在张平家，或者在张放家。但是在张平家的可能性还是最大。尹树考虑着明天一早，他就到张平家，向张娥认个错，把张娥领回家。尹树觉得，自己确实错了，在单位不痛快，不应该把不痛快带到家里啊。

尹树赶在七点就到张平家了。张平家住在老城区，独门独院的平房。尹树走进院子时，看到张平正在洗脸。张平也侧脸看到了他。张平穿一件大汗衫，一条大裤衩，剪短短的头发，又矮又胖，要是和张娥站在一起，怎么看都不像姐妹俩。尹树冲着张平的后背，客气地说，早啊大姐。

张平说，尹树啊，这么早过来啊。

张平的口气并不友好，甚至有点淡漠。

我来看看张娥。张娥怎么啦？她昨晚没回家？张平的口气自然就过渡到生硬了。

张娥没有回家。尹树说，张娥不在你家？

不在。

我还以为她在你家的。

她没过来。那……我到大哥家看看。

尹树骑车来到张放家。张放家的楼洞里很暗，他摸到五楼，敲门。门里问，谁啊？尹树听是王婷婷的声音。尹树说，大嫂，是我，尹树。

王婷婷放开门，让尹树进去。王婷婷说，尹树啊，这么早过来啊。王婷婷的口气和张平一模一样，酸不溜秋的，明知故问的。不过比昨天劈脸就骂，算是客气多了。

我来看看张娥。

看张娥？张娥怎么啦？

没什么。

她昨晚没回家？

没有。张娥没回家你怎么到现在才找？

我以为她在你家……

废话，她来我家干什么？她又不是没有家。

王婷婷在和尹树说话时，脸一直是冷着的，眼睛也像两根又细又长的钢针直刺得尹树心里麻麻的。王婷婷说，尹树，我问你，张娥这么一个大活人，一夜没回家，你一点不着急？你怎么也不到处找找？你把张娥打伤了没有？

尹树说我没打。

你还说没打！

大嫂，张娥不在你家，我再到别处找找看。

尹树离开张放家，听到王婷婷在门里说，好好找啊，找到张娥对我说一声。尹树推着车，走在城市街道上。上班人已经很多了，自行车就像海里的鱼群，一辆紧挨一辆向前游动。张平说张娥不在她家，王婷婷也说不知道。莫非张娥在她妈家？这是完全有可能的。情况也许正是这样，张娥昨晚出门，先到张平家，向张平哭诉尹树如何欺负她，然后又到她妈家，由于天色很晚，她妈没有让张娥回家，而是留了一宿。在从张平家到她妈家的这段时间里，张娥给王婷婷打了电话（也可能是张平打的），然后，王婷婷又和张平串通好了，一起收拾一下尹树。这才出现张平和王婷婷对尹树的态度，显然，她俩不愿意告诉尹树张娥的下落，无非是想让尹树深深地悔过什么的。不过尹树没有到他丈母娘家，而是来到了幼儿园。尹树知道，不管张娥昨晚在谁家，她今天都要上班。她总不能不上班吧？尹树刚走进幼儿园，就看到园长李老师了。李老师看来者是尹树，就热情地打招呼，是小尹啊，小张已经请过假了。尹树啊啊着，说那好那好。园长说，小张是什么病啊？我听她在电话里有气无力的，是不是妊娠反应啊？尹树说不是不是。尹树说我们暂时还不想要孩子。尹树说是小毛病。尹树说，不要紧的，休息两天就好了。

尹树离开幼儿园，重新走在大街上。这时候，他还没觉得事情有多么严重。张娥请假了，也许她身体真的不舒服。尹树满心地希望，他到丈母娘家能看到张娥，然后和张娥一起回家。

尹树来到丈母娘家时，手里多了一袋甜柑，这是张娥爱吃的水果，她们谈恋爱时，张娥一口气吃过三斤甜柑，为此，尹树经常取笑她，这也成了他们爱情的一杯调味剂。尹树买水果还有一个缘由，就是他相信丈母娘不会像张平王婷婷那么凶他。果然丈母娘对他很客气。这老太太退休之前是一家企业的工会主席，做职工思想政治工作很有一套，连街坊邻居都亲切地称她朱主席。朱主席见女婿拎着一袋水果，客气地给他搬一张凳子，还给他一把芭蕉扇。尹树坐下就东张西望。尹树说，妈，张娥没回来？丈母娘说，你说小娥啊，她不是上班么？哪有时间回来？我都好几天没看到小娥了，给你一说，我还真有些想她了。尹树没敢多说，他问了问老人家的身体，又说了别的一些闲话，赶快跑了。

尹树在上午十点半才赶到团里。他没有去排练厅，而是去了财务科。财务科有一部电话。他想去打电话给张娥的一个同学。张娥的那个同学在银行上班，和张娥从小一起长大，她们两人是最要好的朋友。尹树想打电话问问，看看张娥是不是在她那儿。但是尹树在楼道上碰到许大马棒了。许大马棒一把揪住尹树，说尹树你干什么去啦？今天走台就缺你一个，告诉你，算迟到一次。尹树想不理她。但人家是领导，又是这台戏的舞台监督。他只好说，家里有点事，处理一下。许大马棒一听尹树说家里有事，大圆脸上就放了油光。许大马棒开心地说，又和老婆打架了吧？尹树摆脱许大马棒的手，说，没有，我有别的事。尹树很讨厌许大马棒的那个“又”字，好像他和张娥经常打架似的，又好像她对他们的生活很了解似的。尹树真想啐她一口。尹树到财务科，看到有几个人在领钱，其中就有小娅。小娅跟他甜甜美美地一笑，说，尹树，你来凑热闹啊，没有你钱。会计也说，尹树，这是五一期间，他们给自来水公司演出的劳务补贴，没参加演出的没有。尹树说我知道。尹树说我不是来领钱的，尹树就走到放电话的桌子边。尹树说我打一个电话。会计说，电话坏了。尹树手已经停在了话机上，他疑惑地望着会计。会计看他的目光有些发滞，又说，要不你试试看。尹树拿起电话，电话里没有惯常出现的鸣叫声。尹树又拨号，还是没有声音。尹树放下电话，小娅这时候已经到他身边了。小娅的头发上有一种潘婷洗发波的馨香。小娅的脖子上还有一串亮闪闪的东西。尹树一转头，就被发波的馨香冲了一下，就被白亮的几乎透明的脖颈闪了一下。小娅说，尹树你该买手机。小娅说着就把挂在脖子上的小手机拿给尹树。小娅说，用我手机吧。尹树犹豫片刻，就拿过小娅的手机。尹树对着电话说，你好，我是尹树……你好你好……我想问一下，张娥去你那儿玩了没有？……噢……噢，好好……再见。尹树把手机还给小娅。尹树脸上想挤出一点笑，但却像要哭一样。对方告诉尹树，张娥已经好久没和她联系了。对方还让尹树叫张娥到她家去玩玩。其实这样的结果在尹树的预料之中。尹树的表情和脸上微妙的变化没有逃过小娅的眼睛。小娅还是笑笑的样子。她嗓子有点嗲，说，你们吵架了吧？尹树没有和她多说什么，他只是做了一个摇头的动作，就走出财务科了。小娅在走道上追上了尹树。小娅说，我知道你们过不好，过不好就离婚好了。尹树呛她一句道，离婚了你嫁给我啊。谁知，小娅快乐地说，好啊。小娅跟在尹树身后，又说，真的，我妈给你算过命，你命运当中要离过一次婚。尹树转头道，我也给你妈算过命，你妈要离一百次婚。小娅哈哈地笑道，你不信拉倒！财务科里也传出哄哄的笑声了。

许大马棒正要出门，叫尹树堵到屋里了。尹树说，许团长，我要请假。许大马棒头都不抬，说，不可能。许大马棒说不可能时，这才看看尹树的脸。许大马棒笑逐颜开了。许大马棒看到了尹树脸上的晦气。许大马棒斩钉截铁地说，请假？现在一个人当十个人用，后天就彩排了，再过几天就正式演出了，你还请假！尹树说，我有事。许大马棒说，有事算什么？谁没有事？许大马棒又得意地问，是不是老婆跟别人跑啦？你是不是要去找老婆啊？对你说，就算是老婆跑了，也不能请假！

尹树中午吃了一份盒饭。尹树在吃盒饭的时候，对着饭盒说，许大马棒你真不是人，我老婆要是小娅，我看你还能这样说。尹树吃了一口饭，又说，许大马棒你不准我假也没用，我照样不去上班。尹树把饭吃了一半的时候，再次对着饭盒说，许大马棒我自己准我自己假。尹树像嚼蜡一样地吃完了饭。尹树对着空饭盒说，我要去找我家张娥！我家张娥不知道跑哪去了，许大马棒你不是会算命吗？你算算看，我家张娥去哪儿啦？尹树最后对空饭盒说，许大马棒你怎么不说话？许大马棒你是个饭桶！

尹树第二次来到张平家。

尹树说大姐我来看看张娥。

张平说，你看张娥上我家来干什么？我家又没有张娥。

张平大声地说，对你说尹树，张娥不在我家。张娥要是在我家，我就让她回家了。

张平几乎是恶言恶语了，尹树你把张娥打跑了，张娥要是出什么事，你尹树十条命都顶不上。

张平说，你快去找吧，不把张娥找回来，别上我家来了！

张平又教训他道，尹树你还好意思，一个大男人，没什么本事，靠打老婆过日子，丢不丢人？张娥那么好，脾气又温柔，心又善良，对你哪儿不好啦？你怎么舍得伸出手？你打她不怕烂了手指？我真看不出来你能对她下毒手。对你说尹树，我是她大姐，我都没动过她一指头，我们家都不打人，连我爸我妈都没打过我们，反过头还倒让你打了。你还站着干什么？你还知道哭啊？你知道哭当初还不打人了，去吧去吧，别在我家流泪了，再到别的地方找找去。

尹树抹抹泪，说大姐我再上大哥家看看。

尹树走了以后，张平就跑到屋里。张平对张娥说，你看没看到，你看没看到，这次非让他服气！

张娥说，大姐，我想回家。

张平说，你疯啦？你就这样输给他啦？看你也是受罪的命！不回，让他多跑几趟！

刚才张娥从窗户里看到院子里的尹树，心一下子就软了。尹树好像变矮了，人也黑了，脸上一点光泽都没有了。尹树脚上的凉鞋也脏兮兮的，T恤也该洗了。张娥鼻子一酸，眼泪就涌出来了。她想出去跟尹树说声对不起，然后跟他回家。可是，张平说了一句话，她就不想回去了。张平说她没在这儿，那么她只能装作没在这儿，否则，她突然出现在尹树面前，不是当众揭穿了张平的谎言？尹树会说大姐撒谎。张娥不能让大姐背一个撒谎的名声。何况她听到张平说她不在这儿时，声调明显地提高了，这就是暗示她的意思。

大姐，我还是回去吧。尹树胡子都没刮，我看他都瘦了。张娥的声音又细又小。

张平说，哟哟哟，心疼了吧？张娥你听大姐的，心狠一点，你现在才这点年纪，不制服他，你想挨他打一辈子啊。

他没打我……

还说没打，他打你小肚子是不是？女人的肚子能随便打？他把你摔倒了是不是？他那么大力气，连后果都不考虑。这种男人，你就得杀杀他性子，看他还狂不狂！

他都哭了……

他哭就对了，说明他有悔改的意思……唉唉，你别哭啊？你哭什么啊？张娥你别让他假面具哄骗了，你不知道他是演员？演员都有这一手，想哭就哭，想笑就笑……好啦好啦，听大姐的。

就在张平安慰张娥的当儿，尹树和上次的路线一样，来到了张放家。张放出差还没有回来。王婷婷又对尹树进行了一番有理有节的教育。王婷婷语重心长，苦口婆心，从大道理说到小道理，又从小道理说到大道理，旁征博引，中心只有一个好好过日子，不能动不动就打人；年轻人有点火气是正常的，要摆事实讲道理，要以说服、教育、引导为主。最后王婷婷对尹树说，好好找找张娥吧，把张娥找回家，跟她赔个不是。

尹树又来到丈母娘家，这个退休的工会主席说话和王婷婷大同小异，只不过更细一点，更具体一点。让尹树更为不安的是，尹树第一次来丈母娘家时，丈母娘还不知道事情的真相，从这次的口气中，尹树明明感觉到老太太说话的分量了。老太太不给他搬凳子了，也不给他芭蕉扇了。

尹树一大早就被电话吵醒了。对方是许大马棒。许大马棒显然是发了脾气，他说尹树你昨天下午干什么去啦？上午因为你影响了连排，下午又是你影响了连排，你知道不知道这是最后一次连排？你知道不知道这次连排对正式演出有多么重要？尹树说我请假了。对方火气更大了，谁准你假啦？告诉你，你昨天算旷工！还有，今天赶快来上班，不许迟到！对方还没等尹树说话，就挂了。尹树自己对着电话机说，我操！

尹树洗了把脸，头还有点疼。夜里他基本上没睡，他都在考虑张娥能到哪里去了。或许正像张平说的那样，张娥没在张平家。从种种迹象判断，张娥也不在张放家，当然也不可能在她妈家。他们甚至连张娥的行踪都不知道。那么张娥能在哪里呢？她不会流浪在大马路上吧？她不会迷失了方向吧？她不会被人贩子拐走吧？她不会气急之下，失足掉进河里吧？这些看起来不可能发生的事情，又是都有可能发生的，是的，都有可能。如果真的这样，那事情就严重了。张娥心眼儿小。张娥心眼儿比针眼儿还小。她头脑里只有一根筋。她会想不开的。尹树有点害怕了。尹树一害怕，他头脑就大了。他感觉头脑里有一股气在向外扩充。那股气力量巨大，他耳朵、鼻孔、嘴巴、眼睛，都要被鼓破了。夜里他就感觉到头涨，他脑子里想事情太多了。他仿佛看到一个衣衫褴褛的女人，行走在一条肮脏的马路上，她边走边唱，边唱边笑，边笑边哭。他不知道她是唱是笑还是哭。尹树认出了她是谁。她就是张娥。尹树去拉她，可她根本不认识尹树。尹树再拉她时，她就跑了。尹树在后边追呀追呀。尹树追赶不上她。等到尹树再看到她时，她正在捡垃圾吃。尹树把她手里的豆角夺下来。尹树说不能吃。她说什么不能吃。说着又把一个烂西红柿塞进嘴里。尹树又把烂西红柿抢下来。她说我就喜欢吃西红柿。她哈哈大笑，说我就喜欢吃豆角。尹树说，咱们回家吃吧，家里我都给你做好了。这儿的东西不能吃，你瞧瞧，这儿的东西多脏。张娥说，脏怕什么，脏就不能吃啦？我还要吃屎呢。张娥再次抓起一个烂西红柿，突然狂奔而去。尹树再也追不上她了。她就像一阵风，眨眼就没了踪影。尹树觉得自己的胡思乱想是有根据的，根据就是为什么会想到这些，而不是别的什么。尹树心就往一起收，快速地收，收得很紧很紧，很小很小，到了快喘不开气的时候，他的心又开始往外放，无限量地放，放得他心里发慌。尹树的脑袋和心脏的感觉一样，也是收收放放的。尹树站起来。他想去倒杯水喝。尹树站起来就不由自主了，他眼前突然炸了金星，接着就是黑暗，心就往上猛蹿。尹树赶快蹲下来。尹树蹲在地上好一会儿，才平静一点。

尹树真的不想到单位去。尹树此刻正行进在杂乱的街道上。现在，尹树开始在街道上观望和打量。看到年轻的女人他都要多看一眼。他甚至追逐一个体形酷似张娥的少妇，把那个少妇吓得钻进了巡警的警车里。尹树一度怀疑每一个女人都有可能是张娥。至少，他怀疑这些人中的其中一个，就是张娥。尹树当然没有看到张娥。他在拐进一条小巷时，倒是看到了张平。尹树这才知道自己正走在通往张平家的路上。张平显然也看到了他。张平提着一个菜篮子，她看到尹树时，吓了一跳。尹树眼窝下陷，脸色发青，头发好像也灰了，而且乱得像鸡窝。从前白净、英俊、潇洒的尹树哪去啦？活该，谁叫你打老婆，报应哩。张平拦住发呆的尹树。她不过用菜篮子碰一下尹树的自行车，尹树就连人带车摔倒了。可见尹树当时一点力气都没有。摔倒的自行车压在尹树的身上，尹树一条腿甩着，就像痉挛一样。张平想笑，看他一脸痛苦的样子，张平没笑出来。张平把他拉起来。他就像刚学会走路的婴儿，爬了几爬，才在张平的帮助下站稳当。张平说，你干什么去尹树？你不去找张娥，你往我家去干什么？尹树啊啊着，说我不是正在找吗。张平说，你就在大街上找呀？你像没头苍蝇一样在街头东碰西撞，就是有一百个张娥你也找不到啊。尹树你怎么这样没心啊？好好，尹树你找吧找吧，尹树你到大街上，到百货公司，到火车头，到汽车站，还有码头，还有电影院，尹树你到人多的地方，张娥小时候就爱看热闹，哪儿热闹朝哪儿钻。尹树你抓紧找去吧，我要买菜了。尹树啊啊着，不停地点头。尹树觉得张平说的每一句话都是对的。尹树搬动自行车，掉转方向，骑车走了。

尹树真的到码头、车站、步行街、百货公司找张娥了。

张平最后一眼看到尹树是尹树的一个背影。张平还注意到尹树的腿好像瘸了一点。张平还发现尹树好像有一点不太正常的地方。张平没有想起来尹树哪儿不正常。不过，张平心里还是有点得意，有点成就感和满足感。张平觉得，尹树已经被她修理得不错了，可以说是被她改造好了。

张平提着一篮子菜，回到家正看到张娥向外走。张娥拎着塑料方便袋，袋子里是她换下来的衣服。

张平说，怎么这时候走啊？

张娥说，我回家。我已经三天没有回家了。今天都星期六了，我要回家洗衣服。

张平说，吃过饭回吧，衣服说不定都叫尹树洗了呢，他那么能干，又那么疼你。对了，我刚才看到尹树了，他找你都要找疯了，都找到大街上了，到大街上到处找你，不是疯了是什么？张娥，我看这回够劲了，看他下次还敢打你，治男人就得这样。

张娥说，你没告诉他？

张平说，告诉他什么？

我在你家啊。

我没说，我就是要让他急。

你怎么不告诉他?

看看，怪我了吧？真是好人做不得。好啦好啦，抓紧回去吧，把这条鱼带上，我知道尹树喜欢吃鱼。张平把一条二斤多的鱼挂在张娥的车把上。

张娥心急火燎地赶到家里。尹树不在家。她闻到一股酸臭味。张娥到厨房，看到料理台上有一盘西红柿炒鸡蛋，还有一盘炒豆角，酸臭味就是从这两盘菜里散发出来的。这两盘菜都装满了盘子，可见尹树炒好菜根本就没动筷子，也许他这几天都没有吃饭。张娥看看锅里，锅里的稀饭都酸了。他这几天就是饿着肚子到处找她的。自己都干了些什么啊？张娥不知道自己什么时候流泪的。张娥发现自己流泪时已经是满面泪水了。

张娥试着给剧团打电话。接电话的人说，尹树已经一两天没来上班了。张娥没有再给别的地方打电话。比如尹树的父母家，尹树的叔叔家。张娥知道，就在一个小时前，张平还在她家门口的小巷里看到尹树的。尹树既然没去上班，那么要不了多久，他就会回来的。张娥抬头看了看墙上的电子钟，快十点了。张娥开始收拾家务。家里太乱了，算起来，从大前天晚上，到前天一天，到昨天一天，到今天，也就七十多个小时的时间，家里已经乱成了这样，简直可以称得上乱七八糟了。张娥觉得，这个家还是离不开她，尹树还是离不开她。女人在家，就是男人的镜子。男人看到女人，就看到自己了。女人要是不在家，或者说这个家里要没有女人，那么男人就没有了镜子，他就连自己都看不到了。要不，怎么说有了女人才算有了家呢?

张娥十一点时开始做饭，她首先烧鱼。从前都是尹树烧鱼给她吃，尹树有一手好手艺，做菜很对她胃口。张娥决定今天中午好好做一顿饭，算是对尹树的一点补偿。

但是，尹树到中午还没有回来。张娥的心里就开始悬了。

张娥嘴上长了水疱。张娥坐在沙发上，手里捧着一只杯子。张娥是坐在沙发上等尹树时，发现自己嘴上生了水疱的。不用照镜子，张娥也知道那些水疱是什么样子，一个个像米粒大小，排在她上唇偏左的部位。张娥承认自己过分了些，由此而来的一切（比如嘴上的水疱），只能是咎由自取了。张娥越来越觉得，尹树是可以倚重的人。她决意要对尹树好。可她现在没有了目标。

下午尹树也没有回来，直到晚上，都没有尹树的影子。等到第二天中午尹树还没有回来时，张娥才发现事态的严重。

故事到这里差不多就要结束了。不消说张娥多么心急，也不消说她如何到处寻找尹树。可以这么说，连续几天来，她能想到的地方，都找遍了。张娥先是打电话到尹树的父母家，他父母说尹树已经一个多月没有回家了。张娥又打电话到尹树叔叔家，他叔叔说，尹树都半年没过来了。张娥没了主心骨，她只知道哭了。张平说，也许尹树故意躲在哪儿吓唬你。张娥自怨自艾地说，你以为他像我啊。但张娥还是穿过整个城市，到公公婆婆家，又绕了半个城市到尹树叔叔家，都没有尹树的影子。张娥把尹树同事朋友都打听遍了，还是没有尹树的半点消息。

尹树就像一个冰做的人，在这年的夏天化掉了。

到了秋天，张娥已经放弃了对尹树的寻找。但她内心的寻找依然一天都没有停止。某一天的中午，形销骨立（她的确不像美丽时那么美丽了）的张娥从幼儿园下班回家，突然看到了尹树。尹树就像从天下掉下来，突然出现在张娥的面前。张娥那个惊啊，张娥那个喜啊。张娥真想扑上去咬他几口。但是张娥还是做了一点克制。因为眼前的这个尹树和张娥的那个尹树相距甚远。眼前的尹树几乎衣不遮体，眼睛像死鱼的眼睛一样毫无光泽，头发已经不能叫作头发了。张娥有点害怕起来。张娥试着走近尹树。张娥对着晃悠悠走路的尹树说，尹树。尹树没有回头。他像没有听到一样。张娥快步走到尹树前面。她让尹树看到了她。张娥说，尹树。尹树嘴里嘟嘟哝哝的。张娥又叫他一声尹树。张娥说，我是张娥。尹树停止了走动。他对近在咫尺的张娥说，你看到我家张娥没有？你要看到我家张娥对她说一声，就说我都找她一天了。尹树说完，又开始了走动。尹树又对另一个不相干的人说，你看到我家张娥没有？你要看到我家张娥对她说一声，就说我都找她一天了。

原载《红豆》2004年第5期

点评

生活如戏。有时候，一桩极其微小的琐事，所引发的后果却可能惊天动地，完全出人意料，正如这篇小说讲述的故事一样。打架之前，尹树与张娥只是彼此情绪上的不对称，尹树因单位领导的故意为难而心情低落，张娥却颇有些开心。不良情绪成了夫妻矛盾的导火索，本是半开玩笑的话反倒加速点燃了矛盾的火花。夫妻吵架原本再正常不过，可张娥却一气之下离家出走了。不仅离家出走，还被姐姐藏在家里，姐姐三番五次地轰走了前来寻找的尹树。因此，小小琐事竟造成了矛盾的进一步深化。小说绝大部分内容都是在叙述“尹树的寻找”，找不到妻子的他开始变得愈来愈魂不守舍。直到几天后张娥按捺不住心疼回到家后，才愕然发现那个家再也回不到从前的样子了。于是张娥也开始了漫长的寻找，直到她找到早已因寻找她而失魂落魄甚至几近发疯了的丈夫，家庭的裂痕从此无法再弥合。也许谁也没有想到，小事一桩，却偏偏砸下了巨大的坑。平凡人往往困在琐碎烦闷的生活中难以自拔且无力把握自身命运，似乎全都成了情绪的奴仆。心绪的浮躁与灵魂的失意也在小说人物不断却徒劳的寻找中窥见一斑。不难发现，尹树和张娥夫妻感情深厚，可情感的力量却在生活的苦闷和造化的捉弄下，变得如此不堪一击。最终关系走向崩塌的夫妻双方，怎会料到家庭破碎的起因仅仅是由于情绪的一次起伏，就好像多米诺骨牌的推倒，起先只是源于一张牌的微微倾斜。

（方奕）

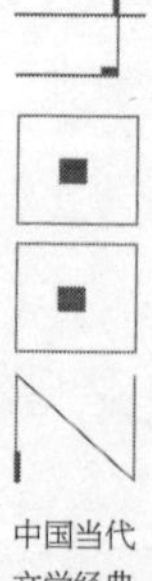

符号

陈笑黎

——他们被捆绑在自己建造的迷宫里

最近，珍珠城的监狱里关了很多新的犯人。监狱长向市长抱怨："你不要再把人往里送，我的单人牢房都变成沙丁鱼罐头了。他们每天打得鼻青脸肿，你想想，我要派出多少医生才能治好这些烂茄子？"市长斩钉截铁地回答："市里的决定是不会改变的，你有什么困难，我想办法解决。"一个月前，市长收到一份内参，是由《珍珠日报》的记者拉拉写来的，在这份内参中她表达了极大的担忧。她说："一种可怕的话语疾病正在珍珠城蔓延，要么割掉市民的舌头，要么缝死他们的嘴巴，否则珍珠城就会因为话语过度产生的共振而爆炸。"市长第一次听到这样不负责任和耸人听闻的消息，他立即叫秘书接通记者拉拉的电话，命令她来面谈此事。

拉拉知道自己花费两个月心血的调查起到了意料之中的效果，她非常满意。第二天早上九点，天气炎热干燥，路边的狗排成一队、趴在下水道盖上呼呼地喘气，街上的洒水车像陀螺一样在路上打转。穿便服的囚犯手里抱着水枪从卡车上跳下来，大声喧哗地义务劳动着，他们的抱怨声像乌鸦的粪便，拉拉不无担忧地想到自己的理论遗漏了重要的一点：过量的话语引起爆炸之前，会让地球的气温上升到无法承受的临界点；首先说话的人舌头会着火，然后引发城市大火，就算把全部的海水调来救火，也毫无用处。拉拉准时来到市政府门口，她停下来检查带的资料是否完整，却发现周围冒出了三个可疑的人，心不在焉地打量着她。三个男人头戴深蓝色的鸭舌帽，一个高个，一个矮个，一个中等，年龄分别相差十岁，却长得一模一样。他们把手藏在人造革包里，姿势一模一样，恶狠狠的眼神也一模一样。拉拉不敢多停留，她快步走向电梯，按了十二楼。

市长神态威严地坐在大班椅上，听见有人叩门，冷淡地说了声“请进”。进来一个年轻女人，个子不高，眼睛大得像灯笼，占据了整个脸的一半，皮肤很白，前额有一个美人髻。她的腰很细，两个夸张的乳房像牛眼，一眨一眨，令人血脉偾张。市长有些心猿意马，他装腔作势地探出半个身子，伸出手说：“你就是市报的记者拉拉吧？”拉拉把重重的黑色皮包放在沙发上，点点头：“李市长，我走得很急，能先喝口水吗？”市长从办公室的小冰箱里取出一瓶汽水，递给她，问：“外面很热吧？最近天气有些反常。”拉拉扯了扯被汗水浸湿的背心：“我写的内参可以说明天气变热的原因。”市长感兴趣地询问：“拉拉在我们的市报工作多久了？从你写的东西看出，你对科学非常内行，但结论却很荒谬。”拉拉生气地问：“门口三个人是李市长安排的吧？”市长尴尬地把头扭过九十度，岔开话题说：“拉拉小姐长得很漂亮。”

市长坐着空调车回到家中，耳边还想着拉拉的警告。他打开客厅里的电视机，女播音员猩红的嘴唇一张一合，像啄木鸟一样弄得他头晕。他抬起头，发现天花板被震出一条小小的裂缝，渗出许多汗水，他吓得把灯线拉掉，眼前又一次浮现出拉拉的大眼睛。他回忆自己最近开会的表现，不由得赞叹拉拉对话语疾病的诊断。前天他召开了一次“扫黄打非、治理整顿”会议，会上他先从珍珠城东郊的非法赌场谈起，正要和官员们深入探讨如何坚决取缔，突然舌头上起了很多小疱疱，他忍不住东拉西扯起来，频率越来越高。他指手画脚地对女秘书说：“你的裙子真好看。”又捏了捏另一个女秘书的腰，严肃地告诫她：“你胖得不像话，再不减肥，我开除你！”他的声音十分尖利，话音刚落，他自己也惊诧莫名。他朝四周望了望，看见底下的人嘴皮在动，可是他凭他们的口型猜测他们在说的与他无关。他想起拉拉和他的谈话，心想不必说普通人，就连他这个市长也传染上了说废话的毛病，一说起来就无法控制，废话的精子快速移动，不以人的意志为转移。

拉拉在谈话里精确地指出：珍珠城已经诞生了可怕的疾病，那就是人民一刻也不能停止说话，而且说的全是废话。一个人每多说一句话，将消耗一立方米氧气、一公斤淡水、一碗白米饭或两个馒头、一千亿个脑细胞。如果是男人，意味着将少制造数千万精子；如果是女人，月经周期将会缩短，直接引发月亮环绕太阳的周期紊乱。说话打嗝时产生的废气会造成严重的环境污染，导致人的注意力无法集中，生育能力降低，后代畸形儿比例提高，人的精神萎靡，生产力下降。更为要命的是，重复的话语发生碰撞后，会使周围的气温急剧上升，同样的波长在相遇时发生一种叫共振的物理反应，这种反应的能量积聚到一定程度，最终会促使城市的地壳发生质的改变，发生爆炸的可能高达99%。拉拉打开文件夹，取出过期的《珍珠日报》，让市长看一则社会新闻，两居民分别住在城东和城西，在一个月不黑风不高的晚上，同时蹊跷地死在床上。警方找不出任何谋杀或自杀的线索，花了大量的资金和警力，这个案件却成了烂尾案。拉拉语调神秘地告诉市长："我知道他们是怎么死的！"市长像外国人一样耸了耸肩膀："莫非是你杀了他们？"拉拉说："我悄悄地访问过他们的妻子，她们说他们的丈夫临死前正狂热地做爱（这个她们不好意思对警方说），射精时他们控制不住地说了一吨下流话。我一听，他们两人说的内容居然完全一样。其实他俩生前就是有名的大贫嘴。"市长哈哈大笑："你的想象力太丰富啦。这和他们的死有什么关系？"拉拉噘着嘴巴，不高兴地说："你真笨！这是因为他们说话时波长完全一样，在空中引发了强烈的共振，他们被共振的能量掀到天花板，掉下来摔死啦！"

惨祸一桩接一桩。珍珠城几个月前新造的金沙桥突然倒塌，桥上的行人和汽车全掉到金沙河里，事故发生的时间正是上班高峰期，死伤的人数达到了珍珠城的历史最高纪录。金沙桥倒之前没有任何预兆，人们在高谈阔论时感到一脚踩空，落到水里还不知道发生了什么。路过的行人目瞪口呆地看着金沙桥在一秒钟内断成两半，来不及发出一声惊叫。清醒过来，纷纷掏出手机报警，哪知一直是占线的声音，后来查明是110的值班人员舌头发痒，拼命和女朋友煲电话粥，耽误了抢救的最佳时机。受伤者的家属愤怒地包围了市政府大楼，有的人举着高音喇叭向楼内喊："市长，你给我们滚出来，再不出来我们把大楼炸了！"市长心里很害怕。他气得直拍桌子，对着城建局长狂吼："你今天给我去查清楚，这金沙桥是不是豆腐渣工程？这里面要真有什么猫腻，不用我枪毙你，老百姓的声音就能把你撕碎！"城建局长唯唯诺诺地退到门口，心里着实委屈得紧。要说这豆腐渣工程还真是不少，可金沙桥是珍珠城的样板工程，用的材料全是最好的，为了大桥的核心设计，局长专门请来了美国的桥梁专家。局长自言自语："怪了怪了，金沙桥怎么就倒了呢？它清白得像小葱拌豆腐，怎么转眼间就成豆腐渣了呢？”他怕自己被群众拍成豆腐渣，偷偷地从市政府大楼的后门跑掉了。

第三天，关于金沙桥事故的详细报告就送到了市长的手上，死伤人数最后统计为一千两百人，市长连夜召开了“死伤家属抚恤事宜”会议。可是参会人员说着说着全都打起嗝来，熏得会议室臭不可闻，市长捂着喉咙，感到里面有无数的小虫在爬，他挥挥手说：“散会！”事故报告认为金沙桥的倒掉纯属意外，如果一定要追查罪魁祸首，范围只能缩小到地球以内，市长气得又一次拍了桌子，大骂城建局长是饭桶。秘书闯了进来，说《珍珠日报》的记者拉拉同志有绝密情况要汇报。市长匆忙跑下楼，看见拉拉正站在他的车前，笑嘻嘻地望着他。市长向她招了招手，靠近她，赞赏地打量她，脸上容光焕发，他说：“拉拉，见到你真高兴。我们一起去喝茶，怎么样？”拉拉白他一眼。他又谄媚地拍了拍她的手：“拉拉小姐就是翻白眼，也很美丽。”拉拉冷笑：“市长，出了这么大的事，您还有闲心跟我逗贫？”市长呵呵地笑：“跟拉拉在一起，我的心情再不好也是好的。”

市长在茶室里有个专用包间，里面可以洗澡。拉拉被请进包间，连连惊叹：“这里可真豪华。”市长理了下头发，摆摆手说：“这不算什么。拉拉，你先去洗个澡吧？”拉拉明白市长是别有用心，她装作天真地说：“市长，我们只是喝茶聊天，洗什么澡？再说我有重要的事跟您说。”市长按铃让服务员进来，两个年轻小姐端着托盘，弓着腰挪着碎步移向市长。拉拉笑着说：“呵，还是日式服务呐。”市长轻薄地揉搓拉拉的大腿：“拉拉，我很想为你提供日式服务，你喜欢吗？”拉拉恼怒地打掉他的手，啐了一口：“市长，是不是您也传染上那怪病了？我听说您以前是不近女色的。”市长轻叹一口气：“有可能啊，我最近也觉得自己怪怪的，莫名其妙的话刹也刹不住，是不是因为见到了迷人的拉拉小姐呢？”拉拉坐到市长的对面，拉长脸：“市长，您不想听我的绝密情报吗？您不想知道金沙桥是怎么倒掉的吗？”“好，你说。”市长也正经起来，坐直了身子。

“事情是这样的。金沙桥倒掉的那天，您手下有两个同志跑到省里告对方的状。您明白了？”

“我明白什么？我什么也不明白！”

“那天他们滔滔不绝地在省委领导面前说对方的坏话。”

“这到底和金沙桥什么关系？”

“您不记得我上次说的那个命案？”

“记得，可我还是不明白，越来越不明白！”

“他们告状的声波正好在金沙桥正上空一百米处对接，引起强烈的空气振动。”

“你是说，金沙桥是这么倒掉的？”

“是啊，就这么简单。”

“荒唐！”

不久，珍珠城贝壳剧院在深夜燃起了无名大火，一直到第二天清晨才扑灭。这个剧院是珍珠城最为古老的建筑之一，可惜一夜之间化作尘土，灰飞烟灭。市长意识到拉拉是珍珠城最智慧的女人，他亲自打电话给拉拉：“拉拉，我相信你了。我对你五体投地。请你帮我想一个对策，我不能让珍珠城毁在我手上。”拉拉放声大笑：“市长，我在内参中不是说过，割掉市民的舌头，让他们无法说话，让珍珠城成为沉默之城，这样就一了百了啦。”市长有些不高兴：“拉拉同志，不要开玩笑。”“我没开玩笑啊。要不，还有一种比较人道的解决办法……”“好好，你快说！”“用不干胶把他们的嘴封起来。”拉拉在话筒里笑得快岔了气。市长气得想撂下电话，却听见拉拉认真地说：“我倒真有一办法可以试试。”

市长又一次连夜召开会议，通过了拉拉同志的提案。第二天，在珍珠城早间新闻里紧急播放了这样一条消息：最近几个月以来在珍珠城流行一种话语泛滥的疾病，该疾病直接或间接导致了几起不应该发生的悲剧，并且我们有理由相信悲剧还将进一步扩大。在这关键的时刻，市政府领导又一次做出了光荣和正确的决议，发布第84号红头文件如下——此文件出台之日起，任何个人在任何场所说话时，必须加上正确的标点符号，并且必须大声念出，不得含糊过关。一切标点符号的所有权归市政府，按照政府明码标价购买后，个人可以获得使用权。如有违反，将按盗窃罪予以处罚。

《珍珠日报》在头条位置配合发布了物价局的通知：逗号——15元；问号——15元；句号——13元；顿号——12元；惊叹号——10元；上引号——8元；下引号——8元；书名号——5元；破折号——5元；省略号——2元；括号——2元……为方便市民缴费购买，珍珠城将在各个小区迅速建成标点符号专卖公司。各企事业单位，为了便于更好地工作，将按照工作人员的级别和工作性质发放一天的标点符号配额。（比如说，市长一天可以免费使用100个标点符号）医生、病人、消防队员在紧急情况下可以免于报出标点。大中小学教师因特殊的工作需要，每天享受最高标点符号配额，严禁倒买倒卖，如有发现，立即开除并剥夺一年的说话权利。

这个政策出台后，果然非常有效。市长握着拉拉的小手，亲昵地说："拉拉，我怎么谢你呢？"拉拉说："谢我很容易啊，任命我为标点符号专卖公司的总经理吧。"市长连连点头："好，这个你当之无愧，你不说，我也早替你想到了。"拉拉笑道："您可别后悔，只怕到时我权力比您还大。"市长色眯眯地看着她："你领导我，是我的荣幸。"带头遵纪守法的市长预料到他和拉拉的亲密谈话会花掉不少标点符号，事先买了500个标点，心里十分得意。珍珠城的这项举措大大地增加了就业机会，拉动了内需。为了监督居民合理使用标点，政府聘用了庞大的标点符号督查员队伍，日夜巡逻。很多人家为了节约说话的开支，不得不以笔代口，他们变得温文尔雅，极有教养，有几个人因为写上了瘾，居然成了名噪一时的作家。

珍珠城居民饶舌的习惯荡然无存，他们在沉默中学会了无言的倾诉。当然话多的人更令人景仰，他们全是有权和有钱的人；有些穷人改不掉这个坏习惯，只好一口气说个不停，最后把自己噎死了，这是他们罪有应得。

珍珠城的天气凉爽下来，空气清新，令人心情愉悦。走在大街上你听不到任何噪声，偶尔传来的对话简洁明快，开门见山；公园里散步的恋人默默无语，永远是深情地看着对方，像要把恋人融化，让行人感动得掉下眼泪；公交车里井然有序，没有人吵架，更无人窃窃私语……一年之后，珍珠城光荣地当选为十大文明城市，市长也光荣地升为省长。

也许，多年以后，当你看到来自珍珠城的书籍和影片时，会被一些奇怪的对话惊扰：

"妹妹结婚时，我们应该送多少标点？"

"我今晚有点急事，你能借给我40个逗号和30个问号吗？"

"对不起，我手头没惊叹号了，我不能跟你做爱。"

原载《花城》2004年第2期

点评

这是一篇荒诞派意味颇浓的小说。小说十分短小精悍，却以荒诞不经的叙述手法讲述了珍珠城从"大乱"达到"大治"的过程。珍珠城流行了一种话语泛滥的疾病，由于话语过度所产生的共振直接或间接地造成了好几起可怕的死亡或爆炸悲剧。一开始，连市长也不知缘由，焦头烂额，甚至自己也险些犯了这种病。在记者拉拉一针见血的分析后，市长决定采取拉拉的方案，人们从此在说话时必须加上标点符号，而标点符号须向政府购买，违者必究。虽然从此珍珠城归于太平，并光荣当选文明城市，市长还升任了省长，但整座城却变得缄默沉寂，监狱里也多了许多新的犯人。整个文本精心构筑了一个硕大的隐喻场，处处指向了人性内隐的弊病以及对话语权的戕害。而凡是犯了话语过度症的人在发病时所无法自控的言语内容，某种程度上也都暴露了人性的阴暗和丑陋面。政府对这一蔓延全城的恐怖疾病的治理措施，又无不昭示着强权政治对人类话语自由的严控和限制。不仅如此，不同人享有不同标点符号购买权的规定，也暗示着严重的等级划分对人权的进一步侵害。拥有更多话语权的永远都是有权人和有钱人，而穷人只能沦落到自己噎死这一"罪有应得"的下场。小说人物夸张怪诞，虚构故事荒唐可笑，但却值得我们细细回味。

（方奕）

幸福的一天

刘玉栋

这天早晨，菜贩子马全突然从梦中醒来，有一股说不出来的力量压在他身上，使他半天不能动弹一下。后来，这股力量渐渐弱了，他才扭头瞥一眼床头柜，那带夜光的小马蹄表告诉他，此时是凌晨的三点四十五分。要是往日，马全肯定还会缩回脖子，闭上眼睛，再来上十五分钟的回笼觉。可是此时，马全睡意全无，他醒得很彻底。

醒来之前，马全正做着一个十分苍凉的梦。梦中，他穿着一身古代将士的盔甲，手擎一柄断剑，站在荒野之中，四周是茫茫的白雪。有一种声音从远处飘来，古古怪怪的，似乎是打了败仗的散兵在荒野上的呜咽。马全就是在这样一种声音中，一下子睁开眼睛。

马全在黑暗中瞪着大眼。那声音千丝万缕，紧紧地缠绕着他。虽然是躺在被窝里，浑身却冷冰冰的，像躺在荒野上一般。就这样过了片刻，马全猛地觉得脸颊上凉津津的。他稍一斜脖子，两道冰冷的水线如同刀片似的划过他的脸膛。这让马全无比吃惊。

马全一下子坐起来。他这才发现，自己的心正被那声音揉搓着，说不出有多么难受。

窗外黑洞洞的，正是夜最深最沉的时候。可每天的这个时候，菜贩子马全必须从暖烘烘的被窝里坐起来，对着黑洞洞的窗户，摸索着在黑暗中穿衣服。更让人难受的是，冬天已经到来。马全一想到这漫长的冬天，心里便怵得不行。要知道，一个人天天黑灯半夜里从热被窝里爬出来，得需要多大的勇气。马全想到这里，全身禁不住哆嗦一下。马全发现自己还裸着身子。他瞅了眼旁边，看到老婆和儿子躺在各自的被窝里，睡得正香。

他悄悄掀开老婆的被子，慢慢地钻进去。老婆的身子火烫火烫，马全趴在上面，开始还轻轻地抖动着，很快，他感到身子便被烤热了。舒坦极了，马全想着。那缠裹着他的古怪声音，似乎也正在渐渐消散。老婆在他的身子下面扭两下，突然睁开眼睛，她发现马全趴在她身上，便叫了声："几点了，你还闹？"

马全又瞥了眼床头柜上的马蹄表，正好是四点钟。马全一下子便耷拉了脑袋，他开始穿衣服。是啊，四点钟了。

马全很不情愿地从老婆身上滚下来，开始穿衣服。正是一天中最冷的时候，马全嘴里咝咝哈哈地响着。他连蹦带跳，不一会儿，便像只老猫似的蹿出屋子。外面还是黑漆漆一片，空中繁星满天，马全打开手电筒，一束光便射在窝棚里的机动三轮车上。对于菜贩子马全来说，新的一天就这样开始了。如果不是后来发生的一系列事儿，马全将像以往一样，度过他极为平常的一天。

马全住的村子叫小马庄，离城不远不近，三十里路。说它不远不近，是有道理的。像马全他们这些卖菜的，如果家离城太远了，就得几个人合伙在城里租间小房住。如果家离城很近，就不用急急火火地起这么早的床了。小马庄离城三十里路，所以马全不必在城里租房子住，但必须天天四点钟起床，好在他在几年前就买上了机动三轮车。这里的人们，管这种机动三轮车叫三马子。有时候马全觉得，他对这辆三马子的感情比对他老婆的感情还要深。从凌晨四点钟开始，他便跟它形影不离，他骑着它，在五点半之前，赶到城西最大的蔬菜批发市场，在那里批发好蔬菜；接着在六点半之前，赶到他卖菜的菜市场去，因为这里的人们，有一大早买菜的习惯。在那黑洞洞的菜市场里，马全开始他一天的吵吵嚷嚷讨价还价。只有到晚上，他回到家以后，才能看到老婆晃动的身影。可是两杯酒下肚，一天的疲倦和困意就像潮水般涌上来，更多的时候，他的身子只要是一贴到床板上，便呼呼睡去。他已经想不起上一次跟老婆亲热的时间了。但马全没别的办法，他只能这样拼死拼活一天到晚地卖菜。他有一个刚上小学的儿子，还有一个不太成熟的打算，那就是他想在三年内翻盖自己住的老房子。那得需要很多钱。但钱是死的，人是活的。三十岁的菜贩子马全雄心勃勃，虽然一天天的累死累活，但他住新房子的美好愿望却有增无减。

可是这一天早晨，马全骑在三马子上，却无论如何也提不起精神，他甚至连发动三马子的力气都没有。马全想自己是不是病了，于是把手放在额头上。额头却像石头般冰凉。最后，三马子还是在他身子下面腾腾腾地叫起来。

在拐上柏油马路之前，路面坑洼不平，车灯射出去的光束时长时短，时近时远。随着车子的颠簸，马全的身子就像水里的鲇鱼，左右不停地扭动着。好在这条路对于马全来说，熟得不能再熟。很快，马全骑着三马子便甩开还在沉睡中的村子，置身在田野里。风也大起来，贴着耳朵嗷嗷地叫，他身上穿着的棉大衣，头上戴着的棉帽子，以及两腿上的皮护膝，就像一层纸似的，很快便被寒风戳透了。他使劲儿缩着脖子绷着肉皮，但还是能听到上下牙齿碰到一起发出的咔咔声。

车子一拐上柏油路，马全就伸出脖子嗷嗷地吼了两嗓子，他是在向老天爷示威。但声音却像投进水里的土块，立刻被淹没在黑暗中。此时，三马子稳了，马全的身子也稳了，车灯的光束也不再忽长忽短，它直直地指向前方的路面。马全绷紧的肉皮放松下来，开始加大油门。不过，马全的神经稍一放松，刚才那梦中的景象以及那怪怪的声音便乘虚而入。马全的心里又开始难受起来，他突然想到了他死去的父亲。父亲是得癌症死的。他想到父亲痛得从床上摔下来，用牙啃地面上坚硬的泥块。他想起父亲临死前从牙缝里蹦出来的那几个字：人活着，真他娘的苦啊。想到这里，马全浑身打了一个激灵，连三马子都跟着哆嗦了一下子。马全咬着牙骂了句难听的话，他是骂自己。要不是开着车，他会在自己头上使劲儿拍一巴掌的。马全晃晃脑袋，目光开始集中在前方路面上。可是不行，那古怪的声音就像热气似的不断地从他心底升起来。马全似乎听到到处都是这种声音。在马全还没弄明白这到底是怎么回事儿时，前面的路面上猛地出现一块皮球那么大的东西。马全“呀”地叫一声，他忙拐把。也许是把拐得过急，也许是车轮碾上了那个东西，反正，马全和他的三马子连滚了几个跟头，然后栽到马路下面的水沟里。

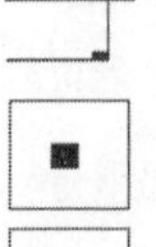

风声没有了。车灯灭了。很快，周围便静下来。

不知道过了多长时间，马全睁开眼睛。四周还是黑漆漆一片，不用说，离天亮还得有一会儿。马全开始还以为自己是躺在床上的，他一扭头，看到头顶上是三马子的车轮和满天的星星。人家说，地上死一个人，天上就少一颗星星，可地上死了那么多人，天上的星星却并不见少。马全不合时宜地想到这些。过了半天，他才意识到刚刚发生的事儿。他像伸懒腰似的举起两只胳膊，然后拢回来，把两手贴在眼前，庆幸的是，两手还是好好的。接着他又扭动一下身子，除了轻微的酸痛外，似乎没受什么损伤。

真是万幸啊。马全想着，从地上爬起来，他看到三马子有一只车轮栽进河沟里。河水已结了一层冰，冰面上白花花一片。看来，凭他一个人的力气，是无法把三马子从水里拖出来的。再说，即便是能拖出来，他也没法把它推到马路上去。也许三马子已经摔坏了，但不管怎样，马全得回到村里去喊人。可这个地方，离村子有十来里路了。马全很丧气，这个早晨从一睁开眼睛，就怪得很。马全站在水沟里，盯着白花花的冰面和歪在水里的三马子，突然觉得很委屈。多少年了，天天披星戴月，一天到晚忙忙碌碌吵吵闹闹，为了一分钱，也能争个脸红脖子粗。从一大早，把满满的一车菜推进那个黑洞洞的菜市场，到傍晚时，再推着空车从里面走出来。这么多年，说句夸张的话，连太阳都看不见了，当然，更感受不到那暖烘烘的阳光了。

不行，得好好地活上一天。马全自言自语。

事情一旦决定，浑身便轻松起来，马全拍打一番身上的泥土，转身爬上柏油马路。他回头瞅一眼躺在黑暗的河水里的三马子，想，你就老老实实躺在这里吧。

马全朝城里的方向走去，让他吃惊的是，他的身子轻松无比，就像风似的向前飘着。这个时候，天空渐渐地变成浅灰色，头顶上的星星也稀了。四周的原野也有了轮廓。远处的村子里，不时地传来鸡鸣狗叫的声音。空气清爽爽的，虽然凉了些，但有一点儿甜丝丝的味道。拐上一条更宽的柏油马路，车辆也猛地多起来。

路还是那条路，景还是那些景，但在马全眼里，有的却是一种跟以往不同的感觉。迎着朝霞，他觉得这个早晨，所有的东西都是那么清新，如同刚刚被清水洗过一样。透过悬挂在树枝间的一层薄雾，他隐隐约约地看到了城里的高楼。

前面有了公交车站。站点下面，有一些人正缩着脖子跺着脚在等车，从他们手里提着的饭盒可以看出来，他们是一些上早班的工人。也是一些可怜的人，马全站在他们身后，心里不知道为什么要这样想。

这时候，一辆公交车晃晃悠悠地停下车，人们一窝蜂地拥上去。马全站在最后面，他觉得他不该像他们一样往前挤，因为今天，他本来就是为了放松的。挤车也很累，马全想。最后，车下面就剩下马全一个人的时候，马全却站住不动了。不对呀，你不是想好好活一天吗？那干吗还挤这辆破公共汽车？于是，马全便向后退一步。公共汽车晃晃悠悠地走开了。

马全伸手拦住一辆出租车，是辆白色的桑塔纳。他上车的时候，那司机满脸狐疑，盯了他半天。看什么，卖菜的就不能打出租车了？马全心里想，不过，这司机的目光还是让他非常兴奋，他挥挥手说："去凤都。"

凤都楼的早点是这个城市最好的，去凤都楼吃早点的人是这个城市中最体面的人。平时，几个卖菜的没事，凑到一块儿说说凤都楼的早点，那也是过过嘴瘾。马全没想到，他的身子往出租车那软软的座位上一靠，"凤都"二字竟然脱口而出，并且是那么干脆，一点儿也不拖泥带水。马全有些飘飘然，他抚摸着车窗光滑的玻璃，觉得出租车的确比他的三马子要强一万倍，舒服、温暖、亲切。透过车窗，马全盯着外面的车水马龙芸芸众生，猛地产生出一种居高临下的感觉，像是飘在空中向下看似的。

凤都楼那四层的仿古建筑出现在面前时，出租车缓缓地停下来，计程器上显示是九块二毛钱，马全把十块钱塞进司机手里说，不用找零了。司机愣了一下，很诚恳地说了声谢谢。马全心里一热，下了出租车，觉得自己似乎高出一截。这种感觉真是太好了。凤都楼的桌椅板凳也给人一种与众不同的感觉，上的都是大红的火漆，古色古香，光鉴照人，坐在上面，那是一种享受。服务员都穿着统一的整洁的服装，忙忙碌碌地来回穿梭着。马全坐在那里等了半天，见没有服务员搭理他，便有些生气，高声喊道："服务员。"人们都扭过头来朝他看，那目光躲躲闪闪的，半是惊奇，半是嘲笑。马全这才注意到他穿的这身衣服是多么扎眼。油渍麻花的黄大衣上还沾着没有干透的泥巴，一双破皮鞋龇牙咧嘴的，真是难看极了。马全的脸涨得通红。这时候，一个胖乎乎的老头坐在了马全对面。这个老头面色红润，头发稀疏，穿着一件深灰色的夹克，里面衬衣的领子雪白，看上去干净体面。服务员走过来，问老头吃什么。老头很流利地说，一屉珍珠海鲜蒸包，一碗黑米粥，再加一杯牛奶。服务员又回过头，朝马全抻抻下巴颌，说你呢？马全有些慌张，忙说一样，跟他一样。

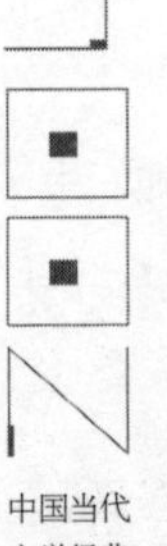

服务员扭身走了。马全抬抬头，有些不好意思地瞅一眼老头。老头正

朝他微笑，满脸的慈祥。

“第一次来？”老头问。

马全点点头。

“噢，”老头说，“这里该常来呀，这里花样很多，一个月你也尝不过来的。”

马全不好意思笑笑，心想：常来，我来得起吗？很快，饭上来了。马全看到那放蒸包的小笼比拳头大不了多少，里面的蒸包更是可怜，小枣一般大小，那皮儿晶莹透明。马全端详半天，有点儿不知从哪里下口。

老头倒是自然，吃得非常讲究，只见他把蒸包放入口中，合上嘴唇，微闭双眼，牙齿轻轻蠕动，真是细嚼慢咽。他一睁眼，发现对面马全正盯着他，便笑了。老头喝一口黑米粥，抬头说道：“人生在世，吃玩二字，像我这把年纪，就更没有出息了。但吃也好玩也罢，不管干什么，都得咂摸出个滋味来，你狼吞虎咽，这笼小玩意儿，眨眼就下肚了。你还是不知道它的滋味，那等于没吃过呀，你说是不是？”

马全觉得老头说得有道理，于是学着老头的样子，夹一个蒸包放进口里，慢慢地嚼。果然，香鲜滑软、麻酥甜咸……各种各样的滋味便在口中化开了。马全什么时候这样吃过饭？在菜市场里，弄上半斤包子，眨眼的工夫就吞下去了，有时候，是什么馅儿的他也弄不明白，他哪还咂摸什么滋味？

老头说：“小伙子进城来找事做？”

马全说：“我是卖菜的。”

老头嘿嘿笑了，说：“卖菜的来凤都楼吃早饭，这可是第一次听说，要不是亲眼见到，打死我也不信。”

马全的脸又红了。他想跟老头说说今天早晨他碰到的这些事儿，说说那个荒凉的梦和那种古怪的声音，说说他的三马子栽进了河沟里。可最终，马全什么都没说。他慢慢地嚼着蒸包，喝着黑米粥，享受着各种美妙的滋味。不知什么时候，他再抬起头来的时候，那个老头已经没有了。就连那古朴的凤都楼也像一团云似的飘走了。

此时，马全正提着一身新衣服和一双新皮鞋，站在天河池的更衣室里。

马全想舒舒服服地泡个澡，顺便换一身新衣服，既然想好好地活一天，那就要活出个样子来。虽然这身衣服花去了他批发蔬菜用的大部分钱，但他没有心疼。

也许是时间的关系，现在，偌大的更衣室里空空荡荡，只有马全一个人在轻轻地脱衣服，里面的澡堂里传来哗啦哗啦的水声，像是从很遥远的地方传来似的，细细的，很空灵。

马全裸着身子朝里面走的时候，突然发现墙角的暗影里坐着一个人，那个人也裸着身子，正朝他咯咯地笑。那人的笑声让马全的头皮使劲儿麻了一下，好在马全已经撩开厚厚的塑料门帘，走进澡堂。

澡堂里暗了许多，只有门帘上方的一个灯泡亮着，还显得有气无力，散发着昏黄的一团光。绕墙一周的淋浴喷头下面，一个人也没有，池子很大，被一层水雾蒙着，在池子的深处，似乎有两个白乎乎的人影在晃动。马全把一只手伸进水里。水热热的，马全立刻觉得浑身的汗毛都竖了起来。紧接着，马全抬腿便溜进池子，热水覆盖了全身。马全舒服地“哼”一声，很快就闭上眼睛。

自从天凉下来后，马全就没再洗过澡，即使是天不冷的时候洗澡，也是在家里烧壶开水，拧着毛巾擦擦身子。如今的农村不同于以前了，河沟和水塘都已被乱七八糟的东西污染了，别说洗澡，就是凑上去闻闻，也把鼻子熏得难受。再说，像这样泡澡堂子，在马全三十年的人生当中，没有几次。因此，当暖暖的水像无数的樱桃小口似的亲吻马全的肉体时，马全幸福得几乎掉下泪来。

这才他妈的叫人过的日子。马全微闭眼，嘘嘘地喷着热气。

马全正舒服着，猛地觉得头顶上有个人影在晃动，便睁开眼。果然，有个人正朝着他笑。马全一眼便认出来，是刚才那个躲在外面墙角里的人。马全心里禁不住“咯噔”一下。

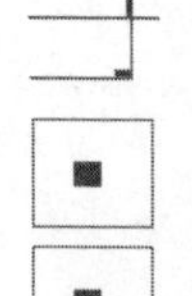

“舒服吧？”那人声音很柔和，不像什么坏人。

马全点点头。

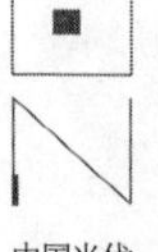

“就是啊，我一看你，就是那种懂得享受的人，你看你买的那身新衣服，多棒。”

马全笑了，他觉得这人挺有意思。

“搓搓背吧，怎么样？我看你身上泥巴也不少，再说，泡澡不搓背，那还叫泡澡？”

马全犹豫了一下。

“不贵，5块钱。”那人朝马全眨巴一下眼睛。

马全看到这人年龄不大，比自己还要小几岁，并且离得近了，才看出他生着一张娃娃脸。于是马全点了点头。

马全像一条大鱼似的，趴在一张窄窄的钉着皮革垫子的小床上。那小伙子手里的擦澡巾只在他背上轻轻一蹭，他便觉得如同被揭去一层脏皮儿，轻松许多。

“哇，这位大哥，你身上的泥巴好多呀。”

马全下巴抵着软软的垫子，脸一下子热起来，当那小伙子的擦澡巾划过他屁股的时候，他觉得有些不自在，但的的确确是舒服极了。

“哇，这位大哥，你身上这么长一条新疤呀。”

马全觉得不对，别说新疤，旧疤也没一块儿，他背上从来就没有受过伤。于是马全说：“你看错了，那肯定不是伤疤。”

“怎么会不是？”那小伙子叹一口气说，“不过也没什么，你看我身上，大大小小的多少块疤。”

借着朦胧的灯光，马全扭头一看。那小伙子的身上确实是大疤小疤一块连着一块，可以说是疤痕累累。马全很惊讶，这么年轻，哪来的这么多疤？

小伙子很聪明，似乎一下子就知道了马全心里想着什么，便说：“我原来可不是给人擦澡的，我下煤窑，在井下掏煤。不过，有一次瓦斯爆炸，我和工友们被埋在井下，那一次，一下子就死了三十多个，那个黑心矿主，不但没受到惩罚，每个人两万块钱就把我们这些人的父母妻儿打发了。我看到那些父母妻子接钱时抖动的手和脸上的表情，一下子绝望了。也许你不信，好多人不是因为痛苦和伤心手才抖动，是因为看到那些钱，激动的兴奋的。”

马全哆嗦了一下。那小伙子接着说：“从此以后，我再也不愿意见到我的父母，并且我下决心，今后也不再娶媳妇。这样多好，天天无忧无虑，累了泡个澡，喝壶茶，眯一觉，想女人了，就去楼下的‘滴雨美发厅’，一条龙服务，舒服得很。嗯，这位大哥，我看你头发也很长了，不妨一会儿你就去‘滴雨美发厅’，剪剪头发，然后再享受一番。”

说完，小伙子“嘿嘿”笑起来。

说者无意，可听者有心。马全的心忽悠一下，觉得这倒是个不错的主意。平时，在菜市场，几个卖菜的闲下来，讲的净是美发厅的新鲜故事。每次都讲得马全热血沸腾，恨不得立刻就去找一个美发厅。可马全从来没进去过，他舍不得花那钱哪。可今天就不一样了，不是想好好地活它一天吗？那还有什么顾虑？

想到这里，马全一下子从小床上坐起来，说：“好了，我该去冲一下澡了。”马全站在滴雨美发厅门口犹豫不决。隔着玻璃，他看到里面一个女孩不时地朝他招手。马全故意扭过头去看别处，他的心却在怦怦地跳个不停。他隐隐约约看得出，那个女孩皮肤白白的，留着披肩长发，跟他的老婆可有着天壤之别。可除老婆之外，马全再也没有跟别的女人有过亲密接触，所以他很紧张。他涨红着脸，扭动着脖子，喉结上下滚动，眼睛不安地瞅着不远处的天河池。他猛地看到，在天河池二楼的窗口，刚才为他搓背的那个小伙子正朝他眨巴眼睛，像是嘲笑他，又像是鼓励他。

马全咬咬牙，扭过身去，终于推开了滴雨美发厅的玻璃门。那个女孩如同一团香风似的飘到了马全身边。天气都这么冷了，她穿的却是一条黑皮短裙，薄薄的羊毛衫下面，她的胸脯高得如同两座小山，它们轻轻地颤动着，几乎撞到了马全身上。女孩热情似火，嘴唇张开着，艳得就像一朵月季花。

女孩瞅着马全，咯咯地笑。马全很拘谨，一只手不停地拨拉着头发，一条腿不停地在抖动。他看到墙上的那面大镜子里面，自己再也不是那个菜贩子马全了。里面的那个马全穿着一身笔挺的西装，打着领带，皮鞋亮得能够反光，只是脸色有些蜡黄，也许是因为紧张。

“嗨，老板，你刚才在门口站了半天，是不是害怕了？”女孩问。

女孩喊马全老板，这让他心里有点儿美滋滋。马全咳嗽一声说：“我是来理发的，有什么可怕的？”

“就是呀，还能把你吃了不成？快坐快坐。你要什么发型？长一些还是短一些？”

马全说：“随便吧。”

“哟，老板，你这头发可真够长的，多长时间没理了？”

马全想一想，中秋节前理过一次，至少得两个半月了。马全便说：“有两个半月了吧。”

“哟，老板，看你穿得这么阔气，怎么不按时把头发剪剪？”

“忙啊。”马全叹一口气。“哟，你可真是个大老板，理发的工夫都没有。”

女孩说话又快又脆，跟一架小钢炮似的，但这并不影响她手里的活儿。剪刀在她手中上下翻飞，跟她说话的声音一样，咔咔脆响。

“老板，让我猜猜你是干什么的吧。”

马全一阵慌张，忙说：“不用猜，我是个卖菜的。”

“这位老板真会开玩笑，你是蔬菜公司的经理吧？”

马全咧嘴苦笑了笑。他看到这个女孩长长的脖子上，扎着一条洁白的丝巾，那丝巾的两头撅撅着，就像小白兔的两只大耳朵，不时地动一下。不知道为什么，马全对这个女孩，有一种亲切感，他想跟她说实话。

女孩突然弯下腰，伸出红嘴唇，趴在马全的耳朵上，放低了声音说：“老板，过一会儿我给你按摩一下吧，很有意思的，很舒服的。”

从女孩口里喷出的热气，掠过马全的耳垂，暖暖的，痒痒的。马全觉得自己就像一块糖似的，要化了。但马全一时又不知道说什么好，他吭哧了半天，说：“你先理发吧。”

“这不理完了吗？”

女孩说着，拿起电吹风，呼呼地吹干了马全的头发。马全看到镜子里的自己，干净，整洁，似乎年轻了许多。女孩伸出手来，攥起马全的手。马全轻飘飘的，身子一点重量都没有。他们就像两只鸟儿，径直地飞进后面的小屋。

小屋里是粉红色的，有一股胭脂味儿。女孩轻轻一推，马全便倒在床上，身子软若无骨。

“你可真够轻的。”女孩说。女孩纤细的手指划过马全大腿时，马全像被电着了似的浑身抖动了一下。女孩的脖子上，那洁白的丝巾，光滑滑的，凉丝丝的，正好盖在马全的脸上。马全盯着女孩长长的脖子，突然产生一种想要亲它的冲动，于是他伸出手，想解开缠在女孩脖子上的围巾。

让马全想不到的是，女孩大叫一声，“腾”一下从马全身上蹦下来。再看那女孩，脸上的笑容已经没有了，像是要哭的样子。

马全很尴尬，他不知道说什么好。他吞吞吐吐地说：“你脖子又长又白的，这么漂亮，我只是想看看。”

那女孩一脸的伤感。过了一会儿，那女孩叹一口气，她动作缓慢地解开围巾。

马全大吃一惊，绕着女孩脖子的，是一圈又粗又深的疤。

“对不起，吓着你了吧？”那女孩的脸上又露出微笑来，“干我们这行的，有几道疤算不了什么，也许这就是代价。好了，不说这些，来，我让你痛快痛快。”

说着，那女孩又咯咯地笑起来。

马全开始心里还疙疙瘩瘩的，后来，他还是感到了舒服。他闭着眼睛，露出满脸的幸福。那女孩突然问：“我要给你做老婆，你愿不愿意？”

马全想了半天，说：“我已经有老婆了。”

女孩又笑起来，说：“看来得等下辈子了。”

马全心里一惊，他觉得不对，这女孩声音太像他老婆了。

马全猛地睁开眼，一下子从小床上坐起来，他两手捧起女孩的脸，他仔细地看。这女孩确实长得像他老婆。只不过屋子的光线太朦胧了，看了半天，马全也没看清楚。可是，马全的眼窝确实是湿了。

马全坐在天堂大酒店的窗前，酒过三巡，菜过五味，已经吃饱喝足了。马全看到窗外的天空变得阴沉起来，心情也重了许多。他想，该回家了，老婆儿子还在家里等着他，自己的三马子还躺在河沟里呢。对了，三马子会不会让人拖走了？要是那样可就坏了，我明天还要接着卖菜呢。想到这里，马全禁不住出了一身冷汗。他心急火燎地离开了天堂大酒店。

也许是酒喝多了。马全的脑子有些迷糊，身子轻得不行，老是想要飘起来。马全一个劲儿地想让自己的脚步落在地上，可是不行。后来，马全还是飘了起来。耳旁，风呼呼地叫着，但这种感觉，比骑在三马子上要舒服得多。马全飘过城市的公园时，看到孩子们坐着过山车，急速地旋

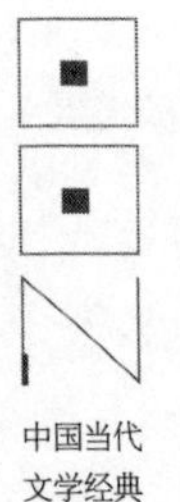

转着，发出哇哇的幸福满意的笑声。马全想，下一次抽空，一定带儿子来坐坐过山车，让他也体验一下这美妙的滋味。

不管怎么说，马全还是觉得他今天没有白活。就是回家挨老婆一顿臭骂，他觉得也值得。人不能光受苦受累，也得体验一下幸福生活。当然，人不能比人，你的幸福在别人那里也许一钱不值。但谁让你是马全？一个卖菜的农民，这就够了。

马全朝小马庄的方向飘着。真的醉了，让风一吹，他的思绪更加零乱。他看到云彩越来越浓，天空越来越暗。忽然，他发现柏油马路两旁高大的杨树上有很多人，有骑在树杈上的，有挂在树枝上的，有站在树叶上的。他们都朝他微笑着，挥着手。马全没想到，载他去凤都楼的那个出租车司机，跟他一起吃早饭的那个胖老头，以及在澡堂里给他搓澡的那个小伙子，还有滴雨美发厅里的那个女孩，此时，他们都在树上的人群里，他们都笑得很灿烂。

突然，马全在人群中间看到了父母，他们面色红润，也在微笑着朝他招手。喝多了，马全想，父母都相继过世好几年了，怎么会站在树上？

马全的身子越飘越高，真是飞起来了，于是，他干脆便做成鸟状，两手上下忽闪着，像鸟的翅膀。变成一只会飞的鸟儿，这可是他小时候的梦想。

马全沿着河沟飞着，他俯视着下面，他是在寻找自己的三马子。可是，直到他看到了小马庄的轮廓，就要拐下柏油路时，他也没有看到那辆歪倒在水中的三马子。也许早已被他们拖上来，推回家去了。马全安慰自己。

马全终于飞到了小马庄的上空。那炊烟的味道太熟悉了，就连那些牛马鸡鸭的叫声也让他觉得亲切。终于，他在自家的屋脊上停下来。让他高兴的是，他那辆三马子果然待在院子里。这样，他就放下心来。但让他奇怪的是，他家的院子非常热闹，孩子们玩着闹着大人们进进出出，表情严肃。是不是出了什么事儿？马全心里一急，便从屋脊上跳下来。

他的身子还是那么轻，落地时，连一点儿声音都没有。

马全往屋里一瞅，心便抖了一下。果然出事了，他看到老婆和儿子正跪在地上哭，他们哭得鼻涕一把泪水一把的，很伤心。在他们面前，是一张门板，上面似乎躺着一个人，但被黑布子盖着，他看不清楚。他走进屋来。老婆和儿子只管低着头哭，根本就没看到他。马全觉得奇怪。他在门板前站了会儿，便蹲下身子。他伸出手，轻轻地揭开黑布。让他吃惊的是，黑布下面躺着的是自己。他看到躺在门板上的自己，也是干干净净的，头发剪了，胡子刮了，穿的衣服竟然跟自己身上穿的一模一样。突然，马全感到很累，从来没有过的累。他想扭头看一眼老婆和儿子，但就连这点儿力气也没有了。他一头栽倒在门板上。接着，他觉得身体就有了重量。

原载《红豆》2004年第6期

点评

对于幸福，不同的人会有不同的定义。在菜贩子马全心中，幸福的含义却格外耐人寻味。马全的每一天，都在日复一日地重复着相同的节奏，起早贪黑，累死累活，为了实现美好的生活愿望，年仅三十岁的他，拼死拼活一天到晚地卖菜。只是这一天，却特别不同于以往。半夜，他先被一个古怪阴森的梦惊醒，凌晨四点，就蹬上机动三轮车出门了。不料，一场交通意外，突然打乱了马全一天原本寻常的轨迹，让他“突发奇想”开启了“幸福的一天”：他决定让自己彻底放松一下，到城里好好享受了一番舒适而体面的生活。而当读者以为黄昏将至，马全“幸福的一天”也就此结束之时，作者却笔锋一转，描绘了这样奇特怪诞的景象：马全在回家路上，看到这一天遇见的几个人都站在杨树上，早已过世的父母朝他招手；回到家，妻儿都在伤心哭泣，而门板上盖着黑布的竟然是他自己。行文至此，作者才揭晓真正的谜底，原来马全如此“幸福的一天”竟是他的临终绝唱，作者以回光返照式的叙述方式，将这个在社会底层苦苦劳作的普通劳动者心中最热切的渴求和欲望展现了出来。生活的滋味，不应仅仅被辛劳和苦闷充斥，还应有幸福和闲适。然而，小说中除了主人公外，澡堂的搓澡工、理发店的小姐等人，也都有着悲苦的经历和无奈的叹息。底层老百姓为了眼前的生活疲于奔命、苦痛挣扎的生存状态，随着马全生命的终结而尽显悲凉。这股悲凉之气与小说标题形成了强烈反差，弥漫于文本肌理间，久久挥之不去，令人无尽感慨。

（刘冬青）

花与果

谢宏

1

杨志记住了那句话，“上海咬了深圳一口”；当然，他也记得自己说的话，“深圳也咬了上海一口”。这本是他和吕雪青之间的玩笑话。但他记住了，而且记得很牢。也许过了很多年他都记得，甚至有可能一生都会记得。

当时，杨志在房间里无聊透了，只好走来走去，忽而拉开窗帘，看看路上走过的行人和汽车，然后又倒在床上看电视。他在上海待五天了。该办的差事都办了，该见的老同学也见过了。之后就开始越发无聊了。当然，他如果不想无聊，马上回深圳就得了，但一想到那些烦心的琐事在等着他，就想多赖一两天也好。他对深圳那边撒谎说快了，事情办得差不多了，就剩一点点尾巴了。

他刚到的那天，十几个老同学，从上海的各个角落赶来给他洗尘，他们当中有的混得不错，已是上海滩上有头有面的人物。大家喝了点酒，情绪高涨，在酒席上指点江山，真有点“数风流人物，还看今朝”的气势。那个饭局的确搞得很热闹，让杨志很感动也很感慨。

杨志办完了差事，白天待在宾馆里觉得无聊，他打过几次电话，想找老同学再聊聊，但他发觉他们都很忙，想想也是，此时你是闲人，人家是在上班呢。杨志试过晚上约他们，但他们大多还有其他应酬，婉拒了他。杨志的心情受到了打击，再也没有热情邀约老同学了。他倒在床上给人家找理由，人家也陪你了嘛，招待也蛮热情的。这样一想杨志也释然了。但一觉醒来，还是觉得无聊。

杨志本来想出去走走的，但到处都是人和车子，顿时失去了兴趣，又倒回宾馆的房间。杨志看了一会儿电视，就忍不住掏出通讯录来翻看。他的目光落在那些上海同学的名字上，又在犹豫中一个一个跳了过去。最后，他的目光落在了一个名字上：吕雪青。这个名字不是他的同学。是他的师姐，高他一届。杨志对是否去找她有点犹豫。他已经有十五年没见她了。也不知道她现在的情况。电话还是她毕业后给他留的，几年前，他与她通过几次电话。后来就没再与她联系了。杨志又将通讯录翻过去，后来又翻回来。最后还是在这个名字停住了。他合上通讯录，打开电视机看了一会儿节目，又关了，决定还是去找她。

杨志试着在原来的电话号码前加了个字头，因为上海的电话号码升位了。拨通后电话那头有人接了，是个女人。杨志就说他找吕雪青。那头愣了一下说，我，我就是，哪位？杨志也愣了一下，然后有点顽皮地问，听出我是谁了吗？吕雪青愣了一下说，抱歉，听不出来。杨志就嘿嘿笑了，说我是杨志啊。吕雪青顿了一下，才想起来，也笑了，说这么鬼。杨志说，没想到吧？吕雪青开心地笑了，说多久没见呀，在哪里呢？杨志说他在上海。吕雪青说出差吗？杨志说已经办完了差事。

吕雪青说，那我请你吃饭。杨志笑了，说应该我请你吃饭。吕雪青说我是地主嘛。杨志说他是吃公家的，就搞点小腐败吧。吕雪青犹豫了一下，说晚上怎么样。杨志说好啊，省得我一个人度过漫漫的长夜。吕雪青笑了，说你真是杨志吗。杨志问她干吗这么说。吕雪青说，原来的杨志是半个哑巴啊。杨志一听，哈哈开心大笑，说我是杨志的儿子啊。吕雪青也给搞笑了，说晚上见吧。他们说好了地点，就在衡山路的鱼刺酒吧见面。杨志想这酒吧的名字有点那个啊。

2

杨志不知道上海酒吧的情形是怎样的，他和客户应酬都是在酒楼吃饭。他没什么酒量，所以先吃点东西垫垫肚子。他打车去了，发觉衡山路真的蛮有味道，整条街都是酒吧和咖啡馆，很有点夜上海灯红酒绿的情调。他在街口就下车了，慢慢地逛过去。

他进了鱼刺酒吧，站在门口张望。吕雪青在角落里朝他招手。杨志笑眯眯地走过去坐下。吕雪青问他想要什么。杨志说随便吧。吕雪青就对小

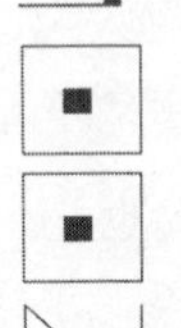

姐说，给他来杯随便。小姐笑了，问他要什么。杨志还是说他不懂，就随便吧。那个小姐回到吧台前，和酒保小声说了几句。吕雪青说，你这不难为人家吗。杨志说自己真的对酒没有认识。

后来，小姐给他端了一杯酒。杨志问是什么酒。那个小姐倒机灵，说是随便。三个人都笑了。杨志端起来，放在眼前端详了好一会儿，说颜色真好看。好喝吗？他又问了一句。吕雪青说，各人口味不同嘛。杨志问她是否常常来。吕雪青说不一定。杨志扭转脖子，环视了一下酒吧的各个角落，说环境挺好的。吕雪青没有说话，含笑拿了酒杯和他碰了碰，喝了一小口。杨志也喝了一口，发觉味道有点怪。他说好像不纯呢，杂味。吕雪青就笑他了，说这是随便酒啊。杨志就说，看来你有点小资情调了。吕雪青说，打发无聊的时间而已。

杨志往椅子上一仰身，不禁感叹说，一晃就这么多年过去了啊。吕雪青也说，是呀，物是人非。杨志却笑了，说他发觉有个人没变。吕雪青就问是谁。杨志说你啊，还是那么年轻，让人还心动呢。吕雪青愣了一下，就开心地说，都变老啦。其实杨志没说错，吕雪青好像不会老似的，尽管都四十了，但模样跟大学时候没多大的改变，岁月的流逝好像没怎么在她的脸上留下太多的痕迹。她的肤色还是那么白，脸上的肌肉还是那么紧绷绷的，在柔和的灯光下，发出微白的光。杨志望着她，有点走神了。

吕雪青问他这些年过得怎么样。杨志很坦白地告诉她，自己工作平淡，琐碎，离过婚后又结婚了。吕雪青哦了一声，说也挺好的。杨志就笑了，说这还挺好的呀。吕雪青说，毕竟你还有个过程嘛。杨志有点诧异她这么说，但他没有马上说什么。他沉默了一会儿，才问她的生活情况。吕雪青抬头笑了一下，说还是老样子。杨志不解，但他想了想，没马上问她指的是什么。

他们两个人慢慢地喝着酒，扯些大学时的趣事。那时他们都在搞校园文学社。吕雪青是社长。后来她退下来的时候，将他推了上去。他也没让她失望，还真的将文学社搞得生气勃勃的，在上海乃至全国的高校中都有点名气。那时杨志喜欢上了文学社的一个上海的小妹妹，是吕雪青系里的，他没胆量，嘴巴也不会说，只好都写在了诗歌里，那个小妹妹都看见了，全校的诗歌爱好者也看见了。吕雪青明白他的心思，也不时帮他的忙，但他与她的事情还是没什么大的进展，最后这个爱情故事以失败告终。杨志与吕雪青的关系却近了。他有时候就叫她大姐，有什么心事也和她说。吕雪青呢，也总是耐心地听他讲。以至于有时杨志会想，要是和吕雪青好，可能就没那么多烦恼了。当时吕雪青也正在恋爱中，男友还是学校的学生会主席，叫董日军。杨志的那个念头只好一闪而过。

想到这里，杨志说不知道那个小妹妹现在过得如何了。吕雪青说她结婚出国了，听说现在又离婚了。杨志叹息了一声，说真没想到。吕雪青说，也好，毕竟还有个过程。杨志感到有点口渴，就端起酒杯和她碰了碰，喝了一口。他感到酒气已经在他的脑里和身体里游动了。他可以听到那种游动的急促的脚步声。

这时，吕雪青突然抬头望了眼墙上。杨志注意到了，也抬起手表看了一眼，问了一句，说晚了回去，没关系吧。吕雪青笑了一下，说放心，她自己管自己。杨志一听，有点诧异，他又和她碰了碰酒杯，喝了一口。

吕雪青低头看了一眼酒杯，问杨志，他怎么样？杨志知道她问的是董日军。董日军比吕雪青高一届，毕业后就先去了深圳，他们说好等她毕业，也过去。吕雪青毕业后先留在上海，正等着办调动。后来不知道怎么搞的，两个人却分手了。据董日军的解释，说是没办法，他在深圳要生存，加上也遇到了合适的人选。吕雪青在信上和杨志简单谈过这事情。那时杨志毕业后也去了深圳。

杨志见她这么问，就说在校友聚会时见过董日军，他在搞贸易公司。吕雪青说他来过上海，听他说搞得不错，说什么都有了。杨志啊了声，说你们还见过啊。吕雪青仰了一下身体，说都是好几年前的事了。杨志哦了声，没说什么。

过了一阵子，杨志说，你也该有点改变了。吕雪青叹息了一声，说是呀，我正在变老啊。杨志说，要有点主动性嘛。她问怎么主动呀，她说过就笑了。杨志也笑了。他说以前是你开导我呢。吕雪青说，医人容易，治自己难啊。杨志说有个过程的，他望住她一会儿说，你真的还很漂亮。吕雪青说，都老太婆了。杨志说，真的没怎么变化。这话说得吕雪青有点不好意思了，她低下头在浅笑。杨志嘿嘿笑了，说要是我当初有胆量追你，那多好啊。杨志不知道自己怎么说出这样的话来。

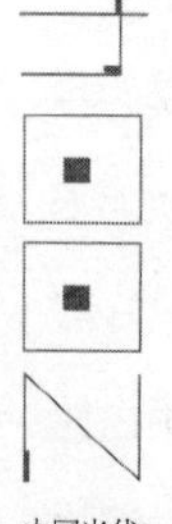

吕雪青听了这话，愣住望着他没说话。杨志被看得笑了起来，说现在

才发现我好看呀。吕雪青也笑了，说不过你倒是真的变了。杨志问她自己是变得可恶了还是可爱了。吕雪青说变得豁达了，当然，她补充了一句，也变得油嘴了。杨志没回话，只是嘿嘿地笑，问她这是好事还是坏事。吕雪青皱了一下眉头，作状想了想，说，不知道呢。不过，她说这下好了，她可以认识两个版本的杨志了。杨志就逗她说，喜欢哪个呢？吕雪青说，两个都喜欢。杨志开心地笑了起来，拿杯子和她碰了碰。

时间慢慢地过去了，杨志看着有人摇晃着出去，又有人兴冲冲地进来。他暗暗有点吃惊，自己竟然还是蛮能喝酒的。他已经喝了不少了，头脑有点眩晕，上洗手间的时候，他感到脚步有点飘。他想到了那次因伤心而喝酒，也喝到了这个程度，出去解手的时候掉到校园的河里，差点没淹死。那是他平生第一次喝成那样，此后他总是对酒敬而远之。

杨志在轻轻地摇着酒杯里的酒。吕雪青说你不是不能喝吗？杨志说今天不一样，有美人坐对面。吕雪青摇摇头，笑着说，你的嘴巴呀！今晚你喝的是酒啊，怎么像喝了蜜糖呢。杨志问她是否常来。吕雪青说想来就来啊。她沉思了一会儿，突然抬头对他笑了一下，没说话。杨志就问她在想什么。吕雪青有点严肃地说，我在想，要是当初你敢追我，会是怎么一番景象呢。杨志笑眯眯说，那还是坐在这里喝酒呀。吕雪青仰着头，将头发往后梳理了一下。杨志看见她的脖子白光一闪，脸上微红的娇媚十分动人。杨志举起杯子与她碰了碰，然后喝光了，他朝吧台那边招了招手。

杨志端起了酒杯，又想想，说不过如果他们喝酒，最好换一家酒吧。吕雪青说这不是很好嘛。杨志说，这个酒吧名字不好，叫什么"鱼刺"，鲠在喉咙里，这叫人怎么痛快呢，大都是失意的人才来的。杨志有点兴奋，便信口开河胡说一通。

没想到吕雪青竟然掩脸抽泣起来。杨志一时慌了手脚，不知道她干吗哭。他向她道歉，说自己不该胡说八道。吕雪青接过杨志递过来的纸巾，擦掉脸上的眼泪，说不关他的事。然后说上洗手间。杨志有点忐忑不安，他感到自己说错了话。他喝了一口酒，朝洗手间的方向张望。过了一会儿，吕雪青出来了，整张脸又焕然一新。

3

他们又聊了好一会儿，杨志看看表，已经是凌晨的3点了。他想也该回去了，他是毫无睡意，但吕雪青明天还要上班呢。杨志醉眼惺忪地望住吕雪青，说找时间再聊吧。吕雪青也望了他，说本来不想走，但你喝多了，我送你回去吧。杨志说，应该是我送你。他们两人让来让去，直到出了酒吧的门口，还站在路边争论。一辆的士停在了他们的面前。吕雪青拉住杨志的手，推他上车，然后对司机发号施令。杨志也奇怪，她一捏他的手，他就安静下来。杨志上了车，就反过来抓住了她的手。吕雪青也任他抓住，后来还与他握在了一起。

车子绕来绕去，在宾馆门口停下了。杨志拉了吕雪青的手下车。他奇怪自己怎么会这样做。他本来想让司机送她先回去，他再坐车回宾馆的，但吕雪青不肯，说她是地主，他只好依了她。他看她的样子，心里也不放心。等两人进了房间，吕雪青说那她就走了。杨志看她走路脚步有点飘，放心不下，就拦了她。他说晚上你就住这里吧，明天直接去上班好了。

吕雪青在门口抱住他，搂住他的腰，把脸伏在他的肩膀上，喃喃地说，也好吧。杨志感到身体骤然热了起来。他记起自己还没开空调呢，但这时他也不想开了。吕雪青的身体真的很柔韧。杨志有点舍不得放开。他用手环抱住她。过了很久，他才说，去洗个澡吧。吕雪青开始抱住他不动，过了一会儿才松开他，将手袋丢床上，进浴室洗澡了。

杨志走回床沿坐下，有点手足无措。他呆呆地想着心事。也不知道什么时候，吕雪青出来了，用浴巾围了身体。她的身体在不太明亮的灯光下，发出柔和的光。她脸色红润，她对杨志说，你去洗吧。杨志回转身，怔怔地望了她一会儿，说你真漂亮。吕雪青有点羞涩地低下头，长发垂了下来，遮住了她的半张脸。杨志站起身进了浴室。他在里面洗得很慢，脑袋里闹哄哄的，心情十分复杂，不知道自己该怎么办。

杨志出来的时候，发现吕雪青正趴在枕头上哭泣。他慌了手脚，连忙过去问她怎么啦。吕雪青不答应他。杨志就用手去抚她的头发，说有什么心事就说出来，说出来会舒服点的。他看不见她的脸，只看见她半裸的背在起伏抽动。他说，不哭啦。吕雪青的声音却大了起来。他觉得自己说错了话，就说哭出来吧。吕雪青就呜呜地哭。

过了好一会儿，她不哭了。杨志扶起她，看她泪眼蒙眬，十分惹人怜悯。他伸手揩去她的眼泪，她的眼睛细长细长的很好看。吕雪青垂了长发，轻轻地抽泣。杨志觉得她真的十分可爱，就捧了她的脸，去吻她的眼睛。她躲闪了一下，就安静下来，任杨志吻她。后来杨志嘴巴的活动范围扩大了，游动在她的眼睛、鼻子、脸颊、头发，最后游动到了她的脖子。刚开始吕雪青很害羞，渐渐地体内的酒精被杨志点燃了，越烧越旺。然后他们就像两团面粉揉成了一团，也像两条着白鳞的大鱼交织在一起，在床上翻腾起来。

事后，杨志看到床上的一摊血，顿时慌了手脚。他小心又着急地翻开吕雪青的身体察看，他以为弄伤她了。他问她疼不疼。吕雪青心满意足地点点头。杨志说，等会儿去医院检查一下。吕雪青小声说不用了。杨志说那不行，说可能是内伤了。吕雪青沉默了一下，说没问题的。杨志亲了她一下，说还是检查一下放心。吕雪青有点害羞地说，没事的，是处女膜撕裂了。杨志听了，顿时愣住了，好一阵子没说话。这是他没想到的结果：吕雪青竟然还是处女！

杨志没说话，他拥着吕雪青，用手抚弄着她白嫩的后背。他将她的头发拿起几绺，放在她的后背。白色和黑色形成十分鲜明的反差。他呆呆地看着这种对比，心里有无限感慨。此时，他由于激烈的运动，身体里的酒气散得差不多了，他的脑袋渐渐地清醒起来，就像窗外的天色一样，也渐渐地亮了。

吕雪青见他不说话，就问他在想什么。杨志坦白说他没想到。吕雪青问他没想到什么。杨志说没想到她还是处女。吕雪青用手捏住他的耳朵说，你还曾经是个文学青年呢。杨志说这有点超现实啊。吕雪青叹息一声，说你们男人呀，她就不再说话了。杨志也没说话，催她赶紧再睡一会。吕雪青却撒娇地说，我病了。杨志问她是否去上班。吕雪青说真是傻瓜，我都说了，我生病了。她说她会给单位打个电话请假的。杨志笑了说，那我也病了，也休假吧。他们两人就抱在一起，睡得很沉实。

当然，两人醒来的时候，他们又控制不住了，又揉成一团面团了。然后，杨志忍不住地说，真没想到你还是个处女。吕雪青说那又怎么样。杨志就开玩笑说，那董日军是个傻子。吕雪青打了他一下，说你捡了便宜还说风凉话。杨志赶紧说对不起。吕雪青说没什么，这我得谢谢你，其实我们双方都有问题。杨志似懂非懂，却又说不出什么来。吕雪青就顺了这个话题，谈了许多她与董日军之间的往事。

杨志边听边点头，说原来是这样，真没想到。吕雪青说完这些，好像卸掉了什么大包袱，深深地喘了一口气，然后看住杨志。杨志被看得心里有点发毛，就笑了问她在想什么呢。吕雪青推倒他，狠狠地在他的肩膀上咬了一口。杨志疼得嘶嘶地吸气。他没有叫喊出声来。等吕雪青松开牙齿，杨志用手捂住肩膀，他可以摸到凹凸不平的牙齿印痕。

杨志说，你快咬死我了。吕雪青笑眯眯地说，上海咬了深圳一口。杨志被她搞笑了，说你这是什么理论呀。吕雪青说，超现实主义理论。杨志也笑了，捏了她的耳朵说，那么深圳也咬上海一口。他扳倒吕雪青，装模作样地在她的肩膀上也咬了一口。吕雪青装作反抗。两个人在床上打闹起来。

停下来后，吕雪青的嘴巴凑在杨志的耳朵边，她吹了口兰气，小声说，你是值得咬的。杨志也在她耳朵边说，当然，你更值得咬。他说她有种成熟与单纯的女人味。

4

杨志和吕雪青是中午过后才起来的。两人吃过午饭，商量了一下，决定去母校走走。两人打了车去。学校的大门已经大变样了，大门口通向校园的林荫大道左边的铁皮屋已经拆了，代之而起的是一座大型的体育馆。再走进去，又见到一些新的大楼也建了起来。

杨志走到第一座桥前，站在那里，指着不远处的河边说，差点就死在那里。吕雪青指着不远处那个咖啡馆说，几乎没大变化。两人又沿着每一条路逛了过去。走得有点累了，就坐在凉亭里休息。杨志朝四周张望了一下，说，你说我们是否来迟了。吕雪青不明白他说的什么意思。杨志就说，当初我们要是恋人，早就这样将每一条路都走过了。吕雪青有点不好意思，说你别胡说八道了。杨志却赖皮地说，当然，现在我们就是恋人，在补习功课呢。他说着就凑过去想抱她。吕雪青就伸手狠劲地拧了一把他的大腿。杨志这下可是嚷叫起来了，远处有人朝这边张望。吕雪青也有点紧张了。他还想抱她。她说你干吗呀。她推开他，说别人会看见的。杨志

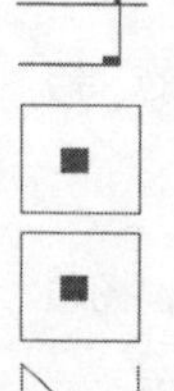

说，谁怕谁呀，再说我不认识他们，他们也不认识我们。吕雪青说，我有同学留校呢。杨志只好住手。他说干脆就在这吃晚饭了。吕雪青说也好。

说过，他们离开凉亭，又上图书馆等地方去转悠，直到日落西天，他们才坐在草坪上看落日，看那些放学离开教室回宿舍的学生，然后又看见他们拿了饭盒去食堂打饭。杨志一把拉起吕雪青，说我们也去吃饭吧。他们去了学校的酒楼吃饭，也当是一种怀旧方式。不过，吃过晚饭，他们没有去衡山路酒吧一条街，而是直接回了宾馆，他们都有点心照不宣。进了房间，他们都有点迫不及待了。他们又像鱼那样在床上翻腾，将床上的东西都掀到了地面上。

事后，两个曾经的文学青年，躺在床上做了一番还算有点文学意味的对话。

杨志问，这就叫鱼水交欢吧。

吕雪青就说，是叫水乳交融吧。

吕雪青笑嘻嘻说，哎，原来深圳呀——

杨志也嘿嘿笑了说，嘿，上海呀，原来——

5

杨志在第二天回了深圳。因为公司从深圳不断打来电话，催他赶紧回去。杨志说事情还差点才办好。公司老总说，这边的事情更重要。杨志还是不甘心，说那上海这边的事情怎么办。老总说，那实在不行，我再派个人替你。杨志这才慌了手脚，说，那我明天再催催。

杨志是搭中午的飞机回来的。他直接去公司，向老总汇报说，他上午将事情搞掂了。老总很高兴地说，那好那好。杨志就赶紧去办那件更重要的事情了。

晚上回到家，妻子问他事情办得怎么样。杨志想也没想就说，非常顺利，有点出乎意料。妻子就有点奇怪了，说原定不是说三天搞好的吗？都去了一个星期了，还说非常顺利。杨志心里一惊，赶紧说，公司又另外布置了一个新任务。妻子听了，释疑地啊了声，就拿过他的皮箱，想将他换下的脏衣服拿去洗衣机洗。杨志殷勤地说不用了，他自己来，说完赶紧将脏衣服拿了，丢进洗衣机去。他拧开水龙头，加了洗衣粉，看着洗衣机转动起来，心里才镇定下来。上床和妻子做爱的时候，他显得十分有激情。事后，妻子搂住他，感叹说，看来人家说得有道理。杨志问她别人说什么啦。妻子说，小别胜新婚啊。杨志只是嘿嘿地笑。

杨志照旧很忙，过了些日子，他竟然有点内疚起来，他发觉自己回深圳后，就没给上海那边打过电话了。他有时候想起来了，或说是抓起电话，甚至在开始拨了几个号码后，又在犹豫中停了下来。当然，吕雪青也没打电话来过。日子就这么慢慢地流逝，似乎与从前没什么两样，但杨志的心中好像多了点惆怅。只是一忙起来，就无暇顾及了。

直到有一天，他收到了一张红色的请帖，是放在一个大信封里的。当时他正在上班，那张请帖是寄到他公司的。其他同事见了，都与他开玩笑，说，哈哈，杨志又请喜酒啊。说得他有点脸红，他赶紧声明是别人的喜帖。他拿到那张红色喜帖，还真的以为是哪个朋友请喝喜酒。但他也觉得奇怪，怎么也没听朋友打过招呼啊。他没马上打开请帖，他在猜想新郎新娘会是谁。实在猜不出，他只好揭开谜底。

喜帖是吕雪青的。里面还夹了一封短信。她说她要做新娘了。她说真的很感谢他。有些东西她终于搞懂了。她说有的道理很简单的，就像是一层窗户纸，就差被人轻轻捅破。至于她具体指的是什么道理，她没有明说。杨志也不是很清楚，觉得有点暧昧。

杨志看得呆了。此时他才想起。那次上海之行是一年前的事了。他不禁回味起那些有点遥远的人和事，那座让人惆怅的繁华城市。直到公司的秘书过来，说老总喊他，杨志才回过神来。

杨志最后没有去上海参加吕雪青的婚礼。他认为不去比去好。他心想这是很简单的道理。这也是他在心里斗争了许多日子后才作出的决定。不过，他还是精心挑了礼物给她寄去。

后来，杨志在一次校友聚会上见到了董日军。聊起一些校友的情况，杨志突然说，吕雪青结婚了。其他人都没在意，因为大家谈的大多是深圳的校友，对吕雪青不熟悉。只有董日军愣了一下，眼睛好像充满了茫然，但很快又恢复了常态。他们离开的时候，两人走在一起。董日军迟疑地问了句，说，是真的吗？杨志很肯定地告诉他，说自己收到了她的喜帖。董日军好一阵没说话，然后如释重负般说，是啊，她也该结婚了。

原载《当代小说》2004年第8期

点评

读罢这篇小说，再来看小说题目，似乎题目稍显晦涩，与文本内容衔接并不紧密。可细细琢磨，我们不难发现作者的巧妙构思。女主人公吕雪青为了旧日情愫，多年来始终独身一人，犹如一朵含苞待放的花朵。只是也许她自己都不曾料想，最后的“采花者”竟是师弟杨志。在特定环境下，两人各怀心事，却又顺理成章地迅速走到了一起。他们“水乳交融”般的结合仿佛具有一种奇特的人生仪式感。吕雪青借此完成了她内心深处的隐秘突围，将多年受旧日恋情束缚的心结豁然打开了；而杨志则寻觅到了曾经不敢“向前一步”的勇气，弥补了心中某种莫名的缺失和失落。只是，他们的短暂相逢并未结出任何果实，如同昙花一现般稍纵即逝，不过却为吕雪青的人生推开了另一扇窗，结出了有点出人意料却又在情理之中的“果”：她终于结婚了，跟别人。小说试着探索现代都市人对两性关系的态度与认知，以及展现其心灵的空虚和焦灼。同时，爱而无果对人心的伤害也成了整个文本淡淡哀怨之气的基底。到底是对爱的执着坚守更有价值，更值得回味，还是勇于突破自我，走出爱的樊篱，更应该予以肯定和鼓励呢？作者没有给予明确的答案。但吕雪青的最终选择，好像也从一个侧面提醒世人：开花结果实乃客观规律之必然，人生的抉择或许终难逃脱这一特定的路径。

（方奕）

大雁塔

罗望子

说好了，石冲和徐春一起去西安。出发的前一天，我们集中到一块儿开了个短会，主要是通报一下分组情况，强调一下安全和纪律。该来的都来了，不该来的也有好几个想混进来。工会主席以订了车票为由坚决请走了他们。我们单位已经两年没有出去旅游，换了新领导就是不一样。不过新领导说得也很清楚，这一回不去的人不可能得到补偿，拿发票来也报不了。所以出去的人显得心情特别好，好得像是每个人都捡到了一块金币。

徐春左看右看左等右等，就是不见石冲。他们一起去西安，他们将住在一起，他们将离开大部队单独行动。石冲一毕业就分配在西安。石冲在西安一待就是五年，直到前年，花了九牛二虎之力，石冲才调回南京，石冲的女友还一直送到南京。去年元旦，石冲结婚了，新娘很漂亮。石冲的女友都很漂亮。婚后，石冲的女人并没有减少，越发映衬得石冲趾高气扬，妻子光彩照人。然而石冲的新娘并不是西安女友。

“在西安，我的女友有十来个，兄弟，你说我该娶哪一个呢，”石冲作痛苦状地按着徐春的双肩，“娶哪一个都会得罪另外的几个，倒不如——”石冲没有说下去，而是做了一个砍劈的动作。

“没关系的，你不要担心她们，你也不要担心我，”望着徐春一脸的惊愕，石冲安慰道，“我对得起她们的！”

你真的对得起她们吗？你连看也不愿意去看她们了。对于这个他最要好的同事，徐春既有天然的亲近，又排斥他的许多做派。可就是有那么多的女人喜欢石冲，好像石冲全身上下涂满了蜂蜜，她们任由石冲辣手摧花，她们为他流了数不尽的眼泪，赔了无数小心。徐春知道自己的排斥当中，含有对石冲的羡慕或者嫉妒。的确，论模样徐春比石冲更周正，论能力徐春比石冲更干练，论人品石冲更是无法与徐春相比，而石冲是个喜欢把自己弄得乱成一锅粥的男人，他先是把自己弄乱，然后烦躁，醉酒，绝望，甚至哭泣。酒醒之后，石冲马上又为自己所做的一切而忏悔，醒酒之后的石冲身边，总是有一个漂亮女人。除了身边的漂亮女人，石冲周围的一切都是乱糟糟的，在乌烟瘴气的环境里，石冲坐在地板上，上半身则蜷在女人的怀里。他的嗓音听起来像疲倦的狮子，他把眼泪或者鼻涕涂在她们的衣服上，他把臭醺醺的嘴巴贴到她们的脸上胸脯上，而她们对他百依百顺，眼睛闭上了，身体像波浪一样起伏。

赴西安参观学习人员的名单当中，我们和徐春都没有看到石冲的名字，一连几天都没有看到石冲的踪影。打手机，也没人接。徐春彻底绝望了。石冲婚后，徐春很少和他联系，也很少去他的家。要不是石冲喊，徐春根本没有去西安的念头。石冲一喊，徐春就动了心。可是这小子躲起来了。这小子知道无法解释。有什么必要呢。结了婚和不结婚就是不一样嘛。徐春能够理解，尽管他还没有结婚，也没有明确的女朋友。这倒不是说徐春没有女朋友，而是他和她们联系甚少。徐春对女人缺乏信心。对婚姻更是没有指望。徐春的身体是灰色的，徐春的生活是灰色的，徐春阳台上的天空也是灰色的。徐春喜欢灰色，徐春就这样灰色地渐渐迈向中年。尽管徐春头发乌黑，而年轻的石冲已经开始秃顶，徐春还是感到青春的是石冲，衰老的是自己。这次裹挟在大队人马里去西安，徐春更是坚信了这一点：他孤独，他灰色，连石冲都不可信任了。

上了火车，徐春把本组的三个女同志安顿好，才坐下来松了口气。他是小组长。我们这个小组加上他四个人。他不想当这个召唤人的组长，可是推托不掉。徐春也知道推托不掉，但还是假意推托了一番，组里的两个中年女人就盯着他，一个绽开笑容，一个可怜巴巴的，而那个冰雪美人则看也不看，只顾埋头掰弄手指。徐春赶紧应承下来。还好人少。反正另外也没有什么事。他打定主意，对于两个中年女人，他将有求必应，而要是冰雪美人找他，那就另当别论了。他可以懒洋洋地推托，也可以干脆就给她一个冷屁股。

坐的是硬卧。火车开动不久，徐春就站起来，在过道里走来走去的。徐春和冰雪美人上下铺，他们肩并肩地坐着。徐春内心感激大家，又觉得我们给他出了难题，或者说是要他的难堪。随着火车的启动加速，徐春不断地碰撞到身边的冰雪美人。尽管这种碰撞是轻微的，不易觉察的，有意无意的，徐春还是感到不安，难为情。但他不能因此道歉，那就小题大做了。冰雪美人呢，则像钢板一块，毫无反应。也许她在窃笑，她看穿了徐春的心怀鬼胎，徐春轻微的摩擦不过是小心的试探。对冰雪美人的猜测让徐春感到悲愤，当他站起来的时候，还向冰雪美人看了一眼。后者并没有回应，眼睑始终低垂，就像闺房里拉紧的窗帘。

幸好这时手机响了。不见踪影的石冲发来了短消息。石冲给了徐春两个电话号码。石冲让他到西安后就去找她们玩玩，要是他寂寞无聊的话。至于他自己为什么突然变故，则只字不提。“一言难尽，回头再说！”

重新回到座位的徐春仿佛换了个人。他和同组的另外两个女人聊起天来。我们这个团队包了一个车厢。他是可以不和冰雪美人说话的。他们原来并不认识，他们不在一个部门。我们这个单位有二三百号人。他只是听说过她。她也是单身，也没听说过她有什么绯闻。他对她的了解也就这么多，也可以说他对她一无所知。其实我们中间大多数人彼此都不认识，不知道。外出旅游就有这个好处，我们会发现经常在车上在路上在门口碰到的人原来是一起的呀！冰雪美人是个不易亲近的人，他又何尝不是如此呢！而中年女人就不同了，她们总是嘀嘀咕咕，喋喋不休的，嗑着瓜子儿，也嗑着家常。她们给徐春扔过来一包，徐春不吃，又友好地扔回去。其实他对她们同样不熟悉，但是她们对他的友好，让他觉得不说点什么是不行的。他问她们出来之后家里怎么安排的，他问她们上班时都做些什么累不累，他问她们到西安之后有什么打算。她们都一一作了回答。原来她们两个也不相识，是外出参观让她们相识了，走到一起来了。她们很乐意地回答徐春，尽管一个犹疑，一个敏捷，她们都夸他人好。连徐春自己也觉得自己的亲和了，只是当他看到头顶上的美人冷若冰霜不屑一顾时，才讪讪地住了口。徐春和她们做了个手势，表示美人在睡觉，他请求她们原谅他的停顿，接着他便安静下来。安静之后，徐春便想，如果他和她搭话，她们会说些什么呢。

在徐春有限的恋爱生活中，也曾经有过他中意的女人。女人在郊外，徐春在城里。每到周末，徐春就坐着公交车去郊外，也有的时候女人到城里来，但主要是徐春去，除了女人要到城里来购物。徐春也愿意自己去。倒不是说男人应该主动些，而是他觉得这样的恋爱才是恋爱，秘密的，掩人耳目，为自己所独享的。去郊外！莫斯科郊外的晚上！到郊外去！多么诗意又多么浪漫呀。那是一段极为幸福的时光，每次回到城里，徐春都感到自己脱过胎换过骨了。郊外的生活能够让徐春从容应付眼前的一切，视若无睹。郊外的女人是那么温柔，她对徐春没有多少要求。每周一次，两个晚上，够了，足够了。告别之后，各自开始新的生活，开始新一轮的期盼与重逢。女人从来没有要求他多留一刻，也没有要求他把她弄到城里去，倒是顺着他对郊外的盛赞，说："那你就搬到郊外来吧！"他感激她的体谅，可是随着他们的情浓意蜜，他越来越觉得不是滋味了。他们不能老是这样下去呀。不错，他们像两条游出水面的鱼，自由自在，可是他的态度表明他不会定居郊外，而他又没有能力把她弄到城里。这一点她早就看出来了，所以从不作指望，也不强求。他愧疚，而她则流着泪请求他原谅她说的话，她说她一点也没有嘲笑他的意思，她愿意生活在郊外，一辈子生活在郊外。如果他不想调过来，就这样，每周一次两个晚上，她也愿意，简直是太愿意了。可是徐春不愿意，简直是太不愿意了。

和她断了之后，徐春曾经去过一次。她木木地望着他，深情地望着他。她也曾经来过一次，知道她要来，徐春躲了。很长的一段时间，直到现在，徐春都后悔与伤感这段浪漫。同时他也知道自己不可能回去，回去了他就不是她眼中的那个徐春了，那她还喜欢他的什么呢。

如果冰雪美人打听他的恋爱经历，他肯定会和盘托出的，这种"肯定"并不是建立在"如果"的基础之上，而是那段回忆那段时光实在让他难忘，铭心刻骨。美丽不再，他愿意与人分享，哪怕她是一个冰雪美人，打动她，乃至让她艳羡。

火车到站，已是夜里一点。徐春积极充当了搬运工。等他回头来找冰雪美人，后者早就拉着滑轮箱包出站了。到达旅馆，登记，分钥匙。两点，我们终于进了各自的房间。每人一间房，这是没有想到的，在车上大家还在议论谁和谁住的事呢。市内电话也开通了。这个时候不应该打电话给人家的，但徐春还是打了，打了一个。这不是徐春的一贯作风。但是想了解电话的主人，特别是尽快了解石冲的女人们的念头挥之不去，并且逐渐占了上风。

听嗓音，对方似乎还没有睡觉。她的嗓音清纯，甜美，在这昏昏欲睡的凌晨让人为之一震。“是石冲让我找你的。”“石冲吗？臭小子！那你来吧。”“石冲没来。”“我是说你，你过来吧，那个臭小子他敢来吗？！”

“太晚了，明天吧。”徐春太想休息一下了，而且他还不知道我们大队人马明天的行程呢。

“那我过去，你们住在哪儿？”

“那还是我过去吧，要是不打扰你的话。”

对于徐春的来访，石冲的前女友表示了热烈的欢迎。让徐春吃惊的倒不是她和徐春的拥抱，而是石冲的前女友年纪比徐春还大，简直就是个半老徐娘。也许她认为徐春带来了石冲的气息吧：“这个臭小子，亏他还能交到你这样的朋友，他能有你一半好就够了！”石冲的前女友坐在一把椅子上，右腿打着石膏，平放在茶几上。徐春庆幸自己来了，否则她怎么才能摸到旅馆呢。他们的拥抱并不成功，而且女人还疼痛地咧了咧嘴。她还没有吃晚饭呢。徐春走进厨房，给她泡了一碗面。他把碗递到她手上，她接过去，颤颤巍巍的，端在手里，身体有些不平衡，放在腿间，不雅还够不着。徐春看着难受，就喂给她吃。权当是为朋友牺牲一次吧。石冲的前女友显然饿极了，徐春几乎来不及把面条搅到筷子上。她的嘴巴已经张开等着他喂了。圆润的嘴唇，白亮的牙齿，还有柔软的舌头。不仅如此，徐春还得和她说话。好在时间不长，一碗面很快就吃完了，石冲的前女友舒服地伸了个懒腰，请徐春给她打个毛巾。徐春给她打个冷毛巾，顺便给她拿来化妆盒，免得她催。她说前天爬楼时摔折了腿。不过医生说了，没有大碍。“两天，至多两天，我就可以陪你爬大雁塔了。”这话惊出徐春一身冷汗，去大雁塔！去大雁塔倒是好主意，可是和她一起去，还不累死啊。石冲的前女友显然没有注意到徐春的变化，她央求徐春到卧室取书，帮助她清理一下卫生间。

随着徐春的远远近近，女人的声音也高高低低。女人的话特别多，往往是徐春淡淡地说两句，她就会吐出一长串。她说石冲那臭小子可勤快呀，一到她这里，什么都干。她和石冲是在路上认识的。那时她刚刚离婚，经常出去喝酒。有一天竟然醉倒在幽会树下，要不是石冲像赶苍蝇一样赶走两个小流氓，再把她背回来，她肯定会被侮辱了，然后等待她的，只能是去死了。

“你说，要是那样的话，我活着还有什么意思呢？”徐春点点头，又摇摇头。

把她背回来之后，石冲并没有一走了之，他把她扔到床上，盖上被子，自己坐在客厅的椅子上睡着了。“就是我现在坐的这把椅子。”她拍拍木头椅子的扶手。

一大早我们就出发了，游览市区，主要就是大雁塔。徐春是早上九点钟回到旅馆的。徐春整整一夜都没有睡，或者说他一边给石冲的前女友干活儿，一边听她讲她与石冲的故事，一边打着瞌睡。自然，所有的情爱故事永远只能讲到一半，石冲的前女友说着说着自己睡着了。徐春下了一趟楼，给她买来早饭，放在她能够得着的地方才离开了。可他见到的是一座空空的旅馆，仿佛我们从没有住宿在这里。好在我们给旅馆老板留了话，要不然徐春会急死的。等徐春急匆匆地赶到大雁塔时，他并没有看到我们。他先是围着塔转圈儿，仰视我们。接着往上爬，爬一层，他都要转一圈，并且向下俯瞰，想看看我们是不是下了塔，也在急匆匆地找他。徐春既担心着同组的三个女人，又惦记着石冲的前女友。他不知道她是否吃过了，不知道她是否一点也不能动。醒来之后不见了他，她会生气吗？她现在和石冲还有联系吗？如果她在石冲面前损他一通，而石冲远在南京不明情况，回去之后，石冲是要找他算账的。到那时，说不定石冲就会嘲弄他了。石冲会说：“我早就知道，你小子在女人面前彻底没戏的，面对一个离过婚现在又受了伤的女人，你怎么能一走了之，而且是悄悄地走呢，这和逃跑没有什么区别嘛。”早知你这样，我还不如不告诉你哩，石冲会这么说。

他给石冲的前女友家里打了个电话。他还多了个心眼，没有用手机。他怕她的电话显示出他的号码后，她会不断地招呼他。可是电话响了一遍又一遍，就是没人接。徐春再次拨了一遍，还是没人接。那个女人怎么了？

下午，徐春怀着不安的心情继续游览小雁塔。之所以到小雁塔来，不仅仅是因为他像只落单的孤雁，还因为他觉得我们都不会想到小雁塔，就是想到了也不会去，这样他就会因为多看了一个景点，成为一个优秀的观光客了。不错，西安是以大雁塔闻名的。徐春盘旋在小雁塔上，嘴里念叨不已的也还是大雁塔：

有关大雁塔

《大雁塔》是一位诗人的成名作，大雁塔成就了一名诗人，但就是这首著名的《大雁塔》我们又能记住多少行记准多少字呢？在大雁塔上，徐春还看见了佛祖的脚，那双脚的掌心上有宝瓶，莲花，双鱼，脚趾上还印有“卍”字形的记号。徐春吃惊地发现，这种记号很像纳粹的标志。现在他试图把它画在小雁塔的沙堆上，可怎么也画不来了，更想不起来这些符号的象征意义了。有可能是因为他没有完成石冲的使命。石冲诱惑他来，而最终自己没来，与其说是一个陷阱，不如说是给了他一个机会。

当他再次推开石冲前女友的家门时，女人对他嫣然一笑。

“我就知道，你还会来的。”她说着，示意徐春坐到她的身边，好像她是一个年逾古稀的祖母，她又准备给他讲故事了。那些故事有可能是她与石冲的陈年旧事，也有可能是她怀想中的新鲜的生活。

徐春问她有没有听到电话响。她说没有，并坚决地摇摇头。这就更加让人怀疑了。

她解释说， 她经常产生某些幻觉，比如听见有人敲门，比如看到阳台上的胸罩掉了下去，比如电话响了，但是每一次她扑过去，迎接她的总是深深的失望。久而久之，她不再相信这些幻觉了，她知道没有多少人给她打电话了，也没有多少人能够记住她，像她这个年纪的女人，戴不戴胸罩也无所谓了，戴着干什么呢，谁来给她解开？只能是她自己了，而这不等于是作茧自缚吗？要是在乡村，像她这个年纪的女人，应该是袒胸露肚的，她的母亲当年就这个样子，母亲的身前身后，呼啸着的是她和她的兄弟姐妹。可是陷在这个城里，她连这样的一种向往也不能实现了。

“那是过去，”徐春尽其所能地安慰着，“现在村子里也不一样了，而且只能生一个。”

“只生一个好嘛，”她接口说，语气略带嘲讽，好像没有理解徐春的善意，“当然，有时我也不甘心。我怕真的耽误了什么人的访问。你看看我的腿。”

女人的腿还像昨天一样，横亘在茶几上。女人听见楼下有人喊她的名字，还扑到阳台上去瞅了一眼。楼下的确站着一个男人。女人不等自己看清楚，就应声飞奔下去。她都不知道自己是怎么下楼的，也不知道自己是怎么上楼的。她撞见了那个男人，可那个男人并非喊她。男人面对着气喘吁吁的女人，有些吃惊，还有些胆怯。她的腿就是在飞奔中摔坏的。但她自己也搞不清楚是上楼还是下楼，她只记得她绊了一跤，没有一点疼痛。

“还算好，只是骨折。”女人甩甩额前的乱发， 像是在安慰徐春，她轻松地拍打着自己那条受伤的腿，结果眉头猛地一皱，就差没有叫出来了。

陪石冲的前女友吃了晚饭，徐春就回来了。徐春不想错过第二天的集体旅游。西安之行总共三天，实打实的只有两天，第三天是自由活动。身为小组长，徐春不想让人说他，说他自由散漫，说他不关心同志，尤其还是女同志哩。徐春回来的时候，我们也刚好到家。其实真的行动时，已经无所谓组不组的了，人以群分嘛。中年女人精力最旺盛，也最有号召力，小伙子姑娘们总喜欢听她们的，依赖她们。只有那个冰雪美人虽然和我们一起，却更加形单影只了。她的步伐不是超前就是滞后，她的表情，就是最敏感的女人也看不出是喜悦还是忧伤。她的眼睛更是让人不可捉摸，刚刚你还听见她的笑声，一转眼笑声已经让风吹散，你都不敢肯定刚才动人的笑是不是她的了。

这一切徐春都不清楚。他只看到我们累了，累得有劲。累得舒服。“这样我就放心了。”在公用盥洗室里，徐春说了这句老相的话，我们却笑不出来，因为里面太臭了，可冰雪美人笑出了声，她笑着，像一只轻盈的燕子，掠过徐春的身边，回到她的房间。可能是隔音效果差吧，她关上了房门，可是她的笑声没断。

在西安的第二天，我们的主要旅游景点是临潼。兵马俑，一说谁都知道。兵马俑陪葬坑，铜车马坑，秦始皇陵，华清池，依次看过去。其实除了西安事变的华清池，两个坑道都是秦始皇陵的一部分，小小的一部分，据说又新发现了大型石质铠甲坑，百戏俑坑，文官坑以及陪葬墓等六百余处。要是这些地方都整修开放，那个时候我们再来就不是一天两天能够看好的了。我们一边游览，一边感慨地老天荒。行程中， 徐春的表现特别好，他招呼我们跟上去，注意时间，注意不要走散，碰到雅致之地又劝我们停下来拍一张。“要不然你们会后悔的。”他说得那么认真，我们也真的听了他的劝。

家家都有一沓子的风景照，现在看来风景照是最恶劣的了，风景照做作的成分最多。我们也知道拍风景照不过图的是一时快感，但没人拒绝徐春的好意，除了冰雪美人。于是徐春忙得不亦乐乎，像一个浪荡的丈夫回家之后在妻子面前将功赎罪采取补救措施。但我们总觉得他过分的热情是在做给冰雪美人看。因为冰雪美人不想拍，不想接受他的免费服务，徐春故意气她，或者说他自己在生气。冰雪美人也注意到了，她并不想加以掩饰，尽管她依旧不言不语，却偶尔无声无息地一笑，蜻蜓点水，灵光突至，春光乍泄，宝剑归鞘，惊鸿一瞥，昙花一现般地稍纵即逝。昨天，冰雪美人同样为我们拍了不少照片，不过那些照片都是我们请求她拍的。我们希望她能够融入进来，她也乐意效劳。她一直相伴在我们身边，但并不提示也不强求我们拍。每拍一次，我们都要谢谢她一次。为了表示我们真诚的谢意，我们请求给她拍，她笑着躲闪过去了，她怕拍照就好像怕有人挠她的痒痒。现在徐春来顶她的工，正好让她解放出来，有了喘息之机。你瞧，冰雪美人挽着自己的手，闲适地溜达在回廊般的皇陵大道上，溜达在雾蒙蒙的华清池边，仿佛从历史深处浮现出来的贵妃娘娘，把徐春看呆了。都说眼睛是心灵的窗户，这话有时并不管用。徐春的眼睛的的确确盯在我们身上，替我们设身处地取景，调焦，聚光，他的头，他的身体，始终正对着我们，可是那架傻瓜相机呢，徐春动不动就把那架傻瓜相机对着远远行走着的冰雪美人，让人搞不清是他傻，还是那架机子傻。

“徐春，你还给不给我们拍呀？”

树叶儿绿了，徐春的脸红了，冰雪美人更白了，树上的鸟儿飞远了，小摊小贩的叫卖声更噪了。

“不拍了，不拍了，拍了也是白拍。”徐春把相机放在草地上，往天空中招了招手，仿佛在招呼一只大雁。我们知道徐春的意思，或者说我们自认为理解徐春：镜头里面没有了冰雪美人，还有什么拍头！但我们还是逗他，问他为什么不高兴拍了。拍不拍不是你高兴不高兴的事，而是我们高兴不高兴的事，你想拍就拍不想拍就把我们晾在这儿吗？事实证明我们错怪了徐春：徐春根本就不会拍。徐春不爱拍照，这一点倒和冰雪美人有类似之处，不过用徐春自己的话说，他不爱拍照是不喜欢自己照片上的傻瓜相，冰雪美人不拍照的原因我们就不得而知了，我们也不便问人家，何况这是次要的事，主要的问题还在于徐春给人拍照，没有一次成功过。不错，取景很重要，但是一张照片(如同一篇小说)当中，最应该凸现的始终是人物吧？徐春不。徐春总是有意无意地放大背景，至于人物，要么小得像蚂蚁，要么大得只有一颗头，或者只有半张脸，更可笑的是有时候背景上的那些人物，那些陌不相识的游客倒给他追上了。他把那些陌生的人拍得纤毫毕现，形态可掬，他拍出了他们的动作，他们的关系，他们的暧昧，他们面临的焦虑，而他应该捕捉的人物呢，可能只有一只眼睛一只手臂一条大腿罢了。也许对于徐春本人，这样的拍摄很有意义，可以让他很快回想起那一年那一天的那一个特定场景，而更多的人只能哭笑不得了。

“我真的不会拍，会拍我还不拍？没道理嘛。”我们都上了徐春的当，徐春不想让我们再浪费表情，也不想害我们。为了证明他的照相术之差，他抿着嘴儿告诉我们，有一次跟科长去北京，科长可能是喝大了，豪情万丈，要徐春站在天安门广场上，给他来一张城楼挥手的照片。科长的那架机子是出国带回来的，更难得的是他们科长身材魁梧，红光满面。可以想象，科长的这张照片要是洗出来，绝不亚于某个元帅检阅三军。可是照片呢人呢？科长扯着那一团黑乎乎的底片，火冒三丈。徐春不得不承认自己可能是太激动了，竟然在去冲洗照片的路上，偷偷地打开相机的盖子，“检查”了一下胶卷。胶卷还在，却什么都洗不出来了。

既然徐春话都说到这个份上，我们只好相信他了。徐春露出坦然的笑容，可是这种信任对于大家来讲却是难以接受的。我们难受极了，没趣极了。要是照片真像徐春那么说的，那多窝囊呀。早知如此，还不如让冰雪美人拍，或者干脆不拍算了。还是冰雪美人有先见之明，什么样的照片对人都会构成伤害。回来的路上，我们无话可说，像霜后的茄子斗败的鸡。这样的安静让导游和其他人感到奇怪，仿佛兵马俑之观给我们带来了沉重和无尽的悲伤，本来热热闹闹唱着革命歌曲的中巴车上没有一个人作声了。

自由活动那一天，有的去购物，有的去拜访朋友。徐春睡了个好觉，早餐时间是过了，但是女服务员却给他拿来两个鸡蛋一袋鲜奶。饿了，的确是饿了，徐春感激不尽。

“不是我给你的，”女服务员赶紧说，“是你的同事让我转交给你的。”那么可能是谁呢？男的还是女的呢？本组的三个女人还算有点接触，但昨天自己拍照拍砸了，她们没有理由款待他，而他又不便向女服务员做进一步的询问。

吃了点东西，有了点精神，但徐春不想跑，他在这里实在没有可去之处。西安的道路又窄又脏，打车难，打到了车想早点赶到更难，坐在车里看着外面的行人，你会觉得这是在进行一场龟兔赛跑。徐春庆幸石冲只给了他两个号码，更庆幸石冲没来。要是石冲来了，跟在石冲后面还不知道会怎么折腾呢。只有一天时间，看来不招呼一下石冲的另一个女人是不行的了。

“是石冲让我找你的，他让我问你好，你好吗？”

“是石冲哥吗，我好，好什么呀，咱们见面再说吧。”

见面地点在一家麦当劳餐厅。徐春找了半天，才找到了那个女孩。这个女人应该年轻些，但徐春还是没有想到她是这么年轻。女孩静静地坐着，长脖子上围了一条蓝色丝巾。她要了两份，静静地等待着。就是她了，虽然徐春不认识她，但是女孩托腮凝思的样子让他心动。果然是她。

“石冲为什么不来？”

“他说好来的，我还是他鼓动的呢。”

“那他为什么不来？他说他一定会来的，他答应过我的。”

徐春无言以答。徐春不知道说什么好。说什么都不能让眼前这个苦苦等待的女孩满意。越是替石冲辩护，这个女孩越是会以为我在隐瞒真相。他想象石冲在西安的日子，这个女孩那时大概不会超过二十岁吧。那时女孩肯定还是一个学生，她把自己给了石冲那个家伙，那个家伙和这个女孩一番狂热而纯真的作乐之后就一走了之，那个家伙像一艘核潜艇，窜到哪里哪里遭殃。我要是有这样的女孩子，甭说是西安，就是在火星上也要去。

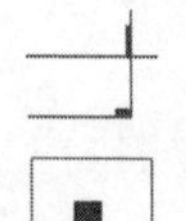

“太不是东西了。”

“谁？”

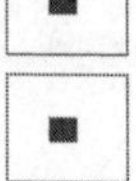

“石冲呀。”

“请你不要说石冲的坏话，亏你还是石冲的朋友哩。”

“那他为什么不来？”

“他一定有他的原因，难言之隐。”

说到难言之隐，女孩抽出一张餐巾纸捂住嘴巴。完了，这个女孩让石冲玩完了。女孩子轻轻地敲着盘子，提醒徐春用餐。徐春摇摇手。徐春不喜欢麦当劳不喜欢肯德基不喜欢三明治不喜欢比萨饼，徐春的女朋友当中，有一个正是因为老爱吃这些，徐春和她吹了，吹得没有一丝后悔。徐春知道，对于这样的女孩子，吹掉是迟早的事，你勉强接受了不吹她，迟早也会让她吹，那还不如先下手为强哩。那个女孩曾经三番五次堵住徐春，徐春毫不动心。

他知道她不一定爱他，一个喜欢比萨饼的女孩怎么会和一个不喜欢比萨饼的男人混在一块呢，她只是不能接受被人吹掉的事实，她挽救的并不是他们的恋爱关系，而是她自己的面子，在徐春驯服之后，她将会用更狠毒的办法吹掉他。

那天晌午，石冲的女孩并没有勉强徐春吃下去。她提议一起去喝酒，她已经好长时间不喝酒了，而她和石冲在一起的时候是天天喝酒的，“啤酒！”她强调说。西安的酒吧本来就不多，上午开的酒吧更没有了。于是女孩又提议到她家去，她家里有酒有茶有咖啡。但是徐春坚决地婉拒了。女孩急得拽住徐春的衣袖，好像在向情人撒娇。

“你是不是石冲的朋友啊？石冲可没你这么小气。”

“我只是石冲的朋友啊。”

“你既是石冲的朋友，我就该招待你，比石冲还石冲。”

“我还有事哩。”

“买东西吗？过会儿我陪你去，你既然来看我，总该让石冲知道我现在的生活吧。”

再也没有任何托词了。徐春像是被女孩押解着来到她位于东郊的房间。这是一个精致的女孩，她一个人拥有着一套精致的房子。可是女孩的房间里什么喝的吃的都没有，女孩子认真地找啊翻啊，找出了一只又一只亮晶晶的空酒瓶，仅有的一桶方便面，打开盖子，里面长着茁壮如韭菜的绿毛。她告诉徐春，石冲离开的这些年，她毕了业找了工作搞了房子，她一个星期进一回超市，然后就足不出户，她看着电视想着石冲，想着看着，石冲就从电视里跳出来了，他们一起抽烟，喝酒，做爱，听音乐。他们一起吃方便面，玩猫抓老鼠的游戏。女孩不时地穿插着说一些有关石冲的生活细节，比如石冲喜欢抠脚丫，石冲喜欢在卫生间里做爱，石冲喜欢扮演戴绿帽子的丈夫，石冲喜欢她扮演电视上的那个月亮姐姐，石冲喜欢她穿露脐衫，石冲喜欢她熬的小米粥，石冲喜欢她喂哺他，石冲喜欢洋葱，石冲喜欢裸睡，石冲喜欢随地吐痰，石冲喜欢把自己的腮帮刮得伤痕累累，石冲喜欢骑着自行车猛地冲下山坡，直把她吓得闭上眼睛哇哇乱叫才罢，石冲还喜欢，还喜欢在郊外的树林里和她做，石冲喜欢和人抬杠，石冲看不起当官的但是对自己的上司点头哈腰，石冲喜欢在马桶上看报纸，一看就是一个小时两个小时……

“石冲怎么可能不想我呢？”

下午，他们一起去了酒吧。徐春没有其他选择。事实上他内心也承认，他喜欢上了这个姑娘。女孩声明在先，由她来请客。徐春想争辩，女孩的手堵住他的嘴。他们要了一打扎啤，一边喝一边听女孩讲石冲。有一回女孩到医院摘阑尾，石冲请了一个星期的病假，还和头儿吵了一架，石冲日夜守在她的旁边。还有一回石冲夜里烟瘾犯了，女孩跑了三条街，才敲开一家小店的门。想起那一天女孩就浑身战栗，她觉得自己很勇敢，说不出为什么，她觉得自己在献身。是的，她很害怕，可越是害怕她越是兴奋，如果那时候有人钉上她就好了，最好是一个作恶多端的歹徒，他的生活已经没有指望了，他见钱就抢，见人就吹，见女人就干，他把她掀翻在地。她顺从着他，就像顺从着石冲一样，她望着歹徒的眼睛，镇定自若，就像是望着满天的繁星，她之所以这么无所畏惧，是因为她的手上捏着给石冲买的香烟，歹徒显然注意到了她的镇定，他查看她的手，她告诉他她是为男朋友买烟的。“如果我干了你，”歹徒问，“你会为他死吗？”不，她说，她要告诉石冲这一切，如果石冲要她死，她会考虑死的，然而这又是不可能，石冲不可能要她死，石冲知道她爱他才会去为他买烟。“石冲要的是你死，”她对那个歹徒说，“也许石冲会一辈子找不到你，也许不等石冲找到你你已经落入法网，也许你现在就会杀了我，但是我已经说了，我爱他，而不是你。”歹徒放了手，直愣愣地看着身下的她：“你现在就要杀了我吗？你难道不先干了我吗？你放心，我会配合你的，你干了我，再杀我也不迟。”歹徒跨过女孩的身体准备离开时，女孩拖住了歹徒的脚，女孩请求他哀求他乞求他，歹徒一脚踢翻了她，又把她扶起来：“替我问候一下你的男朋友！”女孩说得越多，徐春越是觉得女孩的石冲远离着他的同事石冲。石冲是个什么人我徐春还不知道吗？游手好闲，没有责任心，惹是生非，大大咧咧，什么毛病石冲都有。一方面，徐春对女孩的一往情深肃然起敬，另一方面他又对石冲的漫不经心恨之入骨。然而在石冲与女人甚至就是与这个女孩的关系当中，有没有可能他们的确是那么投入，那么水乳交融的呢？如果有这一可能，又怎么解释石冲的离开西安，石冲的突然变卦呢？

“你别乱想，那天晚上其实街上连一个鬼影也没有。”那天晚上女孩是唱着《真的好想你》回到他们住处的，石冲已经倒在沙发上了。女孩挠醒他，告诉了他她被强奸的经过。女孩说得很精细，路灯，树影，星星，行人的脚步，一辆小车的白色牌号，歹徒笨重的身体粗重的呼吸黑乎乎的面孔猛烈的撞击，每一个环节女孩都交代到了，伴之以眼泪，女孩还抓住石冲的手，让他摸她头上的一个包。但是女孩的如泣如诉并没有让沉睡的石冲稍稍清醒，他只是翻了个身，那只肉乎乎的大手把女孩也带过去，压到她的身上，这一下女孩子火了，她像头豹子一弓身子，石冲就滚到地板上，硬邦邦的像个死人发出沉闷的响声。女孩仇恨地盯着石冲，石冲撑起半个身体，伸出另一只肉乎乎的大手，捏住她的鼻子：“别闹了，我还不信你？你不会那样的，你是我的！”

徐春和女孩离开酒吧的时候，路上已经没有几个人了。徐春背着女孩走了一段路，好不容易才打到一辆车。他是想背着女孩回家的，女孩的嘴里酒气吐到他的脸上脖子上很舒服，女孩的身体很柔软，性感却不沉重，徐春每走一步，女孩都发出低微的呻吟，听起来像是在笑徐春。走了一会儿，徐春不敢走下去了，一个警察横在他的面前。“她喝醉了。”徐春说，警察没再多事，可徐春不认识路，他这样走下去有可能走到天亮也到不了家。

徐春把女孩放到沙发上。这张沙发也许就是女孩叙述中的沙发。徐春解开她的衣领，徐春脱掉她的鞋子。这双时装鞋大了些，不太跟脚，徐春在路上就注意到了。给女孩冲了一杯酸梅汤，徐春托着女孩的身体灌了下去。当他放下杯子，准备从女孩身下抽出手来的时候，女孩却抓住了他：“别走了，石冲，我求求你了。”

女孩子渴望的是石冲，拖住的是我们的徐春，此时，徐春似乎拥有了双重身份。

在西安的最后一天，我们路过半坡“遗趾”直接到了火车站。是“遗趾”而不是“遗址”，郭沫若的题字就是这么写的。我们的导游小姐专门说明，郭老的意思是让人们沿着先人的足迹走向历史，或者走向未来。也许吧，语言的强大之处，就在于它能够打通生活当中的令人费解之地。火车就要启动了，我们的心却留在了西安，留在了半坡村。总的来说，这次西安之行是成功的，大家玩得都很开心，尤其是徐春这个小组，开心之一是回程中大家还待在一起，徐春还是下铺，冰雪美人还是上铺。开心之二是徐春说他不但去了大雁塔，而且还爬上了大雁塔。对呀，我们怎么就没有爬上去看一看瞧一瞧呢，不是我们没有想到，想是想到了，但爬一次要花十五元买门票，这个钱旅行社没包，是要我们自己掏的。也不是我们掏不起，而是感到不值得。放眼祖国大好河山，宝塔何其多呀，每一座塔都有一个传说都是一个活化石，但你要是爬上去，一览众山小的感觉倒是一样的，没有必要，完全没有必要嘛。现在轮到徐春开心了，徐春开心的是全团只有他一个爬上了大雁塔，几乎等于他一个人多来了一趟西安，他这么一说我们还真有些遗憾呢，当然有人开心总是好事。只要有人开心，我们就会跟着替他开心。

我们也有开心的事， 开心之三就是我们拍了照片，而徐春没有，特别让人振奋的是徐春为我们拍的照片不但没有曝光，而且简直是太好了。景是景物是物人是人。我们差点信了徐春的鬼话。幸亏送去冲洗了一下，要不然可是终生遗憾哪！让人拍案惊奇的是在那一摞照片里头，竟然还潜藏着一张冰雪美人的单人照。水边的冰雪美人。微风细雨斜，落花人独立。在亭台楼阁掩映之下，我们的冰雪美人清新淡雅，飘飘欲仙。徐春这个闷葫芦真是绝了呀。可谁会想到后面发生的事呢？我们注意到，不管我们说什么？回程中的冰雪美人都绷着脸，好像她在做面膜保健似的。也许这张照片能够让她愁眉舒展吧。当敏捷的中年女人把玉照递上去时，没料到冰雪美人乜了一眼就从上铺跳了下来。

“我要换床！”

见大家没有听明白，冰雪美人又重复了一遍，她一边重复，还一边嗅嗅鼻子，好像我们中间某个人身上有异常的味道似的，于是我们也跟着嗅起来，你嗅我，我嗅他，没有，绝对没有异味，倒是大家鼻子在发出一种异常的声音。冰雪美人先是和对床的中年女人调换，后来干脆跑到其他房

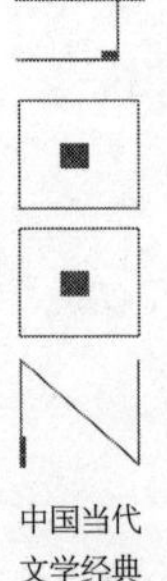

间里换去了。虽说彼此认识了，还是不熟悉，她也没有特别的理由，又扫了大家的兴，谁会换给她呢？很可能她走到别人房间门口，根本没有进去就折了回来。冰雪美人气呼呼的，轻盈的双脚嗵嗵嗵的。

“换给我吧，”徐春说，“我和你换。”

“你！”冰雪美人拿下了她的行李箱。火车开始启动了。我们都感到脚下的震颤，仿佛大船即将驶离码头一样。冰雪美人推开横在面前的徐春，冲出房间，冲向忙不迭地关着车门的列车员。你说我们能做什么呢？我们眼睁睁地看着冰雪美人跳下火车。冰雪美人的双脚刚刚落地，徐春也在她的身后跳了下去，几乎撞倒了刚刚直起身子的冰雪美人。我们唯一能做的是把徐春的背包扔水雷一样扔到了窗外。

“这个女人，也真是，她要换也可以找找乘务员，换到其他车厢呀！”

“她怕是不想走吧，咦，她是不是也想爬一回大雁塔呀！”

这话让我们重新欢笑起来，大家开始分拣起各自的照片。“快关上窗户，别让照片飞掉。”也真是的，都这么大的人了，还有啥事值得替他们担心的呢。

原载《十月》2004年第2期

点评

小说以徐春一行人的西安之行为线索，辅以略显荒唐的情节以及莫名其妙的人物性格，在对人生意义的有意消解中，完成了对芸芸众生彼此疏离而又孤独的生存状态的描摹。小说的标题不禁让我们想起后现代诗歌代表作品——韩东的《有关大雁塔》。诗歌从大雁塔极具历史与传统的文化韵味中抽离出来，以原生态语言对其进行了全面的颠覆与解构。正如诗中所言：有关大雁塔/我们又能知道什么/我们爬上去/看看四周的风景/然后再下来小说的主人公徐春即是如此。美其名曰“参观学习”的西安之旅，对他而言，似乎更像一场后现代式的嘲讽游戏。同伴石冲突然缺席，他却作为替代品去会见了石冲的两个奇葩般的前女友。同时，他在同行的三位女士面前，一会儿充当老相的小组长，一会儿又被冰雪美人莫名地鄙夷。从始至终，这只是一趟旅行本身，而任何有意义的事件好像都没有发生。人自身天然的孤独感以及人与人之间与生俱来的隔离感似乎正在慢慢扩大，可身处其中的人却浑然不知。小说试图突破文本的故事性和可读性，解构人物之间或应有的必然关联，只将他们作原生态的处理。漠然的态度，痴狂的执着，疏远的做派，人物种种光怪陆离、矫揉造作的表现，也许都是众生万相中的一个侧面。人生也如同爬上大雁塔一样，看看四周的风景，然后再下来。有关人生真正的内蕴，“我们又能知道什么”呢？

（方奕）

纪念

海飞

纪到胜利电影院的路程大约是一里路，纪其实已经有很久没有留意这个破落的电影院了。纪从链条厂里下了岗，有些无所事事的样子。某一个清晨纪一早就醒来了，醒来了坐在床沿上发呆。他看到老婆梅像要去买菜的样子，就对老婆说，今天我去买菜，今天让我去买菜吧。老婆梅愣了一下，她还有些睡眼惺忪的味道，她说纪你怎么啦，你怎么突然喜欢买菜啦。纪轻轻地笑了一下，纪说，我快闷死了，我想去买一回菜。

那个雾蒙蒙的清晨纪走向了去菜场的路，走在一堆缠缠绕绕的雾中。纪觉得心情好了许多。他喜欢被一种雾包围着，人看不清人，只看清有一个影子在不远的地方飘过。这是一座多雾的小城，纪在这座城市生活四十多年了，纪的儿子可可已经上了初中。可可有一双旱冰鞋，他像一个运动员一样，躬着身穿行在城市。许多时候纪听不到声音，一点也听不到，他只看到可可很像一把年轻的匕首，把大街刺啦啦地划开了。可可不太爱说话，这有点像纪，纪也不爱说话。纪从可可这个年纪开始就不太爱说话了。其实纪有许多话想说，但是话到嘴边，纪就忍住了，纪觉得说了没意思。纪走在雾中，纪走在去菜场的路上，这时候，纪看到了胜利电影院。纪走过电影院的时候，突然停住了步子。电影院像伸出了一只柔软的手臂一样，或者像是抛过来一根藤将他缠住。他走到了电影院陈旧的木门前。

纪想起了这其实是一座废弃的影院，纪在影院门口站了很久。纪自言自语地说，这儿，这儿应该是一个小窗口，专门卖票的，窗口里坐着一个胖乎乎的但是笑容和蔼的阿姨。这儿，是贴招贴画的，《春苗》《卖花姑娘》，许多许多。这儿，是一个棒冰摊子，一个流鼻涕的老头守着摊子。薄雾仍然一团一团向他袭来，他就那样站着，然后他开始掰着手指头计算自己与电影的距离。纪吓了一跳，因为纪已经十多年没看电影了。他记得很清楚，那时候厂里发了两张电影票，他带着老婆梅去看的，就是这家电影院。梅那时候大着肚子，等梅生下小孩后，他们就生活在一堆孩子的哭闹声里。很多时候，纪被尿布微腥微臊的气味围住，还有锅盆碗瓢的声音，哪里还有心思看电影。纪喜欢为儿子洗尿布，喜欢把在清水里漂洗干净的尿布挂到一根铁丝上，再用一只只小夹子夹住。在阳光下，那些尿布蒸腾着一种热气，像是一种生命一样。纪甚至在有一天，把脸贴在了尿布上，闻那种略臊的、夹杂着布的温软味道的气息。现在，儿子可可好像被风一下子吹大一样，儿子可可已经是一把年轻的匕首了。

纪就愣愣地站在影院门口。纪有些像是一棵即将在秋天枯黄老去的草，立在雾中，有些无助的样子。纪后来醒过神来，太阳已经升得老高了，他想起他是代老婆梅去买菜的。梅一直只会买些便宜的菜，梅神经衰弱，有轻微的忧郁症，一直在居委会拿着每月一百多块钱的低保。纪下岗后，梅的病情似乎有些加重了。纪半夜醒来的时候，会看到已经不再年轻的梅，蓬乱着头发，呆呆傻傻地坐在一堆从窗口涌进来的月光里。纪说，梅你怎么啦，梅你怎么啦不睡觉。梅诡异地笑了，她的笑容呈青色。梅说纪，你说有一天我们这座城市会不会被水淹没。纪吓了一跳，拿手在梅的额头上烫了烫。过了很久以后，纪才说，不会的，怎么可能会被水没掉呢。你睡下吧。梅说，但是报上说了，今年的天气受厄尔尼诺的影响，会发生水灾的。纪跌入冰窟里，一句话也不想说。

纪知道梅的忧郁症和自己的下岗也有一定的关系。纪打算买一条鱼，从小到大纪一直以为鱼是营养最好的，生活在水里，吃那么多的微生物，营养会不好吗。纪买回了一条胖头鱼，还买回了一块豆腐，还买了西红柿、鸡蛋和青菜。纪买菜回来的时候，仍然路过了胜利电影院。这时候电影院已经完全呈现在阳光下了，它陈旧的面容更加清晰地呈现，墙上斑斑驳驳伤痕累累，像一个年老色衰的妇人。电影院四周其实是很安静的，不太有行人。电影院不远处是一条弄堂，弄堂里飘出许多生煤炉时产生的烟雾，有一些细碎的咳嗽声透过烟雾传来，像是一条偶尔从树叶间隙漏下来的阳光。纪又在电影院门口站了很久，纪离开电影院的时候，始终感觉这座废弃的电影院就像一个人一样，也有着两道目光。目光落在纪的背上，纪感到后背有些凉飕飕的。

纪走到自己的家门口。纪的家在老城区还没有拆迁的一条弄堂里。纪看到了撅着屁股的梅正在生煤炉，梅给了他一个肥硕的背影，让他想到了梅浮肿的眼睑。但是纪还是心动了一下，这个屁股曾经令纪的某一个年龄段着过迷，所以纪拍了一下梅的屁股。梅吓了一跳，一回头看到了纪的笑脸，梅就白了纪一眼。纪说梅，今天我们吃鱼，鱼的营养是很好的，我要给你补一补。梅说你买这么贵的鱼干吗，你发神经了你。后来两个人都不说话，一个使劲地扇着煤炉，一个在家门口的自来水龙头下剖鱼。梅突然问，纪，你说会不会有一天发大水，把这座城市给淹了？纪不再理她，只是回头看了她一眼，纪的眼神里几乎有些绝望了。很久以后，纪才举着已经开膛破肚、鲜血淋淋的胖头鱼说，如果发大水了，我们就做鱼好了，鱼能游泳。梅这才笑了，说那就做鱼吧，鱼又淹不死的。她看到纪手中的鱼挣扎了一下，这个时候，念还没有出现。念其实也是和胜利电影院有关的，只是，念还没有出现而已。

梅托了娘家人为纪找一份工作，哪怕是看传达室也可以。纪不太愿意坐传达室，在链条厂里，纪是公认的技术骨干，每次技术比武总是拿第一名。现在，纪最风光的时候过去了。纪想坐着总不是办法，纪也托了朋友为自己找工作。在漫长的等待一份工作的过程中，胜利电影院牵引了纪的脚步。纪在一个夜里醒来的时候，就再也睡不着觉。纪把双手枕在脑后想，怎么一下子就没有工作了呢。儿子可可仍然不声不响，早上起来穿上旱冰鞋就滑进这座城市的雾中。纪转头看到了老婆梅的脸。梅的脸已经不再年轻了，梅已经四十岁，梅的脸上有了皱纹，皮肤松弛，头发也变得粗糙了，而且眼角挂着眼屎，嘴角流着口水。梅睡得很香，而且时不时发出梦中的呓语。其实在年轻的时候，老婆梅也是这样的，但是那时候纪一点也不觉得老婆丑陋。纪睡不着，纪就想起来，纪披衣起床，纪打开门，像一个梦游者一样，纪来到了胜利电影院门口。纪想，我怎么喜欢上这破旧的电影院了。

离天亮还有一段时间，天亮之前有些微的寒冷，所以纪就紧了紧自己的衣衫。纪开始抚摸电影院，实际上他只是抚摸电影院的一扇木门而已。木门有些松动，纪轻轻摇了几下以后，掉下一些锁上的细小铁锈。纪的心里忽然热了一下，他开始摇晃木门，像抓住一个仇人的衣领，想要把他吃掉一样。门打开了，纪闻到了一股霉味，并且夹杂着阴冷的气息。纪走了进去，合上门，这时候纪完全站在一堆黑暗中。纪开始想象电影院里是什么样子，一排排陈旧的木质椅子，老鼠和蜘蛛在这儿自由生活。灰尘们一动不动地躺在地上椅上，台上还挂着一块变成灰黄色的或者已经破烂的电影幕布。纪的眼睛终于渐渐适应了光线，他看到有极为暗淡的月光从屋顶一个大洞中漏进来。纪在电影院里小心地走动，纪老是要想起一些什么来，但是又老是想要拒绝想起一些什么。纪后来坐在了一张椅子上，纪被一堆巨大的安静和巨大的黑暗吞噬了，像掉进一个深渊里一样。在急速下坠的过程中，纪找到了一种快感。纪想，这儿真好，像一个天堂。

纪离开电影院的时候，天还没有大亮。他把木门弄成平常的样子，一点也看不出来这门其实是透明和虚无的，随时可以进出。他把门照原样弄好以后，一转身看到了一个女人。女人穿着一件棉质的袍子，齐肩的长发，头发好像还稍微烫了一下。女人不年轻了，也不显老，三十七八的样子。女人对纪笑了一下，女人说，你是从里面出来的吗？纪看了她一眼，纪说我从里面出来关你什么事。女人又笑了，很柔顺的，像一根软软的草一样的笑容。女人说，你叫什么名字？纪想了一下，说我叫纪。女人说，我叫念。

念终于出现了。他们在胜利电影院门口的一小块空地上站了很久，其实他们并没有说话，他们只是那样站着。天渐渐亮起来，念转身走了，离开之前又向纪笑了一下。纪被念搞得一头雾水，他朝家里走去，拐进他家所在的弄堂之前，看到一个十多岁的少年躬着身子疾行，那是他穿着旱冰鞋滑行的儿子可可。然后，他看到了一个在家门口自来水池里洗脸的女人，这是他的老婆梅，梅把自己的整个头都伸进水池了。梅一转身，看到了灰头灰脸的纪。梅说，你死到哪里去了，你去偷东西了？怎么一脸都是灰？纪看到梅的脸上还挂着水珠，他笑了一下，没说什么。

纪后来常去胜利电影院。电影院附近有一条弄堂，电影院的正门口有小块的空地，空地上还长着一棵枝繁叶茂的法国梧桐。许多时候纪就站在法国梧桐的阴影下。纪第二次见到念，就是在这棵树下。念穿了一件短袖上衣，下身穿了一条米色长裤。念说你一定不认识我了吧。纪说，你叫念。念说，你是不是小时候喜欢看电影，所以才一次次跑到电影院来。纪想了想，他终于想起小时候喜欢看电影，常顺着屋顶一个天窗爬进来，在电影院楼上的座位里看电影。纪说是的，我喜欢看电影，但是我有十多年没看电影了。纪说话的时候搓着手，天气还没有寒冷，但是他却搓起了手。念说，我以前也喜欢看电影，后来不喜欢看了。他们仍然在法国梧桐下站了很久，都没有说话，但也没有离开。终于念打破了寂静，念说你在哪儿上班的？纪说我没有班上了，我以前是在链条厂里上班的。你呢，你在哪儿上班？念说我在棉纺厂里上班，我以前是个挡车女工，现在不挡车了，现在厂子都快关门了。

又是一长串的沉默。沉默以后，念捋了捋自己的长发，看着纪笑吟吟地轻声说，你带我进电影院好不好，我想看看电影院里是怎么样的。念的神态有些娇嗔，这激活了纪的某根神经。纪觉得刚才念看他的眼神都有些暧昧，这让他想起了家中并不显老旧但是已经毫无光泽的老婆梅。显然这个念和梅是完全不同的两个女人，或许，应该说梅不解风情更确切些。有风走过去，又有风走过去，纪在风中沉思了好久以后说，好吧。

纪去开门，纪轻易地把门打开了。电影院门口很少有路人走过，就是有，他们也不去在意有人在开电影院的门。他们一定以为这人是文化局的什么人，开门进去一定是有什么事。念跟着纪进了门，门又合上了，这让他们的视线在短时间内有些不适应。过了一会儿，他们看清了电影院里的一些细节，比如一根根粗大的木质柱子，比如一张老旧的分不清什么颜色的幕布，比如积满尘土，并且已经有许多断腿缺胳膊的椅子，比如游走在空气间的让人忍不住打喷嚏的酸霉气味。纪和念果然开始打喷嚏，先是纪打了一个喷嚏，接着念也打了一个喷嚏，念的喷嚏显得有些细碎，然后他们接连打了好几个喷嚏。

纪说，你让我带你进来干什么？你想要干什么？念把两只手绞在一起，轻声说，我不想干什么，我就想在这儿看看，坐坐。后来纪和念都找了一张椅子坐了下来，念变戏法似的从她随身带着的包里拿出了两张报纸。接过报纸的时候，纪愣了一下，感到念进电影院在一定程度上是一种预谋。纪把报纸铺在凳子上，然后两个人坐了下来。他们没说话，他们先是抬头看了看电影院的顶部，顶层上有许多破碎的小洞，漏进的光线就像是点亮的一颗颗小星星。有些小光斑落在了他们的身边，光斑里浮动着一些灰尘。念就把手伸进光斑里轻轻挥动。那是一双白皙的、充满质感的手，这双手令纪感到惊讶。念说，你看，我抓住了灰尘。纪没说话。念又说，你看，灰尘是不是有生命的？它们游浮在空气中，多么像是一条条细小的鱼啊。纪好像被触动了一下，想了好久才想起来，他想吃鱼。

电影院里太安静了，是一种可怕的安静。纪老是觉得这儿像是一座鬼楼，到处都会有看不到的鬼从他们身边走过，说不定还在望着他们俩偷偷地笑呢。纪老是回头看，纪想会不会突然之间，身后站了一个穿袍子的看不到腿的绿毛女鬼呢。念很轻地笑了一下，念说你是不是怕鬼？纪摇了摇头，说我怎么会怕鬼呢，鬼怕我才对。但是纪的话显得有些苍白，明显中气不足。念又笑了一下，她忽然把手按在了纪的手上柔声说，我就是鬼，我是诱你进入电影院的女鬼，你怎么不怕！纪的心一下子跳到了喉咙口，脑子里突然就空了，什么都没有。过了很久，他才感到了念的手传递过来的柔软的温度，这让他回过神来，并且壮壮胆说，有什么好怕的，鬼有什么好怕的。他知道鬼的手是冰凉的，他也知道其实自己已经起了一身的鸡皮疙瘩。

后来纪不知道念怎么把身子靠在了他的身上。念的身体是柔软的，温暖的，像水草一样。念微闭着眼，念说我有些困了，纪你可不可以给我讲讲故事？纪你是不是以前常来这儿看电影？纪不说话，但是纪的记忆却被勾了起来，像是在一块土地上挖起小时候埋下的一个玩具一样。纪看到了自己少年的影子，有些像躬着腰在这座城市里滑行的儿子可可。纪说，你想听什么故事？念说，你讲什么，我就听什么，我困了，最好是你讲着讲着，我就睡着了。我想睡一觉。纪就开动脑筋想，讲什么故事好呢。其实纪是一个不会讲故事的人，纪想了很久，终于说，很多年以前，有一座电影院。电影院是新的，许多人都喜欢看电影。对了，那应该是七几年的时候，有一个男孩子也喜欢看电影……

男孩望着排队买票的人，但是他没有钱，也就用不着去排队。男孩看到售票窗里那个笑容满面的胖阿姨，她是一个很受欢迎的阿姨。七十年代的天空下，男孩有些落寞的样子。男孩站在一棵小树的身边，那是一棵法国梧桐，有时候男孩就觉得自己和法国梧桐一样落寞。男孩没有钱但是他必须看电影，他在寻找着每一个入口。终于在一个闷热的午后，穿着汗背心的男孩爬上了高大的电影院的屋顶，他进入了一扇木窗，翻身进入木窗，那里面有狭小的通道。他就蹲在那个通道里往下看电影。他看了许多场免费的电影，他没有把这个秘密告诉任何人。有时候他还可以俯视看电影的人群，看着他们吃东西、说话，看着一个男人的手摸向女人的大脸，看着那个女人挣扎了一下，最后却不动了。看着电影散场时人们离开时的情景，看着那个扫地的男人，一个个子很高但却并不显得挺拔的年轻人，扫除一场电影放完后电影院里多出来的东西，比如瓜皮果壳，比如遗落的电影票，甚至还有装着一些零钱的塑料袋。

男孩有时候连续看几场电影，有时候看着电影就睡着了，但是他仍然无比热爱着那个从楼上小洞洞里射出来的光柱。这些光柱变幻莫测，投在了屏幕上，屏幕上的人就有了声音，就活了，就打仗，谈恋爱，破案，吵架，喝酒，等等，好像是在看着别人的生活一样。男孩有时候睡着了，做一个梦，睡醒了就接着看。男孩看朝鲜电影《卖花姑娘》的时候，流了许多的眼泪。他不知道自己为什么有这么多眼泪，他只是怀疑自己身体里怎么会有那么多的水分。男孩能看到楼下的座位上那位用手绢擦眼睛的人，他突然想，电影怎么会有那么厉害的。他看到了屠夫吴大，这是一个粗枝大叶的男人，他就坐在头排，他把整个身子窝在座位上，这是一种很难看的坐姿。吴大老婆被淹死的时候，吴大很想哭的，但是吴大一点也哭不出来。县城里的人都在背后说，吴大看样子一定是巴不得老婆死了，怎么一滴眼泪都没有流出来？就算是鳄鱼，也会流一滴眼泪呀。就是挤，也要把一滴眼泪挤出来呀。但是吴大就是挤，也没能挤出一滴泪。男孩却在电影院里看到吴大哭了，他先是把那个难看的坐姿纠正了，然后坐直了身子，一直盯着银幕。然后，他突然开始用手擦眼睛，他一直都在用手擦眼睛。这时候窝在楼上那条小小通道上的男孩就想，看来朝鲜人拍的电影，比中国电影要厉害多了。男孩一共看了八场《卖花姑娘》，男孩把自己看得头昏脑涨的。男孩从电影院里溜出来，走在阳光底下的时候，突然觉得有些不适应，像一条鱼搁浅在岸上一样。他走路都有些东摇西拐了，许多看到的人都问他，你怎么了？你这么小的年纪一定是偷偷喝酒了吧？男孩不愿抬头看阳光，阳光太刺眼，会把他的眼睛刺痛，会把他的头劈开。

男孩爱上了电影院屋顶的那条小小通道。一个落雨的日子里，男孩又窝进了小通道里。男孩就那样半躺着看一部叫作《春苗》的电影，里面有一个赤脚医生，好像形象很高大。那天下了雨，雨就落在男孩头顶的瓦片上，距离如此之近。男孩觉得很惬意，他想，如果住在这儿该有多好。在雨声里，男孩睡着了，等男孩醒来的时候，电影院里很安静。电影散场了。男孩看到了那个扫地的年轻人，只是这个年轻人这时候并不在扫地。男孩又看了看他爬进来的那个小窗口，窗外的天气告诉他这已经是一个雨天的黄昏。男孩躺在一堆黄昏里，身子骨突然一点劲儿也没有了。

男孩看到那个年轻人没有扫地，而是在做着另外一件事情。一个长头发的女人，娇柔地被他拥在怀里。这个雨天男孩的身子开始发热，他想为什么有这么热呢，他解开了自己衣服的扣子，希望能有风吹进他的身体里面去。他看到那个女人，是豆腐店里的阿芳。阿芳的老公在当兵，阿芳带着一个女儿一起生活，但是阿芳现在抱着一个年轻男人的头，阿芳发出了咯咯唔唔的声音，像是被人谋害了似的。这些声音像一条小虫，这些小虫一张嘴就咬住了男孩的神经。

年轻人的手在阿芳身上摸索着，阿芳一把抱住了年轻人，男孩感觉年轻人就像一只百足虫一样，他的脑海里，到处都是年轻人上下乱动的手。男孩从那个小窗口下来，一级级往下爬。然后，男孩开始奔跑，男孩越跑越快，他像一把小剪子一样冲向黄昏，把一堆黄昏给撕裂了。就像是多年以后的可可，穿着旱冰鞋无声无息地滑行在这个县城一样。

男孩在上课的时候，脑子里仍然晃动着那双手，那双上下乱动的手。男孩有一天站在了电影院门口的那棵幼小的法国梧桐树旁，对梧桐说，阿芳怎么可以这样，阿芳怎么可以这样呢。男孩仍然去偷偷看电影，直到有一天那儿的一扇窗被封死，男孩无法再进入电影院的内部。那是因为，男孩对别人说，他可以看到免费的电影，可以看到一个叫阿芳的女人和一个年轻人在电影院里干事。当许多人笑着向他围拢来，一定要让他告诉他们关于阿芳的细节的时候，男孩才吓坏了。他突然觉得这些人都那么可恶，他们究竟想要干什么？

有一天，老师把男孩叫到办公室里，两个满面笑容穿着呢制服胸前插着钢笔的人，问了他一些问题，并且迅速地在纸上记录着。男孩一直看着墙上的毛主席像，由于墙壁受潮的缘故，毛主席像的一角明显地泛黄了。男孩不知道说了些什么，只知道后来他出汗了，他一下子说了许多话，把

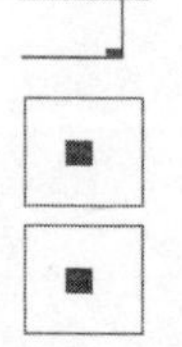

什么都说了。然后他跑出办公室，跑向操场。他不知道自己在操场上跑了几圈，反正他跑累了，他看到许多同学都在奇怪地向他张望着，并且指点着什么。这让他有些愤怒，他对着他们吼，你们想干什么，你们想要干什么！

念好像睡着了，她半躺在纪的怀里，一动也不动，连睫毛也没有抬一下。纪轻轻接住了念，纪觉得念有些像孩子，纪的心里一点杂念也没有，只是搂着念。纪轻声问，念你睡着了？念支吾了一下，念说没睡着，但是很想睡，你接着讲吧。纪就开始接着讲。

其实纪很快就把结尾讲完了，纪把结尾讲得很潦草。纪说阿芳突然被挂上了一双破旧的鞋子出现在大街上，她穿着花衣服笑吟吟地在豆腐店里卖豆腐的样子已经不见了。那个年轻人，突然被剃了头。他们都不知道自己为什么突然成了这个样子，他们都在心里寻找着一个神秘的男孩子。他们抬头望着天的样子，像是要把天望穿。总之，阿芳和年轻人像鬼一样生活着。终于有一天，人们发现了阿芳和年轻人，他们在老鹰山的一棵树下躺着，身边放着一只打开的瓶子。瓶子里滋出了刺鼻的气味。他们的眼睛大大地睁着，望着天空。这是一件令县城里的人足足谈论了一个月的事。据说阿芳的老公从部队赶来了，在阿芳的墓地前一站就是一个下午，像一枚钉子一样。

纪讲的故事潦草收场，但是纪的故事是完整的。纪惊奇地发现，并不热爱说话的自己，竟然讲了那么一大堆话，像是吐出了一地的瓜子壳一样。念在纪的怀里动了一下，念抬起了头，微微睁开眼睛，像睡不醒的样子。念说，那个男孩就是你对不对。纪点了一下头。

纪和念走出电影院的时候，念拉了一下纪的手指头。念拉的是纪的中指，念说，谢谢你给我讲故事。那个时候已经是黄昏了，纪被拉住指头的时候，有了许多的感慨。他发现自己有些喜欢上了棉纺厂女工念。他们走出了电影院，走进这个县城的黄昏里。电影院前有人走过，也有自行车驶过，他们都没去看纪和念一眼。纪和念走出电影院的样子，就像夫妻双双要到朋友家去吃饭一样，锁上门，离开家。

几天以后纪又去了胜利电影院。纪想今天会不会碰到念？纪走到电影院门口的时候，看到了念。这一次念穿了一套黑色的棉布裙子，她的皮肤很白，所以看上去念就是一个黑衣美人。念就站在那棵法国梧桐树下，用那双纤秀的手抚摸着树上的一个疤，就像抚摸一种陈年往事一样。念笑了一下，露出一排白牙。念说我知道你会来的，我等了你好多天。纪也笑了一下，纪用无声的笑代替了和她打招呼。纪仍然打开电影院的门，两人大摇大摆地进去了，他们连门也没关。没有人去关心他们，没有人去关心这个白天有人打开了电影院的门。路人们肯定以为，这两个人一定是文化局或是电影公司的，来看他们的业已废弃的产业。

念跟着纪走进了电影院，走进昏暗的空间。她忽然皱了一下眉头，她说纪你看看我们的电影院怎么这样脏，到处都布满了灰尘和蛛网。纪也皱了一下眉头，因为他不习惯念说这个电影院是我们的电影院。电影院是国家财产，怎么变成我们的了？所以纪没说什么，纪想脏就脏吧，有什么关系。但是念却接着说，纪，不如我们来搞一次卫生吧，我们把电影院打扫干净怎么样。纪想了想说，如果你一定想搞，那么我和你一起搞。

纪和念借来了皮管，借来了扫把和拖把，他们开始光着脚丫用水冲，用拖把拖。一连一个星期，他们都在电影院里干着活。有些人过来看，都说这个电影院是不是又要派上用场了。念说是的，电影院要租出去了，给一家服装厂租去了，马上要改造成厂房的。纪和念打开着门搞卫生，一个星期以后，电影院里没有了灰尘，没有了蛛网，很干净的样子。他们还把台上的幕布取下，换成了一块棉白布。最后一天他们把门关上，坐在干干净净的椅子上歇息。

纪说，我们累了一个星期了，我们一分工钱也拿不到。念说，累一个星期有什么关系，我们以后可以安安静静地在这儿坐着，我可以在这儿听你给我讲故事。纪说，我没有那么多的故事，再说我这个人不适合讲故事的。念说，你上次的故事不是讲得很好吗，我就喜欢听这样的故事。纪就无话可说了，纪总觉得要讲些什么来打破这样的宁静。纪想起了那场他看了八次的电影《卖花姑娘》，纪就说，你有没有看过《卖花姑娘》？那个花妮和顺姬多苦啊，她们要给地主还债，要为母亲治病，所以她们就要去卖花。她们的哥哥被地主抓去坐牢，妈妈被地主踢倒，含恨死了。双目失明的妹妹顺姬又被地主推进山沟，姐姐花妮历经了磨难，终于等到了当上革命军的哥哥。他们重逢的时候，悲喜交加。念，我好像又听到花妮唱的卖花歌了，我好像又看到了那个眼睛并不大的漂亮女演员。那个演员叫洪英姬，现在一定成了一个老太婆了，但是那时候她那么年轻漂亮善良，她让我流了许多眼泪。念说，花妮虽然可怜，但是我们就不可怜吗？我们就活得舒心吗？念说这些话的时候有些气呼呼的，这让纪感到有些奇怪。

纪在黄昏的时候和念告别，纪说我要回去了。念拉了一下他的手指头，念好像有些喜欢拉纪的手指头。念说，今天晚上再来这儿给我讲故事好吗？我要听你给我讲故事。纪想了想，他想不起来自己还有什么故事好讲，但是他最后还是点了一下头，他至少还可以给她讲讲卖花姑娘花妮。念说你先走吧，我想在这儿多待一会儿，这儿多安静，这儿像一个天堂一样。纪转身走了，他听到念一直在念叨着什么，纪没有听进去。纪打开门，又合上门。外面已是黄昏，但是光线比电影院里强多了。他先是在法国梧桐树下站一会儿，不知道为什么，他爱上了这棵梧桐。这个时候他看到了一个滑旱冰的少年，少年从他面前经过，又停下来，向他滑来，在他面前停住，看着他，说，爸，你在这棵树下干什么？你有些莫名其妙。纪想要发火，他认为儿子可可是不可以说这样的话的。但是他想不起来该怎么样发火，这个时候可可已经一转身滑远了。

纪是步行回家的，走到离家不远的弄堂口时，他看到了老婆梅。梅穿着一件宽大的汗衫，汗衫上印着她以前没下岗时的厂名。她正拉住一位年纪稍大的女人问，大姐，你说我们这个县城会不会被水没掉？那个女人温柔地挥了挥梅的头发，梅的眼神里有一丝绝望，女人好像在安慰着梅。这时候纪却真正绝望了，纪抬头望了望弄堂口的那座高楼，那是这个县城的财税大楼，一共有十七层。纪想，如果从十七层上跳下来，那么一定会像一只鸟一样，有飞的感觉，耳朵里会灌满呼呼的风。纪被自己的想法吓了一跳。

晚上梅又躺在床上问纪，梅说纪报纸上都说了，今年可能要闹灾，你说我们这个县城会不会被水没掉？纪静默了一下，突然坐直身子对着梅吼了起来。纪不知道自己吼了些什么，纪只知道，自己发火了，自己不想再听到如此无聊的话。梅显然是受了惊吓，她开始哭了起来，她的头发蓬乱着，皮肉耷拉着，她已经不是一个年轻女人了。她是一个臃肿的、不太令人注意的女人。纪有些后悔了，他不该对着这个可怜的女人吼。纪一翻身睡下，这时候念的笑容就跳进了他的脑海，念向他招了招手，念一招手纪就睡不着了。半夜的时候，纪披衣下床，纪听见梅粗重的呼噜声，纪就皱了一下眉头。纪走出家门很远了，仍然好像能听到梅的呼噜声一样。

纪看到了念。念仍然站在法国梧桐树下。很远的地方亮着一盏路灯，光线斜斜地投过来，让念看上去有些单薄和苍白。念手里拎着一只硕大的纸袋，念仍然笑了一下，去拉纪的一个手指头。念用了一下力气，让纪感到些微的疼痛，疼痛从手指头的末梢神经传达到纪的脑部，但是却让他的心脏也痛了一下。他们没有说话，进了电影院。

念变戏法似的从纸袋里掏出一瓶酒，掏出了一包牛肉。念说纪我们今天一起喝酒吧，念又变戏法似的掏出两只高脚玻璃杯。纪听到了酒倒入杯中的咚咚声，纪看到一只白皙的手伸了过来，手中举着一杯酒。月光很好，月光隐隐地漏进来，月光下纪看到了两只安静的淑女一样的酒杯，两只酒杯碰了一下，发出清脆的声音。纪是不太能喝酒的人，但是他把杯中的酒喝尽了，并且顺了顺嘴。念说，现在开始，你给我放一场电影吧。纪说怎么放。念说用嘴巴放啊，你用嘴巴解释，用嘴巴放片。纪说这有什么意思。念说这怎么就没有了意思。念的眼光斜斜的，有些意乱情迷。念说，我有一个同学在建设局工作的，他告诉我，明天，就会有一队人马开来这儿，明天，这座电影院就不见了，就要变成平地。你给我放一场电影，算是纪念吧，纪念我们的少年时代，纪念我们的相识，纪念曾经发生在影院里的故事。

纪突然感到有些惋惜。纪想这个电影院怎么就说拆就拆了呢，这时候他才想起其实半年前，电影院的墙上就写上了一个大红的拆字。纪主要是为了自己白白在电影院搞了一次卫生感到惋惜，一个星期就白忙了，只是为了在这个晚上和一个女人能在干净的电影院里喝一次酒。纪说，好的，我给你放电影吧。

纪开始放电影，从倒片开始，嘀嘀嘀机器转动的声音，他都描绘出来了。纪说，观众进场，吵吵闹闹的，电影院顶上的大灯都开着。纪说，开始放音乐了，是运动员进行曲，然后，放幻灯，放了许多幻灯，最后出现了一个大大的静字。然后影片开始了，大灯熄了，观众席里有窃窃私语的声音。纪说，朝鲜电影《卖花姑娘》开始放了，花妮受苦，花妮卖花，花妮向老百姓们哭诉，花妮的妈妈死了，花妮的妹妹顺姬被地主推进山沟，花妮找到了参加革命军的哥哥。对了，花妮的卖花歌响了起来，观众们都哭了，都开始掏手绢，都在心里痛恨着万恶的旧社会。对了，念你知不知道，我当年看八遍《卖花姑娘》的时候，流了八次眼泪，把我的眼泪都一下子流干了。对了，念你知不知道，《卖花姑娘》的作者是金日成呢，是当年朝鲜的领袖写的。念一直没有回答，她将脸贴在纪的胸口。纪觉得胸口有些凉，纪就用手摸了摸念的脸，他发现念的脸也湿了。纪问，念你是不是也被感动了？念说没有，念说我在想，那个时候，屋顶窗口下那条小小的通道里，蜷缩着一个想看免费电影的少年。他看到了一个男人和一个女人偷情的场面，他害了一个男人和一个女人，其实他应该是一个罪人。纪的脸一下子白了，纪说你别提好不好，你一提这事，我就难受。这事是我的心病了，你别揭我的伤疤。念说你信不信，我就是那个女人，我化成了鬼，这些年一直都在这儿游荡着。纪闭起了眼睛，纪仍然不相信她会是女鬼，纪说，如果你就是她，你就把我带走吧，我也没觉得活着有多少快乐。

念笑了，拍了拍他的脸，念说你也是无意害我的，我放过你吧。念站起身来，在电影院里来回走动，看上去她快速走动的样子，有些像是飘飘欲仙。纪开始正式怀疑念是一个女鬼了，纪望着从屋顶破洞里漏下来的月光发呆。纪想，怕什么，已经碰上她了，不怕什么。纪突然想到了一个问题，纪说，那你的身体为什么是热的？念笑了，念说，屈死的冤鬼身体都不会冷去。纪不再说话，而是拎起酒瓶咕咚咚地灌起酒来。纪的酒量并不好，也不喜欢喝酒。纪挥了一下嘴巴，把酒瓶扔掉了，酒瓶落地破裂的声音，很刺耳地在电影院里响了起来。

念站到了他的身边，念把他揽在怀里，念替纪拭去了挂在纪眼角的一滴眼泪。念把纪的头贴在自己的胸前，很快，她的胸前就被纪的眼泪打湿了。纪开始哽咽，甚至是轻微地号啕。念俯下身来，吻着纪脸上的泪水，念说好孩子，我不说你了，我不怪你了，你也是一个苦孩子。纪抱紧了念，纪哽咽着，纪把自己的脸埋在念温软的胸口，纪仍然在低声哭泣着。念的头忽然朝后仰去，然后一下子抱紧了纪的头，她的指甲陷入纪脖子上的皮肤里。

这个场景让纪想起了自己当年看到了一幕，也是在这样的座位上再一次重演。纪始终觉得有一双眼睛，像当年他盯着另一对男女一样盯着他们。这时候一头的门忽然无声地打开了，一些淡淡的光线涌了进来。一个女人青色的脸出现在门口，她一步步向纪走来。纪停下动作，站在念的面前。念没有离开，念知道门口有了淡淡的光线，那么一定是天快亮了。念的长发遮住了自己的脸，但是她的目光仍然可以透过头发的缝隙看到一个脸色青青的女人。女人有些臃肿，女人头发蓬乱还散发着一股女人睡觉后才会有的体味。女人走到他们面前，女人凄惨地笑了，女人说，纪，你是不是嫌我老了，嫌我不中用了？你知不知道，我们的日子都不长了，报纸上说今年有厄尔尼诺现象，我们这个县城很快会被水淹没的。

女人走了，走向门口一堆淡淡的光线。纪坐下来，一言不发。纪觉得自己一个晚上经历了一生所要经历的事。念很慢地穿衣，并且梳发。念走的时候没有带走酒瓶，念说我走了，再过几个小时，工程队就要来拆房了。谢谢你，谢谢你让我纪念了一下过去。我告诉你，我是棉纺厂的女工，我让我们厂长老婆把厂长的脸挖破了，厂长想吃我豆腐，我就让他瞧瞧我的厉害。我已经快四十岁了，但是我还没结婚，我不想结婚。男人有几个是好东西？我妈就是让两个男人害的，一个是和她一起在老鹰山上喝药死的；另一个就是你，是你杀了他们俩。

念走了，迈着不紧不慢的脚步。纪坐在安静的电影院里一动也不动。纪像一个呆子一样，纪想象着《卖花姑娘》，想象着当年他所看到的一切，想象着一个男人和一个女人的故事。纪不知道自己坐了多久，纪只感觉到门没有关，感觉到有光线进来并且越来越强，感觉到有人声传来，有一些人进来了。有人奇怪地说，怪了，这里怎么这么干净。然后他们看到了呆呆坐着的纪。他们看到纪站起身来，纪从他们身边走过，纪一言不发，纪目不斜视，纪走出了电影院。然后，纪像一个失去知觉的人一样，一脸木然地站到电影院门口的法国梧桐树下。推土机和铲车轰鸣起来，他看到墙被推到，灰尘涌起来，看到许多工人在忙碌。他的眼睛闭了一下，像要隔断一段往事一样。他的手搭在梧桐树干上，他抚摸着树皮，他想，这棵树，不久也会被砍掉的。许多工人不再理会纪，他们想，这个人的脑子一定是有了问题了。纪站在梧桐树下，一下子觉得自己变得苍老了，像过去了十年。他想，自己的头发一定已经变白了。他想，自己用一个夜晚的时候，纪念了一段往事。

纪往自己家中走去。纪想回到家告诉老婆梅，纪想对她说，他曾经在少年时代害苦了一对男女；纪想对她说，如果不想一起过，就走散吧。纪的眼前浮现梅青色的脸，浮现梅闯进电影院时的情景。纪突然想到，梅是一个忧郁症患者，那么她怎么可能在晚上睡得那么死，可以让他从容地半夜起床来到电影院呢？想到这里纪才知道，原来自己才是最笨的人。

纪一直向前走着，纪没有去看任何人，纪只是凭直觉往前走。快到弄堂口了，他看到弄堂口围了一群人，正抬起头指指点点地说着什么。纪一抬头，看到财税大楼上的一个人影。纪就想，一定是梅了，一定是梅了。警车、救护车都开进了他的视野。一个穿旱冰鞋的少年滑到纪的面前，看了纪很久，又滑走了。纪把自己靠在一棵树干上，他看到许多人都对一个警察说着什么，然后警察向他走来。警察说，你叫纪？是楼上那个女人的丈夫？纪微笑着点了一下头。警察说，你昨晚在哪里，居民们说这个女人一早就出现在楼顶了，你昨晚在哪里？纪说我昨晚在胜利电影院里。警察愣了一下，过了好久才说，你跑到那个废弃的电影院里去干什么，你发神经啊？纪把自己的身子蹲下来，纪想如果从财税大楼十七楼跳下来，一定像一只飞翔的鸟一样，耳边能听到呼呼的风声。纪想，其实他像梅一样，也想爬到楼顶去。纪突然哭了起来，像一个小孩子一样地哭。警察说你别哭了，我在问你呢，你跑那个破电影院去干什么？纪抬起头来，他的脸上都是泪水，他很清晰地对警察说，为了纪念。

原载《青年文学》2004年第8期

点评

精神分析学创始人弗洛伊德认为，一个人童年时期的精神创伤将对其成年后的行为模式和思想意识产生潜隐而深刻的影响。这篇小说就是要着重探索内在精神疮疤对人的深层伤害。无疑，纪和念都是具有精神疮疤的“患者”。他们俩原本就像两条永不相交的平行线，却在已废弃多年的电影院中相遇相知了。一切看似偶然的萍水相逢，其实都是念精心设计过的“陷阱”。关于他们的故事也随着情节的推进而渐渐被拨开了迷雾。在念的不断诱导下，纪竟情不自禁地讲述了他童年时期的创伤记忆。起因都是源自电影院以及对电影的痴迷，可纪的一次意外发现与童年无知，却让他成了两条人命的伤害者和一个家庭的破坏者。而这个破碎家庭中最幼小的受害者就是念。她长大成人后，不止一次对她深恶痛绝的男人施以无情的报复，而这也包括她对纪的欺骗，还有对纪家庭的破坏。小说名曰“纪念”，实则更像一个轮回式宿命般的噩梦循环，这梦在纪与念的生命中挥之不去，成为困扰其精神世界的魔咒。两个人的隐痛和秘密，皆在这个黑漆漆的电影院中重新被曝光被揭开，仿佛流着血的伤疤终于被互相照见。由此可见，精神创痛对于一个正常的生命具有多大的破坏力和杀伤性。他们都感受不到人生的幸福和快乐，浑浑噩噩地度过在他们看来毫无意义的每一天。小说弥散着的忧郁阴沉之气，也如同人物黯淡无光的生命一样，充斥着对残酷现实的哀怨与叹息。

（方奕）

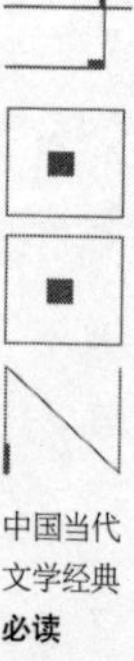

桃红杏红

鲁雁

1

表姐夫魏明到我们村“蹲点”的那年还不是我的表姐夫。

魏明进驻红花峪蹲点并不蹲着，而是村里庄外、梁上坡下不住地串游，他走到哪里都让峪里的女人心里鸡飞狗跳。魏明的中山装很蓝很挺，胸袋上别的钢笔帽在太阳下泛着铜光，前额上斜长的头发随风颤动。那时候峪里的桃花水正四处漫流，坡梁上的土地润润的解透了冻；他的到来盎然了红花峪的春意，也启蒙了我的两个表姐的爱情。

魏明背着行李进村，比通知的早到了一天，弄得大队干部和看热闹的社员都有些慌乱。暖洋洋的风中甩荡着溪边的杨柳条以及村姑们的长辫子。大队长背着两手，脚步快得像被赶的鸭子，来了来了，他嚷。大人们脸上兴奋得通红，似乎这天的阳光与往常的很不相同。

红花峪在上级眼里一直不红，有名的落后大队。分田承包本来是头年就该落实的事儿，结果是秋上没行，冬里也没动，分田到人，承包到户，红花峪慢了两拍子。

魏明站在山坡梁上，把铜帽的钢笔别进口袋，拂拂额上的头发，望着春风说，八十年代的春风都吹拂沂蒙山大地了，该行动了。

大队长扔掉“丰收”烟巴子，拍拍腚上的土末子说，该行动了。

我们一群跟屁孩儿，拾起烟巴子分享着。这样的情景我们在电影里见过，跟踪的人把烟头狠狠一扔，真的就要行动了。

坡坡岭岭上的麦苗已返了青，红花峪在那个春天里分了青苗。

大队长是一把手，他的手不光捏烟巴子，还捏巴着六百多口人。我父亲是大队的会计，弄不明白他算几把手，他除了扒拉算盘珠子，还常扒拉那本老字典，给村里的孩子起名儿。

我大姑和二姑都嫁在红花峪本村。大姑家的桃儿表姐和二姑家的杏儿表姐的名儿就是我父亲起的，但她们的名儿不是从字典里扒拉出来的，是从树上摘下来的。

魏工作员住进了大队部，和电影队来人一样，很多人来看稀奇。魏工作员的床头上有崭新的牙缸，还有几本厚厚的大书。

大队长捏着烟巴子说魏工作员得尝尝山里的香椿芽炒鸡蛋。

我父亲就慌忙吩咐人群里的桃儿表姐回家拿鸡蛋。

大队长一面叫人去代销部拿“丰收”烟，一面嘟哝光鸡蛋咋行，还得弄只鸡。

我父亲就慌忙吩咐人群里的杏儿表姐回家去捉鸡。

杀鸡的自然是大队长的兄弟二瘸子，他自告奋勇要跟杏儿去捉鸡，他一瘸一拐跟在后边，像杏儿表姐用辫子牵着的一条狗。

二瘸子就在大队部院子里杀鸡，他一副“大干快上”“多快好省”的模范样子，像在表演武松打虎，又像放电影的在卖弄发电机，大搞动静。二瘸子撕扒起鸡毛来又快又狠，像扒女人的衣服一样。

后来明白那蛋和鸡都不会白吃，魏工作员要交粮票和钱，大队里也会秋后算账，给大姑二姑家以及二瘸子加工分。

但那年没有等到秋后算账，就没了公社，也没了大队。取而代之的是乡和村。乍叫沂山乡红花峪村，还真有点别扭。老少爷们又自嘲说，其实叫顺了嘴就行了，山还是那山，梁还是那梁。就像大清朝开始时，要汉人留辫子，都骂娘；到了民国，要剪辫子，又都骂奶奶了。习惯了也就习惯了。

2

我到村部记账屋去叫父亲回家吃饭。

我看到村长蹲在魏工作员住的屋门槛上吃“丰收”烟，父亲抱着账本和算盘站在屋里，魏工作员则倚靠在床头上。

村长从我父亲眼里看到了我，他回头说，开会哩，回去对你娘说，你爹不回去吃饭了。

我用脚踢着石头子儿往回走，在胡同口碰上了桃儿表姐，在一拐弯处又碰上了杏儿表姐。

桃儿表姐抢白说，有人惦着村部哩。

杏儿表姐酸脸说，有人想着干部哩。

我说，洋头一分，大闺女要跟；钢笔一插，大闺女要俩。

桃儿杏儿变成了两只鹰，争着来抓我这小鸡。小鸡爪挠到了鹰们的心痒处。

碾台上正遇到大姑二姑在扫着碾说话，看到我们跑来立马虎了脸，多大的闺女了，甩晃着辫子满庄闹，干活！

桃儿表姐和杏儿表姐一块儿推起碾来，边推边相视而笑。

从此我常见桃儿和杏儿在村部甩辫子，她们不像我，有事没事来转，她们总有充分的理由，要么送吃的用的，要么借书借纸。

开始的时候，魏明只和我说话，不好意思细看她们；日子长了，桃儿表姐那两条垂到腚沿儿的长辫子和杏儿表姐那两条垂到褂边儿的长辫子就成了铁轨，魏明的眼睛常在上面跑火车。

没人的时候，魏明会给我一块少见的奶糖，说，桃儿的脸红扑扑的，圆点儿；杏儿的脸白净净的，长点儿，你说，哪一个好？你都念五年级了，能说出个一二三了。

我伸出两个指头，很快就又得了两块奶糖，然后我说，两个表姐都不孬。

魏明又问，你读过《红楼梦》这本书吗？

老人言：老不看《三国》，少不看《红楼》。少年读《红楼》，老实变风流。何况五年级尚不是读大书的年纪。不过我已经看过越剧电影《红楼梦》。

魏明塞给我一支蓝圆珠笔，问，桃儿和杏儿像电影里的谁？

我说就是给我一支红蓝两色的圆珠笔我也看不出她们像电影里的谁。

魏明就拍着厚厚的《红楼梦》，像是对自己说，桃儿像薛宝钗，杏儿像林黛玉。

后来我想，魏明真老土，当时我要是顺嘴说一句他像贾宝玉，他一定会把口袋上别的铜帽钢笔拔出来。

3

在我念五年级的那年春，也就是整条峪里的女人心里都鸡飞狗跳的那个季节里，我接受了一项光荣而艰巨的任务，监视表姐的夜间行动。给我下达秘密指令的是父亲和二姑。父亲把二姑家的酒盅儿咂得吱吱响，说，弄不好要出事了。二姑父给父亲添满酒，也说，要出大事了。二姑说，闺女大了，又不兴像猫儿狗儿似的拴在家里，真是女大不中留，你看看杏儿，还有桃儿，那股骚劲儿，身上要着火了。

接受任务时我并没有感到多么光荣，在表姐后边当跟屁虫儿，是个费力不讨好的事儿。表姐们到了“身上要着火”变成红狐狸的年龄，我一个十三岁的屁男孩哪是她们的对手。杏儿身子单细，闪得极快，我紧追几步，她却一下子出现在我面前，吓得我像贼似的。杏儿温存地摸摸我的头，说，回去吧表弟，今年要考初中了，光跟大人耍哪行。杏儿消失在黑黑的胡同里，我摸着刚才被她摸过的头，一片茫茫然。是的，我今年要考初中了，父亲反而对我的学习抓得不紧了，居然派了我这样的任务。今年分田到户了，父亲常慨叹，又单干了。若干年前，农产由单干到互助组，再到合作社、人民公社，现在又分田承包到户，又单干了，峪里的人就是这么理解的，父亲就常拿醉眼瞅着我说，有一亩三分地等着你呢，你就等着当好接班人修理地球吧。

我倚在石墙上，仰头望着夜空的星星，回味着杏儿表姐刚才摸着我的头说的话，似乎有些意味深长，今年就要考初中了，她说。我突然开始想是留在红花峪修理地球好，还是考出去上学好呢？反正不管怎么样我还是要完成跟踪表姐们的任务。我虽然还不大懂人事儿，但似乎也明白一点“弄不好要出事儿”的严重性了，杏儿表姐和桃儿表姐长得都很俊俏，都很出众，峪里男人们的眼珠子就像带刺儿的草种子，挂满了她们的衣裳。

今晚跟踪杏儿表姐失败了，该去大姑家看看桃儿表姐。往大姑家住的前街走的时候，我才想起最近桃儿和杏儿不大连帮了，各忙各的，就像坡梁上的杏花、桃花，你粉我红各开各的了，争奇斗艳互不相让了。都是魏工作员一来闹的。洋气的人一到山峪里，就像卖虾酱卖海鲜的进村一样，苍蝇们嗡的一声就围上来了。峪里的女人鼻子灵着呢。

到了大姑家门口，正看到桃儿表姐甩着辫子出门，我赶紧躲到墙角，躲过了桃儿却没躲过她身上的那股雪花膏味，我发现我的鼻子也很灵，那雪花膏味引着我拐了七八个胡同口。不知道桃儿是否发现了“尾巴”，反正她是慢下脚步来，这时候月亮升起来了，我看得清桃儿的辫子花了。我意料不到的是桃儿竟解开裤带儿翘起大腚撒起尿来，吓得我心惊肉跳赶忙躲到了墙角后边，这时候就听到了吃吃的笑声，笑声没了，再探时，桃儿早没了踪影。还真是个狐狸精哩！我走到她刚才撒尿的地方，却并没有闻到臊味。

说实话，后来我的胆量之所以这么大，就是十三岁那年春夜里练就的。在狐狸发骚、野猫叫春的黑夜里，神圣的使命使我走街串巷盯梢偷听，像一个幽灵，那时候我还没当接班人修理地球，我倒像一个乡卫生院那黑暗的透视室里的医生，我在暗夜里透视着地球的一个角落——红花峪里的大人们是如何蠢蠢而动的。

我正要乘着月色到魏工作员住的村部去看个究竟，就远远地看到了同样像个幽灵似的的二瘸子。他的影子像哈巴狗一样摇头晃脑地跟着他，我则像是一条他看不见的小尾巴。

二瘸子闪进了村长家，也就是他哥家。进他哥家他应该大摇大摆，为什么避墙鬼似的闪了进去？我猜着这里边一定有鬼。大门悄声地关了，我只能绕到村长家的院子后边去。村长家的房子和普通人家的房子不一样，村长家的房顶不是草的，是瓦的，房屋的后墙也不是石头砌的，而是砖垒的，而且还留了后窗，这时候后窗正透出灯光来。我扶着窗墙下的一棵香椿树，估算着爬上两米就能看清屋内的一切。

爬到窗子的位置，我才发觉这不是一棵香椿树，而是一棵臭椿树，因为一簇嫩椿叶正堵在我的鼻子上，臭烘烘的，我果然看到了半开的小玻璃窗内的一切。

二瘸子正和他的胖嫂子在吃炒花生米。二瘸子利索地两手搓了几把，白花花的米子就像脱了衣裳的光腚孩儿，站满了他的手心，他吹吹花生皮，捧给嫂子。胖嫂子突然就变成了忸怩的小媳妇，伸了胖嘟嘟的手指去捏花生米子，捏进自己的厚唇里，还捏进二瘸子的尖唇里。我突然觉得很好笑，这真是一对该拨乱反正的狗男女，春季里的花生种子多么金贵，他们居然炒着吃，还你一粒我一粒玩家家儿。

二瘸子手里的花生没了，他就开始扒胖嫂子的衣裳了，他扒得很快，又像扒母鸡身子的毛一样狠了。然后他吃起那肥硕的胸肉上的花生米来了。耍耍，他吞了一颗花生米说。耍耍，他又吞了一颗花生米说。

胖嫂子抱住他的头说，还耍，当心你大哥回家来。

大哥？二瘸子吞着花生说，你又不是不知道，这回他正在二狗媳妇身上耕地哩。

吃够了花生，二瘸子也要耕地了。他的一条腿瘸了，犁却不歪，他瞄得还很准，每犁一下，胖嫂子都像老牛一样哞一声。后来他们就不论几下了，连着耕起地来，看来地垄还很长，我心里七上八下身上好像冒出了香椿芽或者是臭椿芽，反正我从树上下来时就觉着自己不是十三岁了，十八岁、二十三岁也说不定。因为我定了一回神又一股劲地爬了上去。

他们穿好了衣裳，又开始搓皮吹皮吃花生了，这回我闻到了扑鼻的炒花生的香味，那香味肯定是压过了臭椿叶味，要不我不会闻到的。二瘸子好福气，有花生吃，吃着花生嘴也不闲着，听说，他说，听说乡教育组要在咱村里选一位民办老师？

是呀，胖嫂说，你大哥说了，不是桃儿，就是杏儿，她们俩都是联中毕业生，墨水儿喝得都不少。桃儿的嘴厉害，性子也张狂，还是杏儿好些，平日里不显山不露水的。

她们谁也别想当，二瘸子伸手往那肥胸上掏一把，肥水不流外人田，你得在大哥面前使劲说说，这个民办老师该让我当。

胖嫂子撇撇嘴，你在俺身上多使劲，俺才给你多使劲。

二瘸子受了鼓励，一副抓革命促生产的干劲又上来了，将那大花生的外皮扒了，从背后将她推趴到炕沿上，伸两手去抓了两颗花生儿，瞄准了后沟去耕地了。他们大张旗鼓地像搞会战，我使劲、你使劲地喊口号，一副与天斗与地斗其乐无穷的样子。

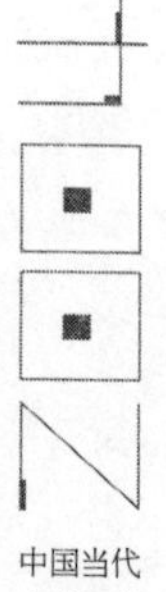

臭椿叶味又压过花生香味了，我溜下树觉得很恶心。二瘸子在联中上了一年半不到，就因为偷女老师的内裤被撵回来修地球了，回到村里仗着大哥一手遮天当干部，地球也没正儿八经修一回，就知道钻娘们旮旯吃花生战天斗地，他这样的也想当民办老师，呸，这臭椿树可真臭。村长在外面老吃人家的花生，没想到自家的花生让二瘸子吃了，谁让人家是兄弟呢，肥水不流外人田。

4

魏明在八十年代初那个大地刚解冻的春天里走进红花峪，是踩着蹲点的尾巴来的，也就是说他是最后一批从上边到村里蹲点的工作队员。也不知是红花峪无足轻重还是魏明稀松平常，反正是山峪里来了位从县文化馆抽调的工作人员。一个文化人到山里来除了给女人们煽风点火制造灾情，在别的方面恐怕难有建树……这当然是我后来的想法。当时魏明进驻红花峪，峪里的人都把他看成神圣的“上边派来的人”。他的使命似乎是监督彻底分田到户的，可红花峪在春天里分了青苗，彻底干净地分了土地分了牲畜农具，任务完成了，按说没有他什么事了，可上级部门没有说让他走，他就住下来了，是不是等到秋收，各家各户的承包地里颗粒归仓了他才放心才撤出红花峪呢？其实那时候我就开始怀疑了，都八十年代了还有蹲点的吗？魏明是不是在城里“偷吃人家花生”搞臭了，专门跑到红花峪来搞对象的？要不他怎么喜欢桃儿表姐也喜欢杏儿表姐呢？弄得她们两个丢了魂儿似的，恐怕他是在普遍撒网重点捕捞。

村里终于来了电影队，乡里的放映员就在魏明住的村部里倒片子，电影队成不了队，其实只有两个人，一人骑一辆自行车，一个带发电机，一个带放映机，片子铁盒则捆在车后座两边。昨天夜里在别村放映完时已经很晚了，所以现在得倒片子，倒片子就在魏明屋里进行，我和村长的儿子大军有幸可以在魏明屋里提前看到倒着放的《洪湖赤卫队》。大军和我同班同岁，他不敢撵我，咋咋呼呼不让别的小孩进屋，我用眼角鄙视他，大军你个大傻蛋，就知道睡大觉你娘的花生常被偷吃你都不知道。后来又想，大军小时候吃他娘的花生，现在该他爸村长吃了他又不吃却去吃人家的，他娘的闲着也是闲着，二瘸子有的吃了，也就省得他去打别人的主意，我常看见他瞅杏儿表姐的眼神儿都不对。

电影开演了，山峪里回荡起“洪湖水呀……浪呀么浪打浪……”的歌声。

我并没有坐到占好的地方，而是挤在了男男女女相拥簇的人堆里。

晚饭时我在二姑家吃水饺，可能是因为我重任在身，二姑特意给我多捞了几个白面水饺。杏儿表姐虽然吃的是粗黑面的，却吃得很快，是因为电影要开演了，还是……？二姑和二姑夫都满脸的困惑。杏儿表姐抹抹嘴放下碗，到里屋去梳头，二姑使个眼色要我快吃，我心领神会，随时准备撂下碗筷跟出去。

用不着慌慌攀那高枝儿，二姑用筷子拨弄着水饺说，看着很美，其实是一朵谎花哩，谎花结不下果子哩！

杏儿表姐全当没听见，或者听见了全当不是说她的事儿，她甩甩辫子，身子一拧就出屋去了，她出门时胳膊下夹着砖块似的一本厚书，我一眼就看明白了，那是魏明的《红楼梦》。杏儿表姐夹着书，一往无前充满英雄气概，活像董存瑞夹了炸药包冲去炸碉堡。

男男女女的青年们是不坐座位的，坐了座位他们就不能无拘无束地晃动了，不能晃动就不能软的硬的胡搡瞎碰了。我终于发现了挤在人堆里的杏儿表姐，她把书抱在胸前，多少有了些保护作用，可后边就无法设防了。二瘸子尤其活跃，他专往大闺女们后腚上推搡，这样汹涌澎湃的青春浪潮里谁也不好大声嚷嚷，每个大闺女都在心里全当是魏工作员在后边做工作。这时候起了一点风，春风荡漾嘛，银幕上的赤卫队员们就时而弯腰时而鼓肚，但还是挡不住"洪湖水呀……浪呀么浪打浪……"，看电影的青年男女们受了感染，你挤我拥也浪呀么浪打浪起来……我突然发现杏儿表姐只用一只手抱书了，再看时，她的另一只手正和另一个人的手抓在一起，顺着那手，我看见了魏明。

电影换片子了，铁丝网里的大电灯泡亮了，他们的手分开了。换片子需要几分钟，坐在场子中间的老人和孩子就活跃起来，老人们往年轻的人堆里巴望儿女，小孩子们开始伸手爪子乱咋呼，年轻的男女们则避了灯光扭着头，眼睛却溜溜地看看和谁挤得近了，瞅瞅刚才是谁出了三只手踢了三条腿了。

电灯熄灭，片子啪啪啪开始转动开演，我注意又有手握住手了。银幕上继续浪呀么浪打浪……坏了，移了眼再看时，已不见了杏儿表姐，也不见了魏明。

弄不好要出事儿，有人身上要着火了。

不知怎么我一下就想起二瘸子吃花生的镜头。我费了九牛二虎的力挤出了浪打浪的人群，扎进月色里觉得身子有些飘忽，我绕着场子转了两圈，没见他们的影儿，我在想，他们不会放过这么好的电影不看去村部吧？

正迟疑间我闻到了雪花膏的扑鼻香味，桃儿表姐拍拍我的肩，悄声说，跟我来。

桃儿表姐带我往村东沟走去，那里是桃树园，白天里桃花一片红艳艳的很好看，夜晚月光下一棵棵桃树却很狰狞。桃儿表姐显然有些害怕，她紧揽着我的肩，小声说他们就在前面。桃儿表姐完全不见了桃之夭夭的形色，她的身子在我肩上颤抖，我分明感觉到了花生米的颗粒。

我也看清了，魏明正抱着一棵桃树。

魏明和桃树之间是杏儿表姐。杏儿说，可惜了，看不成电影了，这么好的片子。魏明说，有机会看的，去城里的电影院看，环境好，音响好，人也文明，别说吵闹吐痰了，连抽烟的都没有。

他们在月光下凝望着，无语了，继而嘴唇亲到了一块儿。那炸药包似的书落到了地上。杏儿表姐光啃猪头肉，这阵子肯定顾不上去炸碉堡了。

桃儿表姐颤动着嘴唇说，我走了！

表姐，你去哪儿？

我到前边堵他的路去！桃儿表姐说着就走了。

后来我想多亏桃儿表姐坚定不移地走了，才没有看到下边的镜头。下边就换片子了。杏儿表姐从魏明和桃树之间横到了魏明和大地之间。魏明不但吃了花生还耕了花生地。看完片子我内心涌起阵阵酸楚，后又生出许许宽慰，魏明做我的表姐夫也没什么不好。真的，这方圆几百里山峪连山峪，上哪儿能挑出个魏明一样的帅气的文化人呢？

5

我的任务似乎变得简单起来了，主要是因我“一无所获”，我向大人们汇报的当然是“平安无事”，我发誓将自己在东沟桃树林里看的影片烂在肚子里不公映。我爱杏儿表姐，我也喜欢魏工作员。

任务变得简单的另一个原因是桃儿表姐用不着监视了，她几乎是夜不出户了。

桃儿表姐在看书。我细看，那些书并不是从魏明那儿借来的小说，而是考中专的复习材料。桃儿表姐说，俺没闲心看闲书了，俺要参加夏天的中专考试，得抓紧复习哩。

6

我担心的事情还是发生了。

杏儿在夜里去村部幽会，我悄悄跟踪，现在不是监视，而是有些站岗放哨的意思了。

我很怕有另外的人发现他们的秘密。

月儿瞪在南天上，静静地瞅着山岭沟峪，不理会远远近近的狗咬，也不在乎屋里炕上男女的厮磨。

杏儿从村部门口闪出来，绕了两个胡同口往家走去，我不远不近地跟着，今晚我的任务快要完成了。

眼看杏儿走到村中麦场了，绕过几座草垛，她就要到家了，突然一个身影挡住了她的去路。是村长，他倒背着两手，很威严地挡住了她。

你这妮子，村长背着两手说，我观察了几个晚上了，你的错误犯大了。你这妮子，本来乡教育组要选一个民办老师，我和你大舅商量着让你当哩，可你的错误犯得这么大……

杏儿在月光下站成了孤立无援的一棵杏树。

你这妮子，村长背着一只手，另一只手抚到杏儿的肩上说，你的错误犯大了，魏工作员是县里派来的国家干部，这事儿捅上去，他的错误也犯大了，弄不好开除公职，还要蹲班房……

你这妮子，村长两只手抚到杏儿的胸上，他一定摸到了珍贵的花生米。

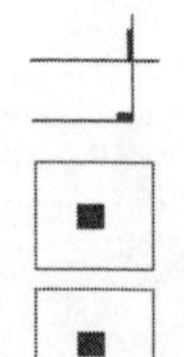

我摸到了一块圆溜溜不大不小的石蛋。

你这妮子，村长把杏儿抱到草垛边上，她就是一棵杏树，任人砍枝扒皮。

你……这……妮……子……草垛在晃动。

杏儿一声不吭，我不知石蛋该往哪扔。

我终于握着仇恨的石蛋来到村长家亮灯的后窗下，我分明听到二瘸子战天斗地的声音，我倒退了两步，瞄准了窗口，使出全身力气把炮弹射了出去，嘭！

7

那年初夏割倒麦子，魏工作员就撤走了。

上了新麦坟，吃到新麦馍的时候，杏儿表姐出嫁了。杏儿嫁给了新任民办老师二瘸子。太阳白花花地烘烤大地了，新郎官二瘸子也就是我的表姐夫却穿着又蓝又挺的中山装，像春天里魏工作员穿的那样，不同的是他的上衣袋上别着两支钢笔。他一拐一拐地走在村街上，阳光下的影子像狼狗一样撵着他。

到了初秋收麦茬玉米的时候，我接到了县重点中学初中班录取通知书，桃儿表姐也接到了县卫生学校的通知书，她是红花峪第一个考上中专学校吃上国库粮的妮子。

后来的事情就简单了。桃儿表姐毕业后分配到县医院当了护士，她终于像她说的那样，从前边堵了魏明的路，他和她进了电影院，又和她去民政局领了结婚证。

桃儿表姐终于使魏明成了我的表姐夫。

8

二十年过去了。我早已生活工作在省城。这年杏儿表姐的儿子考上了山东大学，报到后来看我，一打照面吓了我一跳，沂蒙山区那方圆几百里山峪连着山峪，上哪儿能挑出像他一样帅气的小伙呢……就像当年走进山峪的魏明。

9

又是桃花水四处漫流的春天，我回老家为父亲添土上坟。母亲对我数道，村里谁病了，还有谁死了。最后她说到老村长也在前几天死了，患的是舌癌，癌症咋就那么多呢？山峪里作古的人差不多都死在癌症上。是啊，父亲几年前就是毁在胃癌上。

回省城经过县城的时候，我特地去了文化馆看望魏明。

见了面，握手，我说，表姐夫。

叫我老魏吧，我已经不是你的表姐夫了。

他和桃儿表姐离婚好几年了。

他现在一个人过。女儿跟表姐，已去了澳大利亚读书。表姐是县医院的总护士长。

没什么遗憾的，魏明收拾着凌乱的桌子，想给我倒茶水，其实我当年只是你表姐的一个攻克目标。她的目标多了，比如说卫生局长，她马上要当院长了。

我说其实您就是我的文学启蒙老师。

他说哪里哪里，你都是全国作协的会员了，可我还没在正儿八经的刊物上发表东西，我正想找你帮忙哩，最近写了点……

他手上一乱把茶水洒了一桌子。他从湿漉漉的纸堆里抽出一沓手稿来。

我说，是什么会员和写东西没多大关系……我突然就住了声，我看到他的手稿的名字：桃红杏红。

你看，你看，我再给你倒一杯吧，他说。

原载《收获》2004年第4期

点评

小说展现的是红花峪几个人物之间的情感故事，从一个侧面反映了特殊年代里人们命运的跌宕起伏。小说尤为特别之处，就是以叙述者“我”的口吻和视角来讲述表姐夫魏明和表姐桃儿、杏儿之间的情感纠葛。叙述风格诙谐俏皮，生动有趣，既符合叙述者的年龄特征，又将其实并不曲折复杂的情节渲染得格外引人入胜。在小说中，“我”的主要任务就是担当“侦察兵”，负责监视两名表姐的一举一动。于是，通过“我”的眼，红花峪一些不为人知的事渐渐浮出了水面，包括二瘸子与胖嫂子私通，魏明与杏儿幽会，以及村长对杏儿的侵犯等等。虽然涉及对不正当性行为的描述，但“搓皮吹皮吃花生”“吃了花生米还耕了花生地”等充满童趣的形象化语言，无疑给读者带来了新颖有趣的阅读体验。小说人物的命运似乎是阴差阳错的，最后嫁给表姐夫魏明的是两相斗艳中起初败下阵来的桃儿，杏

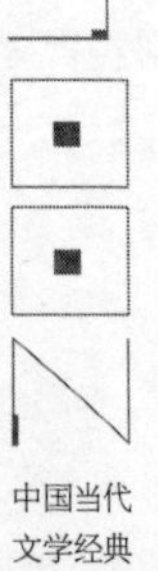

儿却下嫁给了二瘸子。但具有讽刺意味的是，杏儿的儿子长得非常像魏明，桃儿则与魏明离了婚，因为魏明只是她当年想要攻克的其中一个目标而已，她还有更多的目标。实在是造化弄人啊，现实总是残酷的，生活又充满着无穷的变数。但在这种种不可预料中，“我”对表姐私情的暗中保护，对村长霸占杏儿丑陋行径的憎恶，还有杏儿因为魏明而对村长的威逼利诱舍身屈从等，又如一股人性善的暖流，瞬间流淌在文本的字里行间中，令人无限慨叹！

（刘冬青）

草暖

黄咏梅

今年三十岁了，她给自己未来的十个月定下一个庄严神圣的任务——每一天她都要想两个不同的名字，一个男的，一个女的。当然最前边的那个字是根本不需要考虑的，“王”字是她肚子里的宝贝今生今世的定语，当然也是草暖她今生今世最前边的一个姓氏。“王陈草暖”，这是草暖在二十七岁结婚后的名字。

王明白对草暖说，其实真的不需要这样，结个婚难道连老爸姓什么都给丢了不成？我姓王，你姓陈，过去姓陈，现在还姓陈，只要你还姓陈就是我姓王的老婆。

草暖说，那还是不一样啊，我是你王家的人了，当然跟你姓啊，你看香港台新闻经常出来的那几个女人，什么叶刘淑仪啊，不都是跟丈夫姓的么？再说我也没有丢掉我老爸的姓啊，陈字还不是排在王字后边，不是还在那儿吗？别人一看就能知道我老爸姓陈。

王明白没有吭气。他一个大男人每天应对公司的事情那么多，对这些细枝末节的事情从来不想考究。名字嘛，就是一个人的标签罢了，又不是什么商品的品牌，非做得那么考究干什么？实际上他公司里的同事见到陈草暖都喊她“王太太”，根本没有人知道她姓陈，名草暖，更加没有人知道她把自己唤作“王陈草暖”。

但草暖还是在自己的朋友里边坚持唤自己为“王陈草暖”。多么麻烦的称呼啊，所以那些朋友无论跟陈草暖真熟还是假熟，都一律自觉地喊她——“草暖”。

自从三月份草暖怀孕以来，对名字的执着简直就到了变态的地步，好像十个月以后生下来的是一个名字，而不是一个男孩或者女孩。

变态！有一次王明白真的就这样说草暖。草暖没有说话，眼睛里充满了怀疑，好像怀疑自己肚子里的孩子跟王明白没有任何一点关系一样。王明白那天在公司里跟董事长产生了一些不愉快，心情比较烦躁，所以顺口就说了草暖这么一句。

草暖当然不会跟王明白争吵的，怀孕前不会，怀孕后当然更不会了。草暖说怀孕了不能够发火，要不然会把孩子气掉的，也不知道她从哪里来的根据，但是这毕竟对草暖是件好事情，更不用说对王明白了。草暖这个人就是这一点比较合适当老婆，整个人就像她整天挂在嘴边的那个口头禅一样——“是但啦”。只要有人征求她任何意见，结果别人总会得到她这句话。刚开始别人以为草暖有教养谦让别人抓主意，久而久之就发现草暖真的是很“是但”。在广州的白话方言里，“是但”就是“随便”的意思。结婚后王明白甚至觉得草暖这样“是但”的优点，比草暖煲的汤做的菜，比草暖长的样子穿的衣服，比草暖瘦瘦的小腿尖尖的乳房等等都要好出很多倍。

可是，王明白却不明白为什么草暖什么都可以“是但”，唯独对姓名这东西却不肯“是但”，对“王陈草暖”以及无限个还没有确定下来的“王××”，她从来没有说过“是但啦”。

从小学读书开始，草暖就有一个绰号——“公园”。因为在广州，草暖等于公园，这是谁都知道的。草暖公园位于广州的越秀区，东风路的末尾，火车站的旁边，是广州流动人最多的一个地方，所以，草暖公园既是一个公园，也是一个公交车站的站牌。草暖不喜欢人家喊她“公园”，公园啊，听起来就像公厕那么糟糕，再往下想草暖就会更加不高兴了。

因为这个名字，草暖问过她的妈妈，她记得很清楚，就那么一次，后来妈妈跟爸爸离婚了以后，她想再问，就找不到妈妈了。那一次草暖放学回家，看到妈妈在家里熨衣服，那种很笨重的铁熨斗，底部经常被草暖用来当镜子照的，那个年龄草暖比较喜欢照镜子，只要能看到自己的脸的发亮的东西，都可以被草暖当作镜子来照，不管是一块放学经过的橱窗还是一小片窝在阳台上的积水。草暖长得很像她的妈妈，越大越像了。草暖的爸爸也是这样说的，包括草暖后来的妈妈也是这样悄悄跟草暖的爸爸说的。也就是说，草暖一天一天地照着镜子长大，奇迹还是没有发生，她太像妈妈了，而妈妈长得太普通了。

当草暖问妈妈为什么要给自己取一个公园的名字的时候，草暖的妈妈稍微愕然地抬起头看着已经高到自己肩头了的草暖，然后放倒了铁熨斗，熨斗的底部正对着草暖的脸，草暖依旧习惯性地朝着熨斗照了照。

草暖记得妈妈是这样回答的——起个名字，是但好听就得了，草暖，几好听啊！

妈妈很“是但”的回答令草暖很失望。说实在的，她多么希望妈妈能给她一个浪漫的解释或者气派的解释，比如说她跟爸爸是在草暖公园认识的，比如说她跟爸爸在草暖公园散步的时候想到给未来的她取这个名字的，比如说草暖公园那个时候是他们单位共同修建的，比如说草暖公园有一棵芒果树是当年他们将核埋进土里然后长成的……

但是草暖是个公园啊，妈妈。草暖不死心，总希望妈妈隐瞒了的事情的真相，像她看到的很多言情小说一样有着一段爱恨缠绵的情节。

公园？公园不好么？春天来了，草最早就暖了。你不记得了，小时候整天缠着爸爸妈妈要带去公园的啊？妈妈继续熨衣服，低着头处理衣服上很难熨到的皱褶。

可是去公园不是去看草啊，公园有游乐场啊。草暖还要继续追问。

那你就当你自己是个游乐场好了！妈妈笑着刮了刮草暖的鼻子。草暖的鼻子跟妈妈的一样，塌塌的，刮在上边，跟刮在一张平脸上没有什么区别。

如果草暖是个游乐场，草暖也许就会很快乐了。可是草暖是公园里的草啊，春天来了，草就长了，暖了；春天走了，草就矮了，黄了。一年春天有多长啊？尤其在广州，冬天和春天简直没有任何界限，冬天走了一暖就叫热了，成夏天了。

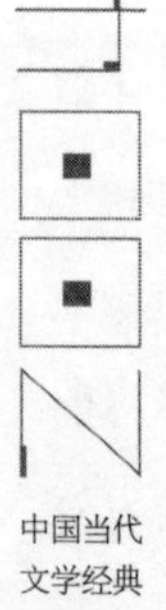

再说了，妈妈后来也没怎么带草暖到游乐场。在草暖十三岁那年，草暖的妈妈就搬离了草暖的家，她不知道妈妈为什么要离开草暖和爸爸，她从来没有听到过爸爸和妈妈吵架，但是妈妈却忽然消失了。草暖什么感觉也没有，好像妈妈只是离开她一阵，过几天就会回来的。直到不久学校召开“单亲家庭家长会”，老师递给草暖一份油印的通知书，爸爸参加了，回来的时候摸摸草暖的头说，明年，明年我们就不参加这个会了。果然，到了第二年，草暖又有了新妈妈。

长大一点草暖才知道妈妈跑到香港了，跟她一个从小一起长大的表哥一起，说是去发展。谁知道呢？总之，草暖再也没有妈妈的消息。

不知道为什么，草暖总认为是爸爸不要妈妈的，因为爸爸长得比妈妈好看，妈妈能找到爸爸那么好看的人，也算是前生修来的了，妈妈有什么资本挑剔爸爸啊？妈妈也更加没有资本嫁到香港去才对啊。关于这些，草暖和爸爸没有任何交流，因为新的妈妈一来，草暖的妈妈简直更加人间蒸发得彻彻底底了，只是草暖这张脸偶尔会成为某种记忆的禁区。大概因为这张脸的缘故，草暖觉得爸爸不是很希望她结婚后再经常回家。

还好有王明白，他可以顺利地将草暖的人生从春天过渡到夏天以及其他别的季节，反正只要春天过了就好，过了就是说开好了头了，开好了头后就没什么大不了的了。

王明白既是草暖的初恋也是终恋。草暖二十六岁遇上王明白，那时候王明白从学校分配来广州，是一个外来人口，没有户口本，只有一张户口纸，夹在公司一沓厚厚的集体户口里边，轻飘飘、乱糟糟的。

草暖跟邻居一起认识的王明白，本来也没有什么相亲的意思，只是周末单身汉约着一起凑热闹，打发打发，人越多越好，所以邻居就把草暖拉上了。那次是到白鹅潭的酒吧街吃烧烤，大约有十个人，彼此都不是太熟，一个带一个就组成了一帮。邻居向他们介绍陈草暖，照例有人提到了草暖公园，草暖照例笑了笑没作什么解释，后来不知道是谁接着问草暖有没有弟弟，草暖纳闷地摇摇头说没有啊。那人说，如果有的话应该取名陈家祠。于是人群就都有了笑声。草暖也笑了，头一回有人将她跟陈家祠联系起来。陈家祠跟草暖公园相隔远着呢，在中山八路，是过去西关大户陈氏的旧址，里边是老广州的生活模式，已经成为文物被保护起来。

人群挨着珠江边吃起了烧烤，样子都不是特别雅观，但各自都跟各自靠近的聊起了天，边吃边聊，一直到了都看不清脚底是陆地还是珠江了。

草暖混在里边，属于人问一句自己答一句的那种，历来如此。草暖在人群中就是不起眼的，样子不起眼，说话也不起眼。

旁边居然有人很准确地喊她，陈草暖，要不要来瓶可乐？

草暖很惊诧，侧过脸去看那个人，一张陌生的脸。虽然刚才每人都被介绍过了，但是草暖一个也没记住。

这个人居然能记住草暖的姓和名。

草暖回家以后是这么想的，既然这个人能完整地喊出自己的名字，那就是说这个人注意到自己了，注意到自己了也就是说对自己有好印象了。相反，草暖不是太能看清楚这个人的样子，在夜色里只是觉得这个人不算高，有一张稍圆的脸。

所以第二天王明白打电话约她出去吃饭的时候，草暖自然就去了。

后来王明白就有秩序地跟草暖交往起来。

一年以后，草暖跟王明白去登记了。草暖带着登记有草暖的爸爸和新妈妈的户口本跟王明白到民政局登记那天，是夏天。广州的热浪熏得草暖觉得很不真实，好几次草暖回过头看王明白圆圆白白的脸上挂着几粒黄豆大的汗珠，每次快要滚下来的时候，草暖都用自己的白手帕将它们接住了，然后换到另外一面再给自己擦擦。到了民政局，王明白从胸前的口袋里掏出那张薄薄的户口纸摆在桌上，跟草暖那个有封面的户口本一起。草暖翻到有自己名字的那一页，摊开了，看看自己的名字，然后看看王明白的名字，心里才开始一阵高兴——自己嫁给了王明白了。

在王明白二十七岁到三十岁之间，不仅身边多了个草暖，而且还多了很多下属，短短三年，王明白像坐直升机一样，一下子蹿到了部门经理的位置。草暖笑嘻嘻地过上了好日子，换了一百多平米的大房子，最近王明白还买了车。

“旺夫呗，有什么好说的？”草暖美滋滋地对自己的朋友说。她结婚后跟女朋友交往比过去密切了很多，话也自然多了。

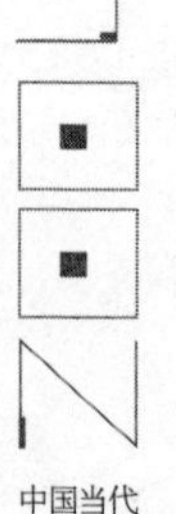

实际上，草暖那张一点特色也没有的脸，实在看不出什么“旺夫益子”的端倪来。鼻子不高，天庭不饱满，两颊无肉，下巴不兜，怎么看怎么普通。幸亏草暖不喜欢张扬，要不然妒忌她的人不准会说出什么话来损她。基本上她的朋友在她身上得出的结论是——好人还是有好报的。草暖是个好人，好人的定义在她们看来就是：不刻薄，不显摆，不漂亮，不聪明。所以草暖这个好人过上了幸福的生活。

关于草暖的“旺夫益子”论，王明白虽然嘴上不以为然，但心里还是有一些相信的。客观地说草暖这个老婆还不错，很顾家，不奢求，不多事。可是王明白更多地想到自己一个大学生，这个时候不冒尖，这辈子要冒尖就很难了，看看周围跟他经历类似的年纪也差不多，现在不像那种熬资历的年代了，更多的讲究抓机遇，机遇错过了就回家带孩子好了。这听起来好像比较残忍，但事实如此。

而草暖只是不偏不倚地与王明白的机遇同时出现而已。

关于王明白的机遇论，草暖虽然没有回应很多，但是心里也还是承认的。从这个角度来看，王明白就是草暖的机遇。还有，草暖现在肚子里的“王××”，也是一个机遇。怀上了“王××”，草暖才明白，人要寻找机遇并且逮住机遇，是多么微妙的一件事情啊。

怀孩子是草暖提出来的。

王明白刚买车那一阵特别喜欢带草暖出去，打打牙祭，吹吹山风。有时是为了吃陈村的粉开车一个小时到佛山，有时是为了泡泡温泉开车到清新去，有时甚至为了吃一个牛肉丸开车到潮州……只要离广州半径不超过五小时车程的，王明白都喜欢带草暖出去。草暖坐在王明白的身边，系着安全带安静地听王明白车上放孟庭苇的歌，这个孟庭苇据说是王明白学生时代的偶像，一直喜欢到他当上了经理，并且开上了私家车了，还是初衷不改。草暖不喜欢这个孟庭苇，她还是比较喜欢听粤语歌，什么梅艳芳、刘德华的，她都喜欢，她觉得用粤语说话，高高低低，长长短短，味道都很婉转，光是说话就像唱歌，更何况唱歌?

这一次王明白带草暖到东莞说是看一场内衣秀。草暖不是很想去，可是王明白想去，他说他们公司有几个经理都会带家属开车去看。这样一说，草暖就觉得有必要去了。草暖是王明白的家属啊，能不去吗?再说，看的是内衣秀啊，当然要带家属去了，难道要几个男经理一起去?不太好吧?草暖当然去了，而且穿得很整齐，好像不是去看内衣而是去看自己一样。

到了东莞，草暖跟另外几个家属坐在一桌，男经理们则坐在另外一桌。那些穿着内衣的“内模”让草暖看得很陶醉，草暖觉得真美，不是内衣美，而是身材美，女人美，她承认，女人美起来真的连女人都会被打动的。其中有一个草暖就特别喜欢看，每次轮到她上场草暖的目光都不会离开她。草暖看那女人的时候偶尔也会想想自己，如果自己穿上那些内衣也会这么好看吗?其实这还用问，当然不会啦。草暖小时候很喜欢照镜子，长大以后就不怎么喜欢照镜子了，穿着外衣的时候不怎么照，更不用说穿着内衣照镜子了，草暖早就记下了镜子里的那个自己，普通得没有任何奇迹的机会。

真是美啊，男人们不知道会怎么想！其中一个家属由衷地叹。

美有什么用？她们很惨的，找不到好老公才抛个身出来给人看的。另外一个家属接话，有些嫉妒的成分。

也是，她们就是因为找不到好老公才出来当“内模”。草暖在心里这样认同但没有附和。侧过头去另外一桌看王明白，他跟几个经理一起，讲讲笑笑，也猜不出在说台上的还是别的什么。

看完内衣秀回家的路上，草暖的手机响了，是草暖一个久不联络的表妹，刚说不了几句，手机就没电了，于是草暖用王明白的手机给打过去，并吩咐表妹将她家里的电话发短信到王明白的手机上。王明白不经心地瞥了一眼短信就把手机闭了。回到家，草暖问王明白表妹家的电话是多少，王明白看也没看手机就把号码背了出来，草暖不相信，要王明白拿手机给她看，王明白给她看了那条短信，居然一个号码不差！草暖心里忽然有一种恐慌，莫名其妙的。王明白的记性原来是天生的好！

那当然，我的记性一直在读书的时候都是班上最好的。王明白很得意地笑了。

一直都那么好，那么准，那么牢？草暖求证。

又准又牢，所以考试总是考得好，现在记客户名字和电话也记得很准确。王明白大概觉得这是自己的绝活，也是自己升职的一个诀窍，沾沾自喜地窝在沙发上，跷起二郎腿翻报纸。

草暖想起那个白鹅潭的夜晚，王明白准确地问她，陈草暖，要不要可乐？连名带姓的。

王明白不认识草暖这个表妹，也许压根都不知道草暖还有这个表妹。草暖并不害怕王明白认识这个表妹，她只是害怕王明白的记性。

这种害怕随着草暖几个月后踏进三十岁一起踏进了草暖的心里，就跟三十岁这个年龄一样，赶都赶不走了。

三十岁生日那天，草暖觉得有必要去发廊修修头发了。草暖平时做头发喜欢在附近的一个小店里，店不大，也不是什么名店，但是对付草暖那简单的一把长头发，绰绰有余了。草暖习惯到那里，一是因为师傅都熟悉了，二是因为师傅都不爱跟客人说话。是的，草暖刚开始以为师傅是不爱跟自己说话，后来她观察过了，他也不太跟别的客人说话，只是喜欢在镜子里盯着客人的头发而不是眼睛看，这让草暖感到很自在，师傅专心对付的仅仅是一把头发甚至是一把乱草而已。她不喜欢别的那些发廊，无论是师傅还是小工都围着自己团团转，一会儿问她的工作怎样，一会儿看着镜子里的她夸她脸上的某个器官，一会儿还问她家里的先生如何，诸如此类的。草暖是个人问一句就答一句的人，即便不会多说，但总是不忍心不回答不理会，所以但凡问了就会回答，而且回答大多准确。所以，草暖只去这家发廊剪头发，喜欢这样无声无息地坐在椅子上，偶尔看看镜子里的自己，更多的时候是翻看理发店的杂志。

吃饭前，草暖的头发就被洗湿了。照例拿起一本时尚杂志来看，一翻就翻到了一页，大概因为人翻的次数多了，所以不由得草暖的手控制，一滑就滑到了那一页。

这一页是心理测试题。标题是：看看你生命中的最爱是什么？

类似这样的测试题，草暖看过无数次，几乎翻开每一本时尚杂志，做得光鲜、花哨的，基本上后边都会有不少这样的测试题，测感情的，测理财的，测魅力的……不需要看对象的，叫DIY，就是自测的意思。

在每道题选择答案的地方，都有人用笔打了钩。其中有一道很简单，上面有五个人的字迹的。

题目是这样的：如果你在沙漠里迷路了，不得不按顺序放弃你身边所带领的动物，它们是：老虎、大象、狗、猴子、孔雀。那么你放弃的顺序是怎样的？（结果请查看一百二十一页）

草暖看了看已经有人选择的顺序，有两个选择将老虎放在前边，有一个是猴子，有两个是孔雀。

草暖不知道那代表着什么结果。

此时师傅将草暖头顶那绺头发暂时掀到了前边，这样草暖的整个脸就被挡了，埋在头发里，草暖将那些动物排了个顺序：老虎——大象——狗——猴子——孔雀。

她设想，自己在沙漠里，没有食物、没有水，自己都顾不上自己了，当然要先舍弃一些大块的包袱了，要不然跟它们搅着一齐死不成？也许，放了它们它们还能够凭本能逃生呢，而猴子和孔雀是最需要保护的。

草暖生怕自己忘记了这个顺序，在嘴上喃喃地念了两遍。

脸上的头发被拨走了，后边的师傅看了看草暖，草暖的眼睛在镜子里正好跟师傅的眼睛对接了一下，草暖的脸一下子红了起来，而师傅却没有任何表情，把眼光挪回到了草暖的头发上，大概是习惯客人都会翻到这页做这道题吧。

没准师傅是最早做的一个呢。草暖心里偷笑。

按照题目后的提示将杂志翻到了有结果的一百二十一页，也是很容易一翻就到了。

草暖看了一看，心里就乐了。这些动物原来分别代表着每个人人生里的一些东西：大象——财富，老虎——事业，狗——父母，猴子——孩子，孔雀——伴侣。

草暖心里一乐，接着就糊涂了，她记得自己的顺序前边是老虎，接着是大象，后边是狗，没有错，但是最后两个，是猴子在前还是孔雀在前的？她有些犯糊涂了，翻回到题目那页看题目，老虎、大象、狗、猴子、孔雀，这是题目的顺序，自己不可能按照题目的顺序一成不变地选择的啊，那就是老虎、大象、狗、孔雀、猴子？好像也不是啊。

草暖就这么犹豫着。如果按照答案，那么转换成的结果就是：事业——财富——父母——伴侣——孩子（或者孩子——伴侣）。

草暖还真没有想过在伴侣和孩子之间，自己到底会先放弃谁。但是，她从来没有想到过要放弃王明白，而孩子，因为没有出现，更加谈不上放弃了。

知道答案以后，草暖就再选不了最终的结果了，到底是猴子在前孔雀垫底，还是孔雀在前猴子垫底呢？草暖永远没有自己的答案了。

头发终于做好。师傅拿出一个小镜子，让草暖对着眼前的镜子反看后边的头发形状。草暖很笨拙，小镜子总是对不准后边的头发，有好几次从大镜子里看到的小镜子里竟然是身边的师傅一张严肃的脸。草暖有些尴尬。

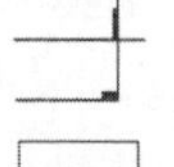

很好了，谢谢。其实草暖压根就没有看到自己后边的头发。师傅当然也知道，但是没有吭声，笑了笑，说，下次再来啊。

走出发廊，草暖不知道是因为修理过了头发还是什么，居然感觉很良好，风一吹，有些许飘逸的味道。草暖路过橱窗看了看，年轻了一些似的，依稀看到了少年时代满马路找橱窗照的那个自己。

晚上王明白带她到花园酒店的扒房吃西餐庆祝生日。两人在烛光下吃到一半，忽然草暖想起了那道简单的测试题，就同样拿来让王明白选择。

王明白想了一下，给草暖一个顺序：孔雀——猴子——狗——大象——老虎。

草暖一听，愣在了那里。

她问的时候没有想到过王明白的答案，现在王明白做了答案，就出问题了。换算对应的顺序是：伴侣——孩子——父母——财富——事业。

草暖心里很不舒服。

我的顺序刚好和你的颠倒过来。现时，草暖可以肯定她最后放弃的是孔雀而不是猴子，并且是坚定地肯定，为了跟王明白完全颠倒。

这些东西骗人的，亏你还去相信。王明白看出了草暖的不舒服。

可是这是你心里选的，除非是你心里骗自己？草暖反问王明白。

你想想看，这是常识嘛，在沙漠里迷路了，当然先甩掉那些没有帮助的甚至拖累自己的东西了，保存实力，出去了再返回来拯救它们啊，像孔雀猴子狗之类的。王明白跟草暖辩白。

可是，那些有实力的可以自救啊，先放弃它们，它们或许还可以活命啊，像老虎大象之类的，放弃那些弱小的，返回来肯定找不着了。

王明白想了一下，把手中切割好的一块牛扒放到草暖的碟子上，说，这简直都不是一个维度上的比较，完全两种思维，你不要去踩这些陷阱，会扰乱人心的，更加不要庸人自扰啊。

草暖想再说些什么。但看到王明白把肉放到了自己跟前，不由得就动手去叉那块肉来吃，黑椒酱是王明白的最爱，草暖逐渐也喜欢上了那股胡椒的辣味。

那天晚上回家后，王明白要做爱，草暖就决定要有个“王××”。一决定了，草暖就怀上了，王明白既不知道草暖的决定也不知道草暖那么容易就怀上了。

那就生下来吧。王明白无任何疑问。

那样，草暖的肚子就一天一天地自由散漫地大了起来。

草暖肚子里的“王××”还没有来到草暖和王明白的生活里，古安妮就先一步来到了草暖和王明白的生活里了。

王明白的女秘书叫古安妮，像一个混血儿的名字，可是草暖知道她不是混血儿，是江苏人，长得高瘦，头发乌黑发亮，脸上光光白白的，眉毛淡淡长长的，说不上很美，但是很有味道。对于草暖这样长相普通的人来说，古安妮算是一个打不败的对手了。当然，古安妮不是草暖的对手，她只是王明白的秘书，是在上班时间照顾她丈夫王明白的人。

草暖不是没害怕过古安妮跟王明白会成为那种“经典关系”，但事实证明他们不是这样的关系。

这是事实。

王明白有一天回来很气愤地对草暖说他的秘书古安妮肚子大了。

当时草暖的肚子也开始大了，可以从肚子的外形想象孩子的头手脚了，所以她一听到王明白气鼓鼓地说有个女人肚子也跟她一样大了，她首先想到的就是，有多大了？几个月了？孩子踢妈妈没？

很显然王明白并不是想跟草暖说古安妮的肚子，而是说古安妮。

古安妮是谁？

古安妮是我秘书，去年来的。

古安妮的肚子大了又怎样？

古安妮是江苏人，我面试的时候将她招来的。显然，王明白真的不愿谈古安妮的肚子。

古安妮的肚子大了不能在你那干了么？草暖关心的是古安妮的肚子。

古安妮很能帮忙，做事情很有条理，而且态度好。王明白还要跟草暖说古安妮这个人，可是草暖并不太想知道古安妮这个人，只想知道她的肚子，因为她不认识古安妮，也从来没有见过。

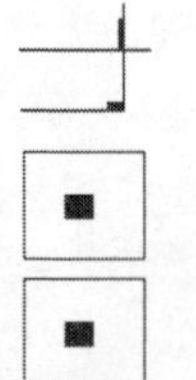

但是后来草暖还是见着古安妮了，这个大了肚子的女人。草暖代表王明白去找古安妮，当然王明白并不知道。草暖想到要去找古安妮，并不是因为古安妮跟自己一样都是大肚子的女人，也并不是因为古安妮的肚子跟自己的肚子有什么关联。只是，这个大了肚子的古安妮影响她的丈夫王明白的睡眠质量了。

自从王明白告诉草暖说他的秘书古安妮肚子大了之后，草暖发现王明白就在一种焦虑状态中，吃不香，睡不安，最重要的是，经常莫名其妙就义愤填膺，也经常莫名其妙就很无奈。

古安妮的肚子跟你有什么关系吗？草暖问王明白。但是她相信不会有什么关系，倒不是草暖有多自信，只是因为王明白下班一进门就告诉草暖这件事了，让草暖觉得好像是他们夫妻俩要共同面对的一些杂事，比如汽车被人撞坏了车灯要索赔，比如小区的管理混乱经常有传销商进来很不安全，诸如此类的。王明白就是当成一件事来告诉草暖的。

当然没有。王明白很坦白。

那，古安妮的肚子跟谁有关系？

她说是董事长的。

那，你为什么要生气？草暖有些纳闷。

我生气是因为她不告诉我，她居然跟董事长有一腿。王明白像个受伤的小孩。

这种事情还要汇报给你，征得你同意？草暖真觉得王明白有时候很令人哭笑不得。

她是我的秘书，我亲自招来的。

可，她又不是你的人。

王明白听草暖这么一说，就更加来气了，在房间里走来走去，不坐也不站。草暖后来才一点点地知道，古安妮告诉王明白，她被董事长看上后两人就同居了，董事长开始承诺会跟他老婆离婚娶她的，谁知道，她等了一年也没见董事长有什么离婚的动静，于是就故意怀上个孩子来威胁董事长，已届中年的董事长不吃她这一套，压根就不当回事。眼看着肚子一天天大起来了，她只好警告董事长说，如果不跟她结婚她就把孩子的事告诉她的直接上司王明白，让他身败名裂。董事长听了之后，冷笑一声说，他王明白算个球，我开了他！

关键不是古安妮的肚子，而是董事长那声冷笑。当古安妮把董事长的话照搬给王明白听之后，古安妮的肚子已经不是一个已婚男人和一个未婚女人的庸俗故事了，成了一个男人和一个男人之间的纠葛了。

男人和男人之间的纠葛，当然不是指情感的纠葛啦，权力、金钱、尊严等等等等更能成为男人和男人之间的纠葛。那个中午，两个挺着肚子的女人，桌子前放一杯清水，那是草暖的，古安妮喝的是咖啡。草暖很想告诉古安妮书上说怀孕的时候喝咖啡对胎儿不好，可是草暖克制住了，这不是这场谈话的重点。

我觉得你这样行不通的。草暖说话开门见山。

他会心软的，他是爱我的，只不过放不下他的孩子。古安妮说话跟接电话时一样好听。

可是你和他的孩子还在你自己肚子里啊，他又看不到的。

可那终究是我和他的孩子啊。

他的孩子已经会代替他太太撒娇了，你的还没出生。

可是孩子终究是会出生的啊。

要么你辞职把孩子生好了跟他结婚，要么你辞职把孩子打掉离开他。草暖接连用了两次辞职，她希望这个美丽的古安妮能离开王明白的公司，不管她要不要这个孩子。好像只有古安妮辞职了，王明白跟董事长的纠葛就从此烟消云散了一样。草暖是这么认为的。

没想到过了几天，草暖就真的听王明白说，古安妮辞职了。

草暖心里一阵惊喜，也顾不上问古安妮的肚子是不是还在。

王明白看上去却有些怅然。

吃饭的时候，草暖问王明白，那个古安妮美不美的？

王明白想都没想就回答草暖说，美的吧。

草暖的肚子越来越大，已经进入生产倒计时了。她忽然有些舍不得她的孩子离开她的肚子，好像孩子出生了，她的肚子就空空洞洞了，而她每天琢磨的那个“王××”一落地，性别、模样、名字、一生，这些，就在世界面前揭晓并且尘埃落定了，也许孩子在肚子里的种种理想就会变成神话，每天过得都像等待奇迹一般，而草暖知道，等待奇迹的日子其实并不很好过的。

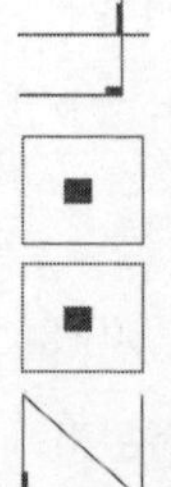

那个黄昏，草暖就这样伤感地想着，坐在沙发上，也不知道时间什么时候过去的。直到王明白下班开门走了进来。

草暖慢慢撑着腰走过去接王明白的公事包，然后拉着王明白的手说，我想好了，要是生个男孩就叫他王家明，要是个女的，就叫她王家白，好不？

王明白没来得及细想，心头就一阵感动，点了点头。等到自己换好了拖鞋转过身来，看到他的老婆，王陈草暖，挺着个大肚子，窝在浅绿的沙发上，穿一身红底黑点的裙子，像极了附在草叶上的一只披挂着铠甲的大甲虫。

原载《人民文学》2004年第7期

点评

“男人来自火星，女人来自金星。”这是一篇关于小女人生活境遇的小说，同时也揭示了男人与女人迥异的思维方式和生活理想。对于草暖而言，父母的离异使她一直缺乏安全感，因而骨子里极为渴盼一个完整的家。她没有过多的欲求和奢望，只要能安心地过好自己的小日子就可谓幸福，口头禅“是但啦”好像就是她全部的人生哲学。而在对待伴侣和孩子的问题上，她更是表现出身为女人尤为纤细敏感的神经，连结婚后的名字和孩子的名字她都格外在意。对家庭的悉心呵护和对孩子的尽心关爱，似乎是她生存的唯一意义。然而，与之不同的是，丈夫王明白的生活重心却几乎完全向事业倾斜，他对自己超强记忆力的得意，对心理测试题的选择，还有对秘书怀孕一事的介怀，都昭示着他作为男人眼界的中心。最能体现这一差异的是，夫妻二人对秘书怀孕这事截然不同的反应，草暖关切的是对方的肚子，王明白则为自己的前途忧心忡忡。男人重理性，女人重情感；男人粗线条，女人细纹理，在作者笔下被编织成了生活的节奏和脉络，分工协作又相互交缠。或许他们永远都无法深入理解对方的精神世界和思考模式，但他们却在自己的世界中活得自由自在。小说末尾，王明白觉得老婆“像极了附在草叶上的一只披挂着铠甲的大甲虫”，也许那一瞬间，他突然彻底读懂了草暖小女人似的心。

（刘冬青）

穿睡衣跑步的女人

张楚

1999年的马小莉第六次怀孕。前五次俱是女孩，五个女孩中尚有两个蜜蜂般蛰伏蜂房，剩下的那三个，蒲公英似的飞走了。谁知道她们飞到哪里了呢？周三从不告诉马小莉，他是个喜欢保守秘密的泥瓦匠。泥瓦匠只强调说，他把女儿们送到了最适宜的人家。“你担心个屁！她们有吃有喝，长得比苜蓿花还漂亮！”周三说这话时拧拧马小莉的臀，“这能怪我吗？你知道是女孩也不肯堕胎。是你自己找罪受啊。你要是生个儿子，问题不就全解决了吗？”

马小莉比周三高半头，骨骼比周三粗肥，她望着他时，其实只是俯视着他光秃的头顶：“你干吗非要个儿子？”

周三通常甜蜜地掐着她肥硕的腮：“我不知道，我就是想要个儿子。真的，做梦都想要个带壶把的。”他神志恍惚起来，孩子似的嘟囔：“是啊，我为什么非要个儿子？”

马小莉半晌闷闷地问：“那三个闺女，你都送谁了？她们好歹都是从我身上掉下来的肉，我想她们。她们是我的。你即便把她们送给了县长她们也是我的。”

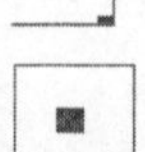

周三拒绝回答这问题，当然，他心情好时——也就是喝酒喝到微醺时，他晕着红脸安慰她说，那三个女孩命好，因为那三户人家俱是本分人家，只是老婆未能生养，其中一户，夫妻两个都是全国优秀教师。“你从来没见过那么多书呢，三室一厅一百平米，光书橱就占了两间，”他嘘呼着说，“那丫头长在书香门第，将来不上剑桥，也能上北大。我敢打包票。”

周三知道英国剑桥大学，作为一名手艺并不出色的泥瓦匠，已足让马小莉自豪。这个泥瓦匠也没什么不良嗜好，就是喜欢赌博。不过周三好赌和那些优秀赌徒不同，他只是小打小闹，平时休工，他就和清水街上的老头老太“钉马扎”。他对这门简单的技术性赌博有种天生灵性，他从不输钱。他用赢来的钱给马小莉买口红和肉色长筒袜，给大女儿周素芬买冒牌Adidas运动鞋，给小女儿周素芸买“背背佳”书包。马小莉并不在乎这些，她只是不想再生孩子。“我那个地方都成栗子树了，”她时常忧心忡忡地告诫周三，“孩子跟栗子似的吧嗒吧嗒往下掉。”

周三不理会老婆，他只在乎下次掉出来的肉团，是否出乎意料地生只鸟儿。那只不会鸣叫的鸟无疑会让他莫名其妙飞翔起来。

马小莉从何时打定主意不生孩子了呢？最后一次月经光临后，她仿佛秃鹫闻到糜肉的气味，警惕地留意到新一轮的孕育又将开始。此时，她突然有了自己的主意。有了自己的主意后她着手实施计划。她不想吃药，那些打胎药即便很便宜，她也不愿意让那些江湖郎中从她手里赚一分钱，那些钱好歹能买袋化肥，再者打胎药会伤身子。最好的方法便是自然流产。而自然流产的最好方式无非是超负荷的体力劳动。这样1999年马小莉突然怂恿周三买下了赌友周小林的十亩稻田，她说她从电视新闻里得知，今年水稻价格将会大幅度提升，为什么价格会提升呢？马小莉是这么说的：“你不知道吗？中国马上加入WTO了啊！WTO好啊！WTO的领导是非洲人，非洲人缺粮食啊！从哪进口呢？中国啊！水稻紧缺了，价格就抬上去了啊！周素芬他爸，你就把周小林的那十亩地包下来吧！”

周三对马小莉的这套荒诞的理论很是佩服，马小莉是高中毕业生，除了生孩子缺乏点头脑，做别的事情倒是高瞻远瞩。周三家的地全卖给了镇上的钛铁厂，地是没有的，不过周小林住在城乡接合部，这个终日被风湿病纠缠的老鳏夫倒是有十亩。他两个儿子在外地打工，那些田本荒芜着，他便和周三签了合同，将十亩包给了马小莉。

于是1999年春天的马小莉便成了清水镇最忙碌的女人。周三的泥瓦匠生意春天火爆，是要去市里建筑工地揽活的，地里的活理所当然全塞给马小莉。四月的马小莉到集市上买了秧苗，又开着手扶拖拉机运到田里。人家插秧俱是请帮工，马小莉则一人全包。清水街已经四五十年没有出过这么能干的女人了。清水街的男人看着马小莉在田里炸窝的马蜂般乱飞，通常喟叹着说，周三好命呢，娶了个虎背熊腰的女人。他们有时候蹲田垄边，注视着马小莉撅着屁股，弯着厚实脊背，嚼上一支烟，然后涩涩地走开。

然而马小莉并不开心，夜晚她躺在床上，用手抚摸着依然渐渐隆起的小腹，听到了这个孩子骄傲的笑声，这笑声如此细小而尖锐，以至于她有个愚蠢想法，那就是把手探进子宫，将这个处于流质状的物事抠出来。除了虚心请教别人还有何捷径呢？于是翌日，她拜访了清水镇上的一个足以让她羡慕的女人。

这个女人姓郭，是镇上的小学教师。这个姓郭的女人之所以让马小莉羡慕，是因为她结婚六年来，已流产五次。马小莉拜访她的那天是礼拜六，阳光充沛，空气里飘游着杨花。女人正坐在庭院里织毛衣。她对马小莉的贸然来访报了诚挚的热情，多年来，她一直想请教马小莉下猪崽似的生孩子秘诀。她放下米黄毛衣，温柔地凝视着马小莉。马小莉也热切地凝望着她问："你还在织毛衣吗？"

"是啊，"女人说，"我在为我将来的孩子织毛衣，我已经织了二十二件，"她喟叹着说，"我要织六十件毛衣，等孩子老得咬不动馒头，身上最起码还是暖和的。"

女人黯然的神情令马小莉一时语塞。女人接着问马小莉有什么事情吗，听说你承包了十亩水田呢。马小莉琢磨了半天问："我想跟你打听打听，怎么着才能……让孩子……顺利……流产呢？"

女人的脸僵住了。她用毛衣针蹭了蹭头皮。她总共蹭了十来下。后来她干脆放下手里的美国大平针，柔和地说："你又怀孕了吗？"

马小莉点点头。点头的同时她还在热忱地盯着人家的瞳孔。女人的瞳孔在阳光的照射下仿佛猫科动物那样闪烁着绿色光芒。后来女人微笑了下，她说："我现在是信命了，我想要一个孩子，哪怕是拐子、瞎子、哑巴、侏儒、白痴也好啊……可我就是一个都保不住。你不知道我有多羡慕你吗？"马小莉恍惚着摇摇头。"那我告诉你，"女人平静地审视着她说，"我以前读过一篇法国小说，里面的那个胖妓女，和你一样能生养，为了弄掉孩子，她经常在马棚里翻跟头，要不就用身体使劲撞墙，不过，"女人眯起眼睛说，"还有一种方法，那就是用麻绳勒肚子，把自己勒成条瘦蚕蛹，肚子平了，孩子也就没了。”

这个喜欢读小说的老师的并非经验之谈的流产方式无疑让马小莉甚为失望。女人垂着头，继续为孩子织毛衣。当她发觉马小莉还戳在那里时，笑了笑：“那你就去镇上的文体中心跑步吧，”她打着哈欠说，“练习那种加速跑，根据牛顿原理，加速度会让人体受到最大限度的破坏和冲击，也许跑着跑着，你的孩子……就掉出来了。”

这样，怀孕后的第三个月份开始，马小莉成了清水街最活跃的运动员。每天六点半，她假装挺着肚子去镇文体中心跳舞。像她这样的孕妇好像很少能找到像模像样的舞伴：长得河马般臃肿，笑起来还龅着母兔子优雅的黄板牙。没人邀请她跳国标和高难度的拉丁舞，她就做出只得跑步的低姿态。开始她怕旁人注意，她必须首先从服饰上装扮自己。在离开家之前，她会套上一件宽大睡衣，这件睡衣是粉红色的，质地优良，摸上去滑得像动物毛皮，又柔又暖。这件名牌睡衣，是城里的弟弟过年时赠给她的，弟弟经常把弟媳妇遗弃的衣物馈赠给亲爱的姐姐。那时周三已跑到市里施工，穿着睡衣的马小莉叮嘱大女儿周素芬做饭，而她的清晨锻炼就秘密进行了。

她通常在环形跑道旁选择一个比较隐蔽的角落，跑道一百米长的样子，短短地像根盲肠。然后，她像个经验丰富的老运动员，抖擞着活动活动四肢：压脚、高抬腿、扭腰、翻手腕。最后她将双手撑到潮湿的土壤上，左腿弯曲，右腿伸直，脚上的那双周素芬的运动鞋，像是蜗牛柔软的腹部紧紧抓牢墙壁，这时，她能感觉到子宫里的孩子正在恐惧地呼吸，孩子的呼吸柔弱而急促，让她的心纠结成一团乱麻。她咬咬牙齿，忧伤地安慰孩子：“妈这是为你好。知道不？一辈子不能跟父母相认的孩子，是世界上最可怜的孩子啊。”

在没有裁判员喊“预——备”、没有裁判员打起跑枪的情况下，马小莉晃悠着跑了出去。开始冲出时她的速度很中庸，也就是说，她的速度和一个三十六岁中年妇女的体型、体力和肺活量成正比。她加速是从四十米开外，在没有人留意她的前提下，她奔跑的速度带着某种故意的搔首弄姿，她的肥硕的臀部颠簸着，头发柔曼地拂过脸颊……她惊异地发现，她的身体还像当姑娘时那么健壮，她以为她达到终点时会瘫倒于地，而事实是，她达到终点后，还能再以同样的速度蹿到起点，甚至比从起点出发时还迅捷。她的跑步天赋是被一个资深教练发现的。那天，中学体育老师率领着一帮短跑运动员来文体中心训练，这个曾训练出全国女子百米亚军的教练员惊异地发觉，在离他不远的场地，一个穿睡衣的女人以流星划破海面的速度在一条短短的跑道上一闪而逝，她的速度甚至超越了全国百米冠军李雪梅。当他看清这是位中年妇女时，他吃惊的程度不亚于活吞了一条蜥蜴。他和马小莉恳切地谈了一早晨，建议她去参加十月份将在广州举行的全国农民运动会，当马小莉拍着自己的肚子忧愁地逡巡着他时，教练才郁闷地抽了支香烟。后来他经常向别人喟叹：“我要是早发现她二十年就好了，哎，我相信这个穿睡衣跑步的女人，会拿奥运会冠军的。”

马小莉真的成了文体中心的显赫人物，那时她的肚子更挺了。她懊悔地警觉到，孩子并没有因为加速跑而消失，如她的美妙想象，跑着跑着，从子宫里仿若成熟的瓜蒂那样坠落……相反，孩子的体积似乎正以加速跑的速度成长着，他在她的羊水里游得如此自在，并因超量的母体运动而发育得格外强壮。但马小莉并没有放弃，马小莉的跑步一度成为文体中心最吸引人的保留节目，1999年夏日清晨，一帮群众涌到文体中心，主要就是参观马小莉跑步。他们成群结队地围绕住操场跑道，恐惧地目视着一个穿粉红睡衣的孕妇疯狂地奔跑，她姿势优美，藏羚羊或者麋鹿那样矫健地扬着蹄子，当最后的冲刺来临时，马小莉简直在他们的瞳孔里变成了一朵被闪电夹袭着奔跑的大丽花儿。

这朵粉红大丽花的运动生涯是六月份某个早晨终结的。她的大女儿周素芬带领着刚回家的周三，像押解俘虏一样把马小莉赶回家中。到了家里，周三让马小莉立正，然后他搬了一个板凳，站上去，开始拼命揪马小莉的头发。周三的手腕很有劲，他相信如果自己不停，这个愚蠢女人的头颅将变成一个秃倭瓜。

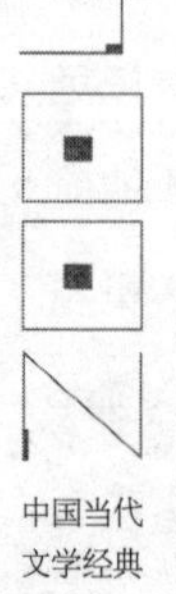

“你不知道你怀孕了吗？”周三问。

“你不知道这样会流产吗？”周三又问。

“你不知道我想要个儿子吗？”后来周三搂住马小莉号啕大哭起来。

不跑步的马小莉似乎就更忙了，她并没有深刻反省自己。她又养了十头猪。这些猪傻吃茶睡，每天都要吞食大量糠麸和蔬菜。马小莉绕着锅台、庭院转来转去，如果不喂猪，她就鼓捣苞米。他们家以前是产粮大户，那些陈年苞米都堆砌在房顶上。马小莉就扶着梯子上房，把囤子里的玉米一袋袋背下，撒到院子里晒，晒到颗粒鼓胀，又一袋袋顺着梯子背到房顶。偶尔她坐在自家屋顶上，双腿顺着房梁耷拉下来。从他们家门口路过的人，通常看到她穿着睡衣，若有所思地晃悠着粗壮的双腿，望着清水镇愈来愈暗的天空，他们便说，周三媳妇怀孕后，越来越不正常了。

周三对马小莉的行径并不感到奇怪。他又去城里当泥瓦匠了。泥瓦匠相信马小莉会体会他的一片苦心，不会再做丢人的糗事。可马小莉的两个女儿对母亲的行径除了好奇，还有些担忧。比如马小莉的大女儿周素芬，她戴着一副廉价的玳瑁眼镜，脸颊上是因初次来潮而造成的雀斑和丝丝缕缕的红晕。每天散学后她就黏上母亲，马小莉晃到哪里她跟到哪里。“我知道她想干什么，”有一次周素芬推推鼻梁上的眼镜，悄悄对妹妹说，“她真的不想再怀孩子了。她真的想把孩子弄掉。真的，我知道她想这么干。她已经蓄谋已久了。”

夜晚的马小莉还会把手指按在扣锅般的肚皮上。她感觉到那个孩子正在拼命地吸食她的营养，孩子似乎晓得正面临着生死考验，所以每过一晚，这孩子都会让马小莉的腰围肥上半寸。有段时间，马小莉开始禁食。她想把孩子饿死在肚子里，她想除了把孩子饿死在肚子里便再也没有好办法了。

正规的绝食运动是七月份开始的。每天她把饭煮好，托着双腮，盯着孩子们狼吞虎咽，把那些芬芳的食物消灭掉，而自己在一旁吞咽着舌苔底下分泌的寡淡液体。这些单纯的唾液让她三天没吃任何食品。她甚至相信这个和她作对的孩子已经被她彻底消灭了，因为从第二天开始，孩子便在肚子里没有动静了，孩子不再踢她，也不再顽皮地蠕动，说实话她已经开始设想如何面对周三歇斯底里的咆哮和殴打了。

“要想富，少生孩子多养猪。”

“国家兴旺，匹夫有责；计划生育，丈夫有责！”

“结贫穷的扎，上致富的环！”

这些朗朗上口的宣传词首先让马小莉失望。它并不能从本质上消灭周三要儿子的决心，或者从本质上打动周三。可她没有更优美的话来伺候他了……然而事情出乎马小莉的意料，她远没有得到这样的机会。禁食运动的第五天，她喂猪回来，一头栽倒炕上。她觉得自己快死了，她觉得她要和肚子里的孩子一起被自己消灭了。那就一起被消灭吧，马小莉想。“我就不信我对付不了一个我看不见的人。”当周素芬中午回家吃饭时，母亲正躺在床上不停抽搐，口腔里喷吐着绿色胆汁。像一个聪明孩子应该做的那样，她飞快逃出家门，去请清水街最著名的医生。

这个医生给马小莉输了两瓶葡萄糖和三瓶生理盐水。当马小莉睁开金鱼泡双眼，他叹了口气说：“你这是何苦呢？”

失败的绝食运动并没有影响马小莉消灭孩子的积极性。孩子已经六个月，她突然想知道肚子里是男孩还是女孩。有天中午马小莉嚼着黄瓜去县医院做B超。如果是个女孩子，她的下场无非是被周三抱给“最适宜的人家”，他这个人这辈子最得意做的事，无疑就是把那些嗷嗷啼哭的女孩无私地奉献给那些生理不健全的好人。他像踢土拨鼠那样把她们踢出家门，然后继续播种，等待下一轮的收获或者摈弃，他已经把这些事情看成了是顺理成章的事。“他是个没人性的男人，”马小莉想，“我再也看不到我的女儿们了……我甚至不知道她们是活着还是死了。”

马小莉挺着坟丘般的肚子，被那个脸色铁青的男医生在上面抹了些许冰凉液体。他命令马小莉摆出各种优美姿势，并将一支电熨斗似的精密仪器在脂肪上挪来腾去。她听到医生说：“起来吧。”

“大哥，男的还是女的啊？”

“恭喜恭喜，是个男孩。”

“哦，是个男孩，”马小莉从病床上直起腰身，继续嚼她的黄瓜，“是个男孩。”

马小莉出了医院，正午的阳光抓着酥痒的头皮。“是个男孩，”马小莉突然就哭了，“为什么是个男孩呢？”马小莉拽出手绢擦拭眼泪，坐到台阶上，“不管是男孩还是女孩，我都不想要，”黄瓜的香气正被尖锐的牙齿慢慢咀嚼成药片的苦涩味道，“我再也不想生孩子，没有谁能阻拦我。即便是男孩又会怎么样呢？照样会被周三送别人，他已经上瘾了……我知道他已经上瘾了。”马小莉踢了踢身边散步的一只野狗：“我要毒死这孩子。”马小莉的瞳孔被阳光放大成一只破碎了的玻璃球。

马小莉开始收集蜈蚣。收集蜈蚣是令人劳神的事，马小莉忙活了整个上午，也没有在家里抓到一条蜈蚣。当周素芬散学时，发现母亲正在猪圈棚顶上拱来拱去，她搬开猪圈上的倭瓜秧，或者废弃多年、布满青苔的磨刀头，把头伸到下面，小心翼翼地窥探着什么。她甚至像个杂技演员单腿独立，这对她来说是个典型的高难度动作，但是她技巧性地完成了：她的一条腿跷到倭瓜秧上，她的粗壮的腿变成了倭瓜秧的枝蔓；另一条腿笔直地挺立，像麻秆一样稳稳盘住猪圈的墙基——只是为了在那些斑驳的土坯缝里找到一只蜈蚣。

“你在干吗？”周素芬问，“你会跌到猪圈里的，”周素芬的小眼睛剜着母亲，“我知道你想做什么，你瞒不了我，我会告诉我爸爸，”周素芬几乎有些恶毒地说，“你想让孩子掉下来吗？你以为孩子会像你那么傻吗？”

马小莉不喜欢周素芬，周素芬最崇拜的是周三。马小莉不喜欢崇拜周三的人，马小莉喜欢周素芸。周素芸从不因为周三给她买牛仔裤向父亲告母亲的状。“我什么都没干，”马小莉说，“我在逮蜈蚣。”

“你又要什么花样？”周素芬皱着眉头，“我从来没有见过你这么没心没肺的人。”

马小莉不是个笨人，她从电线杆的垃圾广告中找到了一家蜈蚣饲养场。那个厂长对这个孕妇抱了种不屑的态度：“你就买三条蜈蚣？你买三条蜈蚣能做啥？你为什么不买三百条呢？你买三百条我给你七折优惠，如果你买三条，我只能顺便搭配给你一只蜈蚣的卵虫。”

马小莉回到家，孩子们都上学了。玻璃瓶里蠕动着三条蜈蚣。马小莉从不晓得蜈蚣会有那么多条腿。它们狭长的身躯让马小莉的胃痉挛起来。“没有什么能难倒我的事，”马小莉把玻璃瓶里倒满白酒，蜈蚣开始在玻璃器皿里游动，它们红褐色的肉体让马小莉呕吐起来。她的手不停地抚摩着自己的小腹。那个孩子又在里面跳舞了。她知道他在里面欢快地跳舞，或者伸展着小腿做百米加速跑的预备活动，“你会喜欢这些食物的，”她温柔地对孩子说，“它们的肉，是世界上最有营养的蛋白质。”

吃了三条蜈蚣的马小莉等着孩子在子宫里折腾。他会一直折腾到把羊水捅破，然后从她温暖的子宫里爬出来。他的脸会像老头那样满是褶皱，因为他还没有发育完全，他的耳朵也许只有一只，他的鼻子也许只有一个孔，他的头发也许比周三的头发还要少，可这些都不重要了，他的血液里会流淌着蜈蚣的毒素。“他不会怪我的，我知道。”马小莉感觉到那些喝醉了的蜈蚣的碎肉屑还在牙齿里跳动。她含着眼泪匍匐至屋顶，腿荡在屋檐下，满是油渍的粉红睡衣被风安然地拂着，露出虚肿的小腿，静候着孩子被毒死。

整个下午，孩子没有动静，马小莉只得从屋顶撤离。晚上看电视时，孩子在肚子里踢她。她就盯着电视屏幕流眼泪，她流了一晚上眼泪。第二天，这天孩子在肚子里折腾了四十二次，每次他用脚和手撞击她的子宫，她就流一次泪。马小莉这样流了三天的眼泪。第四天早晨她去厕所时，肚子绞痛起来，根据以往经验，她晓得这是临盆前的阵痛。她在床铺上翻滚了半天，她甚至按照那个经常流产的小学教员指导的那样，在床铺上开始翻跟头。她就差把头撞击墙壁了。然后肚子就安静下来，她迅速下了床，拼命朝厕所跑去。当她蹲下来排泄时，她拉了一泡黑乎乎的大便，她有点不相信似的失望，后来她捏着一秆高粱秸在粪便里扒拉。她突然尖叫了一声，三只动物在粪便里蠕动着。张着大嘴的马小莉盯着那三条蜈蚣从里面破镜而出，摇摇晃晃地蛰居到猪圈墙壁的缝隙里。

马小莉被这个倔强的孩子彻底打败了。她突然无所适从。在周三打工回来之前，她去了镇上的计划生育委员会。她在计生委办公室门前的台阶上坐了半天，她甚至挺着肚子在办公室里溜达了两圈。里面有个和她肚子一样蠢的男人。他看上去就像是计生委的主任。

“我怀孕了啊。”马小莉说。

“我没说你没怀孕啊。”男人说。

“我已经有两个女儿了。”

“回家准备罚款的钱吧，”那个男人剔着牙说，“女孩男孩都是一万五。”

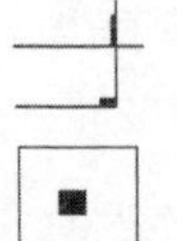

“什么时候涨价了呢？”马小莉问，“不是女孩五千男孩一万吗？”

男人狐疑地瞥她一眼：“男孩女孩都一样了。”

“你们把我抓起来吧，”马小莉说，“你们为什么不把我抓起来送医院呢？”

男人看着马小莉打了个喷嚏，后来他试探着摸摸马小莉的脑门：“你不是周三老婆马小莉吗？我和周三是铁哥们，你不老老实实猫起来候着月子，跑这里做什么？你们不是一直想要个男孩吗？”

马小莉没听他继续絮叨，她回了家。她安详地褪掉孕妇裤，凝视着自己的肚子。肚子上的脂肪正被孩子拱得一颤一颤，肚皮上的妊娠花纹像刺绣上精细的针线，趴着肚脐朝四周放射着。“儿子，”马小莉说，“你怎么这么倔呢？你怎么和我一样倔呢？你连加速跑和蜈蚣都不怕，”马小莉嘟囔着，“一定是个顶天立地的好男人呢。”孩子好像知道母亲终于屈服了，马小莉的已经顶到乳房线的腹部又开始温存地涌动起来，马小莉叹了口气。

周三回家了。在这个溽湿的夏天，他变得黝黑而有气无力。看到马小莉的肚子时，他惊喜地摸了摸马小莉。马小莉抱住周三的长颈鹿似的头颅，一字一顿地说，“是——个——男——孩。”如她想象的那样，她听到了周三猫头鹰般惊喜的、恐怖的尖叫声。

马小莉剩下的三个月是在床上度过的。周三这三个月里再也没出过远门或者去赌钱。这三个月里周三成了一名地道的育婴专家和营养学家，他仿佛古代的炼丹家搭配着各种食物和蔬菜，以期创造出天底下最齐全的孕妇食品：它将包含维生素A、B、C、D、E，以及铁、锌、钾、钙、镁，它将会把儿子喂养成一个壮硕、肥胖、水灵，长大后河马一样健壮的男人。当然智力投资也是最重要的事情，周三时常把耳朵趴在马小莉的肚皮上，念诵《果树剪枝三百法》或者《摩托车修理必读》，他甚至在马小莉的怂恿下从那个郭姓的小学老师那里借了本《马克·吐温小说全集》。后来在小学教师的指导下，马小莉每天晚上还要背诵英文单词和艰涩难懂的化学元素表。周三和马小莉专门买了一个迷你型录音机，播放一个叫肯尼金的外国人的萨克斯曲和一个叫理查德的外国人的钢琴曲，总之，那个小学老师把多年臆想出的尚未有机会实施的育婴计划全部传授给了他们。他们也爱上了这项繁复的、枯燥的工作。他们还央求周素芬清晨做广播体操，希望孩子能模仿着运动，将来好有健美运动员一样出色的肱二头肌。他们的热情也感染了周素芬，她坚持在秋末微寒的晨风中练习跳高，希望未来的弟弟能在马小莉的肚子里和她一起锻炼，长大后有双修长的双腿，做个胡东那样的超级男模。周素芬的理想就是将来去北京当个模特。总之，马小莉和她的家人们做了最优秀的胎教。他们相信这个孩子出生后三个月内就长出明亮的牙齿，六个月内会像体操运动员那样在平衡木上做霍尔金娜三小跳，九个月后会说一口流利的清水镇方言并偶尔使用英语。他们全家处于一种热烈的付出之中。他们都期待着马小莉临盆。周三已经打算不让他那个独眼姨妈为马小莉接生了，因为他姨妈春天时过世了。周三也不打算请别的赤脚医生和接生婆，他不相信他们的技术。“我弄个假准生证，我们去县医院的妇产科，”周三说，“我想让儿子出生后躺在雪白的摇篮里，尿我一身尿，嘿嘿。”

马小莉爱上了轰轰烈烈的胎教运动，换句话说，她把这项运动看成是甜蜜的事业。她再也不敢剧烈活动，哪怕是下地洗脸时手里也拄根崂山特产的“寿星”牌拐杖。有天晚上周三腻味着伸手摸她，她就狠狠咬他一口。她现在终于相信，有些事是她控制不了的，既然那样，为何不坦然接受？而爱上一件曾经厌恶的事情，又是多么地容易。马小莉也像郭老师那样开始给孩子织美国大平针，以前她可从没这么干过。她不仅给儿子织了美国大平针，还给他织了顶西班牙宽檐帽，外加一双足球运动员穿的男式长腿袜。那些等待的日子里，马小莉从来没有过地幸福。她设想着儿子的长相、爱好，将来女朋友的样子和他的前程，嘴角时常滑筛出迷人的微笑。

她只是后悔吃了蜈蚣，如果不是因为那些蜈蚣，为何孩子十个月了还不生产？他是不是在惩罚她以前的任性和破坏活动？他终日在肚子里折腾来折腾去，就是不肯把羊水撑破。后来马小莉有些急了，“我要去做剖腹产，”马小莉指挥着周三为她提上鞋，“我不能再等，我知道他在和我置气。他以为他比我聪明能干呢。”

1999年11月28日的马小莉走出家门，等候着周三去租出租车，她没让周素芬去上课，她需要一个得力的女助手。她骄傲地坐在门槛上等候时，看到了郭老师朝这边走来，对这个胎教方案的提供者马小莉抱了种感恩心态，她拔着嗓门招呼着：“郭老师！你没去上课啊？”

郭教师微笑着攥住她的手问，“你这是干什么去啊？”

“剖腹产啊！”马小莉憨笑着回答，“已经足月了，就是不肯出来，这个臭小子！”

郭教师又笑了笑：“去哪里做剖腹产呢？县医院还是妇幼？”

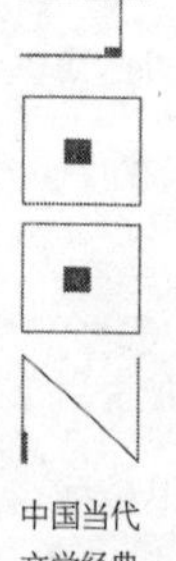

“县医院，”马小莉说，“你瞧，周三租了一辆红色松花江来了。”

马小莉上了车，上车前她友好地朝女教师挥挥手。她突然可怜起这个女人来了，她甚至想，如果这次是个女孩，她说什么也要送给郭老师，可以后生育的机会没有了，马小莉觉得对不起郭老师。这么好的女人为什么就不能生个孩子呢?

路途如此之近，马小莉手似乎还没挥完，就躺在医院的病床上了。周三办住院手续时似乎遇到些麻烦，他突然没有勇气把那张伪造的准生证掏出来了，他支吾着和医生解释说，他们保证这是第二胎，他只是由于手忙脚乱而把准生证遗忘在家里，“我从不撒谎，”他严肃地盯着医生说，“你知道，庄稼人都实惠，不会骗人呢。”

周三办理了住院手续，医生答应再过一个小时就给马小莉做手术。马小莉有点紧张。她躺在白色的病床上，觉得自己正像一朵要开放的、肉头的高丽花分娩出振奋人心的花蕊、花囊和花瓣，她甚至听到了花的沉重的呼吸声。一个睡在温暖花开的天堂的孩子就要降临到尘世了。她紧紧扯住周三的手说：“你快把那本化学书给我拿来，昨天晚上我忘记了背化学公式。”

马小莉在背诵第一百二十条化学公式时，周三突然想抽烟，他比马小莉还忐忑：“我出去一趟，你等我啊，我五分钟后就回来，我去买香烟，周素芬，好好看着你妈。”

周素芬点点头，开始在狭小的病房里做广播体操，她突然想起来，由于赖床，晨起时忘记了锻炼，这么想时她有些羞涩。“第五节，起跳运动，一……二……三……四……五……六……七……八……二……二……三……四……五……六……七……八……三……二……三……四……五……六……七……八……”

在她结束起跳运动之前，她发现马小莉狐疑地盯着病房窗口。她在窗口发现了好几个晃动的头颅，那些头颅有男有女，有戴眼镜的有不戴眼镜的，她甚至听到楼道里嘈杂的跑动声和手机刺耳的铃声，那些鼓点般的咚咚声让这个孩子有些纳闷。她走过去打开房门，听到一个男人粗着嗓子嚷：“没错，就是这个女人，叫马小莉！没错！老王！你去一楼西门口！小周！你去一楼东门口！你们把门看好！小张过来！车来了吗？医生来了吗？”

马小莉挣扎着盘起身。在她明白是怎么回事时，一个漂亮的中年女人和一个黄头发的小姑娘突然冲进病房，一个抓住了她的右手臂，一个抓住了她的左手臂。

她们技巧性地把马小莉夹在中间，她们消瘦的身材显得马小莉仿佛是个巨人。

“你们做什么的？绑架吗？”马小莉冷静地问，“我就要生产了。你们绑架我有什么用呢？”

那个中年妇女轻蔑地瞥了马小莉一眼：“我们是县计生委的。我们接到举报，说有人超生。你不就是马小莉吗？”

马小莉恐惧地捂住自己的腹部，她突然意识到问题的严重性了。她朝周素芬吼了嗓子：“去找你爸爸！快啊！”在马小莉做出反抗前，这两个身手矫健的干瘦女人已经架着马小莉从二楼晃悠到一楼。周素芬尖叫着跑过来撕扯女人的衣服，但是很快被另外两个男人拎开，她模特的身材和体重帮了他们很大忙，她比起马小莉来更像是头疯狂的母兽。“不要抓我妈！她没有超生！”她白着脸啃那两个男人白皙的手指，“她怎么会超生呢？！她一直想把孩子打掉！”

马小莉没听周素芬的吼叫，她安静地捂着自己的肚子。她只是安静地捂住自己的肚子。她想，这个孩子仍在她子宫里不紧不慢地练加速跑，或者刚刚学会的起跳运动。他怎么就这么从容呢？他们会把她如何处理呢？在弄清这个问题之前她已被一帮人拽进辆白色救护车。她从窗口里看到周素芬被两个人揪着又蹿又跳，她的一只运动鞋已不知怎么踢了出去，这个孩子穿着一只露大拇脚趾的花袜子，这些天马小莉一直忙着给儿子织西班牙宽檐帽，还没来得及给她织补。她的那副漂亮的玳瑁眼镜在秋末阳光的反射下流着泪。可是马小莉已经听不到周素芬的哭声了。马小莉在救护车开过医院的大门口时晃到了周三。周三正悠闲地叼着香烟，大踏步地朝手术室方向急走。马小莉就是这时甩着高八度的女高音叫起来的。她喊着周三的名字：“周三！周三！周三啊周三！！”当她发觉一切都是徒劳后，她把脸蹭着车的玻璃，她没有办法挣扎了，她的手被两个女人的手反扣着……她看到那个穿白大褂的男医生正在往针管里不紧不慢地抽取液体，当他把药水灌满注射器后，他无疑会给她打上一针……那是一剂催产药，也是一剂毒药……马小莉听说过这种可怕的药剂……如果没有猜错，母体中的婴儿会因缺氧窒息而死，然后顺着产道滑出来……

马小莉觉得很累，她已经没有气力挣扎，她唯一的希望就是，这个懂事的孩子在医生为她注射液体之前就生下来，但这好像是不可能的事情了。她的裤子已经被扒掉，她被按俯在车座上像一只母狗那样趴着，那个医生开始用酒精棉球擦拭她的螺纹似的皮肤。马小莉的嘴唇翕动着。她伸出手试图抓住什么，但是她什么都没抓到。

马小莉是在一阵冰凉的刺痛后哭出声的。她头次发现自己的哭声这么小，连自己似乎都听不清楚，她一直以为自己哭的声音会很洪亮，至少能让自己在哭声中得到一点安全感……她嘤嘤的抽泣声中，她听到他们欢快的叫声："出来了！出来了！孩子出来了！是个男孩！能有九斤重！快给孕妇打针镇定剂，她好像要休克了。马小莉，抬起头，别害怕，深呼吸。对，深呼吸。"马小莉睁开眼睛，不知道是谁的手在举着那个孩子。他像个玩偶被那人颤抖着高擎。马小莉晃到了他的一对红嘟嘟的耳朵和一个蒜头鼻子……她还看到了他的眼睛。他的眼睛猫一样睁着，瞳孔被飞驰的阳光流离着破开。他似乎在朝着她温暖而狡猾地笑。马小莉首先感觉到自己的心脏被蝎子猛蛰了下，接着被死婴的小手紧紧攥住。她听到了器官爆炸飞散的巨大声音。在她的手指触摸到孩子动物般滑腻潮湿的皮肤前，黑暗已经"倏"地下漫过眼际。

原载《长城》2004年第6期

点评

区区数千字的小说，却写尽了一个女人在生育问题上遭遇的所有不幸、无奈与悲苦！十月怀胎，一朝分娩，每一个孩子都是母亲的心头肉。可就因为一直没能生出儿子，马小莉五个女儿中有三个被丈夫送走了，而且不知下落。传统封建思想左右了这个家庭的命脉，而马小莉也几乎沦为生育的工具。她对自己第六个孩子看似无情的折磨和伤害，甚至不惜用各种不可思议的方式企图堕胎，从本质上讲，并非她不爱孩子，而是不愿再次遭受与孩子分离的痛苦，同时也是对自己作为生育机器这一不堪命运的拼命反抗和无声控诉。但随着腹中胎儿的顽强生长，以及"是个男孩"所重新燃起的希望，马小莉终于臣服于这种"不可抗拒"，开始期盼着孩子的到来，母性的温柔与坚韧又一次复苏。然而，最令人意外且不忍卒读的是，小说结尾，马小莉被县计生委的人强行予以引产，结束了一个活生生的婴儿的生命！举报人是否是一直想生育却屡次流产的郭老师，小说没有揭晓。但不可否认的是，冰冷的药水与泯灭人性的做法，一起残酷地扼杀了这个可怜女人最后的希望。欲失而未失，想得却不得，小说以这种巨大的落差，书写了一个女人悲怆的命运哀歌。文本叙述语言的诙谐幽默，更反衬了这曲哀歌的沉郁忧伤。

（刘冬青）

遗失在眼中

刘建东

顾小红的手机一直在响。这使得顾小丽的讲述不时地被打断，她烦躁地说：“你能不能把手机关掉！”

顾小红说：“不能，我还得靠男人们挣钱呢，他们不给我打电话了我靠什么活？”

顾小红讲得有道理，顾小丽毫无办法，她的讲述只能是时断时续。她看着那个鲜红色的手机，觉得它像是一个发情的男人。

顾小丽来给姐姐讲妈妈的事情是迫不得已，因为那不是她一个人的妈妈，而是她们俩的，她觉得自己来承担那么大的压力并不公平。虽然顾小红已经有五年时间和这个家庭没有任何瓜葛了，可是那个令人担忧的人毕竟还是她的亲生母亲。顾小丽说：“她是你妈妈这没错吧？所以你得听我把话说完。”

现在，像五年前的你一样，妈妈要逃离这个家。你别用那种眼神看我。妈妈的逃离跟你的情况完全不同。你是自愿的，而妈妈是迫不得已。你是去寻找你的幸福，虽然那种幸福我们不屑一顾，可妈妈要离开是不是能得到她的幸福就另说了。妈妈有这种想法已经很久了，但是她一直在犹豫，一直无法拿定主意。她想走是因为我们这个家太穷了，你知道我们的情况，自从爸爸死后我们的生活就一直往下滑，就像是坐滑梯。妈妈一个月只能从居委会领一百多块钱的救济。我和林刚一直和妈妈住在一起，我们没有钱去租房更别说去买房。我的腿你也清楚。作为一个残疾人我不想和别人攀比，只是想过得平静一些，可是生活并不像想象的那样让人放心。对我们来说，生活就像是一条潜伏的蛇，它随时都可能窜出来咬我们一口。你当然想象不到，因为你早就从我们身边逃走了。但是你的生活我可从来没有羡慕过。如果别人问我是不是有个姐姐。我都会一口否定的。你不要说我太绝情，我真的是看不起你做的那桩事。

好了，不要说你了，还是说说我们吧。我一直没有工作，而林刚也早就从单位下岗了。这几年他都是四处打工，别说是挣到钱了，就是简单的养家糊口也很困难。林刚的脾气就越来越坏。他时常打我。我并不怪他，他打我的时候我就咬着牙不喊叫。我把疼痛都埋藏在心底了。他一个正常人，能够娶我，我就知足了。而且他真的很爱我。我还有什么要求？我知道他心里也苦呀，他打我两下能释放一下自己心中的痛苦，那我也值了。我尽量掩饰着身上被打的痕迹，可是天天在一起待着，妈妈肯定能看出来，妈妈终于有一天就憋不住对林刚说："你不能再打小丽了，你会把她打坏的。"

林刚当时就勃然大怒，他把饭桌掀翻在地。从那天起他们俩的关系就十分紧张。他们之间好像有一张绷紧的弓，随时会把箭射出去。而我却无能为力。他们两人的紧张关系在半个月前达到了极致。

我们家不是住在一楼吗？林刚想结束那种四处打工的生活，也想使我们这个家能早点脱离贫困，他想把我们家那个邻街的房子改造成一个小门脸，他想开个小杂品店。可是妈妈和陈爽住在里面，于是他就琢磨着给妈妈介绍老伴，想把妈妈从这个家挤走。这一次妈妈没有生气，有一天她流着泪对我说："小丽，我要离开了这个家全是为了你。"妈妈没有让林刚给她找老伴，其实早就在一起的老人给妈妈介绍过。妈妈一直以这个家离不了她为理由拒绝了，现在，妈妈终于下定决心离开了。她去见了那个早就想和她谈谈的老头。那是个退休的干部，每个月有近两千块钱的退休金。老头看上去也挺和蔼可亲的。两个人都很满意。但是老头只提了一个要求，那就是她不能带任何人。

对，该说到陈爽了。

陈爽是妈妈现在最大的障碍。你知道陈爽几岁了吗？对，三岁，亏你还能记得。说实话，你那个不知父亲是谁的孩子一直是个不受欢迎的人，即使妈妈天天带着他，我想妈妈心里也是对他有一种说不出的厌恶。就像当初你把他甩给妈妈时，你说的话倒很轻松，你说话的样子好像你甩给妈妈的不是一个活生生的孩子，而是一块抹布。你说，妈妈可以把他扔掉，或者送人。你说，妈妈能忍心把他扔掉吗？好赖，他的身体里还流着我们家的血液呢。这三年来你几乎没有看过那孩子一眼，你当然不知道妈妈为他付出了多少心血。你知道妈妈叫他什么吗？野种。妈妈就天天这么叫他。这三年来，妈妈的心里是十分矛盾的，她明明知道这个孩子是你干那些事情的后果，可是她又不能放弃对孩子的照顾和爱护。可是我和林刚从来没有喜欢过这孩子一天。林刚背地里还打过他。这就是你的孩子的处境。你想想看，妈妈要想答应那个老头的要求有多难。她不可能把孩子给你。因为你早就说过你和这个孩子没有任何关系，同时她又不能把他扔给我们。她知道我们会像对待垃圾一样对待陈爽的。妈妈遇到了前所未有的难题。我觉得这段日子的妈妈憔悴了许多。

与此同时，那个姓魏的老头频频地来找妈妈，他可能是真的觉得妈妈跟他很合适。他甚至把自己家门的钥匙交给妈妈一串，他对妈妈说，你随时都可以进那个家。但老头的条件也无法动摇。他说，我知道你那个小外孙的情况。我工作二三十多年都没有让别人说闲话，到老了也不想给别人留下什么话柄。那一段时间，妈妈带着陈爽在外面玩，她口袋里的钥匙叮当作响。她听着那悦耳的声音，看着无邪的陈爽，她真的有些为难。

后来妈妈想到了一个两全的办法。陈爽不能一直跟着她，总有一天她会死去。她只能给陈爽和她自己都安排一个好的归宿。她想到了把陈爽送人。当妈妈想通了这一点便马上开始着手准备找到一个合适的人家。妈妈费尽了心思。她真的找到了理想中的人家，那一家本来有个孩子，在一次意外中死去了。他们非常想要一个孩子。有一天那一对夫妻来了，看上去两个人很有教养，也很有身份，两人的穿着都十分体面。两人看着陈爽就眼泪汪汪的，显然他们看到陈爽想到了自己的孩子。那女的还抱着陈爽死死的，都把陈爽吓哭了。是的，那一对夫妻看中了陈爽。几天之后妈妈给陈爽穿上了最干净漂亮的衣服，拿上他所有的玩具，两个人出发了。那一对夫妻本来是开了车来的，他们的汽车在我们院里还引起了一番小小的轰动。但是妈妈坚持没有坐他们的车。她说她要自己把陈爽送到他的新家。陈爽看着那漂亮的汽车，真想坐上去玩玩，妈妈对他说："孩子，你以后有的是时间去坐汽车。"

妈妈蹬着她的破三轮车送的陈爽。没有人知道妈妈为什么非要蹬着三轮车去送陈爽。她也许是想把最后的回忆只留给他们两人，也许她是再给自己一点时间，看自己是不是会后悔。在那段不长的路程中，妈妈骑了整整一上午。这足以说明在那段路途中妈妈的思想斗争是多么复杂。那天妈妈把陈爽送到后并没有马上回家，整整一下午她都不知道去了哪里。直到傍晚时分我们才听到她沉重的脚步。一天的时间妈妈好像过了有一年。

回到家她就躲在自己房子里，也不吃饭。我去叫她时，看到她躺在床上像是一个僵尸。我就坐在她身边劝导她。我对她说："陈爽不是我们家的孩子。她是个野种。"

妈妈的声音轻飘飘地从床上飞过来："他还是个孩子，那不是他的错。"

我接着说："连他自己的妈妈都不喜欢他，你又何必呢！"

妈妈说："可是他并不知道自己的妈妈是谁。他一直以为我是他的妈妈。你说陈爽会不会恨我？"

我想妈妈的担忧是显而易见的，我能做到的只能是让她回到以前我们正常的岁月中。对，我说的正常的岁月是指没有陈爽的那些日子。如果你不给她甩这么大的包袱，妈妈会这么伤心吗？我说："不会，孩子从来都不会仇恨。你选中那一家，也是因为那一家有钱，能给陈爽更好的未来，他能有个好的未来不是更好吗？"

我的话使妈妈的思维暂时脱离了伤心的海洋。她躺在床上，在一片黑暗之中畅想着陈爽的未来："他会离你姐姐很远，他永远不会知道你姐姐那些见不得人的事情，两个人会对他好。他们会供他上学，从小学、中学，一直到大学、研究生，也许他会出国。他永远不会记得你姐姐，可是他也永远不会记得我。"妈妈绕来绕去又回到了她伤心的起点。她真的无法摆脱陈爽的影子。她觉得在那小屋里的黑暗中到处都有陈爽的身影在飞。她倾听着屋外的动静，她在听汽车的声音。她说："也许他们后悔了，他们不想要一个孩子了。"在刚刚失去陈爽的打击下的妈妈是个无法劝说的妈妈。你只能任由她的思想一步步地向伤心的深处滑落。而那些此起彼伏的汽车声也加剧了她的伤感。对此我毫无办法。

没有人能说出妈妈从家里出去时的准确的时间。因为我和林刚都早已经进入了梦乡。我们没有听到妈妈开门出去的声响。我们的梦里静悄悄的，连对方的呼吸都听不到。外面下雨了，那是一个让人拥有梦境的美妙

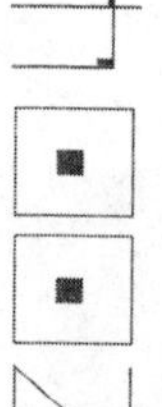

时刻。而后来在冷飕飕的城市之夜中一个人的伤痛和兴奋是属于妈妈一个人的。

妈妈摸着黑走出了家。妈妈一直就没有脱去她的外衣。她无法睡眠。睡眠像是石头那样沉重。我们楼道里向来是没有电的，妈妈在下楼时崴了脚。所以在那个夜晚的后半程，妈妈走路时就一直一扭一扭的。好在夜色掩盖了这一切。妈妈狼狈的样子不会被任何人看到，连她自己也顾不上看自己同样狼狈的影子。那时间大概是在午夜或者更晚，时间对于妈妈来说已经不那么重要了。重要的是她已经从伤心之中逃离出来，隔着浓重的夜色和迷蒙的雨雾，她仿佛听到了陈爽的笑声。她觉得小外孙的笑声就在她已经跳不动的心脏里。妈妈一路走得很快，她觉得在夜里走那条路并不十分漫长，这跟白天的感觉完全不同。妈妈赶到那对夫妻家时雨越下越大，妈妈的身上已经湿透。可是妈妈没有感到身体的分量在加重，相反她倒是觉得轻飘飘的。她站到了那对夫妻的门前。她听到了哭声。黑暗中的妈妈一下子笑了，她听到的陈爽的哭泣声简直比笑声还要动听。陈爽的哭声已经嘶哑了。而妈妈的样子也好不到哪去，所以当那对夫妻打开门时，他们吓了一大跳，他们并没有立即认出妈妈。而还在痛哭的陈爽还没有看到妈妈就从门外飘过来的雨气中嗅到了妈妈的气息，他的哭泣戛然而止。

接下来的时间应该是属于他们两人的。他们在雨中的街道上快乐地走着。街道成了他们快乐的游乐场，那黑暗，那雨丝，仿佛都成了他们快乐的道具。

是的，陈爽又回到了我们身边。陈爽的回来使妈妈的离去又投上了一层浓重的阴影。妈妈不离开这个家，林刚的希望就又会无限期地拖下去。所以，在陈爽回来这件事上，遭到最大打击的就是林刚。他无法发泄他心中的郁闷，我就成了他的出气筒。他打我时手更重了，次数也增加了，他仿佛是故意要做给妈妈看，要给妈妈示威似的。每次他动手打我时，我都咬着牙不吭声。我是怕被妈妈听到。可是那段日子林刚却喜欢上了我的叫声。他一边打我一边说：“你不喊叫我就一直打。”

我实在无法抵御挨打的痛苦了，我的喊叫其实是无意识的。而我的喊叫像是毒品一样令林刚上瘾。我的脸上肿得像是红色的南瓜。以前，林刚是从来不打我的脸的，到这种地步，林刚心中的苦闷是真的无法控制了。我不恨他，你别这样看我。我真的一点也不恨林刚。他爱我，他还像以前一样爱我。他打我是因为他心中有太多的伤痛。他想让我得到幸福，他想让我像一个正常女人那样过得好，这是他唯一的希望。我脸上的红肿像是一面旗帜，是给妈妈看的一面旗帜，妈妈当然知道那面旗帜的意思。有一天她看着我脸上的红肿，她的眼里不像前一天那样眼泪汪汪，她说："小区的南面，就是通向花园的那个道上，有一个井盖丢了，没有人管。我站在那里向下看了看，我看不到底，只能听到下面传上来水流的声音。那声音并不大。"

接下来的一天。妈妈又对我说："那是个深井。据说下面的水流得很急，能通向滏阳河。"

是的，那几天，妈妈的心思全在那个丢失了井盖的井上。她说："那是污水井。人下去转眼间就会被淹死。"妈妈说这句话时，脸上竟然有一丝难以觉察的笑容。那笑容让我有点不寒而栗。

妈妈对那井的关注一直在持续，妈妈开始用数学的概念去理解那口突然出现在她面前的井。她说："从我们家到那口井有两种走法：一条路是沿着那条肮脏的水泥小路，到直角的时候才拐弯。一共要走一百零八步。我说的是在没有人挡你路的时候。如果有人挡路，那就另当别论。第二条路是不走那水泥路而是走直线。直线的距离不是最短吗？当然，路不好走，要越过一些泥坑，还有老王家种的一小片向日葵。再绕过那个门球场，才能到，但是这段距离短，只走八十步就够了。"

我没有去考虑妈妈怎么突然对数学产生了这么浓厚的兴趣。我只是在想着我脸上什么时候能恢复到原形。我已经有好几天没有出门了。我想出去到地摊买一个头绳，我的头绳都被林刚打断了。妈妈突然问："我走哪条路好？"

我一时不知道如何回答妈妈，我说："随便，你想走哪条路都行。"

妈妈追问道："那陈爽呢？"

我说："也随便。"

等我脸上恢复了原样，我下楼去买头绳。我看到妈妈左手牵着陈爽，一遍遍地在走着通向那口井的路，她一会儿走那条水泥小道，一会儿走那条土路，嘴里还数着自己的脚步。她和陈爽都已经对那条路十分地熟悉。我还看到她闭着眼拉着陈爽走。我远远地看着他们，我以为她要走到井里边去了。我刚要大声地喊妈妈，妈妈停了下来。他们正好停在井口。妈妈和陈爽。她低头向下看了看，然后抬头看了看天。

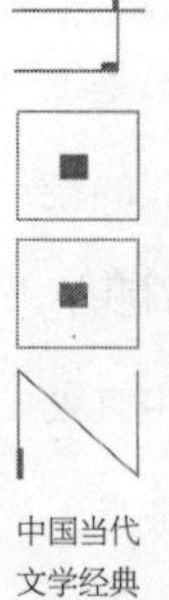

就是那个下午我才对妈妈的举动产生怀疑的。我觉得她之所以对那口井那么感兴趣，一定有她的目的，那口井并不漂亮，一点也没有什么特别之处。它唯一可以给人带来的就是危险。我特地跑到井沿向下看了看。那黑洞洞的井让我看得有些毛骨悚然。我甚至有一种向下跳的感觉，从那时起我的头脑中就开始胡思乱想，我想妈妈这样的举动不只是数学的问题。它只能预示三种结果，一是妈妈想要跳下去，另一个是她想引导陈爽跳下去，三是她要带着陈爽一起跳下去。那几天我的脑子里全是那口井的样子，还有妈妈和陈爽跳下去的扑通声。那样子和声音都那么令人恐怖，它甚至比林刚打我还难受。那天我简直成了个哲学家，那三种可能在我的脑子里转来转去。我想来想去，我就推翻了其中的两个假设。一个是妈妈自己要跳下去，这不太可能，妈妈很坚强，她从来就没有轻生过，即使父亲的去世也没有击垮她。另一个就是妈妈和陈爽一起跳下去。既然第一条不成立。那就说明妈妈还想活下去，她不想给我们带来悲伤。所以这一点也基本上可以排除，只剩下了陈爽落井的一种可能。我越想越觉得这种的可能性大。陈爽本来就是我们家的一个不速之客，他的到来只增添了我们家的混乱，其他的什么也没有带来，再说，他的突然消失不会影响我们任何人也不会影响你，因为你从来也没有承认你有过这么一个孩子；它不会影响妈妈放心地去嫁给那个老头；它也不影响林刚想要开一个杂货店的希望。这是三全其美的事，为什么妈妈不选择这一条呢？可是我越想越害怕。倒不是害怕陈爽一下子从我们的生活中消失，因为我从来就没有喜欢过他，可是晚上我一躺下，一想到那后果，我的后背就像是针扎似的疼痛，我觉得那是妈妈的目光，是她的目光让我害怕的。她的目光不是一束，而是越来越多，是许多束，它们在我背上越聚越多。那目光是尖利和坚硬的。我几乎都有些受不了了。

我知道，这是妈妈唯一可以选择的道路。可是我又不能阻止她。我不能天天跟在她的身后，即使我跟在她身后，她要是想做我也无法拦阻，所以我想到了你。因为只有你可以让那个后果不发生。

“喂，你听着没有，你好像都睡着了。你这个浑蛋。”

顾小红揉揉眼睛说：“没有，我没有睡着，我听着呢。你说的一字一句都像是石头砸在我心里呢。”

顾小丽着急地说：“那你到底是怎么想的？”

顾小红不耐烦地说：“我尽在这里听你说这些废话，得耽误我多少工夫，损失多少钱。你也听到了，这么一会儿就有十几个电话找我。”

顾小丽生气地说：“你那些臭男人重要，还是你儿子的性命重要？”

顾小红说：“你别跟我发那么大火，你跟我发那么大火干什么。这几年你和妈妈可从来没把我当成你们家的人。现在想起我来了是吧。我还懒得管你们那些咸淡事。我必须走了。我再不走，今天的生意就泡汤了。你们谁爱跳井就谁跳，跟我有什么关系！”说完话，顾小红扬长而去。

顾小丽看着姐姐妖娆的背影，狠狠地向她吐了口痰。痰没有吐到顾小红的身上，而是无力地落在不远处。顾小丽骂道：“你这个贱人，良心果然让狗给吃了。”

顾小红听到了妹妹那句话。关于那个孩子，关于母亲和那个家，几年来她都没有来得及细细地想一想，是哪里出了什么差错？思想让她感到了沉重。而她现在的生活让她感到轻飘飘的，她喜欢这种感觉，这让她感到了生活的乐趣。既然她喜欢这样的生活，为什么不让它继续下去呢？她想。

顾小红在随后的时间里忙不停地接着电话，她嘱咐其中的一个男人，她在接电话的时候还想着那个姓赵的男人的模样，那是她见到的最诚实的一张嘴脸。她觉得把这件事交给他是最合适的。她叮嘱道：“你一定要看住那个老太太和那个孩子。我是说那口井，对，别让他们靠近那口井。”赵卫东说：“我不让任何人靠近它。”那男人同时得到了她的许诺，很高兴地就答应了。然后她约好了属于另外一些男人的时间，便关掉了手机，打的向罗城头生活区奔去。

她让出租车在她妈妈家那个院里绕了一下，她看到姓赵的男人已经就位。他就站在那口井的旁边警惕地看着四周的人。她没有看到妈妈，也没有看到陈爽。她真的忘记陈爽长什么样了。妈妈和陈爽都是她生活中沉重的东西，她不想记着。她想，也许过后可以考虑一下姓赵的建议，嫁给他。这个念头只是一瞬间便消失了。

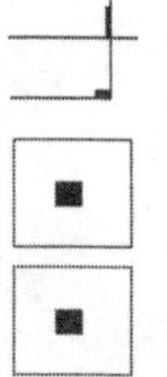

就像顾小丽说的那样，老魏是个和善的老头。这是顾小红敲开老魏家门时的第一个感觉。老魏听她说是来给他送礼物的，便很热情地请她进了门，忙着给她沏茶、端水果。顾小红很从容地坐在老魏家的沙发里。她四下打量了一下，除了有点轻微的零乱外，家用电器等等一应俱全，肯定要比妈妈家好许多。她想，也许妈妈嫁过来是个很好的归宿。老魏端详着顾小红，他疑惑地看着顾小红，问道："我好像不认识你。"

顾小红嫣然一笑："你是不认识我。我也不认识你，可是有人认识你。正是那个人让我来给你送一个礼物。"

老魏陷入了短暂的沉思，他显然在思考那个给他送来礼物的人，当他抬起头来时，眉头是舒展着的，有人送来礼物肯定是件好事。尤其是对他这样一个刚刚退了休的老家伙，这说明还有人惦记着他。于是他试着问道："是物资局的张处长？"

顾小红微笑着摇摇头。老魏又问："那是公安局的老尚？"

顾小红依然微笑否认。老魏一连串问了有十几个人，顾小红都一一否定了。最后顾小红说："你不要猜了，这个人不让我告诉你，但是礼物你总得收下吧。"

老魏点点头："那当然。对于别人的好意我向来是不会拒绝的。那么，你替那个人带来的是什么礼物？"

顾小红笑了笑："你不要那么心急。我先把茶水喝了，你有烟吗？"

老魏犹豫了一下，眉头皱了，他对于顾小红的这一个要求感到有些意外，但他还是拿了烟递给顾小红。顾小红接过烟，很老到地点着烟抽了一口。顾小红平静地说："我就是那礼物。"

老魏张开嘴，诧异了半天，他更加地疑惑。顾小红站起身，在原地转了个圈，说道："怎么，你对我这个礼物不满意吗？"

老魏张口结舌道："我，我我我……"

顾小红说："好了，我们抓紧时间吧。我在这里耽误了太长的时间了。"她说着就开始脱衣服。老魏有些紧张地看着她的举动，他突然向门外跑去。顾小红哈哈大笑，她没有去阻拦老魏。她知道他哪里也去不了。她若无其事地继续脱衣服。果然，老魏跑到门口，已经打开了门。一只脚踏到了门外，他猛然醒悟过来，又把门关上，回头自言自语道："这是我家，我为什么要走？"他指着顾小红道："走的应该是你，而不是我。"

顾小红已经脱得只剩下内衣内裤，她说："我不走，我还没有把礼物交给你。"

老魏捂着自己的眼睛，声音发颤着说："你会把我的名声毁掉的。你赶快走。”

顾小红把自己的身体贴上去，嘴唇凑到他的耳朵边，她看到老魏的耳朵薄薄的，不像是一个有福之人。她说：“好名声值几个钱，好名声还不是做给别人看的。现在也没有别的人。你不用担心你的好名声。这对你的名声一点影响也没有。我只是做我的工作。你快点好不好？”

老魏闭着眼，他不知道这是谁送给他的礼物，他也不知道该不该接受这个礼物。他说：“我可一辈子都没有做过这些事！”

顾小红不耐烦地说：“你装什么正经，你要懂得尊重别人的时间。”

老魏不知所措，他感觉到了顾小红在脱他的衣服，他忧心忡忡地说：“我有心脏病……”

整个过程是在老魏半推半就之中草草结束的。

顾小红面对成了一摊泥的老魏亮出了她的底牌：“我现在告诉你吧，是谁让我来给你送这个礼物的。他是一个三岁的孩子。他不想离开一个人，那个人也不想离开他。他想和那个人一起来和你做伴。”顾小红说出了妈妈的名字。直到顾小红走，老魏的眼睛都没有离开过天花板。顾小红顺着他的眼睛向天花板看了一眼，那上面除了一盏日光灯之外，没什么特别的东西。

顾小红从老魏家出来后还感到自己轻飘飘的生活仍在快乐地继续，这样游戏般的日子正是几年来她孜孜追求的。她喜欢随心所欲，她想那些让她感到沉重和忧伤的东西都离她远远的。随后她就去了那个井边。她看到赵卫东还老实地待在井边，他不停地围着井边徘徊，脚下散落着烟头。他的样子一定让人们以为是市环卫处的工人，他像是个守护者，防止人们掉到井里。顾小红走上前去对赵卫东说：“走吧，你的任务胜利完成了，跟我走吧。我会报答你的。”

赵卫东非常高兴这么快就能从这里解脱出来，他兴奋地对顾小红说：“这口井一点也没有什么特别的地方。”顾小红说：“是的，它现在已经没有任何意义了。我们走吧。你想不想现在就得到快乐？”

两天之后，顾小红回了趟家，不过她并没有顺着那狭窄而昏暗的楼梯走上楼，她在楼下等着顾小丽出来，顾小丽果然出来了。顾小红便拦住她询问。妈妈是不是可以顺利地嫁给那个老魏了？她询问顾小丽时脸上露着笑容。她以为那已经是铁定的事情了。可是顾小丽却一脸的愁容。她说："相反，事情变得更加糟糕。"

顾小红不相信会有另外的结果，她大声说："这怎么可能？"

顾小丽白了她一眼，说道："那个姓魏的老头不知道怎么回事，昨天下午突然掉到了那个井里，对，就是我对你说过的那个丢失了盖子的下水井。据看到的人说，那天下午他一直在井边徘徊，看上去心事重重的。他还和妈妈在井边碰过面，他和妈妈还说了几句话。事后我问过妈妈，他在井边都说了些什么，妈妈说，他只是反复地说一句话，他说对不起妈妈。后来妈妈领着陈爽走开了。这几天妈妈的心情一直不好。我每天都偷偷地跟在她身后，防止我担心的那件事情发生。妈妈带着陈爽越过那口井，去了小花园。等我跟在妈妈身后往回走时，我们看到井边已经挤满了人。有人说，老魏失足掉了下去。妈妈和我都挤进人群，我们向井下看了看，根本没有看到一丁点人影。有人说，早让水冲走了。不一会儿，警察就来了。

这个结果是大大出乎顾小红意料的。她呆呆地站在那里。突然间感到那些轻飘飘的生活瞬间就从她身边溜走了，她觉得心里沉甸甸的。这不是她想得到的，她一股悲伤涌了上来。她还没有哭出来，就听到顾小丽说："烦死人了。妈妈的事情更加复杂了。妈妈和林刚，我到底选择哪一个？"顾小丽说完这句话就匆匆走过去了。有一道刺眼的光反射到顾小红的眼睛里。她追着那道光，她看到那道光来自顾小丽的手里，她的手里拎着一把明亮的刀子。

原载《山花》2004年第10期

点评

这是一篇以逃离为主题的小说。只是在作者笔下，人物企图逃离并未给他们带来如释重负之感，反而增添了无尽的烦恼与愁绪。顾小红五年前逃离了家，在她所喜欢的轻飘飘的生活里沉沦，连亲生儿子都无所顾忌地扔给了母亲抚养。可她心底深处果真轻松自如吗？母亲则是出于对女儿顾小丽的爱又迫于女婿的嫌弃而选择逃离，可外孙的存在以及她对外孙的怜爱，成了她离开这个家的最大障碍。一个是主动逃离，放弃责任，抛弃亲情；一个是被动逃离，在爱的两难抉择中徘徊不定。同样是逃离，却折射出不同的价值取向和伦理道德。小说的前半部分几乎全是顾小丽对姐姐顾小红的倾诉，包括母亲的艰难处境，丈夫的愤怒压抑，还有自己的忍辱负重，整个过程自说自话，絮絮叨叨，俨然这些都是她生命中不能承受之重。只可惜，这些在姐姐顾小红的眼中，还不及她几个客户的电话重要。虽然她也以其特立独行且完全相悖于情理的反常做法，想要解决并想当然地肯定能解决现实问题，以为她的做法既能帮助母亲破解难题，又能再一次逃离自身的义务。但是，她自认为无足轻重的荒诞行为，在老魏的价值观中却犹如晴天霹雳，甚至不惜以自杀的方式弥补内心的愧疚。此外，还有女婿为一己之私驱赶岳母、痛打妻子的无情。小说中，一边是责任道德与温暖情义，一边是自由散漫与自私自利，作者不动声色地将两种截然相反的人性和价值观展露出来，既深刻犀利，又引人反思。

（刘冬青）

两位富阳姑娘

麦家

1971年冬天，我们部队在浙江富阳招了一批兵，计划一百二十人，实际招收一百二十八人。多出来的八个都是女兵，是参谋长临时在电话里下达的名额，决定当接线员用的。按照规定，新兵入伍后，部队要对他们做一次身体和政治面貌的复审。我们审出了两个有问题的人，一个男的，一个女的。男的是脚板的问题：这个人的脚板是平的，俗话叫“鸭脚板”。据说这种脚板行军超不过五公里就会撕开来地痛，而部队拉练常常一天要走几十公里。显然，这个人是不合适当兵的，要退。女的问题更大，往大的说，是作风问题；往小的说，是处女膜的问题：她的处女膜是破的。处女膜一般是不会破的。处女膜一般只有在一种情况下才会破。她才十九岁，没有结婚，连男朋友都没有，那么处女膜怎么会破？看来，她在表上填的和嘴上说的都有问题。这个问题比作风问题还大，是欺骗组织的问题。这个问题比作风问题要大得多，大到了简直吓人的地步。那个年代，我们关于这方面的神经都很脆弱，而且还绷得紧紧的，风吹一下都可能拦腰而断，不要说还有女军医铁的证词。如实说，女军医在体检表格上没有填写“破鞋”之词，但在向上口头汇报和下来言传时，都用了这个词：破鞋。这个词好像是个禁果，一般情况下是上不了嘴的，但一旦有了上嘴的机会，谁都不会放弃，谁都会坚决而反复地使用它。怎么处理？老规矩，退回原籍。男的女的一并退。谁去退？领导安排我去，当时我在司令部当军务科长，招兵退兵都是我的职责内的事。就这样，我带着“鸭脚板”和“破鞋”来到他们的家乡，浙江富阳。这里离著名的杭州只有几十公里，作为一个北方人，江南的秀丽景色着实令我开了眼界。

按说，我的工作只要把人移交给当地人武部，并向他们道明退的原因和证据，就没有我的事啦。但我一路上着实为江南如梦的景色着了迷，我想游富春江。我把心意一表达，人武部部长即心领神会，爽快地指定了专人，要他陪我一饱富春江的美色。这当然是来日的事了。当晚我住在县政府招待所。

第二天一早，有专人到招待所陪我吃早饭。然后等着轮船来把我们带到美丽的景色之中。这时候，我看见一辆吉普车朝我们驶来，最后停靠在我们身边。车上的人下来对我们说，出事了，要我们马上回去。我们问出了什么事，他说是死人了。

死的人跟我有关，就是我遣送回来的“破鞋”。

是服毒自尽的，喝了半瓶农药，据说是敌敌畏。那玩意儿是农药中的剧毒，人喝个一小口，在半个小时内发现可能还有救，过了半个小时就没救了。她喝了半瓶，又过了大半夜才发现，天王老子都救不了她。她父亲说，没人知道她到底是什么时间吃的药，但十二点多钟他家老大查完夜哨回来时，她还是好的，一个人坐在堂前屋里，虽然看起来怪痛苦的，但也不是说痛苦得会自杀。老大是村里的民兵排长，这天正好轮到他查夜哨，他看她可怜兮兮的样子，还劝她去睡觉，但她没理会他。老大说，她一声不响一动不动地坐在那儿，跟个死鬼似的。早晨，她母亲在弯腰抱柴火时，发现火堆里裹着一件衣裳。那时节还很早，她母亲没看出这是件什么衣裳，是谁的，只是想衣裳裹在这里面，万一当柴火烧了多可惜，就去捡这衣裳。这一捡，叫她吓一跳，因为她摸到了一个冰凉的身体……

现在这具冰凉的身体——尸体——已经从柴火堆里挖出来，她的亲人哭闹着送到人武部，撂在进门的过道上。

当我在过道上看到这具尸体时，倒抽了一口冷气。这不像一具尸体。我见过的尸体都是躺着的，不管是躺在床上还是地上，还是哪里，反正都是躺着的，手脚伸直，仰面平躺，即使一时不是这样躺的，马上也会有人帮助他们这样躺好。这是死人的基本姿态，是活人对死人的一种约定。可是，这个简单的约定她却没有得到，说她是平躺着的，其实头和脚都没着地，两只手还紧紧握着拳头，有力地前伸着，几乎要碰到大腿。总之，她的身体像一张弓，不像一具尸体，看上去她似乎是正在做仰卧起坐，又似乎在顽强地挣扎。当我在摆弄她时，却发现我所有的努力都无济于事。她的身体像石头一样硬，又硬又冰冷，我按下去了上半身，下半身随即翘得更高，按下去了下半身，上半身又翘得更高，好像我在玩耍一块跷跷板似的。

这是一种痛苦的死的象征。这具尸体，浑身上下都在告诉活人：她死得非常惨烈、痛苦。

我相信，每一个活人见了这样一具尸体，都会对死者涌起强烈的同情心，至于她的亲人们，这种同情转眼即可变成愤怒。我感觉到，我极可能成为死者亲人发泄愤怒的突破口。我想得到，他们做出这出格行为，把死者大老远扛来，决不是为了听我们说几句安慰话，博得我们一点同情。过道上站满了人，至少有二十人，院子里还有，人多势众。我必须先发制人，把这么多人遣散了，否则事情只会越来越乱。我说服了她的父亲，他是村长，让他把众人劝走。约莫十分钟，人陆续走了，只剩下三个人，都是死者的亲人，父亲，母亲，哥哥。她的父亲其实不是个刁蛮的人，只是架势有些难看。他表示，女儿死了，怪不得我们，要怪应该怪他——“是我把女儿逼死的。”他确实这么说的。这话从他嘴里说出来，简直让我感动。他说，昨天下午人武部同志把女儿给他送回来，白纸黑字地告诉他女儿犯了什么事后，他羞愧得简直要钻地，像被人扒光了衣服，一家人的衣服都给扒了。他不知道说什么好，也不想说什么，只想打死这个畜生。他上去就给女儿一个大巴掌。后来，在场的人武部同志告诉我，那个巴掌打得比拳头还重，女儿当场闷倒在地，满嘴的血，半张脸看着就肿了。但父亲还是不罢手，被人劝开。后来，父亲要求女儿说出真相：是哪个狗东西睡了她。他先后盘问了三次，但每一次女儿都说没有，她是冤枉的。父亲并不相信。吃晚饭的时候，父亲抓起一只碗朝她掷过去，女儿躲开了。父亲又操起一根抬水杠，追着，嘴里嚷着要打她。开始女儿还跑，从灶屋里跑到堂屋里，从堂屋里跑到猪圈里。

回到堂屋里，父亲已经追上她，但没有用手里的家伙打她，而是甩掉家伙，用手又扇了她一耳光。还是下午那么严重，她也像下午一样倒在地上，一脸的血。父亲嚷着要“打死这个畜生”，女儿仰起一张血脸朝父亲迎上来，用一种谁也想不到的平静的语调，劝父亲不要打她，说她自己会去死的。父亲回忆说，当时他丢下一句话就上楼去睡觉了。他丢下的话是这样说的：你要么报出那条狗的名，要么就死给我看。

女儿说：那我只有死给你看了。

父亲诚恳地承认，他女儿完全是被他逼死的，所以他不会来找部队偿命，要偿命的是他。但在他死之前，他要弄清楚，女儿到底有没有跟人睡过觉。

父亲说，他现在认为女儿一定是没跟人睡过觉。说到这时，父亲哭了起来，一边哭一边拿出一张纸，说是女儿死前留的遗言。我拿过来看，上面只有短短的一句话：爸爸，我是冤枉的，我死了，你要找部队证明，我是冤枉的。

父亲说，其实，他上楼后就在想这个问题，觉得女儿这样死活不认，会不会可能真是受了冤枉。因为他这个女儿“就像一只小绵羊一样”，性格内向，懦弱，自小到大对父母亲的话言听计从，不是那种犟头犟脑的人。如果真要有什么秘事，再怎么不可告人，他这样打骂，她也藏不住了，早坦白了。这时候，死者的母亲插嘴说，女儿被父亲凶神恶煞的样子吓得神智都不清了，“尿都吓出来了”，可就这样她还是一口咬定，她没有跟“任何畜生”睡过觉。她不停地说没有、没有，问什么都回答没有，跟个傻子似的。母亲说，她了解女儿，你就是给她十个胆都不敢做这种事，如果一定要说做了，那一定是鬼做的，连她自己也不知道。

父亲要求验尸！

我不知该说什么，我几乎敢百分之百肯定，他们的要求毫无意义，重新做检查，结果只会叫他们更加难堪，更加臭名远扬。

事实上，一般人都知道，处女膜破不破对一个专职妇科医生来说，就像黑白一样分明，医生要弄错的可能性几乎是没有的。话说回来，不是说处女膜破的人就一定跟人睡过觉，当然一般是这样的，但也不排除个别特殊情况。这也使我想到，我们部队这种认定不是完全科学的。换句话说，他们女儿有没有跟人睡过觉，我不好那么绝对地说，但医生绝对是不会弄错的，因为这“像黑白一样分明”。

所以，重新做检查对活人也好，死人也罢，绝无好处，其结果只会是把现在不公开的东西公布开了。但他们坚决要求检查。

父亲说，只要重新检查，确定他女儿有那个问题，什么时候出结果，什么时候他就扛着女儿走人，不会在这里多说一句话，多待一分钟，多提半个要求。母亲说，她女儿用性命来换这个要求，我们要不答应，她只有死在这里。哥哥说，如果这样，他就扛着两具尸体上北京去，找毛主

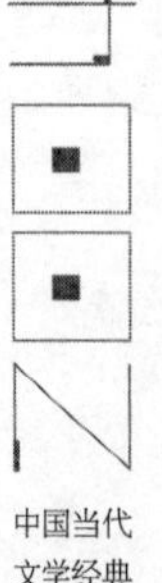

席去！

话说到这份上，劝说什么都没有用了。没办法，我跟部长商量，决定答应他们的要求，并决定“速战速决”。上午即与县医院联系，中午刚过，这边便派出车辆去接人。人是两位妇科医生，一老一壮。

两位在活动室里待了不到五分钟，出来交给我们一页签过名的鉴定：死者的处女膜完好无损。

像战场上遭遇了伏击！

我马上到邮局，挂长话，给部队作汇报。参谋长要求我明天去杭州，请省军区协助派出军医来重新检查。挂电话前，他又改变主意，说联系军医的事由他来负责，我只要在原地等着即可。

第二天上午，省军区派出的军医如期到来，也是两位，也是专职的妇科医生。她们像昨天两位一样肃穆地走进活动室，又像昨天一样很快地出来，给出了一句和昨天连措辞都差不多的报告：处女膜完好。

远方的参谋长闻讯，立刻出发，第二天上午便出现在我面前。参谋长还带来我们自己的军医，就是曾经诊断死者“有问题”的那位军医：一个牛高马大的胶东人。她是军区某部长的夫人，为人有点傲慢，但这次见面，我明显觉得她脸上有种诚惶诚恐的神色。而等她从活动室出来时，这种惶恐的神色完全变成了惊恐。事实上，她在里面的时间还没有一分钟就出来了。我们以为她是忘记拿什么器具了，出来后还会再进去的，结果她紧急地把参谋长和我拉进另一个办公室里，惊慌失措地说，错了！我们问什么错了，她说人错了。

原来，她才掀开床单，只看了一眼外部，就觉得不对头。

她说，人的每个手指头都是不一样的，那地方也是各人有别的，她看死者那地方的感觉和她记忆中的那个人完全不是一回事儿，所以警觉地去看死者的脸，一看傻掉了，明显不是同一人。她说，那天虽然检查的人很多（二十二人），但查出问题的只有一人（几年来都只有一人），所以她不会不认识的，就是死了照样认识。当然，这是可以理解的，她连那人下面的样子都记住了，更不要说长相。那么怎么会出现这种情况？

其实，听军医一说当时的体检情况，我们就明白了问题出在哪里。军医说，因为这种体检有问题的人极少，所以体检时她（包括别人）总是图省事，先把各人的表收了，放在一边，然后喊人进来。所谓喊也不是指名道姓的喊，只是吩咐护士安排人依次一个个进来，她依次一个个检查，只要没问题，她连话都懒得说，屁股一拍等于喊走人了。这边出去一个，外边进来一个，就这样“流水作业”。如果大家都没问题，事情就很简单，她出来只要将所有表都盖个“正常”的章，签上名就完事。

如果其间遇到有问题的人，比如那天她检查到“她”时，发现有问题，她才做“个别对待”，认真地问了一些该问的，姓名，年龄，有无性史等。军医说，当时“她”对她问的都一一作了答，包括“连男朋友都没谈过”，这是“她”的原话。有了“她”的名字，就不会搞混淆。等检查完所有的人后，她出去单独把“她”的表找出来，亲自写上意见。

军医说，因为“这项”检查带有隐私性，所以医院在安排体检程序时，历来都是把这项检查放在最后，这样这边的体检完了，等于所有体检内容都完了，所以也无须将表交还本人，而是由她们直接上交院领导。我问军医还记不记得“她”当时报的名字，军医说当然记得，叫×××。

这名字就是死者的名字。

谜底已经揭晓。不用说，事情肯定是这样：“她”看军医查出情况后，故意报了死者的名字，从而造成军医张冠李戴。现在，我们所有天真或虚妄的想法无疑都应该收起，想想到底是怎么来平息这起人命冤案才是当务之急。

怎么平息，当然要看死者家人打算怎么闹腾。应该说，基本上没闹腾什么，他们只提出两个并不过分的要求：一个是解决死者的丧葬费，二个是希望部队带走死者的妹妹。参谋长甚至没有向部队请示，就私自应允了对方的要求。

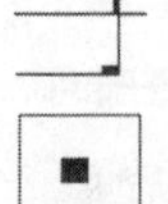

只是事后发现，死者妹妹年龄尚小，才十五岁，我们建议过一年再来带。但对方死活不从，也许是怕我们过后反悔吧。我们无法说服他们，参谋长只好安排我留下来办死者妹妹入伍手续，他和军医准备先走。

走之前，参谋长要求我不要耽搁，尽快归队，因为我可能还要往这边“跑一趟”。我知道他说的意思，我想岂止是可能，而是肯定的，用军医的话说，那个“她”，即使枪毙了都够罪！也许吧，她事实上间接地犯有人命案，这样的人退原籍是便宜“她”了。不过，这话由军医说出来，我总觉得十分刺耳。我从来都没喜欢过这个傲慢的部长太太，此刻似乎反感到了极点。我在想，她当初为什么不同情“她”一下，同情了，把事情盖过去了，不就什么都没了？

在回来的火车上，我和死者的妹妹相对而坐，姊妹俩的长相和神情是那么相像，以至我常常产生幻觉，以为这还是在去富阳的路上。

那一路上也是这样，我和死者相对而坐，但七八个小时中我们几乎没有说什么话，她像个犯人似的，一直畏缩着，连我的目光都不敢碰。曾经有一次，她恳求我告诉她犯了什么。

按说这不是不可以告诉她的，反正迟早都要知道的，但完全一念之间，我对她打了个官腔：组织上会告诉你的。我说的组织上是当地人武部，但其实人武部告诉和我告诉是有很大区别的，对我她有申辩的机会，对人武部她怎么申辩？我的一念之间的一个官腔事实上是让她失去了一个申辩的机会。在回去的路上，我一直在想，如果我早一点告诉她，在火车上就告诉她，事情会不会变成另外的一个样子？这个问题让我感到非常累。现在，我想起这些，心里迷茫得很，不知我这是在回忆，还是在访梦。

原载《红豆》2004年第2期

点评

这篇小说的叙述节奏极富特色，起初稍显波澜；随后又如富春江水般平静而舒缓；接着一波未平，一波又起，悬念重重，紧张感纷至沓来；最后以令人应接不暇的速度将文本推向高潮，给人以阅读的畅快感和新鲜感。在这跌宕起伏的叙述中，一个因嫁祸而引发的死亡悲剧沉重上演了。替罪羊姑娘的无辜生命消殒了，因为处女膜破裂的指证对她而言是无法接受的，也是她全家人不可接受的。而就是在这拒绝接受的坚持下，故事才有了进一步高潮迭起的时刻。可当最终谜底揭晓时，作者又为我们设置了新一轮的悬念：那个真正处女膜破裂的姑娘是谁？谁是她的男友？她与死者有何关系？部队将怎样严惩她？小说就如同一部玄机暗伏、深不可测的悬疑推理片，作者运用精巧的艺术构思、诡秘的叙述手法、奇特的创作想象，将扑朔迷离的曲折故事层层解码，同时又将人性幽暗复杂的一面展现了出来，而这也与作者一贯独树一帜的创作风格一脉相承。小说虽以看似轻缓的叙述语气来叙写那个冤死的富阳姑娘的不幸遭遇，但实际上却为这个悲情故事戴上了沉重的镣铐。小说在“我”对死者的愧疚中戛然而止，留下了无限的喟叹与哀伤。一个环节的错误所导致的不可挽救的致命结局，令人扼腕而沉痛，也使读者在酣畅淋漓的阅读体验过后，不禁抚卷叹息。

（方奕）